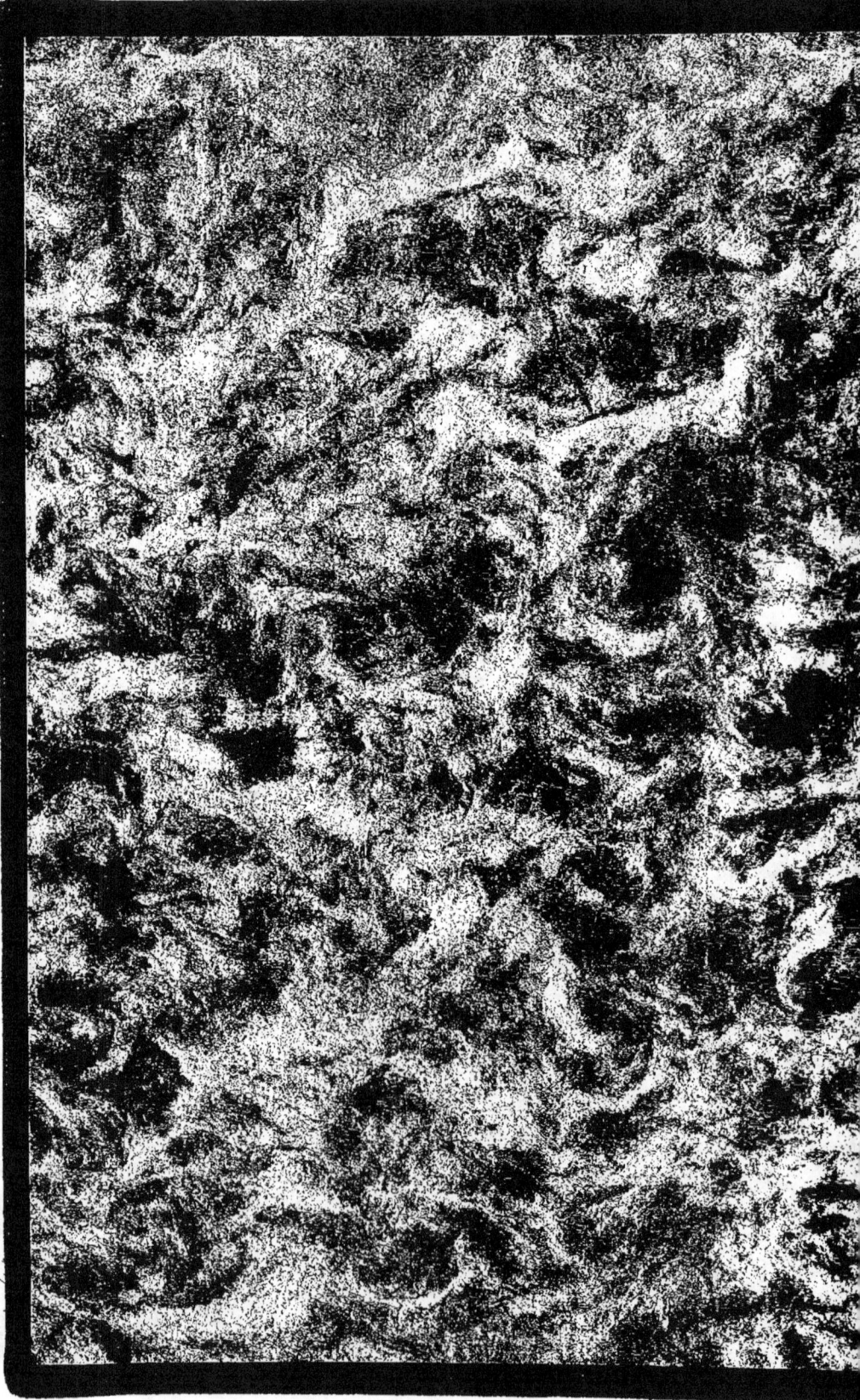

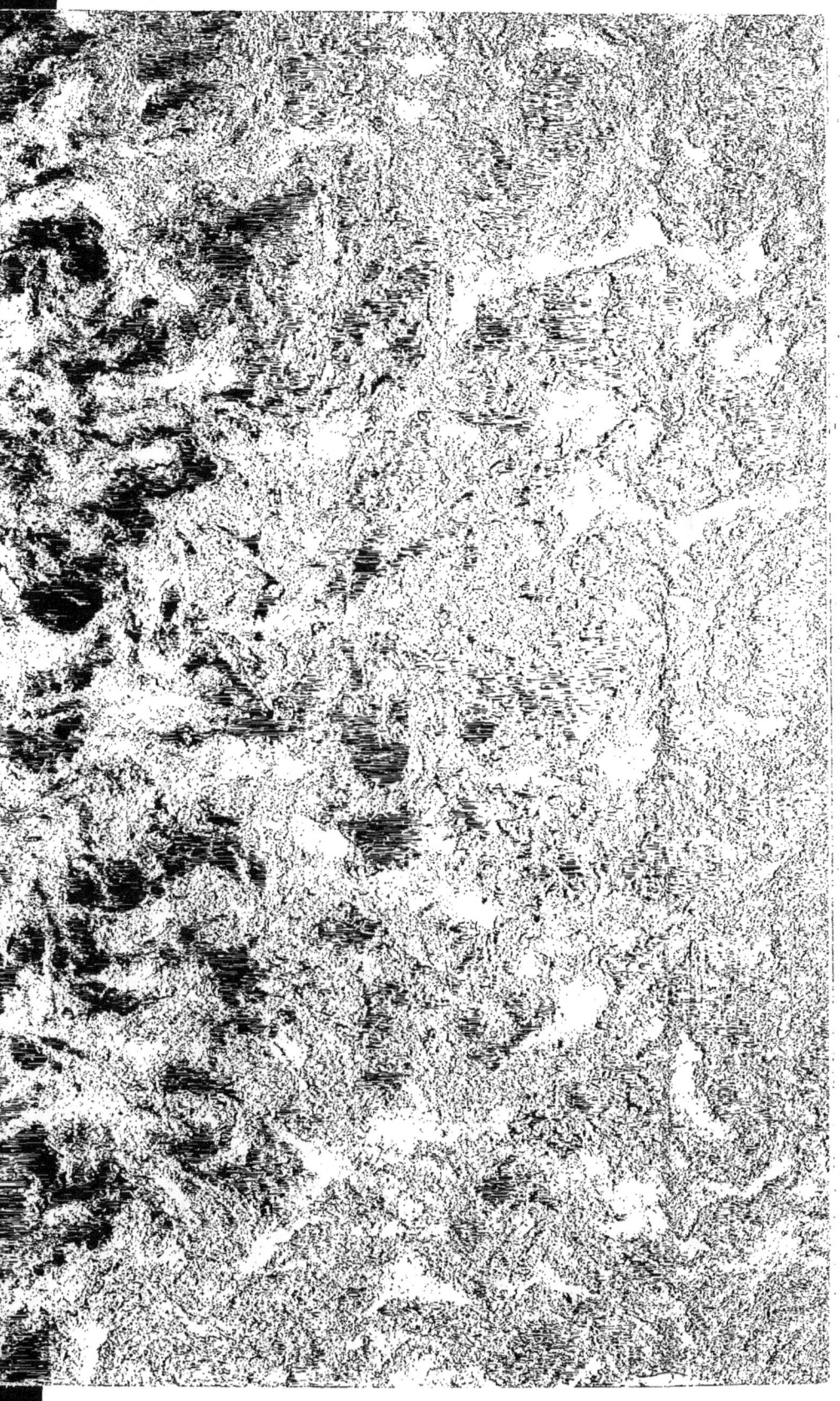

L'ART

ET

L'ARCHÉOLOGIE

PAR

ERNEST VINET

BIBLIOTHÉCAIRE DE L'ÉCOLE NATIONALE DES BEAUX-ARTS

Publié sous les auspices du Ministre de l'Instruction publique,
des Cultes et des Beaux-Arts.

PARIS

LIBRAIRIE ACADÉMIQUE

DIDIER ET Cᴵᴱ, LIBRAIRES-ÉDITEURS

35, QUAI DES AUGUSTINS

L'ART

ET

L'ARCHÉOLOGIE

OUVRAGES DU MÊME AUTEUR

CATALOGUE MÉTHODIQUE DE LA BIBLIOTHÈQUE DE L'É-COLE NATIONALE DES BEAUX-ARTS. Paris, École des Beaux-Arts, 1873.

BIBLIOGRAPHIE MÉTHODIQUE ET RAISONNÉE DES BEAUX-ARTS. — Esthétique et histoire de l'art. — Archéologie. — Architecture. — Sculpture. — Peinture. — Gravure. — Arts industriels, etc., etc. — Publiée sous les auspices du ministère de l'Instruction publique, des Cultes et des Beaux-Arts. Paris, Firmin-Didot frères, fils et Cⁱᵉ, 1874.

ETUDES SUR LA MYTHOLOGIE D'ART. (En préparation.)

Paris. — Imprimerie Viéville et Capiomont, rue des Poitevins, 6.

L'ART

ET

L'ARCHÉOLOGIE

PAR

ERNEST VINET

BIBLIOTHÉCAIRE DE L'ÉCOLE NATIONALE DES BEAUX-ARTS

Publié sous les auspices du Ministre de l'Instruction publique,
des Cultes et des Beaux-Arts.

PARIS

LIBRAIRIE ACADÉMIQUE

DIDIER ET Cie, LIBRAIRES-ÉDITEURS

35, QUAI DES AUGUSTINS

1874

AVERTISSEMENT

On trouvera un peu de tout dans ce volume, formé avec des articles de journaux et de revues. J'ai suivi l'exemple que me donnait la littérature contemporaine, qui remet sous les yeux du public, en manière de livre, et sans le moindre scrupule, des pages depuis longtemps oubliées.

L'art et l'antiquité, tel est le fond principal de ces études ; et les morceaux qui semblent le plus s'en éloigner s'y rattachent d'une façon ou de l'autre. Il y a là une sorte d'unité qui répond à ce que pourraient demander les lois de la composition littéraire.

Le goût de l'antiquité grecque, l'amour de sa sculpture, m'ont dicté un certain nombre de pages. J'ai parlé de l'art grec avec feu, je dirais presque avec reconnaissance : je dois à sa contemplation quelques-uns des meilleurs moments de ma vie.

Les articles sur les missions scientifiques, sur

l'Institut archéologique de Rome, sur le Musée britannique et l'Asie Mineure, etc., etc., ne sont, pour ainsi dire, que le reflet de ce qui a été pour moi pendant bien des années la première de mes occupations ; je veux dire l'étude des monuments dans leurs rapports avec les religions, étude complétée par l'observation du mouvement archéologique, surtout à l'étranger.

À la fin de 1858 j'entrai au *Journal des Débats*. C'était un privilége, je me suis hâté d'en jouir. Toutes les fois que l'occasion s'est offerte, je l'ai saisie pour présenter à des lecteurs d'élite quelques-unes des faces de la science, objet de mes prédilections. Mais ce qui était pour moi la grande affaire s'est trouvé au second rang le jour où j'ai été appelé à créer la bibliothèque de l'École des Beaux-Arts : à partir de ce moment, des travaux d'un autre ordre sont devenus des devoirs, et même des soucis.

Le plus souvent les circonstances, ou bien certaines impressions particulières m'ont mis la plume à la main. Par exemple, ce que j'ai dit des peintures de Saint-Germain des Prés, cette grande œuvre d'Hippolyte Flandrin, est la suite de mes étroites relations avec un artiste que j'ai beaucoup admiré, beaucoup aimé. Agréé un jour en qualité d'auxiliaire de la Commission du *Dictionnaire de*

l'Académie des Beaux-Arts, par Halévy, alors secrétaire perpétuel de cette Académie, je me suis vu
sous le charme de l'esprit le plus fin, le plus orné,
doublé d'un talent supérieur, et j'ai esquissé le
portrait de cet aimable maître. Élu membre de
l'Institut archéologique de Rome, j'ai pu pénétrer
jusqu'au duc de Luynes, protecteur zélé de la
section française, et je me suis appliqué à bien
mettre en lumière ce type grave et triste, d'un
vrai savant, grand seigneur, ami de la solitude et
fort ombrageux.

L'article sur les paradis profanes — je n'ai pas
cru devoir l'exclure — tranche sur le ton des
autres, justement parce qu'il témoigne d'un sentiment plus intime, plus profond. Il nous dit qu'il
est des jours où le souvenir de ceux qui ne sont
plus remue nos âmes avec une puissance nouvelle. Dans une de ces heures de tristesse, j'ai
voulu savoir ce que notre occident payen avait
pu rêver sur les demeures de la mort; puis l'idée
m'est venue d'en retracer l'histoire.

J'ai laissé tels qu'ils étaient ces articles d'art et
de critique littéraire, car ils expriment fidèlement
quels furent pendant vingt années mes sentiments, mes opinions, mes goûts, dans leurs variétés et dans leurs nuances. D'ailleurs, je sais
mal dissimuler, et s'il m'avait fallu les modifier,

me servir de la gomme ou de l'estompe pour effacer ou atténuer certains traits un peu durs, quelques touches trop vives peut-être, je les aurais gâtés.

On a lu ces études à l'époque où elles ont été publiées dans le *Journal des Débats* et dans quelques Revues ; du moins certains indices m'autorisent à le croire. Trouveront-elles encore des lecteurs ? C'est une espérance, peut-être même n'est-ce qu'une illusion. J'attends.

Ernest VINET.

L'ANTIQUITÉ

L'ANTIQUITÉ

RELIGIONS

LES PARADIS PROFANES EN OCCIDENT

(Revue de Paris, 1856.)

Il semble qu'on est d'accord sur ce point, c'est qu'à côté de la théologie s'élève une science nouvelle, la science des religions. Si la première est purement dogmatique, la seconde est fondée sur la critique, puissant moyen d'analyse dont il était réservé à l'esprit moderne de savoir faire usage. Montrer l'antiquité cherchant Dieu, indiquer le sens caché des fables religieuses quand elles en ont un, tels sont les principaux objets de cette étude qui embrasse la terre et le ciel. Surtout elle offre un avantage : elle nous montre la jeunesse de l'humanité. Le monde est positif parce qu'il vieillit, mais il a été crédule, fou, enivré de poésie et de superstition, amoureux de la nature que nous faisons maintenant passer au creuset. Pour entrer avec

succès dans le domaine de la philosophie et de l'histoire, il faut avoir traversé de toute nécessité celui des
religions.

Au nombre des questions que soulève cette étude,
on doit compter celle de la vie future, question d'une
effrayante profondeur. Qu'y a-t-il dans les régions de
la mort? Nul n'est revenu, nul ne reviendra pour nous
le dire. Toutefois, la croyance à l'immortalité de l'âme
sillonne les ténèbres comme une lueur consolante.
Les religions en ont fait un dogme, celui de la récompense au delà du tombeau. Ce dogme raffermit les
esprits que la pensée du néant épouvante. Il s'élève
sur les derniers horizons de la vie comme une de ces
constellations bénies des matelots.

La croyance que l'homme ne meurt pas tout entier
date de loin. Cependant ce n'est que peu à peu qu'elle
s'est dégagée du panthéisme. En prêchant le mépris
des choses terrestres, en montrant le ciel comme le
refuge de toutes les misères, le christianisme s'est
emparé du mouvement si lent de la pensée antique
vers la vie spirituelle; en le précipitant il lui a donné
un nouvel essor. Par la voix des conciles, l'Église a
proclamé le dogme de l'immortalité. L'idée de la rému-
nération future selon les mérites ou les démérites s'y
est trouvée représentée par cette grande opposition du
paradis et de l'enfer, de Dieu et de Satan, qui est le
dualisme chrétien. Mais, avant le jour où le christianisme vint ouvrir les portes du ciel, le paganisme s'é-
tait fait des images variées de la vie future. Il y a là un
plein courant de croyances, de rêves, de visions, depuis les imaginations les plus noires jusqu'aux illu-

sions les plus riantes, courant immense qui a traversé l'antiquité tout entière.

Déjà deux écrivains de mérite, Labitte et Ozanam, qui ont étudié les idées des anciens sur la vie future, ont abordé le côté des enfers, mais ce n'est qu'occasionnellement et en qualité de commentateurs du Dante. Quelles sont les sources de la *Divine Comédie;* quelles légendes ce sombre et fier génie a-t-il empruntées à l'antiquité grecque et latine, et aux temps de barbarie voisins de son siècle; tel est ce qu'ils cherchent, et ce but atteint, le reste leur devient indifférent. En attendant l'œuvre d'ensemble que l'érudition philosophique réclame, nous avons essayé d'indiquer par quelques pages rapides comment l'antiquité a compris le bonheur dans l'autre vie. Quand Hésiode affirme que l'espérance est au fond de la boîte de Pandore, Hésiode se trompe, elle est au fond du cœur de l'homme. C'est de cette espérance secrète que rien ne peut détruire, et qui renaît sans cesse comme les entrailles de Prométhée sous le bec du vautour, qu'est sorti le monde enchanté dont la Mort garde les portes. Pourquoi ce ciel bleu, ces riantes perspectives, cet éclat soudain au milieu de tant de réalités douloureuses? Serait-ce le souvenir presque effacé de notre vraie patrie?

L'austère judaïsme lui-même n'a point échappé à cette loi de notre cœur : Dieu a placé Adam et sa compagne dans un admirable verger sillonné par des eaux rafraîchissantes. Et lorsque le progrès amené par les siècles permit au christianisme de fonder son pouvoir sur les âmes, il vint promettre à la vertu blessée, dans les terribles luttes de la vie, des joies éternelles sous un dais d'azur.

Nous suivrons ce songe doré du bonheur depuis l'instant où il vient bercer l'enfance de la Grèce jusqu'au jour où il se perd dans l'auréole de la foi nouvelle ; mais en racontant comment la vision du bonheur subit les influences des peuples et des civilisations, comment cette inspiration générale naît et se propage, peut-être aurons-nous fourni la matière d'un chapitre sur l'histoire de l'âme, peut-être aussi que quelques lecteurs nous sauront gré de leur avoir indiqué le cours de ces fleuves lumineux des paradis dont les rives, dit le poëte, sont couvertes de fleurs admirables :

> E vidi lume in forma di riviera
> Fulvido di fulgore intra due rive
> Dipinte di mirabil primavera.

I

Notre âme, toujours vivante, l'est encore plus après la mort. Cette réflexion, d'un esprit délicat, résume assez bien le spiritualisme moderne. Si l'on disait que l'âme, toujours vivante, l'est beaucoup moins après la mort, ce serait caractériser avec quelque justesse le spiritualisme ancien. L'homme, dès l'origine des sociétés, a voulu pénétrer le mystère de la tombe. Excité, inspiré par le sentiment religieux ou la poésie, qui ne sont qu'un, il s'est créé un monde invisible qu'il a fait en partie à l'image de celui où nous vivons. Nous

n'admirons point assez, du haut de notre métaphysique dédaigneuse, ce qu'il a fallu d'imagination et de
vigueur intellectuelle pour dégager l'âme de la matière, la rendre indépendante, lui donner un lieu d'exil
ou une patrie, trouver enfin les enfers et les paradis.
Le spectacle de ce premier enfantement nous échappe,
car il s'est accompli lentement, sourdement, dans la
nuit du passé. Ce que nous voyons seulement, quand
nous tournons les yeux vers cette race grecque pré-
destinée à régner éternellement dans les domaines de
l'esprit, c'est qu'au temps d'Homère la séparation de
l'âme et du corps est déjà établie. L'âme existe par
elle-même, c'est quelque chose d'impérissable, tandis
que le corps n'est qu'un peu de boue, une plante humaine ; car, selon la croyance grecque, les premiers
hommes étaient sortis du sein de la terre, aussi bien
que le froment. A la vérité, l'âme n'a force et pouvoir
que lorsqu'elle est unie au corps qui la rend percep-
tible aux sens. Privé du corps, son précieux compagnon, elle n'est plus qu'une ombre, le rêve à côté de
la réalité. En vain les trépassés ont-ils la voix, la taille,
le costume qu'ils avaient sur la terre : ce n'est qu'une
apparence vaine. La mort, dans le système homérique,
n'est qu'une sotte parodie de la vie, et comme son
abaissement.

Si pour considérer les premiers pas de la psychologie nous nous plaçons sur le terrain de la morale,
nous verrons que la question des destinées de l'homme
dans ses rapports avec Dieu et ses semblables n'est
même pas agitée. L'idée du mérite et du démérite,
trouvant au delà du tombeau la récompense ou le châ-

timent, n'apparaît point encore. Mettre en harmonie
l'accomplissement du devoir et le bonheur sera l'œuvre d'une civilisation plus avancée. Mais, en attendant
que la philosophie vienne déclarer que ce n'est point
dans cette vie que la vertu trouvera sa couronne ; en
attendant que la loi évangélique ouvre le ciel à ceux
qui souffrent et restent dans le devoir, l'humanité
qui, pendant des siècles, aspire au bonheur, comme
le veut sa nature, voit constamment devant elle l'image
de la félicité, félicité lointaine, il est vrai, dont elle
est séparée par deux abîmes, la mort et le temps.
Le bonheur après la mort se nomme le paradis, le
bonheur au commencement des siècles se nomme
l'âge d'or.

Fouillez dans le cœur de l'homme, et vous y trouverez le mécontentement. Ce qu'il maudit surtout, c'est
le présent qu'il aimerait peut-être s'il connaissait
l'avenir ; ce qu'il regrette, c'est le passé qu'il vante aux
dépens du présent. Il en est des nations comme du
vulgaire : peu satisfaites de leur lot, elles se sont prises
d'enthousiasme pour ce bon vieux temps que l'on farde
d'une si étrange façon. Aussi l'âge d'or orne-t-il le
berceau de tous les peuples, depuis l'Inde jusqu'au
Mexique. Toutefois les béatitudes terrestres ne peuvent être d'une éternelle durée. L'humanité descend
donc de ces hauteurs, mais lentement, graduellement,
en suivant le cours des siècles. Ce sont autant d'étapes
vers le mal, et chacune a son nom : ainsi donc, à l'âge
d'or succède l'âge d'argent, à l'âge d'argent celui
d'airain, après lequel vient l'âge de fer ; et les quatre
âges d'Hésiode se retrouvent tout aussi bien dans la

mythologie du nouveau monde que dans la théologie indienne de Manou.

Chez les Grecs, cette décadence n'est cependant point complète. Si l'âge de fer rassemble tous les fléaux, le bonheur se trouve encore au bout de la terre. L'âge d'or, sous un nom ou sous un autre, n'a cessé d'y fleurir. Comme un anneau de l'éclat le plus pur, il entoure d'une zone de félicité le disque terrestre.

Quand on compare l'âge d'or à l'Élysée, on est frappé de la grande ressemblance de ces deux conceptions, car les poëtes, grecs ou latins, qui représentent l'Élysée à deux pas du Tartare, se sont écartés de la tradition primitive. Cette tradition, qui a traversé l'antiquité tout entière, donne pour habitation aux ombres heureuses certaines îles placées aux extrémités de la terre. Or, il est impossible de ne pas voir que la félicité dont jouissent les mânes dans les *îles des bienheureux* est la même que celle qui fut accordée à l'homme pendant l'âge d'or. Ciel bleu, sol fécond, zéphyr caressant, royauté douce du vieux Saturne, se retrouvent dans les deux légendes. Si le bonheur des trépassés n'est que le calque de celui des vivants, c'est que la théologie panthéiste laisse toujours la limite indécise entre la terre et le ciel, entre la vie et la mort.

« Tout est machine et ressort, dit Chateaubriand, « tout est extérieur, tout est fait pour les yeux dans « les tableaux du paganisme; tout est sentiment et « pensée, tout est intérieur, tout est créé pour l'âme « dans les peintures de la religion chrétienne. » Il est certain que dans l'invention du *merveilleux* funèbre, l'antiquité a procédé dans le sens le plus diamétralement opposé au génie spiritualiste du moyen âge. Celui-ci, en faisant de Jérusalem le centre géographique de l'univers, parce qu'elle en était le centre religieux, soumettait la cosmographie à sa croyance; tandis que l'antiquité, en reléguant son paradis aux bornes supposées de la terre, qu'elle reculait à mesure que ses navigateurs faisaient des découvertes, soumit ses croyances aux progrès de la cosmographie.

Les premiers aperçus des Grecs sur la nature sont d'une extrême inexactitude. C'est à travers le prisme de l'imagination qu'ils commencent par regarder le monde : l'observation scientifique ne vient qu'après. Homère, qui pendant mille ans représente presque à lui seul le génie littéraire et scientifique de la Grèce, dépeint la terre comme un disque légèrement convexe et cerné par l'Océan. Au-dessus du disque terrestre s'élève la voûte solide à laquelle les astres sont attachés comme autant de clous lumineux. Cette voûte est soutenue par une colonne; Atlas personnifie ce puissant support. Au loin, dans les entrailles de la terre, s'étend le royaume de Pluton; on y arrive par une ouverture placée sur la rive du fleuve Océan. Le chaos commence là où finit le ciel et l'enfer.

La géographie homérique est en rapport avec cette cosmographie. A l'est, le désert qui sépare l'Asie Mineure de la Mésopotamie; au sud, la vallée du Nil et la côte d'Afrique, jusqu'au premier rameau de l'Atlas; à l'ouest et au nord, la Sicile et la pointe méridionale de l'Italie : telles sont les bornes de l'univers grec, dont la mer Égée forme le centre.

C'est du côté de la Sicile et de l'Italie que le brouil-

lard qui couvre le reste du monde est le plus épais. Là
commence la nuit, là se trouvent des régions mystérieuses gouvernées seulement par la fantaisie des
poëtes; là demeurent Circé, Calypso, Scylla, Polyphème, les Lestrigons, c'est-à-dire le monstrueux,
l'horrible, les voluptés qui tuent, le rêve, le cauche-
mar! Là mugit le fleuve Océan, dont les eaux vers le
nord-ouest se mêlent aux vagues de la Méditerranée.
Cette mer assombrie a pour rivages le pays des Cimmériens, enveloppés d'une éternelle nuit. Ulysse pénètre ici dans l'Averne. Merveilleux pouvoir de l'imagination! Homère a fait du petit golfe de Bajes,
parfumé et limpide, le péristyle des enfers.

Cependant si nous arrêtions nos regards sur cette
partie du monde, le sombre nuage s'entr'ouvrirait.
L'âge d'or et ses délicieux ombrages nous apparaî-
traient au sein même de l'Italie. Nous verrions cette
félicité universelle que les poëtes signalaient restreinte
dans le Latium, sous le sceptre paternel de Saturne.
Située au bout de l'univers homérique, l'Hespérie peut
tout aussi bien, à cause de son éloignement, être le
pays du bonheur que celui des tristes prodiges. Ne
l'oublions point: le roi du Latium, le roi de l'âge d'or,
commande, comme nous le verrons, aux ombres heureuses; selon quelques légendes, il personnifie aussi
le temps. Quand la mythologie place les domaines de
Saturne du côté où le soleil se couche, ce n'est point
une invention sans portée; ceci prouve qu'elle a deviné
les harmonies secrètes du temps, de la mort et de la
nuit.

Les îles participent au prestige dont la mer est en-

tourée. La nature leur a donné la grâce et le mystère,
parfois la sublimité de l'isolement. De là ce caractère
presque divin que leur ont conféré tant de peuples; de
là ces fables qui les signalent comme le berceau ou la
tombe des dieux. Les muses seules ont-elles suggéré
à la Grèce l'idée de ces îles, demeures des ombres
heureuses, situées au sein d'un océan presque sans
limites, placé à la frontière du chaos? Nous ne le
croyons pas. Un sentiment humain, une plaie cachée,
se trahiraient plutôt dans ce symbole qui nous montre
toute la masse de bonheur dans la vie future, comme
un point perdu dans l'espace et voisin du néant.

L'*Iliade* n'a pas d'Élysée. Celui de l'*Odyssée* se
trouve décrit en quatre vers. Ici l'imagination inven-
tive du Midi le cède à la théologie poétique du Nord
dans l'art d'agrandir et de peupler les domaines de
l'autre vie. Homère se contente de nous montrer Rhadamante et Ménélas transportés dans un pays fertile
que la pluie, la neige, les longs hivers n'attristent
jamais. Sont-ils morts, sont-ils vivants? On n'en sait
rien. Comment ont-ils mérité cette faveur? Ils sont
parents de Jupiter. Sont-ils seuls? On l'ignore. Où cette
terre est-elle située? Sans doute près de l'Océan, puisqu'elle est rafraîchie par son haleine. Il y a là bien des
obscurités, et il ne faut pas s'en étonner. La première
antiquité grecque se souciait bien moins de la mort
que de la vie. Souvenons-nous de la réponse qu'Achille
fait à Ulysse : « J'aimerais mieux être l'esclave du plus
pauvre des laboureurs que de régner sur le peuple entier des ombres. » Voilà pourquoi le paradis d'Homère
est si mesquin.

Telle n'est point l'opinion de M. Welcker[1] ; ce savant a découvert un paradis homérique des mieux ornés. Quel est ce paradis perdu et reconquis? Le royaume des Phéaciens, que Bayle a surnommé le pays de cocagne des Grecs, et auquel on assigne d'ordinaire l'île de Corfou. Le retour d'Ulysse à Ithaque, sur un vaisseau appartenant à ce peuple, retour silencieux, nocturne, rapide comme la foudre, ne peut être, dit M. Welcker, qu'une image de la navigation des âmes. Familiarisé avec le génie mythologique, avec ces créations aux contours vagues, insaisissables, M. Welcker est convaincu qu'une île où tout est beau, charmant, délicieux, où la vie n'est qu'une suite non interrompue de danses, de festins, de plaisirs de tout genre, où l'on arrive en sortant des enfers, ne peut être qu'un Élysée.

Originale et neuve, cette opinion devait trouver des contradicteurs, et elle en a trouvé. Serait-elle cent fois plus hasardée, nous la préférons au commentaire de cet honnête savant anglais, qui reconnaît dans l'île des Phéaciens la Judée, et son roi Salomon sous les traits d'Alcinoüs. D'ailleurs, Homère a ses dévots, qui crient au scandale quand on s'écarte de la lettre pour chercher l'esprit. Partisans de l'explication historique, ils ne voient ici qu'une peinture idéalisée de la vie réelle ; ils oublient qu'en ce temps-là un bon vent et quelques coups de rame menaient de la terre des vivants à la région des morts. Eh ! de quel droit vou-

---

1. *Die Homerischen Phœaken und die Inseln der Seligen. Rhein Museum für Philologie*, 1832, I. S. 219.

lez-vous enlever au plus puissant des artistes la liberté
de peindre à sa fantaisie la demeure des âmes? Si les
couleurs sont terrestres et le souffle matériel, c'est
qu'Homère personnifie la Grèce jeune, ardente, tout
occupée à lutter contre les choses. Le génie du poëte
rase le sol fleuri, sans songer à monter plus haut.

Le paradis d'Hésiode est ouvert à toute cette race
qui naît entre l'âge d'airain et l'âge de fer, et qui voit
ses plus nobles enfants périr devant Thèbes ou devant
Troie. « Ces héros fortunés, dit le poëte, habitent dans
les îles des bienheureux, au delà de l'Océan, et trois
fois chaque année la terre féconde leur prodigue ses
fruits, etc. » Le paradis guerrier, le walholl scandinave est déjà trouvé. L'île d'Hésiode, c'est la *table ronde*
du moyen âge de la Grèce. Saturne y tient la place du
roi Arthur. Ici Hésiode a dépassé Homère. Son île des
morts exprime une belle idée : la récompense des
braves dans l'autre vie, ou plutôt, pour ne rien farder,
l'orgueil de race dans l'antiquité féodale. Jusqu'ici
nous n'avons point encore aperçu le paradis de l'in-
digent, de l'esclave, de la femme, de l'enfant. Pour
qu'on le voie, il faut que la terre se renouvelle. Mais
l'âme du sage, où ira-t-elle se réfugier? On n'en sait
vraiment rien. Les clameurs de la guerre, l'hymne à
la nature étouffent le cri de l'équité dans ces magnifiques poésies héroïques et cosmogoniques, où la faiblesse semble un crime. Adorateurs de la force, de la
valeur et de la beauté, c'est à ces trois divinités qu'Homère et Hésiode ont confié les clefs de leur paradis.

II

Avec Pindare, la vision du bonheur futur prend un nouvel aspect. Pindare a le génie prophétique. La sublimité des psaumes éclate dans ses vers. Parfois il est obscur comme Isaïe, parfois il en a la véhémence et l'audace. Toujours cette chaleur active, dont l'Écriture est pénétrée, échauffe sa muse. Aussi quelle énorme distance sépare son île des morts de celle d'Hésiode! On reconnaît que l'ère morale est ouverte, que le tribunal de la justice, dans l'autre vie, vient de se constituer. Interprète de la conscience du genre humain, Pindare, par une image dantesque, représente l'âme de l'impie « volant autour de la terre vêtue du sanglant linceul de la douleur. » Il appartenait à ce grand et religieux poëte de montrer à la Grèce charmée l'inaltérable félicité qui attend l'homme vertueux aussitôt après la mort. D'une légende plus ou moins négligée, il a fait un dogme majestueux. Relisez les strophes où Pindare déroule cette existence enchantée : le soleil brille de son plus vif éclat, alors que la terre se couvre de ténèbres. Ses doux rayons illuminent des prairies que rougissent les roses. Des fruits d'or scintillent à travers le feuillage parfumé. Les uns, parmi ceux qui peuplent ce délicieux séjour, se plaisent à lancer des chars dans la carrière ; les autres font résonner les cordes de la lyre ; quelques-uns se complaisent dans des jeux savants. Partout la flamme odorante des autels luit dans cette région embaumée.

Voilà le tableau du poëte : c'est celui d'un maître.

Écoutons le théologien. Il faut, pour arriver à ce séjour de délices, avoir subi plus d'une épreuve. C'est le terme d'un long pèlerinage pendant lequel l'âme se sera préservée de toute souillure. Long en effet est ce pèlerinage, car il embrasse une triple existence dans l'un et l'autre monde. Au bout sera le port du salut. Qui a tracé la route? Jupiter. Où mène-t-elle? aux îles des Bienheureux que commande Saturne. On le voit par ces rapides témoignages, la vie future n'aura plus pour arbitre le caprice des poëtes; elle ressort d'une idée supérieure. Ici la pensée pythagoricienne a monté la lyre de Pindare. De même que la couleur des flots annonce la terre, de même aussi l'île pindarique des Morts annonce les paradis de Platon. Nous venons de voir la vie future parée des grâces de la poésie; examinons comment elle a été décrite par la philosophie.

Mais arrêtons-nous ici un instant pour combler une lacune : nous ne pouvons passer sous silence quelques îles des Morts, d'une orthodoxie moins pure, il est vrai. Nous avons à signaler l'île d'Achille (ou de Leucé), que la tradition plaçait dans la mer Noire sans le concours des géographes, inhabiles jusqu'à présent à la retrouver. Ce fut, dit-on, un certain Leonymus de Crotone qui en fit la découverte. Là il vit Achille, devenu l'époux d'Hélène, au milieu de ses compagnons d'armes, ou plutôt de ses amis. Il faut croire que ce paradis, dont la situation exceptionnelle à l'est indique les progrès de la navigation dans le Pont-Euxin, obtint quelque faveur. Il faut croire aussi que la Grèce était peu susceptible à l'endroit de son héros : nous autres modernes, nous n'aimons pas voir Achille succéder à

Pâris dans le lit d'Hélène. Mais n'importe, ce qu'il y a de vraiment curieux, c'est le souvenir donné à ce paradis dans la Marseillaise athénienne, dans la chanson sur Harmodius, l'assassin d'Hipparque, chanson qui servait de clôture aux banquets politiques de la ville de Minerve : « Non, cher Harmodius, non, dit cette chanson, tu n'es pas mort ; tu résides dans l'île des Bienheureux, près d'Achille aux pieds légers, et de Diomède, fils de Tydée. » Mettre ses ennemis en enfer et ses amis en paradis date de loin, à ce qu'il paraît. L'âpre et haut génie qui semble n'avoir parlé si magnifiquement de l'autre monde que pour mieux servir ses haines dans celui-ci, Dante Alighieri ne se doutait peut-être pas que ce procédé, à la fois si facile et si amer, remontait aux démocrates athéniens.

L'idée du bonheur par delà le tombeau, bonheur mérité par la vertu, ne se présente jusqu'ici que comme une intuition pure, une protestation de la poésie contre le néant. Il appartenait à Platon, génie puissant et inspiré, de féconder les champs de la mort sous les auspices de la science, et d'y faire pousser des fruits d'une éternelle beauté. Quand sa pensée se tourne vers l'autre vie, peut-être manque-t-il, pour nous, de cette gravité, de cette tristesse majestueuse à laquelle nous ont accoutumés les maîtres dans la philosophie et la chaire. Ces images sont empruntées à la mythologie, comme s'il cherchait pour sa morale l'abri du polythéisme. C'est Platon qui a conseillé au sage, quand il voit l'injustice ici-bas envelopper les autres hommes, de se tenir en repos, pareil au voyageur qui s'abrite pendant l'orage derrière quelque

2

petit mur, contre les tourbillons de pluie et de poussière. Sous ses paroles on voit percer le souvenir de la
condamnation de Socrate. Mais écoutons le philosophe :

« Une loi des dieux, dit-il, veut que les hommes
dont la vie a été juste et sainte se rendent aux îles
Océanides pour y jouir d'un parfait bonheur, et qu'au
contraire les méchants et les impies soient dirigés
vers un lieu de punition nommé le Tartare. » Au
temps de Saturne, les vivants se jugeaient entre eux ;
la mort, le jour de l'arrêt, venait les surprendre. Mais,
averti par les gardiens des îles Fortunées, Jupiter sup-
prima ce tribunal pour en créer un nouveau plus im-
partial, auquel il ajouta trois de ses fils, Æaque, Rhadamante et Minos. C'était dans une prairie que les
trois juges de la mort rendaient leurs arrêts. Du point
d'où ils siégeaient partaient deux routes : l'une conduisait aux îles Fortunées, l'autre au Tartare. Oubliez
pour un instant ces noms d'Æaque, de Rhadamante, de
Minos, si vides de sens pour nous autres modernes, et
vous trouverez dans ce tribunal inflexible, placé à
l'entrée des deux chemins qui mènent au bonheur
suprême ou à l'éternelle douleur, une image sévère
et grandiose. On croit entendre le bruit lointain de
cette foudre qui éclatera dans l'Évangile : « Et ceux-ci
iront dans le supplice éternel, et les justes dans la
vie éternelle ! »

L'itinéraire que Platon trace aux âmes se rattache à
ses théories physiques, et celles-ci se renferment
d'ordinaire dans le cercle de la cosmographie homérique. Théologie, vision, idéal, doctrine de l'immor-

talité, tout cela se combine et s'arrange avec l'*Iliade* et
l'*Odyssée*. Mille raisons, il faut encore le répéter,
commandaient à la philosophie de rester souple
comme la légende; d'ailleurs elle est encore sur le
trépied. Ces réserves faites, écoutons encore Platon :

« Au sein de cette mer qui couvre la surface presque sphérique du monde existe une île qui se compose
de l'Afrique, l'Europe et l'Asie. Des rivages de cette
île jusqu'au centre, le sol va toujours en s'abaissant.
Pareil à un cône renversé, il se creuse à une immense
profondeur en se rétrécissant. Cet abîme est au beau
milieu de la terre. Au fond mugissent les torrents de
feu du Tartare. Sur ses pentes se replient de vastes
fleuves qui finissent par s'engloutir dans le gouffre.
L'Achéron est un des plus vastes. Il se jette dans un
marais où se rendent la plupart des âmes pour y attendre l'instant où la destinée leur prescrira d'animer
de nouveaux corps. » Le lecteur a déjà reconnu l'enfer concentrique imité par le Dante. « Si l'homme,
ajoute Platon, n'était pas retenu par sa faiblesse, il
pourrait, en se rapprochant de l'Océan, atteindre les
plateaux élevés de la terre, qui s'élancent dans l'azur.
Là s'étaleraient à ses yeux d'innombrables merveilles :
un sol nuancé des plus riches couleurs ; une terre qui
recèle l'or, l'argent, tous les métaux précieux. Là il
pourrait contempler des montagnes dont les rochers
ont plus d'éclat que le jaspe et l'émeraude. Une race
d'élite habite ces régions élevées, race affranchie de
nos infirmités, car elle ne respire que l'éther. Des
bois sacrés et des temples où les dieux séjournent
réellement s'élèvent partout sur ce sol privilégié. Le

soleil et les astres s'y montrent tels qu'ils sont. C'est
dans ce paradis alpestre que se rendent les âmes
chastes et tempérantes ; car la terre a bien des lieux
différents et admirables ; mais les âmes purifiées par
la philosophie vont dans des régions supérieures, et
encore plus belles. »

Ailleurs, Platon s'est complu à retracer sous d'autres couleurs le paradis de la Grèce. Campagnes délicieuses, sources limpides, prairies émaillées de fleurs
où les philosophes dissertent au soleil, festins, danses,
concerts, rien ne manque. Il va même, par une attention délicate, jusqu'à élever un théâtre pour les poëtes.
Comment donc ce même homme qui les chassait de sa
république leur ouvre-t-il son Élysée? C'est que le
naturel revient toujours. Avant d'être philosophe, Platon s'était senti poëte ; il est de la race des artistes, et
l'un des plus grands.

Remarquez qu'au moment où Platon embellissait la
vie future de tous les raffinements d'une civilisation
élégante, la scène athénienne se trouvait envahie par
de grossières caricatures de l'âge d'or. Dans les cyni-
ques enluminures des devanciers de Rabelais, les fontaines limpides du paradis philosophique sont remplacées par des fleuves de sauce. La lutte des pains et
des galettes qui se disputent l'honneur d'être mangés
succède aux entretiens savants dans la prairie. Ici
Platon montre le festin préparé par des mains invisibles ; là le poëte comique fait tomber du ciel les grives
toutes rôties, et donne l'ordre aux poissons entassés
dans la poêle de se retourner d'eux-mêmes, afin d'être
mieux cuits. Si l'on se prend à songer que ces grosses

bouffonneries se débitaient au pied de la colline que le
Parthénon couronnait de sa divine architecture, on
répète, avec Montaigne, que l'homme est un être on-
doyant et divers ; mais quand on les voit reparaître en
manière de parodie de l'Élysée chrétien, on est d'avis
que l'homme est partout de même, et qu'il n'a jamais
changé.

III

On lit dans saint Clément d'Alexandrie, qui invoque
ici l'autorité du Portique, que l'Élysée et certaines
villes des Arimaspes et des Hyperboréens, signalées
par les poëtes, sont l'image de la cité céleste, car le
nom de cité ne peut s'appliquer qu'à une réunion
d'hommes vertueux et non pas aux sentines impures
dont la terre est couverte.

J'ignore si cette précieuse remarque d'un des plus
savants Pères de l'Église a suggéré à saint Augustin
la *Cité de Dieu ;* mais elle nous dévoile plus d'un
paradis ou cité céleste qui se cache sous la description
d'une contrée imaginaire, régions aussi éloignées des
vivants que des morts, régions dont le nom est :
utopie. Transportez la fiction d'un bonheur sans mélange, dont la source est dans le respect de la religion, des mœurs et des lois ; transportez-la de l'ordre
surnaturel dans l'ordre philosophique et moral, et
vous aurez enfanté une utopie, c'est-à-dire un roman
sur le beau et sur le bon, appliqué aux intérêts hu-
mains.

L'âge d'or peut être considéré comme la plus au-

cienne des utopies. Elle ne diffère de celles qui lui ont
succédé que parce qu'elle est plus naïve. A côté se
rangent les utopies des vertueux Éthiopiens et des
vertueux Hyperboréens, toutes conceptions *mythico-
morales* puisées à la même source. Il s'agit toujours
dans ces romans primitifs d'un peuple heureux et
vertueux qui demeure aux extrémités du monde, sur
la rive de l'Océan, cette éternelle ceinture du disque
terrestre. La seule différence est que si les Éthiopiens
sont au sud, les Hyperboréens sont au nord, par delà
des monts d'où s'élance Borée, et qu'ils vivent sur une
terre échauffée six mois entiers par un soleil printa-
nier. Deux grands fléaux, la maladie et la guerre, sont
inconnus chez les Hyperboréens. Quand on y meurt,
c'est au bout, de mille ans consacrés à la vertu et au
culte des dieux. Ne méprisons pas ces fictions des
Fénelons de l'antiquité qui bâtissaient déjà leur Sa-
lente ; elles prouvent que de tout temps l'homme a
pris plaisir à se peindre en beau. J'aime mieux cette
fable des Hyperboréens que la fable des Griffons. Ce
mythe est celui des chercheurs d'or ; il nous annonce
que les extrémités de la terre vont briller d'un autre
éclat que celui de la vertu. Ce qui fixera désormais les
regards sur ces contrées inconnues, ce sera la renommée de leurs richesses. L'Ophir de Salomon, cette
Californie de la race sémitique, se montre déjà à l'est
et semble fuir ceux qui la cherchent. Bientôt une
géographie fantastique signalera dans les mers où se
jette l'Indus des îles dont le sable est d'or et d'argent.
Le monde est encore jeune, et cependant il ne rêve
déjà plus aux ruisseaux de miel et de lait ; dans ses

songes, il voit de l'or. Quelques pas de plus, le voilà commerçant et industriel.

En originalité, en célébrité, l'*Atlantide* de Platon l'emporte sur toutes les utopies. De tous les romans politiques, c'est le plus ancien, et une application philosophique et savante de la légende sur l'âge d'or. Longtemps on a cru que le récit de Platon désignait l'Amérique ; une critique plus sévère a démontré qu'il fallait en revenir à l'opinion de Montaigne. « Il n'y a pas grande apparence — c'est Montaigne qui parle — que l'*Atlantide* soit le monde nouveau que nous venons de découvrir, car elle touchait à l'Espagne, et ce serait un effet incroyable d'inondation que de l'en avoir reculé comme elle est de plus de douze cents lieues. » En admettant avec un voyageur illustre, M. de Humboldt, que cette fiction platonique ait pu se rattacher à une sorte de prescience qui montrait à l'homme une autre terre habitée au delà de l'Océan homérique, il est bien difficile néanmoins de faire entrer ce continent dans le cadre de la géographie positive. Il restera longtemps encore, comme les îles des Bienheureux, dans ces espaces sans bornes dont l'imagination seule trace la carte.

J'ai parlé de l'âge d'or ; oui, Platon y songeait lorsqu'il décrivait son *Atlantide*. D'abord, il nous montre les dieux mettant la terre en loterie, et l'Atlantide tombant dans les mains de Neptune. L'amour fléchit le cœur du dieu dans ce nouveau royaume ; une mortelle le rend auteur d'une race marquée d'un sceau divin ; cette race croît et se multiplie sur un sol paré d'une végétation admirable et dont le sein renferme les métaux les plus précieux. Elle arrive, dit Platon, à posséder plus de richesses qu'aucune dynastie royale. Une civilisation puissante, protectrice des arts, construit des ports, des palais, des temples, que des murs d'airain renferment. Des triomphes multipliés en Afrique et en Europe font éclater le caractère belliqueux des Atlantes. Vertu, bonheur, pouvoir, richesse, rien ne manque aux enfants de Neptune, jusqu'au jour où l'essence céleste venant à s'altérer, les Atlantes se laissent corrompre. Ils sont au faîte de la gloire, et cependant, pareils à ces géants des forêts dont la séve est pourrie, un mal secret les dévore. Jupiter, qui sonde les cœurs, se décide à les punir : un tremblement de terre effroyable, qui ébranle tout l'univers, ouvre les abîmes de l'Océan, dont les vagues viennent recouvrir l'Atlantide pour l'éternité.

De la mystique Atlantide de Platon est née la bizarre Méropide de Théopompe de Chio. Selon Théopompe, un continent immense forme l'autre rive de l'Océan qui gronde entre cette terre lointaine et notre île comme un fleuve prodigieux. C'est aussi, si l'on veut, une nouvelle édition de la cosmographie homérique enrichie de quelques rêveries nouvelles. — Les peuples qui habitent ce nouveau monde ont le double de la taille des autres hommes et vivent moitié plus. Là se trouvent deux cités, la *Pieuse* et la Belliqueuse : la première est paisible, les dieux la visitent; et, comme chez les Hyperboréens, on y meurt doucement; la seconde est agitée par le démon de la guerre; le fer y est plus rare que l'or. Au bout de ce continent s'ouvre un gouffre : *sans retour*, c'est ainsi qu'on le nomme.

Deux fleuves ornent la contrée : celui de la tristesse et celui de la joie. De beaux arbres à fruits les ombragent. Goûtez des fruits qui croissent sur les rives du fleuve de Tristesse et vous ne ferez que pleurer le reste de vos jours ; mangez de ceux qui pendent aux arbres plantés sur le fleuve de la Joie, et si vous êtes vieux, vous reviendrez à votre âge mûr, puis à la jeunesse, à la puberté, à l'enfance, accomplissant de la sorte, mais à rebours, le cercle inflexible de la vie pour mourir. Selon quelques érudits qui partout voient l'histoire, ce n'est pas sous l'Atlantide, mais plutôt sous la Méropide que se cache l'Amérique.

Peut-être nous reprochera-t-on de nous être un peu écarté de notre sujet ; mais comment aurions-nous pu, sans nous rendre coupable d'une grave omission, passer sous silence le paradis de la philosophie ? La Grèce a eu ses Thomas Morus et ses Harrington. Leur tâche en ce monde a été de propager, orner et développer les miracles de l'âge d'or et les vertus des Éthiopiens.

Les conquêtes de la géographie, depuis l'instant où les Phéniciens franchirent les colonnes d'Hercule, depuis cette heureuse tempête qui jeta Colæus de Samos dans un Océan que les Grecs n'avaient connu jusquelà que par des récits mensongers, modifièrent les légendes sur le séjour des âmes. L'Élysée fut reculé au delà du détroit de Gades, et devint quelque chose d'aussi positif que le paradis terrestre dans le moyen âge. Peut-être est-ce le moment où les îles des âmes se montreront sur plusieurs points de l'horizon. Du moins, si nous tournons les yeux vers le sud, nous

allons les apercevoir sous les palmiers du désert.
Quand, sous Psammétique, la vieille Égypte s'ouvre à
la Grèce, celle-ci s'émeut profondément à l'aspect
d'une contrée totalement inconnue, ces sages et ces
historiens reviennent des bords du Nil étonnés, éblouis,
et leur admiration se propage sans peine chez un
peuple spirituel et sujet à l'engouement. Ne soyons
pas surpris si, dans l'excès de leur enthousiasme, et
influencés d'ailleurs par les prêtres de l'Égypte, les
Grecs se soient persuadés que cette terre nouvelle avait
été le berceau de leur religion. De là une légende qui
transportait les Élysées d'Homère et d'Hésiode à sept
journées de la Thèbes égyptienne. Ici l'Océan devenait
une mer de sable, et l'île des Bienheureux une verdoyante oasis.

Mais le rêve du bonheur après la vie, l'Égypte l'a-
t-elle connu? Non, très-probablement. Une critique
qui ne veut pas être complaisante n'admettra pas que
les scènes rurales que l'on voit dans les tombeaux représentent, comme le dit Champollion : « Les âmes
moissonnant le grain dans les campagnes de la gloire. »
Champollion voulait grandir moralement le peuple
dont il essayait de ressusciter la langue. C'est l'erreur
généreuse d'un esprit éminent. Prise à l'origine, la
prétendue sagesse religieuse des Égyptiens indiquerait
plutôt l'instinct du matérialisme. Sans cela, pourquoi
se préoccuper si vivement du soin de préserver les
corps de la pourriture? Si le culte de l'Égypte est
devenu subtil et mystique, ce ne peut être qu'à une
époque assez tardive; mais le trait saillant, c'est l'adoration de la nature renfermée rigoureusement dans les

limites du climat. L'Égypte superstitieuse et panthéiste nous laisse bien entrevoir un enfer ; elle nous cache son paradis.

L'Espagne, quand les Grecs commencèrent à la connaître, devint le pays des âmes. L'Espagne possède un beau climat, la nature y est séduisante et maîtresse, l'Espagne avait des droits à être un paradis. De là ces érudits et ces géographes de l'antiquité, qui, ne pouvant se décider à quitter la trace d'Homère, répètent à l'envi que l'Élysée de Rhadamante et de Ménélas était situé dans le voisinage de Gades. De là cette étymologie du nom sonore de Tartessus, dont Homère, suivant eux, aurait fait celui de Tartare. Mais dans ces conjectures oiseuses, rien n'est sérieux, rien n'est critique, rien que puisse avouer le bon sens et la philologie : elles témoignent de cette disposition universelle à choisir le couchant pour la région des âmes. L'Ibérie fut pendant longtemps le point le plus reculé de la terre vers l'occident. C'est donc là que devaient s'élever les Propylées de l'autre vie.

Le jour où les Grecs furent ballottés sur les grandes vagues de l'Atlantique, ils se crurent sur le véritable chemin des âmes. C'est alors que quelques îles découvertes par les Carthaginois sur la côte d'Afrique devinrent sous le nom d'îles Fortunées la contrée idéale. C'est au commerce qu'en revient l'honneur. L'avarice de quelques marchands indique aux âmes souffrantes de quel côté de l'horizon elles pourront goûter l'éternelle félicité, avec encore plus de sûreté que jamais. Le jardin des Hespérides se trouvait aussi à l'ouest. Il est aux îles des âmes ce que notre paradis terrestre est

au paradis céleste. Ces pommes d'or qui amusèrent
l'enfance de la Grèce ont singulièrement voyagé. De la
Cyrénaïque elles ont été transportées dans le voisinage
du mont Atlas. Le jardin des Hespérides n'est qu'une
des formes de ce bonheur qui fuit devant nos vœux :
à ce titre c'est un vieux mythe. J'ai beaucoup de respect pour l'Hercule astronomique, sujet de tant de
savantes dissertations, mais quand je le vois au jardin
des Hespérides, il ne me représente pas le soleil, mais
plutôt l'attrait de l'inconnu et le génie aventureux
d'une race courageuse.

La poésie latine est le dernier écho des rêves de la
Grèce, écho plein de charme et d'harmonie. Horace
donne aux îles Fortunées un regret éloquent :

> Petamus arva divites et insulas.

Au milieu des horreurs de la guerre civile, sa pensée
se reporte avec bonheur sur ce petit coin de l'âge d'or.
Jupiter, dit-il, le sépara du reste du monde quand l'âge
d'airain eut commencé. Pour Horace, l'île de l'Océan
Atlantique, *Oceanus circumvagus*, n'est point, à proprement parler, l'asile des âmes. C'est le thème d'une
jolie peinture de la vie primitive. Rien n'y manque, ni
le figuier sauvage, ni le miel dans le creux du rocher,
ni l'onde légère qui se précipite du haut de la colline
avec un doux murmure. A la différence de l'élégant
épicurien, Virgile ne s'est point servi de la légende
des îles Heureuses. Son Élysée est souterrain et tient
aux enfers. Toutefois, disciple respectueux des Grecs,
Virgile a placé l'Averne dans des lieux signalés déjà
par la tradition homérique. Platon, dans l'*Énéide*,

donne la main à Virgile, comme Virgile, dans la *Divine Comédie,* donne la main à Dante pour entrer dans l'enfer florentin. Avouons que la mise en scène de l'Élysée virgilien n'a rien d'extraordinaire. Le décor est le même que dans les paradis grecs. Montrer les âmes heureuses qui luttent sur le sable, jouent de la lyre, se reposent près de leurs armes ou de leurs chars, ce n'est pas un grand effort d'imagination ; mais ce qui surprend et plaît, c'est un Élysée que le souffle le plus pur, un souffle presque chrétien semble animer. Les bienfaiteurs des hommes, les prêtres chastes, les poëtes religieux s'y montrent la tête ceinte d'un bandeau blanc comme la neige. Ils rayonnent déjà de cette lumière céleste dont s'envelopperont les justes dans l'Élysée de Fénelon. Virgile, et la remarque en a été faite, est l'Homère d'une époque de transition. Païen par l'éducation, platonicien par l'esprit, il est chrétien par la sensibilité. Voilà par où il se sépare du polythéisme dont la magnificence et la grâce, car il y a toujours une odeur de sang dans ses fêtes, ne voilent qu'à moitié la rudesse primordiale. Virgile a inauguré dans la société prête à se dissoudre la rêverie, la mélancolie modernes. Voilà bien le dernier âge prédit par la sibylle de Cumes et qui fait éclore une nouvelle race de mortels :

> Jam nova progenies cœlo demittitur alto.

IV

Nous avons vu qu'avec Horace, et même avec Virgile, la poétique des paradis s'inspire encore de la

Grèce. Avec Plutarque, la légende des îles Fortunées subit une complète métamorphose. Ce grand peintre des hommes, comme on l'a justement nommé, ne manque jamais de présenter les traditions religieuses avec des développements inattendus. C'est dans le voisinage de la Grande-Bretagne qu'il place les îles des Morts, que la Grèce jusque-là croyait trouver dans les latitudes moins boréales. Parmi ces îles, il en est une qu'il appelle Ogygée : c'est ainsi que se nomme l'île de Calypso. Ogygée se trouve à l'ouest de la Grande-Bretagne, à deux cent cinquante lieues environ du fameux continent extérieur des cosmographes grecs. Là demeure Saturne. D'ordinaire le dieu reste enchaîné par le Sommeil, dans un antre profond parfumé d'ambroisie, et dont les parois brillent comme de l'or ; de nombreux génies, les âmes de ceux qui furent ses courtisans quand il régnait sur la terre, entourent Saturne et sont les interprètes de ses songes dans lesquels il voit tout ce que médite Jupiter. Mais le réveil du dieu est terrible et marqué par des actions violentes et tyranniques. Quand Plutarque ajoute, dans un autre endroit, que les âmes de ces génies ne s'éteignent qu'au milieu des tempêtes et en répandant des vapeurs empestées, on se demande ce qu'est devenue la riante mythologie des îles des Bienheureux. On pressent les effrayantes visions du moyen âge, les sorciers, les revenants. On aperçoit au loin le vaste champ des spectres et de la magie où tout se rencontre, depuis le rêve orageux du barde jusqu'aux Mille et une Nuits.

Une érudition fine et profonde s'est étonnée de ce

contraste; elle y a vu l'empreinte mélancolique des
races du Nord, et, poussant le raisonnement jusqu'à
l'extrême, elle a cru pouvoir enlever à la Grèce le symbole de la navigation des âmes. Ainsi, d'après M. Welcker, cette douce et consolante légende des îles Fortunées aurait pris naissance sous la neige. Ce serait
un souffle boréal qui l'aurait apportée, avec le culte de
l'Apollon hyperboréen, dans les heureuses contrées du
Midi.

Cette opinion ne peut-elle être contestée? Serait-il
vrai que la Grèce, qui possédait à un si haut degré
l'esprit du symbole, et faisait dans cet ordre d'idées
de si heureuses rencontres, aurait été contrainte, pour
donner la figure du passage dans l'autre vie, de re-
courir aux Germains, aux Bretons et aux Scythes? Il
semble, cependant, que pour une race de navigateurs
l'unique chemin du paradis ce devait être la mer.
D'ailleurs, chez un peuple mobile, aussi prompt à accueillir des fables qu'à s'en dégoûter, le merveilleux
n'a-t-il pu varier mille fois sans que, pour cela, la
source en fût étrangère? C'est un fleuve qui fait de
longs détours avant d'arriver à son embouchure et
reçoit toute sorte d'affluents. Remarquons, d'ailleurs,
que les croyances religieuses ont leur enfance, leur
maturité, leur vieillesse; voilà pourquoi les dogmes
périssent. Pastoral avec Homère, guerrier avec Hésiode, majestueux avec Pindare, orné et philosophique dans l'Académie, le mythe du séjour des âmes
heureuses présente chez Plutarque tous les signes
de la décrépitude. Quand le philosophe de Chéronée
écrivait ces traités ingénieux dans lesquels il embrasse

tout ce qui peut intéresser l'homme, c'était au milieu
d'une société corrompue, vieillie, sourdement travaillée par de nouvelles et surprenantes doctrines.
Peut-être aussi a-t-il puisé dans les récits mensongers
des voyageurs ce merveilleux si nouveau. Mais que
pouvait être le rêve du bonheur sous le règne d'un
Domitien? Laissons donc à la Grèce le mérite d'une
fiction qui s'accorde si bien avec son génie et sa géographie, et dont le fond populaire et humain a été re-
manié et coloré par ces grands hommes.

Quelques années après, lorsque, sous de bons empereurs, l'univers respirait, un sophiste ingénieux s'a-
musait à parodier cette île du bonheur célébrée par
Pindare. Ce n'était plus la grossière, mais innocente
moquerie d'un poëte comique, condamné à faire rire
vingt mille spectateurs; c'était le sarcasme élégant et
voltairien, la piquante raillerie d'un sceptique qui
frappait au cœur le polythéisme en badinant. Dans un
conte bouffon, qui rappelle Gulliver ou Micromégas,
Lucien et ses amis abordent à l'île des Bienheureux,
île parfumée, île fleurie. Là, garrottés avec des couronnes de roses par les gardes-côtes, les nouveaux
débarqués sont conduits à Rhadamante qui leur permet de visiter sa capitale. Quelle merveilleuse cité!
Les maisons sont d'or et le pavé d'ivoire; on y entre
par sept portes en bois de cannelle, et le mur d'enceinte, en jaspe vert, a pour fossé un fleuve d'huile
aromatique. La salle des banquets s'élève hors de la
ville dans un endroit nommé les Champs-Élysées,
prairie admirable entourée d'arbres touffus, où les
âmes des justes, vêtues de toiles d'araignées teintes

de pourpre, se réunissent pour se livrer aux plaisirs
de la table. Pendant le repas, des chœurs de jeunes
gens et de jeunes filles exécutent différents morceaux
sous la direction d'Arion, Anacréon, Stésichore; les
paroles sont d'Homère. Que Lucien se fût borné à ses
plaisanteries, à railler l'époux de Pénélope qui, dit-il,
lui donne une lettre pour Calypso en cachette de la plus
fidèle des femmes, il nous serait permis d'admirer sa
gaieté et sa verve; mais quand il transporte, dans l'île
si calme des Morts, les passions et les intrigues des
vivants, quand il peint l'amour, ou plutôt les deux
amours, se donnant carrière sur la place publique, on
regrette de deviner le cynique sous le masque du mo-
raliste. Chez l'auteur des *Dialogues des Morts*, un coin
de la besace de Diogène dépasse toujours le manteau
du philosophe épicurien.

La croyance aux îles Heureuses, si étroitement liée
avec le dogme religieux des peines et des récompen-
ses, cette noble légende qui, dans les beaux jours du
paganisme, avait pour interprète la muse sévère de
Pindare, devait, lors de son affaiblissement, s'effacer
et se perdre. Dans cette période, qui remonte au siècle
d'Auguste, l'univers, selon l'heureuse expression de
M. Villemain, fut infatué par la sorcellerie mythologique. Le pauvre était enivré de superstition, le riche
était sceptique, les esprits généreux cherchaient la
religion annoncée par Socrate, les philosophes envoyaient les morts vertueux dans la lune, enfin le
prince des lettres latines, Cicéron, plaçait la grande
âme de Scipion l'Africain au milieu des pâles splendeurs de la voie lactée, paradis romain, où dominait

la pourpre consulaire, car il s'ouvrait seulement pour
ceux qui avaient défendu, sauvé, agrandi la patrie.

On est tenté de croire que cette même période fut
témoin de quelques tentatives pour faire revivre l'antique fable des îles des Morts. Abandonner une légende
si riche et maniée par les maîtres, la poésie ne le pouvait guère. D'ailleurs, le paganisme aux abois employait ses dernières ressources pour combattre l'indifférence, l'incrédulité ou le mépris. Il retournait,
évoquant tout son passé, à ses premières idoles, brû-
lait un cierge pour chaque saint, et faisait de l'archaïsme religieux. Je n'en voudrais d'autre preuve
que l'*Argonautique* attribuée si longtemps à Orphée
par des savants peu soupçonneux. Ce poëme rétrospectif apparaît comme le dernier signe de vie d'une école
qui tint une place importante dans la religion mystique des Grecs. Là, sous le grand nom d'Orphée, on
essaye de ranimer la foi païenne. Malheureusement
l'arme est trop rouillée, ou la main qui en fait usage
trop inhabile pour entraver la marche d'une secte nouvelle, à laquelle se rallient peu à peu tous les nobles
esprits, tous les cœurs généreux. L'auteur inconnu de
cet ouvrage conduit ses Argonautes au bord de l'Océan
glacial, chez les *Macrobites*, ou plutôt dans une succursale de l'Élysée. L'œil clair, le front serein, l'âme
et le corps exempts d'infirmités, jeune, beau, sage,
heureux et vertueux, l'Hyperboréen — je me trompe,
je voulais dire le Macrobite — s'endort du sommeil
du juste, après avoir vécu plus de mille années :

Rien ne trouble sa fin, c'est le soir d'un beau jour.

Non loin de là s'élèvent les monts Riphées, dont les hauts sommets enveloppent le pays des Cimmériens d'une ombre épaisse. Hermione est la capitale de cette contrée qu'arrose l'Achéron; c'est sur l'onde froide et claire de ce fleuve, qui traverse en roulant de l'or un marais fangeux, que les morts du pays naviguent pour arriver au royaume des songes. Il n'y a qu'un instant, les Macrobites nous donnaient un avant-goût de l'Élysée, maintenant nous découvrons l'enfer. Mais savez-vous précisément en quel endroit de la terre se trouve Hermione? Dans le pays des Sarmates, sur les rivages de la mer *Cronienne* des anciens, la Baltique des modernes. Étonnante élasticité du polythéisme, qui transporte si aisément, des rivages du Nil au bord de la Vistule, les royaumes de la Mort! Mais un voile lugubre s'étend sur l'univers; la guerre, la dévastation, tous les fléaux sortis de l'abîme vont s'abattre sur ces belles contrées, où depuis tant de siècles le génie des arts enfantait des prodiges: les barbares sont déchaînés.

V

De cette époque date un paganisme nouveau. Le monde voit apparaître tout à coup des religions inconnues. Peut-être auraient-elles occupé la place que le polythéisme méridional semblait leur abandonner, mais elles rencontrèrent le christianisme grec et romain, dans sa séve première, et ce prosélytisme désintéressé et enthousiaste, ignoré de l'antiquité. De là certaines péripéties merveilleuses : des vainqueurs qui embras-

sent la foi des vaincus; de là des luttes terribles qui
durent pendant des siècles; de là enfin certaines tran-
sactions étranges entre les anciens cultes et le culte
nouveau. Aussi, mille ans après l'ère chrétienne, l'Europe comptait-elle encore des peuples idolâtres; et ce
n'est qu'à la fin des dixième et onzième siècles que
les Polonais et les Russes délaissent leurs antiques
symboles. Trois religions ont rempli principalement
les imaginations au delà des limites de la civilisation
romaine à l'Occident et au Nord : le druidisme et les
religions germanique et scandinave. Fille de la religion germanique, la religion scandinave est la seule
qui se soit prolongée à travers le moyen âge par
diverses ramifications; les autres ne tardèrent pas à
s'annuler sous l'action secrète ou visible du christianisme. Toutefois, leur disparition ne fut point entière. La poétique populaire protégea leurs ruines. On
les voit reparaître dans les ballades, dans les légendes,
dans certaines traditions mystérieuses qui décèlent un
polythéisme local; on les retrouve aussi dans les romans de chevalerie, car le roman c'est le poëme
épique du moyen âge, l'iliade de la société nouvelle
qui recommence la barbarie pour arriver, après de
longs circuits, à la plus haute civilisation.

Mais ce qu'il convient surtout de signaler, c'est la
croyance au bonheur futur reparaissant au sein de la
mythologie septentrionale, plus vivante et plus jeune.
Chez ces peuples d'un génie grave et silencieux, les
domaines de la Mort se trouvent singulièrement
agrandis. Ainsi, rien n'égale la variété et la richesse
des paradis scandinaves, renfermés dans une énorme

enceinte placée au centre du monde, je veux dire l'As-
gard.

Parmi les demeures divines comprises dans ce
royaume des âmes, le Valholl et le Gimill semblent
être les plus augustes. Dans le Valholl, les valkiries,
c'est-à-dire les amazones scandinaves, reçoivent les
âmes des héros morts en combattant ; car dans cette
religion toute guerrière, l'enfer semble avoir été créé
pour les poltrons. Des boucliers couvrent le Valholl,
où l'on entre par cinq cent quarante portes gardées
chacune par huit cents guerriers. Au milieu, s'élève
un arbre immense dont l'épais feuillage abrite la chèvre
Heidrun, l'Amalthée des frimas. De ses mamelles
gonflées découle chaque jour l'hydromel qui inonde
de joie le cœur des héros. D'un aspect plus paisible
que le Valholl, le Gimill, paradis d'une date plus récente, offre une retraite tranquille aux âmes vertueuses.
Là, dans une salle éblouissante de lumière, en présence du dieu de la justice et de la paix, elles savou-
rent le bonheur dans l'éternité. Nous avons déjà comparé le Valholl à l'Élysée d'Hésiode, nous rapproche-
rons le Gimill du paradis de Pindare.

La nature parle avec bien plus d'éloquence à l'imagination rêveuse du Nord qu'à l'ardeur sensuelle de
l'homme du Midi. Certes, entre le culte sanglant d'Ir-
mensul et les douces inspirations du druidisme kymrique, le rapprochement n'est pas facile ; cependant
un côté les unit, c'est la suprême idolâtrie des plantes,
c'est le sentiment profond qui naît de la vie solitaire
et se transforme en extase rêveuse. C'est du moins ce
que laissent entrevoir les vieilles poésies germaniques

qui représentent la terre et le ciel comme une savane immense, image naïve de l'Allemagne enveloppée dans son manteau de bruyère, et couronnée de forêts. Encore à cette heure, le peuple en divers endroits n'a pas d'autre nom pour désigner le paradis que celui de la *Prairie dorée*. Peut-être aussi qu'une des fables de la mythologie scandinave se cache sous cette forme chrétienne, celle qui nous montre les dieux réunis après la destruction de la terre dans une vallée divine, et trouvant sous l'herbe touffue des palets d'or. Platon, à la fin de sa *République*, déclare qu'il n'a nul souci du sort réservé aux enfants dans l'autre vie ; le tendre Virgile, lui-même, relègue sans pitié ces ombres innocentes à l'entrée des enfers. Ceci nous afflige pour la mémoire de ces deux grands hommes. Au contraire, miséricordieuse et maternelle, la légende allemande rassemble sur de beaux gazons les âmes de ces pauvres petites créatures que la mort a surprises dans le cristal des eaux. Comparez la fable de Narcisse, changé en fleur, à cette légende d'un enfant qui meurt quand la rose que lui a donnée un ange vient à s'épanouir, et vous verrez si la sensibilité et le charme se trouvent du côté de la Grèce.

Loin de disparaître, le mythe du voyage des âmes à travers les mers se reproduit sous une forme nouvelle dans ce monde scandinave, germain, saxon. Procope parle d'une superstition populaire qui régnait sur les côtes de la Gaule placées en face de la Grande-Bretagne. Souvent, au milieu de la nuit, un pêcheur entend frapper à sa porte. Une voix faible, mais dont l'accent est irrésistible, résonne à son oreille ; alors

il se lève et court à la mer. Une barque tout appareil-
lée l'attend sur la rive. Il y monte et gagne le large.
Mais la barque s'enfonce... un peu plus elle va som-
brer. On dirait qu'une foule de passagers la surcharge.
Une heure s'écoule, et le pêcheur, qui a toujours ramé,
aborde sur les rives de Brittia, la Grande-Bretagne.
D'ordinaire ce voyage emploie un jour et une nuit,
mais ici le ciel et l'enfer sont de la partie. Bientôt la
barque laisse apercevoir ses flancs au-dessus des vagues, et alors le Caron gaulois, soupçonnant qu'il est
débarrassé de sa cargaison funèbre, cingle de nouveau
vers la rive natale. Durant cette expédition mélancolique, il n'a rien vu, rien, si ce n'est le ciel noir, la
mer houleuse et la plage déserte ; mais il a entendu :
une voix a proclamé des noms comme si elle faisait
l'appel de ces passagers invisibles, sans doute pour les
signaler aux douaniers de la mort.

Telles sont les idées qui remplissent l'Europe au
sixième siècle après notre ère ; voilà par quelles images la superstition populaire se représente ce voyage
des âmes qui s'accomplit sur les sarcophages antiques,
dans les bras arrondis des Néréides ou sur la croupe
des dauphins. C'est ici qu'un siècle avant Procope,
un poëte de la décadence transportait l'Averne ; c'est
au delà de cette Brittia, devenue l'asile des âmes de
la race celtique, que Plutarque, deux cent cinquante
ans avant Claudien, signalait un archipel fantastique
gouverné par un Saturne romantique. La tradition qui,
depuis Homère, s'obstine à placer les rivages de
l'autre monde du côté de l'Occident, ne se dément
donc jamais ; et comment le pourrait-elle, lorsqu'elle

correspond si bien aux impressions les plus intimes et les plus secrètes de notre nature? « Quand·le disque du soleil, dit O. Müller, s'abaissant sur l'horizon, ne nous envoie plus qu'une faible lumière, alors une douce mélancolie prend possession de notre cœur, et le monde des âmes heureuses semble apparaître dans la région empourprée du couchant [1]. »

Le cycle chevaleresque du moyen âge commente aussi à sa manière cette vieille croyance. Dans le roman de Lancelot du Lac [2], la demoiselle d'Escalot demande avant de mourir que son corps soit déposé dans une nacelle richement équipée qui sera livrée ensuite aux caprices de la mer. On a pensé qu'une prescription si étrange ne pouvait être qu'en vue du pays des Morts, et un savant illustre [3] a rapproché ce trait bizarre de la coutume scandinave de placer les corps sur une barque. Rappelons-nous que la fée Morgane transporte mourant le héros kymrique Arthur dans l'île d'Avallon, jardin des Hespérides de la mythologie celtique? Bien avant cela, la fée des eaux, chez les Grecs, avait conduit son fils, mort ou vivant, dans l'île de Leucé.

Faites ressortir, si vous le voulez, l'originalité des races, la liberté absolue des instincts populaires ; son-

---

1. *Gœttingische gelehrte Anzeigen*, 1838, t. I, p. 375.
2. Édit. de Vérard ; Paris, 1493, t. III.
3. J. Grimm, *Deutsche Mythologie*; Gött., 1844, p. 791. — Grimm s'est trompé lorsqu'il dit que c'est le corps de Lancelot que la demoiselle d'Escalot place dans la barque. M. Paulin Paris, si versé.dans la littérature du moyen âge, me signale d'autres légendes chevaleresques parfaitement analogues : exemples, *la Quête du saint Graal* et le roman de Tristan.

dez la profondeur qui sépare le mythe grec du mythe celtique, certaines analogies fondamentales qui tiennent à l'esprit humain se retrouveront toujours, en dépit de la différence des temps et des mœurs. Exemple : la légende de saint Brandan, que l'on dirait empruntée à la fable des îles Fortunées. On connaît ce pieux odyssée d'un moine hibernais à travers l'Océan occidental. Maintenant, substituez à un peuple hardi, sensuel, ingénieux, ami des vagues et des lointains périls, une race aventureuse aimant aussi la mer, les arbres et les fleurs, et dont la sereine et chaste mélancolie s'harmonise singulièrement avec le côté rêveur, mystique et tendre du christianisme ; remplacez le rapsode ou le poëte par le moine ou le trouvère, et au lieu de l'Averne, de Polyphème, de Scylla, des troupeaux du soleil, etc., vous aurez l'enfer chrétien sous forme de volcan, une forge de cyclopes, des monstres consumés dans les flots, des brebis grosses comme des génisses, des oiseaux qui chantent matines dans l'herbe fleurie, l'île *délicieuse*, paradis hyperboréen, fermé à la maladie et à la tristesse ; enfin, dans le plus lointain occident, la terre de promission qui doit recevoir les saints le jour où la foi aura subjugué l'univers, terre éclairée d'une douce lumière comme le paradis de Pindare et semée de pierres précieuses comme celui de Platon. Seraient-ce quelques souvenirs classiques importés en Irlande ? Nous n'osons le dire ; tout au contraire, la critique moderne incline en faveur d'une réaction du Nord sur le Midi. Mais ce que nous retrouvons ici, c'est l'éternelle tendance à placer par delà les mers les vrais trésors de l'homme, le bon,

le beau, l'idéal, le saint : telle est l'influence secrète
qui fait courir, en prenant la foi et l'espérance
pour boussole et pour pilote, à la recherche de ce bonheur stable qu'on n'atteint, hélas ! qu'en passant par
le tombeau.

La chute de Rome et le triomphe du christianisme
renouvellent le monde. L'Europe retrouve une seconde
jeunesse. Cependant les souvenirs du polythéisme grec
et romain sont toujours vivants, toujours prêts à dé-
frayer la superstition vulgaire. La dévotion du temps
s'alimente d'une foule de récits où l'on retrouve, sous
la barbarie du moyen âge, la légende antique. Le pur-
gatoire de saint Patrice, ce voyage des vivants dans
l'autre monde, peut devoir son origine à la crédulité
celtique ; mais, d'un autre côté, comment se refuser à
comparer ce gouffre, ouvert dans une île, au milieu
d'un lac d'Irlande, avec l'antre de Trophonius, le pur-
gatoire de la Béotie ! La ressemblance des pratiques
dévotes suffirait pour frapper d'étonnement : quand ce
ne serait que cette tristesse profonde qui, en Béotie
comme en Irlande, s'empare pour quelques années ou
même pour toujours de ceux qui osent pénétrer avant
l'heure dans les domaines de l'autre vie. On connaît le
mythe du prêtre Jehan. Prince et pontife, comme le
pape ou le grand Lama, et vieux comme un Hyperboréen, car il est âgé de plus de cinq cent soixante ans,
le prêtre Jehan demeure à une journée de chemin du
paradis terrestre dont les fleuves arrosent le pays qu'il
gouverne. Cette terre regorge de pierres précieuses,
émeraudes, saphirs, rubis, escarboucles, et, qui plus
est, elle possède la fontaine de Jouvence. Plongez-vous

dans cette eau merveilleuse, et vous redeviendrez aussi jeune que si vous aviez été vous baigner dans ce fleuve de joie dont parle le Grec Théopompe. C'est dans les domaines du prêtre Jehan que croît l'arbre de vie que jour et nuit un serpent surveille. Ce serpent est sans doute de la famille du dragon des Hespérides, car satyres, pygmées, centaures, griffons, amazones, en un mot tout le fretin de la mythologie s'est donné rendez-vous dans les États du prêtre Jehan ; on y trouve même le phénix.

Ce moyen âge si grossier et si subtil à la fois, si sensuel et si mystique, comprit donc à sa manière, en dehors de l'orthodoxie, la contrée idéale que l'antiquité avait rêvée. A la renaissance, le royaume du prêtre Jehan céda la place à l'Eldorado. Désormais, ce mythe américain ne périra plus. Un immortel sarcasme de Voltaire l'a sauvé de l'oubli. Il restera comme notre vieux pays de cocagne, paradis des moines, où la malice gauloise prit si longtemps ses ébats. Si l'on eût dit au trouvère qui rima le fabliau de la *Court du paradis*, qu'il ressuscitait les quolibets de Cratès ou de Téléclide[1], quel n'eût pas été son étonnement? Ce mot de l'auteur de *Faust*, que si l'humanité s'avance, c'est en spirale, ce mot, soufflé par Méphistophélès, n'est que trop vrai.

Au moment où le moyen âge s'enfuit, où les temps

1.   De bars, de saumons et d'aloses
        Sont toutes les mesons encloses,
        Li chevrons i sont d'esturgeons,
        Les couvertures de bacons
        Et les lates y sont des saucisses.

modernes commencent, le monde voit s'élever deux
puissants génies qui, l'un et l'autre, résument à leur
manière les conceptions mystiques du passé. Sous la
main du Dante, le cercle de la vie future prend tout à
coup des proportions immenses et se trouve en même
temps clos et terminé. Tout ce qu'une époque demi-
barbare peut connaître des thèmes religieux et poétiques de l'antiquité sur l'autre vie, Alighieri l'emploie, larges assises sur lesquelles il élève le plus vaste
monument que l'imagination des hommes ait consacré à la mort. Mais si le Dante personnifie le monde
idéal, Colomb représente le monde réel. Il est l'expression souveraine et dernière de cette intuition divina-
trice qui, dès les âges les plus reculés, faisait soupçonner un continent séparé du nôtre par la vaste étendue
des mers. Mais de même qu'à sa géographie fantastique l'antiquité rattacha toujours l'idée religieuse, de
même en naviguant le premier dans les parages de
l'Orénoque, Colomb croyait avoir trouvé le paradis.

Jadis, dans les domaines de la pensée, la poésie
était reine, aujourd'hui c'est la critique. Du haut de
son tribunal, la critique évoque le passé et condamne,
sous les noms odieux de superstition et mensonge, la
riante extase, le songe qui transporte et ravit, en un
mot les pieuses hallucinations des générations disparues; inclinons-nous devant les arrêts de la critique, car
on dit qu'elle a pour assesseurs la science et la raison;
toutefois, sa jurisprudence est-elle à ce point large et
souveraine qu'elle ait le droit de proscrire cet amour
du merveilleux et de l'inconnu que Dieu a laissé dans
notre âme comme pour nous forcer à songer à lui? A

voir les efforts infructueux de nos théologiens modernes
quand ils veulent créer une religion tempérée et ration-
nelle à l'usage du siècle et aux ordres de la critique,
on est tenté de se demander ce qui serait advenu si
l'humanité, constamment sage et raisonnable, une
humanité sans enfance, s'était consacrée dès les premiers âges au culte de la vérité. Supposez, pour un
instant, toutes les races qui nous ont précédés, inspi-
rées par le génie chinois ou américain ; supposez que
ces millions de légendes, que ces symboles innombrables qui se pressent dans les cycles religieux n'aient
jamais existé, supposez que la superstition populaire,
cette fée sans rivale, n'ait point jeté à travers les âges
de puissantes incarnations, croyez-vous que l'art et la
poésie seraient descendus du ciel pour orner la terre
et l'éclairer ? Dieu nous garde de faire le procès de
notre époque, elle a ses vertus et sa grandeur. D'ailleurs, il est ridicule aujourd'hui de louer le passé pour
déprécier le présent ; mais s'il convient de rendre justice au genre humain, parce que, dans sa maturité
moins agitée et plus douce, il se livre tout entier au
culte de l'utile, il est à craindre que ce culte trop exclusif ne tarisse à la fin les sources profondes de l'idéal.
Il est donc nécessaire, pour combattre les aridités de
la vieillesse, de rappeler les illusions des premiers âges.
L'humanité, c'est l'homme, et tout rit à l'homme enfant, un rien le séduit et l'attire ; il joue même avec la
mort.

ARCHÉOLOGIE CLASSIQUE

LES ÉTUDES ARCHÉOLOGIQUES EN ALLEMAGNE

(Revue européenne, 1866.)

Dernièrement et pour remplacer un admirable épigraphiste, le comte Borghesi, l'Académie des inscriptions a élu M. Édouard Gerhard comme associé étranger. Grâce à cette élection, le nom de ce profond archéologue se trouve au nombre des huit grands noms choisis hors de France par l'illustre compagnie.

M. Gerhard, conservateur du musée des Antiques, professeur à l'Université, membre de l'Académie des sciences de Berlin, n'est guère connu parmi nous. Peu de personnes sont initiées à ses remarquables travaux, bien qu'ils aient singulièrement accéléré les progrès de la nouvelle archéologie. La direction toute spéciale des études de ce savant, leur sévérité, les obstacles mêmes que l'allemand oppose à la curiosité des étrangers (M. Gerhard n'a jamais été traduit) pourraient nous expliquer pourquoi sa réputation en France n'est point encore aussi bien établie que celle d'Ottfried Muller ou de M. Welcker.

Et pourtant, de même que ces rares esprits, M. Gerhard mérite la plus sérieuse attention. Les jeunes gens

capables d'aborder la grande archéologie, les élèves
de l'École normale, le monde de l'Université et des
académies, les artistes eux-mêmes, si peu familiarisés
avec l'antiquité figurée, auraient beaucoup à gagner
s'ils cherchaient à connaître les belles et nombreuses
publications de M. Gerhard. Il faut qu'on le sache, c'est
l'homme de notre siècle qui a su mettre en lumière le
plus grand nombre de monuments antiques. Son activité est sans égale. Depuis plus de trente ans, l'éminent
professeur n'a cessé un seul instant d'écrire et d'en-
seigner.

Je voudrais pouvoir montrer aux lecteurs de cette
Revue ce digne héritier des robustes savants des xv^e
et xvie siècles, je voudrais esquisser le portrait littéraire de ce mythologue de premier ordre, de cet antiquaire qui s'est fait journaliste. Personne parmi ses
pairs n'a mieux compris que lui la toute-puissance de
l'association. Nul mieux que lui n'a tenu la curiosité
archéologique en éveil par ces monographies courtes
et substantielles, ces bulletins de la science qui viennent nous raconter de paisibles victoires. De promoteur
plus énergique et plus persévérant de l'étude de l'antiquité figurée, il n'en existe point. M. Gerhard est le
Millin de l'Allemagne, mais un Millin philologue et
d'une grande portée.

I

Le savant dont je cherche à faire connaître la carrière laborieuse est né à Posen le 29 novembre 1795.
A peine eut-il terminé ces fortes études dont les hautes

écoles de l'Allemagne possèdent le privilége, que l'instinct scientifique le poussa vers l'Italie. L'Italie est la
terre promise pour un esprit de la famille des Winckelmann et des Zoega. En 1819, il la visite pour la première fois. La séduction est si forte qu'il y retourne en,
1822, et y reste quatorze ans ! En 1836, il revoit l'Allemagne, mais c'est presque avec regret. Un de ses
ouvrages porte cette épigraphe empruntée à Tacite :
« *Quis porro Italia relicta Germaniam peteret nisi si
patria sit !* Qui pourrait abandonner l'Italie pour la Germanie si celle-ci n'était la patrie ! » Peut-être l'aurait-il
quittée encore une fois cette patrie, la grave et froide
Allemagne, pour vivre sous le ciel inspirateur de Rome
et y mourir, sans la volonté d'un roi. Frédéric-Guillaume, grand ami de la science, possédait à Berlin un
très-beau musée dont la fondation était encore assez
nouvelle (1828). Il crut qu'il augmenterait l'importance de cet établissement scientifique en choisissant
pour le diriger un homme si estimé de l'Europe savante. Aujourd'hui le musée de Berlin peut être considéré comme l'un de ceux qui méritent surtout l'attention des archéologues ; et M. Gerhard a contribué pour
une part très-notable à cet heureux résultat.

Au nombre des avantages dont le sort a doté M. Gerhard, il en est un dont il faut toujours tenir compte
dans les jugements que l'on porte sur ceux qui se sont
fait un nom dans les lettres ou dans le monde : cet
avantage, c'est de venir à propos. Or, les débuts de
M. Gerhard dans la science ne précèdent que de quelques années les admirables découvertes opérées dans
l'Italie centrale ; et il est arrivé à Rome tout justement

à l'époque où l'un des hommes les mieux faits pour sympathiser avec le jeune antiquaire occupait près du saint-siége une grande position ; je parle de M. Bunsen, le philosophe, le savant, le diplomate et l'ami de Niebuhr.

Le salon de M. Bunsen était le rendez-vous de la haute société romaine formée de toutes les aristocraties de l'Europe, aristocratie du sang, aristocratie du talent. Dans ce salon, dont les fenêtres donnaient sur le Capitole, et où l'élégant marquis de Saint-Aulaire s'entretenait avec un des esprits les plus vifs et les plus fermes de l'érudition française, M. Victor Leclerc, dans ces régions si favorables à sa nature distinguée et tempérée, M. Gerhard commença l'étude de l'Italie. Bientôt il fit partie d'une réunion plus intime formée par ses compatriotes et à laquelle M. Bunsen présidait. On trouve dans les écrits de M. Gerhard plus d'un témoignage des influences salutaires qui agirent sur lui dans ce cénacle où l'on s'assemblait pour lire et commenter Pausanias. *Hyperboréens romains*, tel était le nom que prenait ce petit groupe d'hommes du Nord venus, comme ils le disaient dans leur langage classique, des climats où souffle Borée pour célébrer dans la belle Italie la fête de l'Apollon de Délos. Stackelberg, artiste habile, antiquaire accompli, Panofka, si ingénieux à manier le symbolisme grec, Kestner et quelques autres composaient ce cercle de savants et d'amis.

On conçoit facilement l'effet produit par ces doctes entretiens sur un esprit si bien préparé. L'âme du jeune Gerhard s'ouvrit à l'enthousiasme, à l'amour le plus passionné pour les œuvres adorables d'un monde détruit, dans cette société sérieuse et classique qui cherchait sous les fondements de la Rome chrétienne la Rome du paganisme et des empereurs. Par suite de cette communion scientifique, il se trouva tout naturellement appelé à concourir à l'exécution d'une belle et difficile entreprise que la patience allemande pouvait seule réaliser : la description de la Ville éternelle. Dans cet ouvrage, dont la publication fut commencée en 1830 par M. Bunsen et ses amis, le catalogue des vastes musées que renferme le Vatican est dû à la plume de M. Gerhard.

Modèle d'exactitude et de critique, ce catalogue fut suivi de celui du musée de Naples [1], entrepris avec Théodore Panofka. Quand après avoir parcouru les *Guides du musée Bourbon* qui prétendent, dans leur emphase grotesque, donner un aperçu du plus surprenant des musées, on lit les descriptions exactes et savantes des deux archéologues allemands, on regrette plus amèrement encore l'interruption d'un ouvrage qui ouvrait si bien aux archéologues sédentaires les portes des Studj. A l'époque où M. Gerhard publiait avec son ami la première partie de ce travail, M. Auguste Boeckh, dans la préface de son immortel recueil d'épigraphie grecque, signalait avec bienveillance et gratitude les services que lui avaient rendus deux de ses jeunes collaborateurs. L'un se nommait Ottfried Muller, l'autre, Édouard Gerhard.

1. *Neapels antike Bildwerke*. Stuttgart, 1828.

II

C'est en 1827 que le professeur de Berlin prit position dans la science, par un ouvrage important. Ce livre, publié sous ce titre : *Monuments antiques (Antike Bildwerke*[1]), n'a reçu son entier achèvement que seize années plus tard. Le germe de toutes les idées développées ou reprises postérieurement par l'auteur se trouve dans ce remarquable travail inspiré par la France. Ceci demande quelques explications.

L'étude historique et philosophique de l'antiquité embrasse deux grands sujets, la religion et les mœurs. Pendant longtemps ce fut la philologie qui eut le privilége de cette belle étude. Depuis un siècle, celle-ci a appelé à son aide l'archéologie, sa sœur. Antérieurement à Winckelmann, le vrai, l'unique fondateur de la science de l'antiquité figurée, un moine français, un bénédictin avait tenté une entreprise tout à fait extraordinaire pour le temps où il vivait : l'explication des religions et de la civilisation antiques par les œuvres de l'art. Cet homme, c'est notre grand Dom Bernard de Montfaucon. Malheureusement, à l'époque où ce courageux érudit commençait une œuvre colossale, la critique des monuments n'était pas née encore. L'immense recueil qu'il a fait graver, d'après des dessins trop souvent infidèles ou des monuments douteux, ne peut plus satisfaire aux exigences de la critique moderne.

1. *Antike Bildwerke zum ersten Male bekannt gemacht.* München. Stuttgart und Tübingen, 1827-1828.

Reprendre le programme de Montfaucon, mais en l'améliorant, défricher de nouveau ce champ si fertile, mais avec des instruments meilleurs, c'était une tentation trop forte pour un homme laborieux dont les portefeuilles regorgeaient de monuments inédits, copiés avec une fidélité extrême et recueillis pendant qu'il parcourait l'Italie. M. Gerhard a succombé. Il s'est donc mis en mesure d'entrer dans le monde savant comme le continuateur de Montfaucon, mais par un travail critique puisé aux meilleures sources. Après nous avoir montré les religions dans les œuvres de l'art, il voulait nous offrir sur le même terrain le spectacle de la vie civile, les naissances, les mariages, les funérailles, les festins, les jeux, les travaux de la guerre et ceux de la paix. Les circonstances ne lui ont permis d'exécuter qu'une partie de ce grand projet. A l'exception d'un assez petit nombre de monuments, tous ceux qui ont été publiés dans les *Antike Bildwerke* se rattachent particulièrement aux divinités et aux mystères du polythéisme. Du reste, dans l'état où il se trouve, ce recueil est déjà fort considérable. Il se compose de trois cents planches et de plus de six cents figures.

Resserrée dans le domaine des religions, la pensée de M. Gerhard a pris un vol plus élevé. A la place d'une collection, d'un texte simplement explicatif, nous avons eu toute une doctrine et un utile instrument d'analyse. Ici M. Gerhard a posé les principes d'une interprétation systématique de la mythologie par la comparaison des monuments ou des symboles que présentent dans leur ensemble toutes les œuvres de l'art des anciens. Cette doctrine est conforme aux principes généraux de Creuzer. En 1827, le grand mythologue d'Heidelberg exerçait encore sur l'Allemagne savante une puissante action que les systèmes contradictoires n'avaient point détruite ni même usée. Ce noble commentaire des fables de la Grèce répondait aux sentiments intimes de l'auteur du nouvel ouvrage, à son enthousiasme pour l'antiquité. Mais si M. Gerhard est entré dans la science sous la bannière de l'école symbolique, c'est en archéologue consommé, et avec un sens critique des monuments dont l'illustre chef de cette école était loin d'être pourvu.

La sagacité de Winckelmann, la sage érudition de Visconti, l'esprit méthodique de Zoega s'étaient exercés particulièrement sur les bas-reliefs et les statues ; Hirt, Bœttiger et Millin, en recherchant les moyens de populariser la science, ne s'étaient point écartés d'un certain nombre de monuments déjà plus ou moins connus. L'expérience sans égale de Millingen se renfermait dans le cercle assez restreint de quelques collections. Je ne parle point des numismates, plus occupés de la valeur matérielle des médailles, de leur rareté et de leur provenance, que des symboles dont elles étaient chargées. Les dieux du culte officiel, de la religion vulgaire et les héros des légendes épiques faisaient le fond des études sur l'antiquité figurée.

L'attention de M. Gerhard s'est portée ailleurs. Il s'est emparé de ces pauvres divinités adorées dans les petites chapelles que Pausanias signale bien souvent comme étant situées au bord des chemins, près des fontaines ou sur la lisière des bois. Déjà, dans le pan-

théon grec, on les tenait à distance de ces olympiens
majestueux assis par la dévotion des peuples et le
génie des artistes sur des trônes d'or et d'ivoire. On
les traitait comme des dieux de bas étage, et l'espèce
de discrédit qui les frappait semble avoir exercé quelque influence sur l'esprit des antiquaires. M. Gerhard
n'a eu garde d'oublier ces dieux complexes ou bigar-
rés que les influences asiatiques apportèrent tardive-
ment sur le sol de la Grèce : les Cabires, cette trinité
bizarre servie par un quatrième dieu, l'Hermès Cadmi-
lus ; les Zagreus, les Iacchus, les Sabazius, formes
diverses d'un dieu orgiaque et délirant, et les génies
hermaphrodites sortis des arcanes des cultes licen-
cieux de la Phrygie. Ce n'est pas tout encore : cette
Vénus funèbre que les peuples de l'Italie méridionale
honoraient sous le nom d'*Ariadne-Libera;* d'autres
déesses créées par l'idolâtrie romaine touchant à sa
ruine, et, en dernier lieu, les grandes divinités d'Éleusis, sous les traits qu'on leur prêtait dans les Thesmo-
phories, prennent place dans ce musée si nouveau et
si curieux formé par une savante main.

Ce premier ouvrage met surtout en lumière une
grande vérité, c'est que la nouvelle archéologie doit
embrasser d'une manière scientifique l'ensemble des
monuments figurés. On voit dans M. Gerhard (ce n'est
pas là à nos yeux la moindre partie du mérite de cet
antiquaire), on voit le désir d'élever la science qu'il
cultive avec amour à une hauteur plus grande encore.
On sent qu'il cherche à lui donner une portée toute
philosophique, et qu'il veut en faire l'appui solide et
régulier d'un des grands objets de la critique mo-

derne : l'histoire des religions. Les investigations par-
tielles de ses prédécesseurs, la publication de quelques
collections plus splendides qu'intéressantes, l'étude
approfondie, mais bornée, de certaines séries de monuments, ne lui paraissent plus suffire. Que l'histoire
de l'art s'en contente, à merveille ! avec ce que l'on
connaît déjà, on peut disserter sans fin sur la prospérité ou la décadence des écoles et des artistes, mais
plus exigeante cent fois est l'histoire des religions. Il
faut se presser, nous dit-il, la tâche est rude. Agrandi
chaque jour par des découvertes aussi belles qu'ines-
pérées, le champ de l'antiquité figurée devient immense. Ce que Linné a fait pour la botanique, M. Gerhard voudrait pouvoir le faire pour l'archéologie.
Entre les monuments, qui sont à l'archéologie ce que
les êtres sont à l'histoire naturelle, il voudrait établir
les points de connexion et de distinction, les caractères comparables. Il voudrait créer une méthode, et
par là remonter à ces aperçus généraux sans lesquels
une science ne mérite pas ce nom. Dans cette vue, il
réclamera bientôt par toute l'Europe le concours des
savants et des amis de l'antiquité. Nous verrons plus
loin ce qui est advenu de cette partie du programme
de M. Gerhard.

III

Pendant que le savant auteur préparait la publication de ces *Monuments antiques,* une de ces découvertes qui avancent la science au point de la transfor-
mer s'opérait en Étrurie.

A quelques lieues de Corneto, au milieu d'une plaine malsaine et déserte, bornée à l'occident par la mer Tyrrhénienne, dans la nécropole de la plus obscure des cités étrusques, la ville de Vulci, le hasard a fait trouver un de ces trésors que toutes les richesses du monde, aux yeux des antiquaires, ne sauraient égaler. Dans le très-court espace de deux à trois années, les tombeaux sans nombre de cette nécropole ont donné à l'archéologie une plus grande quantité de monuments d'un certain ordre que tous les siècles antérieurs. En voici un exemple : au mois de novembre 1829, le nombre des vases peints découverts dans les tombeaux de Vulci et sur les propriétés du prince de Canino, qui sont voisines, dépassait le chiffre de quatre mille. Or, le musée le plus riche en ce genre, le musée Bourbon, ne possédait pas à cette époque au delà de deux mille vases... Et ne croyez pas que cette découverte extraordinaire se réduisît à des vases : Vulci n'était pas moins riche en bijoux ; le musée Grégorien et la collection Campana, les deux écrins les plus précieux de l'archéologie, doivent en partie leur renommée à ces délicates merveilles recueillies sur un sol désolé.

Chargé de dresser l'inventaire de ces reliques païennes par l'institut archéologique de Rome qu'il venait de fonder, M. Gerhard rédige en italien un rapport (1832) sur les vases peints de Vulci. Ce rapport, le judicieux et perspicace Letronne en parlait comme d'un chef-d'œuvre. Il sera dans l'avenir un des titres les plus durables de M. Gerhard. Songez à cet effort d'érudition, à l'embarras d'un homme condamné à

expliquer et à décrire plus de mille monuments tout à
fait inconnus ! Et pourtant l'auteur du *Rapporto Volcente* n'a rien laissé complétement dans l'ombre. Fa-
brication, style, date, provenance, sujets, il examine
tout, discute tout et se prononce à peu près sur toutes
choses. Il divise ces peintures en trois grandes caté-
gories : représentations mythologiques ; mœurs et
usages ; accessoires et ornements.

Je ne veux point m'arrêter à ce remarquable travail
où la philologie allemande et la pratique italienne ont
fait alliance. D'autres travaux sur la céramographie
appellent notre attention. Je dirai seulement que cet
écrit décèle une pénétration et une hardiesse peu communes. Il annonce M. Gerhard comme un des maîtres
de l'archéologie.

Nous ne sommes plus au temps où un écrivain[1] signalait en ces termes la publication des vases grecs
d'Hamilton : « Cet ouvrage est utile, spécialement aux
fabricants de porcelaine auxquels il offre des modèles
du meilleur goût. » De nos jours, les personnes instruites, sans éprouver un grand attrait pour ces œuvres
si éloignées du courant des idées modernes, savent
cependant ce qu'on paraît avoir ignoré en 1847 : c'est
que les vases peints peuvent servir à quelque chose de
mieux qu'à former le goût de nos industriels. Plusieurs
artistes d'un grand mérite ont de chaleureuses adora-
tions pour ces monuments modestes qui ne peuvent
plaire qu'à des yeux exercés.

Les vases s'offrent aux antiquaires comme un livre

1. *Biographie universelle*, publiée par Michaud, t. XIX, p. 366.

admirable, comme un exemplaire unique, dont ils ne cessent de tourner depuis vingt-cinq ans surtout les feuillets déchirés. Ici, bien mieux que dans les écrivains d'Athènes et de Rome, la vie antique se prend sur le vif. Avec quelle frappante originalité, parfois sous la forme la plus élégante, parfois sous les formes enfantines de la peinture à son premier assor, ces vases nous révèlent la pensée religieuse, l'idée païenne, hellénique ou italiote ! Quelle saveur piquante d'archaïsme ! Comme nous sommes loin du lieu commun moderne, cette peste de l'art !

M. Gerhard a arraché aux vases leur secret ; leur sens profond, leur rôle dans la partie la plus voilée de la religion grecque ne lui ont point échappé ; son génie d'antiquaire lui a fait voir ici ce que les autres n'avaient point encore vu : ainsi personne ne l'a dépassé comme interprète des cultes mystiques de Cérès et de Proserpine. C'est avec l'imagination d'un ancien et la sagacité d'un critique qu'il nous révèle l'origine de ces associations de divinités qui ne se rencontrent que dans les peintures de vases ; associations que manifeste un échange continuel de costumes ou d'attributs ! Cela tient à une idée fondamentale, au principe d'unité sur lequel repose la religion pélasgique ; principe dont tous les symboles tendent à exprimer la puissance productive de la terre et les phénomènes de la végétation.

J'ouvre au hasard le premier volume d'un ouvrage publié par le savant professeur quelques années après le *Rapporto Volcente* ; c'est un recueil intitulé : *Choix de peintures de vases trouvées en Étru-*

rie[1]. Mes regards tombent sur un monument où je vois Apollon assis, entouré de trois femmes debout, enveloppées de longs voiles. Quelles sont ces femmes? Quel rôle joue cet Apollon? Je l'ignore. C'est donc une énigme? L'explication donnée par M. Gerhard va la résoudre.

Une de ces femmes tient une grenade, et la grenade est la fleur consacrée à Proserpine, déesse du printemps. Or, c'est à cette époque fortunée que l'épouse de Pluton quitte le noir séjour pour remonter vers l'Olympe. Cette humble peinture de vase représentera donc une des plus belles scènes du drame mystique des Éleusinies : le retour de Proserpine dans les bras de Cérès en présence de Latone et de son fils qui célèbre sur la lyre cette douce réunion; elle nous montre une de ces poétiques légendes qui racontaient à la Grèce attentive que parfois les dieux descendaient aux enfers et remontaient ensuite au ciel.

On s'étonnera sans doute de la délicatesse infinie, de la subtilité même de pareils rapprochements. L'étude de l'antiquité est surtout une étude de rapports d'une ténuité extrême, et cette ténuité augmente, s'il est possible, quand, à vingt-cinq siècles de distance, on cherche à retrouver dans les productions des arts la trace des symboles religieux.

En 1836, M. Bunsen écrivit un jour à M. Gerhard : « De grâce, ne différez point la publication de cette collection intéressante si merveilleusement condensée, et disposée d'une façon lumineuse (*concentrata e lu-*

---

1. *Auserlesene griechische Vasenbilder.* Berlin, 1840.

minosamente disposata), car bien peu de gens auraient eu le courage d'entreprendre cette étude en
suivant la ligne que vous avez choisie. » L'ouvrage
dont parle ici M. Bunsen a pour titre : *Miroirs étrusques* (*Etruskische Spiegel*).

Mes lecteurs se souviennent d'avoir vu dans les musées certaines plaques de bronze terminées par un
manche assez richement décoré. Des figures gravées
à la pointe et des inscriptions ornent presque toujours
la partie concave de ces plaques assez peu attrayantes
d'aspect. Ce sont les miroirs dont faisaient usage les
femmes de l'Étrurie. Au revers de ce meuble de toilette, de ce *conseiller des dames*, la mythologie de
l'Italie centrale se trouve représentée dans mille compositions.

Déjà quelques antiquaires italiens, à la tête desquels
il faut placer Lanzi, s'étaient occupés avec zèle de
cette classe de monuments. Ils n'ont pu arriver cependant au degré atteint par M. Gerhard. Je n'exagère
rien en disant que celui-ci a fait pour ces miroirs
tout autant que M. Boeckh pour les inscriptions
grecques.

Avec lui, en quelques jours de lecture, on peut en
apprendre beaucoup plus sur ce monde étrusque qu'on
ne le pouvait auparavant en quelques mois. J'invite
les linguistes à se procurer ces deux volumes, faciles
à manier et qui peuvent servir de dictionnaire, car
les mots étrusques sont expliqués par les figures à
côté desquelles ils se trouvent. Les mythologues savent
déjà tout ce qu'ils doivent de reconnaissance à M. Gerhard pour les avoir fait pénétrer directement dans le

panthéon étrusque, et les artistes feraient bien de les suivre. Il y a de grandes beautés auxquelles ces derniers seraient sensibles dans les deux cent cinquante miroirs qui ont été gravés sous l'inspection de M. Gerhard. Le connaissent-ils suffisamment, cet art étrusque? Savent-ils à quel point il est puissant et grandiose, tragique même? Savent-ils aussi que lorsqu'il est inspiré par la Grèce, il devient élégant, fleuri, discret? Je n'en veux d'autre preuve que le magnifique miroir de Vulci qui représente Bacchus et Sémélé. Ici la pose du dieu est d'une volupté exquise. C'est l'art de Praxitèle avec toute sa délicatesse et son délicieux abandon.

IV

Nous arrivons à la plus large expansion intellectuelle de M. Gerhard; c'est dans son beau livre sur la mythologie grecque qu'elle s'est particulièrement manifestée.

Le dernier volume des *Religions de l'antiquité* a paru il y a neuf ans (1852). Depuis, à l'exception d'une œuvre savante et limpide due à la plume de M. A. Maury, l'un des collaborateurs de M. Guigniaut, à l'exception de quelques thèses de Sorbonne et surtout d'un éloquent article de M. Renan, notre pays n'a rien publié dans cet ordre d'idées; car nous ne pouvons tenir pour uniquement françaises les précieuses esquisses du baron d'Eckstein, le savant cosmopolite. Mais tournons nos regards vers l'Allemagne: dans l'espace d'une seule année (1854), Franz Lauer, Emile

Braun, MM. Preller et Gerhard y publient quatre mythologies[1] ?

Certes, je rends justice aux vastes recherches de
Lauer sur l'histoire du sentiment religieux ; j'ai lu
avec plaisir le livre d'Émile Braun, composé surtout
en vue d'attirer à cet ordre d'études les femmes et
les demi-savants, ouvrage dont la grâce un peu mondaine cache le plus vif comme le plus fin sentiment de
l'art et de la mythologie ; j'admire la précision de
M. Preller : quelle clarté, quelle simplicité, quel bon
sens exquis caractérisent les travaux de ce savant,
l'un des meilleurs esprits de l'Allemagne ! Cependant,
pour la solidité et la profondeur, la palme appartient
à la mythologie de M. Gerhard.

Dans une vaste Introduction, l'auteur se place au
point culminant de son sujet, comme s'il voulait, en
regardant de très-haut, embrasser toutes les contrées
qu'il se propose de parcourir. Suivons-le pour un instant sur des sommités un peu nuageuses ; par là nous
pourrons juger plus facilement de l'ensemble du système, car nous l'envisagerons par ses grands côtés.

Le sentiment religieux, dit M. Gerhard, se manifeste sous des formes diverses selon qu'il obéit à
l'imagination ou à l'intelligence. Esclave de l'imagination, il s'absorbe dans le panthéisme ; soumis à
l'intelligence, il sépare Dieu du monde, soit en l'aper-
cevant sous la forme de deux pouvoirs rivaux, la lumière et les ténèbres, Ormuzd et Ahriman, soit en

1. Une ou deux autres mythologies, et notamment celle de
M. Welcker, ont paru depuis cette époque.

admettant un pouvoir unique, maître absolu du monde et de l'humanité.

Miroir de cette puissance irrésistible, l'univers, dans ses diverses parties, reçoit les hommages de l'homme. Tantôt celui-ci s'agenouille devant les corps célestes ; tantôt il tremble devant les pouvoirs redoutables que recèlent les abîmes de la terre et des eaux ; tantôt enfin il croit que la nature est ressuscitée en la voyant se couvrir de fleurs. Cette religion des éléments, qui touche par divers côtés au fétichisme, se montre à l'origine de la société grecque.

L'adoration du Ciel et de la Terre (*Uranos* et *Géa*) marquera d'abord le premier élan de la pensée religieuse. A ce dualisme hellénique, le polythéisme succède bientôt. Qu'est-ce donc que le polythéisme ? C'est la vivante et pittoresque personnification des pouvoirs de la nature. Toutefois, ce besoin d'unité qui est au fond de la conscience humaine va se faire jour. De là cette organisation hiérarchique qui éclate dans la théologie grecque, et qui, livrée à de grossières mains, produira plus tard le syncrétisme, c'est-à-dire une agrégation maladroite des purs éléments du polythéisme, en vue de retourner à l'unité primitive. Deux causes ont contribué au développement du polythéisme : en premier lieu, le besoin de contracter des alliances, et de là cette foule de divinités étrangères auxquelles se sont ouverts les temples de la Grèce ; en second lieu, les vertus nouvelles, les pouvoirs nouveaux que les adorateurs d'un dieu découvraient en lui ; découvertes qui grossissaient sa légende d'enfants, de satellites, de héros personnifiant ses divers mérites. Voilà

pourquoi Esculape, le dieu de la médecine, est fils d'A-
pollon, Hygie ou la Santé est compagne de Minerve,
et Phobos ou l'*Effroi*, un des suivants de Mars.

C'est avec cette précision dogmatique que M. Gerhard suit les progrès de la pensée religieuse. Bientôt
il entreprend l'étude de la langue dans laquelle celle-ci
se manifeste chez les peuples que leur organisation
porte à exprimer, non par des mots, mais par des
images les impressions que la nature excite dans les
âmes. Cette langue nous offre, pour ainsi dire, deux
dialectes, le symbole et le mythe. Le symbole, c'est la
figure d'une conception de l'esprit; figure rendue visible aux yeux du corps. Le mythe, c'est le symbole
développé, mis en action, animé par des personnages
divins. Variante du symbole, l'allégorie offre cela de
particulier, que chez elle la relation entre l'idée et
l'image n'est point absolue. Ce n'est point l'écho de la
nature, c'est plutôt un jeu de l'esprit, une abstraction.
Symboliques sont les personnages d'Homère, allégo-
riques ceux du Dante.

Il faut voir dans l'ouvrage allemand avec quelle sécurité et quelle connaissance approfondie des œuvres
de l'art chez les anciens, M. Gerhard aborde des questions qui tiennent aux origines de l'esprit humain. Les
formes, les couleurs, la race, le sexe, le nombre, sont
les hiéroglyphes principaux de cette langue primitive;
hiéroglyphes qui se décomposent à leur tour en autant
de signes empruntés non-seulement à toutes les productions de la nature, mais encore à la civilisation. En
voici quelques exemples.

Le polus, cette vaste coiffure circulaire dont la tête

5

des plus vieilles idoles est environnée, c'est l'image
de la voûte céleste. Le peplus, ou long voile, indique
une de ces divinités créatrices qui, semblables à l'Hermès dans sa gaîne, se trouvent encore engagées à
moitié dans la nature physique. Une corbeille remplie
de fleurs montrait une divinité protectrice de la végétation. Enfin, les couronnes et les colliers, parure habituelle des déesses, faisaient allusion à ces couronnes
d'étoiles, à ces joyaux éternels, dont la nuit, surtout
dans les contrées méridionales, accroît la paisible
splendeur.

Quand on connaîtra définitivement tous les mots de
la langue du symbole, ces mots qui font retentir dans
nos âmes la poésie simple et sublime des hommes des
premiers âges, ces mots charmants inventés par l'art
le plus naïf comme par le plus délicat, il nous sera
permis de remonter au développement primitif des
intuitions religieuses, et d'atteindre aux sources profondes d'où elles sont sorties.

Si jamais il arrive ce résultat désiré par tous les
amis des hautes études historiques, dans ce grand
effort de pénétration et de science, une part considérable appartient à M. Gerhard. Ce sera son honneur.

V

M. Gerhard est un homme de fer, me disait il y a
quinze années Émile Braun, faisant allusion à l'infatigable activité de son maître et de son ami. M. Gerhard, dois-je ajouter, est aussi un homme du monde
qui sait intéresser aux études qu'il aime les heureux

de la terre. Il a trouvé des Mécènes pour l'archéologie.

Vers la fin de 1828, profitant de la présence à Naples
du prince de Prusse (aujourd'hui Frédéric-Guillaume
IV), M. Gerhard, qui l'avait accompagné, détermina
cet illustre compagnon de voyage à se constituer le
protecteur d'une vaste association formée par les antiquaires les plus considérables de l'Europe. Tout naturellement, les *Hyperboréens romains*, M. Bunsen en
tête, composèrent le noyau de cette académie qui
reçut le nom d'Institut de correspondance archéologique. On nomma président un amateur zélé, le duc
de Blacas, l'appui de Champollion, et quel beau titre !
Le duc de Luynes, si prompt à venir en aide aux entreprises généreuses, fut chargé de diriger la section
française. Deux antiquaires célèbres, Millingen et
M. Welcker, représentèrent l'Angleterre et l'Allemagne
dans la nouvelle association.

Panofka, durant ce premier travail de création et
d'organisation, seconda vigoureusement M. Gerhard.
Le cœur chez Panofka était à la hauteur de l'intelligence. L'enthousiasme avec lequel il cultivait la
science, son désintéressement et son courage, ont vivement frappé tous ceux qui l'ont connu.

Je ne répéterai point ce que j'ai dit ailleurs[1] sur l'influence de l'Institut archéologique de Rome dans le
monde de l'érudition. Je me bornerai à dire que l'objet de sa fondation a été complétement atteint. Par
suite de l'importance et de la multiplicité des décou-

1. *Journal des Débats* du 22 janvier 1860.

vertes, une masse de matériaux encombrait le champ de l'antiquité figurée ; cette masse a été soulevée, triée, et ses diverses parties ont été mises en leur lieu et place. Toutefois, ce grand travail n'a pu réussir qu'avec le concours d'une foule d'esprits distingués, conviés à l'œuvre commune par M. Gerhard. Aussi, là même où l'antiquaire trouvait des sentiers inextricables et des fondrières, il peut suivre maintenant de belles et larges avenues au bout desquelles il aperçoit les véritables limites de la science. Il me suffira de rappeler qu'Ottfried Müller s'est singulièrement aidé des travaux de l'Institut de Rome pour faire son *Manuel d'archéologie*, composition lumineuse dans laquelle son génie synthétique a si bien tracé la carte de l'archéologie.

Treize ans après la création de l'Institut de correspondance, M. Gerhard fondait à Berlin, avec Panofka, une nouvelle Société d'antiquaires, il fondait aussi l'utile journal de cette Société, publication dont il n'a pas cessé d'être l'âme.

Le journal de Berlin est au journal de l'Institut de Rome ce que les tirailleurs sont au corps d'armée. Toujours en avant sur le terrain des découvertes, toujours à l'affût des nouveautés, l'*Archäologische Zeitung* ne laisse rien échapper. Acquisitions faites par les grands musées, énumération des collections particulières, procès-verbaux des séances de l'Institut de Rome et de la Société de Berlin, il tient note de chaque chose, offrant à des lecteurs sérieux ce que nous pourrions appeler les *faits divers* de l'érudition dans le monde entier : chaque année, en janvier, dans une

revue des ouvrages publiés pendant les douze mois
qui précèdent, M. Gerhard dresse le bilan de la littérature archéologique. Malgré d'estimables efforts, nous
sommes loin d'avoir aujourd'hui en France un recueil
qui soutienne dignement la concurrence avec le journal archéologique de Berlin[1]. Mais c'est au public
qu'il faut le reprocher, à son indifférence, et non aux
savants.

VI

Plus on étudie l'homme remarquable que je cherche
à faire connaître, plus on admire cette fécondité prodigieuse qui lui assure aujourd'hui une des premières
places parmi les savants de l'Europe. Les grands ouvrages que j'ai signalés, les fonctions de secrétaire de
l'Institut de Rome, la direction du journal de Berlin,
auraient suffi pour employer tous les instants des plus
forts, des plus habiles. Bien loin de fléchir sous un
tel poids, il semble que M. Gerhard se soit fait un jeu
de verser le trop-plein de son érudition dans une foule
de monographies. Les mémoires de l'Académie de
Berlin renferment un grand nombre de dissertations
qui offrent chacune l'application de sa méthode archéologique. Nous citerons les recherches sur *les Hermès*, sur *les Idoles de Vénus*, sur *les Représentations
archaïques de Minerve*, sur *les Divinités ailées*.

Dans ses divers écrits, M. Gerhard procède différem-

---

1. En disant ceci, je fais des réserves. Loin de moi la pensée de
méconnaître les louables efforts des esprits distingués qui dirigent
aujourd'hui la *Revue archéologique.*

ment de ses devanciers : ceux-ci employaient l'analyse, il emploie la synthèse; ils n'étudiaient qu'un
monument à la fois, M. Gerhard en explique vingt, et
il les rattache à un principe dont ils ne sont que les
manifestations diverses. Un exemple fera mieux saisir
ma pensée. Un jour, Visconti entreprend d'illustrer
un camée qui représente Jupiter couvert de l'égide de
Pallas. « Ingénieux et complet pour tout ce qui concerne l'art, la pose et les analogies, il se montre concis
et presque superficiel (je cite les paroles de M. Lenormant) pour ce qui regarde les problèmes que soulèvent
l'origine et l'intention de l'égide chez les anciens. »

Que fera M. Gerhard en pareille circonstance? Je
vais le dire en peu de mots.

On découvre, aux environs de Rome, un vase couvert de peintures. Ce vase représente le buste d'Apollon, entouré de rayons dont l'éclat semble frapper
d'étonnement un groupe de satyres plein de cette vivacité, de cette heureuse liberté, le propre de l'art
antique. M. Gerhard saisit l'occasion pour grouper
autour de cette peinture toutes les représentations relatives au soleil, tous les symboles relatifs à son lever
et à son coucher, toutes les personnifications de la
lune et des étoiles [1]. Il remarque la rareté de ces
images. Le roi des astres, l'Hélios des Grecs, les divinités qui lui servent de cortége, pourquoi les artistes
les ont-ils presque oubliés? En serait-il ainsi dans une
pure religion de la nature? Nullement. Mais dans la

---

1. Voy. le Mémoire sur les Divinités de la lumière (*über die Licht-
gottheiten auf Kunstdenkmälern*). Berlin, 1840.

mythologie, dans ce monde dont les poëtes ont réglé
les mouvements, les pouvoirs cosmiques ont été su-
bordonnés aux dieux de l'Olympe, et même aux personnages héroïques. Homère réduit le rôle du soleil à
celui d'un espion paresseux. Quels étaient donc les
liens qui unissaient Hélios et Apollon? quelles étaient
enfin, et voici une grande question devant laquelle
l'auteur s'arrête, les limites de la poésie et de l'art?
On sent avec quel esprit philosophique M. Gerhard
aborde toutes ces études, et comme il emploie toutes
les ressources de la critique pour faire sortir la connaissance des monuments du domaine de la pure curiosité.

A la suite du grand mouvement de rénovation
donné à l'étude des religions antiques en Allemagne,
sous la puissante influence de Creuzer, d'O. Müller, et
d'un maître que personne n'a encore égalé dans l'intelligence de la poésie grecque, je parle de M. Welcker;
à cette époque vraiment mémorable dans l'histoire de
la pensée et de la philologie, deux systèmes se sont
trouvés en présence. Le premier cherche l'explication
de la mythologie dans la comparaison des paysages
de la Grèce avec les inventions des poëtes. Le second
demande aux œuvres de l'art le secret que le premier
veut pénétrer en étudiant le climat, le cours des fleuves
ou la situation des montagnes. M. Gerhard est à nos
yeux celui qui a le mieux assis le second système et
démontré par quels moyens on pouvait tirer de l'étude
des monuments le sens profond du passé. Cependant
sa manière n'est point assez exclusive pour qu'il se
soit interdit d'emprunter à la géographie mytholo-

gique de l'école, dont M. Forchhammer est le chef,
certaines parties utiles, certaines observations vraies.
Les doctrines négatives, comme celles de Letronne,
par exemple, sont souvent plus nuisibles qu'utiles dans
des études où il faut apporter cette part d'imagination
dont manquait totalement notre merveilleux érudit.
Un éclectisme modéré et prudent est parfois le chemin
le plus court pour atteindre la vérité.

Toutefois, le système de M. Forchhammer, dont
l'Allemagne s'est préoccupée, me suggère une réflexion, et je demande à l'exprimer ici en terminant.
Chez un peuple aussi enclin que les Grecs à voir la
nature à travers l'humanité, à revêtir le symbole de
cette forme précise et limitée que l'art seul peut donner, l'étude des monuments doit être, sans contredit,
considérée comme la base même de toute mythologie
scientifique et son plus ferme appui.

La science des religions se naturalisera-t-elle enfin
dans notre pays ? Lui verrons-nous prendre le beau
développement des sciences positives ? Les talents capables de faire fleurir cette étude ne manquent pas
chez nous. Nous avons M. Guigniaut qui, dans ses
savantes recherches sur les mystères de la Grèce, a su
trouver un juste milieu entre le voltairianisme philologique de M. Lobeck et le mysticisme presque italien
de M. Creuzer. Nous avons des penseurs : M. Ernest
Renan, trop avare de ses aperçus sur la mythologie
grecque ; M. Alfred Maury, si versé dans la connaissance des cultes helléniques, et auquel on doit une
appréciation très-neuve de la morale religieuse des
anciens. Nous avons eu Raoul Rochette : son érudition,

ses longs travaux lui méritaient dans le souvenir de ses compatriotes un rang plus élevé. Nous avons le duc de Luynes, zélateur déclaré de l'archéologie, et par son vaste savoir et le sens exquis des monuments, habile à la faire avancer dans toutes les voies, surtout dans l'étude des religions. L'*Élite des monuments céramographiques* de M. Lenormant et de son persévérant et fidèle collaborateur, M. de Witte, par la profondeur, l'exactitude et l'ingénieuse direction des recherches, peut servir de pendant aux travaux de M. Gerhard sur la céramographie. Je me tais sur la numismatique, l'archéologie orientale, l'égyptologie, dans lesquelles la France est au premier rang. Que nous manque-t-il donc pour faire prospérer, sous notre latitude scientifique, l'étude des religions, pour qu'elle prenne un bel essor? Ce qui nous manque, c'est un public.

Oui, le public et le siècle lui-même en France semblent se détourner de l'antiquité figurée dans ses plus hautes applications. L'ombre s'abaisse. Nul doute qu'en s'associant dans un assez court espace de temps, deux des représentants les plus célèbres de l'archéologie allemande, en faisant asseoir d'une voix unanime M. Gerhard à côté de M. Welcker, une illustre compagnie n'ait voulu nous montrer tout le prix qu'elle attachait à ces nobles études, et nous faire sortir de notre engourdissement.

ANNALES ET BULLETIN DE L'INSTITUT ARCHÉOLOGIQUE
DE ROME

(*Journal des Débats,* 22 janvier 1860.)

Cet ouvrage, écrit moitié en français, moitié en
italien, a sa place marquée parmi les livres les plus
utiles et les plus beaux de la bibliothèque du savant et
de l'artiste. Depuis trente ans cette publication est
commencée et se compose maintenant de trente volumes. Un atlas considérable en fait partie, et sous ce
titre : *Monumenti inediti,* renferme de nombreuses
planches qui reproduisent avec une fidélité bien rare
la plupart des monuments remarquables provenant
des fouilles pratiquées depuis plus d'un quart de siècle
dans toutes les contrées classiques, et particulièrement
en Italie. Le texte est une mer d'érudition. Sans ce
recueil, il serait impossible d'embrasser l'ensemble
des études archéologiques et de suivre leurs progrès.
Voilà bien des titres à la renommée; cependant, et
nous le disons non sans étonnement et sans regret,
cette vaste, cette précieuse publication est signalée
pour la première fois aujourd'hui dans un journal
français.

La spéculation n'a pas créé les *Annales;* la librairie
n'y a pas mis la main. La pensée qu'elles réalisent si
heureusement vient de plus haut. Quelques fervents
adorateurs de l'antiquité, quelques grands personnages tenant aux deux aristocraties, celle du sang et
celle de l'intelligence, l'héritier présomptif d'une cou-

ronne, voilà quels furent ses fondateurs. Il faut tenir
compte également de l'ardente initiative de M. Gerhard, membre de l'Académie de Berlin et l'un des plus
dignes représentants de la science allemande.

L'idée d'une publication réunissant en un faisceau
les recherches contemporaines sur l'archéologie n'est
pas une idée neuve. Trois archéologues d'un grand
mérite, Boettiger, Schorn, M. Welcker, et le célèbre
antiquaire Guattani, de très-bonne heure et séparément, sont entrés dans cette voie. Toutefois une direction trop exclusive, des moyens d'information trop
limités, mais surtout l'extrême difficulté pour l'érudition et le talent eux-mêmes de soutenir une pareille
entreprise, quand ils sont isolés, vinrent mettre obstacle au succès complet de ces publications. Et cependant quand on songe à l'état des études archéologiques, on voit combien une création de ce genre était
nécessaire.

Depuis le jour où un charmant enthousiaste, dans
les murs de cette Rome qu'il adorait, conçut l'*Histoire
de l'art*, et les *Monumenti inediti*, fondement de deux
études récentes, l'esthétique et l'interprétation des
monuments figurés, depuis cette époque mémorable
dans l'histoire littéraire, les matériaux de l'archéologie se sont décuplés; les trésors que recèlent les cendres du Vésuve n'ont cessé de s'accumuler dans le
musée de Naples; les beaux principes de l'architecture antique ont été mis dans tout leur jour. A l'Europe artiste et libérale, l'Angleterre a révélé Phidias;
d'habiles antiquaires ont parcouru la Grèce, marquant avec un soin pieux, sur cette terre semée de

ruines, la place de tant de villes célèbres aujourd'hui disparues ; d'autres ont visité l'Asie Mineure, retrouvant partout le goût hellénique, mais sous des aspects inattendus ; en nous donnant la clef des écritures de l'Égypte, en soulevant le voile dont s'enveloppe une civilisation qui semble n'avoir pas eu d'enfance, un philologue de génie a conquis, au nom de la science française, le royaume des Pharaons. L'Assyrie, cette autre énigme, nous a laissé voir des palais aussi vieux que la Bible, et dont les murs sont couverts d'une écriture qui attend un Champollion ; enfin l'Italie païenne nous a livré son âme en nous livrant le secret de ses tombeaux.

C'est au moment même où ce grand mouvement scientifique, inauguré par Winckelmann, était dans toute sa force, c'est à Rome, entre 1825 et 1828, que la création des *Annales* fut projetée par M. Gerhard et ses amis. Grâce à eux, pour la première fois, la lumière s'est répandue dans toutes les parties de l'antiquité figurée ; grâce à eux, la publicité, si difficile et si restreinte dans cet ordre de travaux, est devenue large et facile. A peine leur projet était-il connu, que déjà les hautes célébrités de la grande érudition se groupaient autour de cette pléiade d'antiquaires : aussi la fondation de l'Institut de Rome fut-elle le résultat immédiat de ce noble empressement.

Annales et Bulletin de correspondance archéologique, tel fut le titre de ce nouveau recueil, dès lors dirigé, alimenté par toute une académie, ou plutôt par l'Europe savante, à laquelle il demandait chaque jour un fait, un texte, une idée. Enregistrer les résul-

tats des fouilles fut le premier objet; le second fut de
discuter les monuments anciennement découverts,
mais mal interprétés, ou bien encore de décrire brièvement tous ceux que le sol classique livrait chaque
jour à la critique des antiquaires, sauf à les étudier
sérieusement plus tard. Une branche de ces études,
jusque-là fort négligée, la topographie archéologique,
et une étude non moins intéressante, à laquelle un
grand philologue, M. Boeckh, venait de donner un
brillant essor, l'épigraphie, enfin la numismatique et
la glyptique, c'est-à-dire tout un monde de détails et
de petits problèmes, trouvèrent place dans les *Annales*.
On n'a point oublié la vive impulsion qu'elles reçu-
rent. Chaque mois le Bulletin vint instruire le lecteur
du mouvement quotidien de la science, marquant, à
tous les anniversaires de la naissance de Winckelmann, la route parcourue. Chaque année, les *Annales*
vinrent discuter devant le public érudit quelque point
délicat avec cette sollicitude majestueuse si parfaitement reproduite dans le *Peseur d'or* de Gerard Dow.

Je relisais dernièrement la première liste des membres de l'Institut de correspondance, la liste de nos
anciens confrères. En tête se trouve le nom de Frédéric-Guillaume, alors prince de Prusse et protecteur
de l'Institut. Combien ce nom témoigne ici des goûts
élevés et libéraux des familles régnantes en Allemagne! K.-Ottfried Müller et Letronne, Boettiger, Hirt et
Millingen, sir William Gell, Raoul Rochette, Thiersch
et Quatremère de Quincy, Dodwell et Brönsted, Nibby,
Schorn et Panofka, enfin MM. Boeckh, Welcker et
Guigniaut figurent au nombre des membres de cette

Académie ultramontaine. Deux artistes, grands appré-
ciateurs des anciens, Thorwaldsen et M. Hittorff, sont
placés également sur cette liste où l'on regrette de ne
pas voir un plus grand nombre de leurs émules. Parmi
les membres honoraires, trois noms m'ont frappé de
respect : les noms de Guillaume de Humboldt, de Guillaume Schlegel et de Chateaubriand.

Rome où le souffle de l'antiquité remue si violemment
les âmes devint le siége définitif de la nouvelle Académie. C'est sur la roche Tarpéienne que l'Institut archéologique établit ses pénates. Là tous ceux qui aiment la science les saluent depuis trente ans.

L'année même où cette société entrait dans une
voie parcourue si honorablement et au prix d'énormes
sacrifices, la fortune lui réservait une admirable découverte que l'on a comparée aux fouilles d'Herculanum
et de Pompéi. Non loin de Corneto, dans une plaine
empestée que traverse un torrent qui fuit avec rapidité
vers la mer Tyrrhénienne, près d'un pont vénérable
jeté sur deux rives sauvages, *ponte della Badia*, de
1828 à 1829, un grand nombre de tombeaux étrusques
ont été ouverts. Dire tout ce qui a été trouvé dans la
nécropole de Vulci nous serait impossible. Des bronzes,
des bijoux d'un travail exquis s'étalaient au milieu
des ossements dans ces asiles funèbres, épargnés par
miracle. Quatre mille vases qui attestent cet immense
désir des anciens de parer la demeure des morts;
oui, quatre mille vases! aussi beaux pour la plupart
que les gracieuses amphores de Nola, ont été rendus à
la lumière. Argile fin, vernis délicat, forme élégante
et variée, rien ne manquait à ces fragiles chefs-

d'œuvre animés par des milliers de figures. Dans ces compositions se reflétaient des époques et des styles divers ; mais les dieux et les héros de l'Attique jouaient ici sans partage un rôle important.

Le beau Mémoire de M. Gerhard sur les vases de Vulci, *Rapporto intorno i vasi Volcenti* (*Annales*, 1831) produisit dans le monde savant une sensation profonde. Par quel prodige, se demanda-t-on, quatre mille vases couverts d'inscriptions grecques se trouvent-ils enfouis dans le cimetière d'une ville de l'Étrurie, ville à peine connue dans l'histoire ? A l'exception de quelques antiquaires italiens pour lesquels ces trésors de la céramique grecque représentaient « les plus anciens monuments du culte des *Etrusco-Pélasges* », c'est ainsi que s'exprime le prince de Canino ; tous les maîtres de la science constatèrent le caractère hellénique des vases de Vulci. Toutefois, sur la question d'origine on fut loin d'être d'accord. La présence de ces vases impliquait-elle l'établissement d'une population grecque vivant à l'athénienne dans les murs de Vulci, ou bien l'existence dans cette ville d'une colonie de potiers athéniens, ou bien encore était-ce l'indice du goût très-vif de l'aristocratie étrusque pour les vases peints qu'elle aurait fait venir de la Grèce et de l'Italie méridionale, devançant de la sorte dans les voies du luxe des choses lointaines nos amateurs de porcelaine de Chine ou du Japon ? K.-O. Müller, Raoul Rochette, Millingen, MM. Gerhard, Boeckh, Welcker et d'autres antiquaires prirent part à cette discussion chaudement débattue dans les *Annales* et le *Bulletin*. De pareilles questions paraîtront oiseuses

aux gens du monde, aux amateurs de salon, surtout en
France, et surtout à cette heure ; mais les savants ont
vu ici quelque chose de plus instructif qu'un détail
secondaire ; ils y ont vu de curieuses révélations sur
l'état économique et social de l'ancien monde ; révélations incomplètes, divergentes, précieuses cependant,
car elles touchent à des questions sur lesquelles les
textes gardent le silence le plus absolu; mais lorsque
la science des monuments figurés aura fait des progrès nouveaux, qui nous dit que ces révélations ne
deviendront pas lumineuses ? La vérité veut être longtemps cherchée, et la critique a pénétré dans bien
d'autres mystères.

Par cette belle découverte de Vulci, les imaginations étaient excitées : aussi l'attention des rédacteurs
des *Annales* se dirigea-t-elle pendant plusieurs années
principalement sur les vases peints. Quel vaste champ
d'étude que celui de la céramographie ! Comme il s'est
agrandi sous une double influence, celle de l'esprit
scientifique et de l'avidité commerciale ! Leurs efforts
se sont réunis pour fouiller toutes les nécropoles de
l'Étrurie, de l'Italie méridionale, de la Sicile et du
continent grec. « Désormais, écrivait M. Bunsen, ambassadeur de la Prusse près du Saint-Siége et en
même temps le savant secrétaire de l'Institut de Rome
et le digne successeur de M. Gerhard, désormais personne n'aura le droit d'étudier avec fruit cette classe
de monuments et d'en parler en connaissance de cause
s'il ne consulte notre recueil. » Combien de gens sont
loin de se douter que sur les cinquante mille vases
retrouvés depuis un siècle, et inexactement appelés

étrusques; que sur ces hydries, ces coupes, ces amphores blanchies par la poussière dans les cabinets des curieux; que sur cette poterie d'aspect si monotone, les mythes héroïques et religieux de la Grèce se déroulent avec une richesse incroyable! Souvent ces lignes si pures, cet abandon plein de grâce, ce caprice ravissant, toute cette fleur de beauté et de jeunesse voilent aux regards peu exercés les libres créations du panthéisme et les idées des anciens sur les forces de la nature et sur la mort.

Dans ces simples esquisses échappées à un crayon mercantile, l'école symbolique et le docte et doux Creuzer, son illustre chef, plus d'une fois ont cherché la trace légère du spiritualisme païen. Les figures énigmatiques qui se groupent autour des grands vases de la Pouille et de la Lucanie, ces représentations grandioses et confuses des dieux de l'Érèbe, et des Furies, ont pu leur apparaître comme la formule mystérieuse par laquelle les anciens révélaient leur pensée sur les destinées de l'homme après cette vie. Que quelques tendances empreintes d'un certain mysticisme se soient glissées dans l'exégèse de ces monuments de la sereine antiquité, c'est ce que nous reconnaissons. D'ailleurs elles ont été signalées avec vivacité par une école rivale, dont Voss et M. Lobeck sont les plus illustres représentants. Mais les critiques n'ont-elles pas été trop loin? Si, comme quelques philologues le prétendent, les trésors de l'art grec, cet art si charmant et si pur, n'expriment que des idées puériles; si ces marbres divins ne manifestent que des appétits grossiers, ce désaccord complet entre la

6

forme et l'idée, cet éternel contre-sens est des plus déplorables; il y a là pour l'esprit humain un véritable déshonneur.

Vers 1835, la topographie antique vint en première ligne dans les *Annales* et le *Bulletin*. Une pensée qui rappelle les beaux jours de la papauté avait fait entres prendre par le gouvernement pontifical, huit année-auparavant, le déblaiement de cette masse de ruines qui séparent le Capitole du Colysée. Dirigées avec habileté, ces fouilles amenèrent de précieux résultats. Ainsi la découverte du pavé de la voie Sacrée conduisit à reconnaître les limites du Forum. L'étude approfondie de ce lieu, un des plus célèbres du monde, présente de grandes difficultés. Marquer sur ce gazon qui pousse entre des ruines la place où le peuple-roi se pressait pour entendre ses tribuns, et nommer de leur vrai nom tous les décombres illustres que les siècles ont accumulés dans le *Campo Vaccino*, peut être regardé comme un de ces labeurs que la sagacité la plus courageuse et l'érudition la plus sûre seules peuvent oser entreprendre. Et cependant il faut leur rendre hommage, vingt antiquaires se sont exercés sur ce sujet délicat. Nous citerons Nardini, Féa, Nibby, Canina, et plus récemment MM. Becker et Henzen. Aux efforts des savants il faut joindre les efforts des artistes : de belles restitutions habilement conçues ont été proposées par les architectes. Lorsque d'une main si hardie Niebuhr refaisait l'histoire romaine, ce grand critique songeait à une restauration du Forum. Mais la terre cachait encore en partie les monuments qui pouvaient le guider. Admirateur et

ami de Niebuhr, et prompt à profiter d'une heureuse
circonstance, M. Bunsen a voulu terminer l'ébauche
commencée par une haute intelligence. Cet essai remarquable, l'œuvre d'un esprit aussi large qu'enthousiaste, se résume et s'éclaire dans des plans soigneusement étudiés. Non-seulement il embrasse le Forum
de la République : il comprend encore tous les Forum
construits par les empereurs. Sans doute il est hypothétique sur plusieurs points ; mais comme il fait autorité sur beaucoup d'autres, comme il occupe un
rang élevé dans les *Annales*, nous devons nous y
arrêter.

Le Forum de la République (*Forum vetus*), couvert
à l'origine d'arbres et de boutiques, se développait
dans une vallée fermée par trois mamelons, le Capitole
à l'ouest, le Palatin au midi, à l'est la Vélia. Tout
l'espace compris entre l'arc de Septime-Sévère placé
au pied du Capitole, et le temple de Faustine, situé
au bas de la Vélia, que couronne aujourd'hui l'arc de
triomphe de Titus, tout cet espace, disons-nous, était
rempli par le Forum ; assez large à l'ouest, il se res-
serrait à l'est. L'image qu'il offre sur le papier est
celle d'une pyramide tronquée dont la base serait au
pied du Capitole et le sommet au pied de la Vélia. Cette
forme lui était donnée par l'écartement de deux rues
qui descendaient de la Vélia dans la direction du Capitole. Elles le bornaient au nord et au midi dans
toute sa longueur, à peu près comme la rue de Rivoli
borne les places de l'Hôtel-de-Ville et du Louvre. Ces
deux rues isolaient le square romain des temples, des
basiliques et de la salle du Sénat qui l'entouraient et

s'alignaient sur leur façade. La rue du nord s'appelait
la voie Sacrée, *summa via Sacra ;* c'était par cette
rue que les triomphateurs se rendaient au Capitole ;
celle du midi, *summa Velia.* Elle passait au pied du
Palatin. Deux rues transversales croisaient les premières : l'une, à l'est, marquait les limites du Forum
à la hauteur du temple de Faustine ; l'autre, à l'ouest,
et plus rapprochée du Capitole, partageait le Forum ;
c'était le *Clivus Sacer.* Dans la partie comprise entre
cette rue et le temple de Faustine, le Forum changeait
de nom. Il s'appelait Comitium. Là, en effet, se tenaient les comices.

Ce Comitium, qu'un grand épigraphiste, M. Mom-
sen, met au pied du Capitole (*Annales,* 1844), nous
n'en dirons pas ici la raison, ce Comitium constituait la
partie la plus importante du Forum de la République, ou,
pour mieux dire, c'était un second Forum, tandis que le
premier, le Forum des plébéiens, n'était qu'un marché. Le Comitium appartenait aux patriciens. Il fut
pendant des siècles le sanctuaire politique et religieux
du peuple romain. Le Forum des plébéiens, il est vrai,
eut aussi ses jours de gloire. La vigne, l'olivier, le
figuier que les laboureurs romains y avaient plantés
jadis, ces heureux symboles de la culture en Italie,
ombragèrent plus tard d'orageuses discussions.

Quelques degrés élevaient le Comitium, ouvert de
tous les côtés ; en revanche un immense *velarium* le
protégeait contre le soleil et la pluie. Le tribunal du
préteur et la tribune aux harangues caractérisaient
le Comitium. Ils rappelaient ici que la justice et l'é-
loquence étaient les pivots de la République. Une

estrade demi-circulaire avec le siége du juge au fond, tel était le tribunal. Quant à la tribune, sa forme rappelait l'ambon, paisible chaire où, dans les basiliques chrétiennes, on lisait au peuple, pendant la messe, l'Épître et l'Évangile. Cette tribune, selon M. Bunsen, offrait l'aspect d'un petit temple dont la façade serait ornée de six rostres ou proues de vaisseau. Une plate-forme la surmontait, et cette plate-forme était assez spacieuse pour que l'orateur eût la facilité d'y faire quelques pas. C'est à l'extrémité du Comitium, sur le bord du *Clivus Sacer*, en face du Capitole, que la tribune aux harangues devait être placée. La raison en est simple : de cet endroit la voix de l'orateur pouvait être entendue des plébéiens qui l'écoutaient dans le Forum.

Un jour, à l'époque la plus florissante de son aristocratie, Rome vit à cette tribune un spectacle nouveau. Loin de s'adresser, selon l'usage, aux sénateurs qui d'un balcon voisin, celui de la Curie, assistaient aux débats, un orateur, Licinius Crassus, voulant faire passer un projet de loi démocratique, se tourna vers le peuple, réuni dans le Forum, comme si le peuple en cette affaire devait seul se prononcer. Ce léger nuage dans un horizon si pur annonçait la tempête, c'était le présage des effroyables convulsions qui devaient déchirer la République. Vingt ans plus tard, un homme supérieur par le talent, mais que la fougue entraînait au delà de toutes limites, s'agitait dans la tribune du Comitium, tenant sous sa parole de feu tout un peuple frémissant : c'était Caïus Gracchus! Dans les derniers temps des guerres civiles, au mo—

ment où l'horreur de cette lutte entre des factions colossales était au comble, Antoine fit accrocher aux
rostres la tête et les mains de Cicéron. Heureusement
pour le Comitium, la tribune avait changé de place;
dans ses projets d'anéantissement des formes républi-
caines, César l'avait fait transporter au Forum, qu'il
voulait renouveler, trois mois avant sa mort.

Sur de pareilles questions, sur l'histoire de l'art,
sur cent autres sujets, les publications de l'Institut
archéologique répandent une vive lumière : spirituelles discussions de Letronne, cet esprit net et fin;
polémique de Raoul Rochette, féconde en renseignements; remarquables travaux de MM. Borghesi et Cavedoni, Philippe Lebas et Rathgeber, Canina et Lep-
sius; investigations continuelles de l'infatigable Émile
Braun, si versé dans l'étude de l'archéologie comparée, voilà ce qu'on trouve accumulé dans ce vaste recueil que nous recommandons vivement à tous les
hommes studieux. Ils y trouveront aussi les philoso-
phiques recherches d'un grand philologue, M. Welcker,
et les aperçus osés, mais ingénieux, d'un savant enlevé
trop tôt à l'archéologie, je parle de Panofka (mort à
Berlin le 20 juin 1858); ils y trouveront plus d'un
témoignage de la perspicacité heureuse de MM. de
Saulcy et de Longpérier; ils y trouveront enfin les
consciencieuses descriptions de M. de Witte. Que cette
curiosité si vaste, cette philologie si haute, ce mouvement considérable des esprits dans les voies nouvelles de la critique n'aient pas pénétré plus avant
dans la partie éclairée du public français, voilà qui est
fait pour exciter un grand étonnement. Quant à ceux

que leur vocation appelle vers l'esthétique et l'archéographie, ils ne peuvent faire une meilleure lecture.
Quelle ressource pour se préparer à toute une série
d'études dont l'utilité et la beauté ont été si souvent
méconnues ! Certes, si le génie antique fait éclater sa
force extraordinaire, c'est dans les monuments des
arts ; là, brille surtout son incomparable spontanéité ;
s'il atteint à cette perfection sublime qui n'a jamais
été dépassée ni même égalée, c'est encore là. Il y a
des taches dans l'*Iliade ;* le Parthénon en est exempt.
Qui de Tite-Live ou du Colysée nous parle le plus éloquemment de la grandeur romaine ?

Cette révélation d'un beau livre serait incomplète
si, avant de terminer, nous ne jetions un coup d'œil
sur la situation présente d'une science qu'il a si puissamment aidée. L'archéologie fleurit encore en Italie :
elle est là sur son terrain. Depuis longtemps MM. Borghesi et Cavedoni, et plus nouvellement M. Miner-
vini, se sont acquis dans cet ordre de recherches une
juste célébrité. Comme toujours, c'est vers l'antiquité
que l'activité intellectuelle de l'Allemagne est tournée. En ce moment, des professeurs et de jeunes érudits, tous ou presque tous collaborateurs des *Annales,*
travaillent à la suite de MM. Welcker et Gerhard que
trente années de savantes recherches n'ont point encore lassés. Resserrer, autant que faire se peut, l'alliance de la philologie et de l'archéographie, tel est
leur but, et ils ont raison, car s'il est vrai que le sens
complet de l'antiquité ne s'obtient que par l'étude des
monuments figurés, dans bien des cas ce n'est qu'aux
philologues que ceux-ci disent leur secret. L'archéolo-

gie pourra-t-elle s'acclimater en Angleterre ? Jusqu'ici
elle nous rappelle ces plantes exotiques dont les ra-
meaux un peu malingres ne peuvent s'épanouir qu'à
grands frais. Cependant j'ai confiance dans la vieille
ardeur de M. Cockerel, dans le profond savoir de
M. Birch, dans le tact de M. Newton, et dans cet
essaim de voyageurs accomplis à la tête desquels
marchent MM. Leake, C. Fellows, Hamilton, Falkener;
j'ai foi dans l'influence d'un musée sans rival. En
France, l'état actuel de l'archéologie est alarmant.

Loin de moi la pensée d'oser condamner l'étude du
roman et du gothique ; cette étude est trop belle. Elle
nous vaut d'ailleurs, parmi tant de bons ouvrages,
les précieuses monographies de M. Vitet. Mais cette
passion fort légitime, cette ardeur pour nos ruines
nationales, comme l'a prouvé la discussion récente
sur Alesia, ces recherches variées auxquelles la Société des Antiquaires de France imprime une impulsion si heureuse, ont donné naissance à une erreur
assez grave pour qu'il importe de la relever. Trompés
par les rapides progrès de l'archéologie du moyen
âge et par le nombre des personnes instruites qui
étudient consciencieusement les cathédrales et les don-
jons de leur province, les gens du monde, que ces
questions au fond touchent fort peu, se sont imaginé
que partout l'élan scientifique était le même. Ainsi,
selon eux, la grande archéologie emploie une armée de
travailleurs. Hélas ! il n'en est rien. A l'exception d'un
petit groupe, composé de membres de l'Institut, au
mérite desquels l'étranger rend surtout hommage, de
quelques explorateurs de premier ordre, à l'exception

de quelques artistes d'une grande école, et de deux ou trois savants obscurs, personne dans la patrie de Mont-faucon, même parmi les lettrés, ne paraît éprouver un penchant bien vif pour l'antiquité figurée.

Ce fait est remarquable. Mais ce qui l'explique, ce sont nos nouvelles mœurs littéraires : cette activité fébrile, ce besoin de produire et de se montrer sans cesse, ne saurait s'accommoder des veilles souvent stériles de l'antiquaire, forcé de s'adonner aux plus difficiles recherches. On s'effraye de ce labeur patient et acharné, de ce travail d'alchimiste auquel manquent les encouragements du public, qui est à mille lieues de cet ordre d'idées. Que de lectures avant de pouvoir écrire une seule ligne sur un monument figuré ! que de travaux préparatoires ! Édifices, statues, vases, médailles, inscriptions, l'antiquaire doit tout voir, tout étudier. Dans une science livrée à ce point aux hypo-thèses, et où l'induction joue un si grand rôle, ce n'est que par la comparaison assidue des monuments entre eux qu'on arrive à deviner ce qu'ils signifient. Dieu sait si l'effort doit être grand, aujourd'hui que leur nombre s'est prodigieusement accru !

Un éminent écrivain, M. Ernest Renan, citait na-guère le portrait suivant, tracé par M. de Maistre; c'est celui de la science moderne, que l'auteur des *Soirées de Saint-Pétersbourg* représente « les bras chargés de livres et d'instruments de toute espèce, pâle de veilles et de travaux, se traînant souillée d'encre et toute pantelante sur le chemin de la vérité, en baissant vers la terre son front sillonné d'algèbre. » J'aurais à personnifier l'archéologie, que je la peindrais une loupe

à la main, promenant ses regards sur les sublimes reliques qui font sa joie. Surtout j'aurais soin de l'asseoir sous des lambris dorés, et voici pourquoi : en
dépit de l'union la plus étroite avec le savant, elle garde
toujours un sourire pour l'amateur riche et instruit.
Les sacrifices que cette science exige sont parfois trop
coûteux pour qu'elle puisse se contenter en tout temps
du manteau un peu troué de la philosophie. Ce côté,
le côté faible, à mon avis, l'a rapprochée dans bien
des circonstances du luxe intelligent d'une aristocratie éclairée. Pour mieux dire, le goût des arts, la
culture élégante de l'esprit ont attiré vers elle les personnes de condition. Un des priviléges de l'archéologie, c'est de plaire aux grands seigneurs : le comte de
Caylus et le comte d'Arundel, lord Pembroke et sir
Hamilton, M. de Choiseul-Gouffier et le cardinal Al-
bany, le baron de Stosch et le duc de Blacas, le comte
Alexandre de Laborde dont l'ardeur scientifique revit
dans son fils, le comte de Clarac, qui a donné sa fortune
en échange du plaisir de publier un grand ouvrage, et
bien d'autres, témoignent éloquemment en faveur de
cette disposition libérale des hautes classes. Le duc de
Luynes, dont la main généreuse a si vaillamment soutenu les *Annales*[1], est le dernier rejeton de cette noble

1. En 1836, pour suppléer au retard apporté à la continuation
des publications de la direction romaine, les membres de la section
française se constituèrent provisoirement pour publier de nouvelles
Annales jusqu'au moment où l'Institut de Rome serait en mesure de
continuer son œuvre : deux volumes seulement (1836 et 1838) furent
mis au jour. La rédaction en fut confiée à un comité composé de
MM. Quatremère de Quincy, président ; le duc de Luynes, vice-
président ; F. Lajard, Ch. Lenormant, Letronne, Raoul Rochette et
J. de Witte.

lignée de fins connaisseurs, lignée qui remonte jusqu'aux Médicis. Nul ne l'ignore : leur palais à Florence fut le berceau de l'archéologie.

Un optimisme, fort honorable dans son principe,
viendrait-il élever un doute sur la justesse de ses observations, nierait-t-il la décadence d'une étude beaucoup plus sérieuse qu'on ne le croit communément,
décadence trop réelle dans notre pays, la réponse serait facile : dans une ville d'un million d'âmes, au
sein de cet immense foyer intellectuel qui rayonne
dans le monde entier, un recueil considéré par toute
l'Europe comme l'organe le plus savant de l'archéologie n'a pas vingt souscripteurs.

L'ÉCOLE FRANÇAISE D'ATHÈNES

(Journal de l'Instruction publique, 1863.)

Voici ce qu'on lisait dans le *Journal des Débats* du
25 août 1846 :

« On a récemment parlé d'un projet qui honorerait
à la fois le gouvernement français et le gouvernement
grec : il s'agirait d'établir un lien régulier entre l'Université de France et la patrie renaissante des Hellènes ;
de mettre en rapport l'étude du grec en France avec
cette étude refleurie au sein même de la Grèce ; d'in-
stituer en un mot une sorte de concordat littéraire entre
notre pays latin et la terre d'Athènes. »

Et, après avoir indiqué brièvement quels seraient
les avantages attachés à la réalisation de cette idée,
M. Sainte-Beuve ajoutait :

« Il semble que le résultat indiqué par ces considérations diverses, c'est qu'une École française, insti-
tuée à Athènes pour un certain nombre de jeunes
architectes et de jeunes philologues, concilierait à la
fois les intérêts de l'art et ceux de l'érudition. »

Le 11 septembre 1846, vingt jours après la publication de cet article, le vœu de l'éminent critique était
en partie exaucé : une ordonnance royale, signée de
Salvandy, instituait une école de perfectionnement
pour l'étude de la langue, de l'histoire et des antiquités grecques à Athènes.

L'École, suivant les prescriptions ministérielles, se
composait d'élèves de l'École normale supérieure reçus

agrégés des classes d'humanités, d'histoire ou de philosophie, placés sous la direction d'un professeur de Faculté ou d'un membre de l'Institut ; les élèves devaient passer deux années à Athènes, et même une troisième si le Ministre l'autorisait. Celui-ci se réservait le droit d'arrêter le programme des cours d'études et des travaux et de les reviser annuellement en conseil ; enfin l'École d'Athènes pouvait ouvrir des cours publics et gratuits de langue et de littérature française et latine, et ses membres professer dans l'Université et les écoles grecques tous les cours compatibles avec leurs études. C'est bien là, si je ne me trompe, ce concordat littéraire entre la terre d'Athènes et le pays latin, concordat annoncé par M. Sainte-Beuve. Telle est la première forme donnée à l'École d'Athènes, telle elle fut conçue dès l'abord par l'esprit élevé de M. de Salvandy.

J'ai hâte d'ajouter que, dès l'année 1847, quelques-uns des élèves les plus remarquables de l'École normale s'embarquèrent avec joie pour Athènes. Ardents, pleins d'espoir, soutenus dans cet exil volontaire par M. Daveluy, mis à leur tête, et protégés en outre par M. Piscatory, ministre de France en Grèce, ils ont prouvé, dès le début, par quelques travaux distingués, qu'ils étaient dignes d'inaugurer cette fondation d'une colonie universitaire sur le sol le plus classique de toute l'antiquité.

Toutefois, deux ans s'étaient à peine écoulés, et déjà l'on commençait à sentir que les bases de la nouvelle institution devaient être non-seulement affermies mais élargies ; on comprenait qu'il y avait là un prin-

cipe de vie scientifique, un terrain vierge et riche à
féconder ; ce qui n'avait été entrevu que faiblement
dès l'abord, on le vit clairement. Donner une impulsion plus forte à cette École, régulariser ses travaux,
c'était un devoir pour ceux qui se trouvaient chargés
des destinées de la jeune colonie : aussi, pour répondre aux nécessités de la situation, le successeur de
M. de Salvandy, M. de Parieu, averti à temps, rendit
un arrêté (26 janvier 1850) dont les termes sont assez
remarquables pour qu'on veuille bien nous permettre
de les rapporter ici textuellement :

« L'École française d'Athènes, y est-il dit, devant
sa naissance à une pensée analogue à celle qui a fondé
l'École de Rome, dont les élèves envoient chaque année
à l'Académie des beaux-arts des travaux qui donnent
la mesure de leur application et de leurs progrès ; considérant en outre qu'il importe à l'avenir de l'École et
à l'avenir de ses membres que cette institution ne demeure pas stérile, mais qu'elle fournisse à l'érudition
des résultats sérieux et publiquement constatés, arrête :
Chacun des membres de l'École française d'Athènes
sera tenu d'envoyer, avant le 1er juillet de chaque
année, au Ministre de l'instruction publique et des
cultes, un Mémoire sur un point d'archéologie, de
philologie ou d'histoire, choisi dans un programme de
questions que l'Académie des inscriptions et belles-
lettres sera invitée à présenter à l'approbation du Ministre. »

On le voit, il ne s'agit plus ici simplement d'une
École de langue et de perfectionnement, il s'agit de
quelque chose de plus large encore, de plus vivant :

on demande de fournir à l'érudition des *résultats sérieux*, on veut qu'ils soient *publiquement constatés*.

Quelques jours après (30 janvier), M. de Parieu écrivait à l'Académie des inscriptions que son intention en rendant cet arrêté était de confier à la savante Compagnie la direction de l'École française d'Athènes. Qui donc en effet mieux que l'Académie des inscriptions, ce centre d'érudition, ce foyer de lumières, pouvait tracer la voie et donner avec plus d'autorité les encouragements et les conseils?

Réunis en commission, les hellénistes et les antiquaires de l'Institut, auxquels un homme éminent, M. Guizot, vint se joindre comme président de l'Académie, préparèrent un projet de règlement relatif aux travaux de l'École française. Le 8 mars 1850, le profond et habile interprète de Creuzer, auquel cette École doit sa prospérité en partie, lut en séance publique un rapport sur le travail de la commission dont il était l'organe. M. Guigniaut préludait ainsi à ces rapports amples, érudits, instructifs qui pendant neuf années (1851-59) nous ont montré la marche de l'École d'Athènes : rapports où rien n'est omis, où l'on trouve, à côté des questions mises à l'étude par l'Académie des inscriptions et de tous les *desiderata* de la science relativement à la Grèce, le tableau le plus exact des efforts et des progrès de la jeune colonie universitaire ; rapports bienveillants, mais où les avertissements et les conseils ne font pas défaut. Aujourd'hui c'est à un maître en philologie, à un philhellène dévoué, à un ami également éclairé et sincère de l'École d'Athènes,

que cette tâche délicate est confiée : M. Guigniaut ne
pouvait être mieux remplacé que par M. Egger.

Le décret rendu par le président de la république,
le 7 août suivant, est une des conséquences de la féconde initiative de l'Académie des inscriptions; non-
seulement, par ce décret, qui ratifie presque tout ce
qui a été fait jusqu'alors, l'École se trouve affermie
sur ses bases; non-seulement, pour la première fois,
un crédit lui est affecté dans la loi du budget de 1851,
mais une disposition fondamentale de ce même décret
lui impose une direction si féconde, en ce qu'elle est
plus scientifique, que l'École lui doit la plus grande
part de ses succès. Voici cette disposition :

« Une année et plus sera employée par chaque membre à des explorations et à des recherches dans la
Grèce et les autres pays classiques soit de l'Orient,
soit de l'Occident. »

Notez que le lien qui existe entre l'Académie et l'École
d'Athènes se trouve ici officiellement constaté :

« Les résultats des travaux des membres seront
transmis par le Ministre à l'Académie des inscriptions, invitée à en faire l'objet d'un rapport, et à en
rendre compte dans sa séance publique où elle an-
noncera les sujets d'explorations et de recherches plus
spécialement proposés pour la seconde et troisième
année d'études. »

J'ai dit plus haut que le décret du 7 août ratifiai
tout ce qui avait été établi jusqu'alors. Nous en excep-
terons toutefois ce qui concerne le recrutement de
l'École ; car on y trouve ce qui suit :

« Considérant qu'il importe de mettre l'École fran-

çaise d'Athènes en harmonie avec les principes de liberté qui y régissent l'instruction publique, d'en
élargir les bases, d'en assurer le recrutement et d'en
compléter l'organisation, décrète : A partir de la prochaine année scolaire, l'École française sera formée
concurremment d'agrégés sortis de l'École normale et
d'*agrégés pris en dehors de cette École.* »

Il faut le reconnaître, cette mesure a vivement in-
quiété les amis de l'École française d'Athènes. Ils se
sont demandé si elle ne perdrait point une partie de sa
force, n'étant plus composée exclusivement d'agrégés,
docteurs, professeurs, tous sortis de l'École normale,
c'est-à-dire de l'élite de la jeunesse universitaire. Heureusement que le décret impérial du 9 février 1859
est venu les rassurer. Grâce à ce décret, les portes de
l'École française ne s'ouvriront désormais que devant
les plus capables, car il a remis en vigueur l'article 1er
de l'ordonnance du 11 septembre 1846.

Ce n'est pas tout : une lettre du Ministre de l'instruction publique, lettre interprétative du décret du 9 février, est venue démontrer que, loin de vouloir affaiblir l'influence, purement littéraire en définitive, de
l'Académie des inscriptions sur l'École française, le
gouvernement était bien plus disposé à favoriser qu'à
restreindre l'action du plus légitime comme du plus
honorable patronage.

Du reste si, parmi les mesures diverses que renferme
le décret impérial du 9 février, quelques-unes ont pu
sembler d'une efficacité douteuse, par exemple, la
création d'une section des sciences à l'École française
d'Athènes (car on n'a point encore vu jusqu'à présent

7

d'agrégé de cette Faculté se promenant sur les cailloux
du Céphise ou dans les gorges du Taygète pour former des collections d'histoire naturelle), il en est d'autres d'une utilité incontestable, et auxquelles il faut
applaudir. Ainsi l'École devra beaucoup au Ministre
qui a décidé que nos jeunes professeurs, en se rendant
à Athènes, s'arrêteraient pendant trois mois dans la
Péninsule, trois mois répartis entre Rome, Naples et
Florence. Certes M. Rouland a eu raison de croire
que, dans l'ordre des études et de l'idéal classique, le
péristyle de la Grèce, c'était l'Italie.

La création d'une section d'architecture annoncée
par ce même décret (section composée de quelques
élèves pensionnaires de l'École de Rome envoyés en
Grèce pour y continuer leurs études) est encore une
de ces mesures qui ne méritent que des éloges. Athènes ne renferme-t-elle pas le monument le plus parfait
entre tous ceux qui ont été érigés par la main des
hommes ? Je le demande : que ne peut-il pas sortir
de bon et d'excellent de ce rapprochement entre de
jeunes architectes et de jeunes antiquaires, entre les
élèves, déjà si habiles, de l'Académie de France et les
élèves de notre brillante École normale ? Du reste,
l'expérience n'est plus à faire, elle est faite. Maintenant
on a la preuve que cette réunion vraiment féconde
« concilie à la fois les intérêts de l'art et de l'érudition. » C'est ce que M. Sainte-Beuve voulait.

Nous pardonnera-t-on de nous être arrêté si longtemps sur des détails administratifs ? L'histoire de
l'École française d'Athènes est généralement si peu
connue, on sait si peu, ou si mal, ce qui concerne la

création d'une institution dont « la France seule, jusqu'à présent, a conçu et réalisé la pensée, » on se mé-
prend tellement sur les faits et les dates, que j'ai cru
devoir insister.

L'idée d'établir à Athènes une colonie savante, d'y
envoyer pour plusieurs années quelques-uns des plus
distingués parmi nos jeunes universitaires, est une
idée si naturelle et si heureuse, qu'on reste surpris
quand on songe à l'espèce de froideur qui l'accueillit à
l'époque où elle commençait à être en voie d'exécution. S'il est un nom qui rappelle à l'imagination
charmée les sources les plus pures du génie littéraire
et des chefs-d'œuvre d'une supériorité souveraine que
l'art des modernes ne saurait égaler, Athènes est ce
nom assurément. Cette terre de Grèce, toujours favo-
risée des dieux, abonde en inspirations hautes et franches, en excitations puissantes qui raniment l'esprit,
le retrempent et lui donnent une nouvelle vie. Où trouver ailleurs une empreinte aussi nette, aussi fraîche de
la belle antiquité? L'illustre Otfried Müller [1] l'a bien
senti ; aussi disait-il en décrivant cette Hellade où il
est allé mourir : « Ici l'on pénètre dans les profondeurs d'une antiquité bien plus vivante que celle de
l'Italie, malgré ses monuments et ses musées. » Ce
qui plaisait surtout à ce grand antiquaire, c'était que
le présent de la Grèce était si peu de chose, qu'il laisse
la place libre au passé ; oui, et je me plais à le répéter, pour établir cette institution libérale (une autre

1. *Archäologische Mittheilungen aus Griechenland, nach Karl Otfried Müller's hinterlassenen Papieren herausgegeben von Adolf Schöll.
Frankfurt*, 1843, s. 1.

Académie de France), ce centre d'érudition et d'inces-
santes recherches dont l'Université et la science ont
bien plus profité qu'on ne se l'imagine, il était impossible de mieux choisir que cette Athènes éternelle
comme Rome, ville incomparable, chère à tous les
gens d'esprit, à tous les cœurs d'artistes, car tout y
est douceur et beauté, le ciel, l'art, les souvenirs.

Il est encore difficile à cette heure, pour un critique
sincère, d'embrasser dans leur ensemble les travaux
de l'École française, surtout depuis sa fondation. Les
uns sont publiés dans divers recueils[1] ; les autres, et

1. Je saisis l'occasion de donner ici une liste de ces publications,
liste que j'aurais voulu rendre plus complète : — About. Mémoire sur
l'île d'Égine, *Archives des missions scientifiques et littéraires*, t. III,
p. 481. — Barbier (Édouard). Saint Christodule et la réforme des
couvents grecs au onzième siècle. Hachette, 1863. — Benoit (Charles).
Fragment d'un voyage, en 1847, dans l'Archipel grec; *Archives*, t. I,
p. 609 ; *ibid.*, t. II, p. 386. — Bertrand. Fragment d'un voyage
dans le Péloponèse en 1850 ; *ibid.*, t. III, p. 289. Essai sur les dieux
protecteurs des héros grecs et troyens dans l'*Iliade* ; Rennes, 1858.
Études de mythologie et d'Archéologie grecques d'Athènes à Argos ;
Rennes, 1858. — Beulé. Mémoire sur trois inscriptions d'Olympie ;
Archives, t. II, p. 559. 1er et 2e rapport sur l'Acropole ; *ibid.*, t. III,
p. 289 et 297. Les Monnaies d'Athènes ; Paris, Rollin, 1858, 1 vol.
in-4. Les Monnaies d'or d'Athènes ; Mémoires de la Société des antiquaires de France, t. XXIII. *An vulgaris lingua apud veteres Græcos
exstiterit, thesim proponebat;* Paris, 1853. La statuaire d'or et d'i-
voire, et la Minerve de Phidias ; *Revue des Deux Mondes*, 1850. —
Bontan. Sur la topographie et l'histoire de Lesbos ; *Archives*, t. V,
p. 273. — Burnouf (Émile). Le vieux Pnix à Athènes ; *Archives*, t. I,
p. II. Les Propylées, *ibid.*, p. 8. Le lac Copaïs, p. 123; Notice pour
le plan d'Athènes antique, *ibid.*, t. V, p. 40. Le Parthénon ; *Revue
des Deux Mondes*, 1847, t. IV, p. 834. — Coulonche (de la). Mémoire sur le berceau de la puissance macédonienne des bords de l'Ha-
liacmon à ceux de l'Axius ; *Revue des Sociétés savantes*, t. IV et V,
1858. — Fustel de Coulanges. Rapport sur l'île de Chio ; *Archives*,
t. V, p. 481. Polybe, ou la Grèce conquise par les Romains ; Amiens,

c'est le plus grand nombre, ne peuvent être appréciés que dans les rapports adressés à l'Académie par la commission chargée de l'examen de ces travaux. Ce manque de publicité est un inconvénient très-grave, et la réputation de la jeune École en souffre. Le public, qui n'est point régulièrement informé, et qui ne peut savoir par lui-même ce qu'il y a là de zèle soutenu, de force intellectuelle, demeure indifférent et de notre École française ne connaît en général que le nom. Puisqu'on ne l'a point encore tenté, je voudrais, me bornant à indiquer les masses principales, essayer de faire entrevoir cet ensemble à mes lecteurs.

Quelqu'un a déjà dit que l'École française n'était autre qu'une mission scientifique permanente. Ce mot paraîtra d'une justesse parfaite pour peu qu'on réfléchisse à cette longue série d'explorations accomplies sans interruption aucune pendant quinze années : exploration permanente, je maintiens le mot, qui embrasse déjà l'Archipel, les grandes îles grecques et tout le continent, depuis l'extrémité méridionale du

---

1858, in-8. — Girard. Mémoire sur l'Eubée ; *Archives*, t. II, p. 635. — Guérin (Victor). Description de l'île de Patmos et de l'île de Samos ; Paris, Durand, 1856, in-8. Étude sur l'île de Rhodes, thèse présentée à la Faculté des lettres de Paris ; Durand, 1856. — Henriot. Sur la topographie des dèmes de l'Attique ; *Archives*, t. IV, p. 419. — Heuzey. Le mont Olympe et l'Acarnanie ; Paris, 1863, in-8. — Lacroix. Les îles de la mer Égée ; *l'Univers pittoresque*, t. XXXVIII. — Lévêque (Charles). Les monuments d'Athènes et les études archéologiques en Grèce ; *Revue des Deux Mondes* (15 août 1851). — Mézières. Mémoires sur le Pélion et l'Ossa ; *Archives*, t. III, p. 149. — Thénon. Inscription archaïque de Gortyne ; *Revue archéologique*, novembre 1863. — Wescher. Le monument de Dexiléos à Athènes ; *Revue archéologique*, octobre 1863.

royaume hellénique, jusque dans les provinces du
Nord que régit encore la Turquie, sans compter certaines promenades scientifiques en Égypte et sur les
côtes de l'Asie Mineure. Ce qui me surprend, c'est de
voir que, parmi les trente et quelques sujets de recherches proposés depuis 1851 par l'Académie des
inscriptions, la plupart aient été l'objet d'une étude
sérieuse. Quand je me reporte à cette somme d'investigations savantes, parfois non sans danger, et toujours difficiles et délicates, investigations exécutées à
si peu de frais par des voyageurs encore novices, j'admire ce résultat, et je m'empresse de reconnaître combien l'Académie des inscriptions et belles-lettres a le
droit de s'en féliciter.

Représentez-vous quelques jeunes gens d'un esprit
distingué, qu'une forte et saine éducation sous des
maîtres illustres a bien préparés à combattre les obstacles, parcourant sans cesse et dans toutes les directions, Pausanias à la main, le sol hellénique. Tantôt
ce sont des contrées entières qu'ils explorent ; tantôt
une seule ville devient l'objet d'une investigation profonde. Ils ont des opinions à eux, ils y tiennent, ils
les défendent, et les autorités les plus graves ne leur
enlèvent pas la liberté d'appréciation. Gell, Clarke,
Ulrich, Forchammer, Leake, Ross, Otfried Müller et
Curtius, ainsi que les travaux de la commission de
Morée, sont par eux commentés, discutés, parfois ré-
futés. C'est un large complément des explorations
scientifiques dont la Grèce a été l'objet, surtout depuis soixante années, complément dont l'importance
s'accroît chaque jour. Il y a plus : avec cette vive in-

tuition que donne la connaissance précise du pays, et
fortement aiguillonnés par l'Académie, religion,
mœurs, ethnographie, épigraphie de l'antique Hellade,
ils abordent tout. L'histoire du Bas-Empire elle-même,
sans parler de bien d'autres choses, y trouve aussi son
compte et l'interprétation des actes des empereurs de
Byzance, actes que recèlent encore quelques monastères, augmente la masse des documents relatifs à
cette période. Telle s'offre à première vue la jeune colonie universitaire. Ainsi, à la place de cette École de
perfectionnement et de langue créée par une initiative
généreuse, à laquelle il faudra toujours rendre hommage, nous avons devant nous un plus vaste foyer où
l'ardeur de l'érudit devenu géographe, la passion de
l'antiquaire, la sagacité de l'épigraphiste sont mises
en jeu sous un ciel qui excite la pensée ; où des études
variées comme les esprits et comme les vocations ouvrent des jours nouveaux sur l'antiquité classique.

Tout serait pour le mieux dans ce centre d'activité
et de lumière si la philologie y était l'égale de la géographie. Qui le croirait ? les fils de l'Université ont délaissé la langue d'Homère et de Sophocle. L'Académie
des inscriptions s'en étonne. Après avoir donné une si
vive impulsion à la géographie comparée, la voilà qui
s'alarme en reconnaissant que l'étude du grec est négligée là même où se trouve sa source la plus pure.
Dans les rapports de la commission, cette inquiétude
se fait jour. Aussi, il y a déjà longtemps, a-t-elle
demandé aux membres de l'École française de « re-
cueillir dans les dialectes de la Grèce le vocabulaire
des arts et de l'industrie et, qui plus est, de comparer

les mots de ce vocabulaire avec celui du vieux grammairien Pollux. » Cette année, elle a mis à l'étude les variétés de la prononciation dans diverses parties de la Grèce, les relations que cette même prononciation peut conserver avec les anciens dialectes, et les altérations que ces changements ont amenées dans la langue parlée. Mais ce qu'il importe de noter, comme une preuve certaine de la guerre que l'Académie entreprend contre la routine, elle demande que l'on présente quelques aperçus relatifs aux moyens de faire cesser le désaccord entre la prononciation usitée dans une partie des Écoles de l'Occident et celle des Grecs modernes. Que dirait Larcher s'il revenait au monde ; Larcher qui reprochait à travers les âges à Lascaris et à ses compagnons d'exil réfugiés en Italie après la prise de Constantinople par les Turcs, d'y avoir porté une prononciation vicieuse[1] ?

Ici, puisque l'occasion s'en présente, je remarquerai en passant que dans les arrêtés constitutifs de l'École, et leur silence sur ce point nous autorise à le croire, une classe d'agrégés, les agrégés de grammaire, sont exclus du privilége d'aller à Athènes. C'est là un témoignage singulier et bien regrettable du discrédit qui, chez nous, s'attache à l'étude de la philologie ; discrédit qu'accroît encore l'indifférence de l'autorité, qui trop souvent a suivi en cela le mouvement de l'opinion publique. On est en droit de s'en plaindre, surtout lorsque, dans ces dernières années, le doctorat ès lettres a produit plus d'une dissertation qui prouve

---

1. Voyez l'article de M. Sainte-Beuve, cité plus haut.

que dans cet ordre d'études l'École normale et la jeune
Université prétendent ne pas rester en arrière.

J'ai indiqué plus haut l'heureux début de quelques
membres de cette jeune Université sur la terre d'Athènes (1847-49), début brillant, bien que l'impulsion
alors ne fût point aussi ferme, aussi caractérisée qu'elle
l'a été depuis. A cet égard, il me suffira de rappeler
les études d'un de ces Burnouf, dont le nom est si glo-
rieusement populaire, études pleines de séve et de goût,
dès qu'il s'agit du Parthénon et des Propylées, et mar-
quées au coin de l'exactitude scientifique dans les recherches sur l'emplacement du vieux Pnix, sur la topographie d'Athènes et le lac Copaïs. Je noterai aussi
le travail de M. Henriot, sur les dêmes de l'Attique,
travail très-remarqué, et particulièrement les observations sur l'histoire et le caractère des monuments de
la Grèce, par M. Charles Lévêque. Ici je me trouve en
présence d'un esprit fin, juste, élégant, nourri d'art et
de philosophie; d'un auteur couronné par l'Académie
française pour un livre sur la science du beau; livre
inspiré par la Grèce et l'Italie, livre éloquent et honnête, que tous les artistes devraient avoir entre les
mains.

Une entreprise d'un véritable intérêt pour la géographie et l'histoire marque la quatrième année de l'École
française d'Athènes. Trois membres de cette École,
MM. Bertrand, Mézières et Beulé explorent en 1850 les
parties principales du Péloponèse, se réservant chacun
d'exposer, à son point de vue, les résultats de cette
enquête. L'étude attentive de l'Argolide et des vieilles
constructions pélasgiques d'Argos, de Mycènes, de

Tirynthe, de bonnes descriptions du sanctuaire d'Esculape à Épidaure, voilà, en deux mots, la part de
M. Bertrand. La Laconie, la Messénie, telle est celle de
M. Mézières, dont les recherches annoncent un esprit
critique, un voyageur instruit, sachant résoudre, sur
le terrain, les difficultés nées dans le cabinet. En es-
quissant d'une main légère et sûre le récit de son
voyage[1] à travers l'Arcadie, la Triphylie, l'Élide, l'A-
chaïe et sur les bords du golfe de Corinthe, en expli-
quant des inscriptions, en mêlant à des études
sévères de délicates appréciations sur les sculpteurs et
les peintres de Sicyone et de Corinthe, M. Beulé, qui
sait décrire les paysages riants ou grandioses qu'il
trouve sur sa route, donne, à cette date, un premier
témoignage de l'heureux talent que son grand travail
sur l'Acropole va nous montrer dans sa plénitude et
dans sa force.

Ce travail peut être considéré comme une savante
réponse à la question posée en 1852 par l'Académie
des inscriptions, qui demandait : « une étude et une
description complète et approfondie de l'Acropole d'A-
thènes d'après l'état actuel et les travaux récents com-
parés aux données des anciens auteurs. » Le désir bien
naturel de rendre cette étude aussi complète que possible a entraîné M. Beulé à la recherche d'un problème
fort embrouillé : il a essayé de retrouver l'antique entrée de l'Acropole. Je ne reviendrai point sur des fouilles célèbres, sur une question dont le retentissement

---

1. Ce voyage a été publié sous le titre suivant : *Etudes sur le Péloponèse*. Paris, Didot, 1855 ; 1 vol. in-8.

a été tel que l'attention publique, concentrée sur un seul point, ne s'est pas fixée d'une manière aussi vive sur l'ensemble du monument littéraire élevé par M. Beulé. En effet, c'est un monument qu'un bon livre, et celui qui porte ce titre, *l'Acropole*[1], et où il a résumé tous les Mémoires adressés par lui à l'Académie, restera comme le meilleur inventaire des trésors que renferma jadis la reine des citadelles : inventaire dressé par un homme de tact et d'un goût délicat, épris de la beauté antique; par un universitaire qui aime, qui sent Phidias, qui en parle élégamment, mais qui en parle en artiste et non en rhétoricien.

Si je ne me bornais à marquer ici les grandes lignes, j'aurais beaucoup de noms et de travaux à citer; il est certain que pendant les dix années (1852-62) qui suivent les fouilles de M. Beulé, l'École semble redoubler d'activité et d'entrain scientifique. Ainsi j'aurais à signaler le zèle d'un observateur instruit, de M. Girard, auquel on doit un bon travail sur la géographie, l'histoire et les antiquités de l'Eubée; j'aurais à montrer M. About visitant Égine, et nous donnant, même après Otfried Müller, d'intéressants résultats, sous cette forme agréable où son libre esprit se joue. J'aurais fait voir MM. Bénoît, Lacroix, Gandar, étudiant les îles de la mer Égée et les îles Ioniennes; j'aurais signalé MM. Victor Guérin, Bontan, Fustel de Coulanges, Perrot, Dugit, Thenon, explorant à leur tour Rhodes, Lesbos, Chio, Tasos, Naxos et la Crète; j'aurais indiqué ces

---

1. *L'Acropole d'Athènes*, publié sous les auspices du ministre de l'Instruction publique. Paris, Didot, 1854; 2 vol. in-8. L'éditeur vient de mettre en vente la seconde édition, en un volume.

éléments divers d'une belle et vaste monographie sur
la Grèce insulaire. Retournant ensuite vers la presqu'île, j'aurais suivi en Arcadie (l'Auvergne du Péloponèse) M. de la Coulonche demandant à une nature
agreste le secret de l'indépendance des Arcadiens;
enfin, remontant vers le Nord, après avoir côtoyé
avec M. Mézières les rives du Pénée, après m'être
égaré sous les épais ombrages de la vallée de Tempé,
j'aurais gravi derrière lui les sommets du Pélion et
de l'Ossa.

Il me reste bien peu d'espace, et cependant comment ne pas signaler le remarquable travail de M. Heuzey sur l'Acarnanie? Dans ce pays, l'antiquité semble
encore vivante, elle se trouve partout : et dans les
mœurs et dans les monuments; dans ses enceintes
helléniques cachées au fond des bois, car le temps a
respecté leurs murailles, leurs portes et leurs forts
détachés. Je ne puis oublier non plus la courageuse
exploration de M. Gaultier de Claubry, dans la partie
la plus sauvage de l'Épire, dans la Thesprotie et jusqu'au lac de Janina, près duquel on suppose que s'é-
levait jadis l'antique Dodone, ce centre religieux des
Pélasges du nord de la Grèce et où refleurit à une époque des plus reculées un vigoureux rameau de la religion des Arias. Le Mémoire inédit de M. Bazin sur l'É-
tolie, où il détermine la position de plusieurs villes
antiques, et fixe les limites de divers cantons, complète
cet ensemble de recherches sur la géographie du nord-
ouest de l'Hellade; recherches généralement neuves,
bien présentées, qui portent sur des régions plus ou
moins négligées par les voyageurs, quoique bien

dignes de fixer leur attention. En effet, la Grèce moderne s'y montre à peu près comme devait être la
Grèce antique aux premières lueurs d'une civilisation
dont les traces dureront autant que l'humanité elle-
même.

Que MM. Lebarbier, Hinstin et Deville me le par-
donnent : j'allais oublier les patientes fouilles du premier dans les bibliothèques des monastères, à Patmos,
au mont Athos, au saint sépulcre, et je n'ai point encore parlé soit des intelligentes recherches du second
sur les systèmes de défense pour l'Attique, soit de l'exploration du dernier au delà de l'Axius et dans la
Thrace maritime. Je voudrais bien aussi noter les travaux de M. Ghebart. Ce qui m'y engage, c'est qu'il a
fait choix d'une de ces rares questions posées par l'A-
cadémie pour lesquelles il faut être à la fois artiste et
philologue, ou pour lesquelles il faut tout au moins
aimer sincèrement l'art. Polyclète, son école, son
style, étudiés au milieu des débris de sculpture que
renferme encore l'Argolide, tel a été le sujet d'un Mémoire du nouveau membre de l'École française, Mémoire resté inédit, parce qu'il demande à être complété.

Un mot encore, car je tiens à ne point passer sous
silence deux noms honorables pour l'École : ceux de
MM. Foucart et Wescher.

En explorant, les textes à la main, Delphes et sa
banlieue, en décrivant, ce qui n'avait point encore été
fait si bien, ces ruines célèbres, en nous racontant
l'histoire du grand foyer religieux du paganisme,
M. Foucart avait déjà bien mérité de l'Académie. Il a

fait plus, car il a continué l'œuvre d'Otfried Müller, et cela est vraiment glorieux. Le grand antiquaire de Gœttingue ayant découvert en 1840 le mur qui formait le soubassement du mur méridional du temple de Delphes sur une longueur de dix mètres environ, M. Foucart a repris ses travaux. Il a mis à nu quarante mètres environ de ce soubassement, dont les blocs énormes conservent, depuis plus de deux mille ans, quatre cent quarante inscriptions environ : — et je ne mentionne point ici quarante autres inscriptions gravées, soit sur une pierre détachée de ce mur, soit sur un monument semi-circulaire dont les restes ont été trouvés dans les fouilles, au pied d'une terrasse inférieure à celle du temple, soit dans le village de Castri ou dans le ravin de Castalie. — Ces quatre cent quarante inscriptions forment trois classes composées ainsi qu'il suit : décrets des amphictyons, six ; actes de la cité de Delphes, douze ; actes d'affranchissement d'esclaves, quatre cent vingt-deux. Je n'ai pas besoin d'insister sur l'importance d'une pareille découverte, une des plus belles de l'épigraphie dans notre siècle, et je renvoie, pour plus de détails, au rapport officiel inséré ici même le 11 septembre 1861 [1]. La part de M. Wescher est grande dans la lecture, la transcription et la publication de ces documents très-neufs. M. Wescher est un épigraphiste ardent et sagace, et la moisson qu'il a recueillie en Asie Mineure, dans l'Archipel et en Crète, moisson qu'il

---

1. Voyez en outre l'ouvrage intitulé : *Inscriptions recueillies à Delphes et publiées pour la première fois sous les auspices de Son Excellence M. Rouland, ministre de l'Instruction publique*, par C. Wescher et P. Foucart. Paris, Didot, 1863 ; 1 vol. in-8.

promet de nous livrer prochainement, l'aidera sans
doute à marquer sa place dans la science. Je dois noter
aussi ses travaux sur l'histoire de la langue [1], car il me
semble être du nombre de ceux qui pourront faire refleurir, dans notre École française, une branche d'é-
tude trop négligée, la philologie.

Voit-on maintenant clairement la marche en spirale
de l'École d'Athènes? L'étude du grec est la pensée
qui préside à sa fondation ; toutefois, l'admiration entraîne au milieu d'une nature pleine de noblesse, qui
encadre de beaux monuments. C'est la période esthétique des Émile Burnouf et des Charles Lévêque. Avec
M. Beulé, sonne l'heure de l'archéologie élégante, qui
fouille les détails d'architecture ; puis l'étude de la géographie comparée arrive à son tour. Commencée par
M. Mézières et M. Bertrand, elle se continue et se pro-
longe pendant dix années. C'est dans cette période,
remplie de recherches épineuses, que deux jeunes
missionnaires de la science, MM. Heuzey et Perrot [2], se
préparent à cette tâche d'explorateurs officiels qu'ils
rempliront plus tard avec tant de succès, le premier au
profit du Louvre, le second au profit de l'épigraphie
latine ; enfin, de détours en détours, l'École est sur le
point de retrouver son point de départ, en retournant à
la philologie. Ne nous étonnons point de ces circuits ;

1. Ce travail, dans le dernier rapport relatif à l'École d'Athènes,
rapport lu à l'académie des Inscriptions, est indiqué sous le titre suivant : *Recherches philologiques sur l'histoire de la langue grecque.*

2. Il nous suffira de rappeler la mission de Thessalie, de Macédoine
et d'Épire, par M. Heuzey, et l'exploration archéologique de la Galatie et de la Bithynie, par M. G. Perrot.

aurait-elle eu toujours pour boussole une savante
Académie, il lui était impossible de les éviter, car
entre l'École de Rome et l'École d'Athènes, que souvent on compare, il existe une différence notable : à
Rome, les vocations arrivent toutes faites ; à Athènes,
elles se font.

Cette rapide esquisse des travaux de notre colonie
universitaire serait par trop incomplète, si je ne signa-
lais pas ici un trait caractéristique. L'esprit français
domine dans la jeune École, et par l'esprit français j'entends l'amour de la forme, la crainte d'ennuyer même
en instruisant, crainte que l'érudition allemande n'é-
prouve jamais ; ces louables qualités distinguent les
publications émanées de l'École d'Athènes, et je pourrais montrer plus d'un filon d'or sillonnant cette masse
de travaux spéciaux et solides.

Est-ce là cette École que certains esprits prévenus
nous représentent languissante et maladive ? Certes,
elle n'a rien à craindre du grand jour de la publicité :
maintenant elle est aguerrie ; à Athènes comme à
Paris, elle peut avoir à souffrir par suite des révolutions, elle peut se trouver entravée, elle n'en sera point
troublée profondément. Ne l'avons-nous pas vue pour-
suivant sa route, fidèle à ses engagements envers la
science et envers d'éminents protecteurs ? Qui sait si
l'avenir ne lui réserve pas de compter un jour pour
quelque chose dans la fortune littéraire de la France ?
Que ne peut-on pas espérer d'une colonie savante placée au milieu des fils d'une race à laquelle le prince
des orateurs de Rome accordait le charme du langage,
la finesse de l'esprit, la richesse de l'éloquence : *Non*

adimo sermonis leporem, ingeniorum acumen, dicendi copiam[1]?

Un fait va nous donner la mesure de l'action puissante de la terre classique sur des esprits cultivés, sur des natures distinguées. Athènes, placée aux confins de la civilisation européenne, pourrait sembler un lieu d'exil à de jeunes Français, et cependant tous les anciens membres de l'École regrettent ce séjour sévère mais délicieux pour des âmes généreuses. Sans cesse leur pensée se reporte vers cette patrie du beau et de l'idéal, vers cette « source même de l'esprit, » selon l'heureuse expression d'un ministre, homme de cœur et de talent, appelé à continuer l'œuvre de M. de Salvandy et à la perfectionner. Un d'eux[2] exprimait, il y a quelques années, cette émotion et ces regrets :

« Pour moi, disait-il, ce sera toujours avec un sentiment de reconnaissance que je me rappellerai ces longues heures passées dans un repos fécond, au pied des colonnades ; cette première et vivifiante haleine de l'*embat* (le vent de la mer), m'apportant sur son aile, avec la fraîcheur des golfes voisins, les parfums subtils de la plaine ; les nuits surtout, ces nuits délicieuses où, cachée encore par l'Hymette, la lune blanchissait peu à peu des clartés de sa douce aurore le faîte brisé des frontons. Comment oublier ces beaux lieux qui, après avoir ravi l'esprit, s'emparent du cœur et le retiennent par d'intimes attaches ? Parmi ceux qui ont le sentiment de l'antique et de l'art, nul ne les habite

1. *Orat. pro Flac.*, 55, 3.
2. M. Lévêque. Voy. *les Monuments d'Athènes ; Revue des Deux Mondes*, 15 août 1851.

8

sans les aimer comme on aime une patrie retrouvée,
nul ne les quitte sans les regretter, comme on regrette
une patrie perdue. »

Que pourrais-je ajouter en faveur de l'École française d'Athènes après ce suave retour d'un de ses enfants vers la ville de Minerve, de Périclès et de
Phidias?

ÉCOLE FRANÇAISE D'ARCHÉOLOGIE, A ROME

(*Journal des Débats*, 21 février 1873.)

Je n'osais pas l'espérer, le vœu que j'ai exprimé ici il y a quelques mois[1] vient d'être exaucé. En effet, sur la proposition du ministre de l'instruction publique et des beaux-arts, le Président de la république a décrété, le 25 mars dernier, l'établissement à Rome d'une *École française d'archéologie*, et pour donner à cette École l'impulsion et la vie, on a fait choix d'un habile antiquaire, en même temps littérateur et voyageur; d'un homme jeune, très-actif, très-conciliant et fort apprécié dans le monde des Académies : j'ai nommé M. Albert Dumont.

Je ne me le dissimule pas, les esprits sont ailleurs. La gravité du présent les enlève au passé. Et cependant comment ne pas remercier M. Jules Simon de cette mesure, une des dernières de son ministère. M. Jules Simon, qui aime les idées généreuses, qui les a favorisées autant que possible quand il était au pouvoir, ce sera son honneur, M. Jules Simon, disons-nous, a pensé que le meilleur moyen de faire refleurir une branche d'étude implantée en France il y a plus d'un siècle serait de pousser un certain nombre des meilleurs élèves de l'Université vers l'antiquité figurée, c'est-à-dire vers une science en veine d'activité et de progrès en Italie et en Allemagne, en Allemagne sur-

1. *Journal des Débats* du 13 octobre 1872.

tout, et grâce à laquelle l'étude des anciens est rajeunie ou plutôt régénérée.

L'idée d'établir à Rome une école d'archéologie n'est
pas neuve, elle s'est présentée à bien des esprits. Et,
tout dernièrement encore, elle a été préconisée par un
philosophe dont la haute intelligence est ouverte aux
beaux-arts, par M. Ravaisson. En effet, qu'est-ce
donc que Rome, si ce n'est le gouffre où vinrent
s'engloutir successivement tous les trésors du monde
antique ? Que n'a-t-on point trouvé depuis Jules II
dans cette classique poussière et que ne trouve-t-on
point tous les jours ! L'imagination peut-elle se
figurer ce qu'on découvrirait si le limon du Tibre
était à sec !

En 1825, un antiquaire allemand, dont le vaste savoir et l'étonnante activité ont laissé des traces profondes, Édouard Gerhard, persuada à quelques amis
de s'unir pour former une Société qui devint quatre
ans plus tard cette grande association dite *dell' Instituto di corrispondenza archeologica*. Charles Bunsen,
ancien secrétaire de Niebuhr, et qui fut son successeur comme chargé d'affaires de Prusse près du saint-
siége, l'ingénieux et hasardeux Panofka, le baron de
Stackelberg, antiquaire et artiste à la fois, et d'autres
personnes dévouées à la science formèrent le noyau de
l'*Institut de correspondance*. En 1829, l'association
était formée. Elle imprimait un Bulletin mensuel et
des Annales, et elle avait trouvé, dans les classes les
plus élevées et les plus éclairées de la Société européenne, de puissants appuis et de savants collaborateurs.

Parcourez la liste des *Associati, membri onorari* et *ordinari* à cette date de 1829, vous y verrez figurer les deux aristocraties, celle de la naissance et celle des lumières. Souvent vous les trouverez réunies. En tête, comme protecteur de l'Association, paraît le prince héréditaire de la couronne de Prusse (Frédéric-Guillaume IV), un enthousiaste de la science et des arts, un triste roi par exemple! Au-dessous figure la princesse Hélène, grande-duchesse de Russie; puis deux ducs, le duc de Luynes et le duc de Blacas : le premier un grand antiquaire, et par les manières un grand seigneur du siècle dernier; le second, un serviteur fidèle des Bourbons, et un vrai connaisseur, comme le prouve la précieuse collection formée par ses soins, et, à notre préjudice, achetée par l'Angleterre. Vous trouverez aussi le nom d'une des puissances intellectuelles du siècle, celui de Guillaume de Humboldt, et, mêlé aux noms plus ou moins obscurs d'une série de diplomates, ce nom glorieux : le vicomte de Chateaubriand.

Letronne, Raoul Rochette, Quatremère de Quincy et un certain nombre de nos compatriotes prirent dans l'Association la place que leur assignaient leur mérite et leur spécialité. Le duc de Luynes fut mis à la tête de la section française, et l'on décerna au duc de Blacas le titre de président de l'Association tout entière. L'influence de la France était grande alors ; aujourd'hui cette influence est détruite. Inféodé à l'Académie des Sciences de Berlin, l'*Instituto di corrispondenza* est tout prussien en 1873 ; aussi, peu à peu les rangs se vident. Ce qui restait de collaborateurs français se retire doucement. Il ne leur convient plus d'être membres d'une Société qui trahit, en dépit des convenances obligatoires, son dédain tout germanique pour le reste de l'univers.

Il faut le reconnaître, Édouard Gerhard a fait ici une de ces brillantes tentatives qui avancent une science de deux siècles. Fonder une publication périodique qui compte pour ainsi dire tous les pas de l'archéologie, signaler les fouilles sur tous les points du territoire classique, resserrer le lien entre deux études déjà connexes, celle des monuments et celle des mythologies, montrer en plein l'importance de la céramique des anciens, dresser l'inventaire des musées, noter leurs acquisitions, étudier la topographie des cités célèbres ou de certaines provinces, appeler à soi la coopération des archéologues de tous les pays, quel beau projet ! Le succès a répondu aux espérances, et Édouard Gerhard s'est fait un renom qui restera. Quarante ans et plus ont passé sur l'*Institut de correspondance;* non-seulement il dure encore, mais il vit et paraît même vouloir vivre longtemps.

Ce coup d'œil rétrospectif était nécessaire, avant de parler de notre nouvelle École d'archéologie, pour mieux faire comprendre en quoi elle pourra différer de l'*Institut de correspondance* et par quels sentiers elle pourra s'en rapprocher. Et d'abord l'école française est toute simple, toute démocratique : elle ne possède pas le moindre duc, le plus mince ambassadeur. Elle ne s'adresse point à l'Europe, ni à cette exquise société romaine qui tendit à Gerhard une main amie. Si elle vit, ce sera par sa force intérieure, par l'excellent esprit qui l'animera, par d'heureuses ou opportunes modifications. Quant à présent, elle nous représente un cours d'archéologie au profit des ex-élèves de l'École normale qui se rendent en Grèce. C'est une section de l'École d'Athènes, ou plutôt une succursale..... Vraiment, on ne peut pas commencer d'une manière plus modeste.

En pareille matière, le ministre consulte toujours l'Académie des Inscriptions; aussi, répondant à cet appel, la docte assemblée s'est-elle empressée de donner un programme dont l'extrait a été publié ici même. On s'en souvient, il porte sur quatre points principaux : étude sur place des ruines, — étude des musées pour apprendre à discerner les caractères de chaque genre d'antiquité, — étude des antiquités chrétiennes, — études des inscriptions grecques et latines. La commission n'a pas été plus loin. Elle a senti qu'elle ne pouvait réglementer l'initiative du directeur sans le faire rentrer dans la routine, et que c'était dans son caractère et son expérience que résidaient les meilleures garanties. Arrivant après un corps illustre, je n'oserai point tracer ici un programme, celui qu'il est permis de concevoir. Je veux simplement indiquer les avantages qui doivent résulter de la nouvelle mesure, si, comme on est autorisé à le penser, elle est exécutée en toute liberté et avec sagesse.

Parmi ces avantages, un des premiers sera d'accoutumer une jeunesse d'élite à se plonger vaillamment dans cette antiquité vivante qui bouillonne dans tous les coins de Rome. L'obligation pour cette jeunesse de

loger à l'Académie de France et d'en observer les rè-
glements me paraît un autre avantage. Ce rapprochement, commandé par les circonstances, entre de jeunes
universitaires et les jeunes lauréats de l'École des
Beaux-Arts, me paraît concilier les intérêts de l'érudition comme ceux de l'art, et devoir profiter à tous.
Au contact de l'érudit, l'esprit vif et naturel de l'artiste
s'éclairera d'une lumière nouvelle, et l'érudit, de son
côté, apprendra de l'artiste à aimer l'art et à sentir
tout le charme et la puissance des chefs-d'œuvre dont
Rome est remplie.

Je ne sais quelles sont les intentions de M. Albert
Dumont, mais j'imagine que chaque année, après les
longues promenades au Forum, au Palatin, dans les
galeries et surtout au musée *Grégorien*, cet écrin
splendide, les membres de l'École française feront,
sous sa conduite, un voyage scientifique, une exploration d'art. Il ne leur faudra pas aller bien loin. Rome,
si merveilleuse elle-même, est entourée de merveilles.
L'Étrurie, où l'archéologie a tant puisé et où elle pui-
sera toujours, est aux portes de Rome. Comment faire
comprendre à ceux qui ne l'ont pas goûté le charme
de ces études si pittoresques et si parlantes sous un
ciel lumineux ? Quelle admirable préparation pour
une autre antiquité plus fine, plus idéale et qui semble
s'être réservé le privilége d'être parfaite !

Arrivé à ce point, une considération me frappe :
l'Académie des Inscriptions demande au professeur-
directeur de l'École française de Rome (les deux titres
n'en font qu'un) de la tenir au courant des découvertes, de lui en communiquer les résultats. Me serait-

il défendu de songer à quelque amélioration féconde et de souhaiter qu'à la place d'un simple rapport destiné à être enseveli dans les archives de l'Institut, l'Académie des Inscriptions voulût bien admettre en principe une publication à l'instar de l'*Institut de correspondance*, publication rédigée par les élèves de l'École française, soit avec le concours du directeur, soit simplement sous sa surveillance? La reproduction de ce que les fouilles nouvelles offrent de plus remarquable compléterait ce recueil, recueil vraiment beau, car on appellerait, pour l'illustrer, les jeunes talents de la villa Médicis. On sait ce dont ils sont capables. D'ici je vois la place de ces *Annales françaises* honorablement marquée dans toutes les bibliothèques. Notez que j'évite de parler des voies et moyens pour fonder cette publication; la question doit être traitée ailleurs. L'essentiel, c'est que l'administration est là pour soutenir, pour encourager, et qu'elle peut et même qu'elle doit joindre ses souscriptions à celles des amis de la science et leur donner le signal.

Nous touchons à un point délicat et sur lequel j'ai hâte de m'expliquer. — Quoi! va-t-on dire, vous conseillez de publier des ébauches; oubliez-vous que les membres de l'École romaine ne seront que des recrues inexpérimentées? — Oubliez-vous, dirai-je à mon tour, que ces recrues seront de jeunes maîtres rompus aux méthodes, à la critique, et dont le savoir est doublé de talent? Rappelons-nous les Mémoires envoyés par l'École d'Athènes. Croyez-le bien, guidés par une main amie et sûre, il leur sera toujours facile d'écrire une bonne page d'archéologie. Pourquoi ne les met-

trait-on pas en communication avec le public compé-
tent? Pourquoi ne ferait-on pas connaître leurs essais,
leurs travaux? Pourquoi ne tenterait-on pas, par ce
moyen, de les captiver, de les piquer au jeu et d'allumer le feu sacré dans la nouvelle École, en un mot d'y
tuer pour toujours l'indifférence?

L'indifférence, voilà ce qu'il faut craindre de nos
chers compatriotes. En France, généralement, on est
indifférent pour ce qui n'est ni le gain ni le plaisir.
Le goût du savoir, la curiosité intellectuelle désinté-
ressée nous manquent. Les esprits sont las, saturés,
troublés par des questions futiles ou dangereuses
même. Nos désastres nous montrent cependant que ce
sont les peuples lourds qui font la leçon aux peuples
agréables et légers.

ROME, DESCRIPTIONS ET SOUVENIRS

(Journal des Débats, 13 décembre 1872.)

Voici la nouvelle édition d'un livre publié l'an dernier et dont il a été, si je ne me trompe, rendu compte ici même. Je veux parler de la *Description de Rome,* par M. Francis Wey[1]. Ce livre est magnifique. C'est un livre de luxe, mais très-attachant. Il s'adresse aux savants, aux artistes, aux gens du monde, à tous ceux qui connaissent l'Italie ou qui veulent la connaître. Son succès a été rapide, si rapide même que la première édition a été enlevée en quelques jours.

On était content. L'auteur ne l'était pas. Il a voulu faire mieux. Reprenant son travail, il s'est appliqué à corriger les fautes inévitables dans des recherches si étendues. Il a revu, augmenté et donné, par exemple, une place plus large à l'archéologie. Les résultats des fouilles si célèbres et si peu connues, faites en 1871 et dans le cours de cette année, au Forum et au Mont-Palatin, sont exposés ici avec un soin extrême, et reçoivent une nouvelle lumière des gravures et des plans offerts aux lecteurs.

Ces documents si curieux sur la Rome républicaine, puis impériale, n'apparaissent cependant que comme

1. *Rome, descriptions et souvenirs,* par Francis Wey, ouvrage contenant 352 gravures sur bois par nos plus célèbres artistes et un plan de Rome. Nouvelle édition, revue, corrigée, augmentée, suivie d'un index général et analytique. Paris, Hachette, grand in-8.

un court chapitre dans ce volume de 700 pages; car
ce n'est rien moins que le panorama de la ville des
Papes que M. Wey déroule devant nous, ou plutôt, il
fait passer sous nos yeux une série de petits tableaux,
pleins de vérité et de vie, qui nous transportent à Rome
et nous donnent, pour ainsi dire, la sensation de cette
vieille reine des cités. Suivez M. Wey. Ce n'est point
un guide ordinaire : c'est un juge, c'est un critique,
mais sans paradoxe, sans parti pris. C'est un compagnon de voyage sérieux, réfléchi, instruit, qui vous
mènera partout, dans les basiliques, dans les palais,
dans les musées; qui vous dira ce qu'il a appris en
puisant aux meilleures sources, et sans vouloir, comme
tant d'autres, s'imposer à votre esprit.

Ce qui plaît surtout dans M. Wey, c'est qu'il ne
s'en tient pas seulement aux grands monuments, aux
grands noms; c'est qu'il va à la découverte des choses
inconnues dans cette Rome si connue, si étudiée. Une
petite église oubliée, une porte de couvent, une fontaine, une rue solitaire, l'arrêtent et l'intéressent. Que
lui faut-il? Un souvenir historique ou seulement l'attrait du pittoresque et de l'imprévu. Combien de
vignettes charmantes, — car il appelle toujours la
photographie ou le crayon à son aide, — ne devons-
nous pas à cette légitime et constante préoccupation
de ne point nous montrer seulement la Rome officielle,
mais, dans sa réalité vivante et dans son négligé, la
ville qu'il aime et qu'il met au-dessus de toutes.

Nous pardonnera-t-on de le dire? En feuilletant ces
pages si richement illustrées, nous nous sommes retrouvé pour un instant aux jours fortunés où, nous

égarant dans le dédale des rues romaines, nous allions, nous aussi, à la recherche de l'inconnu. Nous devons à M. Wey des émotions bien douces, un retour vers les jeunes années, et nous éprouvons un singulier plaisir à l'en remercier publiquement.

Certes, je n'ai pas l'intention de donner en quelques lignes une idée suffisante d'un livre si complet, si fécond en renseignements que déjà on l'a nommé l'*Encyclopédie de Rome*. Je me borne à faire remarquer que ce livre de luxe est avant tout un ouvrage utile et très-facile à consulter, grâce à l'excellent index que renferme cette seconde édition. Cette reprise, dont toute banalité est exclue, d'une étude déjà faite tant de fois, est une œuvre consciencieuse et bien digne de l'attention non-seulement des gens de goût, mais des érudits et des connaisseurs.

Et maintenant rendons hommage aux vaillants collaborateurs de M. Wey. Leurs noms sont célèbres, et tous ont montré à l'envi que noblesse oblige : MM. Viollet-Le-Duc, Clerget, Français, Anastasi, Paul Baudry, Célestin Nanteuil, etc., se sont donné la main pour illustrer le livre de M. Wey d'une façon ravissante, aidés et traduits par des graveurs sur bois (je nommerai entre autres M. Theroud) d'une rare habileté. L'infortuné Regnault a fait aussi partie de ce groupe. Vingt-trois compositions consacrées à peindre la vie romaine, surtout dans les bas-fonds, nous montrent combien ce talent vigoureux et plein de flammes était observateur.

Un mot encore. Quand Rome sera devenue complétement un chef-lieu constitutionnel, militaire, ad-

ministratif, une ville de Parlement, une ville semblable
aux autres villes ; quand les vieilles traditions seront
perdues et les derniers vestiges du gouvernement
sacerdotal effacés totalement, le livre de M. Wey ac-
querra un nouveau prix, car l'auteur s'est attaché à
décrire la Rome pontificale, la métropole du monde
catholique, la ville du passé.

ARCHÉOLOGIE ORIENTALE

ARCHÉOLOGIE HÉBRAÏQUE

JÉRUSALEM ET LA MER MORTE [1]

(Revue des Deux Mondes, mai 1854.)

Un invincible prestige s'est de tout temps attaché à la terre qu'ont marquée d'une double consécration les grands souvenirs de la Bible et de l'Évangile. La religion, la science, la poésie, lui payent un juste tribut d'hommages. A la religion elle montre le tombeau du Christ, à la science une des sources les plus profondes de l'histoire, à la poésie un ciel éclatant et l'image de l'infini par l'immensité du désert. Nul pays, à l'exception de La Mecque, n'a vu tant de pèlerins. Les premiers appartiennent à ce siècle extraordinaire, passionné de prosélytisme, où la religion chrétienne devint triomphante et dominatrice, après avoir été si longtemps persécutée et vaincue. Les seconds apparaissent au milieu de cette époque chevaleresque où le christianisme, modifié par le caractère primitif des

1. *Voyage autour de la mer Morte et dans les terres bibliques*, par M. de Saulcy, membre de l'Institut. 2 volumes, Paris, 1853.

nations occidentales, sert de prétexte à l'esprit guerrier, uni au génie des aventures. Enfin, quand les derniers pèlerins arrivent en Judée, l'Europe, rajeunie par le contact de l'antiquité profane, est entrée déjà dans cette période qui marque la naissance de la civilisation moderne et la disparition presque complète des derniers germes de barbarie. Désormais on abordera la Terre-Sainte non point en brandissant son épée, mais la Bible ou la plume à la main. Dans ces croisades d'une autre espèce, le souffle de l'esprit nouveau dont l'Europe est animée se fait sentir. Le pèlerin emporte des lieux saints quelque chose de plus que ce qu'il était allé y chercher, je veux dire certaines notions sur les mœurs, le climat et la géographie. Mille fois déjà ces pacifiques croisades se sont renouvelées et elles se renouvelleront toujours, car elles ne peuvent cesser que lorsque deux grands stimulants, la foi positive et la curiosité scientifique, seront totalement détruits.

Toutefois, ce genre d'exploration qui recueille les faits avec l'exactitude du savant, qui les juge avec la souveraine liberté du philosophe, avait été longtemps inconnu. C'est au commencement de notre siècle que l'auteur de l'*Itinéraire de Paris à Jérusalem* ouvrit avec éclat la carrière dans laquelle il a été suivi par une foule de voyageurs. A partir de cet instant, les deux grands centres du culte réformé, l'Allemagne et l'Angleterre, ainsi que cette Amérique du Nord, qui semble ne connaître qu'un seul livre, n'ont cessé de jeter sur la côte de Syrie de nouveaux explorateurs. Ce livre unique d'une race énergique se développant

sur une terre nouvelle ; ce livre qui, depuis la chute
du paganisme, à la place de Rome, a gouverné l'Occident, n'est autre que l'histoire de la Judée. En effet, à
ne l'envisager qu'au point de vue purement humain,
la Bible est un beau poëme, le récit vivant, animé,
plein de concision et de force, des triomphes et des
revers d'une nation douée d'un génie étrange et faite
pour l'isolement. Dans la variété et l'immensité de ses
récits, la Bible embrasse tout, usages civils et religieux, lois, mœurs, climat, configuration, géographie,
et devient par cela même le premier et le meilleur
guide du voyageur.

Quand la critique moderne s'est prise à envisager
la Bible comme un monument d'une merveilleuse originalité, mais qui rentrait dans son domaine, elle a
appliqué à cette étude la toute-puissance d'analyse
qu'elle devait à cet esprit de libre examen dont elle est
de plus en plus pénétrée : de là plus d'un bel édifice
scientifique élevé par les mains aussi patientes que hardies de nos voisins d'outre-Rhin. Mais ce qu'il importe
de faire remarquer ici (car ce trait caractérise l'archéologie hébraïque et lui fait une place à part), c'est l'absence complète de tous les éléments qui constituent ce
qu'on désigne habituellement dans la langue de l'érudition sous le nom d'*antiquité figurée*. Ce fait, si
digne d'être signalé et qui a été proclamé par tous les
voyageurs, se trouve confirmé par le témoignage des
maîtres de la science, depuis Rosenmüller jusqu'à
Gesenius, depuis Michaëlis jusqu'à Ewald.

On comprend sous le nom d'*antiquité figurée* toute
œuvre d'art échappée à la destruction. Quand l'anti-

quité littéraire semble vouloir nous fuir ou se perdre
dans un majestueux lointain, l'antiquité figurée vient
se placer, pour ainsi dire, sous nos doigts. Le souvenir,
la tradition, le rêve du passé se sont revêtus d'une
forme sensible ; ils sont là présents devant nos yeux et
nous dominent par la toute-puissance de la réalité.
A Herculanum et à Pompéi, l'antiquité figurée descend
aux plus infimes détails de la vie, elle n'échappe même
à une sorte de vulgarité bourgeoise qu'à force d'élégance et d'art. Vous n'avez qu'à voyager, à parcourir
l'Inde, l'Italie, la Grèce : partout vous trouverez des
temples, des statues, qui vous parlent éloquemment
des magnificences du paganisme. Visitez la Judée,
vous y chercherez en vain les restes de sa civilisation
primitive et de son antique religion. C'est que la race
qui foula d'abord ce sol, comme toutes les races sémitiques, n'avait que peu de goût pour les images et ne
s'inocula jamais le culte des beaux-arts. En Judée, si
le décor est le même qu'il y a trois mille ans, la scène
est vide depuis nombre de siècles. On n'y voit point,
comme sur les promontoires de Sicile, comme sur les
rives du Nil, de ces belles ruines qui enrichissent le
paysage; point d'édifices au sommet des collines, piédestaux sans statues. Il est brisé, ce bel accord de la
nature et des monuments; il y est inconnu, ce lien de
l'Acropole et du Parthénon, qui les attache si étroitement que le rocher athénien serait le plus insignifiant
rocher du monde sans sa couronne d'albâtre. Ces harmonies, faites pour le peintre et pour le poëte, n'existent point en Judée, car il est aussi difficile aujourd'hui
de reconnaître les vestiges des premiers dominateurs

de ce pays que les pas des Arabes sur le sable du désert qui est à ses portes.

Et pourquoi? C'est que la nation juive n'a eu, à vrai dire, qu'un seul monument, et qu'il est détruit depuis plus de deux mille années. Ce monument, c'est le temple de Salomon, dont il ne reste rien, si ce n'est la description assez confuse qu'on en lit dans l'Écriture. Ne soyons donc pas surpris si tous les auteurs qui ont traité de l'architecture des anciens peuples se sont accordés à dire qu'on ne sait que bien peu de chose de celle des Hébreux [1]. Il y a plus, un des hommes qui ont le mieux connu l'antiquité biblique, l'illustre Michaëlis, a voulu prouver que les Juifs n'étaient que de pauvres architectes au temps de Salomon. Cette incapacité a été de longue durée. Copier les Phéniciens paraît avoir été le but de tous leurs efforts. Or, comme les Phéniciens n'ont pas laissé un seul monument, on peut juger d'après cela de l'immense difficulté de se rendre un compte exact et sévère de l'architecture des Hébreux.

Mais supposons pour un instant que Michaëlis et les historiens de l'art soient pleinement dans l'erreur; supposons que les Juifs aient été d'habiles architectes, supposons qu'une race si rapprochée du désert, et par conséquent nomade à son origine, puisse être placée

---

1. Voyez Hirt, *Geschichte der Baukunst.* Ce savant commence le chapitre qu'il a cru devoir consacrer à l'architecture hébraïque et phénicienne par déclarer qu'il *ne reste plus rien* de cette architecture. « Tout ce qu'on peut conjecturer sur l'art hébraïque, dit Winer, c'est qu'il ne mérita jamais d'être considéré comme un art, puisqu'il ne dépassa point les limites d'un mécanisme grossier. » Voir Winer, *Biblisches Real-Wörterbuch.*

sur la même ligne que des nations agricoles et sédentaires, et forcées par cette raison d'apprendre de bonne
heure à bâtir : il ne faudrait pas pour cela méconnaître
l'importance d'un fait capital pour l'intelligence de
l'archéologie biblique, et sur lequel nous devons insister. C'est une terre cruellement bouleversée que
cette terre de Judée! On a dit éloquemment qu'elle
avait été travaillée par les miracles; il faut ajouter,
pour être vrai, qu'elle l'a été plus encore par les révolutions. La Judée était un vaste chemin ouvert aux conquérants de l'Égypte ou de l'Asie. Odieux aux autres
peuples, les Juifs n'étaient entourés que d'ennemis.
Leur histoire n'est qu'une alternative sanglante de victoires ou de défaites, entremêlées de longues périodes
de servitude. Occupés sans cesse à se préserver du joug
de l'étranger, ils succombèrent à la fin, et leur capitale perdit jusqu'à son nom. Jérusalem a été prise et
saccagée dix-sept fois, un million d'hommes ont été
tués autour de ses murailles. Les Juifs auraient construit autant et plus que les Romains, que d'aussi effroyables catastrophes expliqueraient l'impossibilité
où l'on est de trouver des restes de l'architecture hébraïque. Et quand il serait vrai que les guerres, le
temps et la barbarie ne se seraient point conjurés
pour disperser et anéantir tous les débris de la première civilisation hébraïque, ne faudrait-il pas reconnaître aussi le pouvoir d'un autre conquérant qui s'a-
vance couronné de fleurs et suivi de tous les arts,
pour s'emparer des montagnes arides de la Judée? Ne
faut-il pas saluer le génie hellénique qui se révèle avec
tant de magnificence dans les longues colonnades de

Palmyre et jusque dans le flanc des rochers de Petra ?
De là cette Jérusalem nouvelle, toute brillante des
clartés de la Grèce, qui s'élève triomphalement sur les
édifices de la cité de David croulant de vétusté. De là
ce temple où se déploie la richesse élégante d'Athènes
ou de Corinthe. Ce temple est le troisième; c'est Hérode qui l'érige sur les débris des deux premiers. Ne
voit-on pas que ce sont des ruines qui s'accumulent
sur des ruines, une nouvelle civilisation qui fait ombre
à celle qui précède? Ne voit-on pas que l'antiquité
hébraïque se trouve ainsi rejetée dans des profondeurs
inconnues où nul antiquaire, à cette heure, ne peut
aller la chercher?

Voilà ce que chacun sait, voilà ce dont on est convaincu, voilà ce que traditions, histoire, pèlerins,
voyageurs, savants, poëtes même, répètent à l'envi;
voilà néanmoins ce que, dans une publication récente,
on est venu combattre, ce qu'on a voulu nier. Au
nombre des principaux arguments présentés à l'appui
de cette théorie, il en est deux surtout qui ont attiré
l'attention réveillée par des noms qui s'associent depuis l'enfance dans toutes les mémoires aux notions
les plus élémentaires de l'histoire sainte. On a mis en
avant la découverte du tombeau de David et celle non
moins remarquable des ruines de Sodome. La critique
a cependant éprouvé quelque défiance à l'annonce de
ces deux découvertes, elle a osé soupçonner que quelquefois on peut aller chercher très-loin une erreur.
Serait-ce de sa part entêtement, faux système, quelque
chose de pis encore? Il y a là un point qu'il nous paraît
intéressant d'examiner, car les deux questions à dé.

battre sont au nombre des plus importantes parmi celles que peut soulever un voyage archéologique en Terre-Sainte.

I

Dans les premiers mois de l'année 1851, un groupe de voyageurs traversait la Judée. Étudier la topographie et les monuments de Jérusalem n'était pas leur unique but : l'attrait de l'inconnu les poussait à explorer le bassin de la Mer-Morte. Aussi, après quelques moments de repos, quittèrent-ils en toute hâte la ville sainte, afin de gagner la rive occidentale du lac Asphaltite; puis, après l'avoir côtoyée en se dirigeant vers le sud, après avoir tourné la pointe de la mer Morte à son extrémité méridionale en passant au pied de la montagne de Sodome, ils côtoyèrent la rive orientale en remontant vers le Nord, à travers le pays de Moab, bien au-dessus de la presqu'île d'El-Liçan, c'est-à-dire à près de la moitié du lac Asphaltite; ensuite ils visitèrent El-Karak, célèbre dans l'histoire des croisades, revinrent par le même chemin, et rentrèrent à Jérusalem en passant par Hébron. Définitivement établi à Jérusalem, après une seconde excursion sur le rivage de la mer Morte, au nord, à l'embouchure du Jourdain et sur l'emplacement de Jéricho, le chef de cette expédition se consacre à l'étude des principaux monuments de la ville sainte, ou plutôt de ses reliques. Les tombeaux de la vallée de Josaphat, celui qu'on nomme *le tombeau des Rois*, les débris de la muraille qui entourait le temple de Salomon, la vieille enceinte des rois de Juda, ruines auxquelles le voyageur assigne ces noms, enfin les portes, les fontaines, attirent tour à tour son attention, et lui fournissent la moisson la plus ample d'observations et de conjectures. Enfin, après quelques mois partagés ainsi entre l'étude et les courses, le voyageur et ses amis traversent la Syrie, remontent jusqu'au Liban, visitent Damas, et s'embarquent pour la France dans ce même port de Beyrout qui les avait vus jeter l'ancre cinq mois auparavant.

Quels ont été les résultats de cette exploration ? — La solution d'un double problème, si nous en croyons le voyageur lui-même, homme d'imagination vive et d'esprit facile, qui joue avec l'érudition comme d'autres avec la poésie, et qui se trouvera toujours, vous pouvez en être sûr, là où il y a une difficulté à résoudre et un logogriphe à deviner. Ce voyageur est M. de Saulcy. La première énigme qu'il ait rencontrée sur sa route est le fastueux sépulcre qui cache si bien, sous les murs de Jérusalem, le nom de ceux dont jadis il a renfermé les dépouilles. La seconde touche également aux sciences naturelles et à l'archéologie, aux phénomènes dont les bords de la mer Morte gardent la trace et aux ruines qu'on a prétendu y retrouver. Commençons par la première des deux questions.

Quand on sort de la ville sainte par la porte de Damas, on marche pendant un demi-mille sur un plateau rougeâtre où croissent quelques oliviers. Là, on rencontre une excavation que l'on a comparée aux travaux abandonnés d'une ancienne carrière. Un chemin large et en pente douce vous conduit au fond de cette excavation, où l'on entre par une arcade. On se trouve alors au milieu d'une salle taillée dans le roc. Cette salle a trente pieds de long sur trente pieds de large, et les parois du rocher peuvent avoir de douze à quinze pieds d'élévation. La population arabe donne à cette excavation le nom de Qbour-el-Molouk, qui répond à celui de *grottes royales* ou *tombeaux des rois* dans le langage des Francs.

Depuis que Jérusalem est devenue un but de pèlerinage ou un objet de curiosité, il n'est pas de voyageur qui n'ait visité le tombeau des rois. C'est le plus beau, le plus intéressant de tous les monuments qui entourent cette ville, et déjà au moyen âge il jouissait d'une certaine célébrité. Pococke, Niebuhr, Yrby et Mangles, enfin MM. Robinson et Smith, ont tous pris soin de lever le plan du tombeau des rois. C'est ce que M. de Saulcy paraît avoir oublié, lorsqu'il assure que l'incertitude qui règne sur l'origine de ce tombeau provient de ce que personne avant lui ne l'avait examiné attentivement. Tout au contraire, comme on vient de le voir, les regards, depuis bien longtemps, sont fixés sur ce tombeau. Depuis bien longtemps aussi on dispute sur la destination funéraire d'un monument dont la qualification, à la fois si pompeuse et si vague, laisse errer l'imagination. En effet, de quels rois s'agit-il? Les uns veulent y voir le sépulcre d'Hérode le Tétrarque, les autres celui d'Hélène, reine d'Adiabène [1]. M. de Saulcy est le premier qui se soit

1. Nous croyons savoir que telle est l'opinion de M. Raoul-Rochette, opinion qu'il aurait développée avec beaucoup d'érudition et de critique dans une séance de l'Académie des inscriptions et belles-lettres.

avisé d'y reconnaître les tombes authentiques des rois de Juda. Deux raisons, jusqu'ici, ont empêché tous ceux qui ont visité ce monument de concevoir une semblable idée, deux raisons bien graves, il le faut croire : la première, c'est que l'Écriture sainte et le sentiment universel placent les tombeaux des rois de Juda sur la montagne de Sion; la seconde, c'est que l'architecture du tombeau des rois est bien plus dans le goût grec que dans celui de l'Orient.

Il y a des personnes qui s'effrayeraient, en une matière si délicate, de se trouver seules de leur opinion. Cette crainte n'a point troublé M. de Saulcy. Enlever les tombes des rois de Juda de la colline de Sion, où chacun croit qu'elles sont enfouies depuis des centaines de siècles, c'est un vrai tour de force dont l'idée lui a souri. Que l'on veuille bien nous suivre dans l'examen de ce curieux point d'archéologie.

Quand on cherche à ramener cette question à son vrai point de départ, on reconnaît que toutes les hypothèses du savant académicien reposent uniquement sur une pure interprétation, sur le sens qu'il attribue à ces mots : *la ville de David*, locution fréquemment employée dans le corps des Écritures hébraïques pour désigner la partie la plus ancienne et la mieux fortifiée de Jérusalem. Selon M. de Saulcy, le nom de *ville de David* n'appartient point exclusivement, comme on l'avait pensé jusqu'ici, à cette portion de la cité qui était assise sur le rocher de Sion; il veut que cette dénomination s'applique à Jérusalem tout entière. M. de Saulcy a ses raisons, comme on va le voir. Il est clair que, du moment où la montagne de Sion ne peut plus être considérée comme étant spécialement l'assiette de la ville de David, les sépulcres des rois de Juda peuvent se rencontrer partout ailleurs, et il n'est pas moins facile de voir que, les passages de l'Écriture où il est dit que ces princes ont été ensevelis dans la ville de David se trouvant alors dépourvus de toute application à un lieu déterminé, le champ des hypothèses s'étend outre mesure. Pour mieux faire apprécier la valeur de cette observation, il est nécessaire d'entrer dans quelques détails sur la topographie de Jérusalem.

Au temps de Flavius Josèphe, cette ville était assise sur deux collines placées en face l'une de l'autre, au nord et au midi, de hauteur inégale, et séparées par une vallée. De là, comme dans une foule d'endroits, une ville haute et une ville basse. La ville haute, c'est-à-dire l'ancienne Jérusalem, était située sur la colline la plus méridionale; elle s'élevait au-dessus d'un ravin profond qui serpentait à ses pieds, à l'est, au sud et à l'ouest, — le ravin des enfants d'Hinnom, c'est ainsi qu'on le désignait, — et se trouvait défendue vers le nord par une épaisse muraille flanquée de tours. Ce plateau, le plus escarpé de tous ceux sur lesquels s'étendait la cité sainte, n'était autre que la colline de Sion elle-même. Acra, la colline du nord, dominait le temple, qui s'élevait sur un autre plateau situé à l'est, sur le mont Moria. Acra, qui n'était qu'un appendice de la colline de Sion, communiquait avec elle par un pont ou viaduc jeté sur une gorge étroite surnommée le *Tyropéon*, ou vallée des fromagers. Ainsi Jérusalem couvrait un sol accidenté, coupé par de profonds ravins formant comme de larges fissures au milieu de ses vastes plateaux. Par ses nombreux mamelons, elle rappelait cette autre cité, assise sur sept collines, qui lui dispute le premier rang dans le respect du monde et dans l'histoire.

Sion se trouvant la colline la plus élevée, l'avantage de cette situation aurait pu la faire choisir de préférence à la colline d'Acra par le roi David, s'il avait eu à se décider à cet égard ; mais on sait que ce fut en s'emparant d'une forteresse située sur les rochers de Sion qu'il triompha de la résistance des Jébuséens, premiers habitants de Jérusalem. Devenu maître de cette forteresse, David s'y fixa, il y fit bâtir son palais et lui donna son nom. Cette forteresse est la ville de David, c'est-à-dire le noyau de la véritable Jérusalem [1], laquelle, devenue riche et populeuse sous les princes de la maison de Juda, franchit bientôt les limites étroites qui lui sont assignées, s'empare du mont Moria, où elle élève son temple, se déploie sur le plateau d'Acra, et finit par conquérir vers le nord une dernière colline nommée Bezetha.

N'est-ce pas là l'histoire de toutes les cités ? Ne commencent-elles pas par une acropole, lieu élevé et fortifié, inaccessible à l'ennemi ? Que la civilisation se fasse jour, et la ville, qui étouffe dans son étroite enceinte, descendra dans la vallée pour y respirer à l'aise

---

1. En effet, cette ville, qui n'avait été pendant longtemps qu'une bourgade sous le nom de *Salem*, commença dès lors à acquérir quelque importance. Joab, neveu de David, donna suite aux travaux commencés par le roi-prophète, et « Jérusalem, dit Bossuet, prit une forme nouvelle. »

et fleurir autour de son rocher natal. Ce qui est non
moins certain, c'est que, quand on trouve dans les
poëtes et chez les prophètes le nom de ville de David
appliqué à Jérusalem tout entière, ceci n'est qu'une
expression emphatique, une pure licence poétique[1],
que l'on aurait tort, en présence des témoignages de
l'histoire, de vouloir prendre au sérieux. Ouvrez les
Macchabées, et vous y verrez ces mots : *la ville de
David*, appliqués de la façon la plus directe et la moins
contestable à la montagne de Sion[2]. C'est précisément
le même endroit que Josèphe nomme la ville haute
(l'historien des Juifs affecte de ne se servir jamais de
ce nom de *ville de David*), c'est ce même endroit,
disons-nous, et ce qui le prouve sans réplique, c'est
qu'il donne à la ville haute les mêmes limites que
celles de la ville de David, le ravin de *Tyropéon* et
celui des enfants d'Hinnom.

Sur quoi M. de Saulcy se fonde-t-il pour repousser
tous les témoignages qui établissent que jamais on n'a
confondu la ville de David, c'est-à-dire l'enceinte fortifiée de Sion, avec le reste de Jérusalem? sur quoi se
fonde-t-il pour méconnaître l'autorité des Gesenius,
des Winer et de notre Danville? Sur le passage suivant, extrait d'une note de M. Cahen, le traducteur de
la Bible : « David fut enterré à Jérusalem, appelée ville

1. Gesenius, *Lexicon Hebraicum*, au mot *Sion*.
2. *Macchabées*, I, v. 33. — Voyez sur ce point d'excellentes observations dans l'*Encyclopédie* de Ersch et Gruber. (*Allgemeine Encycl.*,
au mot *Jérusalem*. S. 293.) Il en résulte que le nom de *ville de David*
désigne toujours dans les *Macchabées* la partie sud et sud-ouest de
Jérusalem, où s'élevait la montagne de Sion.

de David, parce que c'était le siége de sa cour et le berceau de sa dynastie. »

On le voit clairement, s'il faut chercher le tombeau de David quelque part, ce ne peut être que sur la montagne de Sion; en voici une preuve non moins forte que nous devons signaler. Lorsque le Juif Néhémias eut reçu d'Artaxercès Longue-Main l'autorisation de reconstruire Jérusalem, il distribua les travaux entre certaines notabilités de la ville qui s'occupèrent principalement de la restauration des murailles ; ce furent ses chefs d'ateliers. Ainsi, dit l'Ecriture, Sellum, fils de Choloza, fut chargé de reconstruire « la muraille de la piscine de Siloé, le long du *jardin du roi*, et jusqu'aux degrés qui descendent de la ville de David. » Après lui Néhémias, fils d'Azboc, continua la restauration du mur d'enceinte de la ville de David « jusqu'en face des *tombeaux de David*, jusqu'à la piscine et jusqu'à la maison des *forts* de David. » Nous le demandons : est-il possible de trouver rien de plus concluant que ces deux passages de l'histoire hébraïque? N'en ressort-il pas que le tombeau de David se trouvait placé à l'extrémité méridionale de la ville de David? Ici, la topographie antique est indiquée par un témoin muet, mais irrécusable, par la piscine de Siloé, qui se voit encore aujourd'hui au sud-est du rocher de Sion, là où la vallée des enfants d'Hinnom et le ravin de Tyropéon se rejoignent, là où était jadis l'emplacement du *jardin du roi*.

L'esprit de système a un grand inconvénient, c'est de rendre obscur ce qui est clair, et clair ce qui est obscur. Quand on a découvert les restes de Sodome, on ne peut plus être admis à prétendre « qu'il n'y a pas l'*ombre de possibilité* de reconnaître quoi que ce soit dans les lieux qui se trouvent énumérés dans cette partie du récit de Néhémias. » C'est encore l'esprit de système qui, peu scrupuleux sur le choix des arguments, enregistre, au nombre des preuves qu'il croit pouvoir citer, le fait que nous allons rapporter. Un jour, un certain Antiochus, un de ces voisins incommodes qui harcelaient sans cesse le peuple de Dieu, vint mettre le siége devant Jérusalem, et déclara qu'il ne battrait en retraite qu'à la condition de recevoir des assiégés une énorme contribution de guerre. Or, à ce moment les finances de la ville étant épuisées, le pontife Hyrcan, qui la gouvernait, ne put offrir au roi syrien que la moitié du tribut imposé par l'esprit de rapine. Le croirait-on? c'est de cette particularité qu'on s'autorise pour soutenir que l'enceinte de Sion n'a jamais renfermé le tombeau de David ! Si ce tombeau avait eu son emplacement dans l'enceinte de Sion, répète-t-on avec insistance, nul doute, comme il contenait d'immenses richesses, qu'Hyrcan ne l'eût mis à sec pour éloigner l'ennemi. Mais comment n'a-t-on pas vu que de ce récit de Josèphe résultait la condamnation la plus formelle de tout ce qu'on met en avant au sujet des grottes royales ? Vraiment, les Juifs auraient perdu le sens, s'il leur fût venu seulement dans l'idée de placer un monument si vénérable, si utile dans les moments de crise, comme l'histoire l'atteste, et ce qu'on pourrait appeler un trésor funéraire, de le placer, disons-nous, aux portes d'une ville si souvent assiégée et justement sous la main de l'ennemi.

Enfin, car pourquoi argumenter plus longtemps en faveur de l'évidence ? l'esprit de système seul pouvait se prévaloir de l'usage judaïque qui consistait à exclure les tombeaux de l'intérieur des villes pour cause d'impureté. A cette coutume, générale dans l'antiquité, nous en opposerons une autre non moins bien établie en Palestine : c'est que de tout temps les tombes des rois et celles des prophètes y furent affranchies de cette loi d'impureté ; c'était une sorte d'hommage rendu à la sainteté et à la puissance. Les exemples en sont nombreux. Où Samuel fut-il enseveli ? Dans sa maison, à Ramatha. Et Basa, général des armées de Nadab et devenu roi par trahison ? Dans la ville de Thersa, dont il avait fait sa capitale. Et Amri, fondateur de Samarie, et Joachas, roi d'Israël, et Joas son fils, où furent-ils ensevelis ? Dans leur bonne ville de Samarie. En présence de pareils faits, comment croire que Jérusalem seule aurait été déclarée impure à perpétuité, ainsi qu'on l'affirme, en conservant dans son acropole le corps de son fondateur et de son prophète ? Ce serait là assurément une étrange loi d'impureté. Mais non, cette loi n'existe point, si ce n'est dans l'imagination de ceux qui prétendent que toutes les fois qu'on lit dans la Bible qu'un roi de Juda fut enterré dans la ville de David, cela signifie qu'on l'enterra hors de la ville de David.

M. de Saulcy est-il mieux fondé dans ses appréciations sur le caractère architectural du tombeau des rois ? M. de Chateaubriand en a esquissé l'ornementation avec cette précision singulière, l'une des grandes qualités de son style, qualité assez rare chez les hom-

mes d'imagination : « Au centre de la muraille du
midi, vous apercevez une grande porte carrée d'ordre
dorique, creusée de plusieurs pieds de profondeur dans
le roc ; une frise un peu capricieuse, mais d'une délicatesse exquise, est sculptée au-dessus de la porte.
C'est d'abord un triglyphe suivi d'une métope ornée
d'un simple anneau; ensuite vient une grappe de raisin entre deux couronnes et deux patères. A dix-huit
pouces de cette frise règne un feuillage entremêlé de
pommes de pin. » Écoutons un autre voyageur, le
docteur Robinson, l'auteur du meilleur livre sur la
Judée, comme M. de Saulcy s'empresse loyalement de
le reconnaître : « Ce roc est également sculpté, mais
il est de la dernière époque de l'art chez les Romains,
in the latter Roman style. Au centre du portique, on
a représenté de larges grappes de raisin entre des guir-
landes de fleurs, mêlées de chapiteaux corinthiens[1]. »

C'est dans ce tombeau, que M. de Chateaubriand
comparait à des bains d'architecture romaine, c'est
dans ce riche échantillon de l'abaissement du génie
de la Grèce que M. de Saulcy croit avoir retrouvé un
merveilleux spécimen d'architecture hébraïque, un
édifice contemporain d'Homère, plus vieux que les
plus archaïques des monuments grecs, et qui porte
sur son front une de ces dates effrayantes dont l'Égypte
a le privilége, la date de mille ans avant Jésus-Christ !
Comment M. de Saulcy a-t-il été amené à proclamer
cette nouveauté hardie? Voilà ce qu'il faut examiner.
Pendant son excursion autour de la mer Morte, il a

---

1. *Biblical Researches in Palestine*, t. II, p. 529.

trouvé sur sa route, dans le pays de Moab, un chapiteau d'une facture assez étrange. « Un pareil chapiteau, dit-il, n'a qu'une analogie fort éloignée avec le
chapiteau ionique, et ceux qui l'ont taillé étaient à
coup sûr de véritables sauvages qui ont plus probablement précédé que suivi les artistes grecs auxquels
nous devons les belles proportions de l'ordre ionique. »
La vue de ce chapiteau sur le sol arabe, au milieu de
ruines que M. de Saulcy considère *à priori* comme
antérieures aux civilisations grecque et romaine, paraît
avoir été pour le savant voyageur un véritable trait de
lumière. De là découle en grande partie sa théorie si
neuve sur l'architecture hébraïque en général, dont il
nous a donné un aperçu en traitant de l'origine du
tombeau des rois : « Il n'est pas douteux, dit-il, que
le rocher dans lequel est taillé le vestibule des Qbour-
el-Molouk n'offre des triglyphes et des patères ; de plus
les moulures dont la corniche est surchargée ont bien
l'élégance des moulures grecques ; mais qui pourrait
affirmer que les ordres dorique et ionique sont d'invention grecque ? » Qui pourrait affirmer, dirons-nous
de notre côté, que les ordres dorique et ionique sont
d'invention hébraïque, ou du moins ont passé par la
Judée avant d'arriver à la Grèce ? Personne, nous
avons le regret d'être contraint de le dire, personne,
si ce n'est M. de Saulcy, s'appuyant sur une autorité toute récente, celle de M. Prisse d'Avesnes, qu'il
cite un peu trop longuement. M. Prisse d'Avesnes
est l'auteur d'une histoire inédite de l'art chez les anciens Égyptiens, où il fait voir que les Grecs, aussi
bien que les Hébreux, ont reçu leur architecture de

l'Égypte, en vertu « de certaines transmissions des idées et des styles des peuples majeurs à tous les peuples en travail de civilisation, » d'où il suivrait inévitablement que l'architecture grecque est la sœur cadette de l'architecture hébraïque. Appliquez maintenant cette théorie au tombeau des rois, et vous reconnaîtrez que les patères et triglyphes qui en ornent l'entrée, en dépit de leur caractère hellénique, émanent des architectes de Salomon.

On ne peut qu'applaudir au louable dessein de M. Prisse; mais prétendre que l'Égypte a procréé l'art architectural non-seulement chez les Phéniciens, les Hébreux, les Assyriens, mais encore chez les Grecs, c'est s'exposer à être vivement et sérieusement combattu. Et d'abord, les monuments phéniciens et hébraïques qui pourraient servir de point de comparaison et fournir témoignage sont restés complétement inconnus jusqu'à ce jour. Secondement, il n'est pas permis d'oublier que les relations entre l'Égypte et la Grèce ne datent que de six cents ans avant l'ère chrétienne, et ne remontent point au delà du règne de Psammitichus. La race égyptienne, sédentaire outre mesure, avait peu d'inclination pour les expéditions lointaines. La mer l'effrayait à ce point que les Pharaons n'avaient pas un seul port sur la Méditerranée; aussi pendant longtemps les côtes septentrionales furent-elles fermées aux étrangers comme l'est encore le Japon. Il est à croire que les prêtres de ce pays, qui avaient quelque intérêt à capter les Grecs, dont l'influence croissante les inquiétait, se sont plu à créer entre les deux peuples certaines assimilations de religion et

d'origine, assimilations factices qui ont égaré tant d'é-
rudits. Je crains que M. Prisse d'Avesnes, à l'exemple
de ses devanciers, ne s'y soit laissé surprendre; mais
alors que fera-t-on de ces *corporations d'artistes*, de
ces *pontifes lithotomistes* qu'il dirige sur l'Hellade
pour y porter tous les arts? On sera forcé de les renvoyer, dans le pays des fables, rejoindre les colonies
égyptiennes de Cécrops ou de Danaüs.

Il y a des savants, gens de mérite, fort éloignés de
s'enrôler sous la bannière de M. Prisse, qui croient
cependant, — les uns, que la sculpture grecque procède de l'Égypte, — les autres, que l'école éginétique
est fille de l'Assyrie. Ils ignorent que tout simplement
ils s'essayent à combler un abîme, celui qui sépare
l'idée de la réalité. Mais comment a-t-on pu supposer
que l'incomparable souplesse de l'art grec, que sa
variété infinie ne nous offraient rien autre chose que
le simple développement d'un germe oriental ou égyptien? Comment n'a-t-on pas vu qu'il était impossible
qu'une liberté si charmante eût pris naissance au sein
de la lourdeur asiatique ou de la rigidité égyptienne?
Un art qui n'a que des muscles ne peut rien enfanter
de délicat ou de sublime. Comment n'a-t-on pas songé
que ce génie plastique, auquel il a suffi de quelques
siècles pour toucher à la perfection, ne pouvait rien
emprunter à cet autre génie plastique qui, au lieu de
se développer, s'est borné à tourner, pendant des milliers d'années, dans le cercle que le sacerdoce, d'une
main inexorable, lui avait tracé? Si quelquefois, quand
on remonte le cours des âges, on est frappé d'un faux
air de famille entre des œuvres d'essence si différente,

ceci provient de ce que partout, au début, les difficultés pratiques arrêtent et maîtrisent l'essor du talent.
Les arts, en tout pays, ont eu leur enfance ; aussi, les
monuments de la première heure paraissent-ils tous
jumeaux.

Comment M. de Saulcy, lui, l'habile antiquaire,
n'a-t-il pas été ébranlé par des considérations de cette
nature? Il est vrai que nous aurions été privés de ce
sarcophage transporté des Qbour-el-Molouk au Louvre
sous ce titre imposant : *Tombeau du roi David!*
Avouons que la perte n'eût pas été irréparable. Rien
que pour sauver l'honneur de la sculpture hébraïque,
·il faudrait contester l'origine donnée à ce morceau[1].
Qu'on se figure une longue bière dont le couvercle

---

1. Cette origine deviendrait cent fois plus douteuse, s'il était vrai
qu'un sarcophage sans inscription, trouvé près de Beyrout et placé
nouvellement dans une des salles de la sculpture assyrienne au Louvre,
est phénicien. En effet, rien de plus dissemblable que ces deux monuments. Si le sarcophage de Jérusalem ressemble à une bière, le
second, qui rappelle la gaîne égyptienne, offre à l'une de ses extrémités une tête de femme dont les cheveux sont bouclés à la manière
des statues d'Égine. Il est impossible cependant de reconnaître dans
cette tête l'art phénicien. Entre les sculptures d'origine asiatique qui
sont dans la même salle et celle de Beyrout, le contraste est frappant.
Ce bel ovale, cette ligne du front et du nez si peu tourmentée, ces grands
plans et cette grâce qui décèle partout la Grèce, excluent, nous le répé-
tons, dans le monument de Beyrout toute idée d'art phénicien. Sous
le règne d'Auguste, Beryte avait cessé d'être phénicienne, et l'art mé-
langé de l'époque impériale ou le caprice d'une famille riche a pu
produire le nouveau sarcophage du Louvre. Il nous semble que la
première condition pour décider qu'un monument appartient à l'art
phénicien, c'est de connaître cet art. Or en est-on là ? D'ailleurs, si
l'érudition invitait plus souvent les artistes à prendre la parole dans
des questions qui reposent spécialement sur l'appréciation des caractères et des styles pour les œuvres plastiques, elle ferait preuve de
sagesse et de bon goût.

arrondi est orné de larges bandes où se déroulent des
rinceaux de pampre entremêlés de grenades et de colo-
quintes ; ciseau maladroit, ornementation recherchée,
goût douteux, détails trop nombreux, voilà ce que
montre cette œuvre bizarre, marquée du sceau de la
décadence. C'est de Byzance, mais non de Jérusalem,
qu'elle évoque le souvenir.

Au nombre des arguments réunis par M. de Saulcy
pour faire naître la conviction dans l'esprit de ceux
qui le lisent, il en est un sur lequel il fonde beaucoup
d'espérances : c'est dans la tradition qu'il puise cet
argument. Que cette tradition soit juive, chrétienne
ou musulmane, cela lui importe peu. Du moment où
elle tient au pays, il n'en faut pas davantage pour que
le voyageur l'accueille sans défiance. Que la tradition
orale soit aussi oublieuse que capricieuse, voilà, d'un
autre côté, ce que certains témoignages donneraient à
croire[1]. Un célèbre voyageur arabe, Ibn-Batoutah[2], a
fait le procès à la tradition orale musulmane en racontant l'anecdote que voici : « Un certain iman, qui
avait des doutes sur l'authenticité de ces tombeaux, —
il s'agit des tombeaux d'Abraham, d'Isaac et de Jacob
à Hébron, — entra dans la grotte, et se tint debout

---

1. Ce qui est certain, c'est que la tradition, au quatorzième siècle,
ne voyait nullement dans les grottes royales la tombe des rois de
Juda. On peut consulter à ce sujet l'itinéraire d'Isaak Chelo, juif
portugais fort instruit, qui s'établit à Jérusalem en 1333. « Les sépulcres de la maison de David, dit-il, qui étaient sur la montagne de
Sion, ne sont plus connus aujourd'hui ni des Juifs ni des musulmans,
car ce ne sont point les tombeaux des rois... Ces derniers sépulcres...
sont près de la caverne de Ben-Syra. » — Voyez Carmoly, *Itinéraires
de la Terre-Sainte*, 1847, p. 238.

2. *Voyage d'Ibn-Batoutah*, t. 1er, p. 119.

auprès du tombeau. Survint un vieillard auquel il demanda lequel de ces sépulcres était le tombeau d'Abraham ; le vieillard lui indiqua le tombeau désigné par le nom du patriarche. Puis entre un jeune homme auquel il fait la même question, et celui-ci montre le même tombeau. Enfin arrive un enfant, lequel fait la même réponse. Alors l'iman s'écrie : Le doute n'est plus permis, ce sépulcre est réellement celui d'Abraham. » M. de Saulcy ne s'est-il pas un peu trop hâté, à l'exemple de l'Iman d'Hébron, de s'écrier : » Voilà la tombe des rois de Juda? »

Toutes les légendes recueillies par l'auteur du *Voyage dans les terres bibliques*, et empruntées à la tradition orale sur les tombeaux d'Absalon, de Josaphat, de Zacharie, des juges de Juda, et cent autres encore, sont des plus suspectes. Les qualifications arbitraires que fournit la tradition orale sont ou l'indice de certaines fraudes pieuses, ou une marque de l'empressement des premiers siècles de l'église à appliquer certains passages de l'Ancien et du Nouveau Testament à quelques localités au dedans et au dehors de Jérusalem. Il est bien à regretter que les opinions de M. de Saulcy sur l'architecture hébraïque aient mis en défaut sa pénétration habituelle. Sans une préoccupation profonde à cet égard, en dépit de son respect pour la tradition orale, il serait resté incrédule, par exemple, à l'endroit du tombeau d'Absalon. En effet, puisqu'il rejetait comme une fable absurde la tradition musulmane, qui place le tombeau de David dans la petite mosquée de Naby-Daoud, sur la montagne de Sion, il devait nécessairement, au même titre, se

mettre en garde contre la légende rabbinique sur le
tombeau d'Absalon. Malheureusement, nous le répé-
tons, M. de Saulcy n'a pas su résister en cette circonstance aux influences décevantes de l'esprit de système, et comme il a eu occasion de remarquer que ce
tombeau, prétendu monument d'un fils rebelle, orné
de colonnes ioniques et d'une frise dorique, était surmonté d'une sorte de *pyramidion* dans le goût de
l'Égypte, il est parti de ce point pour conclure que ce
qu'il voyait n'était autre que quelque petit chef-d'œuvre
sorti des mains des artistes de la cour du roi David.
M. de Saulcy affirme même qu'il n'a jamais vu ailleurs
le mélange bizarre que présente le tombeau d'Absalon.
Cependant, lorsqu'il explorait la pointe méridionale
de la mer Morte, il lui aurait été bien facile de rencontrer des monuments du même genre. Quelques
journées de voyage de plus vers le sud-est, et il trouvait dans la capitale de l'Idumée, au milieu des ruines
de Petra, les restes d'une architecture hybride, parfaitement semblable aux monuments de la vallée de
Josaphat; mais ceci devient embarrassant. Loin d'être
une cité juive, ayant conservé quelques restes de l'architecture hébraïque, Petra n'est qu'une ville arabe,
devenue complétement romaine sous Trajan, quand il
réunit l'Idumée à son empire. De plus, elle fut honorée
du haut patronage d'Adrien, prince si enclin à fonder et
à construire, et qui lui donna son nom. De là ce théâtre,
ces temples ornés de coupoles, ces tombeaux, cet arc
de triomphe, ces monuments de toute espèce dont le
style fastueux, mais bizarre, excite encore plus l'étonnement que l'admiration des voyageurs. Comment

supposer alors que ces édifices, qui marquent si nettement, par leurs nombreux emprunts à tous les genres
d'architecture, une époque de décadence, soient antérieurs à l'époque où les Grecs songèrent à créer leurs
ordres classiques? A-t-on pu oublier d'ailleurs quel
était l'état du monde au temps de Trajan ou d'Adrien,
et ce mélange de tous les cultes et de toutes les civilisations, qui fait de cette période la Babel de l'histoire
profane? Maîtresse en Orient et en Égypte par ses anciennes conquêtes et son génie, la Grèce, à ce dangereux contact, avait beaucoup perdu de son élégante
simplicité, comme ces fleuves dont la limpidité s'altère
quand ils franchissent leurs rivages. De là cette architecture syncrétique, que M. de Saulcy a prise pour de
l'architecture hébraïque. L'histoire de l'art grec aux
jours de décadence suffit amplement à expliquer ce
mélange de styles divers qu'il érige en un problème
dont il croit avoir trouvé la solution.

II

Les découvertes de M. de Saulcy s'étendent bien
au delà de Jérusalem, et il faut le suivre maintenant
sur les bords de la mer Morte. Le moins connu de tous
les lacs, si on réfléchit à sa grande célébrité, c'est le
lac Asphaltite. Tout est mystérieux en lui, son origine,
sa nature, ses productions. C'est au fond d'un affreux
désert qu'il réfléchit un ciel d'airain, et ses eaux, sans
fraîcheur et sans mouvement dans leur ceinture brûlante de sables et de rochers, lui ont valu le lugubre
surnom de *mer Morte.*

Les anciens n'avaient sur le lac Asphaltite que des notions très-imparfaites, et pendant longtemps l'ignorance des modernes à cet égard a dépassé celle des anciens. Ce n'est qu'en 1806, au moment même où un grand écrivain parcourait la Judée pour y trouver les couleurs d'un beau poëme, qu'un autre voyageur, victime peu après de son dévouement à la science, faisait pour la première fois le tour de la mer Morte. Depuis l'infortuné Seetzen, d'autres explorateurs, parmi lesquels nous citerons Burckhard, Irby, Mangles, Robinson et Smith, le colonel Lynch, etc., ont visité cette contrée. Nous honorons le courage de ces missionnaires de la science, nous sentons toute la reconnaissance qui est due à de si intelligents efforts, nous en apprécions hautement les résultats, mais nous ne pouvons nous empêcher de croire que l'obscurité dans laquelle s'enveloppe cette difficile question du lac Asphaltite n'est point encore suffisamment dissipée, malgré les efforts de M. de Saulcy, qui ne s'est déterminé à entreprendre une longue et pénible excursion que dans l'espoir de l'éclaircir.

Un fait qui semble incontestable, tout en réduisant à sa juste valeur l'exagération à laquelle les voyageurs et les exégètes bibliques ne sont que trop enclins, c'est que ce lac fameux a été le théâtre d'une grande catastrophe. Le caractère si remarquable de ses eaux, les phénomènes singuliers qu'elles présentent et qui sont attestés par des témoins dignes de toute confiance, l'incomparable désolation de sa rive méridionale, désolation qui est telle que tous ceux qui la visitent sont frappés de stupeur, tout ici se réunit

pour montrer les traces de quelque révolution physique. A ces puissants indices d'un événement perdu
dans la nuit du passé vient se joindre un récit curieux,
significatif, et plein d'enseignements ; ce récit est celui
de la tradition hébraïque, qui nous apprend que, dans
ce lieu même, cinq villes qui avaient excité la colère
de Jéhovah furent foudroyées et détruites. .

Toutefois, comme il n'arrive que trop souvent dans
les questions d'une nature hypothétique, sur lesquelles
on se hâte de prononcer avant de bien connaître les
éléments dont elles se composent, les érudits se sont
partagés sur le point de savoir si, entre le fait physique et la tradition hébraïque, il y avait un lien quelconque. Ainsi, les uns ont pensé que, le bassin de la
mer Morte servant de réservoir au Jourdain et à quelques autres rivières, le lac avait dû exister aussi anciennement que ces rivières ; que l'hypothèse de Cella-
rius, d'après laquelle le Jourdain se serait écoulé jadis
dans le golfe d'Arabie, était inadmissible, parce que
du côté du sud le lac Asphaltite reçoit une rivière qui
coule en sens inverse du Jourdain, et ils ont tiré de là
cette conséquence, que le lac devait avoir existé avant
le bouleversement local signalé dans la Genèse, révolution physique qui tout au plus n'aurait fait que l'a-
grandir.

D'autres ont supposé, au contraire (et tel est le sentiment du célèbre Michaëlis et du savant géographe
Busching), qu'il était facile de concilier la Genèse et la
physique. Se fondant sur le passage de l'Écriture où
il est dit que la vallée de Siddim ou la pleine de Sodome, — devenue depuis la mer de sel ou lac Asphal-

tite, comme l'indique un des versets suivants, — renfermait sur une vaste étendue des sources de bitume ; qu'en outre, comme en Égypte, de nombreux canaux la fertilisent, ils ont tiré cette conclusion : qu'une portion des eaux du Jourdain, après avoir alimenté ces mêmes canaux, formait un lac souterrain, et que le jour où la foudre alluma ces sources de bitume sur divers points du territoire, le sol venant à céder au milieu de cet incendie, les villes s'abîmèrent avec lui dans les profondeurs du lac.

. Il y a trente ans, cette hypothèse pouvait paraître purement gratuite. Aujourd'hui elle a acquis une certaine valeur, depuis qu'un observateur habile qui a visité le lac Asphaltite l'a reprise en la modifiant. En effet, selon M. Robinson, il y a plus d'un motif pour croire qu'une portion de ce lac couvre aujourd'hui la région appelée dans l'Écriture plaine de Siddim. Voici les principales raisons qu'il donne à l'appui de cette assertion. — Premièrement, l'aspect de la partie méridionale de la mer Morte est tout différent de celui que présente la partie nord, dont elle est séparée par une presqu'île qui semble couper le lac en deux. La mer, en cette partie méridionale, est peu profonde[1], et si on remarque à son extrémité, du côté du sud-ouest, une grande masse de sel gemme ou fossile, de deux cents pieds de haut, nommée *le Promontoire d'Usdum* ou de *Sodome*, ses bords à l'est ou au sud-est sont plats et découverts. Vue des montagnes de l'ouest, elle ressemble à l'embouchure d'une rivière

1. Ce fait a été confirmé depuis par les sondages de M. Lynch.

quand la marée est descendue. — En second lieu,
cette contrée est toute volcanique et sujette à des
tremblements de terre. Les traces en sont, pour ainsi
dire, toutes fraîches dans la région du lac Tiberias, qui
n'en est pas éloignée. — Troisièmement, l'asphalte,
qui est maintenant beaucoup moins abondant que du
temps des anciens, ne se trouve que dans la partie
méridionale du lac. Quand il s'y montre flottant sur
les eaux, c'est à la suite de quelque convulsion de la
nature. Après les tremblements de terre de 1834 et de
1837, qui désolèrent ces contrées, les Arabes recueillirent de grandes quantités d'asphalte que le vent avait
poussées sur la rive.

C'est sur de telles données, résultant de ses observations personnelles, que M. le docteur Robinson a
fondé son système ; mais à la foudre de Jéhovah,
l'unique agent dans la tradition hébraïque de la destruction des villes coupables, il en associe un autre,
d'un ordre bien différent, l'agent volcanique. Peut-
être, ainsi qu'il le suppose, se réunirent-ils tous deux
pour embraser les amas de bitume qui s'accroissaient
depuis des siècles autour de ces fosses ou sources
dont parle l'Écriture. Or, comme ces sources étaient
nombreuses, leurs produits devaient être abondants,
et il est permis de supposer qu'ils s'étendaient au loin
sous terre, se mêlant au sol dont leurs larges stratifi-
cations formaient la seconde couche, faisant ainsi du
territoire de la Pentapole un foyer d'incendie souterrain. De là, par une cause ou par une autre, destruction de la vallée de Siddim, formation immédiate de
la baie méridionale, c'est-à-dire agrandissement du

lac Asphaltite. Que cette catastrophe ait eu pour origine soit un éboulement, soit un soulèvement volcanique du fond du lac, ceci importe peu quant au résultat, qui aura toujours été le même : la création d'un
nouveau bassin de la mer Morte. En effet, si on admet
le cas d'éboulement, les eaux se seront précipitées
dans le gouffre qui leur était ouvert; si on suppose le
soulèvement volcanique, il est tout naturel que, fran-
chissant leurs anciennes limites et se répandant au
loin dans la direction du sud, elles aient recouvert
l'immense bas-fond qui commence à la presqu'île
d'El-Mezraa et se continue jusqu'à l'extrémité de la
mer Morte.

L'opinion des géologues, qui considèrent maintenant les bitumes ou asphaltes comme des produits
volcaniques indirects, de même que les dépôts de sel
gemme, les éruptions gazeuses, les sources thermales
et minérales, vient à l'appui des conjectures de M. Robinson. Aussi, un savant célèbre, Léopold de Buch,
consulté par le prudent voyageur, s'est-il empressé de
confirmer en beaucoup de points sa théorie[1].

Serait-ce tomber dans une grave erreur que de
croire que les curieux documents recueillis par MM. Robinson et Smith sur les rives de la mer Morte, documents qui acquièrent une valeur toute nouvelle quand
ils sont complétés par les observations d'un illustre
géologue, peuvent être considérés comme une réponse
péremptoire aux objections d'un des plus savants mem-

1. On en trouve la preuve dans sa réponse, écrite en français et
datée de Berlin (20 avril 1839).

bres de l'Académie des inscriptions et belles-lettres,
M. Quatremère, qui veut bien, sauf quelques modifications, admettre l'hypothèse de Michaëlis, mais qui
rejette nettement l'action volcanique? « La catastrophe
de la plaine de Sodome, dit-il, ne peut être l'effet d'un
tremblement de terre. Les tremblements de terre ne
laissent pas à leur suite de si nombreuses marques de
désolation. — Si une éruption volcanique ou un tremblement de terre avait seul causé la ruine de Sodome
et des villes voisines, des éruptions ou des ébranle-
ments du même genre se seraient continués dans la
suite des âges. Jérusalem aurait éprouvé le contre-
coup de ces terribles catastrophes. » On remarquera
qu'ici l'orthodoxie fort respectable d'un grand orientaliste se rencontre avec l'orthodoxie poétique d'un
grand écrivain. « La présence des eaux thermales, du
soufre et de l'asphalte, observe M. de Châteaubriand,
ne suffit point pour attester l'existence antérieure d'un
volcan. C'est dire assez que, quant aux villes abîmées,
je m'en tiens au sens de l'Écriture, sans appeler la
physique à mon secours. »

Maintenant nous arrivons à une quatrième ou cinquième hypothèse. Nous la nommerons l'hypothèse
philologique : c'est celle d'un homme qui a mérité
d'être appelé un miracle d'érudition, mais qui peut-
être était prédisposé par de trop nombreuses lectures
au paradoxe et à la contradiction ; cet homme, c'est le
Hollandais Reland. Un beau matin, Reland croit pouvoir démontrer, à force de citations et contrairement
à l'opinion générale, que le lac Asphaltite n'occupe
pas l'emplacement même de la Pentapole. Il est mal-

heureux pour le succès de cette idée, car autrement
elle eût fait fortune, émanant d'un auteur estimé,
qu'elle ait choqué l'esprit à la fois ingénieux et exact
d'un grand investigateur, Michaëlis. En effet, Michaëlis
(d'autres l'avaient fait avant lui) s'est posé en adversaire de Reland dans sa dissertation *sur la mer Morte*[1].
Entre autres bonnes raisons, Michaëlis fait remarquer
quelle aurait été la folie des fondateurs de la Pentapole, s'ils se fussent avisés de préférer un coin de
terre entre les replis brûlants de la montagne à cette
plaine de Siddim, si fertile et si bien arrosée, malgré
l'ardeur du climat, que quelques commentateurs ont
cru que c'était dans cette partie de Chanaan que Dieu
avait placé le Paradis terrestre. Malte-Brun avait lu
Michaëlis, et cependant, loin d'être touché des solides
arguments d'un bon esprit, il incline vers l'opinion
de Reland. Or, c'est dans la voie tracée par Reland et
suivie par Malte-Brun que M. de Saulcy s'est engagé.

Elle n'est donc pas née d'hier seulement, cette question de savoir si la Pentapole est, oui ou non, ensevelie sous les flots du lac Asphaltite? On pourrait le
croire à la lecture du passage suivant : « Sur quoi
l'explication qu'on allègue contre mon opinion est-elle
appuyée? Où a-t-on trouvé la catastrophe de la Pentapole racontée de façon à permettre de supposer un
seul instant que les villes frappées de la colère céleste
ont été englouties au fond du lac? — Je ne sais quel
commentateur aura imaginé un beau jour la fable dont

1. *De Natura et origine Maris Mortui.* Commentat. societ. reg.
scientiar. Goettingæ, 1758-68.

j'ai donné en quelques mots l'analyse. » Assurément
on a le droit de parler haut lorsqu'on revient de la
mer Morte ; mais n'est-ce pas traiter un peu légèrement une opinion qui remonte jusqu'à l'antiquité elle-
même, et qui compte parmi ses adhérents des hommes
tels que Michaëlis, Rosenmüller et ce Robinson, l'auteur du « meilleur *Voyage en Judée*, » qui tous, comme
critiques, sont bien supérieurs à Reland? Or, ce qu'il
y a de plus singulier, c'est qu'au fond M. de Saulcy
n'est pas moins *plutoniste* que le voyageur américain.
Seulement, il prétend limiter les effets de l'éruption
qui détruisit la Pentapole à un embrasement. Il n'admet l'action du feu qu'en protestant de toutes ses forces
contre celle de l'eau. Si vous demandez en vertu de
quelle autorité, il tranche nettement une question de
géologie dont la difficulté est extrême, il répondra que
« les écrits sacrés et profanes sont unanimes pour démontrer que jamais les villes maudites n'ont été englouties dans les eaux du lac. » Mais est-il bien certain que
cette unanimité soit telle qu'on nous l'affirme? On a
quelques raisons d'en douter.

Jusqu'à Reland, on avait cru que le passage de la
Bible où il est dit « que les rois de la Pentapole se ras-
semblèrent dans la vallée de Siddim, qui est la mer de
sel, » signifiait clairement qu'au temps de Moïse le lac
Asphaltite occupait cette vallée, c'est-à-dire l'emplacement de Sodome et des autres villes coupables. Il paraît qu'on était pleinement dans l'erreur. Or, voici le
raisonnement du docte Hollandais : « Puisqu'il est dit
que les rois de la Pentapole se réunirent dans la vallée
de Siddim, il suit de là que cette vallée était distincte

de la Pentapole elle-même. » Un philologue de bon
sens a répondu que ce n'était point entre leurs murailles,
et en restant isolés, que ces petits rois pouvaient combattre l'ennemi, qu'il était tout simple qu'ils se fussent
donné rendez-vous sur l'un des points de leur territoire, c'est-à-dire dans la vallée de Siddim elle-même.
Peut-être que l'auteur du *Voyage dans les Terres bibliques*, s'il eût approfondi davantage cette minime
question de stratégie, ne se serait point écrié « que
l'illustre Reland, avec son tact ordinaire, avait parfaitement deviné que les villes de la Pentapole devaient
être sur les bords du lac Asphaltite, et que leurs ruines
pouvaient, devaient même s'y trouver. »

M. de Saulcy a rassemblé plusieurs passages des
prophéties de Jérémie, de Sophonie et d'Amos, où l'on
remarque qu'en parlant des villes coupables, il n'est
question que de *soufre*, de *ruines*, de *tisons*, d'*incendie*. Nous croyons que le langage des prophètes, qui
souvent n'est pas beaucoup plus clair que celui des
oracles, est trop vague en général pour servir de point
d'appui quand il s'agit de caractériser un fait qui se
rattache à la physique. On n'a jamais invoqué l'Apo-
calypse dans une question de géographie. Voici un
argument plus nouveau. Il consiste à prétendre que
Sodome, dans les premiers siècles de l'Église, n'était
rien moins qu'un évêché. On annonce que le fait a été
attesté par les actes du premier concile de Nicée.
Toutefois, il a paru si extraordinaire à Reland, qui
l'a discuté, que le docte Hollandais n'a pu s'empêcher
de soupçonner ici quelque confusion inouïe. Aujour-
d'hui que la version copte des actes de ce concile a été

11

publiée et commentée par un confrère de M. de Saulcy., nous avons la joie d'apprendre que le doute n'est plus possible, et qu'en effet un saint personnage a reçu le titre d'évêque de Sodome. Seulement, comme il est plus que douteux que la ville maudite, se relevant de ses ruines, se soit transformée en une Sodome repentante et chrétienne, M. de Saulcy propose de voir dans cet évêque, nommé Sévère, un de ces dignitaires ecclésiastiques que le clergé désigne par la qualification d'évêques *in partibus*, c'est-à-dire sans évêchés. Mais passons aux auteurs profanes.

On s'est prévalu de ce que Strabon rapporte que les ruines de Sodome n'avaient pas moins de soixante stades de tour. Il était impossible de citer Strabon plus mal à propos. Ceux qui ont cru que les ruines d'une ville bâtie il y a quarante siècles par une petite tribu arabe dans une oasis menacée par le désert, que ces ruines, disons-nous, après des milliers d'années, pouvaient avoir trois lieues de tour, ceux-là n'y ont pas songé! Aussi, les érudits ont cherché à expliquer, car ils ne se découragent pas aisément, ces soixante stades de circuit, et ils ont pensé que ce n'était point l'enceinte de la ville, mais tout le territoire de la Sodomitide, que Strabon désignait de la sorte. Il eût été bien plus simple de convenir que Strabon, qui n'avait pas visité la Judée, a confondu deux lacs situés à plus de soixante lieues l'un de l'autre, le lac Asphaltite et le lac Sirbon, lequel est en Égypte, non loin d'Arsinoé.

Nous ne nous arrêterons pas au témoignage de Tacite, qui fait mention de *grandes* villes, maintenant

réduites en cendres par la foudre, et dont il reste des
vestiges. N'oublions pas que c'est le même Tacite qui
fait venir les Juifs du mont Ida, attendu que c'est de
cette montagne qu'ils tirent leur nom[1]. Qu'il nous
suffise, avant d'arriver à Josèphe, de constater qu'à
l'exception de Strabon et de Tacite, il n'est pas un seul
auteur profane, parmi ceux qui ont parlé du lac Asphaltite, qui vienne fournir un témoignage contre
la submersion de la Pentapole. Pausanias, Justin,
Pline, oui, Pline lui-même, si abondant en renseignements de toute espèce, gardent sur ce point le silence
le plus éloquent. C'est donc Josèphe surtout qui doit
nous occuper ; c'est lui qui est invoqué en ce débat
comme l'autorité la plus respectable. Or, voici qui
est assez étrange : Josèphe, qui nous annonce, dans
son *Histoire des Juifs*, que la Sodomitide est voisine
du lac Asphaltite, et qu'on peut y voir encore « les
ombres des cinq villes[2], » dans ses *Antiquités judaï-
ques* s'exprime ainsi : « Cette région fertile a disparu[3]. » Et un peu plus loin : « Il y avait dans ce lieu
des sources ; mais aujourd'hui que la ville de Sodome
a disparu, la vallée *se trouve occupée* par le lac Asphaltite. » Nous demandons lequel il faut croire, de l'historien ou de l'antiquaire ? Pour ma part, je crois pouvoir accorder plus de confiance à l'antiquaire. S'il est
vrai que Josèphe est un guide un peu dangereux,

1. *Argumentum e nomine petitur, inclytum in Creta Idam montem
accolas Idæos, aucto in barbarum cognomento Judæos vocitari.* —
Histor.
2. *De Bell. Jud.,* iv, c. 8, 4.
3. *Ant. Jud.,* i, 6, 8, 3.

contre lequel, depuis longtemps, la critique prend ses
précautions ; s'il s'est fait tort dans l'esprit de ceux
qui sont ses juges naturels en matière d'archéologie
sacrée, parce qu'il donne aux récits qu'il tire de la
Genèse un faux air classique, il n'en est pas moins
vrai que ses *Antiquités* attestent une plus grande maturité, des recherches plus approfondies ; que c'est
son dernier mot, ou plutôt un effort suprême pour
retrouver les titres de la nation juive et marquer sa
place au milieu des gentils. Du reste, l'opinion de
Josèphe sur la disparition des villes coupables se trouve
confirmée par un savant géographe de la fin du
v⁰ siècle, par Étienne de Byzance, qui, parlant de Sodome, s'exprime ainsi : « Elle était la métropole de
dix cités qui furent ensevelies dans le lac Asphaltite. »

Il est impossible, on le voit, de tirer des écrivains
sacrés et profanes des preuves suffisantes à l'appui de
l'opinion que M. de Saulcy cherche à faire prévaloir.
Les souvenirs de son voyage sont-ils plus concluants ?
C'est à la pointe nord de la *montagne de sel* que M. de
Saulcy aurait retrouvé les ruines de Sodome. Entre
tous les voyageurs qui ont passé au pied du promontoire d'Usdom, il est le seul qui ait eu le bonheur de les
apercevoir. Seetzen, Irby, Mangles, Robinson et Smith,
puis M. Lynch, qui, dans la relation de son voyage,
nous a donné une vue de la montagne de sel, ne paraissent point avoir eu la moindre révélation de ces
décombres immenses qui ont si vivement frappé l'attention du savant académicien. Tout ce que le docteur
Robinson, passant dans le même endroit, aurait aperçu
ne serait rien autre qu'un gros monceau de pierres

(*heap of stones*). C'est ce monticule, avec ses pierres brutes et à l'aspect calciné, qui a mis sans doute M. de Saulcy sur la voie d'une hypothèse contre laquelle l'érudition d'un orientaliste des plus compétents a pu élever des arguments d'une force évidente : nous voulons parler du débat que l'exposé fait par M. de Saulcy des résultats de son voyage a suscité entre lui et M. Quatremère. Ce savant[1] s'est étonné des rapports que l'on prétendait établir entre les ruines massives aperçues près de la montagne de Sodome et les misérables villes de la Pentapole. Qu'était-ce, en effet, que ces villes dont les vainqueurs furent vaincus eux-mêmes en une nuit par les trois cents hommes que commandait Abraham? On doit croire que, de même que la plupart des villes de l'Orient à cette heure, elles étaient bâties en terre. Chez les Hébreux, à l'époque où ils vinrent dans le pays de Chanaan, et bien long-temps après, on n'employait pour la construction des édifices publics ou privés que de détestables matériaux, la terre ou le bois. C'était par une tour de bois que la ville de Sichem était défendue. En cent endroits de la Bible, on trouve la preuve de l'état misérable de ces constructions. En voici deux exemples : la loi mosaïque flagellait le voleur qui perçait un mur en une nuit, preuve flagrante du peu de solidité des murs dans la terre de Chanaan ; et l'on remarque dans le livre de Job, qu'il arrivait quelquefois que le vent du désert renversait ces pauvres cabanes. Qu'est-il résulté de cette absence de bons matériaux? L'impossibilité

1. *Journal des Savants*, août 1852, p. 504 et suiv.

de trouver dans toute la Palestine et les contrées voisines un seul monument dont l'existence remonte à l'époque d'Abraham et même à celle de David.

Ce n'est point parce qu'une opinion prend une forme dogmatique, — opinion contre laquelle l'observation physique, l'histoire et la raison des choses conspirent d'un commun accord, — qu'elle a plus de chances de se faire accepter. En vain on s'écrie : « Faites comme moi, allez étudier par vous-mêmes ; rejetez sans regret les théories *à priori* sorties de toutes pièces du fond d'un cabinet d'études : le meilleur des livres descriptifs ne vaut pas une heure passée sur le terrain. » Il n'en est pas moins vrai que sur le terrain on peut être tout aussi bien la dupe d'une foule d'illusions que dans son cabinet.

Sur le terrain, mille circonstances se réunissent pour égarer le voyageur, pour surprendre sa bonne foi. Un jugement sain, une grande pénétration d'esprit ne suffisent pas toujours pour le faire sortir triomphant de cette épreuve, et le danger s'augmente quand on arrive sous l'influence d'une idée première, poussé même par une intention honorable, par le désir d'enrichir la science de quelque fait nouveau. D'ailleurs, personne n'ignore combien il est difficile d'obtenir des renseignements d'une exactitude même médiocre, non-seulement sur ce qu'on ne voit pas, mais même sur ce qu'on voit dans ces contrées malheureuses, où le sol se partage entre la fanatique population des villes et les races sauvages du désert. Comment croire, lorsque les habitants de nos campagnes sont si profondément ignorants de ce qui touche à l'histoire de

leur pays, que des peuplades barbares aient conservé religieusement le souvenir d'événements qui
remontent à une antiquité reculée? Mais ce qui con-
tribue le plus souvent à éloigner de la vérité, ce qui
donne l'apparence de la réalité à un fantôme, c'est
l'obséquieuse complaisance des Arabes en certains
cas. La plupart des Européens qui ont parcouru l'Orient
ont remarqué l'empressement des guides à répondre
d'une façon affirmative aux questions qui leur étaient
adressées, dans l'espoir fondé qu'ils augmenteraient
ainsi leur salaire. Or, les guides de tout pays tiennent
un peu des Arabes[1]. Qu'on lise, par exemple, ce petit
dialogue entre l'auteur du *Voyage dans les Terres bibliques* et le *cheikh* Abou-Daouk : « Quand je lui demande où était la ville de Sdoum : — Ici, dit-il. — Et
cette ruine, était-elle de la ville maudite? — *Sahihh!*
(sûrement.) — Y a-t-il d'autres ruines de Sdoum? —
Nâam! Fih kherabat ktir (oui, il y a beaucoup de
ruines). — Où sont-elles? — *Hon! oua hon* (là et là).
— Et il me montre la pointe de la montagne de sel[2]. »
Cet Abou-Daouk est un perfide. Mieux eût valu cent
fois, dans l'intérêt de la vérité, qu'il se fût borné à
répondre au savant voyageur comme les Arabes de
l'Algérie aux ingénieurs français, qui levaient la carte
du pays. Quand ces derniers leur demandaient le nom
d'une localité : — *Manarf*, répondaient les Bédouins.
— Et ceci? — *Manarf.* — Et cet autre endroit? —
Manarf. — Cet éternel *manarf* parvint enfin à éveiller

---

1. Sur certaines révélations trop complaisantes des guides, on peut
consulter Niebuhr, *Voyage en Arabie*, t. Ier.
2. *Voyage dans les Terres bibliques*, t. Ier, p. 249.

les soupçons de nos officiers d'état-major, qui reconnurent que *manarf* veut dire en arabe : Je ne sais pas.

La perfidie d'Abou-Daouk ressort clairement d'une lettre adressée d'Édimbourg, il y a trois mois à peine, à un savant français. Cette lettre émane d'un marin hollandais, homme sérieux, esprit distingué, auteur d'un ouvrage estimé sur les *Colonies hollandaises aux Indes archipélagiques*. M. Quatremère a cru pouvoir invoquer le témoignage de cet explorateur, recommandable à plusieurs titres. « Enfin, dit-il, un voyageur très-instruit, M. Van de Welde, qui vient de parcourir le midi de la mer Morte, est complétement persuadé que les prétendues ruines de Sodome n'existent réellement pas, et qu'on a pris des amas de pierres réunies par la nature pour des constructions antiques[1]. » Nous croyons devoir citer quelques passages essentiels de la lettre du voyageur hollandais : « Je trouve, dit-il, que l'ouvrage de M. de Saulcy n'est qu'un tissu d'erreurs. Je suis peiné de voir que la géographie biblique a été traitée par ce voyageur avec tant de légèreté et d'une façon si frivole ; mais ce qui est plus grave, ce sont les fables que M. de Saulcy a débitées au sujet de la découverte de Sodome. J'avais une copie de la carte manuscrite du voyage de M. de Saulcy autour de la mer Morte, et c'est avec cette carte que j'ai été sur les lieux mêmes. J'ai pris pour guide *ce même Abou-Daouk* qui avait accompagné M. de Saulcy. Je déclare, avec toute la solennité possible (*most solemnly*), qu'on n'aperçoit de ruines

1. *Journal des Savants*, août 1852, p. 501.

d'aucune sorte dans la plaine, et qu'on n'en voit pas davantage à la base du Djebel-Usdoum (la montagne de sel) du côté du nord. *There are no ruins whatever visible upon the plain and at the N. foot of the Djebel-Usdoum....* Je ferai voir dans mon ouvrage que les erreurs de M. de Saulcy sont le résultat d'une imagination inquiète (*agitated fancy*), qui se laisse entraîner hors de toute mesure.... »

« A mon retour de Palestine, l'année dernière, dit encore M. Van de Welde, j'écrivis deux lettres, l'une à M. de Saulcy, l'autre à M. de ...., afin de faire connaître à ce dernier les fautes de M. de Saulcy. Celui-ci, le seul qui m'ait répondu, m'adressa une lettre très-affable, mais dans laquelle il ne me donnait aucun éclaircissement au sujet des questions que je lui avais posées, et il n'en a pas moins continué son étrange et fantastique publication. Je regrette de voir qu'une grande partie du public ait confiance dans ce qu'on lui dit de Sodome et du tombeau des rois.... »

Le *Voyage dans les Terres bibliques* a été très-prôné : dans quel état laisse-t-il les deux questions soulevées aujourd'hui par l'archéologie à Jérusalem, par la géologie sur les bords du lac Asphaltite? Nous croirons avoir équitablement apprécié le résultat de cette excursion, en disant que le doute plane encore sur les deux questions que M. de Saulcy croit avoir tranchées. Son entreprise marque néanmoins de la résolution, du dévouement, une ardeur scientifique qui devient rare, ce nous semble. Il s'est égaré en route, voilà ce qui est incontestable ; mais s'il a eu foi dans l'existence de Sodome, s'il a cru pouvoir tirer de ses ruines l'architecture hébraïque, où est le mal? Ce brillant esprit qui domina son siècle écrivait un jour à la célèbre marquise du Deffand : « Madame, je passe ma vie à me tromper. »

Au moment où la crise qui commence en Orient ramène l'attention de l'Europe sur les lieux saints, est-il permis d'espérer que la science aura quelque profit à tirer de cette situation nouvelle? Le jour où la Turquie, reconnaissante envers les puissances chrétiennes de l'Occident, se croira obligée de mettre un frein au fanatisme religieux de ses agents; le jour où, sans craindre de perdre la vie, on posera le pied sur l'emplacement du temple caché aujourd'hui par les sombres murailles de la mosquée d'Omar; le jour où il sera permis de pratiquer des fouilles dans les ravins, sur les plateaux qui forment l'assiette de la ville sainte, pourvu toutefois que la nature du sol ne s'y oppose point d'une manière invincible, peut-être alors pourra-t-on parler avec moins d'incertitude de l'antique cité de David et de Salomon. Peut-être le voyageur, en jetant un long et dernier regard sur le cadavre de cette reine déchue, ne sera-t-il plus réduit à s'écrier : *Fuit Hierosolyma!* Peut-être aussi sera-t-il permis d'espérer, grâce à l'influence de l'Europe repoussant de plus en plus dans le désert l'ancienne barbarie, que le voile qui recouvre encore la région méridionale de la mer Morte sera complétement déchiré. C'est alors que le vœu de Léopold de Buch, qui réclamait il y a quelques années le concours de la Société géologique de Londres afin de rechercher quelle était la constitution de la vallée du Jourdain, depuis le lac de Tibérias jusqu'à la mer Rouge; que le vœu, disons-nous, de cet homme éminent pourra se réaliser dans toute son étendue. Et pourquoi la Société géologique de Paris ne se réunirait-elle pas alors à celle de Londres? Pourquoi deux peuples, dont les armes ne font plus qu'un faisceau, ne formeraient-ils point aussi un faisceau de lumières pour éclairer un point qui intéresse à la fois la religion, la physique et l'histoire?

MISSION DE PHÉNICIE[1]

(*Gazette des Beaux-Arts*, octobre 1862.)

Lorsque ce petit écrit paraîtra, les monuments recueillis dans diverses missions seront à la veille d'être transportés au Louvre, et le musée Napoléon III, qu'elles ont un instant enrichi, touchera presque au terme marqué pour sa dispersion. J'arrive un peu tard, mais j'arrive encore à temps, puisque je me place entre les souvenirs peut-être affaiblis déjà de la plupart des visiteurs du musée Napoléon III, et la publication plus ou moins tardive des grands ouvrages auxquels l'étude et l'interprétation de ces monuments va donner naissance. Du reste, il m'a semblé que je pouvais me hasarder de parler ici de ces missions, surtout si je les envisageais par les côtés où elles se rattachent à l'histoire de l'art. Il est certain qu'elles sont de nature à intéresser bien des lecteurs. Quand l'érudition sait faire d'aussi beaux regains sur un sol où l'on a déjà récolté, quand elle se montre si pénétrante et si féconde en vues d'ensemble, lui payer publiquement un légitime hommage est une satisfaction très-vive. J'ai cru que je pouvais me la donner.

Les missions sur lesquelles je voudrais appeler successivement l'attention de mes lecteurs sont au nombre de trois : celle de M. Ernest Renan en Phénicie, l'objet

---

1. *Mission de Phénicie*, par M. Ernest Renan. (En cours de publication.)

de cet article ; celle de MM. Perrot, Guillaume et Delbet, dans le nord de l'Asie Mineure ; enfin la mission
de MM. Heuzey et Daumet en Macédoine, et particulièrement dans la région du mont Olympe.

Je ne crois pas qu'il soit bien nécessaire d'insister
auprès de mes lecteurs, comme je l'ai vu faire en
d'autres circonstances, sur l'utilité de ces investigations lointaines, que l'État provoque et appuie, et d'où
jaillissent toujours quelques rayons de lumière ; mais
je ne puis m'empêcher de m'arrêter un peu pour faire
remarquer que si notre siècle n'est pas précisément
celui des Scaliger et des Casaubon, son plus beau titre,
comme siècle littéraire, à l'estime de la postérité, ce
sera d'avoir renouvelé les études historiques, et, pour
arriver jusqu'au cœur de l'antiquité, trouvé des chemins nouveaux. Chaque jour la cause de l'archéologie gagne du terrain près des bons esprits. De plus
en plus on voit clairement que pour comprendre le
passé avec largeur, pour le contempler sous tous ses
aspects, les textes ne peuvent plus suffire, et qu'il est
indispensable d'y ajouter l'étude des monuments figurés. L'extrême négligence que l'on apportait à cette
étude, l'oubli, le dédain même que les hommes de
science avaient jadis pour elle, nous a empêchés pendant longtemps d'apercevoir le côté le plus original et
le plus vrai des sociétés : le côté de l'art, le côté plastique. Je dis le plus vrai, et j'insiste sur ce mot, parce
qu'il m'a toujours paru que les littératures n'étaient
point aussi sincères que les monuments figurés, qui
nous révèlent parfois avec grossièreté, mais toujours
avec netteté, les instincts les plus secrets d'un peuple :

ses caprices, ses goûts, son immoralité comme sa
moralité, et surtout sa religion. Essayez sans ces monuments d'explorer la haute antiquité, si avare de
témoignages écrits, d'aller au fond des civilisations
grecques ou italiotes, asiatiques ou égyptiennes, de
pénétrer dans les mythologies, d'expliquer les symboles, cette langue de la jeune humanité, vous n'y
parviendrez pas.

I

Avant de nous occuper de la mission de M. Renan,
la première en date (1860-61), il ne sera pas inutile
de préciser l'objet de cette mission, et, pour donner
une idée plus exacte de ses résultats, je vais être obligé
d'entrer dans quelques détails sur l'ensemble de l'archéologie phénicienne, archéologie peu saisissable,
ténébreuse même, car c'est celle d'une nation qui n'a
point de livres, point d'histoire, et qui ne possède
qu'un très-petit nombre de monuments.

Quelques médailles des principales cités de la Phénicie et des contrées voisines, notamment de Cilicie,
médailles dont les plus belles, malgré leur légende,
pour l'exécution et le style, paraissent avoir été fabriquées par des artistes grecs; quelques pierres gravées
sur lesquelles l'association de la nature humaine avec
la nature animale, association gauche et compliquée,
atteste un manque de goût; quelques statuettes, qui
nous montrent des personnages obèses et sans beauté;
des idoles de bronze trouvées dans l'île de Sardaigne,
figurines barbares surchargées d'attributs et dans les-

quelles on a cru retrouver des divinités sémitiques,
tel a été, jusque dans ces dernières années, le contingent de la gravure, de la glyptique et de la sculpture
phéniciennes.

L'architecture en un sens est moins pauvre. Les
temples phéniciens de l'île de Malte visités en 1842
par M. de Witte, celui de l'île de Gozo, l'ancienne Gaulos,
offrent encore des débris assez significatifs pour qu'il
soit possible d'en reconnaître les principales divisions.
Nous regrettons de ne pouvoir décrire ici le temple de
Gozo, signalé dans le siècle dernier par Houel[1], et si
bien étudié en 1827 par M. de la Marmora[2]. Tout y
est bizarre et contradictoire : des murs cyclopéens
dessinent deux enceintes demi-elliptiques, qui rappellent le sanctuaire de la Vénus de Paphos. Ce dernier temple, œuvre de l'art cypriote, serait une énigme,
tant ses ruines ont été maltraitées, si l'on ne trouvait
sur les médailles une sorte de restauration de son
sanctuaire. D'autres monuments parlent avec bien plus
de force en faveur des architectes phéniciens, par
exemple ceux que nous offrent le nord de la Phénicie,
et notamment l'île d'Aradus (aujourd'hui Ruad), entourée jadis d'une muraille qui la protégeait contre
deux espèces d'ennemis : les hommes et les flots. Nous
signalerons plus loin les ruines de Marathus et ces
célèbres aiguilles ou pyramides funéraires : déjà au
xiiie siècle elles faisaient l'admiration des voyageurs.

1. *Voyage pittoresque dans les îles de Sicile, de Malte et de Lipari*,
t. VI.
2. *Nouvelles Annales publiées par la section française de l'Institut
archéologique*, t. I, p. 1-33.

L'influence de l'art oriental sur l'art grec, ou plutôt sur son origine, influence niée très-obstinément par de grands antiquaires ou par des philologues excellents, cette influence, disons-nous, pendant une notable partie de ce siècle, a été défendue et préconisée de nouveau par de très-habiles archéologues, poussés à restreindre le domaine de l'antiquité grecque, à mesure que le nombre des investigateurs s'augmentait. Ainsi, dans une classe de monuments d'une fragilité extrême, mais dont la conservation surprenante prouve que de tous les dépositaires la tombe est encore le plus fidèle, ils ont vu, si ce n'est l'art phénicien, du moins une preuve manifeste de son influence. Je veux parler de ces vases d'une couleur jaunâtre, ornés de figures brunes ou noires, rehaussées de rouge et de violet ; vases que l'on trouve en Grèce, particulièrement à Corinthe, et de même dans l'Archipel et en Étrurie. Longtemps ces vases ont été désignés, mais à tort, sous le nom de vases *égyptiens*, dénomination que l'on croyait justifiée par les feuilles de lotus dont ils étaient décorés. Cependant les représentations d'animaux à tête humaine qui s'y remarquent, les ailes données aux figures, et particulièrement certaines rosaces à cinq ou six pétales, bien plus dans le goût de l'Orient que dans celui de l'Égypte, ont paru devoir justifier la dénomination de vases tyrrhéno-phéniciens, ou simplement phéniciens, donnée à toute cette classe de monuments céramographiques ; les curieux en ont pu voir un grand nombre dans les galeries du musée Napoléon III.

Mais cette seconde dénomination est-elle elle-même

pleinement autorisée ? Présenté d'abord d'une façon un peu magistrale par M. Raoul-Rochette[1], ce système soutenu par MM. Charles Lenormant, Jean de Witte, Adrien de Longpérier, Théodore Panofka ; ce système, disons-nous, a trouvé quelques contradicteurs, parmi lesquels il faut citer M. Édouard Gerhard[2]. Lorsque je me reproche déjà les observations qui précèdent, je me garderai bien d'aborder une question débattue entre de si habiles gens. Il me suffira de dire, avec M. Gerhard, que, puisque jusqu'ici le sol de la Phénicie n'a point encore offert un seul de ces vases peints, il serait peut-être plus prudent et plus exact de remplacer le nom de vases phéniciens par celui de vases asiatiques, qualification du reste en voie d'être adoptée.

Si je me suis arrêté trop complaisamment sur ce point d'archéologie, dont le développement, je le reconnais, serait beaucoup mieux placé ailleurs, c'est pour qu'on sache bien quel est le prestige qu'exerce sur tous les esprits éclairés ce grand nom de Phénicie. Quelle nation, en effet, que celle qui ouvrit à la civilisation à son aurore les voies de l'industrie et du commerce ! Combien son rôle dans l'histoire du monde n'est-il pas supérieur à celui de l'immobile et lourde Égypte, puisque, dans un temps où l'on ne connaissait que la force brutale, elle sut régner par les arts de la paix ! Tyr ou Sidon, du temps du roi David, c'est Lon-

---

1. *Annales de l'Institut archéologique de Rome*, année 1847, page 236.

2. *Ueber die Kunst der Phönicier ;* Mémoires de l'Académie des sciences de Berlin, année 1846, p. 379.

dres, Venise ou Florence, la Florence du moyen âge ; ce sera, si vous le voulez, à l'époque où le vieil Homère chantait la colère d'Achille, quelque chose de semblable à la Hollande ou aux Pays-Bas. Que d'idées, de ces idées qui donnent des ailes au progrès, ont pris naissance et sont devenues pratiques dans ce pays, qui n'avait guère plus de cinquante lieues de longueur ! Inventeurs de l'écriture alphabétique, de l'astronomie, du calcul, nous dit l'antiquité ; ce qui signifie qu'ils avaient développé et propagé partout les germes de la science ; architectes habiles, orfévres, bijoutiers, graveurs sur pierre, métallurgistes, fondeurs, ornemanistes, tisserands, teinturiers, verriers, monnayeurs, passés maîtres dans toutes les industries, marins admirables, négociants modèles, les Phéniciens, par leur incomparable activité, étreignaient le vieux monde, car depuis le golfe Persique jusqu'aux côtes de la Bretagne, soit par des caravanes, soit par leurs vaisseaux, ils allaient vendre ou acheter.

Quand un peuple a donné des preuves si éclatantes de son génie manufacturier ou commercial, on peut sans trop se compromettre lui accorder d'avoir su fabriquer quelques vases et de les avoir exportés.

En 1855 on découvrit un monument d'une originalité remarquable et d'une haute importance pour l'épigraphie phénicienne ; M. Perétié, chancelier du consulat de France, avait entrepris des fouilles dans la vieille nécropole de Sidon : ce fut là qu'un heureux hasard mit sous la main de son agent un sarcophage de basalte noir d'une magnifique conservation. La forme de ce sarcophage est celle d'une caisse de momie, forme oblongue qui nous rappelle un cadavre entouré de bandelettes. La tête est coiffée, à la manière égyptienne, d'une sorte de chaperon rayé d'où descendent deux bandes qui flottent sur les épaules. Un riche collier, auquel sont attachées des pendeloques et terminé par deux têtes d'épervier, garnit la poitrine. Une inscription savamment expliquée par M. le duc de Luynes [1], à la munificence duquel le Louvre doit cette sculpture étrange, nous apprend que nous voyons ici le tombeau d'Eschmunazar, roi des Sidoniens, et non point celui d'un Pharaon, comme on serait tenté de le supposer.

Voilà, à peu de chose près, où en était l'archéologie phénicienne quand, vers la fin de 1860, M. Renan a quitté Paris.

II

Peu de noms parmi les lettrés sont aussi populaires à cette heure que celui de M. Renan. L'art de parler des plus grandes choses en se tenant à leur hauteur, la gravité et le charme de son style, une activité d'esprit merveilleuse et une hardiesse singulière de pensée lui ont créé une noble, mais laborieuse carrière. Un beau livre sur les langues sémitiques plaçait pour ainsi dire la Phénicie dans son domaine, le gouver-

---

1. *Mémoire sur le sarcophage et l'inscription funéraire d'Esmunazar, roi de Sidon*, par A. d'Albert de Luynes ; Paris, 1856, in-4.

Elle a été expliquée de nouveau par M. Munk dans le *Journal asiatique*, avril et mai 1856.

nement de l'Empereur ne l'a point oublié. Du reste, le choix qu'il a fait d'un brillant écrivain s'est trouvé pleinement justifié par le succès de la mission.

Poussé par le désir de contempler de ses yeux un monde qu'il avait si souvent parcouru en pensée dans ses veilles studieuses, jaloux surtout d'enrichir la philologie phénicienne d'éléments nouveaux, M. Renan s'est empressé de quitter ses livres pour courir les chances d'un voyage d'exploration sur les côtes de Syrie. Il faut l'avouer, l'espoir qu'il avait conçu en partant a été déçu. Des inscriptions grecques et latines, c'est là ce qu'on trouve principalement en Phénicie. Toutefois, les résultats de la mission n'en ont point été diminués ; ils ont été différents. L'antiquité plastique, l'architecture phénicienne sont devenues l'objet de recherches multipliées, dont les rapports lus à l'Institut, et la collection exposée au palais de l'Industrie, nous ont fait connaître l'importance et l'intelligente direction.

Huit à neuf fragments d'architecture, plusieurs sarcophages à tête humaine comme celui d'Eschmunazar, des cippes funéraires, des autels, des inscriptions grecques et phéniciennes, un certain nombre de statuettes et de bas-reliefs d'un aspect caractérisé et bizarre, sans parler de bijoux, de monnaies, d'amulettes, de figurines, d'ustensiles de toilette en assez grand nombre pour remplir une vitrine, et d'une très-belle mosaïque qui remonte à l'an 653 de notre ère, mosaïque trouvée à peu de distance de Tyr, en tout cent quarante à cent cinquante objets, voilà ce dont cette collection se compose. On voit d'ici qu'elle promet de

véritables révélations et des nouveautés très-piquantes
pour ceux qui sont entrés dans cet ordre d'études, ou
qui savent s'y intéresser.

Et puisque je suis sur ce chapitre, et avant d'aller
plus loin, il serait injuste de ne pas nommer le collaborateur de M. Renan, M. Thobois, architecte de la
mission, auquel on doit tout un ensemble de dessins,
de photographies, de restaurations architecturales.
Nous noterons surtout parmi ces dessins ceux qui
représentent les tombeaux de Marathus, spécimens
précieux de l'architecture phénicienne, monuments
étudiés avec le plus grand soin.

Sidon, Tyr, Byblos, Tripolis, Béryte, Aradus, Antaradus, Marathus et Sarepta, telles étaient les villes
les plus importantes de la Phénicie. En arrivant sur
les lieux, la première pensée de M. Renan a été d'entreprendre des fouilles simultanément dans plusieurs
localités. L'ensemble de ces opérations fut divisé ainsi
qu'il suit : 1° au nord de la Phénicie, en suivant les
côtes, l'île de Ruad (Aradus), Tortose (Antaradus),
Amrit (Marathus) ; — 2° Gebeil, l'antique Byblos ; —
3° Saïda (Sidon) ; — 4° tout à fait au sud, Sour, où
se trouvent les ruines, ou plutôt l'emplacement de Tyr.

Un fait surprenant, c'est à la surface la stérilité archéologique de Tyr et de Sidon. Tyr n'offre à l'observation qu'un amas de décombres; Sidon, exceptez-en
sa riche nécropole, dont je parlerai plus loin, et quelques blocs gigantesques placés à l'entrée du port, Sidon ne laisse voir au-dessus du sol aucune trace de
son antique splendeur. Ses ruines les plus récentes
rappelleraient plutôt le séjour qu'y firent les croisés.

M. Renan, dans la banlieue de Tyr, a été plus heureux. Maschouk lui a livré ce qu'il appelle « une traînée de sarcophages, » tous de même forme, cuve rectangulaire, couvercle prismatique. — Dans les roches d'El-Awwatin, percées, pendant plus d'un quart de lieue, de chambres sépulcrales contenant deux ou trois rangées de tombeaux, M. Renan a eu en grand le spectacle de ce mode d'ensevelissement si général en Asie, que l'on pourrait nommer la sépulture troglodyte. — Oum-el-Awamid [1], ignoré des géographes, est aujourd'hui l'un des points les plus intéressants de la Phénicie. Découvert par M. de Saulcy, visité plus tard par M. de Vogüé, Oum-el-Awamid a été exploré avec soin par M. Renan : gnomon phénicien, inscriptions phéniciennes, lions sculptés (nᵒˢ 37-38 de la collection), nombreux fragments d'architecture grecque, notamment un chapiteau ionique d'une très-belle époque (nᵒ 48), une porte phénicienne dans le style égyptien, déjà signalée à l'attention des antiquaires par M. de Vogüé, telles sont les richesses offertes à M. Renan dans ce coin de la Phénicie. Là le voyageur a trouvé réunis d'intéressants spécimens des influences diverses qui ont passé sur cette contrée et transformé l'art si complétement.

Je ne suivrai point M. Renan dans ses courses à travers la Phénicie. Je renvoie le lecteur qui voudrait approfondir davantage aux rapports adressés par M. Renan à l'Empereur, et dans lesquels, en dépit de

---

1. Ou bien *Omm-el-Aâmid* (la mère des colonnes), suivant M. de Saulcy.

la nature du sujet et de la forme officielle, on sent régner d'un bout à l'autre le souffle de l'homme d'imagination et de l'écrivain supérieur. Lisez, par exemple,
cette courte, mais pittoresque description de Mas-
chnaka et de la vallée romantique du fleuve Adonis,
« si bien faite pour pleurer. » — Je veux me borner à
faire ressortir certains points particuliers de cette importante mission, parce que c'est à l'histoire de l'art
qu'ils touchent plus directement.

La vieille tour de Gebeil (Byblos), les débris de la
citadelle de Semar-Gebeil, dans le haut Liban, quelques pans de murailles dans le port d'Anefé, une ruine
sur la colline de Byblos, tels sont les restes que M. Renan commence par tenir pour être l'œuvre des Phéniciens. La taille colossale des blocs dont se composent
ces murs, — quelques-uns, comme ceux de la tour
de Gebeil, ont plus de cinq mètres de longueur, —
leur appareil en bossage, et la manière dont les vides
qu'ils laissent sont remplis par de petites pierres en
équerre, taillées elles-mêmes en bossage, apparaissent
à M. Renan un des signes qui caractérisent l'art phénicien.

« Oui, c'est à bon droit, s'empresse-t-il de dire,
que M. de Saulcy a vu dans les blocs en bossage le
trait dominant du vieux style phénicien; c'est à bon
droit que MM. Wolcott, de Vogüé et Van de Welde
ont rapproché la tour de Gebeil de la tour d'Hippicus
à Jérusalem, et remarqué que les maçons giblites qui
construisirent les ouvrages de Salomon durent apporter à Jérusalem leur style national. Voilà ces grandes
pierres, ces pierres de grand prix dont parle l'histo-

rien des travaux de Salomon. Ces blocs énormes des
angles, auxquels l'architecte a sacrifié la régularité
des premières assises, sont les pierres angulaires, les
coins taillés qui jouaient un rôle si essentiel dans l'architecture hébraïque. La tour de Gebeil devient ainsi
l'un des ouvrages les plus anciens du monde, l'Égypte
mise à part. C'est ce vieux rempart de Kronos (El) dont
parle Sanchoniaton, ou Philon de Byblos, qui valut à
Byblos la réputation de la plus vieille ville du monde,
et qui déjà vers l'époque de notre ère était un sujet
de légende. »

Mais de nouvelles réflexions, de nouvelles études,
des points de comparaison plus nombreux, et en outre
l'arrivée de l'architecte qui doit coopérer aux travaux
de la mission, amènent M. Renan à des conclusions
bien différentes. La vue de l'appareil en bossage em-
ployé dans les constructions des Francs fortifie les
doutes qu'il commence à concevoir. Quelques mois
plus tard, il visite les murs de Tortose (Antaradus), et
ces murs, considérés par tous les voyageurs comme
essentiellement phéniciens, lui font éprouver une vive
déception. Attribuer aux Phéniciens des murs dont la
porte principale offre le trèfle et l'ogive, et qui entourent une salle dans laquelle des nervures gothiques
s'épanouissent librement, lui semble une chose impossible. La supposition que cette architecture gothique
est le fait de travaux postérieurs et accessoires n'est
point admissible, nous dit-il, quand on voit à quel
point il y a homogénéité entre le dedans et le dehors.

Ce n'est pas tout : l'architecte de la mission a fait
remarquer à M. Renan, dans les plus profondes assises

de la tour de Gebeil, « certaines inadvertances et marques de précipitation, des pauvretés dissimulées dont la bonne antiquité ne fut jamais coupable. » Les doutes de M. Renan sur la plupart de ces constructions considérées comme phéniciennes vont prendre alors une telle force que son scepticisme aura peine à se contraindre. Ainsi, dans le château de Gebeil, dans la citadelle de Semar-Gebeil, dans les murs du port d'Anefé, il ne verra plus que les ruines du moyen âge ; ces masses gigantesques et rigides, devant lesquelles dès l'abord il s'était incliné, ne lui paraîtront mériter qu'une simple mention.

III

Ce résultat très-négatif (bien qu'il soit peu conforme à l'opinion la plus accréditée parmi les antiquaires et les voyageurs qui ont visité la Syrie) devra être pris sans doute en grande considération toutes les fois que l'on agitera la question de savoir quels sont les signes caractéristiques de l'architecture phénicienne. Il ne m'appartient point, surtout ici, d'aborder une question controversée, dont la discussion ne pourrait intéresser qu'un public spécial, et beaucoup mieux préparé qu'on ne l'est en général à méditer sur les problèmes qui irritent et passionnent les antiquaires précisément à cause de leur difficulté, mais qui laissent la plupart des lecteurs indifférents. Toutefois, je demande la permission de placer ici en passant une observation qui me semble venir à propos.

Si le bossage, ainsi qu'on l'a dit dans les discus-

sions soulevées au sujet de l'architecture phénicienne,
est le trait caractéristique de cette architecture [1], il
n'est pas inutile de rappeler à ceux de nos lecteurs
qui pourraient l'avoir oublié, ce qu'on doit entendre
par le mot de bossage. Le bossage est de deux sortes :
l'un, que les constructeurs nomment le bossage brut;
l'autre, le bossage taillé. Le bossage brut est une
saillie laissée sur la surface visible de la pierre, et
qui nous la montre telle qu'elle était au sortir de la
carrière. Le bossage taillé consiste à tirer parti de ces
saillies, et à les distribuer symétriquement sur le parement du mur. C'est ce dernier système de bossage
(c'est-à-dire de blocs dont les saillies sont encadrées
par un liséré) que nous offre l'appareil ou parement
de l'enceinte du temple à Jérusalem, et notamment la
muraille sacrée des Juifs, l'une des portions de cette
enceinte, le *Heit-el-Morharby*. Ces deux genres de
bossage se voient en Phénicie. Mais le bossage brut,
sans doute le plus ancien, semble parfaitement appro-

---

1. Ce qu'on appelle *fruit*, en terme de maçonnerie, c'est-à-dire la
diminution d'épaisseur de bas en haut d'un mur, serait encore, suivant M. de Saulcy, un trait non moins caractéristique de l'architecture phénicienne ; cette diminution, qui est à peine sensible ailleurs,
se manifeste ici par la retraite de chaque assise l'une sur l'autre. Le
savant antiquaire donne comme exemple (exemple qui, selon M. Renan, ne tire point à conséquence, par la raison que rien de pareil
n'existe en Phénicie) l'angle d'une construction grandiose à Jérusalem dans le *Tyropœon* (la vallée des fromagers), construction qu'il
croit avoir fait partie de la primitive enceinte du temple de Salomon
(voyez l'*Histoire de l'art judaïque*, p. 180). Sur ce point comme sur
bien d'autres, on fera bien de consulter cet écrit si intéressant et si
neuf, dans lequel, avec une persévérance bien rare dans notre pays
si peu porté vers ce genre d'études, et avec une sagacité peu commune, M. de Saulcy cherche ou découvre des horizons nouveaux.

prié à un pays où l'architecture sortait du flanc des
montagnes, et où pour se bâtir une maison on se con-
tentait, comme à Marathus, d'évider un rocher. Le
bossage taillé s'éloigne au contraire de cette simplicité, qui nous rappelle l'architecture troglodyte; sa
beauté est plus artificielle; non-seulement il perd son
aspect cyclopéen, mais peu à peu il devient vulgaire,
on le retrouve partout, dans l'architecture grecque
comme dans l'architecture romaine. De plus en plus,
avec les siècles, il rentre dans les conditions du genre
décoratif, et ce qui n'était souvent dans le principe
que le fruit de la négligence et de la précipitation
devient à la longue, appliqué surtout à la colonne, un
simple ornement, mais d'un heureux effet. Je reviens
au voyage de M. Renan.

Ce n'est qu'au milieu des ruines d'Amrit et de Ruad
(Aradus) que M. Renan se voit en face d'une antiquité
phénicienne reculée. C'est ici seulement que des débris franchement caractérisés peuvent faire entrevoir
une antique splendeur. J'ai signalé plus haut le mur
qui ceignait autrefois l'île d'Aradus. On en voit encore,
au nord et au nord-ouest de l'île, des portions assez
considérables pour pouvoir l'étudier. Ainsi, des
prismes quadrangulaires de quatre à cinq mètres de
longueur, superposés parfois sans art et parfois avec
un soin extrême, des assises qui posent sur une base
de rochers taillés, et qui sont, en certains endroits, au
nombre de cinq ou six, tel est en deux mots ce mur
dont la célébrité est grande. « Je ne crois pas, dit
M. Renan, qu'il y ait au monde de ruine plus imposante ni d'un caractère plus tranché. Nul doute que

nous n'ayons là un reste de la vieille Arvad, un ouvrage vraiment phénicien pouvant servir de criterium
pour discerner les constructions de même origine.

· Une peinture de M. Lockroy, l'un des collaborateurs de M. Renan, peinture fort remarquée au palais
de l'Industrie, reproduit avec beaucoup de nerf et de
vérité l'antique muraille d'Aradus.

Onze monuments, la plupart anciennement connus,
mais très-imparfaitement étudiés, appellent à Marathus (Amrit) l'attention des antiquaires et des artistes.
Je citerai *El Maabed* (le Temple) ; *Burdj-el-Bezzâk* (la
Tour du Limaçon) ; les deux cellas situées dans un
marais ombragé de lauriers-roses, près de *Aïn-el-*
Hayat (la Fontaine des Serpents) ; un stade vis-à-vis
du *Maabed*, — M. Renan suppose qu'il est phénicien ;
— enfin *El-Meghazil* (les Fuseaux), pyramides sépulcrales placées au-dessus de caveaux funéraires, que
M. Renan a fait déblayer. Le nombre de ces ruines,
l'importance de quelques-unes, tout annonce que sur
cette rive déserte on retrouvera, comme dans l'île
d'Aradus, la Phénicie non point broyée, émiettée,
mais dans sa virile majesté.

Le *Maabed* et les deux cellas du marais d'*Aïn-el-*
Hayat nous montrent une disposition toute semblable.
Elle est simple, mais elle ne manque pas d'originalité.
Le *Maabed*, le plus connu de ces monuments, s'élève
au milieu d'une vaste cour creusée dans le rocher. Il
se compose de trois ou quatre blocs surmontés d'un
toit monolithe et arrangés de manière à nous donner
l'idée d'un tabernacle ouvert par devant. Un bloc de
trois mètres de haut lui sert de base. Ce bloc est enra-

ciné dans le sol comme les *témoins* que laissent nos terrassiers pour marquer la quantité de terre qu'ils ont enlevée. Le plafond des tabernacles, dans les deux cellas de la *Fontaine des Serpents*, est orné du globe entouré d'Uræus, symbole que l'Égypte avait donné à la Phénicie. J'ignore ce que pouvait être le temple d'Hercule à Tyr, dont les anciens vantent la magnificence; je ne sais si les temples en miniature de Marathus, dont nous n'avons malheureusement que la carcasse en pierre, peuvent nous le rappeler très-sommairement; mais je vois qu'il n'est pas facile d'établir, entre ces chapelles et le temple circulaire de l'île de Gozo, des points de comparaison.

J'indique, mais en passant, la Tour du Limaçon (*Burdj-el-Bezzâk*), mausolée gigantesque qui se composait d'un cube surmonté d'une pyramide. La pyramide est détruite, mais on trouve à l'intérieur deux chambres sépulcrales éclairées chacune par une fenêtre. On doit à M. Thobois une bonne restauration de cet édifice, d'une austérité imposante, et si différent des *Meghazil* dont je vais parler, qu'on reste tout surpris de cette variété dans les goûts de ceux qui se faisaient enterrer à Marathus.

Les *Meghazil*, au nombre de trois, s'élèvent sur une colline située vers le milieu des ruines de la ville. Le quatrième de ces monuments funéraires gît renversé sur le sol, et ne montre que des débris. Le mieux conservé se compose d'un soubassement circulaire formé de quatre blocs. Sur la face de chaque bloc, et formant saillie, en guise de poignée, on voit un lion grossièrement sculpté. Une colonne monolithe de sept mètres de hauteur (s'il est permis de donner ce nom à une sorte de cylindre dont l'extrémité est demi-sphérique) surmonte ce soubassement; deux bracelets entourent la partie supérieure de cette colonne. Ils sont formés d'une rangée de denticules, au-dessus de laquelle se développe une série de découpures disposées en escalier. Ce tombeau, que M. Renan déclare « un vrai chef-d'œuvre de proportion, d'élégance et de majesté,» lui rappelle ces *Horaboth*, ou pyramides, que les riches faisaient dresser sur leurs tombes du temps de Job, et qui indignaient le fier nomade; car il prétendait que souvent ces mausolées « couvraient des méchants. »

Ces découpures à gradins de la pyramide de Marathus se voient aussi sur des pierres ayant fait partie d'un monument très-ancien, découvert par M. Renan sur la colline, derrière le vieux château, à Byblos (n° 1 de la collection); on les remarque également sur de petits autels provenant de la même localité (voy. les n°ˢ 15, 51, 63, 93). Évidemment nous voyons ici, et pour la première fois, un motif d'architecture phénicienne parfaitement caractérisée. Ceci est très-curieux, mais ce qui l'est bien davantage, c'est de retrouver sur les murs du palais de Chimu-Canchu, dans le voisinage de Truxillo, au Pérou, un ornement en vogue à Byblos[1].

---

1. Voyez Franz Kugler, *Handbuch der Kunstgeschichte*, 3ᵉ édition, p. 13.

Un autre rapprochement et du même ordre nous est offert par M. de La Marmora (*Nouvelles Annales*, p. 18). Le savant voyageur fait ressortir l'étrange ressemblance qui existe entre l'ornementation du mur d'enceinte du sanctuaire du temple phénicien de l'île de Gozo, et certains vases trouvés dans les anciens temples mexicains. Cette

Voilà pour le moins qui paraîtra singulier, et cependant il suffit de réfléchir pour reconnaître ici une de ces rencontres de goût, d'invention et de procédés dont le développement de l'art nous offre de frappants exemples. Que ce soit en Égypte, en Phénicie, en Assyrie, en Grèce, en Italie, peu importe, vous retrouverez partout et toujours entre les divers modes de construire certaines ressemblances surprenantes, vu la différence des pays et des civilisations, mais dans lesquelles cependant vous serez forcé de reconnaître les résultats de cette grande, de cette universelle logique de l'architecture à laquelle un artiste, quelle que soit sa nationalité ou son siècle, est tenu d'obéir. C'est ainsi qu'il n'est point de pays où tantôt la voûte, tantôt la colonne et le pilier ne prennent la première place dans les constructions. Il en est de même de l'ornementation architecturale, car cette parure n'est point aussi capricieuse qu'on le pense. Partout les fleurs, les fruits, la végétation ou quelques formes empruntées à la nature animale ont inspiré les artistes décorateurs. De là certaines similitudes étranges au premier abord, mais dont il n'y a pas plus de raison de s'étonner que de voir dans les poésies des peuples nouveaux, soit pour le tour, soit pour la métaphore, une riante confraternité.

Et comment oublier aussi les effets habituels de la grossièreté ou de la simplicité enfantine des procédés

ornementation, très-élémentaire, du reste, consiste en un semis de petits points ronds ou trous concaves. « On la retrouve, ajoute M. de La Marmora, sur des vases avec des inscriptions phéniciennes, et sur quelques monuments de Sardaigne. »

et des méthodes dans toutes les civilisations naissantes ?
Ne sait-on pas qu'elles y marquent d'une empreinte
profonde toutes les productions de l'art et de l'industrie, que partout celles-ci offrent le même aspect?
C'est de la gaucherie et de la barbarie de l'exécution
qu'elles tiennent cet air de famille si surprenant au
premier abord. Voyez la sculpture archaïque de la
Grèce; ne semble-t-elle pas sœur de la statuaire gothique dans sa roideur inanimée? N'en a-t-elle pas la
maigreur, cet attribut distinctif des saints, comme
l'écrivait un jour un voyageur protestant? L'Apollon
de Ténéa[1] et cette autre statue trouvée à Idalium, et
donnée par M. Rey au Louvre en 1860, ne semblent-
ils point être descendus du porche de quelqu'une de
nos plus vieilles cathédrales? Placez à côté des idoles
du nouveau monde les figurines en terre cuite que
l'on trouve en si grand nombre dans les tombeaux de
la Grèce et de l'Italie ; rangez sur les mêmes tablettes
certains vases de l'Étrurie et quelques produits de la
céramique mexicaine, et, tant que vous n'y apporterez
qu'une attention médiocre, vous aurez peine à reconnaître ce qui appartient à chaque pays.

Il me semble que si des réflexions très-simples que
tout le monde fait ou doit faire, quand on parcourt nos
musées, pouvaient être accueillies, les discussions sur
les origines de l'art, et notamment sur l'invention des
ordres grecs ou sur leurs prototypes, arriveraient à se
simplifier.

1. Le plâtre de cette figure se trouve dans la belle collection de
moulages formée avec tant de soin par M. Ravaisson.

IV

J'ai nommé la nécropole de Sidon : il importe d'y
revenir. C'est ici que M. Renan a pu faire sa moisson
la plus belle. Tout autour d'une grotte nommée *Mugharet Abloun* (la Caverne d'Apollon), et devenue célèbre par la découverte du tombeau d'Esmunazar,
huit sarcophages, dont ce tombeau est le type primitif, huit sarcophages de marbre blanc, ayant servi de
cercueil et dont la partie la plus large est surmontée
d'une tête humaine (n⁰ˢ 21, 22, 23, 24, 25, 26, 27,
29), huit monuments, d'une nouveauté et d'une originalité sans égale, sont venus récompenser de ses
efforts l'heureux et savant explorateur.

Réunis à quelques morceaux de même sorte que le
Louvre possède actuellement, ces sarcophages forment
une série remarquable , j'oserai dire un incident
étrange dans l'histoire de l'art. Ces sculptures ne sont
connues que depuis dix ans. A cette époque (vers 1853),
le Louvre acquit de M. Pérétié un de ces sarcophages,
trouvé dans une grotte sépulcrale à quelques lieues de
Tripoli. Un cercueil, d'où semble sortir le buste d'une
femme, coiffée de petites boucles jadis peintes en bleu,
et sur les épaules de laquelle descendent quatre tresses ondulées, telle est cette espèce de momie de marbre
blanc, dans laquelle d'habiles antiquaires ont pensé
qu'il serait possible de reconnaître une des productions
de l'art phénicien.

Quelques doutes s'élevèrent sur cette origine. En
effet, si la forme de ce sarcophage rappelait l'Orient,

la partie sculpturale ramenait à la Grèce. Trois autres
sarcophages trouvés à Saïda, à Gebeil et à Tortose, et
maintenant au Louvre, sont venus confirmer l'impression donnée par le sarcophage de Tripoli. Aujourd'hui
le doute n'est plus permis : l'art hellénique occupe
une large place dans cette classe de monuments, malgré leur aspect disgracieux.

M. Renan était amené à parler de ces sarcophages
et de leur origine. Il l'a fait en excellents termes, et
très-judicieusement à son point de vue. Ce sont à ses
yeux des produits de l'art phénicien pendant toute la
période qui s'étend de la fin de la domination assyrienne aux Séleucides. Il y voit « les échelons d'un
type sépulcral dont le point de départ est la momie
égyptienne, et le point d'arrivée la statue grecque. »

Je suis de l'avis de M. Renan, mais dans une mesure restreinte, comme on va voir. Oui, l'Égypte a
marqué ces tombeaux de son ineffaçable empreinte.
Celui d'Esmunazar est identique à certains sarcophages de la famille d'Amasis trouvés non loin des
grandes pyramides [1]; mais, à part ce tombeau, le plus
vieux de toute la série (par analogie il remonte vers
l'an 572, 574 avant notre ère), à part quelques autres
sarcophages recueillis dans la mission de Phénicie
(voir les nᵒˢ 24, 28 et 29), et presque pareils à celui
du roi de Sidon, l'art grec se fait reconnaître dans
presque tous ces tombeaux, y compris ceux du Louvre, sur lesquels je ne puis m'arrêter. Ainsi je citerai

---

1. Voyez le *Mémoire sur le sarcophage et l'inscription funéraire
d'Esmunazar*, p. 62.

le sarcophage n° 22, dont la tête sculptée présente quelque chose de doux et de placide. Je citerai encore le n° 25, d'un caractère si individuel; mais je dois signaler principalement les sarcophages 21 et 23. De belles lignes, des lèvres parlantes (la bouche est superbe), quelque chose qui nous rappelle la majesté tranquille du Jupiter d'Otricoli, caractérisent la tête dans le sarcophage n° 21 ; tête barbue et dont le front est couronné par de petites boucles. Le sarcophage n° 23 nous offre un type tout opposé. La tête est celle d'un jeune homme coiffé comme Apollon. La grâce, la finesse, l'élégance de cette sculpture annoncent au spectateur une œuvre également grecque. N'oublions pas le sarcophage n° 26, qui tranche si étrangement sur toute la série. Jusqu'à présent nous avons remarqué des gaînes trop larges pour la longueur et tout d'une venue; ici la caisse de la momie de marbre se moule en quelque sorte sur le corps. Mais si la tête est brisée, un bras est attaché au buste, et au bras une main qui tient un alabastron ou vase à parfums. Que faut-il penser de cette modification profonde? Ne nous indique-t-elle pas que des siècles séparent des monuments conçus cependant par une même pensée et exécutés d'après un type consacré? Au résumé, l'Égypte et la Grèce se montrent associées dans ces sarcophages, rien n'est plus clair. Mais où est l'art phénicien?

A cet égard, j'éprouve un grand embarras. N'ayant point encore vu de sculpture phénicienne, je ne puis me faire une idée bien nette de cet art vraiment mystérieux. De ce côté, nous en sommes précisément au point où nous en étions relativement à la sculpture nini-

vite avant les belles découvertes de MM. Charles Botta
et Layard. Un nombre restreint de médailles où les
symboles religieux de la Phénicie et de l'Orient se présentent pour la plupart sous la forme hellénique [1], des
pierres gravées, ou bien encore des terres cuites sur
lesquelles de savants antiquaires croient pouvoir reconnaître la griffe de l'Étrurie, telles sont aujourd'hui
les seules bases de notre appréciation pour juger de
l'art phénicien en général, et notamment de la statuaire
phénicienne. Or, quoiqu'il soit très-vrai que dans l'antiquité le style dominant d'une époque se montre tout
aussi bien dans une figurine que dans une statue co-

1. Retrouver l'art phénicien dans la numismatique phénicienne,
je veux dire dans les médailles à légendes phéniciennes, ce n'est
pas non plus chose aisée. Les plus belles de ces médailles, entre
autres les monnaies de Tiribaze, satrape de l'Arménie occidentale au
temps de Cyrus le Jeune, et celle de Syennesis, roi de Cilicie, du
temps de Darius, nous montrent le style grec dans toute sa pureté.
Que quelques pièces remarquables par la finesse et l'exécution appartiennent à la Phénicie, je dois le croire, puisque d'éminents numismates m'y autorisent; mais cette perfection m'étonne, parce que les
grossiers vestiges de la plastique phénicienne, que l'on trouve ailleurs,
sont tellement au-dessous de ces petits chefs-d'œuvre, qu'il semble
qu'aucun lien ne puisse rattacher deux manières de faire si différentes.
Il est certain que les échelons par lesquels l'art phénicien serait arrivé
à cette hauteur se dérobent à nos regards. Le temps et de nouvelles
recherches combleront, il faut l'espérer, de si grandes lacunes, et
peut-être saurons-nous un jour quelle est réellement, dans tout ceci,
la part de la Grèce et celle de la Phénicie. En attendant, je forme un
vœu, bien assuré d'être l'interprète de tous les amis de la science : ce
vœu, c'est que M. le duc de Luynes rentre dans la carrière. Son essai
sur la *Numismatique des Satrapies et de la Phénicie sous les rois Achæ-
ménides*, nous montre combien sa longue expérience et sa pénétration sont secourables dans de pareilles questions. M. le duc de Luynes
a rendu de très-grands services à l'archéologie ; il est appelé à en
rendre encore : noblesse oblige.

lossale, nous n'avons point encore assez de figurines, c'est-à-dire assez d'éléments pour parler en connaissance de cause de cette statuaire. Je me suis souvent demandé pourquoi Rome, si avide de l'art étranger qu'elle avait spolié tous les temples du monde, pourquoi cette ville unique, devenue le grand musée de l'Europe, ne nous avait-elle point encore offert une seule statue, un seul bas-relief qui soient authentiquement phéniciens? La sculpture de Tyr ou de Sidon était-elle trop médiocre pour tenter les Verrès?

Que faut-il en conclure? La négation de l'art en Phénicie?

Nullement. Chez ce peuple ennemi de la paresse, la civilisation était trop avancée, l'essor de l'industrie trop magnifique pour admettre que l'art ait fait défaut. Tout au contraire, il a devancé l'art grec. Il florissait en pleine lumière lorsque le génie des artistes de l'Occident sommeillait encore.

Mais si l'art phénicien, placé sur les hauteurs de l'antiquité biblique et homérique, attire les regards; si Tyr et Sidon, par une habileté précoce à travailler tous les métaux, par leurs vases, par leurs bijoux, par une richesse d'invention que partout on admirait, nous rappellent le beau développement de l'orfévrerie chez les Florentins au moyen âge, j'allais dire chez les Phéniciens de l'Italie, ce rayon de soleil sur les plus lointains horizons de l'histoire est suivi d'une nuit profonde. L'art phénicien cesse d'être en vue, comme s'il s'était affaissé subitement. De là ressort une difficulté presque insurmontable pour caractériser la plastique et la statuaire en Phénicie, dont l'existence à des époques plus récentes pourrait presque être mise en question. Tout ce qu'on peut supposer, sans montrer trop de hardiesse dans les appréciations si délicates, c'est que cet art, né dans la bijouterie et dans l'orfévrerie, contempla peu la nature; on peut supposer que l'ornementation y tint une plus grande place que l'étude et la représentation de la figure humaine. On peut admettre encore que la grande originalité lui fit défaut dans un pays ouvert à tous les vents du ciel, soumis à toutes les influences, et subjugué par tous les conquérants. Dominé par les arts de l'Assyrie, de l'Égypte et de la Grèce, importés en Phénicie par les voies du commerce, ou bien imposés en quelque sorte par la domination étrangère, de quelle liberté pouvait-il jouir et quelle spontanéité pouvait-il avoir? Passez en revue la collection de M. Renan, et les fragments assyriens, égyptiens, grecs, tous recueillis sur un même territoire, territoire très-resserré, vous diront éloquemment combien furent puissantes et variées les influences qui entamèrent si profondément l'individualité de ce pauvre art phénicien. Les plus curieux et les mieux conservés de tous ces monuments, ce sont les sarcophages à tête humaine : ces sarcophages, dont le style diffère tant de celui que nous feraient soupçonner quelques médailles à légendes phéniciennes, ou certaines pierres gravées, nous devons les étudier comme de précieux échantillons de cet art hybride qui finit, suivant toute apparence, par s'emparer de la première place dans l'immense bazar établi au pied du Liban.

J'ai dit que la Grèce et l'Égypte semblaient associées dans ces sarcophages, qui étaient peints, peut-être en souvenir des enluminures dont les caisses des momies sont couvertes. Serait-ce se tromper grossièrement que de supposer qu'ils sont l'œuvre de certains artistes grecs, occupés, comme nos marbriers de cimetière, à tailler le marbre pour quelques habitants de Tyr, de Sidon, de Tripoli, d'Aradus ou de Byblos, — car nous avons des sarcophages de toutes ces villes, — est-il permis de penser que ces momies de pierre ont été fabriquées pour des gens riches que des raisons particulières poussaient à se faire enterrer en Phénicie suivant les rites égyptiens? Que les modèles d'après lesquels, dans le commencement, ces artistes travaillèrent, aient été fabriqués par des mains phéniciennes, je suis tout disposé à le croire. Ainsi le sarcophage d'Esmunazar, roi de Sidon, est, selon toutes les probabilités, l'œuvre d'un sculpteur sidonien dont le ciseau reproduisait une forme de sarcophage qui fut de mode en Égypte pendant cinq cents ans. J'attribuerai aussi volontiers la même origine phénicienne à deux ou trois sarcophages du Palais de l'Industrie, par exemple à ceux qui portent les n°s 28 et 29. Mais l'esprit grec, même en Phénicie, même au plus fort de son obéissance pour ceux qui le payaient, revenait toujours à ses Muses, et ne se relâchait jamais entièrement des principes qui firent sa gloire. De là ces sarcophages dont la partie sculpturale élégante et vivante forme le plus étrange contraste avec l'aspect funéraire et grossier du reste du monument. M. Ernest Renan signale un fait très-significatif : la pierre dans laquelle on a taillé les sarcophages qu'il a recueillis, un seul excepté, ne se trouve point en Phénicie. N'est-ce pas là un commencement de preuve, comme disent les jurisconsultes, de l'origine quasi étrangère, et relativement assez récente, de la plupart de ces tombeaux ?

On le voit, la mission de Phénicie remue bien des idées, soulève bien des problèmes. Il y a là matière à un curieux et nouveau chapitre de l'histoire de l'art. Toutefois, si le nuage qui enveloppe encore une partie notable de l'archéologie phénicienne n'est point totalement dissipé, ne nous décourageons point pour cela : l'esprit humain cherchant la vérité a pour lui deux grands auxiliaires, le temps et le hasard : ils ne l'ont jamais abandonné. Du reste, il serait difficile de ne pas convenir que cette mission gagne singulièrement à être étudiée; il n'appartient qu'à la frivolité d'en méconnaître l'importance, à l'ignorance d'en nier les résultats. Savoir si bien récolter sur une terre cruellement ravagée depuis des siècles par la cupidité de ceux qui l'habitent, c'est faire beaucoup plus que nous ne devions raisonnablement l'espérer.

Mais ce qui distingue surtout la mission de Phénicie, c'est l'élévation d'esprit, c'est le beau talent de celui qui l'a dirigée. Esquisser d'un crayon plus ferme, sur la vieille terre de Chanaan, le tableau de l'archéologie phénicienne, montrer d'une manière plus lumineuse l'ensemble de ces études si difficiles et si nouvelles, me semble impossible. M. Renan a ouvert ici pour ses successeurs une véritable voie Appienne. C'est là un titre bien sérieux à ajouter à tous ceux qui lui ont valu déjà tant de considération dans le monde savant.

JÉRUSALEM[1]

(*Journal des Débats*, 22 novembre 1866.)

Parler de Jérusalem me semble de saison; nous y
sommes conduits tout naturellement, car les discussions religieuses reprennent une vie nouvelle. Jérusalem, c'est un antique foyer de lumière, un volcan
éteint; de là, il y a dix-huit cents ans, jaillirent des
clartés inconnues qui plus tard remplirent le monde et
le transformèrent. Aussi le nom de cette ville est-il de
ceux qui réveillent et remuent; il est puissant et
sonore.

J'aimerais à former une bibliothèque de tout ce
qu'on a écrit sur Jérusalem : les in-folios de la vieille
érudition, si gonflés de conjectures, rempliraient les
rayons dans le bas; au-dessus, je rangerais les ency-
clopédies allemandes (on y trouve des articles de cent
dix colonnes in-4°); tout au haut, pour les jours de
loisir et de régal littéraire, je mettrais en vue les
œuvres des écrivains poëtes qui ont visité la terre
sainte : par exemple, cet *Itinéraire de Paris à Jérusalem*, où, pour la première fois chez nous, le sentiment de la nature orientale et des ruines classiques

---

1. *Jerusalem explored*, etc., par Ermete Pierotti ; Londres, 1864,
2 vol. in-fol., figur. — *Le Temple de Jérusalem, monographie du
Haram-ech-Chérif*, suivi d'un *Essai sur la topographie de la ville
sainte*, par le comte Melchior de Vogüé ; Paris, Noblet et Baudry,
1865, in-fol., figur. — *Voyage dans la Terre Sainte*, par M. de
Saulcy, membre de l'Institut ; Paris, 1865, Didier et Cⁱᵉ, 2 vol.
in-8, fig.

fut exprimé avec une verdeur et une magnificence
incomparables. On verrait à côté ce *Voyage en Orient*
dans lequel M. de Lamartine a prodigué toutes les couleurs de sa palette; puis, sur les rayons du milieu, et
pour les avoir sous la main aux heures consacrées à
l'étude, je placerais Robinson, G. Williams, Robert
Villis, Schultz, Titus Tobler, etc., et les volumes de
MM. Pierotti, de Saulcy et Melchior de Vogüé.

J'ai souvent, en pensée, comparé Jérusalem au
sphinx thébain : comme lui, captieuse et sanglante,
elle propose, assise sur un rocher, des énigmes aux
voyageurs. Sa religion, pendant des siècles, l'isole et
la sépare des autres nations de la terre; elle les hait,
elle les méprise, et elles le lui rendent bien. Jérusalem, c'est le Japon de l'antiquité. C'est par sa destruction qu'elle entre sur la scène de l'histoire profane et
qu'elle se rattache à l'univers romain.

Je sais bien que Jérusalem a des annales particulières, que son histoire est écrite dans un livre dont la
vérité et la divinité sont le fondement de notre religion. Mais ce livre si respectable ne dit pas tout; que
de choses ne laisse-t-il pas dans l'ombre, de ces choses
sur lesquelles l'esprit moderne, curieux et avide de
lumières, voudrait être éclairé ! D'ailleurs, est-il si aisé
de retrouver la Jérusalem des rois de Judas sous celle
des Machabées, d'Hérode, d'Adrien et des sectateurs
de Mahomet? Quelle ville a été plus malheureuse ! on
l'a saccagée dix-sept fois! Broyée, émiettée sous de si
effroyables chocs, ce qui reste d'elle était naguère
muré pour notre curiosité par l'ignorance farouche
des musulmans.

Jugez, d'après cela, ce que peuvent valoir les recherches de l'érudition sur Jérusalem à l'époque où l'on étudiait l'histoire et même la topographie du fond de son cabinet; où les savants ne pouvaient se résoudre à voir et à se mouvoir; où l'art et la beauté, la forme en un mot, les trouvaient insensibles. En ce temps-là on ne craignait pas de reconstruire le temple de Salomon « en prenant pour modèle Versailles ou Saint-Thomas-d'Aquin. »

Disons-le à la louange du siècle, l'érudition s'est faite artiste. En revanche, l'archéologie est devenue une science. Dans ces monuments de pierre, dont les savants d'autrefois comprenaient si peu l'importance, les savants d'aujourd'hui reconnaissent des témoins intéressants et véridiques qu'ils ont à cœur d'interroger. Ils quittent leurs livres, franchissent les mers, s'exposent au danger; parfois ils meurent héroïquement à la peine comme Charles Lenormant ou Otfried Müller. Ah! croyez-le bien, de pareils efforts ne sont pas stériles : s'ils n'aboutissent point à cette utilité immédiate tant vantée par le temps qui court, ils amènent des résultats très-admirés de tous ceux qui aiment à s'instruire et à sentir. Montrer le décor et la mise en scène des grands événements dont parle l'histoire; mettre en pleine lumière les liens qui existent entre l'art et le génie des races, voilà, ce me semble, un noble perfectionnement. Les études sur Jérusalem ne pouvaient rester étrangères à cet esprit nouveau, à cette activité naissante. Le signal était donné, elles se sont lancées dans cette voie; nous les y suivrons avec la permission du lecteur.

Et d'abord, avant tout, je veux rendre hommage
aux savants courageux qui se plongent dans le gouffre
de l'archéologie biblique. Toucher des mains, voir des
yeux, fouiller et retourner des décombres, ce n'est
que le commencement de leur tâche. Identifier les
ruines à l'histoire, trouver l'acte de naissance de monuments vieux de quelques milliers d'années — car
nous ne sommes point ici au bord du Nil, dans une
contrée où chaque muraille est un registre — voilà
qui est difficile, je l'ai déjà dit.

Remarquez en outre que de graves questions sont
engagées dans cette archéologie, car ce n'est pas pour
rien qu'elle nous conduit en terre sainte. Ici les
croyants et les libres penseurs sont en présence. Les
premiers acceptent aisément les traditions locales, les
seconds les rejettent avec dédain. Chateaubriand a
bien senti le côté délicat et même épineux de cette
sorte d'études, et il a écrit ces lignes qui méritent
d'être méditées :

« Les premiers voyageurs étaient bien heureux, ils
« n'étaient point forcés d'entrer dans toutes ces cri-
« tiques : premièrement, parce qu'ils trouvaient dans
« leurs lecteurs la religion qui ne dispute jamais avec
« la vérité ; secondement, parce que tout le monde était
« persuadé que le seul moyen de voir un pays tel qu'il
« est, c'est de le voir avec ses traditions et ses sou-
« venirs. »

La critique, en effet, avec son aridité et son esprit
d'exclusion, avec sa raison froide et taquine, est parfois une compagne bien gênante pour le sentiment
sur cette terre si redoutable de Judée. Il est certaines

heures où l'on n'aime point à rencontrer Strauss aux portes de Jérusalem.

Les trois ouvrages annoncés en tête de cet article suffiraient pour montrer les progrès de l'archéologie hébraïque; commenter la Bible par les ruines de la ville sainte, voilà le but vers lequel tendent les auteurs. Bon commentaire, sans nul doute, commentaire savant et habile, mais dont les points de vue et la forme diffèrent tout autant dans les récits de chaque voyageur qu'eux-mêmes diffèrent entre eux par la tournure d'esprit et par la situation dans le monde.

M. Pierotti me représente le travailleur persévérant et modeste que la fièvre de l'archéologie hébraïque empêche de dormir. Demi-ingénieur, demi-architecte, il profite de sa position auprès du pacha pendant huit années pour tout voir et tout explorer dans Jérusalem. Caves, voûtes, conduites d'eau, piscines, murailles, décombres de toute espèce, rien ne lui échappe depuis la porte de Sion jusqu'à celle de Damas. Je le vois errer entre de tristes murailles, tenant d'une main la pioche, et de l'autre la Bible ou l'Évangile. Mais si le passé l'attire, il n'oublie point le présent. Ainsi, chemin faisant, sur le climat, sur les mœurs, sur la population, il recueille une foule de détails intéressants et peu connus : c'est de lui que je tiens que Jérusalem renferme actuellement 7,738 juifs, 7,598 mahométans, 2,700 grecs, 1,278 catholiques romains, 568 arméniens, 268 protestants, 80 abyssins; etc., en tout, 20,400 habitants.

M. Pierotti a fait des découvertes. Nous en dirons un mot plus loin. En outre, la topographie lui doit

deux plans exacts et minutieux de Jérusalem : un de
la ville antique, l'autre de la ville moderne, dignes
tous deux de l'attention du monde savant, même après
le plan si remarquable de Schultz. On lui doit enfin
d'avoir suivi l'exemple d'un artiste habile, devenu un
excellent archéologue (je parle de M. Salzmann).
Ainsi, en demandant à la photographie l'image fidèle
des principaux monuments de Jérusalem, notamment
celle de l'Haram-ech-Chérif, en montrant les vallées
qui entourent la ville, il a rendu aux curieux qui ne
peuvent voyager un signalé service.

Tant de zèle méritait une récompense. L'Angleterre
et la France se sont chargées de la donner. Le travail
de M. Pierotti a été traduit par un savant *fellow* de
Cambridge, Georges Bonney; un autre, du même collége, a revu les citations et complété le texte; enfin
l'Empereur a bien voulu accepter la dédicace d'un
ouvrage qui comble certaines lacunes dans l'archéologie biblique.

Le livre de M. Pierotti est plus particulièrement le
livre d'un ingénieur et d'un architecte, bien que les
planches relatives à l'architecture laissent singulièrement à désirer ; celui du comte Melchior de Vogüé
est l'œuvre d'un antiquaire, d'un historien, et qui plus
est, d'un homme de goût. Si vous regardiez M. de
Vogüé comme un de ces riches amateurs pour lesquels
l'archéologie n'est qu'une distraction, un intermède,
vous seriez loin de compte. Le voilà entré dans la vie
littéraire, et s'il est disposé à en ressentir les nobles
jouissances, je le crois de taille à en supporter coura-
geusement les luttes et les amères déceptions. Du

reste, ses débuts ont été accueillis avec cette faveur, ce sourire bienveillant que le monde réserve pour le mérite et la jeunesse, surtout quand le mérite et la jeunesse sont en vue, grâce à une belle position.

M. de Vogüé a eu une heureuse idée, je dirai même une grande idée. Il a voulu écrire l'histoire du mont Moriah, qu'il considère avec raison comme l'un des points les plus vénérables de la terre, un des plus dignes d'exciter aux recherches et de provoquer des méditations sérieuses. Déjà préparé par un premier voyage, dont un livre fort curieux (*les Églises d'Orient*) a été le fruit; puis ramené vers les lieux saints par une pieuse douleur, M. de Vogüé s'est empressé de profiter du changement opéré entre son premier voyage et le second. Il y a treize ans, les Turcs auraient puni de mort le chrétien assez audacieux pour franchir les portes de l'Haram-ech-Chérif. Aujourd'hui (oh! progrès des lumières!) ils lui demandent 20 fr. C'est un prix fait. Secondé par un architecte jeune et habile, M. E. Duthoit, et lui-même dessinant et mesurant, M. de Vogüé, par un vigoureux coup de collier, est arrivé, au bout de trois mois, à réunir tous les éléments nécessaires pour donner au monde savant une belle monographie du mont Moriah; monographie où rien n'accuse la précipitation, où tout est soigné, la rédaction du texte comme la gravure des planches; œuvre élégante et sérieuse, dont les juges compétents ne parlent qu'avec ce sentiment d'estime qu'inspirent un travail complet et une exécution parfaite.

Quelles annales que celles du mont Moriah! C'est l'axe autour duquel se déroule toute l'histoire d'Israël.

Il a vu Abraham, il a vu David. Ici Salomon élève un temple au Dieu vivant, puis Nabuchodonozor met en poudre ce sanctuaire, le plus riche, le plus vaste de tous ceux qui ont été construits par les hommes de cet âge ; Zorobabel en reconstruit un second, qui fait place à un troisième érigé par Hérode et bientôt détruit de fond en comble par Titus.

Voilà l'ère de désolation commencée : le Moriah pendant des siècles ne montrera plus que des ruines. Adrien, sur cette roche sacrée, élève un autel à Jupiter ; Constantin oublie volontairement des décombres sous lesquels la gloire des enfants de Jacob est ensevelie ; Julien, dont le dessein, dit-on, est de faire mentir les prophéties, essaie, mais en vain, de relever le temple. Du temps de Justinien, le christianisme plante la croix pour la première fois sur le plateau du Moriah : ce prince érige ici une basilique consacrée à la Vierge. Enfin, devenu maître de Jérusalem, Omar s'empresse de bâtir, au centre de la plate-forme construite par Salomon, une belle mosquée, la Quoubbet-es-Sakhrah, rivale en sainteté de la Mecque et de Médine, et dont M. de Vogüé, par la gravure et la lithochromie, a l'honneur et l'avantage de nous avoir révélé le premier les splendeurs.

Telle est, en deux mots, l'histoire de ce mont respectable qui fut, avant de devenir le centre du monothéisme, l'objet d'un culte semblable au culte du bétyle ou des pierres sacrées dans d'autres pays. Aujourd'hui, sous le nom de Haram-ech-Chérif (*le noble sanctuaire*), il s'offre aux regards du voyageur comme une vaste esplanade entourée au nord et à

l'ouest par des constructions massives, au sud et à l'est
par des murs de soutènement dont la base est composée en divers endroits d'assises gigantesques. Ces murs,
couronnés par des créneaux, dominent la plus célèbre
comme la plus triste des vallées de la terre, la vallée
de Josaphat. Derrière s'élève tranquillement, sous les
flèches aiguës du soleil de Syrie, la coupole de la
Quoubbet-es-Sakhrah.

Vous le voyez, il y a là une mine très-riche et très-
ancienne, nouvellement exploitée. N'allez pas croire,
toutefois, que l'exploitation en soit bien facile, malgré
la récente mansuétude des Turcs. Le *noble sanctuaire*
cache plus d'un piége et ne laisse pas surprendre tous
ses secrets. Demandez à M. de Vogüé ce qu'il pense
de l'enceinte du haram : il vous dira que cette enceinte
est la même que celle du temple juif dans sa forme dernière, la forme qu'Hérode lui avait donnée. Question-
nez M. de Saulcy, qui a étudié l'haram avec autant de
zèle que M. de Vogüé ; voici sa réponse : Hérode n'a
rien changé aux murs de soutènement construits par
Salomon. Il n'y a pas de raison plausible pour attribuer à
un autre qu'au roi qui fit élever le premier temple les
assises gigantesques que l'on voit au pied de ces murs.

J'indique cette controverse sans vouloir y entrer.
Pourquoi insister sur des questions qui appartiennent à la juridiction de l'Académie des Inscriptions
et du *Journal des Savants?* D'ailleurs, s'il est certain,
comme on l'a dit, que la vraie critique consiste à bien
connaître un auteur pour juger de son livre, il importe de faire remarquer que M. de Vogüé est du
nombre des croyants. Lui-même nous l'annonce en

14

ces termes : « Quoique le point de vue purement religieux ait dû être laissé de côté dans ce livre, il n'est
pas resté étranger à ma pensée et domine tout ce travail. » Eh ! oui, sans doute, il le domine, et je n'en
veux d'autre preuve que la manière assez vive dont
M. de Vogüé, si réservé et si calme d'ordinaire, est in-
tervenu dans une question de topographie évangélique, question qui touche de si près nos croyances,
que je dois m'y arrêter.

L'église du Saint-Sépulcre est-elle un monument
apocryphe ? Oui, nous dit la critique négative. Lisez
Robinson [1], et vous verrez qu'il prend à partie le plus
illustre des défenseurs de la tradition, Chateaubriand,
qui s'est appliqué à établir que c'est bien sur le tombeau du Christ que s'élève l'église bâtie par Constantin. Or, suivant Robinson, du temps du premier empereur chrétien, personne à Jérusalem n'était à même
de désigner avec certitude l'endroit où avait été déposé
le corps du Sauveur. Tout récemment, dans un livre
célèbre, M. Renan a soulevé une autre objection : il
remarque que l'église du Saint-Sépulcre est engagée
dans l'intérieur de la ville, ce qui établit nécessairement un désaccord entre la tradition et la topographie,
puisque le Golgotha était situé hors des murs de Jérusalem ; et il ajoute que d'ailleurs aucun tombeau ne
pouvait être creusé dans l'intérieur de la cité.

Un fait, des plus minimes en apparence, est venu
justifier la tradition : la découverte, par M. Pierotti,
en 1858, d'un fragment du mur de la seconde en-

---

1. *Biblical researches*, t. II, p. 70.

ceinte de Jérusalem [1]. Beaucoup de mes lecteurs ignorent peut-être que Jérusalem a eu successivement
trois enceintes ; les deux dernières furent destinées à
protéger les nouveaux quartiers.

M. de Vogüé s'empare de ce fait, il le discute. Il nous
montre le quartier situé au nord de la montagne de
Sion, protégé par cette seconde enceinte ; puis il nous
fait voir au nord-ouest du pan de muraille nouvellement découvert, et tout près du Saint-Sépulcre, un rideau de rochers qui touche à ce monument. Des chambres sépulcrales furent taillées dans ce rideau de
pierre. Une seule existe encore, et se nomme le tombeau de Joseph d'Arimathie. Bien certainement, ajoute
M. de Vogüé, ce tombeau est judaïque, et tout démontre
qu'une nécropole à laquelle appartenait le Saint-Sépulcre et le tombeau du grand prêtre Jean était située
à peu de distance et en dehors de l'enceinte. « Pour
moi, s'écrie-t-il en terminant, après une étude consciencieuse et réfléchie, il y a peu de monuments antiques dont l'authenticité me paraisse aussi bien établie. Je ne suis point porté à y croire, j'y crois. »

N'est-ce pas là un excellent exemple des services
que peut rendre l'archéologie ? L'interprétation des
textes seuls nous laisse dans le doute et trouble les
plus habiles. Or, voilà que la découverte d'un pan de
mur tire tout le monde d'embarras. Ce mode d'induc-

1. *Jerusalem explored*, p. 33. Si nous devons en croire M. Pierotti,
ce fut lui qui, soupçonnant une découverte à faire, engagea les représentants du gouvernement russe à Jérusalem à acheter le terrain où
se trouvait ce fragment de muraille. Plus tard, M. de Vogüé a repris
ces fouilles pour son compte.

tion, qui repose sur des faits matériels, doit triompher
dans un siècle positif.

Voulez-vous maintenant du mouvement et de la vie ?
Voulez-vous avoir le spectacle d'un esprit des plus vifs
aiguisé par la contradiction ? Voulez-vous connaître ce
que peut produire une érudition toute bouillonnante
d'émotions personnelles, ouvrez le *Voyage en Terre
Sainte*, de M. de Saulcy.

M. de Saulcy ! mais c'est la facilité, la sagacité
même, et la facilité et la sagacité accrues par le travail le plus constant : antiquaire, épigraphiste, numismate consommé, son goût le porte vers les difficultés. Il aime à explorer, dans les domaines de la
science, les régions désertes ou peu connues, et à y
porter la lumière. Il n'a pas autant voyagé qu'Ampère, l'esprit élégant, l'académicien cosmopolite ; mais
il connaît l'Égypte et les glaces du pôle ; il a vu et retenu.

Il y a seize ans, un malheur domestique le pousse,
comme M. de Vogüé, sur les côtes de Syrie. Il parcourt
la Judée, visite Jérusalem, prend feu pour les antiquités religieuses, et se promet de marquer sa place dans
l'archéologie hébraïque. Il a tenu parole. Il était arrivé
dans la persuasion qu'il ne trouverait aucune trace
des monuments contemporains des rois de Juda. Il
repart convaincu du contraire et le proclame sans
tarder.

On se souvient de quelle manière furent accueillies
des idées si diamétralement opposées à tout ce que l'on
pensait sur l'âge et le style de la plupart des monuments de Jérusalem. Ce fut, M. de Saulcy l'a dit lui-

même, « une avalanche de dénégations. » — Je le
sais, puisque j'étais du nombre des contradicteurs [1].
— M. de Saulcy répondit avec une habileté un peu
émue ; mais, s'il est facile à un homme d'esprit de
renvoyer la balle à ses adversaires, il est moins facile
de démontrer qu'ils ont tort; c'est ce que M. de Saulcy
comprit à merveille :

« Si mon imagination seule, dit-il, avait fait les
« frais des théories que je m'étais efforcé de répandre,
« je devais, en honnête homme, le reconnaître haute-
« ment et remercier mes contradicteurs de la *parfaite*
« *courtoisie* avec laquelle ils me signalaient les erreurs
« que j'avais commises involontairement, ainsi qu'ils
« voulaient bien le déclarer. Faire amende honorable
« cependant, avant d'avoir étudié sur place la valeur
« des objections que mes appréciations avaient soule-
« vées, me paraissait un peu trop prompt, un peu trop
« humble. Je pris donc bravement mon parti, et, mal-
« gré le poids de treize années qui s'étaient écoulées
« depuis mon premier voyage, je n'hésitai pas à af-
« fronter de nouveau les inconvénients de toute na-
« ture qui entravent forcément une de ces courses
« aventureuses, qu'on appelle voyage, chez les Arabes
« de Syrie, et je me disposai à retourner à Jérusa-
« lem. »

Quel a été le résultat de ce second voyage? De fortifier M. de Saulcy dans ses convictions. A l'un de ses
confrères, un maître dans ces questions, qui lui demande au retour, en pleine Académie, s'il croit tou-

---

1. *Revue des Deux Mondes*, mai 1854.

jours que les Qbour-el-Molouk soient le tombeau des
rois de Judas, il répond : « Plus que jamais aujour-
d'hui. »

M. de Saulcy a donc une entière confiance dans ses
découvertes. Il a raison, car (je le reconnais franchement) elles seront, on peut le prévoir, de moins en
moins contestées. Un homme d'un beau talent, et dont
personne ne peut nier la compétence en architecture,
M. Viollet-le-Duc [1], a complétement adopté les opinions
de M. de Saulcy sur la date probable des débris d'édifices hébraïques que renferme encore Jérusalem. Guidé
par d'excellentes photographies, il admet (pour ne citer qu'un exemple) que les énormes blocs de la plate-
forme sur laquelle s'élevait le temple de Salomon sont
antérieurs à la domination romaine.

Toutefois, je ne puis m'empêcher de le dire, entraîné par l'ardeur de la défense, l'habile avocat de
M. de Saulcy va trop loin. Ainsi il prétend reconnaître
un *art local* dans ces tombeaux qui entourent Jérusalem, et dont les triglyphes appartiennent évidemment
à la Grèce. Pourquoi mettre en avant une hypothèse
qui repose sur le vide, et venir prétendre, sans en donner la moindre preuve, que les Grecs ont emprunté
certains détails du dorique aux Phéniciens ou aux
Juifs ? N'est-il pas plus naturel, car ici nous devons
aller du connu à l'inconnu, de croire, comme je l'ai
cru, comme je le croirai jusqu'à preuve du contraire,
que cette ornementation nous montre l'art grec, four-
voyé en Syrie, à une époque de décadence, peut-être

1. *Entretiens sur l'Architecture*; Paris, 1863.

au temps de Trajan ou d'Adrien; époque où se mélangèrent tous les cultes, toutes les civilisations, et ou se réunirent, pour élever les monuments les plus étranges, les arts de l'Orient et de l'Occident?

Du reste, je n'ai fait qu'effleurer un sujet bien fécond et qui peut mener loin quiconque s'attache à le creuser; la Jérusalem biblique ne peut être épuisée en peu de jours. « Rome, disait Gœthe, est comme la mer, qui ne paraît jamais plus profonde qu'à ceux qui l'explorent avec persévérance. » Il en est de même de la ville de Salomon et d'Hérode.

L'ARCHÉOLOGIE DE L'ASIE MINEURE ET LES RÉCENTES
EXPLORATIONS

(Revue nationale, 1862.)

*(Papers respecting the excavations at Budrum and Cnidus presented to both
Houses of Parliament, 1858, 1859.)*

Le nom de l'Asie Mineure nous fait songer à l'union
intellectuelle de l'Orient et de la Grèce. Il nous rappelle aussi un beau pays. Bordée au nord par l'orageux
Pont-Euxin et par la Propontide, l'Asie Mineure a pour
ceinture au sud et à l'ouest une mer azurée. Découpés
sur les flots de la manière la plus capricieuse, ses rivages se développent dans un périmètre immense,
montrant au navigateur cent promontoires orgueilleux
ou charmants.

Tandis que la Grèce desséchée n'offre le plus souvent à ses admirateurs que des rochers noircis, les
montagnes de la péninsule asiatique se mirent dans
des lacs profonds. Vingt fleuves arrosent ses provinces. Une herbe épaisse couvre de son velours des
plateaux pittoresques étagés l'un sur l'autre et qui se
perdent dans les nues. Des forêts, vieilles comme le
monde, couvrent de leur ombre les vallées. La rive
occidentale, où les roses fleurissent comme les mar-
guerites dans nos prés, voit s'épanouir dans une tiède
atmosphère l'olivier, le myrte, l'oranger. Il n'est pas
de climat plus doux que celui de la molle Ionie, symbole de la paresse élégante et d'un aimable loisir.

L'Asie Mineure fut le champ clos des nations : ses plaines immenses ont été le théâtre des plus terribles jeux de la destinée. Riche entre toutes les provinces de l'Empire romain, elle alimentait ce grand corps : grâce à elle, il vivait. Quelques années avant notre ère, cinq cents villes florissaient sur ce sol privilégié. C'est le premier pays du monde, nous dit Cicéron.

Regardez un peu attentivement, et vous verrez que de l'Euphrate à la Méditerranée cette vaste péninsule est couverte de ruines : ruines de toutes les civilisations, ruines qui remontent à l'origine des sociétés, elles nous disent dans leur mélancolique langage que bien des races ont passé sur cette terre. Cette antiquité est plus vaste et plus complexe que celle de la Grèce; elle a des profondeurs encore inconnue s. Disons aussi que pendant longtemps elle fut rarement visité e; la curiosité savante rencontrait de grands obstacles. Enfin l'explosion s'est faite, le voile a été soulevé : de nos jours, l'Asie Mineure est entrée, comme l'Égypte et la Grèce, dans le domaine de l'archéologie. Que les voies de la science restent ouvertes, et dans cinquante ans les antiquités de la péninsule asiatique seront aussi connues que celles de l'Italie.

Ces conquêtes n'ont point encore été exposées dans leur ensemble, comme je l'entends; c'est-à-dire de manière à les faire bien comprendre et apprécier par le gros des lecteurs[1], et en attendant qu'une plume

1. On peut citer toutefois Vivien de Saint-Martin, t. III de *l'His-toire des découvertes géographiques ;* Paris, 1846. Voyez aussi Car.

plus savante et plus habile expose à loisir ces belles
recherches, je vais essayer d'en donner un aperçu
rapide mais exact.

Laissant de côté les détails et les aspérités de l'érudition, dégageant partout l'antiquité figurée de la géo=
graphie, je vais essayer d'indiquer le mouvement scientifique dont l'Asie Mineure est l'objet depuis le commencement du siècle. J'essayerai également de mettre
en lumière les découvertes nouvelles, et je reviendrai
sur les découvertes qui datent d'assez loin. Heureux de
pouvoir signaler à mes lecteurs les trésors que recèle
le monde gréco-asiatique, je voudrais leur inspirer le
désir d'étudier ces régions peu connues.

I

Trois voyageurs, trois esprits distingués, ont ouvert dans l'Asie Mineure, à la fin du siècle dernier, les
routes royales de la science : Chandler (1764), Choiseul-
Gouffier (1775), Lechevalier (1785).

Un jour, plusieurs amis de l'antiquité, réunis à
Londres, conçoivent le projet d'une expédition sur les
côtes occidentales de l'Asie Mineure. Grâce à l'initiative particulière aux Anglais, la somme nécessaire pour
le voyage est bientôt trouvée, et le voyageur est désigné : ce sera Chandler, un savant helléniste. Chandler

Ritter, *Die Erkunde*; Berlin, 1832-59, in-8. Les t. VIII et IX traitent
de l'Asie Mineure, et renferment les matériaux nécessaires pour retracer quelques parties importantes de ce vaste ensemble.

part accompagné d'un peintre et d'un architecte, parcourt l'Ionie, la Troade, et revient après avoir fait une ample moisson. De ce voyage est sorti un beau livre, *les Antiquités ioniennes*, dont l'apparition dans le monde de la science fut un événement.

Onze ans plus tard, un diplomate visitait l'Asie Mineure. Émule du comte de Caylus, le comte de Choiseul-Gouffier aimait et protégeait la science ; cet amour de l'antiquité au dix-huitième siècle, dans ces salons où l'on se souciait si peu de la Grèce et d'Homère, est une singularité piquante qui n'a pas été assez remarquée.

Lechevalier, le plus modeste des trois voyageurs, est celui dont les recherches, à cette date, furent les plus populaires. Retrouver l'emplacement d'Ilion, démontrer que le plateau de Bonnar-Bachi est le seul endroit de la plaine troyenne qui puisse concorder avec la description d'Homère, c'est du bonheur et de la gloire.

A partir de l'année 1800, le nombre des explorateurs s'accroît : géographes, géologues, antiquaires, accourent pour cueillir les fruits de ce nouvel arbre de la science, dont la barbarie ottomane défend de moins en moins l'approche. Ce n'est plus seulement l'Ionie, la Troade, la Lydie, clairs rivages rafraîchis par les brises de l'Égée dont on visite les ruines ; on s'aventure au cœur du pays, à travers les forêts, dans le dédale de ses roches. Les uns s'avancent vers l'est, les autres traversent la péninsule, du nord au sud, dans toute sa largeur.

A la tête de cette phalange de savants, j'aperçois le

colonel Leake [1]. Leake, c'est la personnification de l'investigation anglaise : investigation froide, scrupuleuse, tenace, qui note chaque soir sur un carnet les détails de la journée.

Leake est une lumière, mais ce n'est pas la lumière de Chateaubriand. Relisez l'itinéraire, vous y verrez que ce grand artiste, quand il voyage en Asie, estropie tous les noms [2], et qu'il découvre une ville inconnue sur une route que les caravanes ne cessent de parcourir. Mais quel pinceau, quelle vigueur de coloris, quelles descriptions qu'on ne peut plus oublier !

Ici se place sous ma plume le nom du major Prokesch, auteur d'un bon livre souvent lu de l'autre côté du Rhin et souvent cité : *Souvenirs de l'Égypte et de l'Asie Mineure* [3] (1824). Prokesch a surtout étudié avec un soin remarquable les nombreux tumulus de la plaine de Menderé, dans la Troade.

Vers cette époque (1825), deux voyageurs français, le comte Alexandre de Laborde et son fils Léon de Laborde [4], parcouraient l'Asie Mineure, accompagnés d'un peintre et d'un architecte : j'insiste sur cette date de 1825, parce qu'elle établit en faveur d'Alexandre et

---

1. *Journey through some provinces of Asia Minor, in the year* 1800, dans le recueil de Rob. Walpole, intitulé : *Travels in various countries of the East;* London, 1817. Cette première publication a été complétée par Leake, sous ce titre : *Journal of a tour in Asia Minor ;* London, 1824.

2. Voy. Vivien de Saint-Martin, *Histoire des découvertes géographiques*, t. III, p. 16.

3. *Erinnerungen aus Aegypten und Klein asien ;* Wien, 1829-31, 3 vol. in-8.

4. *Voyage en Orient* ; Paris, Didot, 1838. Le premier volume est consacré à l'Asie Mineure.

de Léon de Laborde la priorité des découvertes. Les
premiers ils ont fait connaître par leurs dessins Azani,
voisine des sources du Rhyndacus, Azani où se voit
un temple dont les ruines nous donnent la plus grande
idée de l'art gréco-asiatique sous Adrien; par eux
nous connaissons l'aspect de la vallée de Dangola,
vallée mystérieuse dont les rochers recèlent les tombeaux des anciens rois de Phrygie; par eux, et sans
sortir de notre cabinet, nous voyons devant nous
Gnide, Halicarnasse, Milet, Téos, Éphèse. Leurs planches sont de véritables panoramas.

Au moment même où MM. de Laborde visitaient
l'Asie Mineure, le chapelain du consulat britannique
de Smyrne, le révérend Arundel[1], explorait la Pisidie
et signalait à l'attention des géographes et des antiquaires une ville que le temps semble à peine avoir
effleurée de son aile. Soixante édifices de la plus florissante époque de l'art, voilà ce qu'on trouve encore
aujourd'hui dans Sagalessus, Pompéi orientale, que
ses habitants semblent avoir abandonnée la veille.

On connaît les voyages de M. Texier[2], envoyé dans
l'Asie Mineure, en 1833, par M. Guizot, alors ministre
de l'instruction publique, et par deux académies, celle
des sciences et celle des inscriptions, mission scientifique s'il en fut : « Je doute, écrivait-il de Constantinople,
que personne en voyage ait jamais eu plus de charges
que moi, car j'en ai pour toutes les lettres de l'alpha-

1. *A visit to the Seven Churches of Asia, with an excursion into
Pisidia;* London, 1828.
2. *Description de l'Asie Mineure, faite par ordre du gouvernement
français,* t. 1er.

bet : archéologie, architecture, bibliographie, chronologie, ethnographie, géologie... que sais-je? Je n'en
finirais pas. »

Je ne sais si M. Texier était de force à porter tout ce
fardeau, mais ce qu'il y a de certain, c'est qu'il est le
premier qui ait su réunir pour l'archéologie de l'Asie
Mineure un aussi grand ensemble de faits et d'observations. Le nombre des monuments reproduits par son
crayon facile, peu scrupuleux même, est très-considérable. On lui doit plusieurs remarquables découvertes, et surtout celle des sculptures de la vallée de
Bogaz-Keuï (la vallée du Défilé) en Galatie, voisine du
champ de bataille où Crésus fut vaincu par Cyrus. Rien
de plus curieux que ce monument surnommé la *Pierre
écrite*, sans contredit l'un des plus anciens de l'Asie
Mineure, et qui doit nous arrêter dès l'abord.

Sur les parois aplanies d'une enceinte se déroulent
plusieurs bas-reliefs, dont l'ensemble forme une vaste
composition. Deux personnages de haut rang suivis
d'un nombreux cortége de serviteurs et de soldats,
voilà ce qu'à première vue ils semblent représenter.
L'un de ces personnages est barbu. Une mitre conique
lui sert de coiffure. L'autre, suivant M. Texier, serait
une femme, si, en pareil cas, une longue robe et des
cheveux tombant sur les épaules étaient toujours un
indice dans ce monde asiatique efféminé. Des animaux symboliques, une aigle à deux têtes, comme
l'aigle autrichienne, se voient dans ces curieuses
sculptures; mais ce qui ajoute à l'étrangeté de ce
débris des vieux âges, c'est le costume, ce sont
les armes des soldats. Coiffés d'un bonnet conique,

chaussés avec des souliers à la poulaine, ils s'avancent la massue sur l'épaule et le glaive à la main.

William Hamilton, dont nous allons bientôt parler, a visité la *Pierre écrite*[1], et il y a vu un roi de Perse et un roi de Lydie traitant de la paix sur la frontière de leurs États. Un des plus savants géographes de l'Allemagne, M. Kiepert[2], a cru devoir rectifier cette explication. Pour lui, ces soldats chaussés avec des babouches ne sont point des Lydiens, mais plutôt des Scythes cimmériens, armés et habillés comme nous les dépeint Hérodote. Ceci nous ramène à l'invasion de ces guerriers nomades dans la péninsule; à la guerre qu'ils firent éclater entre deux puissants souverains, le Lydien Alyatte et le Mède Cyaxare; à des faits historiques antérieurs de six cents ans à l'ère chrétienne. N'est-ce pas là une bien majestueuse antiquité? Passons et allons plus loin.

Serait-ce un guerrier scythe, portant l'arc et la lance, que nous montre une figure sculptée sur les parois d'un rocher près du village de Nymphi, à quelques lieues de Smyrne? Cela n'est pas douteux, nous dit M. Kiepert, et ceux qui retrouvent dans ce bas-relief une de ces images de Sésostris signalées par Hérodote, comme les trophées de la marche triomphale en Asie du conquérant égyptien, se trompent complétement: «J'ai été à Nymphi, ajoute le géographe allemand, accompagné de M. Welcker, et la similitude de cette figure avec celles de Bogaz-Keuï nous a

---

1. *Researches in Asia Minor*; London, 1842.
2. *Archäologische Zeitung*, mars 1840.

vivement frappés. Ces babouches, ce bonnet pointu
n'ont rien qui rappellent l'Égypte. » — « Et moi aussi
j'ai été à Nymphi, disait un peu plus tard M. Charles
Lenormant[1] ; j'ai lu sur ce rocher de Karabel deux
lignes de hiéroglyphes. Elles m'ont appris que ce
n'est pas le grand Sésostris que nous devons reconnaître dans ce personnage, mais un Sésostris bien
moins illustre, et de la douzième dynastie. » — J'indique la difficulté, et je vais encore plus loin.

C'est au premier rang des investigateurs de la Péninsule asiatique que se place William Hamilton (1835-
1837). L'archéologie lui doit beaucoup, et tout autant
que la géographie et la géologie que son titre de
secrétaire d'une société scientifique de Londres lui
commandait de représenter. Je ne parle point des
nombreuses inscriptions dont il a enrichi l'épigraphie
grecque ; mais j'insiste sur ce zèle, sur ce coup d'œil,
auxquels l'étude de l'antiquité gréco-asiatique doit
des éléments nouveaux. Pour rester sur ce terrain,
je rappellerai seulement deux des découvertes de
cet habile homme : l'Euyuk et la ville troglodyte de
Soanlidéré.

Euyuk est un village turcoman, situé à deux milles
anglais de Kara-Hissar, en Cappadoce. Là, au bout
d'une avenue formée par d'énormes blocs, avenue qui
rappelle nos dolmens de Bretagne, s'élève une porte, et
l'une des plus bizarres dont l'histoire de l'architecture
puisse faire mention ; deux piliers ou portions de murs
nous offrent, sculptés en ronde bosse, deux oiseaux à

---

1. *Revue archéologique*, 1845, p. 103.

face humaine avec des pattes de lion [1]. Ces monstres, de dix à douze pieds de hauteur, nous font songer à l'Égypte par la coiffure, et par leur position à l'entrée d'un palais [2], aux taureaux à face humaine de Korsabad et de Persépolis.

Suivons maintenant Hamilton dans une gorge de la Cappadoce. Dépassons cette arche mystérieuse par laquelle on pénètre entre deux rochers qui s'élèvent verticalement à mille pieds de hauteur. Levez la tête, et vous verrez ces murailles prodigieuses criblées d'excavations, ornées de toutes les élégances de l'architecture : pilastres supportant des frontons, architraves délicatement travaillées, colonnes finement sculptées. Une ouverture au pied du rocher vous donne l'accès d'un passage parallèle aux parois. Là, vous trouverez un nombre considérable de cellules dont les fenêtres, espacées régulièrement, donnent sur la vallée ; une chapelle grecque, et un peu plus loin une grande église byzantine, taillées dans le roc, ajouteront au trouble de vos idées. Il n'est pas impossible de les éclaircir.

Hamilton aurait-il retrouvé ici un exemple des couches successives de la civilisation dans le cours des âges : l'époque primitive, celle où une race troglodyte se creuse des tanières dans la roche tendre ? Puis des traces d'une époque postérieure, celle où Grecs et Romains s'étant avancés au cœur de l'Asie,

---

1. Voy. sur l'interprétation de ces figures symboliques, M. de Longpérier, *Revue archéologique*, 1845, p. 73.

2. M. H. Barth, *Archäologische Zeitung*, juin 1859, a donné le plan de ce palais assyrien.

se logent à leur tour dans ces grottes qu'ils embellissent; puis enfin une troisième époque, où le christianisme s'implante dans ces rochers? Ces conjectures sont acceptables en attendant l'examen définitif.

Nous touchons à cette période où l'archéologie de l'Asie Mineure sort du domaine de l'histoire et de la littérature savante, où les monuments transportés des contrées lointaines dans nos musées vont nous parler eux-mêmes et frapper l'attention des artistes. Une mission scientifique confiée, en 1838, à Raoul-Rochette commence chez nous cette révolution.

Vous avez vu au Louvre cette salle où quelques curieux spécimens du plus vieil art grec, et notamment les bas-reliefs d'Assos, se trouvent réunis; c'est au zèle de Raoul-Rochette qu'on les doit. Vous connaissez Assos et ces bas-reliefs : je ne m'y arrêterai point; or, non loin de cette sculpture maussade se montre un art incorrect mais plein de fougue, cet art est gréco-asiatique. Les longues frises du temple d'Artémis Leucophryne, frises rapportées de Magnésie, en 1842, sous les auspices de Texier, nous le montrent amplement.

Cette date (1838) est bien significative dans les études dont j'esquisse rapidement l'histoire : elle marque une grande découverte, celle d'un filon d'or pur. Comment a-t-il été exploité? C'est ce que je voudrais faire connaître à mes lecteurs, et c'est de la Lycie que je vais leur parler.

II

Placée au sud de la Péninsule asiatique et regardant l'île de Rhodes, la Lycie se présente comme une presqu'île demi-circulaire, dont le pourtour maritime est fortifié par un épais rempart de montagnes. Des neiges éclatantes brillent au sommet de ces masses gigantesques dont les flots bleus baignent le pied. Nous admirons la beauté de la Lycie. Les anciens admiraient son organisation politique : c'était en effet un des types les plus remarquables du pouvoir fédératif dans l'antiquité; vingt-trois villes, dont les plus importantes avaient trois représentants, envoyaient des députés au congrès lycien : nomination du magistrat chargé du pouvoir exécutif dans la confédération, nomination des fonctionnaires, la guerre et la paix, telles étaient les graves questions sur lesquelles on délibérait dans l'assemblée lycienne. Malheureusement la Lycie était une trop belle proie, et malgré son courage elle ne put échapper aux conquérants et aux despotes. Cyrus ouvre la liste; ensuite paraît Alexandre; puis viennent les Ptolémées et les Séleucides, en dernier les Romains. Brutus détruit Xanthe, la ville principale; Antoine la rebâtit. Elle tombe enfin du temps de Claude, cette noble Lycie; l'époux de Messaline lui enlève un reste de liberté.

Xanthe, depuis des siècles, dormait du sommeil des morts au fond de sa vallée; nul œil curieux ne s'était fixé sur elle, lorsqu'un voyageur, quittant la frêle embarcation sur laquelle il côtoyait la rive méridionale de la Péninsule asiatique, se décida à remonter le cours du Xanthus. A peine avait-il parcouru quelques milles au milieu d'une nature grandiose, qu'un amas de ruines vint frapper ses regards. Ce jour-là, Charles Fellows[1] eut l'heureuse fortune de faire une des plus belles découvertes dont un ami de l'antiquité puisse s'enorgueillir.

Xanthe, comme toutes les villes antiques, se divisait en deux parties : une ville haute (l'acropole) consacrée à la défense, et une ville basse pour les habitants. L'acropole de Xanthe est assise sur un étroit plateau, haut de deux cents pieds, situé sur la rive orientale du fleuve. Les ruines de la ville basse s'éparpillent sur la rive occidentale, à quelque distance du Xanthus.

C'est dans cette acropole entourée de murailles de l'époque romaine, murailles formées avec des débris de sculpture et d'architecture provenant des édifices voisins, que M. Fellows a trouvé des témoignages aussi curieux qu'inattendus en faveur de la civilisation lycienne : je parle de trois monuments dont l'ancienneté et le caractère commandent l'attention. Le premier, placé près des gradins d'un théâtre en ruine, est connu aujourd'hui sous le nom de tombe des Harpies ; le second pourrait s'appeler le tombeau gothique ; l'obélisque, c'est ainsi qu'on désigne le troisième. On va voir ce qui peut justifier ces dénominations.

Le tombeau des Harpies est le plus célèbre, et mérite au plus haut point l'attention des antiquaires.

1. *Excursion in Asia Minor ; London*, 1839 ; et *An Account of discoveries in Lycia ;* London, 1840.

Qu'on se figure un pilier quadrangulaire de quinze pieds de hauteur. Un dé de pierre le surmonte, et par sa forte saillie abrite une frise ou bande de trois pieds de large, couverte de sculptures dont la singularité et la finesse ont fait la réputation du monument. Vingt-cinq figures du relief le plus doux semblent se mouvoir sur cette frise. L'art étrusque, des miroirs et des scarabées, voilà ce que rappellent des contours délicats dont le galbe, anciennement, était rehaussé par la couleur. Panofka[1], Émile Braun[2], M. Curtius[3], se sont appliqués à chercher le sens de cette sculpture énigmatique; voyons donc quelles seront leurs conjectures.

Sur la frise du côté oriental (celui par où l'on entre dans la chambre sépulcrale), deux déesses sont assises en face l'une de l'autre sur leurs siéges richement ornés. L'une tient une patère, l'autre la fleur et le fruit du grenadier. Trois jeunes femmes, pareilles aux vierges des Panathénées, s'avancent vers la déesse à la grenade. De longues tresses de cheveux couvrent leurs épaules. La stola orientale enveloppe leur beau corps dans des milliers de plis. Écartant son voile, relevant modestement sa robe, comme l'Espérance dans l'art grec, telle se présente la première de ces femmes. Sa compagne tient une grenade, et la dernière un œuf. N'oublions pas une vache allaitant son veau, placée au-dessus de la porte.

Les trois autres côtés ne sont pas moins mystérieux.

1. *Archäologische Zeitung*, avril 1843.

2. *Annali dell' Inst. di Corrisp. Archeolog.*, 1834, t. XVI, p. 133 et suiv.

3. *Archäolog. Zeitung*, janvier 1855.

Une même idée, sous trois formes différentes, semble y être reproduite. Trois hommes d'un âge mûr, trois hommes armés d'un long sceptre, reçoivent le premier un coq, le second une colombe, le troisième un casque. Un enfant présente le coq, un jeune homme la colombe, un guerrier le casque.

Quatre figures ailées placées symétriquement complètent ces sculptures. L'artiste les a représentées fendant les airs avec un jeune enfant dans leurs bras. Belle tête, ceinte d'un large bandeau, cheveux coquettement tressés, puissantes mamelles, corps d'oiseau, pattes nerveuses, les voilà ces Harpies d'où le monument que je décris tire son nom. Elles ajoutent au caractère bizarre de cette sculpture, sur laquelle se reflète un rayon du symbolique Orient.

Nourris de la mythologie hellénique, Émile Braun et Théodore Panofka n'ont vu dans la frise de Xanthe que la Grèce religieuse et ses traditions. Ils ont vu Cérès, Proserpine, les Parques, les Grâces, Junon, Jupiter et les Harpies enlevant les filles de Pandarus. M. Curtius a été plus hardi et peut-être plus heureux.

Selon ce savant, l'idée qui règne ici n'est autre que celle du lien qui unit la vie à la mort. Pour lui la déesse à la grenade, c'est la vie; les trois vierges, les trois périodes de la vie; la vache qui allaite, la vie; la déesse qui tient la coupe où elle reçoit l'obole des enfers, la mort; c'est pour cela qu'elle est à la porte du tombeau. Résurrection, voilà ce que disent ces harpies, qui, le sein gonflé de lait, emportent de jeunes enfants. D'un côté elles proclament l'effrayant pouvoir

de la mort; de l'autre elles nous apprennent que c'est
des flancs de la mort que sort la vie.

Mais ce triple personnage salué par trois adorateurs,
quel est-il? Le dieu de la lumière, l'éponyme de la
Lycie, l'Apollon lycien. C'est un dieu en trois personnes, l'analogue du Jupiter triopas adoré en
Grèce.

Je ne pénétrerai pas plus avant dans ces profondeurs; je me borne à une seule réflexion — elle est de
M. Curtius. Entre l'art lycien hiératique et l'art grec
hiératique, la parenté est étroite. Mais en Grèce la
pensée symbolique se voile de plus en plus sous les
séductions de la forme. En Orient elle reste immuable,
tel est le point de séparation.

Quel est ce tombeau d'apparence gothique sous le
ciel de l'Asie? C'est le type d'une certaine classe de
monuments funéraires lyciens. Solidement assis sur
sa base haute et allongée, il se termine par une voûte
ogivale surmontée d'un dé de pierre. Ainsi placé, cet
appendice produit l'effet d'un cimier. Enlevez les belles
sculptures qui décorent cette tombe, et vous croirez
presque qu'elle a été transportée des rives de la Tamise sur celles du Xanthus.

Tout autre est le genre d'intérêt que présente l'obélisque. Ici l'art n'a rien à voir : il s'agit de philologie.
Cette stèle — le nom d'obélisque est impropre — se
trouve couverte d'inscriptions qui ont tenu et tiennent
encore en éveil la haute curiosité des érudits. La qualification de Roi des Rois, le nom d'Ormuzd; ces
mots: *le fils d'Harpagus* et quelques indications géographiques, voilà tout ce que la sagacité des in-

terprètes a pu extraire de moins incertain dans ces inscriptions presque indéchiffrables. Cependant Daniel Scharpe[1] croit pouvoir y reconnaître plusieurs décrets rendus par les Perses, après la prise de Xanthe, cinq cents ans avant l'ère chrétienne, par Harpagus, général de Cyrus. Telle est l'opinion d'un savant anglais ; voyons celle d'un savant allemand[2], que nous ne devons pas oublier.

Appuyé sur une habile restitution des douze lignes de grec qui figurent sur cette stèle, restitution de laquelle il résulte que c'est en commémoration des victoires remportées par le fils d'Harpagus que l'on a érigé ce monument, M. Franz explique que ce personnage, l'un des descendants du général de Cyrus, est devenu roi de Lycie, sous la protection du roi de Perse. Mais contre qui s'est-il battu ? Quelle est cette guerre ? Quelles sont ces victoires ? M. Franz suppose que ces événements sont autant d'épisodes de la grande guerre qui éclata, vers 390 avant J.-C., entre le roi de Salamine (en Chypre), Évagoras, et le roi de Perse, Artaxercès, guerre dans laquelle se trouvaient intéressés tous les Grecs d'Asie, et à laquelle aurait pris part ce rejeton d'Harpagus, comme vassal d'Artaxercès.

Au fond nous ne savons rien de cette langue dont l'excellent Robert Cockerell a rapporté en Europe les premières notions[3]. Est-elle sémitique ou indo-germanique ? Est-ce un des idiomes de l'Asie centrale,

1. Voy. Charles Fellows, *Lycia*, Appendice B, p. 427.
2. Franz, *Die Frieden Saüle zu Xanthos; Archäolog. Zeitung*, 1844.
3. *Letter from M. Cockerell, relating to the Lycian inscriptions.* Voy. R. Walpol, *Travels in various countries of East*, etc. London, 1820, in-4.

comme le veut M. Lassen[1]? Le plus sage en pareille matière pour ceux qui ne sont pas spéciaux, c'est de dire, comme M. Franz: attendons.

Nous voici descendus de l'acropole. Un rocher qui s'élève à un mille de distance, au milieu des halliers, attire notre attention. Un monument renversé par un tremblement de terre le couronnait. Fellows a exhumé ces débris, les a restaurés, et nous allons en retrouver le modèle[2] au *Lycian Saloon* du Britisch Museum, où nous conduirons le lecteur. Voyez-vous cette jolie cella fièrement assise sur un haut soubassement? voyez-vous ce délicieux portique ionien qui l'enserre, et ces entre-colonnements animés par des statues? ces frontons sculptés, et surtout ces deux frises qui entourent le soubassement comme deux bandelettes de largeur inégale?

C'est la guerre que nous offrent ces bas-reliefs, la vraie guerre, comme on la voit sur la colonne trajane, et non point ces combats mythologiques dont tout l'intérêt réside dans l'exécution. Mouvements straté-giques, ville assiégée, soumission au vainqueur, rien n'y manque, et tout y est exprimé avec feu, mais aussi avec une précision qui forme entre cette sculpture et celle de Phigalie, par exemple, le contraste le plus frappant. Ce qui domine dans cette composition, ce qui en est le nœud et aussi la difficulté, pour ceux qui

---

1. *Ueber die Lycischen Inschriften*, dans le recueil intitulé : *Zeitschrift der deutschen morgenländ. Gesellschaft*, t. X, IIIe livre, 1856, p. 329-368.

2. Ce modèle a été exécuté sous la direction de Fellows. Une autre restauration a été proposée par Édouard Falkener dans le *Museum of classical antiquities*.

voudraient l'interpréter, c'est une scène que je ne puis passer sous silence, malgré la nécessité d'abréger.

Un homme dans la maturité de l'âge, dont l'attitude et le geste indiquent le commandement; il est assis, et derrière lui un esclave tient une ombrelle, signe d'autorité; — devant lui, deux vieillards, qui semblent l'écouter avec crainte; — plus loin quelques soldats : voilà ce que nous montre ce bas-relief. Que signifie cette scène? serait-ce une entrevue entre vainqueurs et vaincus?

Le premier nom qui se présente à l'esprit est celui d'Harpagus.—Verrons-nous ici le dernier épisode de la conquête de la Lycie[1]. — Nullement. L'histoire d'une part, l'esthétique de l'autre, concourent à faire rejeter cette conjecture. Que dit l'histoire? Après avoir enfermé dans la citadelle femmes, enfants, esclaves, richesses et livré tout aux flammes, les défenseurs de Xanthe se firent tuer. Que dit l'esthétique? Par son élégance, par sa conformité avec d'autres monuments du même ordre dans la Carie et l'Ionie, celui dont nous parlons est de beaucoup postérieur à la conquête de la péninsule asiatique. Eh bien! qui donc a élevé ce monument? Quelle est sa destination?

Rappelons-nous ce descendant d'Harpagus, ce roi de Lycie, vassal du roi de Perse et dont l'obélisque de Xanthe énumère les victoires. Rien ne nous empêche de supposer avec F. Welker[2] que ce charmant édifice n'ait été érigé pour rappeler l'une de ces victoires, et

1. Voy. Émile Braun, *Archäolog. Zeitung*, octobre 1844.
2. Voy. O. Müller, *Manuel d'Archéologie*, § 28. (En allemand.)

le groupe du satrape et des deux vieillards peut faire allusion à une autre conquête que celle de Xanthe.

Disons un mot maintenant des sculptures, des frontons ennoblis par les images de Junon et de Jupiter, et surtout des huit ou neuf figures[1] de l'entre-colonnement ramassées parmi les ruines. Je retrouve en écrivant ces lignes l'impression que produisent ces jeunes filles quand on entre dans le *salon lycien*. Leur maigreur virginale, que voile à peine une tunique transparente, indique supérieurement cette phase de la vie où la beauté féminine prête à fleurir se confond avec celle de l'éphèbe qui n'est pas encore un homme et cesse d'être un enfant. Cette sculpture a la pureté des sources vives et toute leur fraîcheur.

III

Ce fut en traversant la Lycie de l'ouest à l'est, que dans un second voyage[2], avril et mai 1840, sir Charles Fellows découvrit les ruines de Cadyanda et de Tlos, de Pinara et de Telmessus, de Sydma et de Patara, de Myra et d'Antiphellus, de Limyra et d'Alycanda; c'est-à-dire de quelques-unes des cités les plus remarquables d'une contrée qui jadis en avait soixante, au dire des anciens. Dans cette belle exploration, une antiquité riche et originale se fit voir au voyageur anglais. Bien différentes des nécropoles de la Grèce et de l'Italie qui

---

1. Rien de plus douteux que la signification de ces figures, au pied desquelles on voit des emblèmes marins : un dauphin, un crabe, un alcyon, etc.

2. *An Account of discoveries in Lycia.*

se cachent dans le sein de la terre, c'est sous le ciel bleu, vers lequel elles montent, que les nécropoles lyciennes s'étalent complaisamment. Vous allez en juger.

Quelques plateaux soutenus par d'immenses rochers, voilà toute la Lycie. A Telmessus, à Tlos, à Myra et dans vingt autres endroits, ces éternelles murailles sont percées par des milliers de grottes sépulcrales où brillent tous les caprices de l'architecture. Plusieurs de ces tombeaux ont l'apparence d'un temple dont la cella serait engagée dans le roc; parfois deux colonnes entre deux piliers surmontés d'un fronton forment la façade; d'autres nous offrent une imitation minutieuse de la construction en bois; à ce point qu'on retrouve le châlet dans lequel le berger turc se met encore aujourd'hui à l'abri de la neige : solives, poutres, chevrons, mortaises et assemblages sont reproduits ici dans la pierre massive de la montagne avec une fidélité scrupuleuse. L'illusion est complète. L'intérieur de ces tombes fait songer aux grottes étrusques de Tarquinie, où des jeux, des festins, des scènes familières égayent les demeures de la mort. Il en est de même en Lycie : la seule différence, c'est qu'en Lycie, des bas-reliefs coloriés tiennent la place des tableaux. Ajoutez que dans cette architecture troglodyte, circule le génie grec avec son élégante liberté. Quelques traits de mauvais goût ne sauraient le faire méconnaître; d'ailleurs nous sommes ici aux portes de l'Orient.

L'audace heureuse de Fellows a eu un grand résultat : elle a réveillé l'Europe savante. Fellows a eu des imitateurs. Parmi ceux qui ont suivi ses traces, il faut nommer principalement le révérend Daniel, le lieutenant Spratt, et le professeur Forbes, ingénieurs et antiquaires : ils nous ont donné les plans de onze villes lyciennes. On doit à ces habiles explorateurs les mesures de dix théâtres [1]. Dix théâtres dans une seule province de l'Asie ! N'est-ce point là une exhumation ? Que savait-on de la Lycie avant 1812, avant la description de ces côtes par le capitaine Beaufort ? A peine était-elle indiquée sur la carte. Tel est le privilége de la science, rien ne l'effraye, rien ne l'arrête, elle éclaire de son flambeau le pays où naquit la chimère, et tout devient réalité.

Non loin de la Lycie, dans une autre province, limite méridionale de la Péninsule, en Cilicie, existe un monument dont nous devons parler. C'est aux portes du Tarse, dans le jardin d'un fellah, en face des neiges du Taurus, que se trouve le *Dunuk-Tasch*. Figurez-vous un énorme parallélogramme qui possède, y compris quelques appendices, cent quinze mètres de longueur sur sept mètres de hauteur. Construit avec de petits cailloux mélangés de chaux et de sable, il offre l'aspect et la solidité du rocher le plus dur ; deux murailles parallèles au petit côté du nord-ouest paraissent avoir été rattachées au massif principal par une voûte disparue ; deux blocs de pierre de forme cubique ont été vus dans l'intérieur de ce tumulus, dont certains morceaux de marbre encore attachés au pourtour indiquent l'ancienne splendeur. Nous dira-t-il son secret, ce vénérable riverain du Cydnus ? Quel

---

1. Ce sont les théâtres de Telmessus, d'Antiphellus, OEnoanda, Cybira, Pinara, Balbura, Rhodiopolis, Cyane et Latoum.

est-il? Le tombeau de Julien l'Apostat, comme le suppose Macdonald Kenneir[1]? Ou bien peut-être le sanctuaire d'un de ces oracles si répandus dans la Cilicie et la Cataonie, comme le suppose M. Texier[2]? Enfin était-ce un autel consacré au feu, un *Pyræon*, comme le conjecture Barth[3]?

L'extrême difficulté d'une question si débattue n'a point effrayé un jeune et savant explorateur, M. Victor Langlois[4]. Envoyé en mission en 1852, par Napoléon III, à l'effet d'explorer la Cilicie, il est allé droit au Sphinx ; et voici en substance quelles sont ses conclusions : le Dunuk-Tasch (la pierre renversée) n'est autre que le tombeau d'un Sardanapale, qu'il ne faut pas confondre avec l'épicurien couronné. Le Sardanapale du tombeau est tout simplement un Sardanapale obscur qui se retira en Cilicie après la perte de ses États ; d'après cela, ce monument est assyrien, et texte, médailles et indices de plusieurs sortes concourent à le prouver.

Cette solution — peut-être ne sera-t-elle pas la dernière — ne fut point, heureusement, le seul fruit du voyage de M. Langlois. On lui doit des notions intéressantes et même certaines révélations : exemple, cet arc situé entre Néapolis et Lamas, sur lequel on distingue les emblèmes des Cabires. Je signalerai encore

---

1. *Voyage en Asie Mineure*, p. 902 de la traduction française.
2. *Ibid.*, t, III, p. 220.
3. Gerhard, *Archäologisch Anzeiger*, 1849, février, n° 2, s. 22.
4. *Voyage dans la Cilicie et les montagnes du Taurus* ; Paris, 1861.
Enlevé à sa famille et à ses amis il y a plusieurs années, Victor Langlois a laissé le souvenir d'un homme laborieux et dévoué à la science.

la découverte de la nécropole de Tarse dans les flancs
du Gueuzluk-Kalah : c'est ainsi qu'on nomme une
suite de collines échelonnées du nord au sud-est de
Tarse. Le Louvre a profité des fouilles de Victor Langlois dans cette nécropole. Les vitrines du premier étage
renferment une riche collection de figurines surchargées d'attributs, suite du mélange des idées grecques
et orientales, syncrétisme qui se manifesta surtout
quand la Cilicie subit le joug des Romains. Mais il est
temps de revenir sur la côte occidentale de la péninsule asiatique : une belle découverte nous y attend.

IV

Dans le cours de l'année 1846, l'ambassadeur anglais, sir Stratford Canning, jaloux d'enrichir le Musée
Britannique, obtint du sultan Abdul-Medjid plusieurs
bas-reliefs d'une grande beauté. Ces marbres venaient
du château de Saint-Pierre, petite citadelle qui commande Boudroum, bicoque turque dont les laides masures cachent les derniers vestiges d'Halicarnasse, où
le tombeau de Mausole, la *septième merveille du
monde*, excitait l'admiration des anciens. Quelques
rares voyageurs admis dans le château de Boudroum
avaient appelé l'attention sur les sculptures encastrées
dans les murailles, on en parlait un peu, mais on ne
les connaissait pas.

J'ai dit ailleurs[1] comment ces bas-reliefs, trouvés dans
les décombres du mausolée, furent mis à profit par les

1. *Journal des Débats*, 30 octobre 1858.

chevaliers de Saint-Jean de Jérusalem, et comment, dans leur terrible ignorance, ces gentilshommes bastionnèrent leur castel avec des bas-reliefs de Scopas.

A son arrivée à Londres, cette sculpture fit du bruit; moins de bruit cependant qu'elle n'en eût fait si l'on avait été convaincu de sa haute origine dans le monde des connaisseurs. Un homme d'une compétence reconnue, M. Newton [1], prit soin, dans un savant mémoire, de démontrer cette origine. D'un autre côté, un archéologue allemand, M. Urlich, proclama les marbres de Boudroum dignes des grands maîtres auxquels on hésitait à les attribuer. Il est certain que, mutilée, hors de place, privée de la lumière de l'Asie, cette sculpture essentiellement décorative demandait à être comprise. Le premier aspect a dérouté bien des gens.

Ces marbres réveillèrent les architectes anglais. Ils essayèrent de restaurer le tombeau de Mausole. Un homme qui réunissait la triple vocation de l'architecte, du voyageur, de l'antiquaire, Robert Cockerell [2], descendit le premier dans la lice, où il fut suivi par Falkener [3]. L'impulsion était donnée. Elle se communiqua rapidement. Deux officiers de la marine anglaise, MM. Graves et Brock, enrichirent le mémoire de M. Newton du plan de la ville et du golfe d'Halicarnasse. Ce plan fut rectifié plus tard dans une très-belle carte dressée par le capitaine Spratt. Voilà bien des

---

1. *On the Sculptures of Halicarnassus*, dans le *Classical Museum*, April 1847.

2. *Archäologische Zeitung*, novembre 1847.

3. Cf. la restauration du Mausolée dans le Mémoire de M. Newton, et le travail de Falkener, dans le *Museum of class. antiq.*, 1855, p. 157.

efforts pour restaurer les restes, profondément enfouis, de la *septième merveille du monde*, de ce tombeau auquel, depuis Caylus et Choiseul-Gouffier, personne n'avait songé, si ce n'est Quatremère de Quincy[1]. Enracinée dans le champ des hypothèses, la question ne pouvait faire un pas, lorsqu'un homme résolu entreprit de l'en faire sortir : ce fut M. Newton, l'auteur du Mémoire sur les marbres de Boudroum. Le 14 décembre 1856, dix ans après l'envoi de ces bas-reliefs, M. Newton, alors consul à Mitylène, adressait son premier rapport sur les fouilles d'Halicarnasse[2]. Et à qui l'adressait-il? au donateur des bas-reliefs, à sir Stratford Canning, devenu lord Stratford de Radcliffe, coïncidence assez piquante pour la noter. Un mot maintenant sur la ville explorée et sur le monument, objet principal de cette exploration, si bien faite pour nous intéresser.

Assise au fond d'un golfe qui gracieusement se dessine, Halicarnasse s'élevait en amphithéâtre sur une colline dont le temple de Mars, nous dit Vitruve, couronnait le sommet. A moitié de cette colline, Mausole avait fait faire une sorte d'esplanade, au milieu de laquelle fut érigé le tombeau magnifique auquel il a dû sa renommée. Pline nous en a donné une description, description trop longue ou trop courte pour ne pas avoir créé une foule de difficultés aux commentateurs. Voici, du reste, ce qui peut en ressortir.

1. Il faut ajouter à ces noms celui de Hirt, *Geschichte der Baukunst*, II, s. 170.
2. *Papers respecting the excavations at Budrum.*

Plus long que large, le mausolée avait sur les deux grandes faces soixante-trois pieds, circonférence totale, quatre cent onze pieds. Trente-six colonnes (le *Pteron*) l'entouraient, et sa hauteur n'eût été que de vingt coudées sans la pyramide qui le surmontait. Celle-ci, également haute de vingt-cinq coudées, se composait de vingt-quatre degrés en retraite surmontés d'une plate-forme où l'on voyait un quadrige de marbre, ouvrage de Pythis. Ce bel appendice donnait au mausolée une élévation totale de cent quarante pieds. Quatre grands artistes travaillèrent à la décoration de ce tombeau : Bryaxis sculpta le côté du nord, Scopas celui du levant; le midi et le couchant furent ornés par les mains de Timothée et de Léocharès.

Chacun sait dans quelles circonstances le mausolée a été érigé. La douleur d'Artémise, ce type des veuves inconsolables, est un lieu commun ; nous n'en parlerons point. Toutefois, je ne puis m'empêcher de remarquer que ce monument si célèbre ne témoigne pas seulement de la tendresse de la femme, mais aussi des goûts fastueux du mari. Mausole aimait la truelle : par lui la petite ville d'Halicarnasse transformée devint une capitale où il fit construire un superbe palais. De ses connaissances en architecture Vitruve paraît faire cas. Artémise, près de ce roi artiste, était à bonne école : on voit qu'elle en a profité. — Je reviens à M. Newton.

Retrouver sous les cabanes d'un village turc ce mausolée tant vanté, et le retrouver après le comte de Choiseul-Gouffier, qui, sortant d'Halicarnasse, déclarait qu'il n'en restait pas vestiges, quelle entreprise

magnifique! mais aussi quels regrets pour celui qui,
après avoir vivement sollicité l'honneur d'en être
chargé, laisserait échapper l'heureuse et rare fortune
d'en venir à bout ! Échouer était d'autant plus facile
que M. Newton resta quelque temps perplexe entre
deux opinions parfaitement respectables, mais complétement fausses : celle d'un célèbre antiquaire,
Louis Ross, dont l'Allemagne déplore la perte récente,
et celle du capitaine Spratt, l'excellent investigateur.

Louis Ross plaçait le mausolée tout en haut de la
ville, dans les flancs d'un monticule où l'on avait supposé avant lui que s'élevait jadis le temple de Mars.
Selon M. Spratt, la septième merveille était enfouie
sous un autre monticule à moitié chemin de la ville
et du port.

Une fouille vigoureusement commencée dans ce
second monticule vint prouver une fois de plus l'im-
prudence de s'arrêter à des conjectures fondées sur le
simple aspect des lieux. Ce fut alors que M. Newton
songea qu'il serait à propos d'attaquer la plate-forme
désignée par M. Ross. Quelques semaines devaient s'é-
couler avant qu'on fût d'accord avec le propriétaire.
M. Newton eut l'idée d'utiliser pendant ces délais les
bras des excellents marins placés sous ses ordres. Un
jour il leur fit sonder un champ voisin de l'habitation
de l'Aga, où, plusieurs années auparavant, M. Do-
naldson, le savant architecte, avait remarqué les ruines
d'un édifice ionique. Heureuse inspiration ! ce jour-là,
il est permis de le dire, le tombeau de Mausole fut découvert.

L'emplacement du tombeau, son enceinte (*peribo-*

los), une chambre pratiquée dans la terrasse moitié
naturelle, moitié artificielle, sur laquelle le monument
était assis, terrasse d'où il fut précipité par un tremblement de terre, tout cela mis au jour, tout cela mesuré, dessiné, forme la base, ou, si l'on veut, la partie
élémentaire et topographique de la belle découverte de.
M. Newton.

L'autre partie nous offre un intérêt plus vif en un
sens, car ce sont des fragments d'architecture et de
sculpture réunis autour de l'*Arca* qui la constituent.
Ces fragments, ces bas-reliefs, nous pouvons les voir et
les toucher : ils sont à Londres aujourd'hui. Quatre
bas-reliefs, dont la réunion, avec ceux que sir Stratford
Canning a envoyés, forment une notable partie de cette
frise[1] admirée déjà au siècle d'Alexandre, et sur laquelle on voit Grecs et Amazones combattre avec furie ;
ajoutez un des chevaux du quadrige sculpté par Pythis ;
une figure équestre mutilée, mais savamment exécutée ;
deux statues colossales d'un beau caractère, très-probablement Artémise et Mausole, plusieurs lions, plusieurs torses, beaucoup de débris ; en tout vingt-deux
morceaux, voilà le contingent de la sculpture dans
le magnifique envoi de l'explorateur anglais. Je ne
dirai rien de ces marbres ; avec une concision inci-
sive, le propre de son rare talent, M. Mérimée (*Gazette des beaux-arts*, 15 juillet 1859) les a appréciés
et loués. Non, je ne dirai rien ici de ces œuvres frémis-

---

1. Ce qui lui manque particulièrement, ce sont les magnifiques
bas-reliefs de même origine qui se voyaient encore il n'y a pas bien
longtemps dans une collection particulière à Gênes. Ils ont été publiés
par F. Braun, *Annali dell' Instituto di Corrisp. Archeol.* 1849.

santes de vie. Je les ai signalées ailleurs [1]. On ne peut traiter incidemment un si beau sujet.

Le mausolée sera-t-il reconstruit sur le papier ? Nous devons l'espérer. Affranchis désormais de l'obligation de commenter le texte de Pline, appuyés sur des données certaines, les artistes qui voudront rétablir scientifiquement ce tombeau [2] arriveront à des restaurations capables de satisfaire la logique et les yeux.

V

M. Newton prépare, du moins on l'annonce, la publication de ses belles découvertes dans l'Asie Mineure : l'Europe sera donc bientôt instruite des résultats acquis par les fouilles qu'il a entreprises en 1858 et 1859 à Gnide et près du temple d'Apollon Didymœus, dans le voisinage de Milet. Disposées avec méthode, illustrées par des gravures et des photographies accompagnées de certains éclaircissements que ne peuvent nous fournir les lettres adressées par le savant antiquaire aux comtes de Clarendon et de Malmesbury, lettres que j'ai sous les yeux, ces nouvelles et curieuses recherches se présenteront au public dans un beau cadre et sous le meilleur aspect [3].

---

1. *Journal des Débats*, 30 octobre 1858.

2. Je signalerai en première ligne M. Robert Cockerell. Éclairé par la découverte de M. Newton, l'habile architecte, dès 1858, s'est remis à l'œuvre.

3. Publié depuis sous ce titre : *A History of discoveries at Halicarnassus, Cnide and Branchida* ; London, 1628-63, 2 vol. in-8 et atlas in-fol.

On ne fait pas toujours des miracles ; tôt ou tard la veine se tarit. Que M. Newton se console donc de ne pouvoir dire avec certitude qu'il a retrouvé les restes du temple de la déesse de Gnide, de cette Vénus si provoquante ; n'a-t-il point recueilli, et même après Texier, une abondante moisson dans cette ville célèbre ? N'y a-t-il pas trouvé des marbres dont le style, à ce qu'il assure, rappelle la Vénus de Milo ? Sa bonne étoile ne lui a-t-elle pas fait découvrir à quelques lieues de Gnide, sur un cap qui s'élève à plus de trois cents pieds au-dessus de la mer, une tombe toute semblable au fameux trésor d'Atrée ? Le lion colossal qui la couronnait gisait à côté, et semblait garder, comme un chien fidèle, ce tombeau d'une date reculée (400-350 av. J.-C.).

Aidé par le crayon et la photographie, M. Newton nous fera connaître sans doute ces figures assises sur des trônes, les mains sur les genoux ; figures qui bordaient la voie sacrée par laquelle les pèlerins montaient du petit port des Branchides au temple d'Apollon. Chandler a vu cinq de ces figures enterrées jusqu'au cou. Grâce aux fouilles de M. Newton dans le sol où passait cette voie Sacrée, le Musée Britannique possède aujourd'hui dix de ces statues. On sait qu'O. Müller les tenait pour les plus vieux spécimens de l'art grec.

Vieilles elles sont en effet, ces images couvertes d'inscriptions où se lisent les noms de ceux qui les ont offertes à Apollon Didymœus. Chandler décrit ainsi quelque part le temple de ce dieu :

« Il est situé sur une colline en pente douce, et il

« s'aperçoit de loin parce que la terre, du côté de la
« mer, n'offre aucune inégalité. Son souvenir restera
« gravé dans ma mémoire. Rien de plus admirable que
« les colonnes qui se sont conservées tout entières.
« Elles sont toutes d'un seul morceau de marbre, et
« si hautes et si nobles qu'il est impossible de con-
« cevoir des ruines d'une beauté plus parfaite et plus
« imposante. Sur le soir, je vis un nombreux troupeau
« de chèvres. Elles regagnaient l'étable, faisant sonner
« la clochette suspendue à leur cou. Elles se répan-
« dirent au milieu des ruines, grimpant sur les arbris-
« seaux et les arbres qui croissaient, à notre grand
« étonnement, parmi des blocs énormes. Le soleil
« couchant éclairait cette scène de ses derniers rayons.
« La mer, au loin, paraissait unie et brillante. Une
« côte montueuse et plusieurs îlots formaient ses li-
« mites. Ce tableau était enchanteur. »

Enchanteur ! On le voit, l'émotion gagne l'helléniste
anglais.

Quel ravissant spectacle, en effet, que celui des ruines
sous un ciel magnifique, en face de ces pittoresques rivages auxquels les plus grands, les plus doux souvenirs
de la race humaine resteront attachés ! Entourée d'une
nature splendide qui ajoute à sa propre beauté, la noble
antiquité s'offre ici à notre amour, à notre culte, parée
des plus touchants attraits. Dans cet air libre et pur,
et loin de toutes les vulgarités d'une civilisation matérielle, le cœur s'élargit, l'esprit s'anime et s'élève.
L'érudition elle-même se sent des ailes ; elle monte
jusque dans ces hautes sphères où règne la poésie.

LE TEMPLE D'ÉPHÈSE[1]

(*Journal des Débats*, 19 septembre 1862.)

M. Falkener est le digne émule des Martin Leake, des sir Charles Fellows, des William Hamilton, des Robert Cockerell, des Newton, des Layard, etc., etc., et de tous les Anglais voyageurs qui, dans le cours du siècle, ont puissamment contribué à éclairer d'une lumière nouvelle la géographie et les monuments des contrées classiques. L'ouvrage dont je voudrais parler prendra place à côté des leurs. On y trouve tout ce qu'une application persévérante peut apporter de documents, tout ce qu'une érudition ingénieuse peut former de conjectures pour éclaircir et discuter un point d'antiquité. Des plans, des vues, des vignettes, le tout gravé d'après les dessins de l'auteur, enrichissent cette monographie, pour laquelle on n'a rien négligé. On serait même un peu effrayé des dépenses qu'une publication de cette nature entraîne, si l'on pouvait oublier que l'Angleterre n'est le pays des livres imprimés avec luxe que parce qu'il s'y trouve de nombreux souscripteurs.

Vers la fin de 1844, M. Falkener, qui parcourait l'Asie Mineure en curieux et en artiste, vint à Éphèse.

---

1. *Ephesus and the Temple, etc.* Éphèse et le Temple de Diane, par Édouard Falkener. Londres, 1862 ; un vol. in-8, avec figures.

Là, sans idée préconçue, sans autre pensée que d'accroître son portefeuille, il se mit à lever le plan de cette ville célèbre, je veux dire de ses restes. Quinze jours furent employés à étudier et à mesurer les ruines éparses autour des marais qui remplacent les deux ports d'Éphèse; pendant quinze jours, il recher-cha avec ardeur à quels édifices et à quelle période de l'histoire pouvaient appartenir les imposants débris dont cette solitude est anoblie ; du moins autant qu'il est possible quand on n'est point en mesure de pratiquer des fouilles, cet énergique moyen d'information. Telle est l'origine du livre que nous signalons au public sérieux.

Mais si ce livre est né fortuitement et sur les lieux mêmes qu'il a mission de nous donner à connaître, combien de fois n'a-t-il pas dû être fait, défait, refait laborieusement avant de paraître ! Que les lecteurs des œuvres légères se doutent peu de l'énorme labeur et des appréhensions vraiment pénibles de ceux qui gravissent lentement les sentiers ardus de l'érudition !

Voyez M. Falkener ! Après avoir visité Éphèse, dont les ruines offrent l'image du chaos, il a voulu tirer parti de cet amas de décombres et savoir ce qu'il cache. De retour en Angleterre, il s'enferme dans sa bibliothèque; il reprend ses auteurs grecs et latins; il leur donne pour escorte tous les voyageurs, tous les érudits qui ont parlé d'Éphèse; dans le silence du cabinet, il confronte les témoignages et les rapproche des matériaux qu'il a recueillis. Ce n'est pas tout : il se propose de retourner à Éphèse, afin de s'assurer de la justesse de ses conjectures, pour s'amender, se corriger, et recommencer au besoin une tâche bien difficile. Malheureusement, ou peut-être heureusement, les circonstances ne lui permettent point d'accomplir ce projet. Que faire alors? Enfouira-t-il dans un carton son manuscrit et ses dessins? Publiera-t-il un livre? C'est à ce dernier parti qu'il s'arrête, encouragé par les suffrages de quelques hommes compétents. On ne pourra qu'applaudir à cette résolution, qui a enrichi l'archéologie de l'Asie Mineure d'un ouvrage savant, consciencieux, utile à consulter.

Il y a plusieurs Éphèses, s'il est permis de le dire. D'abord une Éphèse mythologique : c'est l'Éphèse des Amazones et d'Hercule, l'Éphèse des races indigènes, des Cariens et des Léléges. Que savons-nous de cette Éphèse? Rien. L'Éphèse grecque vient après. Celle-ci vient de source attique. Bien que tributaire pendant des siècles des Lydiens et des Perses, elle n'en conserve pas moins ses institutions politiques et ses mœurs. Ses destinées se mêlent souvent à celles de la mère patrie. Cette Éphèse était du nombre des douze cités ioniennes; elle primait dans la Confédération avec Milet et Phocée. L'Éphèse qui s'offre ensuite, c'est la grande Éphèse; son temple est devenu magnifique. Elle tient le premier rang parmi les villes de l'Asie Mineure; elle en est la métropole : c'est l'Éphèse des Macédoniens et des Romains. La dernière Éphèse, c'est celle de saint Paul et de saint Jean. Là on vit les semences de la foi nouvelle germer rapidement dans les cœurs. Là on montrait la sépulture du disciple bien-aimé. Mais que ce soit l'Éphèse d'Hercule ou celle de saint Jean, c'est toujours la même ville,

c'est toujours Éphèse, en dépit des changements prodigieux amenés par le cours des choses et des siècles.

Cette ville, qui fit les délices des Romains, se
développait entre le mont Pion et le mont Coresus[1];
assise sur les pentes du mont Pion, elle s'avançait
dans la vallée jusqu'aux rives du Caystre, qui se dirige vers la mer en formant mille replis. Quel spectacle devait offrir cette cité tant renommée, quand la
masse grandiose de son temple, éclairée des rayons
d'un soleil d'Asie, s'offrait comme un splendide fron-
tispice aux yeux du voyageur; quand tous ses édifices, étagés sur les rochers, s'abaissaient graduellement vers la plaine verdoyante, fermée d'un côté par
de belles montagnes, et coupée de l'autre par une
ligne immense, la ligne brillante de la mer!

Et maintenant, quand on songe que ce temple assez
célèbre pour immortaliser celui qui l'avait incendié,
que ce monument religieux, sept fois détruit et sept
fois relevé, n'avait pas moins de deux cent vingt
pieds de longueur sur cent vingt-trois pieds de largeur; qu'une forêt de colonnes ioniennes hautes de
soixante pieds devait donner à son architecture une
majesté incomparable; que Phidias, Parhasius (un
enfant d'Éphèse), Scopas, Polyclète; Timanthe, Euphranor se révélaient ici — avec une foule d'artistes
moins célèbres, mais d'un rare talent — par des œuvres
exquises; qu'on y voyait des peintures d'Apelle et

---

1. Dans le premier volume du *Voyage en Orient*, de MM. Alexandre
et Léon de Laborde (Paris, Didot, 1858), on trouve de belles vues
d'Éphèse. M. Falkener reproduit l'une d'elles.

des vases de Mentor, ce Benvenuto Cellini de l'antiquité, mais un Cellini d'un ordre supérieur ; quand
on songe que les fleurs les plus brillantes du génie
grec s'épanouissaient dans cette atmosphère demi-
orientale et au sein d'une magnificence inouïe, on
comprend alors la passion des ruines : soi-même on
entend la voix intérieure qui pousse de temps à autre
quelques hommes voués aux voyages ou à la science
à visiter les marécages où la vieille Éphèse sommeille
depuis plus d'un millier d'années.

Je parlais il n'y a qu'un instant du site romantique
d'Éphèse ; il nous a été supérieurement rendu par un
académicien voyageur qui excelle dans l'art de
peindre les paysages au milieu desquels les grands
écrivains ont vécu, et à faire sortir de l'impression
pittoresque le sentiment littéraire. Voici un coin du
tableau que nous trace ce charmant esprit :

« Tandis que nous contemplions d'en bas, nous
« dit M. Ampère[1], l'hémicycle du théâtre, il était
« rempli par un troupeau de chèvres noires, un petit
« chevrier turc sifflait assis sur un débris ; une im-
« mense volée de corneilles décrivait de longs circuits
« dans les airs. Vers la montagne, le ciel était plu-
« vieux et grisâtre, et d'un éclatant azur du côté de
« la mer. Sur des nuages cuivrés passaient des nuages
« blancs comme des spectres ; par moments une lueur
« claire et pâle illuminait des ruines immenses, les
« cimes sévères, la plaine déserte. Je n'ai rien vu de
« plus sublime ; la campagne romaine elle-même ne

1. *Une Course dans l'Asie Mineure.* Lettre à M. Sainte-Beuve.

« m'a jamais apparu plus grande et plus triste. »

Quel cadre pour les ruines de l'antique métropole de l'Asie Mineure ! Mais il faut que je retourne à M. Falkener.

Patient à la recherche, le voyageur anglais, dans sa monographie d'Éphèse, conduit son lecteur à travers la ville et les faubourgs. Les temples, le théâtre, les gymnases, les deux agora, l'hippodrome, l'odéon, les murailles et les deux ports, rien n'échappe à son investigation. Toutefois, au milieu de ces explorations de détail, il est un point vers lequel M. Falkener fait converger toutes ses recherches : le plan d'Éphèse qu'il s'agit de retrouver. Il appuie ses appréciations sur un fait si important dans l'histoire de l'architecture, que je demande la permission de m'y arrêter.

L'usage de construire les villes avec une régularité parfaite remonte à près d'un siècle avant Alexandre. A cette époque Hippodamus de Milet, l'architecte à la mode, fit succéder, dans plusieurs villes grecques, au pêle-mêle des constructions, une symétrie respectable. Le pittoresque disparut. Des rues larges et bien alignées, se coupant à angle droit, remplacèrent les ruelles tortueuses. Thurium, Rhodes, Smyrne furent rebâties d'après un système bien plus conforme à ce goût violent pour le bien-être et la magnificence qui commençait à régner. Il est assez piquant de voir que ces boulevards, que ces rues nouvelles tirées au cordeau, grand sujet de deuil pour nos archéologues parisiens, rappellent moins l'Amérique et l'Angleterre que la Grèce et l'Ionie. Il est consolant de penser que nos édiles peuvent invoquer contre la critique l'au-

torité d'un grand ami de la ligne droite, d'Hippodamus
de Milet.

Mais ce que je recommande surtout, ce sont les chapitres dans lesquels l'auteur traite du temple de Diane.
Où était-elle, cette septième merveille du monde!
Quoi! pas une pierre, pas un débris ne sont venus
révéler l'emplacement de ce sanctuaire respecté des
conquérants et même de Xerxès, ce fou couronné?
A-t-il été détruit jusque dans ses fondements? Personne encore n'a pu se vanter d'en avoir retrouvé les
traces. Quel problème difficile, et comme il enflamme
la curiosité !

La plupart des voyageurs ont cru, ils ne sont pas
moins de dix-sept, que quelques débris placés à l'extrémité d'un marais que l'on tient généralement pour
avoir été l'ancien port de la ville, que ces débris, disons-nous, pouvaient être des vestiges du temple de
Diane. Erreur, nous dit M. Falkener, erreur. Ces
ruines appartiennent au grand Gymnase. M. Falkener
suppose que cet admirable temple s'élevait entre le
faubourg occidental d'Éphèse et le *Panormus*, c'est-
à-dire le port extérieur alimenté principalement par
le Caystre, qui le mettait en communication avec la
mer. Cette assiette donnée au temple de Diane, qui
aurait été ainsi placé en avant de la ville, dont il était
l'origine et l'orgueil, cette situation vraiment magistrale, répondent convenablement aux indications données par les anciens.

Je n'ai point été à Éphèse, ni même à Corinthe.
Aussi Dieu me garde d'avoir une opinion sur un point
si obscur et si controversé; seulement je crois pouvoir

déclarer que les arguments de M. Falkener me parais-
sant des plus solides, je me range de son côté, sous
toute réserve néanmoins, en vue des surprises que
l'avenir nous ménage. Qui sait ce que des fouilles habilement conduites peuvent nous révéler plus tard?

J'en demande pardon à M. Falkener, mais je ne
puis m'empêcher d'exprimer un regret : j'aurais voulu
qu'il se piquât d'être historien. Moins de modestie,
plus d'ambition, et son livre n'y aurait rien perdu.
Ranger sèchement, chronologiquement et dans un
court appendice les événements dont se composent les
annales d'Éphèse, ce n'est pas assez ; une étude historique sur cette grande cité, une véritable étude, en
tête de l'ouvrage, ce serait un beau fronton. Du reste,
le sujet en vaut la peine. Quel foyer de lumière que
cette voluptueuse Ionie, ce pays de luxe intelligent,
où toutes les délicatesses de la vie furent si prématu-
rément connues ! Combien j'aurais aimé à voir caractériser à grands traits le développement moral de ces
villes privilégiées du ciel d'où les lettres et les arts sor-
tirent, comme un essaim sacré, pour aller civiliser le
reste de la Grèce et du monde ! J'aurais voulu quelque
vive peinture de ces cités au génie mobile, placées sur
les frontières de l'immobile Orient. Éphèse entre autres nous offre un phénomène bien digne d'être ob-
servé. Ici surtout les deux grands courants des croyances
humaines se rencontrent et marient leurs eaux. Ici
l'alliance de l'Europe et de l'Asie, sous l'influence
d'Alexandre et de ses successeurs, semble plus intime
encore. La Diane d'Éphèse me frappe singulièrement.
Momie égyptienne façonnée par un ciseau grec, idole

étrange sur laquelle s'entassent une foule d'attributs empruntés aux religions de l'Asie, cette statue de Diane, ou plutôt cet hermès féminin, me représente ce mélange de toutes les traditions, de toutes les idées, cette fusion universelle qui marquent le second âge du paganisme en préparant sa destruction.

Si le travail de M. Falkener ne renferme point de ces vues d'ensemble que l'on rencontre avec plaisir, même dans les travaux dont l'archéologie de détail est l'objet, du moins on y trouvera l'esprit d'investigation et l'instinct des découvertes. Une grande solidité et le bon sens de la nation anglaise s'y montrent à chaque page. Parmi un bon nombre d'observations judicieuses que j'ai notées, il en est une dont mon patriotisme a été tellement flatté, que je veux en faire part à mes lecteurs. Avec une impartialité peu commune chez nos voisins, quand ce n'est point l'esprit d'opposition qui les excite, M. Falkener s'est plu à signaler la vive impulsion donnée de ce côté-ci du détroit aux missions scientifiques, c'est-à-dire au mode d'enquête le plus efficace et cent fois supérieur, selon lui, aux tentatives forcément limitées des particuliers. Des antiquaires, des philologues, des artistes français ont parcouru tous les pays classiques. De là, de grands, de beaux ouvrages sur l'Égypte, la Grèce, l'Asie Mineure, la Perse, l'Algérie, ouvrages dont le gouvernement français a largement facilité la publication. Cette généreuse sollicitude, M. Falkener la caractérise d'un mot : « Le gouvernement français, dit-il, a fait pour les beaux-arts ce que le gouvernement anglais a fait pour le commerce, *The French Government has in this respect*

*done for the Fine Arts, what our Government has
done for commerce.* »

Or, je note en passant que, lorsqu'il traçait ces lignes, M. Falkener n'avait point encore eu connaissance des missions scientifiques de Phénicie, d'Asie Mineure et de Macédoine, missions accomplies d'une manière si remarquable dans ces deux dernières années par notre collaborateur M. Renan, par MM. Perrot, Guillaume et Delbet, et enfin par MM. Heuzey et Daumet, et qui ne peuvent que confirmer le voyageur anglais dans sa bonne opinion sur la libéralité intelligente du gouvernement français.

Voyez maintenant ce qui se passe en Angleterre. Ce n'est pas moi, c'est l'auteur de la monographie sur Éphèse qui trace ce tableau très-peu flatteur. Les belles découvertes de sir Charles Fellows à Xanthe, de MM. Robert Cockerell à Phigalie et à Égine, Layard à Ninive, Newton à Halicarnasse, Smith et Porcher à Cyrène, qui les a provoquées ? Serait-ce le gouvernement de ce grand pays ? Point. Est-il venu au secours des auteurs ou des libraires ? Nullement. Qu'a-t-il donc fait ? Il a expédié quelques navires chargés de rapporter à Londres ces dépouilles opimes. Hélas ! marchander les chefs-d'œuvre de l'art, voilà son unique souci ; c'est pour cela que si M. Robert Cockerell met la main sur les sculptures du temple de Minerve à Égine, ces marbres précieux vont en Bavière, et que peu s'en faut que lord Elgin ne soit ruiné pour avoir tenu à vendre à l'Angleterre ce qui nous reste de la sculpture de Phidias. Emporté par son zèle d'antiquaire et d'artiste, M. Falkener semble oublier que la fameuse maxime

17

Laissez faire, laissez passer, est la règle de conduite
des hommes d'État dans son pays. Mais est-ce à nous
à le condamner?

Il y aura bientôt quatre ans qu'ici même[1] je me
croyais fondé à donner le pas à l'Angleterre sur la
France dans cet ordre d'idées : un Anglais me montre
que j'étais dans l'erreur; je l'en remercie, heureux
d'avoir à me rétracter.

[1]. *Journal des Débats* du 30 décembre 1858.

LE TESTAMENT D'AUGUSTE A ANCYRE [1]

(*Journal des Débats*, 21 février 1873.)

Il y a neuf ans, je rendais compte dans la *Gazette
des Beaux-Arts* [2] de la première livraison de l'*Exploration archéologique de la Galatie*. Aujourd'hui, il
m'est donné de pouvoir annoncer dans le *Journal des
Débats* la publication du vingt-quatrième fascicule,
c'est-à-dire l'entier achèvement d'un grand ouvrage
qui montre ce dont l'érudition française est capable,
même dans des temps aussi troublés que ceux où
nous vivons.

L'exploration a duré six mois : le 2 mai 1861,
M. Perrot et ses deux compagnons de voyage met-
taient le pied sur la vieille terre d'Asie, et le 17 octobre, ils s'embarquaient à Samsun, l'ancienne Ami-
sus, pour retourner à Constantinople. Bravant la
fatigue et les dangers que présente toujours une expédition pareille, pendant ces six mois ils ont visité la
Bithynie, la Mysie, la Phrygie, la Cappadoce et le
Pont; recueilli deux cents inscriptions, fait des décou-

---

1. *Exploration archéologique de la Galatie et de la Bithynie*, exécutée en 1861 et publiée sous les auspices du ministère de l'instruction publique, par Georges Perrot, ancien membre de l'Ecole française
d'Athènes, maître de conférences à l'École normale ; Edmond Guillaume, architecte du gouvernement, ancien pensionnaire de l'Académie
de France à Rome ; et Jules Delbet, docteur en médecine. Paris, 1872,
librairie de Firmin-Didot frères, fils et Cⁱᵒ ; 2 vol. in-fol., texte et
planches.

2. T. XIV, 1863, p. 50.

vertes, rectifié les nombreuses erreurs de Texier, complété Hamilton et Barth, mesuré, dessiné, photographié assez de monuments pour pouvoir publier quatre-vingts planches, et rapporté un véritable joyau épigraphique, je parle — si on fait exception de celle de Velléia — de la plus longue des inscriptions connues, du testament politique d'Auguste, gravé en latin et en grec sur les murs du temple élevé par la ville d'Ancyre à ce rusé demi-dieu.

Un juge excellent, M. W.-H. Waddington, a signalé dernièrement devant l'Académie des Inscriptions les principaux résultats du voyage et des recherches de M. Perrot. Il s'est attaché à montrer la géographie, la chronologie et l'histoire de l'Asie Mineure singulièrement enrichies par ce grand travail; la liste des légats romains de la Galatie augmentée, l'influence assyrienne en Cappadoce clairement démontrée, et les monuments de cette province, peu connus jusque-là, soumis pour la première fois à une étude approfondie et presque définitive; mais M. Waddington n'a point parlé devant la docte compagnie de la critique savante, de la patience d'antiquaire, de la finesse d'interprétation de M. Perrot placé en face d'un des plus vieux et des plus énigmatiques monuments de toute l'Asie, et, comme la chose en vaut la peine, je demande la permission de m'y arrêter un instant.

Les Turcs donnent le nom d'*Iasili-kaïa* (la pierre écrite) à des rochers couverts de bas-reliefs situés au bout de la Cappadoce. On dirait que ces panathénées barbares — et l'on voit en effet la rencontre des deux cortéges conduits par des dieux ou des rois — que ces soixante figures rongées par les siècles ont été sculptées pour donner des tortures aux Saumaises de nos jours. Ainsi, là même où Raoul-Rochette[1] et Lajard[2] reconnaissent les deux grandes divinités de la religion assyrienne, Sandon et Mylitta, Texier[3] voit la réunion des Paphlagoniens et des Perses, Hamilton[4] un traité entre un roi de Perse et un roi de Lydie, Kippert[5] des Scythes cimmériens, et Barth[6] le mariage du fils de Cyaxares, roi des Mèdes, avec la fille d'Alyate, roi de Lydie.

M. Perrot commence par écarter l'interprétation historique. Pour lui, ce monument est un monument religieux. Il y a, dit-il, dans ces bas-reliefs, un goût pour l'étrange, un tour d'imagination, un choix de symboles qui font plutôt penser au culte matérialiste de la Syrie.

Or les Cappadociens, qu'Hérodote appelle Leuco-Syriens (les Syriens blancs), étaient de race sémitique. On aurait donc ici un sanctuaire syrien, assez voisin de la ville cappadocienne de Pteria, sanctuaire consacré à l'adoration d'un de ces couples divins nommés Baal et Astarté, Tammouz et Baaltis, Sandon et Mylitta, Reshep et Anaït, ou, comme disaient les Grecs, Adonis et Aphrodite.

1. *Sur l'Hercule phénicien et assyrien ;* Mémoires de l'Institut, 1848, t. XXVII, p. 180.

2. *Sur le culte de Vénus en Orient et en Occident.* Paris, 1837-1849, p. 129.

3. *Description de l'Asie Mineure* (Paris, 1839), t. Ier, p. 219. — Toutefois, il est juste d'ajouter que Texier, un peu plus tard, a cru pouvoir reconnaître ici la déesse Anaïtis arrivant d'Orient et reçue par les Cappadociens.

4. *Researches in Asia Minor*, t. I, p. 374.

5. *Archäologische Zeitung.* Berlin, 1843, p. 44.

6. *Reise von Trapezunt*, p. 45.

Le fond de cette interprétation est solide, M. Perrot
a vu la *Pierre écrite*, de ses yeux vu. Il l'a vue en
compagnie d'un artiste de talent, de M. Guillaume,
auquel on doit une belle restauration du temple d'Auguste. De son crayon bien taillé, et avec sa vive intelligence de l'antiquité figurée, M. Guillaume a fait
sortir une copie excessivement soignée des sculptures
d'Iasili-Kaïa. Comparez cette copie si minutieusement
faite aux planches données par Texier, et vous com-
prendrez d'où vient l'erreur des premiers interprètes
et pourquoi l'on se sent porté à conclure comme
M. Perrot.

A peine ceci est-il écrit, qu'une crainte me saisit.
Parler de Tammouz et de Baaltis dans une feuille quotidienne, et par le temps qui court, n'est-ce pas trop
compter sur l'indulgence de mes lecteurs et m'exposer
à de tristes commentaires ? Je sens le besoin de m'excuser, et je vais plus loin.

Le dirai-je ? César n'est point étranger à cette mission scientifique. — Comment ! César ? — Oui, César.
Il y a dix ou douze ans César était à la mode en
France. Auguste tenant de près à César, on pensa qu'une
révision nouvelle de son testament serait parfaitement
utile et de saison. La mission était délicate. Par exception, on choisit celui qui pouvait le mieux la remplir. Et
ici je crois devoir fortement appuyer : voilà trois cents
ans que l'érudition dans toute l'Europe a les yeux fixés
sur ce testament d'Auguste [1], et il est aujourd'hui re-

---

1. Dans un ouvrage couronné par l'Académie des Inscriptions :
Examen critique des historiens anciens de la vie et du règne d'Auguste.
Paris, 1844, in-8 : travail que l'érudition contemporaine doit à

connu que l'honneur de l'avoir mis en pleine lumière
revient à deux contemporains, à deux Français. Grâce
à des fouilles, à des démolitions, car le temple d'Auguste est entouré de maisonnettes; grâce à une persévérance indomptable; grâce au savoir de M. Perrot; à
l'œil et à la main de M. Guillaume, la presque totalité
des deux textes a été relevée, et le monde savant possède aujourd'hui, du texte latin, nous l'avons déjà
dit, une irréprochable copie.

Un épigraphiste allemand, auquel M. Perrot a bien
voulu communiquer en épreuve la reproduction du
testament d'Auguste, s'est empressé de mettre à profit
ce concours inespéré pour publier sur l'inscription
d'Ancyre et celle d'Apollonie, pareilles toutes deux,
un travail approfondi[1]. La reconnaissance a fait taire
chez ce grand érudit un chauvinisme allemand dé-
passant toutes les bornes, et il n'a pas craint de déclarer que le soin que M. Guillaume et M. Perrot
avaient pris de mesurer les vides qui se voient dans
l'inscription d'Ancyre — précaution qui facilite on
ne peut mieux la restitution des mots effacés — que
ce soin, disons-nous, donnait à leur travail, excellent
du reste, une supériorité telle qu'il rendait inutiles les
travaux antérieurs; ajoutant que, quant à lui, il s'était
appliqué presque partout à suivre la copie que M. Perrot avait détachée de son splendide itinéraire. Oui,
splendide : le mot y est.

M. Egger. On y trouve une excellente notice bibliographique sur les
recherches savantes dont le monument d'Ancyre a été l'occasion depuis trois siècles.

1. *Res gestæ divi Augusti. Ex Monumentis Ancyrano et Apolloniensi
edidit Th. Mommsen. Accedunt tabb. tres.* Berolini, 1865, in-8.

Qui a déclaré cela? M. Mommsen! C'était avant Sedan, il est vrai. L'aveu n'en est pas moins précieux.

La traduction française du testament d'Auguste, que M. Perrot offre à ses lecteurs, traduction faite sur le texte latin, restitué d'après sa copie par M. Mommsen, permettra de lire couramment, et dans son entier, une page célèbre. Il y aurait beaucoup à dire sur ce sommaire de la vie d'Auguste, sommaire préparé par lui-même, car il se présente, suivant le caractère ou l'humeur des gens, sous un aspect ou sous un autre : ainsi, tandis que les uns admirent ce récit « *qui touche au sublime par sa simplicité,* » d'autres, comme M. Mommsen, ne peuvent voir dans l'*Index rerum gestarum,* dans ce résumé fastueux et incomplet où la guerre avec Sextus Pompée par exemple est écrite en quatre mots, que ce qu'un empereur, « qui n'a eu d'un grand homme que le masque, a voulu laisser croire à la foule et surtout à la populace dans tous les pays. » Et comment ne pas être de cet avis, quand on remarque qu'Auguste met au nombre de ses titres à l'estime et à la reconnaissance des Romains, d'avoir donné vingt-six combats de bêtes fauves et fait combattre dix mille gladiateurs ?

Pourquoi M. Perrot, qui sait si bien ce qu'il y aurait eu d'intéressant et de piquant à mettre la vérité en regard de cette statistique sonore, à rapprocher le cruel, l'implacable triumvir, du vieil empereur devenu clément, à faire ressortir ce contraste si frappant dans un même homme, s'est-il dégagé de cette recherche ? Pourquoi n'a-t-il point cédé au désir de placer un crayon nouveau à côté des portraits tracés par M. Beulé et par M. Gaston Boissier? Pourquoi?... Je m'arrête, car j'entends M. Perrot me dire : « Ce n'était pas dans le plan de mon ouvrage. »

Homme du devoir avant tout, M. Perrot n'a pas voulu dépasser son programme. Des pages sérieuses lui ont paru plus nécessaires qu'une digression brillante. Dissiper les ténèbres dont l'archéologie de certaines provinces de l'Asie Mineure étaient encore couvertes, trouver de nouvelles inscriptions, vérifier celles déjà publiées, élucider certains points de géographie et d'histoire, telle était sa tâche, et, on ne saurait trop le répéter, elle a été supérieurement remplie. Quelle méthode ! quelle bonne et sobre philologie ! quel effort d'exacte et scrupuleuse critique dans ce beau livre qu'on ne ferme qu'avec une sorte de respect, et en se disant que celui qui l'a écrit vient de marquer sa place parmi nos plus habiles, nos plus consciencieux et nos plus savants explorateurs !

APPENDICE
L'AUGUSTEUM RESTAURÉ
Par M. Edmond Guillaume[1].

Entre tous les temples, et ils sont nombreux, élevés dans l'Empire romain au génie et à la divinité d'Auguste, celui

1. Cette note, empruntée à la savante restauration de l'Augusteum par le crayon et la plume d'un artiste très-distingué, restauration signalée plus haut, trouve tout naturellement sa place à la suite d'un article sur l'exploration de la Galatie, et elle me fournit l'occasion de rappeler à ceux de mes lecteurs qui pourraient l'avoir oublié, que l'hexastyle est une des cinq espèces de temple antique dont la différence reposait sur le nombre de colonnes données à la façade : l'hexastyle en avait six, l'octostyle en avait huit. Rappelons encore que le nom de pseudodiptère s'appliquait aux temples auxquels on avait réservé l'espace nécessaire pour deux rangs de colonnes, en en supprimant un toutefois.

d'Ancyre occupe le premier rang. Déjà célèbre par sa double
inscription latine et grecque, par sa rare conservation et
son élégante architecture, l'Augusteum, quand il sera mieux
connu, verra s'accroître encore sa grande célébrité.

Ce temple, dont la cella est si peu endommagée que M. Guillaume n'a eu à restaurer que le plafond, la porte en bronze
et la statue de la déesse Rome; ce temple corinthien, tout
de marbre, même le toit, était-il hexastyle, ou bien octostyle et pseudodiptère?

M. Guillaume est resté incertain. Comment se prononcer
lorsqu'il ne reste aucun vestige du périptère antique? Si d'un
côté les temples d'Aizani, d'Aphrodisius et celui de Magnesie
cité par Vitruve lui font présumer que l'Augusteum devait
être octostyle et pseudodiptère, d'un autre côté il n'a pas
oublié que les médailles d'Ancyre représentent au revers un
temple hexastyle; dès lors, comment négliger un document
pour ainsi dire officiel? M. Guillaume s'en est bien gardé,
et la façade de l'*Augusteum,* façade qu'il déclare du reste,
faute de point de repère, entièrement hypothétique, nous
montre une ordonnance hexastyle.

Le temple d'Ancyre a été érigé après la conquête par Rome.
A cette époque, l'école d'architecture ionienne éleva divers
temples dans l'Asie Mineure. Certes ce ne fut ni la hardiesse,
ni l'imagination qui manquèrent à ces vaillants architectes:
ce fut le bon goût. De là, décadence de l'art grec, qui vint
s'éteindre dans l'art romain.

Le culte d'Auguste et de ses successeurs subsista jusqu'au
moment où le christianisme prit racine en Galatie, et il est
permis de croire que c'est à la fin du quatorzième siècle que
s'établit cette église byzantine, dont le chœur et la crypte
encombrent encore de leurs ruines la cella de l'Augusteum.

« Ancyre, dit Quatremère de Quincy *(Dictionnaire historique d'Architecture),* ancienne ville capitale de la Galatie restée
célèbre pour les antiquaires plus que pour les artistes. »

Aujourd'hui, après avoir examiné les planches et le texte
de M. Guillaume, il dirait : Ancyre, ville aussi intéressante
pour les artistes que pour les antiquaires.

L'ART GREC

MISSION LITTÉRAIRE ET ARTISTIQUE EN GRÈCE[1]

(Journal des Débats, 21 février 1873.)

M. Albert Dumont a eu une idée excellente, l'idée
de demander à la Grèce elle-même, à la ville d'Athènes
surtout, d'enrichir l'archéologie figurée. Étonné,
comme nous tous, de la pauvreté de la céramique
grecque dans les musées et collections où les cérami-
ques gréco-italiques abondent, il s'est dit que la stérilité d'une terre bénie de Minerve ne pouvait être qu'ap-
parente, et qu'il fallait en accuser la mauvaise direction
des recherches ou leur absence. Ce sujet neuf, intéressant, stimulait son ardeur scientifique, mais il lui
fallait une occasion. Elle s'est présentée : il n'a pas
manqué de la saisir.

Les lecteurs du *Journal des Débats* connaissent
déjà M. Dumont. En 1871, je leur recommandais un
petit volume publié sous ce titre : *l'Administration*

---

[1]. Dumont et Chaplain, *la Céramique dans la Grèce* (titre provi-
soire) ; 2 vol. in-4 de 300 pages chacun, contenant 60 planches en
taille-douce, comprenant plusieurs sujets, 40 chromolithographies et
de nombreux bois dans le texte. Paris, Firmin-Didot. (Sous presse.)

et la Propagande prussienne en Alsace, et je disais
que M. Dumont lui-même, enfant de l'Alsace, n'avait
pas hésité à interrompre le cours de ses travaux sur
l'antiquité pour nous faire connaître par quels procédés un ennemi intelligent, mais dur, tentait de ger-
maniser une de nos plus belles provinces. Aujourd'hui
c'est l'épigraphiste, l'érudit que je reprends, et dont
je voudrais indiquer l'activité merveilleuse, la souplesse
intellectuelle, car il ne le cède à aucun pour la rapidité
de conception et l'exécution facile.

Dans les studieux loisirs de notre École française
d'Athènes, M. Dumont regarda autour de lui. Le
signal des recherches archéologiques avait été donné
longtemps à l'avance par M. Beulé, suivi d'une vail-
lante cohorte dont MM. Perrot, Heuzey, Foucart,
Wescher, etc., sont à présent les plus en vue. Il y
avait là pour lui de beaux exemples. Le but était marqué. Sa bonne étoile l'a bien servi. En 1860, on découvre au pied de l'Acropole une riche série de stèles
qui contenaient en partie les annales des éphèbes.
M. Dumont accourt ; il lit, il examine, il rapproche,
il compare, et de là le germe d'un livre intitulé : *Essai
sur l'Éphébie*, livre qui va combler une grande lacune, en nous faisant connaître une belle institution,
jusqu'à présent presque ignorée faute des éléments
nécessaires ; institution sur laquelle je demande à
dire un mot.

Les Athéniens donnaient le nom d'éphèbes aux
jeunes gens de dix-huit et dix-neuf ans qui formaient
en dehors de la ville une garde civique. A l'intérieur,
des fêtes, des exercices, des jeux sacrés remplissaient les

journées des éphèbes. C'était une sorte de noviciat
politique, militaire, religieux ; une préparation au rôle
de citoyen. Le jour où Athènes cessa d'être libre,
l'éphébie devint un collége, une université, sous la
conduite de maîtres nombreux, et les noms des élèves
qui remportaient des prix furent gravés sur le marbre
avec les noms des professeurs et des archontes éponymes, c'est-à-dire des magistrats dont les noms,
comme ceux des consuls de Rome, servaient à désigner l'année.

On le voit, les stèles éphébiques fournissent le sujet
d'une triple étude : celle de l'institution même ; celle
des familles athéniennes, dont elles constituent, pour
ainsi dire, l'état civil ; celle des archontes éponymes,
dont les séries, complétées par M. Dumont, contri-
bueront singulièrement à éclaircir les fastes de l'Attique.

En 1869, le ministre de l'instruction publique décida
que l'*Essai sur l'Éphébie* serait imprimé en deux volumes, dont le premier contiendrait l'histoire de cette
institution et le second les textes épigraphiques qui en
forment la trame pour ainsi dire. Dès lors M. Dumont
sentit le besoin de revoir la Grèce. De là, une mission
littéraire et, de plus, artistique. En effet, dans cette
exploration supplémentaire, l'épigraphie ne fut pas
l'unique objet des préoccupations de M. Dumont. Un
grand prix de Rome, un graveur en médailles,
M. Chaplain, devint son compagnon de voyage, et
c'est à cette heureuse circonstance qu'il faut attribuer
une nouvelle conquête : je parle de la collection céramique annoncée plus haut.

Cinq cents dessins composent cette collection : vases de la Grèce proprement dite ; terres cuites ou statuettes ; monuments de bronze ; monuments métrologiques. Beaucoup de ces dessins sont charmants. Le crayon a été sincère. M. Chaplain, homme de goût, a su rendre l'exquise naïveté de ses modèles, j'allais dire leur candeur.

N'allez pas croire que, pour former cette collection, MM. Dumont et Chaplain aient eu besoin de pratiquer des fouilles, de fureter dans les tombeaux. Il leur a suffi d'être polis : les Athéniens sont sensibles à l'esprit, à l'agrément, et ils ont ouvert à nos compatriotes leurs maisons et leurs galeries. Riche ou pauvre, à Athènes, aujourd'hui, il n'est pas d'habitation où vous ne puissiez trouver un vase, une statuette. Artiste, le Grec l'est toujours, mais il est encore plus patriote. Il vous laissera copier les petits trésors, ornement du foyer domestique, il ne vous les vendra jamais.

L'Allemagne se proposait depuis longtemps de mettre la main sur cette ravissante antiquité figurée. Dieu merci, elle s'est laissé devancer ! L'art grec domestique, cette chose légère, pétillante, ne nous arrivera plus de Berlin, alourdi, épaissi par les dessinateurs de l'*Archäologische Zeitung*.

Et voilà comment un savant, qui ne dédaigne pas de perfectionner son goût ailleurs que dans les livres ; un savant qui s'est tout nouvellement complété et retrempé sous le plus beau ciel du monde, vient de rendre, non-seulement aux érudits, mais encore à nos artistes et à tous les amis de l'art hellénique, des services signalés.

L'ART GREC AU PALAIS DE L'INDUSTRIE

(Journal des Débats, 28 novembre 1860.)

L'Université nous offre en ce moment un spectacle qui certes ne manque pas d'intérêt. Un de ses meilleurs esprits, l'excellent auteur de l'*Essai sur la métaphysique d'Aristote,* s'est fait artiste. M. Ravaisson travaille à former une galerie composée des œuvres les plus grandioses de la statuaire grecque. Le goût des hautes et sérieuses études n'a point banni de son âme l'amour des arts. Il est du petit nombre de ceux qui passent aisément de la contemplation du beau divin, du beau philosophique, à la contemplation savante de la beauté humaine dans les créations du sculpteur et du peintre, et qui ne laissent Platon que pour courir à Phidias.

Il y a quelques années (1853), le ministre de l'instruction publique prit soin d'appeler plusieurs hommes éminents dans les arts à faire partie d'une commission qui devait proposer un plan pour la constitution de l'enseignement du dessin dans les lycées. Nommé président, M. Ravaisson adressa un rapport au ministre, œuvre bien digne de l'attention la plus sérieuse[1]. Dans un beau langage, l'auteur y justifie les solutions diverses auxquelles ses collègues se sont arrêtés, soit

---

1. Ici même, dans le *Journal des Débats,* toute l'importance de ce travail a été signalée par M. Delécluze.

par des observations pratiques, soit par des considérations d'un ordre élevé. Il mériterait d'être plus connu
cet écrit, dans lequel les conclusions des maîtres contemporains s'appuient sur l'expérience des maîtres
dans le passé. Quand l'art flotte à l'aventure, des pré-
ceptes venant de haut, des théories puisées aux
sources les plus limpides, peuvent le guider et le
sauver.

Parmi les questions sur lesquelles les membres de
la commission étaient appelés à se prononcer, il en
est une fondamentale en pareille matière : celle
de savoir quels sont les modèles en relief qui doivent servir à l'enseignement du dessin. Deux sortes
de modèles ont été désignés par la commission :
premièrement, les chefs-d'œuvre de l'antiquité où la
forme humaine est représentée à son plus haut point
de perfection ; secondement, ceux où l'art a exprimé
des types individuels avec leur beauté particulière
et même leur singularité. Quant à ces modèles que
depuis tant d'années on place sous les yeux des élèves,
la commission s'est empressée de demander qu'ils
soient écartés de l'enseignement. Statues antiques,
mais copies ou imitations de certaines œuvres célèbres,
ces modèles accusent pour la plupart une influence
romaine ; l'accent, l'individualité, qui caractérisaient
les originaux, ne se retrouvent plus ici. Sous la froide
régularité de certaines formes de convention, ce feu
s'est éteint. On ne le sait que trop ! c'est ce faux
idéal, cet art abstrait et sans racines qui a accumulé
contre l'antique une masse de préventions : préventions très-excusables quand on songe aux œuvres

insipides imitées de cette statuaire de seconde main.

Ces figures où la vie bouillonne, dont l'épiderme semble frissonner au toucher, où le vrai et le beau se confondent, ces grands modèles demandés par la commission du 8 juin 1853, M. Ravaisson s'est chargé de les choisir. Or de ce choix à l'établissement d'une galerie où l'on verrait reproduits par le moulage un grand nombre de marbres peu connus, il n'y avait qu'un pas. Ce pas, M. Ravaisson l'a franchi, et avec une facilité d'autant plus grande que ce projet depuis longtemps était né dans son esprit. Telle est l'origine de cette collection que l'on voit au Palais de l'Industrie, échantillon modeste, mais précieux, de ce qu'il y aurait à faire, et dont je voudrais parler.

L'art grec a conservé pendant quatre cents ans la plénitude de sa puissance, ses productions furent innombrables ; la seule ville de Rhodes renfermait, dit-on, trois mille statues ! Jugez du reste. Déjà, en dépit de la faiblesse de nos moyens d'information, nous avons recueilli les noms de plus de six cents artistes. Cependant, bien que cet art soit vaste comme un monde, il est encore peu connu. D'où vient cela ? C'est qu'à partir de ce siècle seulement des œuvres monumentales ayant date certaine et pouvant être rattachées aux plus grands noms, des œuvres que chacun de nous peut apprécier, sont venues enrichir les musées de l'Europe. Ah ! qu'elles soient bénies les mains rapaces de lord Elgin ! Avant le jour où ses matelots transportèrent des rivages du Pirée dans *Great-Russell street* les marbres du Parthénon, que savions-nous de Phidias ? Winckelmann lui-même, que savait-il sur le véritable art grec, bien qu'il en ait raconté l'histoire avec tant de génie ?

Les bas-reliefs du temple de la Victoire sans ailes, les frontons d'Égine, la frise de Phigalie, et tout récemment les sculptures d'Halicarnasse, ont fait briller çà et là à travers le nuage une lueur très-vive. Cependant combien notre ignorance sur certaines parties de l'art grec est encore profonde ! Les olympiades s'entassent sur les olympiades, le monde marche, le génie hellénique accumule les chefs-d'œuvre, et cette lutte de l'industrie humaine avec la nature qu'elle prétend égaler dans ses créations, ce combat merveilleux sous le plus beau ciel, par la race la mieux douée, passe inaperçu devant nous ! De Phidias au temps d'Auguste, le voile semble s'épaissir. De Praxitèle et de Lysippe, que nous reste-t-il ? Des imitations que jusqu'à présent on peut croire peu authentiques. Scopas, l'Euripide de la statuaire, nous serait totalement inconnu sans une reproduction célèbre du groupe des Niobéides[1]. Espérons que les bas-reliefs d'Halicarnasse pourront nous le révéler encore plus pleinement.

Faut-il baisser la tête ? faut-il se dire que nous ne le connaîtrons jamais dans son ensemble, cet art l'un des plus beaux fleurons de la couronne de la Grèce ? Je ne le crois point. La terre ne nous a point encore livré tous ses trésors. Le sens de l'artiste, la sagacité de l'érudit, l'intelligence, le hasard, ne sont-ils pas là tout prêts à se mettre à l'œuvre ? Croyez-le bien, ils nous réservent encore d'autres surprises. Cherchons dans

---

1. Attribué aussi à Praxitèle.

les musées comme on a cherché dans les ruines et
comme il faut y chercher encore, cherchons partout :
avec les années, nous arriverons peu à peu à pénétrer
dans ce monde de la statuaire grecque. Une synthèse
habile, fondée sur l'expérience, achèvera de le reconstituer.

« La science de l'antiquité (est-il dit dans l'histoire
« de l'Académie des Inscriptions) acquerrait plus d'é-
« tendue et de certitude s'il était possible d'avoir sous
« les yeux les monuments répandus dans les différents
« cabinets de l'Europe. Combien sortirait-il de lu-
« mières de tant de pièces de comparaison rapprochées
« l'une de l'autre ! Elles se suppléeraient, elles se ser-
« viraient mutuellement d'interprètes ; leur diversité
« multiplierait les connaissances, leur conformité les
« assurerait[1]. »

Ces réflexions si judicieuses semblent avoir inspiré
M. Ravaisson dans cette ardente étude de l'art grec, à
laquelle il a déjà consacré bien des années. Palais,
villas, jardins, musées, en Italie, en Allemagne et dans
le reste de l'Europe, il n'a rien négligé, rien oublié.
Réunir les pièces de comparaison dont parlent ses
vieux confrères, les expliquer, en faire jaillir la lumière
par la conformité ou la diversité, par les observations
les plus minutieuses sur la manière dont les cheveux,
les oreilles, les bouches et cent autres parties ont été
traitées, telle a été sa préoccupation vive et constante.
Si le sentiment le plus délicat de l'art grec, si toutes

1. *Histoire et Mémoires de l'Académie des Inscriptions*, t. XXVII,
p. 167.

les ressources d'un esprit accoutumé à embrasser par
la spéculation philosophique l'ensemble des faits peuvent servir dans de pareilles recherches, le succès le
plus complet doit couronner les efforts de M. Ravaisson.

Aidé, lorsqu'il était en Italie, par une allocation de
M. le ministre d'État, l'ancien président de la commission de 1853 a pris soin de faire mouler un certain
nombre de statues. Tout ce qui portait l'empreinte des
siècles où le ciseau s'est montré vrai, puissant, fougueux, a surtout attiré son attention. Il a reconnu à
ces signes les contemporains ou les successeurs im-
médiats de Phidias. De ces marbres intéressants, beaucoup ont été méconnus! Conservateurs de musées,
artistes, antiquaires, ne leur ont accordé que du dédain. Je n'en citerai qu'un exemple. Deux torses dra-
pés, deux torses où le marbre a la souplesse de la
chair, et sur qui ruissellent ces admirables plis qu'on
voit se jouer sur les épaules et sur le sein des Parques
de Phidias, deux chefs-d'œuvre, en un mot, sont restés
oubliés, durant des siècles, dans ce petit jardin du Vatican surnommé *della Pigna;* tandis que par un de
ces caprices de la fortune, qui se montre aussi injuste
envers les œuvres des hommes qu'envers les hommes
eux-mêmes, on voit de la sculpture romaine, et des
plus médiocres, s'étaler triomphalement sous les
voûtes du musée pontifical.

Du reste, parmi les causes qui troublent particulièrement dans l'appréciation des antiques, il faut signaler les déplorables tentatives des restaurateurs de
statues. On sait comment ils traitent les chefs-d'œuvre;

on sait comment ils s'y prennent, ainsi que les restaurateurs de tableaux,

> Pour réparer du temps l'irréparable outrage.

Si la beauté physique, l'œuvre du Créateur, ne peut se refaire, n'en est-il pas de même de la beauté créée par le génie? Vous pouvez raccommoder une machine : un tableau, une statue, ne se raccommodent point. Ah ! n'écrasez point sous vos doigts mercenaires la fleur du talent ! Craignez qu'à votre approche l'œuvre aimée, admirée, quoique mutilée, n'exhale le souffle divin qui l'animait encore.

Plus que tout autre, M. Ravaisson a compris le danger de ces restaurations. Aussi s'est-il hâté de faire disparaître, dans la reproduction par le moulage, toutes les additions modernes, s'appliquant à rendre à la statue l'aspect qu'elle avait quand elle fut découverte. Débarrassées de leurs têtes, de leurs bras, de leurs jambes d'emprunt, beaucoup de ces statues, auparavant assez médiocres, nous offrent aujourd'hui des torses d'une beauté ravissante. J'en appelle à tous ceux qui ont vu les moulages du Palais de l'Industrie : ils ont applaudi, j'en suis certain, à ces heureuses mutilations.

Il est bien temps que ce purisme éclairé vienne mettre un terme à des restaurations arbitraires, qui changent quelquefois le mouvement d'une figure, qui placent une tête médiocre sur des épaules magnifiques, ou qui enlèvent ce grain si délicat que l'on pourrait appeler l'épiderme du marbre. Il est temps qu'il brise ces accessoires modernes placés là par le caprice d'un

ignorant sculpteur, et qui furent souvent une source
d'erreurs graves pour les antiquaires que l'éloignement contraignait à se servir d'estampes infidèles. Si
l'on parvient un jour (du moins dans la reproduction
en plâtre) à débarrasser la statuaire antique de tout ce
qui s'y trouve d'hétérogène et de bizarre, l'étude scientifique de l'art grec prendra le plus grand essor. De ce
moment, les gens de goût et de savoir, quand ils visiteront une collection ainsi purifiée, éprouveront une
sensation pareille — sensation charmante! — à celle qui
s'empare d'eux quand ils lisent Homère couramment,
dans le texte, après l'avoir aperçu sous le voile d'une
traduction ou dans les gloses fastidieuses de ses commentateurs.

Cent quinze à cent vingt moulages, sans compter
ceux qui doivent venir, sont réunis aujourd'hui dans
le Palais de l'Industrie. Ils y témoignent en faveur
d'une de ces tentatives malheureusement trop rares à
notre époque affairée. Deux rangées de planches,
établies à la hâte dans la galerie occidentale, et quelques étais grossiers, voilà pour la partie architecto-
nique de cet embryon de musée. A droite sont les
statues; à gauche sont les bustes et quelques bas-
reliefs. Plusieurs groupes de grande proportion et de
grande valeur occupent le milieu. Parmi ces derniers,
je citerai Hercule étouffant Antée, monument important de la galerie de Florence, et le fameux Pasquin
dont on possède au Vatican et ailleurs quelques répé-
titions. Ce Ménélas emportant le corps de Patrocle,
ce pauvre torse mutilé, relégué dans la rue, et sur lequel les Romains mécontents affichaient jadis de

mordantes satires, il est digne de Phidias! Quelle
imitation grandiose et fidèle à la fois de la nature!
quelle vie! par quelles mains brûlantes ce marbre
a-t-il été pétri? Le Bernin, bien supérieur à ses œuvres, considérait comme le plus bel antique de Rome
ce groupe que Paris ne connaît point encore.

Essayer de décrire les moulages du Palais de l'Industrie, ce serait mal à propos : l'attention est ailleurs. Seulement je crois devoir insister sur la signification générale de cette collection. Entre ces
planches mal rabotées, un œil exercé voit se dérouler
les trois périodes principales de la statuaire grecque :
l'art ancien, le grand style, l'art parvenu à sa maturité.

Parmi les monuments archaïques, je n'en citerai
qu'un seul. C'est un Apollon, dont le marbre a été
trouvé près de Corinthe, dans les ruines de Ténéa.
Qu'il se trouve ailleurs une statue plus roide (l'Égypte
n'est pas exceptée), de visage plus hébété par ce rire
qui grimace sur tous les visages dans la sculpture
primitive, et surtout dans l'école éginétique, je ne le
crois point. Chose étrange! cette forme aride repa-
raîtra seize ou dix-sept siècles plus tard en pleine
Italie, sous le pinceau des prédécesseurs de Raphaël;
ou bien les pieux artistes de quelque confrérie atta-
cheront un type à peu près semblable au porche d'une
cathédrale germanique ou normande. Un si remarquable exemple des évolutions de l'art nous fait songer
aux métamorphoses opérées par la nature dans son
officine secrète, à cette transformation de certains êtres,
à leur engourdissement comparable à la mort, et qui
est toujours le précurseur d'une brillante résurrection.

Le groupe de Pasquin, une superbe statue de la villa Ludovisi, cinq ou six torses de Bacchus et d'Apollon, appartiennent à cette école grandiose dont Phidias est le chef. La statue est celle d'un jeune guerrier assis à terre, les jambes négligemment croisées; il tient une épée à la main. Un peu plus de mélancolie dans les traits[1], et ce personnage héroïque aux membres puissants me représenterait Achille pleurant Briséis « sur les rivages de la mer blanchissante. » Un athlète, d'une puissante individualité, m'a rappelé ce qu'un critique d'art grec, Philostrate le jeune, dit quelque part d'une peinture de Méléagre : « Il est jeune, il est solide, il est plein de santé et de séve. Les côtes sont larges, la poitrine est médiocrement bombée, les bras musculeux. » J'ai déjà signalé les deux admirables torses du jardin *della Pigna.*

Des contours arrondis, des lignes de plus en plus ondoyantes nous annoncent un art nouveau : le sein de la beauté n'est plus aussi virginal ; la sensualité émousse le ciseau. Deux petits chefs-d'œuvre marquent ici la présence de la nouvelle école attique : un torse de Vénus, et une Aphrodite jouant avec Éros. Le torse est admirable. Il répond à l'idée qu'on se forme du talent de Praxitèle, ce prodigieux artiste, qui fut, dit-on, sans égal dans l'art d'amollir le marbre et de lui donner pour ainsi dire la moiteur de la vie. A la vue des blanches déesses de Praxitèle, les anciens s'écriaient : Heureux Mars ! Toutes les séductions de

---

1. Des doutes s'élèvent sur la tête de cette statue, qui pourrait avoir été rapportée.

la jeunesse embellissent l'Aphrodite. Quel art que cet art grec, même lorsqu'il a cessé de planer dans les plus hautes régions !

Je ne sais si l'expression très-faible d'une émotion très-vive causée par la présence de quelques œuvres admirables et peu connues, si ce modeste mais sincère enthousiasme arrivant jusqu'aux amis de la grande sculpture, pourra déterminer quelques-uns d'entre eux à visiter les plâtres exposés au Palais de l'Industrie. Je le souhaite ardemment. Il me semble qu'ils en sortiront aussi convaincus que je le suis de ce que cette entreprise renferme de fécond. Lui donner suite serait assurément servir les plus chers intérêts des études, du bon goût et de l'art français. Pour un instant, je suppose cette galerie placée au Louvre ou ailleurs et graduellement accrue par des plâtres, les uns d'un intérêt très-grand pour l'art, les autres liés plus particulièrement à son histoire ; je suppose qu'elle s'enrichisse de ce que les nouvelles fouilles offrent de plus beau, évidemment elle sera appelée à devenir un jour, sinon la plus brillante, du moins la plus instructive partie de nos musées.

Dernièrement le programme indiqué, comme on l'a vu plus haut, dans l'histoire de l'Académie des Inscriptions a été repris par l'antiquaire heureux et habile auquel l'Angleterre doit la merveilleuse découverte du tombeau de Mausole. M. Newton[1] a très-bien fait ressortir quel était l'obstacle qui avait arrêté

---

1. Voyez *the Museum of classical antiquities*, edited by Edward Falkener ; London, 1855, p. 226.

jusqu'ici nos progrès dans l'étude de la statuaire grecque. Cet obstacle, c'est l'impossibilité d'embrasser
d'un même coup d'œil tout ce que les divers musées
de l'Europe fournissent à l'observation; car, sans un
moyen de comparaison immédiat, on n'y arrivera pas.
La mémoire du voyageur est impuissante à retenir
ces nuances légères, ces distinctions délicates sur lesquelles cependant la connaissance des styles et des
écoles se trouve fondée; distinctions qui disparaissent
sous le crayon ou sous le burin du copiste. Voilà le
mal; quel sera le remède? Le remède, suivant M. Newton, consiste dans la création d'un musée de repro-
ductions par le moulage qui sera le résumé, pour
ainsi dire, de tous les musées : musée économique et
sans faste, mais le plus précieux de tous pour celui
qui veut apprendre à connaître l'art lui-même et aussi
l'histoire de l'art.

Plus on envisage une idée si juste et tellement fondamentale qu'elle se présente presque en même temps
à deux connaisseurs du premier ordre, plus on se
sent disposé à applaudir à tout ce qui doit en amener
la réalisation. Nous la voyons en imagination cette
galerie de l'avenir, où tous les plus beaux spécimens
se trouveraient disposés chronologiquement. Les
copies romaines des statues grecques viendraient en-
tourer le type auquel elles se rattachent. Des piédestaux mobiles permettraient aux conservateurs de ce
musée progressif de reformer une classification toujours soumise aux conquêtes de la science. Un car-
touche indiquerait le sujet et, autant que possible,
l'école et la provenance. Un livret précédé d'une

courte introduction, où les traits principaux de l'histoire de l'art grec se trouveraient indiqués, serait distribué gratuitement à tous les jeunes artistes munis d'une carte d'élève, et ferait jaillir quelque lumière dans leur esprit.

Cet ordre scientifique que je viens d'indiquer, ne le demandez pas pour nos splendides galeries; ici les obstacles sont insurmontables. L'essai si digne d'éloge tenté par M. de Longpérier dans une des salles du Louvre ne paraît pas devoir être continué. Tout, dans ces grands et vieux musées, fait obstacle aux arrangements que l'étude réclame : la tradition, l'architecte, le désir de plaire à la foule, que sais-je? Ce n'est point le musée qui semble fait pour les statues, ce sont plutôt les statues qui semblent faites pour le musée.

L'Europe nous a donné l'exemple : parmi les collections de statues antiques reproduites par le moulage, celle de Munich possède une légitime célébrité. Imiter nos voisins d'outre-Rhin, les surpasser même, avec les vastes ressources de nos budgets, ce sera facile pour peu qu'on veuille s'en occuper sérieusement. Déjà Paris offre des établissements analogues. Je ne parle point des plâtres du Louvre : cette belle collection se trouve réduite à quelques morceaux; mais nous avons à l'École des Beaux-Arts des plâtres en fort grand nombre. Supposez cette collection classée selon l'ordre chronologique, l'intérêt qu'elle présente ne s'accroîtra-t-il pas singulièrement? Toutefois, malgré sa richesse, la collection de l'École ne peut remplir qu'imparfaitement les vues qu'il faut se proposer. Rattachée à une création particulière, renfermée dans un local

restreint, presque inaccessible au public, ce n'est
point, ce ne peut être (du moins pour le moment) cette
galerie dont nous avons parlé, galerie ouverte à tous,
aux étrangers comme aux nationaux, et placée dans
un édifice disposé pour la recevoir[1]. Non, certes, ce
ne peut être ce musée historique du grand art qu'il
faudra nécessairement compléter par les plâtres et par
tous les modèles des plus célèbres monuments de
l'ancienne architecture.

Que les gens du monde, si facilement dédaigneux
de ce qui ne flatte point le caprice du moment; que ces
faux amateurs, comme il s'en trouve un si grand
nombre, pour lesquels une bergerie enrubannée, de
Boucher, représente l'art tout entier ; que ces dangereux amis des artistes, car ils les font dévier, se ré-
crient sur l'étrangeté d'une collection de plâtres,
qu'importe? Il existe encore assez de vrais connaisseurs, assez de sculpteurs et de peintres élevés dans
le respect des grands et vieux maîtres, pour que l'utilité de cette création soit comprise, pour qu'ils l'appellent de tous leurs vœux.

A voir la marche de l'art français, on peut craindre
pour ses destinées. Les talents sont nombreux, si le
talent consiste dans l'habileté de la main, car vraiment
elle est merveilleuse. Habileté funeste ! Pline ne s'y est

---

1. Tel était le vœu du président de Brosses : « Vis-à-vis de ce
bâtiment, j'en construis un autre, où je réunis à la file *les modèles
tirés des creux de toutes les plus fameuses statues.* Croyez-vous qu'on
puisse imaginer rien de mieux pour l'honneur des arts ?... » (*Lettres
sur l'Italie.*) Ce vœu et le mien sont accomplis en partie. Il suffit de
visiter l'École des Beaux-Arts pour s'en assurer.

pas trompé : « Au déclin des arts, dit-il, l'exécution mécanique est infiniment plus prisée que la haute et légitime excellence. » Mais qui nous la rendra cette haute et légitime excellence, si ce n'est l'étude des anciens ! Oui, l'étude approfondie de cet art qui s'est présenté au monde la tête dans le ciel, mais solidement assis sur la réalité, cette étude doit servir de base à l'enseignement.

Voulez-vous porter un coup violent à la peinture maniérée, à la confusion des genres, signe de mort, à l'oubli de la forme, à cette prédilection si exclusive pour les prestiges de la couleur, aux vices qui s'étalent dans nos expositions ; voulez-vous diminuer l'influence de cet éclectisme qui adopte tout, et qui, par cette tolérance universelle, amène une indifférence déplorable en matière de goût, ouvrez aux jeunes gens une galerie où se presseront dans un bel ordre les restes d'un art immortel. Dites-leur qu'un des plus grands esprits des temps modernes faisait chaque matin sa prière devant le buste du Jupiter olympien.

Qu'un homme de génie grandisse au milieu de cette jeunesse, que le spectacle du beau sans mélange vienne toucher fortement son âme, et de cet enthousiasme adolescent on verra sortir un jour quelque pendant à l'apothéose d'Homère. A qui donc, au treizième siècle, l'Italie dut-elle Nicolas de Pise, son plus ancien sculpteur, si ce n'est à un beau sarcophage jusque-là complétement ignoré ? La conversion du peintre des Horaces au siècle dernier, au déclin du goût, elle nous est connue : à la lumière de l'antiquité romaine les yeux du grand artiste s'ouvrirent, comme ceux de

l'Apôtre à une lumière plus pure, sur le chemin de
Damas.

Mais l'histoire de l'art hellénique n'est-elle point par
elle-même un précieux et philosophique enseignement?
Vous allez voir combien les destinées de cet art sont
étroitement unies à celles de la Grèce. Depuis son origine jusqu'au siècle de Solon, est-ce un art à vrai
dire? Nullement; c'est plutôt une industrie. De Solon
à Périclès, c'est un jet magnifique; il correspond à
l'héroïsme des temps. Dans cette période, la guerre des
Perses éclate, c'est-à-dire la lutte de l'intelligente et
jeune liberté humaine contre le vieux et niais despotisme de l'Orient. L'art sous Périclès s'élève à une hauteur inconnue : il plane dans la région du sublime.
Athènes est glorieuse, la Grèce maîtresse d'elle-même.
Périclès meurt, et les Cléons, ces vils flatteurs de la démocratie, arrivent au pouvoir pour en abuser. Avec
eux la vulgarité s'introduit dans les mœurs athéniennes, avec eux s'enracinent le luxe domestique et
ce besoin d'émotions et de jouissances qui présage l'a-
baissement des âmes. L'art mûrit et se perfectionne,
mais, comme tout ce qui mûrit, il touche à la corruption. C'est ainsi qu'il se maintient sous Alexandre et
ses vaniteux successeurs. Englouti dans la civilisation
romaine, tout meurtri par les rudes caresses des compatriotes de Mummius, cependant il ne périt point encore : sa vitalité est trop puissante. Il se ranime pour
servir de nouveaux maîtres. C'est au temps d'Adrien
que brille sa dernière flamme, éclat mourant et bientôt éteint.

Au sortir du moyen âge, sombre dédale où l'esprit

humain se trouva fatalement engagé, l'art moderne, essayant ses ailes, entrevit l'art antique qui lui montrait la route à suivre. De ce moment, la Grèce a été chez les modernes l'étoile polaire du grand art. Se rapproche-t-il de cet astre protecteur, il devient puissant et s'anoblit; s'en éloigne-t-il, on le voit faiblir et déchoir. Il y a deux cents ans, à cette heure, l'inspiration profonde du Poussin, ce grave admirateur des anciens, raffermissait l'art ébranlé.

Plus tard notre David et M. Ingres ont amené une autre renaissance. Puis, par suite du flux et reflux accoutumé des choses humaines, malgré les efforts de quelques grands talents, surtout dans la peinture religieuse, efforts isolés, mais si dignes de louanges, de belles espérances se sont évanouies. Étudions-les donc ces œuvres sublimes, étudions cet art grec qui étonne et enlève par la force de son élan, qui charme par la poésie du vrai ; et peut-être qu'à la fin du siècle, une renaissance semblable à celle qui en a marqué le commencement viendra répandre sur l'horizon de vives et pures clartés.

Quelques semaines avant son voyage dans le midi de la France, l'Empereur a visité les plâtres exposés au Palais de l'Industrie. La haute approbation du souverain, si nettement exprimée dans cette visite, l'appui donné par le ministre d'État aux premières tentatives pour former cette galerie, tout fait espérer qu'une entreprise si utile pourra bientôt être conduite à son terme avec une libéralité qui réponde à la fois et à la hauteur du but vers lequel il faut tendre et au rang qu'occupe la France parmi les nations.

LE MUSÉE BRITANNIQUE ET SES RÉCENTES ACQUISITIONS

(*Journal des Débats*, 30 décembre 1858.)

Parmi les institutions libérales et scientifiques de l'Angleterre, le Musée Britannique occupe le premier rang : c'est le Louvre de la Grande-Bretagne, Louvre enfumé, mais dont les murs noircis renferment une bibliothèque splendide, l'inscription de Rosette et les sculptures de Phidias.

En 1752 mourait à Chelsea, près de Londres, un vieillard de quatre-vingt-douze ans, qui léguait à son pays plus de 50,000 volumes imprimés et manuscrits, une collection zoologique de premier ordre, nombre d'antiquités et d'objets rares et précieux. Botaniste célèbre, successeur de Newton à la présidence de la Société royale, et médecin d'une reine, sir Hans Sloane, grâce à une si magnifique dotation, eut cette rare fortune de pouvoir ajouter à tous ces titres le titre encore plus éclatant de fondateur du Musée britannique.

Au commencement du siècle, la bibliothèque de ce grand établissement était enrichie des manuscrits de Harley, des manuscrits et des livres de Robert Cotton. Vers cette époque, les vases recueillis dans la grande Grèce par lord Hamilton, ambassadeur à Naples, la collection égyptienne formée par la France, mais enlevée par Nelson, — ce qui ne fut point un de nos moindres désastres, — tous ces monuments pré-

cieux pour l'histoire de l'art, réunis et groupés, donnèrent naissance à un musée. Plus tard, quelques
collections célèbres : celle de Towneley, acquise en
1810 ; les marbres du Parthénon, vendus par lord Elgin
en 1815 ; ceux de Phigalie ; les bronzes, pierres gravées et médailles, légués par Payne Knight ; les bas-
reliefs de Ninive, et tout récemment les sculptures
d'Halicarnasse, sont venus enrichir ce grand ensemble
et le couronner. L'Angleterre, aujourd'hui, peut se
glorifier de posséder l'un des plus nobles sanctuaires
des arts, celui dans lequel, plus que partout ailleurs, la sculpture grecque brille de sa merveilleuse
beauté.

La façade du Musée britannique présente un caractère imposant. Deux ailes font saillie sur cette façade
ornée de quarante-quatre colonnes d'ordre ionique
dont les bases reposent sur un stylobate élevé. Huit
colonnes de quarante-cinq pieds de hauteur supportent un fronton récemment terminé, et dans lequel
sir Richard Westmacott, cela se comprend, a représenté d'une manière un peu confuse l'homme passant
de l'état sauvage, sous l'influence de la religion, à la
civilisation et au progrès.

En regardant ce majestueux portique, qui promet
un bel édifice, un palais, — et certes, en avançant, on
se trouve loin de compte, — on est tout surpris de la
persévérance avec laquelle les nobles, les savants
administrateurs du *Britisch Museum* entassent, sans
aucun avantage, constructions sur constructions dans
cette rue étroite, populeuse et marchande, qui porte
le nom de Great-Russel street. Est-ce donc pour se

voir condamner à reléguer dans les caves une certaine partie de leurs collections qu'ils dépensent tant
d'argent ? Comment ont-ils pu se décider à laisser
si longtemps le Musée national de la riche Angleterre
dans une localité si peu convenable ? Est-ce l'espace
qui leur manque ailleurs ? Nullement : ils ont à leur
disposition les bords de la Tamise. N'est-ce pas là que
s'élève aujourd'hui le vaste palais de la Chambre des
Communes et des Lords ? En dépit de ces eaux bour-
beuses et parfois empestées, la Tamise, c'est l'honneur
de Londres. Nous en appelons aux souvenirs de ceux
qui se sont assis sous les ombrages de la charmante
et mélancolique terrasse de Temple-Bar. Vue de cette
terrasse ou de l'un de ses larges ponts à une heure
matinale, Londres prend un aspect fantastique ou
grandiose. A demi cachée dans les replis de son manteau de brouillards, et muette, la reine du commerce
du monde devient aussi poétique que Rome contemplée
du mont Palatin.

Bibliothèque, cabinet d'histoire naturelle, collection
d'antiquités, telle est la triple destination ou la triple
nature du Musée britannique. Nous ne parlerons, nous
ne pouvons parler que des parties de ce vaste établissement consacrées aux beaux-arts. Si nous essayons
d'en faire l'examen rapide, c'est qu'il nous a paru
qu'en dépit de son immense célébrité le Musée britannique, de ce côté-ci de la Manche, était encore bien
peu connu. Sans l'Exposition de Londres, sans cet appel à la curiosité intelligente de tous les pays, cette
splendide création serait encore, pour beaucoup de
gens en France, quelque chose de lointain, comme

les grottes indiennes de Salsette ou le temple de Bis-
vakurma à Ellora.

A l'exception de la salle de lecture, vaste rotonde
dont la coupole reluit d'or, la décoration intérieure
du Musée britannique vous étonne par sa simplicité :
les murailles sont nues, quelques méandres, peints à
l'encaustique, entourent des plafonds percés par un
vitrage par où passe une lumière froide et grise. Voilà
tout ce que l'orgueilleuse Albion a cru devoir accorder à l'embellissement intérieur de son musée : décoration conçue avec un tel puritanisme qu'elle est restée
au-dessous des salles d'attente des chemins de fer,
comme ornementation et comme goût. Une large
cheminée de fonte, chauffée à blanc huit mois de
l'année, occupe le centre de chaque pièce, et forme,
par son prosaïsme, le plus étrange contraste avec les
œuvres élégantes, filles du soleil, dont elle est entourée.

Les sculptures, la bibliothèque, les manuscrits se
partagent la presque totalité du rez-de-chaussée. Un
grand escalier conduit au premier étage ; trois spécialités l'occupent entièrement : l'histoire naturelle, les
médailles, les antiquités. Le cabinet des médailles
n'existe que depuis 1800. Deux legs, celui du révérend
Mordaunt Cracherode, à cette époque, et un autre
legs du savant Payne Knight, en 1824, ont mis la collection numismatique de Londres en état de rivaliser
avec les plus riches musées de l'Europe. Les choses se
passent ainsi en Angleterre : le zèle d'un savant, le patriotisme d'un amateur, la fantaisie d'un riche particulier, créent, fondent, organisent des établissements

précieux. Semblable à ces dieux de l'ancienne philosophie qui, dans un ciel lointain, présidaient à la marche
générale du monde, mais sans le régenter, le gouvernement de la Grande-Bretagne abandonne à la spontanéité individuelle et au génie de l'association, si puissants en ce pays, toute liberté d'agir : ils y ont fait des
miracles.

Sept ou huit salles de ce second étage sont consacrées aux antiquités domestiques de l'Égypte, de la
Grèce et de l'Étrurie. On ne pourrait imaginer une
collection de vases plus utile et plus belle que la collection des vases peints. Là se trouvent réunis, et dans
l'ordre scientifique, un très-grand nombre des plus
précieux entre ces fragiles chefs-d'œuvre ; révélations
charmantes sur l'association, si commune en Grèce,
de l'art et de l'industrie.

L'importance de la collection des bronzes n'est pas
moindre. Le *Mars* de Fallerone témoigne des premières tentatives de la toreutique, et les merveilleux fragments d'armures trouvés dans le Siris nous montrent
la sculpture des métaux parvenue à une adorable perfection. Le célèbre vase de Portland, les terres cuites
de M. Temple, les bijoux d'or de l'Étrurie, les objets
of personal or domestic use de l'Égypte, les reliques
du moyen âge, tant de monuments beaux, précieux,
d'un intérêt sans égal pour l'art et l'histoire, deman-
deraient des volumes : nous n'avons pas même une
ligne à leur donner !

Redescendons maintenant le grand escalier du Musée dont les murs sont revêtus de granit rouge d'Aber-
deen. Entrons dans la première galerie au rez-de-

chaussée. Là sont rangés d'un côté plusieurs monuments que le catalogue (*Synopsis*) classe sous ce titre :
Monuments anglo-romains. De l'autre côté, de nombreux piédestaux supportent les bustes antiques de
personnages célèbres et de quelques empereurs de
Rome. Dans le nombre, le portrait de Néron se fait remarquer par la puissance et le caractère. Cette galerie
sert de vestibule aux salles consacrées à la sculpture.

Quatre de ces salles, où les collections Towneley et
Payne Knight se trouvent à cette heure, renferment de
très-beaux spécimens de l'art gréco-romain. De tous
ces marbres l'apothéose d'Homère est le plus célèbre.
Bien que d'une époque de décadence, ce petit bas-
relief a surtout un mérite à nos yeux : c'est d'avoir suggéré, nous n'osons pas dire inspiré, à un grand artiste
contemporain, à un Français, l'une des plus nobles et
des plus belles conceptions de la peinture moderne. La
pièce voisine renferme les monuments découverts à
Xanthe en Lycie (1842-1846) par un voyageur aussi
instruit qu'infatigable, M. Fellow. Cette collection est
unique en Europe. Le célèbre tombeau appelé *tombeau
des Harpyes*, les sépulcres de Satrapes, où les finesses
du ciseau grec s'allient à la barbarie orientale, ouvrent
des perspectives nouvelles aux historiens de l'art. Rien
de plus virginal que ces jeunes filles entourées d'attributs maritimes et dont le chœur protégeait la cendre
d'Harpagus.

Un petit salon dépourvu d'ornement, tel est le
modeste sanctuaire où rayonnent les débris des frontons du Parthénon. Lors de notre visite au Musée,
pendant la fermeture, on lavait ces marbres illustres.

Débarrassé d'une couche de fumée, la fumée de Londres ! le Thésée venait de reconquérir son immortelle jeunesse. Les plâtres ne pourront jamais rendre ces tons chauds et transparents ! Aussi nous a-t-il semblé contempler pour la première fois ces formes grandioses et pourtant si vraies, ce corps héroïque, divin, dont les chairs semblent palpiter. *Phidiæ simulacris nihil perfectius*, rien ne surpasse les statues de Phidias, disait Cicéron, cet autre grand artiste.

De nombreux fragments de la frise de la cella du Parthénon, détachés des côtés nord, est et sud, se développant sur cent quarante pieds de longueur environ, autour d'une pièce immense ; quinze ou seize métopes, placées au-dessus de cette frise, voilà l'admirable spectacle que présente la salle de lord Elgin. Chacun s'imagine connaître ces œuvres sans rivales ; elles sont si populaires, si vulgarisées par le moulage et le dessin ! Serait-il permis de dire à ceux qui n'ont pas visité le Musée britannique qu'ils se font illusion ? Pour juger l'auteur du *Jupiter olympien ;* pour avoir une impression vraie de cette radieuse sculpture des frontons ; pour parler des Panathénées, de ces dieux protecteurs d'Athènes, qui accueillent la plus gracieuse des processions ; pour se faire une idée fidèle de cette vivante et bondissante cavalcade ; en un mot, pour emporter de ces marbres sublimes un souvenir qui soit digne d'eux, il faut les voir eux-mêmes, recouverts d'une belle teinte d'ivoire jauni, ou plutôt doucement colorés par les rayons du soleil de l'Attique, dont l'or s'est comme imprégné dans une pierre soigneusement polie par les élèves de Phidias.

Une des colonnes de l'Erechtéion et l'une des caria-
tides du temple de Pandrose achèvent la décoration de
cette salle; décoration d'une surprenante beauté. Cette
cariatide est la seule qui soit au Musée britannique;
mais ce n'est pas la faute de lord Elgin. Il enlevait les
autres lorsqu'il apprend que la population d'Athènes
se courrouce. Les Grecs voyaient dans ces ravissantes
statues, qu'ils nommaient les *vierges*, des êtres sur-
naturels et protecteurs. L'ambassadeur anglais choisit
la nuit. Il envoie des soldats turcs. Ceux-ci vont
mettre la main sur ces filles de l'Attique, quand tout à
coup un long gémissement frappe leur oreille. C'est
le vent du soir sifflant à travers les ruines de l'Acropole. Saisis d'une terreur superstitieuse, les Turcs
croient entendre les vierges sacrées pleurant sur elles
et sur la sœur qu'elles ont perdue. Ils fuient laissant à
la Grèce ravagée ces derniers témoignages de son génie et de ses douleurs.

La frise du temple d'Apollon Épicurius à Phigalie est
placée dans la pièce voisine (*Phigaleian saloon*). Cette
frise, découverte en 1812, représente avec une grande
exubérance de mouvement et de vie des combats de
Grecs et d'Amazones, de Lapithes et de Centaures.
Trente-trois fragments la composent; sa longueur est
d'environ cent vingt pieds. L'élégante sobriété, la distinction suprême qui caractérisent les Panathénées ne
se retrouvent plus dans cette sculpture un peu confuse,
où la verve du ciseau n'exclut point la lourdeur. Pour
l'ensemble toutefois, les marbres de Phigalie sont dignes d'une magnifique époque. On y retrouve ce génie
qui était dans l'air, quand un artiste divin, l'ami d'un

grand homme, imprimait aux arts de la Grèce une impulsion souveraine. Deux frontons moulés en plâtre sur ceux qu'on voit aujourd'hui dans le Musée de Munich ornent les parois supérieures du salon de Phigalie. Ces figures ont été rétablies dans l'ordre primitif par un de ceux qui les ont rendues à l'archéologie, par un homme de goût, le savant architecte anglais, M. Robert Cockerell. Les bas-reliefs du tombeau de Mausole ont été déposés dans cette pièce, en attendant mieux. Mais avant de parler de ces fragments remarquables et du monument auquel ils appartiennent, nous avons à dire quelques mots sur les sculptures de Ninive et la collection égyptienne du Musée britannique : on les visite en sortant du salon de Phigalie.

Rien n'est mieux fait pour frapper l'esprit que l'histoire écrite par les monuments. Mais lorsque ces monuments sont âgés de plus de vingt-cinq siècles, lorsqu'ils dissipent les ténèbres dont était enveloppée naguère une des plus vieilles civilisations du monde, alors de la curiosité on passe à la surprise, de la surprise à l'admiration. Tels sont les sentiments qu'on éprouve en parcourant la galerie de Konyoundjek, la galerie et le salon de Nemrod, le transept assyrien. Là, une centaine de bas-reliefs sculptés par des artistes contemporains de Theglat-Phalasar, de Sennacherib, d'Essharadon, nous montrent les despotes de l'Asie adorant leurs dieux, accueillant leurs courtisans, combattant, triomphant, ramenant des prisonniers, et tout cela avec une roideur, une absence de vie, ou, si l'on veut, une majesté orientale inconnue à notre Occident. Parmi ces bas-reliefs il y en a de très-beaux : ce sont les plus

anciens; d'autres étant un réalisme puéril: ce sont
les plus modernes. Un obélisque de marbre noir, couvert de sculptures et d'inscriptions cunéiformes, a singulièrement éveillé l'attention en Angleterre, parce
qu'un homme de beaucoup d'esprit et d'imagination,
M. Rawlinson, croit pouvoir reconnaître dans cet obélisque un monument commémoratif des victoires et
conquêtes du fils de Sardanapale le Grand. C'est à l'incroyable activité d'un autre homme de mérite, de
M. Layard, que le Musée britannique doit de pareils
trésors. Éclairé par de belles découvertes de Khorsa-
bad, jaloux des succès de notre savant et persévérant
consul, M. Botta, M. Layard, de 1843 à 1847, se mit à
fouiller avec ardeur deux autres monticules qui s'élevaient sur le sol assyrien: Kouyoundjek et Nimrod. A
quel point a-t-il été servi par la fortune? On vient de
le voir à l'instant. Aujourd'hui les méditations des antiquaires se portent sur l'art assyrien ; on lui attribue
l'honneur d'être le père de l'art grec. L'alliance entre
le génie hellénique et le génie sémitique a-t-elle pu
être si étroite? Homère serait-il si près de la Bible ?
Question bien délicate, dont nous attendons encore la
solution.

Traversons maintenant les vastes galeries égyptiennes du Musée britannique. Toutes les évolutions de
l'art se développant durant des siècles sur les rives du
Nil sont représentées dans cette longue série de monuments : les uns remontent à près de quatre mille ans
avant notre ère ; les autres sont de beaucoup postérieurs à la domination romaine dans ces contrées.
Nulle part ailleurs le grand art égyptien n'offre de plus

beaux, de plus majestueux spécimens de son âge d'or :
la dix-huitième et la dix-neuvième dynastie ; il s'y
trouve des colosses. Nous aurions à décrire les images
de ces rois, de ces demi-dieux, Aménophis III ou Mem-
non, Rhamsès II ou Sésostris. Nous aurions à signaler
un bien remarquable échantillon de zoologie égyptienne, les lions donnés par lord Prudhoe, et il ne
serait pas inutile d'indiquer ceux de ces monuments
qui caractérisent le mieux un pays où « la tempéra-
ture toujours uniforme, dit Bossuet, faisait les esprits
solides et constants ; » mais des découvertes encore
peu connues et attrayantes par leur nouveauté nous
appellent.

Qui n'a entendu parler du tombeau de Mausole ? Érigé
par une reine dont la fastueuse douleur est devenue
proverbiale, il fut classé au nombre de ces prodiges de
talent ou d'opiniâtreté, nommés par les anciens les
sept Merveilles du monde. Comment les débris de ce
tombeau célèbre, mais à jamais perdu, suivant une
opinion très-répandue ; comment des marbres sculptés
par Bryaxis, Timothée, Pythis et Scopas, se trouvent-
ils en Angleterre ? Voilà ce que nous allons brièvement
expliquer.

En 1846, le Musée britannique recevait de sir Stratford Canning, ambassadeur à Constantinople, onze
bas-reliefs ou plutôt onze fragments d'une frise dont
le Sultan Abdul-Medjid lui avait fait présent. Ces bas-
reliefs provenaient des murs du château de Saint-
Pierre, à Budrum, vieille forteresse qui domine l'entrée du port d'Halicarnasse. Budrum n'est qu'un pauvre village dont les masures occupent un recoin de

cette ville célèbre. Faut-il accuser les chevaliers de
Rhodes d'avoir détruit le tombeau de Mausole pour se
faire des remparts contre les Sarrazins? se sont-ils
bornés simplement à faire usage, et comme matériaux,
des ruines déjà faites par d'autres barbares qu'eux-
mêmes? On ne sait rien de précis à cet égard. Ce qui
n'est pas douteux, c'est l'excellence des bas-reliefs en-
castrés dans les murs de leur forteresse.

A peine ces marbres étaient-ils arrivés en Angleterre,
que déjà l'attention des amis de l'antiquité se trouvait
éveillée. Les sujets de ces bas-reliefs offraient un thème
des plus classiques : le combat des Grecs et des Amazones! On admira la hardiesse de ces compositions ;
on alla même jusqu'à soupçonner qu'elles pouvaient
avoir servi à l'ornement du mausolée d'Halicarnasse.
Dix années plus tard, un fin connaisseur de l'art grec,
un des plus persévérants, un des plus actifs parmi les
savants attachés au Musée britannique, M. Newton,
plantait ses tentes non loin du château de Saint-Pierre.
Au mois de décembre 1856, il commençait à fouiller
profondément le sol de Budrum. En moins d'un an,
l'archéologue anglais a eu le bonheur et la gloire de
retrouver des parties notables du plus orgueilleux des
sépulcres, de celui dont Martial disait :

Aere nec vacuo pendentia mausolea
Laudibus immodicis Cares in astra ferunt.

On a réuni dans une baraque en planches, baraque
élevée provisoirement sous le péristyle du Musée britannique, les débris en marbre retrouvés par l'ardeur
intelligente de M. Newton. Ils ont été rapportés à la fin

de 1857 sur le navire anglais *la Gorgone*. C'est là, dans
ce poudreux hangar, que nous les avons vus il y a quelques mois, trop à la hâte malheureusement. Au nombre
de ces précieux restes de l'art hellénique florissant en
Asie, nous avons remarqué deux statues : un homme
et une femme d'environ dix pieds de hauteur, toutes
deux d'un grand style et supérieurement drapées ;
douze lions et lionnes à la gueule ensanglantée, car
elle offre des traces de couleur rouge ; une grande
figure équestre d'amazone, figure dont il ne reste que
la moitié, mais cette moitié annonce du jet et de la souplesse ; un cheval de dix à douze pieds de haut, un
vrai chef-d'œuvre ! On sent, on reconnaît ici la plus
belle antiquité grecque. Léger, grave et même un peu
fier, comme doit l'être tout cheval de triomphateur, ce
noble animal faisait partie du quadrige qui couronnait
le mausolée. Pythis est l'auteur de ce quadrige. Par
bonheur, Pline et Vitruve nous l'apprennent, sans quoi
ce nom de Pythis, qui méritait la gloire jusque dans
la dernière postérité, serait resté dans l'oubli. Un fragment de corniche, d'autres ornements d'architecture,
le bas d'une colonne supérieurement cannelée, un chapiteau ionien, étaient encore à terre en attendant que
M. Westmacott leur eût trouvé quelque emplacement
plus convenable. Plus heureux que ses prédécesseurs,
les Caylus, les Choiseul-Gouffier, c'est à l'aide de ces
fragments que M. Cockerell a pu imaginer une restauration élégante et judicieuse du monument qui fut le
type de tous les mausolées. On a vu ce beau dessin à
Londres, au mois de mai de cette année, dans une des
salles de la galerie nationale, pendant l'exposition des

artistes vivants. Nous n'avons point encore parlé de
quelques bas-reliefs rapportés par *la Gorgone*. Ils représentent un combat d'Amazones et de Grecs. Entre
ces bas-reliefs et ceux qui furent envoyés il y a dix ans
par sir Stratford Canning, l'analogie est si étroite qu'il
devient évident que tous ces marbres, sans exception,
proviennent du même édifice, le tombeau de Mausole.
Le Musée britannique possède donc à cette heure une
frise de quatre-vingts pieds de long, extraite de ce tombeau. Quel magnifique pendant aux Panathénées ! Un
de ces nouveaux fragments, découvert du côté oriental
du mausolée, le côté sculpté par Scopas, nous montre
une amazone assise à cheval, tournée vers la croupe et
combattant avec furie. Cette virago antique serait-elle
de Scopas ? Son génie l'appelait à reproduire les ex-
pressions fortes, les mouvements passionnés.

En dépit du vent de la mer, vent rongeur ; en dépit
de l'injure des siècles, les bas-reliefs de Budrum,
bien que nous ne les voyions plus à leur place, sont
loin d'avoir perdu leur beauté. Dans une certaine mesure ils peuvent justifier cette louange de Lucien :
« Les chevaux et les hommes sculptés sur ce tombeau immense sont si admirablement faits et d'un si
beau marbre, qu'on ne saurait trouver aisément
même un temple aussi magnifique. » Supérieure à la
frise de Phigalie, la frise du tombeau de Mausole le
cède aux Panathénées. Ne faut-il point que tout s'a-
baisse devant Phidias? Mais dans ces sculptures coloriées, comme quelques vestiges l'indiquent encore,
on retrouve ce grandiose et cette lumière des âges favorisés. Sans doute l'exécution est négligée dans cer-

taines parties de ces bas-reliefs, mais où trouver ailleurs plus de séve et plus de vie?

La vie, voilà le caractère essentiel de l'antique. Regardez ces trois ou quatre cents pieds de sculpture grecque qui couvrent les murs du Musée de Londres, et vous la reconnaîtrez à des signes certains : le calme et le repos sont exclus de la majeure partie de ces vastes compositions. Partout les bras se lèvent ou s'abaissent, les corps plient, se redressent ou tombent, les pieds bondissent, les draperies volent. Ardeur méridionale, inspiration guerrière sous la beauté des formes grecques, c'est là ce qui bouillonne dans ces marbres où circule une sorte de fureur homérique.

En 1832, un habile antiquaire gémissait sur l'état d'abandon dans lequel se trouvait un établissement nommé par dérision, disait-il, le Musée britannique. Quelle ne serait pas la joie du savant Millingen, s'il était témoin de la prospérité de ce Musée, autrefois si délaissé ! Depuis plusieurs années les hommes importants de l'Angleterre travaillent avec le zèle le plus louable à l'accroissement d'une collection déjà splendide, sachant à merveille que ce ne sera pas sans profit pour l'honneur de leur pays et de la civilisation. Aussi une antiquité précieuse, un monument rare sont-ils à vendre, tout aussitôt l'or de l'Angleterre est là pour l'acheter.

Afin de donner à nos lecteurs une idée des sacrifices que, dans une vue purement libérale, on s'impose de l'autre côté de la Manche, nous dirons que les dépenses du Musée britannique pour l'année 1857 se sont élevées à 1 million 694,300 fr. Dans ce budget, les traitements des personnes attachées au Musée figurent pour 811,025 fr.; 422,975 fr. ont été consacrés aux acquisitions; enfin les reliures et l'entretien de la bibliothèque n'ont pas coûté moins de 296,500 francs. Assurément voilà des chiffres très-respectables. Eh bien, la somme demandée pour l'année 1858 les dépasse; elle est de 79,275 liv. st., près de 2 millions !

Deux millions pour la dépense annuelle d'une bibliothèque et d'un musée! Et par qui ce budget formidable sera-t-il voté? Par les représentants d'une nation essentiellement commerçante, par des hommes positifs qui savent très-bien compter. Ils le voteront cet argent qu'ils pourraient parfaitement appliquer ailleurs : à la marine, à l'armée; ils se garderont bien de lésiner à propos d'une institution qui n'existe que pour la science et pour l'art, et qui n'a rien de cette utilité pratique tant préconisée de nos jours. Tel est le génie de la race anglaise, race énergique, sérieuse, qui apporte dans l'exécution des plans formés par elle, en vue d'accroître les domaines de la science ou de régénérer le goût, les grandes, les solides qualités que Dieu lui a données : l'ardeur, l'esprit d'entreprise, et la patience nécessaire pour persévérer.

Certes personne n'admire plus que nous cette direction féconde des esprits chez une nation aussi éclairée que puissante; personne ne peut être plus frappé que nous ne l'avons été en parcourant le merveilleux musée dont nous venons de crayonner une esquisse. Mais, s'il fallait compléter toute notre pensée, nous dirions qu'il manque quelque chose au Musée britannique, et à ce sujet le lecteur nous permettra de rappeler ici même un de nos souvenirs.

Peu de temps avant la mort de Grégoire XVI, l'auteur de cet article eut l'honneur d'être reçu par le Souverain Pontife. Le Saint-Père se tenait dans une petite salle verte, décorée d'arabesques empruntées aux loges, et située près des Arrazi, au Vatican. Le Pape était debout, la main appuyée sur une table. Une robe de laine d'une finesse et d'une blancheur merveilleuses tombait jusque sur ses mules de maroquin rouge, brodées d'or. « Vous croyez donc, nous dit-il, avec un sourire bienveillant qui vint illuminer son visage fortement coloré, vous croyez que le Musée grégorien, créé par moi avec tant de zèle et de constance, égale presque celui de Naples? Ah! vous avez bien raison, il est vraiment beau, mon Musée. Au moment où il s'ouvrit, un seigneur russe me blâma de l'avoir livré trop promptement au public; bien des places étaient encore vides; comment ferait-on pour remplir ces vastes galeries? Le Russe s'absente, ajoute le Saint-Père, et de retour quelques mois après, il se rend au Musée grégorien. Quelle n'est pas sa surprise! Tout regorgeait des trésors découverts dans les tombeaux de l'Étrurie! Ému, touché jusqu'à l'enthousiasme, il ne put s'empêcher de s'écrier en me voyant: *O Santo Padre, Roma e sempre Roma!* »

FOUILLES DU TRANSTÉVÈRE

STATUE D'ATHLÈTE

(*Revue archéologique*, VIIᵉ année, t. VII, p. 535.)

Il faut que cette statue aujourd'hui au Vatican ait
un mérite très-réel, puisque son apparition a pu exciter une certaine émotion dans Rome agitée par une
politique incandescente. J'ai donc pensé, non sans
quelque raison, que je ferais bien de mettre sous les
yeux des lecteurs un crayon de cette œuvre remarquable[1]. J'ai fait plus, j'ai cherché à devancer l'Institut archéologique qui se propose, dit-on, de la publier prochainement; mais comme le public érudit
aime assez ces sortes de primeurs, j'ai l'espoir qu'il
voudra bien excuser cet empressement peut-être trop
hâtif, j'allais dire cette témérité.

L'origine de cette découverte remonte au mois
d'avril de l'année dernière. A cette époque, les religieux du collége de Santa-Lucia firent opérer, dans
un but fort peu scientifique, quelques excavations au
milieu du *Vicolo delle Palme*, l'une des ruelles tortueuses qui servent à la circulation dans le Transtévère. Déjà les ouvriers avaient atteint la profondeur
de trente palmes, lorsqu'ils découvrirent un très-beau
cheval en bronze. M. Canina, appelé à se prononcer
sur le mérite de ce monument, reconnut une œuvre

---

1. Ce mémoire a paru dans la *Revue*, illustré par la gravure au
trait d'un croquis de l'apoxuomenos dû au crayon de M. Raymond
Balse.

du style grec le plus pur. En homme expérimenté,
l'habile antiquaire comprit que l'on venait de retrouver
sous les fondements de l'un de ces taudis qui désen-
chantent ceux qui visitent Rome pour la première
fois, un filon de la mine inépuisable sur laquelle
s'étend la ville éternelle; il fit continuer les fouilles, et
après quelques jours d'attente, il obtint ce que l'on
n'atteint souvent qu'après de longs efforts. Près de
l'endroit où l'on avait trouvé le cheval de bronze, on
mit la main sur notre statue brisée en plusieurs morceaux. Fort heureusement, rien d'essentiel n'y manquait[1]; aussi, sous les habiles mains de l'excellent
Tenerani, chargé de la restaurer, elle ne tarda pas à
recouvrer sa grâce et son premier éclat.

Cette statue, en marbre de l'Hymette, un peu au-
dessus de nature, représente un jeune homme debout,
entièrement nu, et se frottant le coude du bras droit
avec le strigile. La tête est petite, le torse court, les
cuisses et les jambes un peu longues; peut-être
voyons-nous un coureur. La force et la souplesse se
marient heureusement dans cette belle nature athlé-
tique qui s'est développée dans la poussière brûlante
du Stade. A ces proportions sveltes, à la manière gracieuse dont les bras sont jetés, à cette expression élégante de la vigueur corporelle, on sent, on reconnaît
que l'on est en présence d'un art très-fin, très-élevé[2],

1. Je dis rien d'essentiel : en effet, il n'y manquait que les doigts
de la main droite.

2. Quelques personnes d'un goût timoré ont inféré de la longueur
des cuisses et des jambes que cette statue n'était qu'une œuvre médiocre. Ces personnes sont bien difficiles !

mais qui, pourtant, n'est pas l'art de Phidias; que c'est l'art d'une école plus jeune et peu soucieuse d'imiter dans ses œuvres la simplicité grandiose de la sculpture dans les frontons du Parthénon.

Si j'osais décider en pareille matière et si j'avais à rattacher cette statue à une époque quelconque, je choisirais de préférence celle de Lysippe ; car les qualités dont elle est dépourvue m'autorisent tout autant que les qualités qu'elle possède, à lui assigner pareille date.

A cette même époque, vers la cxi^e olympiade, on voit s'accomplir dans les arts du dessin une grande révolution commencée par le peintre Euphranor. Ce fut Lysippe qui vint la couronner. Il en est le véritable représentant. Winckelmann ne me paraît pas en avoir saisi toute la portée; la connaissance de la sculpture athénienne manquait à l'illustre auteur de l'histoire de l'art. En effet, de son temps, la Grèce restait fermée; c'est l'époque où le style *idéal* apparaît, se développe, et vient occuper dans la statuaire une place à peu près semblable à celle du genre académique dans la littérature. C'est le style dont l'Apollon du Belvédère est considéré, depuis près de trois cents ans, comme le modèle le plus accompli; car il n'y a pas très-longtemps, certains critiques déclaraient en pleine académie que Phidias n'avait point *touché les bornes de l'art;* qu'il était possible après lui *d'épurer encore les contours, d'y apporter une correction plus achevée.* Or, dans ce style idéal, les bons juges reconnaissent une rupture avec les traditions de l'École de Phidias, et signalent la distance qui existe entre l'art

établi sur la nature et la vérité, et un art systématique,
parfois maniéré, qui part de ce principe que dédai-
gner la réalité, modifier le modèle vivant, c'est s'élever
et s'ennoblir. Or Phidias, et c'est là le privilége de ce
rare génie, est resté vrai, profondément vrai même en
donnant à l'harmonie des lignes, à la noblesse et au
style, tout ce que le goût le plus sévère peut exiger.

Mais devons-nous accuser Lysippe d'avoir fait entrer
la statuaire dans cette voie? Ne serait-ce pas plutôt à
l'esprit de son siècle qu'il faudrait s'en prendre? Déjà,
du temps d'Alexandre, la haute et vive intelligence de
la nature, cette merveilleuse propriété du génie grec,
commençait à s'affaiblir; quelques grands talents,
encore debout, ne pouvaient arrêter les progrès lents,
mais sûrs, de la corruption asiatique qui commençait
ses ravages. La fantaisie était prête à se donner carrière; le faste allait remplacer la grandeur. Quelques
années encore, et la statuaire ne devait enfanter que
des colosses. Homme d'invention, et possédant une
incomparable habileté, Lysippe, qui avait ressenti
comme tant d'autres la secousse de l'esprit nouveau,
essaya d'aborder des régions peu connues. Bien plus,
il prétendit s'élever au sublime en prenant une autre
route que Phidias. Quelques lignes de Pline sont le
seul témoignage sur lequel l'historien de l'art ait le
droit de s'appuyer; mais, tout incomplet qu'il puisse
être, ce témoignage éclaire un peu cette dernière
phrase de la sculpture antique :

« Lysippe, dit Pline[1], passait pour avoir fait faire de

1. « Statuariæ arti plurimum traditur contulisse, capillum expri-

« grands progrès à la statuaire en exprimant les dé-
« tails de la chevelure, en donnant aux têtes moins de
« volume que ne le faisaient les anciens, en faisant le
« corps plus svelte et moins charnu, ce qui semblait
« rendre la figure plus grande. »

Ce que Pline nommait progrès, d'autres y verront
les présages d'une décadence encore éloignée, il est
vrai, mais inévitable. Emprisonner la forme humaine
dans un moule élégant, mais unique; n'envisager
qu'un aspect quand la nature en offre mille, se détourner des créations fortement individuelles, variées
et puissantes, en d'autres termes, se détourner de
Phidias, un opulent génie, ce n'est pas le progrès.
Il faut être Pline pour approuver cette déviation fâ-
cheuse. Notez que Lysippe, comme tous les novateurs,
devait être hautain; il réussissait par ses défauts,
plus que par ses belles qualités, auprès de ses contemporains fatigués du naturel et de la simplicité. Son
mérite était grand, mais peut-être se l'exagérait-il
quand il disait : « que si ses devanciers avaient représenté les hommes comme ils étaient, il les représentait,
lui, tels qu'ils devaient être. » Tout son système est
dans ce peu de paroles, qui marquent si clairement sa
rupture avec la tradition [1].

Il était nécessaire d'entrer dans ces considérations
pour donner autant que possible, à notre athlète, une
date à peu près authentique. Nous devions établir

mendo, capita minora faciendo, quam antiqui : corpora graciliora,
siccioraque, per quæ proceritas signorum major videretur. » (L.
XXXIV, ch. xix.)

1. « Vulgoque dicebat ab illis factos quales essent homines : a se
quales viderentur esse. » (Pline, *loc. cit.*)

que les statues dont la tête est petite, le torse court et
la taille élancée, appartiennent à l'école de Lysippe.
Et ici nous pourrions invoquer le témoignage d'O.
Müller[1]; ce nom dit tout. Évidemment l'athlète du
Vicolo delle Palme appartient à cette école par l'élégance du geste, de la pose, de toute la personne. C'est
bien là ce galbe préféré par le fécond artiste de Sicyone.
Les bras, les jambes ont une finesse exagérée qui
s'éloigne tellement de l'antique qu'elle fait songer à la
fluidité et à l'affétérie de l'École florentine.

J'ai dit que cette statue était de l'École de Lysippe,
M. Canina[2] va plus loin : il l'attribue au maître lui-
même. Aurait-il été éclairé, à la vue de ce marbre,
d'une lumière soudaine? Serait-ce chez lui prévention?
Nous savons que, dans chaque fouille, les antiquaires
croient avoir retrouvé quelques-uns des chefs-d'œuvre
vantés par les anciens. Canina s'est-il trompé? Nous
sommes tenté de le croire, et voici nos raisons.

On se rappelle qu'une statue de Lysippe décorait les
thermes d'Agrippa[3]; cette statue, qui représentait un
homme nu se frottant avec le strigile, passait pour un
des plus beaux ouvrages du grand artiste de Sicyone.
Les Romains connaissaient cette statue sous le nom grec
de l'Apoxuomène[4], l'*homme qui se frotte*, sobriquet

1. Voy. dans le *Wien-Jahrbücher*, t. XXXIX, d'excellentes observations de ce grand antiquaire sur les variations de la statuaire
grecque.
2. *Bulletino dell' Instituto di Corr. Arch.*, novembre 1849, p. 161.
3. Pline, l. XXXIV, ch. xix.
4. Du verbe ἀποξύω, gratter, râcler, enlever en grattant; une
espèce de massage au moyen du strigile et un procédé pour rendre
aux membres leur souplesse et leur élasticité première.

très-semblable à ceux de quelques marbres célèbres
que nous appelons le *Rémouleur*, le *Gladiateur*, etc.
Cet Apoxuomène plut à Tibère. Le despote amateur
l'enleva des Thermes pour en faire l'ornement de sa
chambre à coucher; fort heureusement, il rencontra
un obstacle imprévu dans l'admiration des Romains
pour Lysippe. Ce peuple, par nature si peu artiste, prit
feu au sujet de la disparition d'une statue, et poussa
de telles clameurs en plein théâtre, que l'empereur se
vit contraint de rendre aux Thermes d'Agrippa ce qui
en était le plus grand attrait. Quel fut en cette circonstance le véritable mobile de Tibère? Serait-ce un certain respect pour l'opinion publique? ou bien ne se
crut-il pas assez fort pour résister au peuple de
Rome? Il y a là un petit problème à résoudre. Nous
l'indiquons à ceux de nos lecteurs que ces curiosités
historiques ont le pouvoir d'intéresser.

Suivant M. Canina, ce serait cette même statue,
arrachée par un commencement d'émeute au palais
d'un tyran, qui nous aurait été rendue par le hasard,
cette providence des antiquaires.

L'argumentation de l'habile archéologue italien est
d'une extrême simplicité; et quand on l'a dégagée de
toutes les précautions oratoires, de toutes les réticences
d'une érudition qui craint de se compromettre, elle
se réduit à ceci : on trouve à quelque distance des
thermes d'Agrippa un Apoxuomène; donc ce doit
être celui de Lysippe.

Ce qui gêne un peu M. Canina, c'est que rien ne
démontre que l'Apoxuomène de ce grand sculpteur
ait été de marbre. A notre avis il devait être de

bronze. En effet, Pline ne parle de l'Apoxuomène que
dans le livre **XXXIV**, où il énumère plus spécialement
les travaux des sculpteurs en bronze ; mais une raison
bien plus décisive, c'est que Lysippe ne travaillait que
le bronze[1] ! C'est par cet art de fondre les statues de
métal qu'il obtint une si immense renommée, qu'A-
lexandre défendit à tout autre qu'à ce grand artiste
de reproduire son image en bronze.

Serait-il établi d'ailleurs que l'Apoxuomène de Lysippe était de marbre, qu'il resterait encore à prouver
que le sculpteur de Sicyone est le seul, entre tous,
qui ait fait choix d'un pareil sujet ; ce qu'on ne peut
admettre, du moment où l'on n'est point aveuglé par
une prévention extrême. Est-il besoin de rappeler ici
l'ardeur des Grecs pour les exercices gymnastiques ?
Ne sait-on pas qu'à certains jours, la Grèce tout entière se passionnait pour quelques lutteurs, pour quelques Pancratiastes ? Un athlète l'emportait alors sur un
philosophe, sur un poëte et même sur un orateur :
c'était un grand homme, c'était presque un demi-
dieu. Si ce fol enthousiasme est explicable, il l'est surtout chez les artistes avant tout amoureux de la forme

---

1. La finesse d'exécution propre à Lysippe, ce soin minutieux
qu'il apportait jusque dans les plus petits détails, et les contours un
peu maigres de ses figures, proviennent, à beaucoup d'égards, de
l'habitude de travailler des matières qui exigent d'autres procédés que
le marbre : par exemple, la chevelure d'une statue de bronze deman-
dera infiniment plus de finesse que celle d'une statue de marbre, où
les masses suffisent. Aussi, quand Pline signale le talent tout particulier de Lysippe pour traiter la chevelure, il vante, sans nous le dire
et peut-être sans en avoir lui-même conscience, l'habileté du sculpteur-
fondeur. Si les commentateurs de Pline y avaient un peu réfléchi, ils
auraient été moins embarrassés.

et auxquels ces solennités offraient d'admirables modèles. Aussi il n'y eut pas de recoin de la Grèce sans
une statue d'athlète. On les représentait avant, pendant, après les jeux. L'athlète se râclant la peau (l'A-
poxuomène) eut sa statue aussi bien que l'athlète se
frottant d'huile, ou l'athlète couronné. Il est certain
que la statuaire eut plus d'un Apoxuomène [1], parmi
lesquels on signala celui de Lysippe, et un autre de
Polyclète dont nous allons bientôt parler.

Il faut que M. Canina ait bien confiance dans son
système, puisqu'il n'a pas craint d'appuyer une seconde conjecture sur ce fragile édifice. Comme il
tient pour certain que la statue du *Vicolo delle Palme*
est de Lysippe, il est conduit à dire que le cheval de
bronze découvert dans le même endroit est l'œuvre
de ce grand sculpteur. Ouvrez le *Bulletino di corrispondenza archeologico* (novembre 1849, p. 161), et
vous verrez par quelles inductions M. Canina cherche
à établir que ce morceau provient du portique d'Octa-
vie, que Metellus se plut à orner d'un grand nombre
de statues équestres de la main de Lysippe, et comment il fut réuni à notre Apoxuomène dans l'emplacement où se trouve aujourd'hui le *Vicolo delle
Palme*, par quelque enthousiaste de l'art hellénique,
da qualche amante delle arti greche. Et pourquoi
serait-ce quelque ami de l'art grec? Qui vous dit que

---

1. On connaît les deux Apoxuomènes du dédale de Sicyone. (Pline,
liv. XXXIV, ch. xix.) — «Ce sujet, dit M. Tölken (*Ant. Vert-tieft geschni-
ttenen Steine der K. Gemmens, zu Berlin*, p. 74), attirait les artistes.
Au revers d'un vase de la collection Coghill, on voit deux jeunes gens
entièrement nus armés du strigile. » Millingen, pl. 15.

ce ne sont pas les mains d'un ignorant ou d'un barbare qui ont entassé ici même ces précieux débris de
l'antiquité? Pourrons-nous jamais savoir comment les
choses se sont passées dans les entrailles de cette
terre labourée par les révolutions?

Nous avons omis, en décrivant la statue du Transtévère, de parler d'un dé qu'elle tient dans la main
droite; ce dé nous a paru suspect. Je soupçonne fort
M. Tenerani, qui a refait les doigts de cette main, de
n'avoir mis là un dé que d'après les conseils de M. Canina, mais ceci mérite explication. J'ai dit plus haut
que l'on attribuait à Polyclète un *Apoxuomène.* Pline[1]
en parle en effet, mais avec une concision si obscure
que le sens devient douteux : *fecit et destringentem se,
et nudum talo incessentem.* Polyclète est l'auteur de
l'homme qui se frotte et de l'homme nu qui provoque
à jouer aux dés. Voilà deux statues bien distinctes.
Supprimez maintenant la virgule qui coupe par moitié
la phrase latine, de deux statues vous n'en faites
qu'une seule. M. Canina a adopté ce dernier sens. Il
croit que Polyclète a représenté un homme nu qui se
frotte, et qui, dans le même instant, en provoque un
autre à jouer aux dés. Or, sait-on à quel monument
le savant archéologue applique ce texte, ainsi interprété? Justement à la statue qu'il proclamait tout à

---

1. *Loc. cit.* Ce passage si court aurait peut-être besoin d'un long
commentaire. En effet, O. Müller, dans son Manuel, § 120, n° 3,
semble rattacher ces mots, *nudum talo incessentem,* aux étreintes de
deux lutteurs ou pancratiastes, car pour les expliquer il les rapproche
d'un passage de Philostrate, *Héroïques,* p. 678, où on lit : παγκρα-
τιαστήν ἀποπτερνίζοντα. Il est fâcheux qu'un aussi habile homme que
O. Müller n'ait pas mieux développé sa pensée.

l'heure l'œuvre de Lysippe : « *En voyant, dit-il, que
la main droite de l'athlète du Transtévère reste libre,
on est autorisé à croire* (si trova opportuno di credere)
*que cette main tenait un dé avec lequel l'athlète pro-
voquait un autre joueur.* D'où il suivrait nécessairement que Polyclète et Lysippe ont eu la même idée,
celle de faire de leur Apoxuomène un joueur de dé ; ou
bien encore que le plus ancien des deux a été copié
par le plus moderne. Du reste, dans son intime persuasion que notre statue lui offre un précieux commentaire de Pline, M. Canina a bien soin de faire remarquer la flexion d'un des genoux. Voilà bien, dit-il,
ce qui indique le passage d'une action à une autre
(*il passo da un' azione all' altra*), c'est-à-dire de
l'action de se frotter avec le strigile à celle de jouer.
Supposer, après cela, que Polyclète aurait fait deux
statues au lieu d'une, vraiment, ce serait montrer de la
mauvaise volonté.

Je regrette que M. Tenerani, dont le goût est si fin
et qui vit en pleine antiquité, ait eu en cette occasion
trop de déférence pour l'autorité scientifique de M. Canina. J'aurais voulu que le sculpteur fît observer à
l'antiquaire que la flexion du genou droit indique tout
bonnement que le corps porte un peu plus sur une
jambe que sur une autre ; car sa notoriété et son
expérience étaient en mesure de rappeler à M. Canina
que la netteté d'idée est le propre de l'art grec, et que
l'art moderne, bien qu'avide de tout reproduire, se
déclarerait impuissant à exprimer une « *doppia
azione.* »

Comment un antiquaire aussi exercé a-t-il pu s'imaginer qu'un sculpteur, et l'un des plus célèbres de l'antiquité, s'attacherait à reproduire le moment impossible à préciser où un athlète cesse de se râcler la peau pour commencer une partie de dés? Comment ce même antiquaire a-t-il oublié que la célèbre pierre de la collection de Stoch[1], qui représente Tydée se frottant avec le strigile, n'était, aux yeux du judicieux, du grand Visconti[2], qu'une copie de l'Apoxuomène de Polyclète? Or, rien de plus franc, de plus hardi, de plus décidé que le mouvement de cette figure, qui se replie en deux pour se frotter le mollet; rien qui montre plus carrément le contraire d'une *doppia azione*. M. Canina aura beau dire, je ne croirai jamais, même en faisant la part la plus large à la diversité des temps et des écoles, que la statuaire grecque ait violé ici, comme on le prétend, non-seulement les lois du goût, mais une loi plus générale, celle du bon sens.

Que résulte-t-il de cet examen de la statue du Transtévère et des idées qu'elle a suggérées à un archéologue renommé? C'est qu'il faut, cette fois encore, renoncer à mettre la main sur un Polyclète ou sur un Lysippe; tout au plus pouvons-nous saisir au passage quelques analogies entre le marbre du Vatican et l'École du sculpteur d'Alexandre. Cette statue serait-elle un original? Nous l'ignorons. Serait-ce la copie d'un bronze ou d'un marbre renommé? Nous l'ignorons encore. Ce que nous savons avec certitude, c'est

---

1. Winckelmann, *Mon. ined.*, t. II, n° 106.
2. Musco Pio Clem., t. I, p. 130. C. Meyer (*Gesch. der bild. Kunst*, t. I, p. 56), qui combat l'opinion de Visconti.

qu'un ciseau grec, délicat, élégant, bien trempé, l'arracha du bloc et lui donna la vie; c'est enfin qu'elle offre à notre curiosité, si je ne me trompe, un sujet vraiment nouveau: nos galeries renfermaient des lutteurs, des discoboles, des athlètes vainqueurs, des athlètes se frottant d'huile, mais jusqu'à présent nous n'avions point encore eu d'apoxuomène.

Ceci doit consoler les antiquaires qui regretteraient d'être forcés d'admirer un chef-d'œuvre anonyme. Eh ! qu'importe, si l'œuvre est superbe ! Les plus malheureux, ce sont ceux qui ont pris à tâche de l'interpréter; M. Canina s'en est aperçu, et nous pouvons craindre que l'on ne nous fasse l'application de ces paroles du maître de la science [1] : « Il en est de l'examen d'un antique comme de la lecture d'un livre : on croit entendre ce qu'on lit; mais quand il s'agit de l'expliquer, il se trouve qu'on ne l'entend plus.

———

APPENDICE

Lettre adressée au directeur de la REVUE ARCHÉOLOGIQUE *(1850) en réponse à M. Charles Lenormant* [2].

Monsieur,

Je suis parfaitement d'accord avec M. Lenormant : le passage de Pline que j'ai cité dans mon article sur la statue du

1. Winckelmann, *Histoire de l'Art.*
2. La lettre du savant académicien est trop longue, trop surchargée d'érudition, pour la reproduire ici en entier; il me suffira de marquer le point précis de la discussion, et ce point le voici : Selon M. Le-

Transtévère présente une difficulté qui ne pouvait échapper à un antiquaire aussi sagace ; mais si la lettre qu'il vous a adressée m'a vivement intéressé, elle ne m'a pas fait changer d'opinion.

Cette difficulté n'est pas nouvelle : d'autres l'avaient remarquée avant lui. M. Lenormant cite Falconet et Meyer ; il aurait pu citer de même Schorn, O. Müller et l'auteur de l'article *Lysippe* dans l'*Encyclopédie méthodique*. C'est un de ces problèmes comme on en rencontre tant dans l'*Histoire naturelle* de Pline ; problèmes dont la clef se trouve ailleurs que dans la *Grammaire latine*. La connaissance de l'art des anciens, du goût et de la logique peuvent aider ici tout autant que la plus fine philologie. Le goût dans ce qui touche au

normant, c'est à tort que j'accuse Lysippe d'avoir introduit le style idéal, et si je l'accuse c'est parce que je me suis mépris dans ma manière d'interpréter la pensée de Pline : « M. Vinet, dit-il, traduit « fort exactement la première phrase : «*Lysippe passait pour avoir fait* « *faire de grands progrès à la statuaire,*» etc. ; mais M. Vinet s'en tient « là, et c'est plus loin qu'il accuse Lysippe d'avoir dit que « *si les* « *devanciers avaient représenté les hommes comme ils étaient, il les* « *représentait, lui, tels qu'ils devaient être.* » Car c'est ainsi qu'il « entend la phrase : « *Ab illis factos quales essent homines, a se quales* « VIDERENTUR ESSE. » Mais traduire ainsi c'est prêter à Lysippe une « intention certainement fort éloignée de sa pensée. Après avoir énu- « méré les progrès que cet artiste avait amenés en rendant mieux la « chevelure, en diminuant le volume des têtes, en faisant les corps « plus élancés, Pline ajoute (et l'on nous permettra de déranger un « peu l'ordre des mots afin de serrer la pensée de plus près) : «Ce « n'est pas qu'il ait manqué à la loi des proportions, à cette *symétrie* « des Grecs pour laquelle la langue latine n'a pas d'expression cor- « respondante : il l'observait avec le plus grand soin, et cependant il « avait trouvé moyen de modifier l'aspect un peu trapu des statues « antérieures aux siennes : « *Car*, disait-il ordinairement, *je n'ai pas* « *fait les hommes tels qu'ils sont réellement, mais tels qu'ils* SEMBLENT « ÊTRE. » Tout ceci, depuis le commencement du passage jusques y « compris la citation du mot de Lysippe, est le développement d'une « seule et même pensée, que l'auteur complète par un trait qui achève « de caractériser les mérites particuliers de ce statuaire célèbre : « il « introduisit le premier les recherches de l'exécution, qu'il poussa « jusqu'aux détails les plus minutieux. »

beau n'est jamais inutile. Ici c'est la faculté maîtresse ; l'érudition ne doit venir que comme auxiliaire.

Oui, j'en conviens, je me suis récrié lorsque j'ai vu que Pline disait que « *Lysippe avait fait progresser l'art près d'un siècle après Phidias !* » Quoi ! les admirables sculptures du Parthénon seraient dépassées ? Le Thésée et l'Ilissus auraient des rivaux ? C'est impossible et, je m'empresse de le dire, M. Lenormant, sur ce point, est lui-même de mon avis. Toutefois il réclame pour Lysippe un certain genre de supériorité, la vérité dans l'imitation : « Sous ce rapport, dit-il, on ne peut contester qu'il y ait eu progrès, et par là le langage des anciens se trouve justifié. » Mais, en les défendant, M. Lenormant m'accuse de m'être mépris sur la pensée de Pline. Ce reproche est immérité.

Le passage qui fait question se compose de trois grandes phrases ou membres d'une période que je suis obligé de reproduire en entier afin de ne point scinder le texte de Pline. Dans la première, l'auteur latin expose les innovations introduites par Lysippe :

« *Statuariæ arti plurimum traditur contulisse, capillum expri-*
« *mendo, capita minora faciendo quam antiqui, corpora graci-*
« *liora siccioraque, per quæ proceritas signorum major videre-*
« *tur* : il passait pour avoir fait faire de grands progrès à la
« statuaire, en exprimant les détails de la chevelure, en don-
« nant aux têtes moins de volume que les anciens, en faisant
« le corps plus svelte et moins charnu, ce qui semblait rendre
« la figure plus grande. »

Dans la seconde période Pline continue d'exposer les diverses améliorations introduites par Lysippe, et pour mieux caractériser le système de ce grand artiste, il lui met dans la bouche une maxime devenue célèbre :

« *Non habet latinum nomen symmetria, quam diligentissime*
« *custodivit, nova intactaque ratione quadratas veterum sta-*
« *turas permutando : vulgoque dicebat ab illis factos quales*
« *essent, homines, a se quales viderentur esse* : il n'y a pas de
« terme latin qui réponde au mot symétrie dont il se montra
« (Lysippe) l'observateur le plus scrupuleux, en changeant
« par une méthode nouvelle et inconnue la taille carrée des
« anciennes statues ; il répétait ordinairement que si ses pré-

« décesseurs avaient représenté les hommes tels qu'ils
« étaient, il les représentait tels qu'ils devraient être. »

Dans la troisième et dernière phrase Pline achève de caractériser en ces termes le talent de Lysippe :

« *Propria hujus videntur esse argutiæ operum, custoditæ in*
« *minimis quoque rebus* : et ce qui le distingue, c'est l'élé-
« gance minutieuse qu'il apporta jusque dans les moindres
« détails.

C'est sur une des phrases de la seconde période que porte
la critique de M. Lenormant. Traduire : « *Quales viderentur
esse*, par *tels qu'ils devraient être*, » c'est, selon l'habile antiquaire, « prêter à Lysippe une intention fort éloignée de sa
pensée, puisqu'à la différence de ses devanciers, *il ne voulait
pas représenter les hommes tels qu'ils sont, mais tels qu'ils semblent être.* »

Je le sais : plusieurs traducteurs entendent de cette façon
le latin de Pline ; mais il en résulte que la pensée de Lysippe
devient alors singulièrement amphibologique, et que pour
l'expliquer ils se livrent à de si étranges commentaires qu'il
m'a fallu la rejeter. Si je vous disais que Raphaël s'est vanté
d'être le premier qui ait eu l'idée de représenter les hommes
comme ils lui *semblaient être*, vous me demanderiez si le
Giotto ou Cimabuée les ont représentés autrement. Tous les
artistes représentent les hommes comme ils leur apparaissent ;
il n'appartient qu'au médecin ou au naturaliste de voir les
hommes tels qu'ils *sont*.

Savez-vous, Monsieur, ce qui m'a guidé dans mon interprétation? C'est ce mot de La Bruyère : « Racine a peint les
hommes tels qu'ils sont, et Corneille tels qu'ils *devraient être*.
Un homme comme Lysippe, qui ne pouvait manquer d'esprit,
ne se serait pas permis l'antithèse boiteuse qu'on lui prête.
Je suis convaincu qu'en se comparant à ses devanciers ce
grand artiste n'a pu s'exprimer autrement que La Bruyère
opposant Corneille à Racine. Je tiens donc pour certain que
Lysippe a voulu dire que si Phidias, Myron ou Polyclète se
sont contentés de copier la nature, il a cherché à reproduire
la forme humaine sous l'aspect le plus brillant, et parfois
de la corriger.

Si M. Lenormant croyait que je suis le seul de mon opinion, il serait dans l'erreur. Voici comment le dernier interprète de Pline, M. Littré, la science en personne, traduit la pensée de Lysippe : « Il se plaisait à dire que les anciens avaient représenté les hommes tels qu'ils étaient, et lui tels que l'*idéal* les montrait. »

Je ne vous parlerai pas de M. Schorn[1]. Ce savant escamote la difficulté, car il assure que l'on ne doit pas prendre au pied de la lettre le témoignage de Pline. M. Schorn est un sceptique, et, si je saisis bien sa pensée, il ajoute aussi peu de foi aux améliorations introduites par Lysippe, qu'au canon de Polyclète et à la reproduction des veines et des nerfs par Pythagore.

O. Müller[2] nous donnera quelque chose de plus positif. Si je dois en croire cet antiquaire de génie, ce malencontreux *a se quales esse viderentur* ne serait tout bonnement qu'un gros contre-sens de Pline interprétant à la hâte, ou sans y réfléchir, le texte grec dont il aurait tiré les paroles de Lysippe. Il est probable, dit O. Müller, que cet artiste s'est exprimé ainsi : οἱ μὲν πρὸ ἐμοῦ τεχνῖται ἐποίησαν τοὺς ἀνθρώπους οἷοι εἰσίν, ἐγὼ δὲ οἵους ἔοικεν εἶναι; or au lieu de traduire *quales esse convenit*, Pline aurait pris ἔοικε dans le sens le plus ordinaire, *videtur.*

Il n'est pas jusqu'au critique modeste auquel on doit l'article Lysippe dans le *Dictionnaire des beaux-arts* de l'*Encyclopédie méthodique*, qui ne semble éprouver quelques remords d'avoir traduit : « *a se quales viderentur,* » par *tels qu'ils paraissaient être.* Il se plaint de l'obscurité de Pline quand il parle de l'art, ce qui provient, ajoute-t-il, de ce que cet auteur, faute de connaissances, ne *s'est pas toujours entendu lui-même.* Mais le critique ne mériterait-il pas lui-même un pareil reproche, s'il fallait le juger sur sa manière d'interpréter Lysippe : « *qui comprit que l'art ne rend pas la nature elle-même, mais l'apparence de la nature.* »

Ce qui vous surprendra, Monsieur, c'est qu'on retrouve dans ce peu de mots tout le système de M. Lenormant : « Lysippe, nous dit-il, s'écarta de la vérité absolue qui le

1. *Ueber die Studien der Griechischen Künstler,* p. 229.
2. *Jahrbücher der Litteratur; Wien* (1826-27), t. **XXXVI**, p. 170.

conduisait à une fausse apparence des objets, et introduisit une vérité relative qui donne à ses ouvrages l'aspect de la nature elle-même; or, cette *vérité relative* ressemble singulièrement *aux apparences* dont parle l'auteur de l'article sur Lysippe dans notre vieille Encyclopédie.

Je le regrette, mais le défaut d'espace et l'obligation de répondre sans tarder à M. Lenormant s'opposent à ce que je puisse discuter convenablement cette théorie du savant antiquaire. Du reste, comme on vient de le voir, elle n'est pas nouvelle, puisqu'elle date du siècle dernier. Mais qu'elle soit ancienne ou nouvelle, peu importe, elle n'en est pas moins dangereuse, car elle suggère à un esprit pénétrant, à un connaisseur, les idées les plus hasardées; par exemple, elle le conduit à dire que pour qu'une statue paraisse avoir cinq pieds il faut qu'elle en ait six, et qu'il est nécessaire d'allonger outre mesure le torse et les membres d'une figure assise, afin de lui ôter de la lourdeur[1].

Ici il ne s'agit plus de philologie, il s'agit de l'art et de ses procédés. Il s'agit de ce que peut et doit permettre la sculpture. J'ai consulté des gens du métier, et des plus habiles, et tous m'ont répondu qu'une statue de cinq pieds et quelques pouces ne paraissait jamais au-dessous de nature, pourvu qu'elle ne fût pas placée trop haut[2]. Ils m'ont affirmé qu'allonger un torse outre mesure, c'est s'exposer à rendre une figure difforme; qu'il est indifférent qu'elle soit assise ou debout; qu'il faut dans les deux cas conserver les proportions; et la raison qu'ils en donnent est excellente : les os, disent-ils, ont toujours la même longueur. Ils prétendent oublier à ce point le respect de la forme, qu'outrager ainsi l'anatomie c'est sacrifier l'art sérieux à l'art fantaisiste, et s'exposer à commettre des erreurs sans nom.

M. Lenormant n'aurait-il pas confondu deux genres fort

1. C'est s'exposer à rendre une figure difforme : peu importe qu'elle soit assise ou debout, la nécessité de conserver les proportions voulues est impérieusement commandée.

2. Une foule de statues antiques n'ont pas au delà de cinq pieds deux ou trois pouces, et elles ne paraissent en aucune façon plus petites que nature.

distincts et dont les principes diffèrent entre eux : les œuvres de ronde-bosse et les bas-reliefs ? Le bas-relief, je le reconnais, s'éloigne un peu plus de la vérité matérielle que la statue; il admet, toutefois avec discrétion, quelques-unes des illusions de la peinture; il permet les raccourcis : mais lorsque le statuaire enivré de sa faculté créatrice se croit le maître de changer les véritables proportions d'une figure de ronde-bosse, il ne copie plus la nature, il l'étend sur le chevalet et lui donne la question.

Si la théorie des *fausses apparences* sur laquelle M. Lenormant s'appuie pour expliquer Pline et juger Lysippe n'est elle-même qu'une fausse théorie, le reste croule, et l'on se prend à douter de cette *vérité d'imitation* si libéralement concédée par l'habile antiquaire au sculpteur de Sicyone, et cela aux dépens des maîtres qui ont précédé Lysippe dans la carrière, et même des plus glorieux. M. Lenormant aurait-il oublié par hasard la frise du Parthénon, et la procession qui s'y déroule; procession équestre et bondissante, pleine de vie et de jeunesse, et surtout empreinte de réalité? Qu'il y songe, qu'il cherche à la revoir, et après qu'il me dise s'il espère trouver *ailleurs plus de vérité d'imitation!*

M. Lenormant allègue la supériorité de Lysippe dans le portrait. Croyez-le bien, Monsieur, malgré son respect pour la vérité d'imitation, dans cette branche de l'art, Lysippe ne se permettait pas de représenter ses modèles, non pas comme ils étaient — ce qui parfois aurait pu les contrarier — mais comme ils *auraient dû être*. Cette licence a été soufferte chez les portraitistes, dans tous les temps et dans tous les pays.

Si un témoignage devenait nécessaire, M. Lenormant nous le fournirait lui-même. Il nous cite un certain Démétrius, auquel Quintilien reprochait de n'avoir point rendu la vérité avec l'*exquise délicatesse* de Praxitèle et de Lysippe, et de préférer la *ressemblance à la beauté*.

Ce Démétrius était assurément du nombre de ces artistes que le soleil de la Grèce lui-même, avec toutes ses ardeurs, ne pourrait réchauffer ; âmes froides et vulgaires qui copient platement la réalité, mais sans charme et sans choix, et qui ignorent que le fin de l'art c'est de savoir voir et choisir; mais entre ces serviles copistes de la nature, qu'ils n'ont jamais regardée que par le petit bout de la lorgnette, et l'artiste audacieux qui transforme la réalité, qui l'absorbe dans sa fantaisie, il existe une ligne de milieu et de vérité qu'il n'est donné qu'aux plus favorisés, même entre les plus beaux génies, de suivre d'un pas ferme et sûr.

Vous dirai-je l'idée que je me forme de Lysippe, et comme je me le représente à la lumière douteuse que Pline projette sur lui? Lysippe, pour moi, est un grand artiste tombé dans la *manière*. Je ne veux point dire cette manière mesquine et sans accent propre aux peintres et aux sculpteurs disgraciés de Minerve; mais cette grande manière dont on reconnaît la trace chez les maîtres, chez Michel-Ange, Léonard de Vinci et Jean Goujon, et qui n'est autre que l'exagération de leurs brillantes qualités. Je ne connais que deux hommes qui aient su se débarrasser entièrement des entraves de l'esprit de système ou résister aux séductions d'un talent trop facile; deux hommes qui ont franchi ce double écueil avec une habileté suprême; deux génies inépuisables et variés comme la nature : Raphaël et Phidias.

M. Lenormant se reproche en terminant d'avoir écrit un chapitre de l'histoire de l'art chez les Grecs. Ce reproche m'étonne! Ne devrait-il pas plutôt se féliciter de pouvoir, grâce à l'autorité de son nom, ramener l'attention des lecteurs sur des questions pour lesquelles, on serait tenté de le croire, les antiquaires de nos jours semblent n'éprouver que du dédain? Le sol est-il remué si profondément qu'on ne puisse plus rien y découvrir? On voit tout ce qui ressort de l'interprétation d'un mot. Ceci me donne à croire, et j'y ai songé souvent, que malgré les efforts du grand Winckelmann et de ses savants successeurs, l'histoire de l'art dans l'antiquité reste encore à faire.

Agréez, etc.

LA LITTÉRATURE GRECQUE

HISTOIRE DE L'HELLÉNISME EN FRANCE [1]

(*Journal des Débats*, 6 janvier 1870.)

Je tiens M. Egger non-seulement pour un des plus zélés, mais aussi pour l'un des plus modestes parmi ses collègues de la Sorbonne et du Collège de France. Voilà près de trente ans qu'il professe à la Faculté des Lettres, et pour la première fois il se décide à publier un de ses cours sous forme de leçons. Ce cours (1867 à 1868) coïncide si bien avec les discussions soulevées dans les derniers temps sur l'utilité des études de la langue et de la littérature grecques, et notamment avec certains malencontreux projets de réforme, que les scrupules du savant professeur ont dû céder devant une opportunité si clairement indiquée.

Le sujet de ce cours, qui nous est présenté aujourd'hui sous forme de livre, est aussi étendu que fécond, si étendu même que j'en suis un peu effrayé. Traiter

---

1. *L'Hellénisme en France*, leçons sur l'influence des études grecques dans le développement de la langue et de la littérature françaises, par E. Egger, membre de l'Institut, professeur à la Faculté des Lettres. Paris, Didier et Cie; 2 vol. in-8°.

de l'influence des études grecques dans le développement de notre langue et de notre littérature, c'est soulever bien des problèmes; c'est s'engager à nous montrer dans le détail comme dans l'ensemble, et avec
autant de précision que possible, les points de rencontre de l'esprit grec et de l'esprit français; c'est marquer jusqu'à quel point un goût plus fin, plus délicat,
venu d'une terre privilégiée, a pu modifier notre goût
et notre originalité native.

La tâche, comme on le voit, n'est point aisée, et
elle aurait pu inquiéter tout autre courage que celui
de M. Egger. A la vérité, personne ne connaît mieux
que lui la littérature grecque, et il vient de nous montrer que la littérature de son pays ne lui était pas moins
familière. L'œuvre commencée devant un jeune auditoire s'est complétée dans une solitude studieuse : de
là l'ouvrage que j'annonce et que je n'hésite pas à
louer de prime abord, par suite du respect que m'inspire toujours à première vue un effort considérable
de travail et de savoir; ceci sans préjudice des réserves
que je crois devoir faire et que je m'empresse de sou-
mettre au judicieux auteur.

J'ai dit que le sujet choisi par M. Egger m'effrayait
un peu. Il me semble en effet qu'il cache un écueil. Il
est si spacieux qu'on y peut mettre tout ce qu'on veut
et même ce qu'on ne veut pas. Il est si facile, sur un
pareil terrain, de se laisser entraîner à de séduisantes
mais trompeuses analogies! M. Egger nous dit « qu'il
a cherché la transmission parfois subtile, mais néanmoins appréciable, des idées et des formes de l'art. »
On peut si bien, quand on est à la piste de cette trans-

mission si subtile, trouver l'hellénisme, c'est-à-dire l'idée grecque, où elle n'est pas. M. Egger dit encore quelque part : « Cela me rappelle de bien loin un opuscule grec. » Précisément voilà l'écueil ! Plus d'une fois il m'a semblé qu'il se rappelait d'un peu trop loin, donnant ainsi à l'influence grecque une extension trop grande; et cependant, je dois le reconnaître, bien d'autres à sa place, dans un sujet très-élastique et qui vous permet d'avoir vos coudées franches, n'auraient pas été si prudents, si peu systématiques et si sincères.

Maintenant que je suis en train de dire à M. Egger tout ce que je pense, pourquoi lui cacher que je lui reproche intérieurement l'espèce de confusion qu'il me semble avoir faite entre l'hellénisme de l'érudition et celui de la littérature ; confusion dont le résultat est d'amener une certaine surabondance plus ou moins nuisible à la clarté, surtout à l'intelligence du plan de l'auteur ? Ainsi, je ne vois pas bien comment des travaux d'érudition pure et d'archéologie, réservés à une certaine élite d'érudits et restés inconnus du grand public, ont pu avoir de l'influence sur notre littérature et sur le tour de l'esprit français. J'aurais souhaité trouver, dans un livre excellent d'ailleurs, car il est rempli de faits curieux, de remarques ingénieuses, et présente, ce qui est si commode, les résultats de toutes les recherches antérieures ; j'aurais souhaité, dis-je, trouver des circonscriptions mieux déterminées, des points de repère plus saillants. Tout y est éclairé d'une manière trop égale, et, pour parler comme les artistes, les plans n'y paraissent point suf-

fisamment accusés. Ce livre se rapproche un peu trop
du genre rapport ou mémoire; moins touffu, moins
dense, il pénétrerait encore plus avant dans l'esprit,
et l'analyse en deviendrait plus facile. Que voulez-
vous, on ne se refait pas ! Voilà à quoi mène une
conscience de lettré par trop chatouilleuse : pour être
complet, M. Egger ne veut rien négliger, pas même
l'accessoire.

J'ai épuisé la critique, il ne me reste qu'à approuver ; mais avant d'aller plus loin, je dois dire comment
l'ouvrage est divisé ; on saisira bien mieux la méthode
de M. Egger. Son livre renferme deux sortes d'appréciations, deux sortes de critiques auxquelles l'habile
professeur donne alternativement la main. Ainsi, un
morceau d'histoire littéraire est suivi d'une explication
philologique qui vient le consolider. C'est dans ces
compléments que M. Egger examine quels sont les
éléments fournis par le grec à la langue française ; ou
bien ce qu'était notre langue au seizième siècle et ce
qu'elle doit à de prétendus réformateurs.

Je recommande ces explications à ceux de nos lecteurs que cet ordre d'idées intéresse et qui aiment à
sentir que l'expérience d'un philologue consommé
leur sert de guide. Voyons maintenant à dérouler le
canevas sur lequel M. Egger a semé toutes les richesses
d'une érudition curieuse et qui ne veut rien laisser en
arrière.

Quand on remonte à la première apparition de
l'hellénisme dans les Gaules, on voit qu'elle concorde
avec la prospérité commerciale et l'activité littéraire
d'une grande cité, dont l'orateur romain admirait le

gouvernement aristocratique. Grâce à la prédominance de Marseille, l'hellénisme s'étendit le long de la Méditerranée ; puis il remonta le Rhône et vint prendre racine à Lyon. Lyon, du temps de Germanicus et de Claude, était une ville autant grecque que romaine. Toutefois, l'hellénisme n'alla pas beaucoup plus loin. Fixé dans la zone méridionale, il ne put jamais s'acclimater dans le nord ; ses pâles rejetons périrent étouffés sous la pression des idées romaines. Le titre d'Athènes des Gaules, décerné par Marc-Aurèle à la capitale des Rémois (*Durocorturum*), ne suffit point pour autoriser à dire qu'on y parlait ou écrivait en grec ; et bien que Julien fût enfant de la Grèce, on ne voit point que dans ce Paris, qu'il nommait sa chère Lutèce, l'hellénisme fût en honneur. A cette date, en dehors de la Narbonaise, c'était le latin qui dominait. C'est par lui que les Sidoine Apollinaire et les Fortunat entrevoient la littérature grecque. Le peuple, l'administration, l'armée ne connaissaient que le latin. Le fait que nous allons citer prouverait à lui seul cette pratique universelle. Combien trouve-t-on d'inscriptions latines, antérieures au sixième siècle de notre ère ? Cinq à six mille. Et combien a-t-on trouvé d'inscriptions grecques ? Cinquante au plus.

Une cause toute-puissante du peu de progrès de l'hellénisme dans les Gaules, ce fut, vers le cinquième siècle, l'invasion des Barbares. Ce coup, qui aurait pu être fatal à l'esprit humain (il ne fit que le rajeunir), atteignit si rudement les idées grecques, que l'on ne trouverait point, comme M. Egger l'a remarqué, du sixième siècle jusqu'au commencement du quinzième,

une seule copie d'un auteur grec écrite en France
par la main des scribes orientaux. Les tentatives de
Charlemagne pour relever cette étude furent vaines :
peut-être, à vrai dire, parce que ce grand homme
ne se souciait du grec qu'en vue de sa diplomatie. La
séparation religieuse de l'Orient et de l'Occident
acheva l'œuvre des Barbares. L'union des deux Églises
aurait peut-être implanté l'hellénisme sans trop de
difficulté dans une société naissante : leur division
l'écarta pour des siècles. Placé en face de l'autorité
ecclésiastique en Occident, l'hellénisme fut anathé-
matisé par elle comme un instrument de schisme et
d'hérésie.

Généralement on se représente l'Église au moyen
âge cultivant avec un soin pieux les germes de la science
et même allant jusqu'à favoriser certains retours vers
l'antiquité païenne : erreur ! Avant tout, il faut distinguer les temps et les lieux. En plein moyen âge, l'orthodoxie fut toujours ombrageuse quand elle ne fut
pas terrible. Le Père de l'Église latine, cité par M. Egger, qui disait : « S'il pleut, s'il tonne, ce n'est plus
la science qu'il faut interroger, c'est celui qui tient
entre ses mains la pluie et le tonnerre qu'il faut
prier ; » que faisait-il, le saint homme, si ce n'est de
supprimer l'étude des causes secondes par respect
pour la cause première ? Rappelons-nous cette répri-
mande de Grégoire le Grand adressée à un évêque qui
venait d'autoriser dans son diocèse l'étude des belles-
lettres : « Le nom de Jupiter ne doit pas se trouver
dans une bouche accoutumée à prononcer le nom du
Christ. » Que faut-il de plus pour nous montrer où en

étaient l'hellénisme et ces sciences positives que les
Grecs avaient déjà portées si haut, plus haut qu'on
ne le croit communément?

Si nous avions le temps d'entrer dans le détail,
nous verrions que le meilleur écrivain du neuvième
siècle, Loup de Ferrière, ne savait pas le grec. Gerbert, l'illustre Gerbert, en était au même point. Le
grec dépassait les géographes, les philosophes, les
poëtes, les historiens. Platon, on le connaissait à peine.
Sans les Arabes, qui se mirent à le traduire, Aristote
n'aurait pas régné sur la philosophie du moyen âge.
L'histoire tournait à la légende : Alexandre de Macédoine devenait un héros de roman. Mille ans se sont
écoulés dans les ténèbres, et la plus charmante de
toutes les fleurs nées de la civilisation, fécondée par le
goût, resta cachée pour l'Occident, qui n'eut garde de
se baisser pour la cueillir. Vraiment ce serait à rougir
de l'esprit humain, si à la même époque, consolation
imprévue ! nous ne voyions pas le jeune esprit français, plein de bonne humeur et de vie, créer une littérature abondante, précieuse surtout pour l'histoire de
notre condition sociale : on sait qu'au douzième et au
treizième siècle l'Europe prit plaisir aux inventions
françaises, et qu'elle s'empressa de les imiter.

La chute de Constantinople vint rapprocher ce que
le dogme avait séparé. Il y eut entre l'Occident et
l'Orient une sorte d'entente ; la pitié triompha des
scrupules dévots ; on oublia que ces pauvres exilés de
Byzance étaient schismatiques, et l'Europe très-inquiète
les accueillit avec intérêt. Ils étaient peu nombreux,
leur savoir était maigre, n'importe, ils avaient avec

eux l'étincelle de Prométhée, et elle devait enflammer l'Occident.

Chose étrange! avec le temps, ce fut la papauté qui tendit la main à l'hellénisme. L'admirable instinct du pouvoir, qui la rendait si attentive à l'état des esprits qu'elle voulait dompter, la poussa fortement à protéger les lettres. Ainsi, pendant qu'en France certains théologiens appelaient le grec la langue des hérésies, on le voit s'épanouir à l'ombre du trône pontifical. Quand le saint-siége frayait ainsi les voies à la libre pensée, qu'il était loin du *Syllabus !*

Deux classes bien laborieuses ont eu l'honneur, dans notre pays, à la Renaissance, de préparer la transmission des lettres grecques et latines : ce furent les érudits et les imprimeurs. Ils recueillirent avec amour tous les rayons épars du miel de l'Hymette et le donnèrent à savourer aux poëtes et aux beaux esprits. M. Egger s'est attaché à mettre en relief et à décrire les principales figures de ce siècle si plein de ferveur pour la sainte antiquité. Chemin faisant, il nous montre Guillaume Budé, le promoteur de l'étude du grec en France ; Scaliger, l'homme de toutes les éruditions ; Casaubon, le premier qui ait su conférer entre eux les manuscrits pour retrouver la leçon originale défigurée par des altérations ; Saumaise, qui traduisait Pindare à dix ans, et, ce qui vaut bien mieux, le premier arrivé sur le terrain encore vierge de l'épigraphie grecque.

Mais ¡c'est surtout Henri Estienne, deuxième du nom, qui le captive. Je le conçois. Henri Estienne est prodigieux : son *Thesaurus Linguæ græcæ* est une

merveille; merveille de savoir, merveille pour la justesse des proportions dans la coordination de matériaux immenses. Et puis quelle ardeur, quelle incomparable activité, et surtout quel patriotisme! Ce fut
dans un hôpital que se termina cette grande vie, toute
remplie par la science et le devoir.

Où sont les familles que l'on puisse comparer à celle
des Estienne, qui, pendant cent années, ne cessèrent
de se montrer correcteurs irréprochables, admirables
imprimeurs! Sortis d'une humble boutique, ils luttè-
rent avec une constance romaine au milieu des trou-
bles civils et des guerres religieuses, grandirent en
réputation et en science, alliant à la perfection de leur
art la haute philologie, donnant pour trente-deux sous,
en 1546, un exemplaire grec du Nouveau-Testament.
On ne s'enrichit point à pareil métier; mais ils tenaient
à leur devise : *Fortuna opes auferre non animum
potest.* Ce fut en vue de la postérité qu'ils travaillèrent, et la postérité leur en a tenu compte, car elle a
placé leurs noms parmi ceux qui ne doivent plus
périr.

Ici arrêtons-nous un instant pour rappeler une des
plus utiles et des plus célèbres créations de l'ère de
l'érudition, et l'une des plus favorables à l'hellénisme.
En 1517, un collége se fonde à Louvain, sous la protection d'Érasme, le collége des trois langues, car on
y enseignait le latin, le grec et l'hébreu. Ce spectacle
excite l'émulation des conseillers de François Ier, et
bientôt on voit s'élever (1530), à côté de la Sorbonne
et sous le nom de Collége de France, une institution
pareille à celle de Louvain. Les commencements fu-

rent misérables : point de salles pour l'auditoire, point de logement pour les professeurs ; mais ce collége, où l'on vit professer Ramus et Budé, devait prospérer, car *il était bâti en hommes :* c'est le mot d'un contemporain.

Une seconde création de François Ier, celle d'une typographie grecque, vint donner un nouvel essor à ce genre d'études. Nous étions jaloux des Italiens et de leurs remarquables éditions des classiques : le roi donna l'ordre à Garamond de graver des modèles des trois corps de ces beaux types grecs qui sont restés jusqu'à nos jours un type d'élégance. En outre il chargea Conrad Neobar, son imprimeur en titre, de publier des livres de choix ; il faut lire l'acte de chancellerie[1] qui confère ce privilége avec tant de noblesse :

« Nous avons considéré qu'il manquait encore,
« pour hâter les progrès de la littérature, une chose
« aussi nécessaire que l'enseignement public : savoir
« qu'une personne capable fût spécialement chargée
« de la typographie grecque sous nos auspices et avec
« nos encouragements, pour imprimer correctement
« des auteurs grecs à l'usage de la jeunesse du
« royaume. En effet, des hommes distingués dans
« les lettres nous ont représenté que les arts, l'his-
« toire, la morale, la philosophie et presque toutes les
« autres connaissances découlent des écrivains grecs
« comme les ruisseaux de leurs sources. »

---

1. M. Crapelet (*des Progrès de l'imprimerie au seizième siècle*, Paris, 1836, in-8) a reproduit cet acte de chancellerie d'après un exemplaire imprimé par Néobar lui-même.

Ce fut à cette source que la Renaissance courut s'abreuver. A cette première heure, et quand « l'âme légère de la Grèce » vint caresser de son souffle les rudes et vigoureux esprits du seizième siècle, il y eut comme un éblouissement ; la vue de cette antiquité jeune, brillante, épanouie, se révélant tout à coup, amena l'enthousiasme, l'enivrement, la folie. On se mit à genoux, on adora. On vivait si bien au milieu de l'antiquité, que la juger devenait impossible ; on était trop près ; l'espace manquait pour se mettre au point de vue de la critique, qui ne vint que plus tard.

Du reste, le moment était opportun : la littérature chevaleresque avait fourni sa carrière ; la vieille veine satirique et gauloise était tarie ; les romans affadissants remplaçaient les fabliaux.

A cette époque, quelques pédants illustres songèrent à écarter la langue française du domaine des lettres, par amour du latin. Écrire en latin, voilà ce que Turnèbe et d'autres érudits prétendirent faire. Et Ronsard, l'homme de son temps auquel on tressa le plus de couronnes ; Ronsard qui, par son feu pour l'hellénisme, semble résumer en lui la fiévreuse érudition de la Renaissance ; Ronsard qui disait :

Je veux lire en trois jours l'*Iliade* d'Homère,

mit en circulation, probablement à la suite de quelque « orgie de grec », l'idée de réformer la versification française sur le modèle des vers grecs et latins. Fort heureusement notre génie littéraire veillait. L'esprit

français (qui oserait nier sa vivacité et sa justesse?)
comprit que son originalité était menacée s'il ne se
débarrassait non point de la religion, mais de la
lourde superstition de l'antiquité. Il travailla coura-
geusement à se refaire une langue, lui donna la clarté,
la précision, l'élégance, et par des chefs-d'œuvre im-
mortalisa ses efforts. Déjà attaquée de front par cette
guerre de l'indépendance, plus tard prise en flanc par
d'autres révolutionnaires, par le goût espagnol et italien, l'antiquité grecque en France au dix-septième
siècle se trouvait déjà fort affaiblie, quand une nouvelle guerre, surnommée la *querelle des anciens et des
modernes*, une guerre qui ne dura pas moins de cent
années, vint porter un coup plus violent encore à son
autorité. Il importe de le noter, la querelle des anciens et des modernes eut un caractère à part. On l'a
expliquée en disant que ce fut la révolte de l'esprit
moderne contre l'esprit ancien. En effet, l'esprit moderne, fier des progrès des sciences positives, voulut
appliquer les règles qui les régissent aux créations de
l'imagination pure, aux inventions du talent. Il se
trompait.

Passons vite à côté du dix-huitième siècle, qui termine le second volume (car il est temps d'abandonner
la parole à M. Egger, et, pour leur avantage, de lui
renvoyer mes lecteurs); passons à côté de ce siècle si
complétement livré au raisonnement, à la philosophie
et à toutes les hardiesses de la pensée. A cette date,
l'antiquité grecque, mal connue, même des plus lettrés, n'obtint qu'un petit nombre de vrais disciples. Renfermée dans les colléges des jésuites, émules

de Port-Royal pour l'enseignement du grec, doucement et utilement aidée par Rollin, l'action de l'*hellénisme* sur les esprits ne se serait exercée cependant
que dans l'ombre sans la puissante intervention d'un
poëte d'une grande âme, compatriote d'Homère, qui
fut précédé et soutenu dans cette intervention par la
science à la fois profonde et mondaine de l'auteur
du *Jeune Anacharsis*, et par une femme de génie
parlant avec éloquence de la Grèce et de ses institutions.

Le nom d'Homère me remet en mémoire une grave
observation, que je regrette de ne point trouver dis-
cutée dans un livre qui traite de l'influence des études
grecques sur le développement de la littérature française. Elle vient d'un critique dont l'*acumen ingenii*
était merveilleusement développé, d'un écrivain juge
et centre dans le monde de l'esprit, qu'il étonnait par
sa pénétration singulière, et d'un talent admirable
dont on ne saurait trop déplorer la perte :

« Il n'est chez nous, dit M. Sainte-Beuve, qu'un
« seul écrivain célèbre, un seul qui soit capable de
« cette lecture (celle d'Homère), l'ayant prise à sa
« source, c'est Rabelais. Depuis Ronsard, je cherche
« en vain un poëte de renom dans son siècle qui soit
« comme lui, je ne dirai pas de la religion, mais de
« la familiarité homérique. »

Et partant de là, le fin critique passe en revue tous
nos poëtes et auteurs depuis Malherbe jusqu'à Châteaubriand. Or, il n'en trouve que deux ou trois,
André Chénier notamment, « en possession de l'esprit familier et adouci d'Homère. » Ce qui l'amène à

22

·conclure sans hésiter en faveur du caractère presque exclusivement latin de notre littérature.

Vous le voyez, le bilan de l'hellénisme chez les deux critiques diffère singulièrement. Certes, ce n'est pas moi qui voudrais établir cette balance par un inventaire régulier. Ce travail est très-délicat, et je sais trop bien ce qui me manque pour m'y livrer. Je me borne à une remarque. Le livre de **M.** Egger a mis fin à mes incertitudes. J'entrevois que notre dette littéraire vis-à-vis de la Grèce est beaucoup au-dessous de ce que je pensais. En effet, l'éloquence de la chaire (un des plus beaux fleurons de notre couronne) doit-elle quelque chose à l'hellénisme? non! Le barreau français? pas davantage! L'éloquence politique? encore moins. Je crois que le sentiment de la liberté nous est arrivé aussi bien par la voie de Rome que par celle d'Athènes, et ce législateur de l'ancienne Constituante qui demandait à la Bibliothèque nationale un *exemplaire des Lois de Minos* ne me ferait pas changer d'opinion.

Si la discipline hellénique se fait sentir, c'est dans la poésie, et surtout dans la poésie dramatique. Ruinée dans l'ordre philosophique par la révolte de Ramus, révolte que continuèrent Gassendi et Descartes, l'autorité d'Aristote se releva dans l'ordre littéraire. Fort mal interprétée par les commentateurs, la *Poétique* de ce grand esprit devint une sorte de tyrannie pour le talent; tyrannie qu'un ami de tous les genres de despotisme se hâta de fortifier. Après avoir chargé l'Académie de fixer la langue, Richelieu voulut faire régner l'ordre au théâtre. Il décida, d'accord avec

Chapelain, au nom d'Aristote et de son propre génie, que la règle des trois unités aurait force de loi. Comme on s'en doute bien, ce fut avec respect et soumission que le sénat comique s'empressa de se conformer aux volontés du cardinal-ministre.

Je m'oublie, et je reviens bien vite à M. Egger. Ce qui domine chez lui, bien qu'il ne se dissimule point certaines défaillances qu'ici même [1] nous avons indiquées, c'est un sentiment de confiance dans l'avenir des études grecques en France. Je partage ce sentiment, mais en faisant une distinction sur laquelle je crois nécessaire d'insister. Oui, l'hellénisme peut encore fleurir ; l'avenir lui appartient, comme il appartient à tant d'autres choses, mais surtout parce que, sous l'influence de ce mouvement général d'investigation qui maintenant nous pousse, il suit dans les hauts sentiers la philosophie de l'histoire, en s'appuyant sur la grammaire comparée et sur l'archéologie. Oui, l'esprit moderne s'intéresse à la Grèce, mais surtout parce qu'il voit en elle l'anneau d'or qui, dans la chaîne des temps, unit le monde oriental à notre Occident, dont elle a été le flambeau. D'un autre côté, repoussons les illusions, et disons-nous que l'esprit moderne en France, au point de vue du goût, ne sourit plus au charmant génie de la Grèce. Vivre avec les anciens, comme cela se voyait autrefois dans la société française, n'est plus de mise aujourd'hui. On est trop pressé, trop agité, trop envahi par les complications modernes, et par la curiosité qu'excitent en nous les

1. *Journal des Débats* du 9 août 1868.

événements quotidiens. Le goût de la grâce antique, l'atticisme et sa délicate saveur se perdent dans le tourbillon qui nous emporte.

Le grand mérite du livre de M. Egger, c'est de poser toutes les questions et d'ouvrir des perspectives nouvelles. Aussi je crois pouvoir lui prédire dès aujourd'hui le succès durable que ne peut manquer d'obtenir toute œuvre marquée au coin de l'utilité et de la sincérité.

RAPPORT SUR LES ÉTUDES DE LANGUE ET DE LITTÉRATURE GRECQUES EN FRANCE

(Journal des Débats, 9 août 1868.)

Rien, de nos jours, n'échappe à l'examen et au contrôle. Partout on tient, dans l'ordre des idées comme dans l'ordre matériel, à régler ses comptes avec la vérité. C'est là un des traits les plus caractéristiques de notre siècle, et, peut-être, ce qu'il a de meilleur.

D'accord avec son temps, le devançant parfois, pendant que ses collègues préparaient les lois de finances, M. le ministre de l'instruction publique songeait à établir un budget non moins utile et bien plus intéressant à nos yeux que ceux où s'alignent des milliards. Quels ont été depuis vingt-cinq ans nos progrès dans toutes les branches du savoir? qu'avons-nous fait, que nous reste-t-il à faire? Voilà ce qu'un esprit ouvert à toutes les améliorations, ce qu'un haut fonctionnaire dont personne ne contestera l'activité brûlante, a cru devoir demander aux hommes les plus compétents dans toutes les spécialités. Chacun sait avec quel empressement les notabilités de la science et des lettres ont répondu à cet appel, car trente-sept ou trente-huit rapports sont là pour l'attester. Au nombre de ces rapports, qui soulèvent tant de questions, et parfois des questions si délicates ou si graves que leur appré-

ciation exigerait les lumières de plusieurs Académies,
il en est trois ou quatre vers lesquels je me suis senti
attiré par des affinités d'idées et de goût. Ainsi j'é-
prouverais très-certainement une vive satisfaction à
pouvoir rendre compte de l'excellent Mémoire de
M. Alfred Maury sur l'étude de l'archéologie ancienne
en France, Mémoire où se retrouve cette critique sûre
et particulièrement cette érudition universelle qui
étonnent tous ceux qui le lisent ou qui l'approchent.
Mais les remarquables rapports de M. Egger[1] et de
M. Gaston Boissier[2] sur la philologie grecque et latine
me semblent mériter avant tout l'attention des lecteurs. En premier lieu, ils touchent de très-près à un
des intérêts les plus chers de la société française, à
l'éducation de la jeunesse; puis, j'ai hâte de le dire,
ils me fournissent l'occasion de parler ici même d'une
lutte qui devient menaçante pour les saines études
dans nos colléges, et, par suite, pour la culture générale de l'esprit français.

J'ai lu avec le plus vif intérêt ce double exposé dans
lequel deux hommes aussi éclairés que sincères énu-
mèrent avec soin toutes les publications qui, depuis
vingt-cinq à trente ans, ont pu contribuer à faire
avancer ou seulement faciliter l'étude de la littérature
ancienne; mais si j'ai pleinement apprécié une clarté
et une méthode qui rachètent la sécheresse de ces
sortes de travaux, si je m'incline devant la haute

1. *Rapport sur les études de langue et de littérature grecques en
France*. Paris, Hachette, 1868, in-8.
2. *Rapport sur l'étude des lettres latines et l'histoire romaine*. Paris,
Hachette, 1868, in-8.

compétence de deux vrais savants, je ne puis partager leurs espérances et je m'étonne de leur sécurité.

Mais cette sécurité est-elle si entière? Non. M. Egger aura beau dresser la liste de ces publications dans lesquelles lui-même, comme on l'a dit, se retrouve si souvent; il aura beau compter les grammaires, les dictionnaires, les traductions et les travaux d'une nature plus littéraire; il aura beau signaler ce fait que sur deux cent cinquante candidats pour le doctorat ès lettres, reçus de 1830 à 1866, cent quarante-neuf ont choisi comme sujet de thèse l'antiquité hellénique; il aura beau prononcer le grand mot de progrès, qui n'est bien appliqué que si l'on compare les études classiques, telles qu'elles sont aujourd'hui, aux très-faibles études du commencement du siècle; il est trop ami de la vérité pour ne pas reconnaître franchement que la philologie classique, étant primée par la critique littéraire, se trouve par cela même dans un état d'infériorité que fait encore mieux ressortir le magnifique développement de cette branche d'études de l'autre côté du Rhin. M. Boissier manifeste les mêmes regrets. Il se plaint de la médiocre participation de la France au mouvement dont l'Allemagne est le théâtre, mouvement qui a renouvelé la critique des textes par l'étude plus intelligente des manuscrits en les classant et en se rendant compte de leur âge et de leur valeur.

Cette infériorité, sur laquelle on ne saurait trop appuyer, afin de réveiller en nous un sentiment de jalousie, cette infériorité, dis-je, M. Renan [1] la dénonçait

1. *Revue des Deux Mondes,* 1ᵉʳ mai 1864.

un jour avec cette hauteur et cette fermeté de pensée
qui constituent sa remarquable originalité. Il montrait
l'épidémie du bel esprit détruisant l'esprit scientifique,
la rhétorique creuse des amuseurs publics tenant la
place du savoir sérieux, l'Université endormie à la
porte de notre cabinet des manuscrits et ne se réveillant que pour regarder d'un mauvais œil les travailleurs venus de l'étranger; et il ajoutait : Que la France
y prenne garde; si elle ne cherche point à entrer dans
les voies nouvelles, elle perdra son rang.

Souvent, dans les livres ou dans les conversations, il
est question du grand mouvement philologique de
l'Allemagne : les uns l'admirent, un peu sur parole;
d'autres le nient par un patriotisme fort respectable,
mais fort étroit; d'autres enfin, par des motifs que
nous ne tenons pas à connaître, n'en parlent qu'avec
dédain. Mais le plus souvent il arrive que, faute d'être
bien informé, on reste dans les généralités. Ne serait-il
pas à propos, dans un siècle où l'on soumet tout au
calcul, d'examiner ce grand mouvement en s'aidant
de la statistique, c'est-à-dire en appliquant l'analyse
numérique aux faits particuliers dont il se compose?
En attendant que ce travail très-instructif vienne tenter
quelque patient bibliographe, j'ai fait pour ma part le
relevé de certains chiffres que je livre à la curiosité de
mes lecteurs. Par exemple, prenons Pindare[1], ce poëte
d'un accès si difficile qu'un Letronne s'en effrayait.
Savez-vous combien de fois il a été publié, traduit,

1. Voir Engelmann, *Bibliotheca scriptorum classicorum.* Leipzig,
1858.

commenté en Allemagne dans l'espace d'un siècle environ? deux cent quatorze fois. J'ouvre la Bibliothèque philologique de Schmidt[1], et je vois que l'année 1867 a produit quatre-vingts ouvrages (*Erklärungschriften*) relatifs aux classiques grecs et latins. En dix années (1857-67), cent quatre-vingt-dix-sept ouvrages qui traitent de la grammaire grecque ont pris naissance sur cette terre de promission. Joignez maintenant à ces travaux isolés les travaux collectifs; représentez-vous sept ou huit Revues philologiques, dans lesquelles une armée de savants déverse depuis de longues années, comme dans de vastes réservoirs, des notes critiques et des dissertations sans nombre, et vous pourrez commencer à vous former une idée du mouvement philologique de l'Allemagne.

Avouons-le, cette exhumation acharnée de l'antiquité, dont je ne montre qu'un des côtés, omettant les publications relatives à la littérature, aux monuments figurés, à l'épigraphie, aux religions du paganisme et aux arts; cette activité prodigieuse, imposante même par son excès, n'est-elle pas affligeante pour notre orgueil national? Qu'avons-nous à lui opposer? Quels sont les fruits de cette Renaissance qui rassurait naguère un homme considérable dans les lettres savantes? Pendant un quart de siècle, vingt à trente dictionnaires, grammaires et livres de philologie; autant d'éditions de textes; quarante et quelques traductions; une dizaine d'ouvrages de critique et d'histoire littéraire; les thèses dont on a déjà parlé, tel

---

1. Gust. Schmidt, *Bibliotheca philologica;* Gœttingen, 1848-67.

est le bilan de la France. Admettez que je me sois
trompé dans mes calculs, doublez et triplez ces chiffres, et vous verrez au bout de vos additions que notre
indigence ne peut se voiler. Mais cette indigence
n'éclate-t-elle pas dans ce seul fait que pour publier de
nouveau en France un livre, le produit le plus clair
de son génie, pour la haute érudition, le *Thesaurus
linguæ græcæ*, ce n'est point aux hellénistes français
que l'éditeur a dû s'adresser[1], mais aux hellénistes
d'outre-Rhin? Parlerons-nous de la philologie latine?
Mon Dieu! non. Pourquoi s'appesantir sur ce qui
croule de toutes parts!

Les personnes qui aspirent au large développement
des études pratiques et primaires, et que préoccupe
surtout l'éducation de cette classe nombreuse à laquelle
l'empire du monde moderne semble destiné, ces personnes, dis-je, malgré leur supériorité morale, que je
suis loin de mettre en doute, ne verront ici aucun
danger pour la délicatesse et la distinction de l'esprit
français. Je le comprends à merveille, mais je comprends aussi la douleur de ceux qui, regardant un
peu plus haut, admettent difficilement que les succès
dans les arts mécaniques puissent donner la véritable
mesure du génie d'une nation et perpétuer sa gloire.
Leur douleur est vive surtout quand, se reportant aux
grands jours de la critique française, au seizième
siècle, ils comparent cette période si pleine de séve
au temps où nous vivons.

1. L'exactitude historique me commande de dire que ce ne fut
qu'après avoir été refusé par M. Boissonade, qui déclina l'honneur de
remplir une si lourde tâche.

Mais voici quelque chose de plus grave, car il s'agit d'un fait tout nouveau, d'un fait tout administratif. Dans un rapport à l'Empereur imprimé en tête d'une statistique sur l'enseignement secondaire dans les colléges, rapport publié récemment, M. le ministre de l'instruction publique examine la question de savoir si l'étude des langues anciennes, et surtout l'étude du grec, ne pourraient point être restreintes, pour décharger un peu les élèves d'un poids sans cesse accru depuis trente années par l'extension de nos programmes universitaires, car ce poids, à la fin, serait nuisible à leur santé. Or il est à remarquer que c'est précisément au moment même où l'idée de l'inutilité du grec dans une bonne éducation se propage en France avec rapidité, que M. le ministre de l'instruction publique propose de réduire cette étude, ce qui amènera les 44,000 élèves classiques de nos lycées à connaître à peine Homère de nom. Où sommes-nous ? Sommes-nous encore dans la patrie des Henri Estienne, des Casaubon et des Saumaise ?

Il est juste d'ajouter qu'en sa qualité de gardien officiel des lettres classiques, le ministre, dans cette circonstance, s'est défié de lui-même. Aussi s'est-il empressé de déclarer aux membres du bureau de l'Association pour l'encouragement des études grecques en France [1] (car le parti de la résistance se pose en face des novateurs) que, bien qu'il ait reconnu certains effets fâcheux du régime actuel de nos classes,

1. Voy. le supplément à l'*Annuaire* de cette Association pour 1868. Paris, Durand.

il n'avait point encore de parti pris sur les moyens d'y porter remède, et qu'il écouterait avec impartialité les avis que les personnes compétentes voudraient bien lui donner.

C'est parler sagement. Toutefois, je ne puis le cacher, et, qu'il me soit pardonné de le dire, il m'est difficile de louer de bon cœur la prudence de M. Duruy. En effet, j'aimerais à voir de telles incertitudes remplacées par un sentiment plus ferme, plus en harmonie avec la situation; je veux dire par la résolution formelle, en présence du péril, de relever l'honneur intellectuel de la France en consolidant le terrain des études classiques, en y poussant la jeunesse au lieu de l'en détourner, pour cause de santé[1].

Ah! je le vois bien, jamais la nécessité de démontrer l'utilité de ces grandes et belles études n'a été plus pressante; jamais, depuis la renaissance des lettres, le devoir de renouer cette chaîne d'or qui unit à travers les âges le monde moderne et l'antiquité, jamais, dis-je, ce devoir ne s'est imposé plus impérieusement aux hommes intelligents et dévoués qui voudraient retenir la France sur la pente où elle glisse chaque jour. Mais ce n'est point leur témoignage que j'invoquerai aujourd'hui, on pourrait le suspecter; ce sera plutôt celui d'un des novateurs de l'autre côté du détroit, du

---

1. Le cours de littérature grecque en Sorbonne de M. Egger pour cette année se rattache, par un côté, aux questions que nous soulevons ici. Avec cette richesse d'information qui le distingue, le savant professeur a traité de l'influence des études grecques dans notre pays. Nous renvoyons ceux de nos lecteurs qui voudraient pénétrer plus avant aux numéros du 25 janvier et du 22 février 1868 de la *Revue des Cours littéraires*.

plus hardi, du plus célèbre; ce sera le témoignage d'un homme qui, ayant mieux compris qu'un autre les exigences de la société moderne, peut juger en connaissance de cause de ce qu'il faut qu'elle conserve du passé. Or sait-on quelles sont les seules langues et les seules littératures auxquelles M. Stuart-Mill[1] voudrait consacrer une place dans l'éducation des jeunes gens? Les littératures et les langues des Grecs et des Romains. Et pourquoi? Parce qu'en raison de leur structure régulière et compliquée, ces langues, bien plus que les modernes, offrent une précieuse discipline pour l'intelligence; parce que la grammaire est le commencement de l'analyse des procédés de l'esprit; parce que rien ne remplace, comme moyen d'éducation, la valeur des idées dont la littérature classique est le véhicule; parce que cette littérature renferme les trésors de la sagesse et de l'expérience des premiers âges; enfin parce qu'il est impossible de s'élever jusqu'au sommet radieux où l'antiquité est assise, avec le seul secours des traductions.

Notez bien que ce défenseur si convaincu des études classiques veut aussi qu'on leur associe l'étude des sciences. Selon M. Stuart-Mill, une bonne éducation doit embrasser l'un et l'autre ordre d'idées. La puissance d'assimilation de l'esprit humain est énorme quand elle est bien dirigée; seulement il s'agit de la bien diriger. Dégagez, ajoute-t-il, les études fondamentales de quelques·études accessoires, et vous aurez

---

1. Voy. *Revue des Cours littéraires*, 13 juillet 1867, l'article intitulé : *Université de Saint-André, discours de* M. J. *Stuart-Mill sur l'instruction moderne.*

débarrassé d'une végétation parasite les fondements
de l'éducation.

L'admirable élan de l'Allemagne doit-il nous décou-
rager ? Nullement. La pénétration, la vivacité française
n'ont point faibli. Seulement, sous l'influence des
nécessités et des penchants qui dominent aujourd'hui,
cette pénétration, cette vivacité ont suivi certaines
directions très-propres à faire abandonner les lentes
et solitaires recherches de l'érudition et ses efforts
désintéressés. Les progrès de la philologie orientale
dans la première moitié de ce siècle, progrès incomparables et sans précédents, montrent ce dont la
France serait capable si elle voulait s'engager, comme
jadis, avec résolution, dans la noble voie des études
classiques. Quand un pays peut produire des hommes
tels que Sylvestre de Sacy, Champollion ou Eugène
Burnouf, pour se maintenir au premier rang de l'Europe savante il lui suffit de le vouloir. Mais la philologie elle-même n'est pas tellement déchue qu'on ne
puisse, avec le temps, lui rendre le souffle et la vigueur ; elle a pour elle quelques maîtres isolés, mais
illustres, quelques jeunes adeptes laborieux. Ce qui
lui manque, ce sont les directions et surtout la direction officielle, j'entends une direction fondée sur des
principes s'élevant au-dessus du flux et reflux de l'opinion; ce qui lui manque, c'est un public aimant la
science pour la science ; c'est le secours d'une presse
quotidienne qui, à l'exemple de quelques recueils et du
journal où nous publions ces réflexions aujourd'hui
même, sache à certaines heures se débarrasser du présent en faveur du passé pour encourager ce rare esprit

littéraire qui voit et qui verra toujours dans l'antiquité classique le type éternel du beau, du grand et de l'exquis. Eh bien ! je le répète, malgré tant de causes de ruines, la philologie existe ; elle est debout ou à peu près. Que serait-ce si elle était protégée ? que serait-ce si elle avait seulement les miettes des festins dressés pour l'industrie ! Deux ouvrages publiés hier, deux ouvrages seuls pourraient prouver qu'elle n'a point encore divorcé d'avec nous. Le premier, qui porte le nom d'un des plus habiles paléographes de l'Europe, M. Miller, de l'Institut, renferme plusieurs textes inédits d'une véritable importance, par exemple un complément de l'*Etymologicum magnum*, ce recueil d'une si grande utilité ; le second de ces ouvrages, nous le devons à un jeune et vaillant épigraphiste, savant plein d'avenir et d'ardeur, dont on a parlé ici même au commencement de l'année. En donnant une direction précise à des recherches insuffisantes, en interprétant avec sagacité et dans son entier l'inscription bilingue gravée sur le dernier débris du temple d'Apollon, inscription qui nous montre quelle était la composition normale et définitive du conseil des amphictions avant Auguste, M. C. Wescher a soulevé le voile qui nous dérobait une des plus vieilles et des plus célèbres institutions de la Grèce et fait une belle découverte.

On me reprochera peut-être d'avoir choisi un terrain assez différent de celui sur lequel je me tiens d'habitude ; mais quand l'invasion menace, tous, même les plus faibles, accourent à la défense du territoire. Qui pourrait le nier? Entre les amis des études classiques et ceux qui veulent bannir ces études de la république

des lettres, la guerre est déclarée. Si l'État, qui tient
entre ses mains l'éducation de la jeunesse, c'est-à-dire
l'avenir du pays, en prêtant trop complaisamment
l'oreille à des plaintes inintelligentes, facilitait de la
sorte la réussite des novateurs, tout serait perdu.
Comme un arbre dont on aurait mutilé les racines,
l'enseignement supérieur verrait peu à peu ses plus
hautes branches se flétrir; il serait découronné. Avant
un grand nombre d'années, le Collége de France et
la Sorbonne fermeraient leurs portes, et la série des
rapports sur les progrès des lettres savantes, pour le
coup, serait close désormais. C'est alors que ce mot
d'un ennemi (je l'entendis il n'y a pas longtemps au
delà de nos frontières) aurait sa part de vérité : « Ne
parlons point du génie de la France, ce n'est plus
qu'une nation de marchands et de soldats. »

LE MOYEN AGE

ET LA RENAISSANCE

23

LE MOYEN AGE

ET LA RENAISSANCE

L'ART CHRÉTIEN [1]

(*Journal des Débats*, 18 novembre 1861.)

Ce livre est l'œuvre d'un homme de goût, d'un homme instruit et d'un enthousiaste. L'ardeur religieuse anime toutes ses pages. M. Rio s'y montre admirateur sincère, apologiste passionné de cet idéal chrétien dont les précieux restes disparaissent chaque jour des vieilles murailles de l'Italie.

Élever un monument à l'art du moyen âge, dresser un inventaire complet de la peinture catholique, surtout à l'époque où son jet fut le plus vigoureux, tel est le but que M. Rio s'est proposé d'atteindre. Or voilà plus d'un quart de siècle qu'il poursuit la réali-

---

1. *De l'art chrétien*, par M. Rio ; nouvelle édition, entièrement refondue et considérablement augmentée. Paris, Hachette, 1861. — 3 vol. in-8°.

sation de cette idée. Voyageur infatigable, il a tout
vu, tout examiné. Il n'est point en Italie de basilique,
d'église souterraine, de couvent, de chapelle, de monument religieux, si éloigné, si isolé qu'il puisse être,
qu'il n'ait visité, étudié scrupuleusement, cherchant
avec des yeux de lynx les vestiges de cet·art des
treizième, quatorzième et quinzième siècles, cruellement mutilé par le temps, mais plus encore par le
goût détestable du siècle dernier. Si de véritables traits
de lumière s'échappent de son livre, c'est qu'il n'est
pas fait seulement avec des livres, mais qu'il nous associe aux vivantes impressions d'un·pèlerin guidé par
l'amour des arts.

Il n'est pas facile d'écrire sur l'art chrétien. Deux
écueils attendent ici la critique : l'un est l'excès de
dévotion qui fait fermer les yeux sur les fautes les plus
intolérables, pourvu que l'âme soit satisfaite; l'autre
est cette sécheresse de sentiment, ce dédain philosophique qui enlèvent toute intelligence d'un art fondé
sur le principe religieux.

Certes, ce n'est pas le dédain philosophique que
nous reprocherons à M. Rio. Catholique fervent, ultra-
catholique même, à l'exemple de Jean de Domenici,
le précurseur de Savonarole, il voit surtout dans la
peinture un puissant moyen d'élever les âmes et de
développer les saintes pensées du cœur. Saisir avec
talent les types offerts par la théologie mystique lui
paraît être le but suprême de l'art. « Une fois lancé,
dit-il, dans cette voie, les intuitions de l'artiste ont
quelque chose d'analogue à ce qu'on appelle dans la
langue des saints la vision béatifique, et les procédés

mécaniques ne sont plus à l'art que ce que l'enveloppe extérieure est à la plante qui fleurit. » Je ne défendrai pas M. Rio contre ceux qui l'accuseront de vouloir réduire la peinture à une sorte d'écriture sacrée, de hiéroglyphe sacerdotal, mais je dirai qu'il est difficile de plonger plus avant qu'il ne l'a fait dans cette atmosphère chrétienne. Mieux que tout autre, il est entré dans l'esprit de ces représentations sacrées, et il s'est inspiré de leur suavité sainte et de leur adorable naïveté. De même que Fra Angelico se mettait à genoux quand il voulait peindre le Sauveur, c'est à genoux que M. Rio s'est jeté pour analyser, énumérer et juger les œuvres capitales de l'art chrétien.

Quelle différence entre les destinées de cet art et celles de l'art grec ! Celui-ci naît au soleil sur une terre pittoresque et grandiose. Une religion naïve et riante, imprégnée de poésie, lui tend les bras. Les mœurs viennent à son aide. Le génie lui donne des ailes. La liberté lui prodigue un lait généreux. Tout au contraire, c'est dans la nuit des sépulcres que se développent les premiers germes de l'art chrétien, semence arrosée de sang ; c'est dans l'horreur des catacombes de Rome et presque sous les regards des bourreaux.

Grands saints, martyrs héroïques, suivant toute apparence, les peintres des Catacombes ne sont rien comme artistes. L'imagination, le goût, l'habileté leur manquent. Ils avaient mieux que cela. Quelquefois, faute de temps et d'invention, surtout dans la période la plus reculée, ils emploient quelques-unes des formes symboliques du paganisme. Aussi trouve-t-on l'image d'Orphée à côté de celles d'Élie, de Job ou de Jonas.

Ce n'est donc point à eux qu'il faut faire remonter
nos types religieux et l'idéal chrétien.

L'art, sous Constantin, sortit de son tombeau. Le
paganisme, assailli de toutes parts, lui fit une large
place en croulant. Toutefois, ce renversement absolu
des obstacles opposés à ses progrès lui devint funeste.
Jetés dans la fournaise, réduits en poussière, les dieux
antiques disparurent, et avec eux les grands modèles
que les artistes chrétiens auraient consultés si utilement. Bien plus, on leur défendit de regarder ceux
qui avaient échappé aux démolisseurs. Un peintre
ayant osé s'inspirer d'une image de Jupiter, dans
l'espoir de donner à la tête du Christ un plus noble
caractère, ses mains, selon la légende, furent subitement séchées. Il fallut, pour qu'il en recouvrât l'usage,
que Gennade, archevêque de Constantinople, inter-
cédât auprès du ciel en faveur de l'artiste imprudent.

Le monde marche, et l'art chrétien dévie de plus
en plus de la voie qui pouvait le conduire à la sainteté
et à la grandeur. Que d'ennemis ne rencontre-t-il pas
sur sa route? Ici la barbarie, ailleurs un luxe grossier,
plus loin des préjugés opiniâtres, partout l'ignorance
et le mauvais goût. Ce ne sont pas seulement les iconoclastes qui lui font la guerre : longtemps auparavant
la théologie elle-même semblait avoir conjuré sa perte;
certains Pères de l'Église le méprisent. Du haut de
leur dédain, ils assimilent la peinture et la sculpture
aux arts les plus vulgaires. Ce n'est pas tout. Une vive
controverse s'est engagée sur le type le plus sublime
de la religion. Le Sauveur était-il d'une beauté accomplie? Oui, disent les uns; non, disent les autres.

Saint Cyrille assure, d'après saint Justin, que Jésus-Christ s'était montré sous les apparences du plus laid des enfants des hommes, mais par humilité. Que fera l'art religieux au milieu de pareilles circonstances? Frappé à mort lorsqu'il commençait à se développer, il agonisait à la fin de la dynastie carlovingienne; vers le dixième et le onzième siècle, il semble disparaître au milieu de la tourmente. En réalité il ne saurait descendre plus bas.

Singulier phénomène! à l'instant où l'une des plus belles inventions de l'esprit humain semble se perdre, un mouvement étrange s'opère dans ce rude moyen âge, et prépare la régénérescence de l'art. L'esprit de chevalerie, uni à l'esprit du cloître, semble créer un monde nouveau. Un idéal inconnu jusqu'alors est trouvé : l'idéal chrétien et catholique. Tantôt chaste comme l'innocence, pur comme les anges, il viendra de sa douce lumière dorer les hauts sommets de l'art; tantôt énergique comme les passions qui agitaient alors l'Italie, ou sombre comme le grand poëte qui l'avait réveillée, il imprimera aux arts une violente mais noble impulsion.

C'est au treizième siècle que se manifestent les premiers symptômes de ce grand changement. Deux écoles de peinture, deux rivales, l'école de Sienne et l'école de Florence, commencent à secouer le joug de la tradition, à se révolter contre l'école byzantine, dont le sceptre de plomb régentait l'art. Le Christ et la Vierge, ces deux types souverains, prennent un nouvel aspect. L'ovale exagéré des têtes se raccourcit, les draperies offrent plus de variété et de souplesse.

Une âme humaine commence à éclairer tous ces visages. La grâce et la bonté se peignent dans les traits. Bientôt sur ce fond d'or, d'où se détachent les personnages, on verra s'unir à la majesté de la reine des anges la tendresse féminine de la mère de Jésus. L'art peu à peu revient à la nature, à la vie, mais sous les auspices de la religion.

Jamais en effet les circonstances ne furent plus favorables pour l'art chrétien. Deux institutions nouvellement fondées, les ordres de Saint-Dominique et de Saint-François d'Assise, prêtent au monde catholique un formidable appui. Entraînés dans ce courant du spiritualisme qui coule à pleins bords à travers l'Italie, les artistes prennent le rôle du moine et du prêtre. Par leurs productions innombrables, ils enseignent le dogme, puisant largement dans les textes sacrés qu'ils traduisent avec respect et avec amour; ou bien ils s'inspirent des légendes de saint François et de saint Dominique, légendes si populaires, mais dont ils doublent encore la popularité.

Ce grand et primitif essor de l'art catholique, M. Rio nous le montre avec un soin admirable. Les faits et les documents abondent dans son récit. Quelque curieux qu'il soit, nous ne l'y suivrons pas cependant, car sous les mille détails qu'il embrasse le mouvement général de l'art devient peu facile à saisir. Il nous suffira d'indiquer les principaux résultats auxquels l'esprit arrive, quand il se rend compte du livre dont je cherche à donner ici l'idée.

Trois hommes qui furent les précurseurs des trois génies prodigieux qui renouent la chaîne des temps, de Léonard de Vinci, de Michel-Ange et du Sanzio, trois hommes investis également par la nature de la souveraineté du talent, Giotto, Andrea Orgagna et Fra Angelico da Fiesole, remplissent de leurs œuvres et de leur renommée l'âge d'or de la peinture catholique et monacale. Chacun d'eux fait briller à son tour un des côtés de cet art : Giotto représente l'originalité créatrice, Orgagna le côté épique, Fra Angelico l'ascétisme et la mysticité.

Peintre, architecte et sculpteur comme Michel-Ange, Giotto peut être considéré comme le Christophe Colomb de l'art moderne. Cimabuë, son maître, y représente Améric Vespuce. Nul ne fut doué plus largement que Giotto de cette merveilleuse souplesse d'esprit, de cette aptitude universelle qui caractérisent le génie fiévreux de l'Italie. Quel est l'audacieux qui rompt définitivement avec la tradition byzantine? Giotto. Qui met à la place de la symétrie anguleuse, de la gravité pesante, la vérité et la flamme? Giotto. Quel est celui qui parle si bien la langue de l'Évangile? Giotto. Quel est enfin l'ami du Dante, et celui qui s'arme du divin flambeau du poëte pour pénétrer dans les profondeurs du symbolisme chrétien? Giotto. L'art catholique, grâce à Giotto Bondone, ressemble à ces fleuves qui sont navigables dès leur source.

Orgagna est le Polygnote de la peinture religieuse. Pathétique, ingénieux, habile à créer des contrastes, son robuste talent se déploie dans les compositions grandioses. Si le génie de Giotto éclate dans les peintures de l'église de Saint-François d'Assise, ce Parthénon du moyen âge, celui d'Orgagna brille dans les fresques du Campo Santo de Pise, le pœcile du catholicisme. Il possède la terreur mystique, nous dit M. Rio ; Orgagna possède quelque chose de plus : l'esprit de charité évangélique. Le Christ, dans la fresque où ce noble artiste a représenté le Jugement dernier, n'est point un Christ qui se venge, comme celui de Buonarroti : le divin juge y montre ses plaies à ceux qui l'ont méconnu.

A Fra Giovanni Angelico revient la gloire d'avoir été le représentant le plus pur, le plus candide de la mysticité tranquille et tendre. Dominicain dès sa première jeunesse, guidé par un des réformateurs de son ordre, il s'est avancé plus loin qu'aucun autre artiste dans les voies spirituelles. Aussi rien n'égale ses vierges et ses anges pour la chasteté et la ferveur. Rien n'égale l'émotion religieuse qui brille dans ces peintures qu'un souffle céleste semble animer.

Notez que cette délicate fleur du jardin mystique, que ce talent d'une virginité si charmante s'épanouissaient vers la moitié du quinzième siècle, à l'époque où ce merveilleux mouvement littéraire surnommé Renaissance changeait la face du monde et donnait à l'art un autre soutien que le catholicisme, la *Divine Comédie* et les légendes des saints. Ce point d'appui, ce fut l'antiquité sortant peu à peu du nuage qui depuis tant de siècles voilait sa face radieuse. Ce point d'appui, ce fut l'observation de la nature dont on voulut pénétrer les secrets ; ce fut l'étude du corps humain et du nu, étude fondamentale dont quelques statues grecques, nouvellement découvertes, faisaient reconnaître la nécessité absolue, étude dont l'oubli complet

par les artistes des neuvième et dixième siècles, et
même par ceux des siècles précédents, avait précipité
l'art dans la barbarie.

Et cependant ils ne sont pas les seuls coupables, si
nous tenons compte des préjugés et des usages. Les
mœurs défendaient aux artistes de consulter le modèle nu; l'usage, à partir du temps de Charlemagne,
emprisonna le corps humain dans un vêtement de
fer.

Un homme avait devancé ce grand mouvement:
cet homme est Giotto. Esprit net et positif, il comprit que, sans renoncer aux grandeurs morales pour
son art, il fallait que celui-ci, pour ne plus chanceler,
fût assis sur une base solide et terrestre. Aussi cher-
cha-t-il ses modèles dans la nature. Mis en pratique
par les disciples du maître, poussé plus tard jusque
dans ses dernières conséquences, ce principe prépare
de nouvelles révolutions pour l'avenir.

Le goût du vrai devait éveiller chez les artistes le
goût de l'antique. Ces âmes italiennes étaient faites
pour le comprendre, pour admirer sa grâce infinie. Un
grand nombre est captivé. Ghiberti, l'auteur de ces
portes dignes d'orner le paradis, au dire de Michel-
Ange, le pieux Ghiberti, contre toute logique, contre
toute attente, prend feu pour cette société païenne
que l'Église lui ordonne de maudire. Une voix intérieure l'avertit que la beauté s'est épanouie dans
d'autres sphères que celles du dogmatisme absolu.

La lutte s'engage. Le quinzième siècle nous montre
l'antagonisme des deux principes contraires. D'un
côté l'école mystique, qui marche en avant de la

grande armée des peintres catholiques, école dont
Fra Angelico et Benozzo Gozzoli sont chefs avant le
Perugin, ce maître admirable du premier des maîtres ;
de l'autre un groupe audacieux de novateurs, parmi
lesquels se distinguent Paolo Uccello, Masolino,
Masaccio et Fra Filippo Lippi. Savonarole, le réfor-
mateur inspiré de Florence ; Savonarole, le saint, le
martyr, est avec les premiers. Les Médicis protégent
les seconds. Savonarole dit aux artistes : « C'est par
de là les objets visibles qu'il faut chercher la beauté
suprême dans son essence. » Les Médicis les aiguil-
lonnent et les détournent du vieux mysticisme en éta-
lant devant eux des marbres antiques, des pierres gravées, des médailles qu'ils ont rassemblés à grands
frais.

A partir de cette époque, l'art entre dans une voie
nouvelle. Reproduire l'idée chrétienne naïvement ou
dans une rude simplicité n'est plus l'unique objet des
efforts de l'artiste. Moins soutenu par ses croyances,
mais plus sûr de ses procédés, il s'applique à gagner
les cœurs en charmant les yeux. La chair ne l'embar-
rasse plus comme auparavant. Exactitude, beauté
matérielle de la forme, coloris, perspective, toutes ces
choses ignorées ou négligées le rendent de plus en
plus attentif. Que cette révolution ait eu ses scandales,
ses folies, je ne m'en étonne point ; quelle révolution
pourrait s'en affranchir ! Mais parce que l'art suit de
toute nécessité le mouvement de la pensée humaine,
devenue inhabile à se maintenir plus longtemps dans
les régions de la théologie mystique ; parce qu'il se
tourne vers l'antiquité, l'antiquité, source éternelle de

vie et de jeunesse, faut-il, comme M. Rio, tonner contre l'invasion du paganisme et de l'idolâtrie, et crier à l'impiété ?

Celui qui écrit l'histoire de l'art, et même celle de l'art chrétien, ne doit point se laisser aller à des appréciations passionnées, ses bras doivent s'ouvrir pour tout ce qui est grand, pour tout ce qui est beau, quand bien même le grand et le beau seraient en dehors du cercle saint et de l'orthodoxie. Condamner dans l'art, sous le nom de naturalisme, tout ce qui ne répond point absolument aux aspirations d'une dévotion exaltée ; lancer l'anathème, au nom de l'idéal chrétien, contre toute œuvre inspirée par la mythologie, ce n'est point le fait d'un critique ni d'un juge, c'est celui d'un théologien irrité.

D'abord incertain et timide au moyen âge, en présence de la nature que l'ascétisme lui enseignait à redouter comme une ennemie, l'art, éclairé par l'antique, osa la regarder fixement à la Renaissance. Bientôt, épris de ses merveilleux attraits, il forma avec elle une étroite union. Léonard de Vinci, Michel-Ange, et surtout leur jeune et brillant rival, le peintre admirable des Stanze, ont prouvé au monde, par d'éclatants exemples, la beauté et la puissance de cette alliance alors toute nouvelle. Il suffit de se rappeler les œuvres principales de ces hommes immortels pour être convaincu que jamais l'idée chrétienne, malgré la magnifique enveloppe matérielle dont elle fut revêtue, n'eut plus d'éclat, d'autorité et de profondeur : nulle part la peinture religieuse n'est plus évangélique que dans la *Cène* de Léonard, plus pathétique que dans le *Spasimo*, plus hautement catholique et sacerdotale que dans la *Dispute du Saint-Sacrement*, plus apostolique que dans les cartons de Hampton-Court, plus accomplie que dans la *Transfiguration*. Le génie d'Israël n'éclate pas seulement dans les livres saints, vous le retrouvez dans les terribles prophètes de la chapelle Sixtine.

Il faut reconnaître aussi que ce sublime effort est la dernière phase et comme le couronnement du grand art chrétien. Peu après, l'équilibre fut rompu. Précédemment la religion débordait l'art, postérieurement l'art déborda la religion. La décadence en tout pays fut rapide, surtout après la blessure que fit le protestantisme, blessure profonde que rien n'a pu cicatriser.

Et maintenant que j'ai exprimé ma pensée sur les doctrines de M. Rio, et mes réserves faites, je me sens encore plus disposé à recommander chaleureusement son livre aux lecteurs sérieux. On ne publie pas tous les jours une pareille encyclopédie sur l'art italien. Quel curieux chapitre que celui intitulé : *La Renaissance et la Papauté !* Quel coup de lumière sur les splendeurs de ce domaine temporel qui disparaîtra demain peut-être ! Un trait surtout nous a frappé dans cette étude très-approfondie des rapports des Papes avec les architectes, les peintres, les sculpteurs, et c'est un mot du plus fougueux des Pontifes, de Jules II, devant lequel le monde entier pliait. « Voyez, disait-il, comme ce Michel-Ange est terrible, et comme il est impossible de traiter avec lui ! »

Je dois encore un éloge à M. Rio : c'est d'avoir fait

sortir de l'oubli toute une école, l'école de Sienne.
Cette ville, on le sait, est entourée de maremmes dont
l'insalubrité éloigne les voyageurs. Sienne était déjà
très-puissante lorsque Florence aspirait à le devenir.
Aussi l'art religieux à Sienne commence-t-il à donner
des preuves de fécondité et de vigueur vers la moitié
du treizième siècle. Cimabuë n'était qu'un jeune
homme ; Giotto n'était pas encore né quand le vieux
Guido, de Sienne (1260), offrait à ses concitoyens
charmés une madone que l'on peut aujourd'hui même
regarder sans déplaisir. Dès les premières pages de
son livre, M. Rio nous montre une phalange nombreuse de peintres, à la tête desquels se place Duccio
di Boninsegna.

Le jour où Duccio termina le tableau qui se voit
encore dans la cathédrale (une madone entourée d'anges et de saints), Sienne, qui depuis deux années
attendait cette œuvre capitale, fit éclater sa joie. Toutes les boutiques se ferment. Les citoyens accourent
en foule. Ils se rangent, un cierge à la main, derrière
le clergé et les ordres religieux, qui entourent le
tableau du maître porté triomphalement de son atelier
. au Dôme. Les cloches sonnent à toute volée, l'air re-
tentit de bruyantes fanfares.

Cet enivrement, ces transports, cette fièvre de l'art
nous étonnent ; nous sommes si froids, si positifs ;
mais il faut songer que dans ces cités italiennes du
moyen âge on retrouve quelques rayons du génie qui
anima les villes les plus célèbres de la Grèce. On y retrouve aussi les mêmes passions politiques, mais à un
degré de violence et de rudesse qui fait frémir. La

guerre civile effrayait peu les citoyens de ces républiques orageuses : ils étaient dans leur élément. Le peuple de Sienne, qui avait vu en 1384 bannir d'un seul coup quatre mille artisans, déclarait plus tard que cette ville était privilégiée entre toutes, parce qu'on y jouissait plus que partout ailleurs du don céleste de la liberté, *dono celeste della libertà.*

Que l'art chrétien soit descendu des hauteurs du spiritualisme, personne ne le conteste. Mais quelles seront ses destinées futures ? A la veille des grands événements qui se préparent, personne ne saurait le prédire. Les beaux accents que lui font rendre encore quelques talents supérieurs, mais isolés, particulièrement le grand artiste auquel nous devons la frise de Saint-Vincent-de-Paul et les peintures de Saint-Germain-des-Prés, non plus que ce chef-d'œuvre de M. Ingres, le saint Symphorien, ne nous éclairent nullement sur l'avenir qui lui est réservé. Du reste, sa place a été grande et belle en ce monde. Longtemps il a régné sans partage sur les âmes, longtemps il a contribué avec les textes sacrés à guider les fidèles dans les voies intérieures. Aujourd'hui même, la brillante institutrice des nations modernes, l'Italie, ne possède point de plus beau titre de gloire que celui d'avoir donné naissance à l'art chrétien. Qui de nous, au moins une fois dans sa vie, n'a pleuré ou prié devant quelque peinture chrétienne ? Si l'art antique, dans sa sérénité splendide, est l'art des gens heureux, si l'art purement réaliste fait la joie du vulgaire, l'art chrétien console ceux qui croient quand ils sont malheureux.

ŒUVRES COMPLÈTES DE M. VITET

(*Journal des Débats*, 11 avril 1862.)

Les esprits cultivés et délicats qui se plaisent aux études sérieuses présentées d'une manière agréable, aux recherches mises en œuvre par l'imagination et le bon goût; tous ceux qui savent apprécier la valeur d'une critique élevée, pénétrante, dans les questions relatives aux beaux-arts, apprendront avec plaisir que M. Vitet publie en ce moment ses œuvres complètes. Jusqu'ici la plupart des écrits de l'ingénieux académicien se trouvaient dispersés dans des recueils périodiques. Il les réunit à présent pour nous les montrer dans leur cadre et sous leur jour. Ce sera un bel ensemble que l'aristocratie des lecteurs ne pourra pas manquer d'accueillir avec empressement.

Je viens de lire avec autant de plaisir que de profit ce que je puis appeler le second volume de cette édition, dont chaque tome sera publié séparément sous un titre particulier. *Essais historiques et littéraires* [1], tel est le titre de ce volume. Il se compose de plusieurs morceaux de critique à propos de quelques ouvrages d'un ordre supérieur, et notamment de l'*Histoire de la Révolution d'Angleterre*, par M. Guizot. La dernière partie du volume contient les discours prononcés par l'auteur dans l'enceinte de l'Institut.

1. M. Vitet, *Œuvres complètes*. Michel Lévy frères ; Paris, 1862. Le premier volume, *la Ligue*, a déjà paru.

M. Vitet vante quelque part le bonheur des Anglais devenus libres, riches et puissants par une révolution qui, pour comble de fortune, a rencontré son historien. Ne pourrait-on pas dire que la veine se continue, puisque M. Guizot a rencontré son critique dans M. Vitet? Il est impossible de rendre plus fidèlement l'aspect général de ce chef-d'œuvre d'un éminent écrivain; d'en retracer avec plus d'habileté le plan, le caractère, les proportions; de mettre aussi bien en lumière l'esprit qui l'a conçu. Homme politique lui-même, mêlé à nos querelles, M. Vitet, sur ce terrain accidenté et volcanique, a acquis une précieuse expérience du jeu des partis. C'est de là sans doute que lui vient cette sûreté d'appréciation quand il se prononce à son tour sur les hommes et les événements de la révolution d'Angleterre. Ses traits sont vifs et sa pensée a toujours du relief par le charme de l'expression. Je serais assez embarrassé s'il me fallait choisir entre tant de pages animées par l'esprit et le bon sens. Je signalerai cependant une comparaison entre le protectorat de Cromwell et les débuts du Consulat, où se trouve cette réflexion, qui m'a paru si vraie : « Ce que les Français redoutent le plus au monde, c'est la nécessité de faire eux-mêmes leurs affaires. » La monarchie constitutionnelle, tel est l'idéal politique de M. Vitet. Aussi se trouve-t-il amené sans cesse à quelque rapprochement mélancolique entre nos destinées et celles de nos voisins, plus fermes, plus stables dans leurs principes, plus assurés de l'avenir. Mais devons-nous prétendre aux mêmes priviléges que l'Angleterre, nous qui sommes dénués « de ce vieux

sentiment traditionnel, de cette légitimité de la liberté
qui, même sous Cromwell et malgré sa main de fer, se
transmettait et se perpétuait ainsi par héritage ? »

Homme de bien, et par cela même épris de la vérité, M. Vitet la demande avant tout dans l'histoire.
Il veut (d'autres l'ont souhaité comme lui) que l'histoire soit indépendante et impartiale, non pas seulement dans un but spéculatif et pour qu'elle remplisse
plus dignement les loisirs de quelques lettrés, mais
dans un intérêt bien plus grave, celui du pays. Ce sentiment remplit tout entier et fera vivre un bel article
sur l'histoire de la *Convention* par M. de Barante. On
y reconnaît l'accent d'un cœur honnête qui s'irrite à
la fin du nombre et du ton de ces incroyables apolo-
gies d'une époque de ténèbres. Ici il prend à partie
ces amis de la Terreur qui ne redoutent pas de la comparer à l'*Iliade* et Robespierre à Jésus-Christ. Il flétrit
cette immorale défense des monstres qui inondèrent
la France de sang par tant d'assassinats juridiques.
M. Vitet démontre fort bien que l'école du fatalisme
historique a ouvert cette voie. En effet, comment
n'absoudrait-on pas les hommes, quand c'est la force
des choses, la nécessité inexorable, qui doit porter la
responsabilité de ces excès? « En peu d'années, dit
M. Vitet, nous avons vu défigurer pièce à pièce tous
les faits, tous les hommes qu'a produits la fin du siècle
dernier. C'est ainsi que s'est construite effrontément
sous nos yeux cette contrefaçon de l'histoire. » Certes,
il faudrait désespérer de notre pays si le nombre des
avocats de la Terreur devait s'accroître; mais cette
sombre folie ne peut devenir contagieuse, surtout

lorsque des écrivains dont personne n'oserait mettre en doute la sincérité et l'indépendance prennent à tâche de montrer à la génération nouvelle ce que devint la liberté entre les mains de la Convention.

S'il ne s'agissait pas ici seulement d'annoncer l'apparition d'un bon livre, j'aimerais à suivre M. Vitet lorsqu'il dégage les Girondins de l'auréole dont la poésie et les passions politiques les ont environnés. Après avoir renversé la royauté qu'ils auraient pu laisser debout tant elle était humiliée, après avoir déchaîné la multitude, provoqué la guerre, après avoir tout détruit, jusqu'aux barrières qui pouvaient les protéger, un jour ils se trouvèrent complétement désarmés en présence de leurs ennemis, et quels ennemis ! Que faire alors ? Résister. Non ; ils aimèrent mieux haranguer, résignés à mourir, préférant, comme on l'a dit avec éloquence, « chanter inutilement aux fêtes sanglantes de la Tauride l'hymne d'Apollon. »

Cet amour du vrai, ce respect de la morale et de toutes les saintes tendances, nous les retrouvons sous les formes les plus délicates de l'esprit dans les discours de M. Vitet, soit qu'il nous peigne l'auteur des *Contes d'Espagne et d'Italie* en proie à d'indicibles souffrances et les « regards tournés vers le ciel après la folle saison, » prenant soin de rapprocher de ce spectacle celui que nous offre l'auteur de *Polyeucte* « végétant dans un manoir obscur, content de son frugal repas, craignant Dieu, respectant le devoir et la règle, sans voyager autrement qu'en pensée, sans autres aventures que celles de ses héros ; » soit que,

répondant à M. Jules Sandeau, il le félicite d'avoir
vanté ouvertement le bonheur terre à terre, le bonheur du chaste foyer, à une époque où il y avait un
certain courage à les défendre; partout enfin on reconnaît les aspirations d'une âme élevée, un esprit
ferme, sage, mûri dans la pratique de la vie, et peu
disposé à faire l'abandon des principes qui en sont la
base, l'ornement et l'honneur. Je passe rapidement à
côté d'une esquisse finement touchée d'après le portrait de M. le comte Louis de Narbonne, par M. Villemain, portrait peint en maître, et d'une savante étude
sur l'histoire de la réunion de la Lorraine à la France,
par M. d'Haussonville, pour arriver à la *Chanson de
Roland*.

Le travail très-étendu de M. Vitet sur cette chanson
de geste n'est pas la partie la moins intéressante du
volume. La noble cantilène, dont le sujet est la
mort de Roland dans les gorges de Roncevaux, fut
célèbre dans tout le moyen âge. Longtemps nos soldats la chantèrent, et quand les armées de Guillaume
et d'Harold allaient en venir aux mains dans les plaines
d'Hastings, un cavalier normand posté devant le front
de bataille entonna la chanson de Roland. Il n'y a pas
très-longtemps que cette perle de notre vieille poétique nationale a été mise à son prix. Quelques lettrés,
entre autres MM. Monin, Francisque Michel, Delécluze, Magnin, ont fait entrer la chanson de Roland
dans le cercle de leurs travaux, favorisés surtout par
la trouvaille d'un manuscrit d'Oxford qui nous a
rendu un poëme héroïque. En effet, la version qu'offre
ce manuscrit est la plus ancienne, celle qui se rap-

proche le plus du véritable texte, car Dieu sait quelles altérations le temps et les trouvères lui ont fait subir !

Mais c'est surtout au zèle d'un érudit plein d'ardeur et de sagacité que le plus ancien monument de notre littérature doit sa restauration. Génin a déployé dans ce travail sa verve de critique. Malheureusement, au lieu de traduire le français du onzième siècle dans une langue beaucoup moins inaccessible au commun des lecteurs, celle dont il s'est servi, le français d'Amyot, n'est guère pour eux beaucoup plus intelligible. Génin, lorsqu'il tenait la plume, songeait aux érudits; mieux inspiré, M. Vitet a pensé aux ignorants. C'est une classe respectable, car elle forme la grande majorité du public : aussi est-ce un tort des savants de la négliger. A la vérité, le public le leur rend bien. M. Vitet a donc traduit en excellent français, mais avec une simplicité archaïque, les parties principales du sujet, s'attachant également à exposer les parties accessoires, afin qu'on pût mieux saisir la marche du poëme et sa remarquable unité.

La chanson de Roland, qui mériterait si bien de redevenir populaire dans notre France moderne, est une œuvre grandiose; un souffle héroïque a passé sur ce poëme de quatre mille vers et lui a donné la vie. L'auteur est parent d'Homère, a dit M. Michelet, si bon juge en fait de poésie. Le récit de ce terrible combat de Roncevaux, les adieux d'Olivier à Roland, la mort de Turpin, Roland posant en croix les belles mains blanches du belliqueux archevêque sur son corps ensanglanté, voilà qui est touchant, religieux, sublime. Ce Roland couché sur l'herbe, épuisé, en-

trepris par la mort qui lui gagne le cœur; ce Roland
songeant à sa douce patrie, tendant à Dieu son gant
afin qu'il sauve son âme du péril de ses péchés, combien je le préfère à Diomède blessant Mars et Vénus.
Où est la supériorité morale? chez le Grec ou chez le
Barbare? « Notre poëte, dit M. Vitet, connaît le cœur
humain, il le connaît à fond. Témoin le portrait de
Roland, cette vivante image qui, dans les traits d'un
homme étudié d'après nature, nous montre un peuple
tout entier, car Roland c'est la France, c'est son aveu-
gle et impétueux courage..... »

Une certaine crainte me saisit en terminant cet aride
sommaire d'un livre où brille l'esprit le plus fin et
presque toujours les qualités les plus solides de la
pensée. Je me demande s'il était bien nécessaire d'a-
jouter quelques lignes à la simple annonce des œuvres
de M. Vitet. Son nom seul ne pouvait-il pas suffire?
Aucun de mes lecteurs n'ignore que depuis longtemps
M. Vitet a marqué sa place parmi les écrivains qui
soutiennent le mieux aujourd'hui par le talent comme
par la moralité du caractère la dignité des lettres en
les faisant aimer et respecter.

ÉTUDES SUR L'HISTOIRE DE L'ART [1]

(*Journal des Débats*, 18 mai 1865.)

Qu'est-ce qu'un critique d'art ? Cette question m'a déjà été si souvent posée par des gens de bonne foi, curieux d'aller au fond des choses, que je m'empresse, pour y répondre, de saisir une occasion excellente, celle que m'offre le livre remarquable dont le titre est placé en tête de cet article. Tant de personnes écrivent sur les arts sans y être conviées, ni par une aptitude personnelle, ni même par leur penchant, et le public s'égare si fréquemment à la suite de ces guides inexpérimentés qui lui parlent d'un ton d'oracle, qu'il ne sera jamais hors de propos de s'entendre sur les conditions que doivent remplir ceux qui veulent cultiver assidûment l'une des branches les plus florissantes de la critique contemporaine. Du moment où nous prétendons imposer nos opinions au public, le public peut nous demander des comptes. Ceci est de droit naturel.

Je sais bien que la critique d'art se rattache à cette critique générale qui embrasse toutes les œuvres de l'esprit humain, qu'elle touche à la philosophie, à la

---

1. *Études sur l'Histoire de l'Art*, par L. Vitet, de l'Académie française. Michel Lévy frères ; Paris, 1864 ; 4 volumes in-12.

1er volume ou 1re série : *Antiquité :* Grèce, — Rome, — Bas-Empire ; — 2e série : *Moyen Age* ; — 3e série : *Temps modernes :* la peinture en Italie, en France et aux Pays-Bas ; — 4e série : *Temps modernes :* arts divers, musique religieuse, musique moderne.

littérature; mais je crois aussi qu'elle ne peut être utilement et sainement exercée que par ceux que la vocation favorise. Il y a là quelque chose d'instinctif et (qu'on me pardonne ce terme de médecine) une véritable idiosyncrasie. L'éducation la développe, mais elle ne la donne pas. N'est pas poëte, n'est pas connaisseur qui veut : le goût, le tact, la justesse du coup d'œil, sont essentiellement naturels. La science, le génie même ne sauraient y suffire. Voyez Voltaire, si insuffisant de ce côté !

Si je passais en revue ce qu'écrivent sur les arts certains littérateurs de notre temps, je pourrais montrer dans plus d'une page charmante d'étranges méprises, des idées hasardeuses ou ce parti pris qui fait sourire les juges compétents quand ils ne s'en irritent pas. Ces phrases si brillantes dissimulent à peine la plus complète ignorance des lois et des principes qui régissent les arts du dessin. Le moindre inconvénient de tous ces grands coups de plume, c'est de porter à faux. Que de talent dépensé pour nous faire admirer des œuvres inférieures, pour vanter de mauvaises directions, décorées du nom de progrès ! Tromper les autres en se trompant soi-même, n'est-ce pas jouer doublement de malheur ?

Chacun est libre de mettre ici des noms propres ; je n'insiste que sur ce point, sur l'impossibilité de pénétrer un peu avant dans les choses de l'art et d'en parler judicieusement, si votre démon familier ne vient pas vous avertir; sans compter, qui plus est, le secours de cette éducation spéciale, de cette forte préparation que le temps seul permet d'acquérir.

Si jamais les agitations de l'École française, le conflit des doctrines, les vieilles querelles pouvaient s'apaiser et faire place à une transaction intelligente; si la mode des congrès s'introduisait dans ces régions où les droits de l'idéal et du réel, de la pensée et de l'exécution, du dessin et de la couleur sont souvent bien mal définis par des avocats plus diserts que familiarisés avec le code des Beaux-Arts; si l'on ne voyait figurer dans ces congrès que ceux que leur spécialité autorise à jouer le rôle de négociateurs, peut-être parviendrait-on, par suite d'un sérieux accord, à faciliter l'arrivée de « cet art éclairé, réfléchi, comprenant tout, libre de préjugés, affranchi de formules, planant sur les routines et s'ouvrant des régions nouvelles à force de comprendre les leçons de l'histoire et l'esprit de son propre temps. »

Qui a dit cela? M. Vitet, appelé à jouer un rôle important dans ce congrès d'un nouveau genre; M. Vitet, caractère droit et ferme, intelligence supérieure ouverte au beau et au bien. Il y apporterait le respect de la tradition et le goût du progrès, beaucoup de sympathie pour ce qui est simple et naturel, beaucoup d'antipathie pour le faux goût et l'art déclamatoire. Mais n'est-ce pas trop s'arrêter à des espérances chimériques? L'avenir réserve-t-il à la critique un âge d'or? En attendant, tous ceux qui aiment à rencontrer sous la main une suite de fragments précieux d'œuvres achevées, chacune dans son genre, feront bien de lire les *Études sur l'histoire de l'Art*.

Il y a quarante ans, une révolution littéraire vint à éclater. Les esprits s'échauffèrent, la flamme gagna le monde des arts. Il y eut des excès; quelle révolution est sans excès? A l'enthousiasme exclusif pour l'antiquité romaine (on ne connaissait point encore cette pure et vivante antiquité grecque, dont M. Ingres, par un effort de génie, s'est rendu de nos jours l'interprète puissant) on vit succéder un nouvel enthousiasme, l'enthousiasme du moyen âge. Chez le plus grand nombre il fut étroit, violent; par contre, il mit en lumière des beautés méconnues; de larges horizons s'ouvrirent, des siècles oubliés et créateurs prirent place dans l'histoire de l'art.

Je ne parle ici de cette révolution que parce que M. Vitet fut un des plus ardents, des plus habiles et des plus heureux parmi ceux qui ont su réhabiliter l'art du moyen âge et le glorifier. C'est là son cachet, c'est là surtout ce qui l'honore. De l'étude de l'histoire nationale, étude qu'il a su revêtir des formes du drame avec un talent plein de séve, son cœur d'artiste l'a conduit à une autre étude, à celle des monuments de pierre. Ainsi, vers 1831, nous trouvons l'ingénieux auteur de la *Ligue*, des *États de Blois*, des *Barricades*, etc., etc., parcourant la France comme inspecteur des monuments historiques. Le rapport sur les antiquités des départements de l'Ouest date de cette époque. C'était la première fois qu'une plume aussi élégante signalait les trésors d'art cachés dans nos provinces, trésors ignorés de ceux même qui les voyaient chaque jour. Il sauvait ainsi d'une ruine complète nombre d'édifices respectacles. Parfois aussi l'éloquent explorateur s'indignait contre notre moderne barbarie, contre ces bourgeois tout joyeux de

pouvoir abattre une église du dixième siècle, pour
établir sur ses ruines un marché aux veaux.

La lutte fut longue. Quinze ans après cette première
levée de bouclier, en 1845 [1], M. Vitet se trouvait encore obligé de signaler l'injustice de ceux « qui con-
damnaient en bloc, et d'après quelques observations
isolées et passagères, tout ce que nos pères avaient
construit pendant huit ou neuf cents ans. » Il appuyait
particulièrement sur ce point capital, qu'un principe
commun avait présidé à l'art de bâtir. Et, en disant
cela, à qui s'adressait-il ? à un savant célèbre qui ne
voyait dans l'architecture du moyen âge, dans *ce
genre de bâtisse*, comme il l'appelait, que caprice et
désordre, qu'éléments disparates, rassemblés par une
fantaisie ignorante. Ce critique très-éminent était un
de ces respectables entêtés qui parfois se jettent en
travers du progrès. Eux seuls aussi, il faut l'avouer,
possèdent toute l'énergie nécessaire pour enrayer les
roues du char quand la pente est trop rapide. Illustre
Quatremère de Quincy, ai-je besoin de vous nommer ?

Sans entrer dans cette grande discussion, comment
ne pas dire un mot des opinions de M. Vitet sur l'architecture ogivale, la plus franche, la plus complète, la
plus élégante expression de l'art au moyen âge ? L'origine de l'ogive est un de ces problèmes presque inso-
lubles, comme on en rencontre si souvent dans l'histoire
de l'art ; chacun la réclame, la France, l'Allemagne,
l'Angleterre. Charles Lenormant, cet archéologue de
tant d'imagination, de zèle et de savoir, sur lequel

1. Voyez la belle monographie sur Notre-Dame de Noyon.

vous trouverez dans ces *Études sur l'histoire de l'Art*
une belle notice, a chaudement appuyé ceux qui reconnaissent dans l'ogive une combinaison tout orientale.

M. Vitet a pris le bon parti. Loin de se perdre dans
un abîme de conjectures pour déterminer d'où vient
l'ogive, il a porté ses vues plus haut : montrer que
comme suite nécessaire de l'étroite relation qui existait au moyen âge entre l'art et la société, la lutte engagée au douzième siècle par l'esprit d'affranchissement contre l'esprit clérical se continua avec non
moins d'ardeur dans les domaines de l'architecture;
signaler la révolution qu'elle y fait éclater, révolution
dont l'ogive est le symbole, voilà ce qui le préoccupe
avant tout. Du reste, peu lui importe d'où vient l'ogive,
qu'il croit née dans nos climats. Ce qui n'est pas douteux pour lui, c'est qu'elle fut assez rapidement adoptée,
justement parce qu'elle différait du plein cintre romain; celui-ci représentait l'architecture sacerdotale,
l'architecture telle que la concevaient les prêtres et les
moines constructeurs, sans rivaux avant le douzième
siècle, tandis que l'ogive, si goûtée des architectes
laïques, marquait le progrès et l'esprit nouveau.

On le voit, l'idée de retrouver dans l'art du moyen
âge la réverbération des crises morales ou politiques
qui travaillaient alors la société n'est point une idée
conçue seulement d'hier; elle date de vingt années.
Déjà, à cette époque, M. Vitet élargissait ce genre
d'études, et par cela même, et sans avoir besoin
d'appeler à son aide l'imagination et la poésie, il
montrait la route aux hommes sérieux et voulant réellement s'instruire.

Je ne veux point m'arrêter sur ces belles années, sur ce premier et vigoureux effort, mais je tiens à rappeler que dans beaucoup de points M. Vitet peut être considéré comme le précurseur de M. Viollet-le-Duc.

Ce goût si vif pour l'art national, nous le retrouverons partout dans les écrits de M. Vitet. A vrai dire, c'est plus qu'un goût, un penchant, c'est une muse, et la plus jeune, la plus féconde de toutes celles qui l'inspirent. J'en appelle aux personnes qui ont lu cette belle étude sur un grand peintre français, sur Eustache Le Sueur ; est-il possible de mieux analyser ce doux èt noble artiste, dont le sort fut toujours d'être mal compris, et surtout de ses contemporains ? Comme cette figure mélancolique est délicatement touchée ! comme on sent bien qu'une main honnête tient le pinceau ! Quel soin pieux pour nous révéler cette nature d'une exquise simplicité ! Le contrastre entre le peintre des batailles d'Alexandre et le peintre des Chartreux, entre le Louis XIV des arts en ce temps-là et son modeste rival, comme il est finement indiqué !

Le Sueur lui seul ne remplit pas le tableau. L'auteur agrandit celui-ci et l'éclaire par des vues générales. Rien de mieux défini, par exemple, que l'état de la peinture en France et en Italie dans le siècle qui précède celui de Le Sueur. J'ai trouvé là sur Michel-Ange une appréciation sévère sans doute, mais d'une fermeté et d'une indépendance si remarquables, que je ne puis me décider à ne point la reproduire :

« Michel-Ange avait tiré l'horoscope de ses imita-
« teurs. Souvent il avait dit qu'une fois lancés sur ses

« traces, ils ne s'arrêteraient plus, pas même à l'ab-
« surde. Lui-même il vérifiait sa prophétie, car il su-
« bissait sa propre influence. Comparez *le Jugement*
« *dernier* et la voûte de la Sixtine : quel redoublement
« systématique de témérité, d'effets outrés, de scien-
« tifique barbarie ! C'est qu'une fois hors du simple et
« du vrai, l'esprit devient insatiable de raffinements et
« de complications. Il lui faut chaque matin quelque
« chose de plus nouveau, de plus hardi, de plus ex-
« traordinaire. C'est comme les épices en gastrono-
« mie, comme le bruit en musique : on va de la trom-
« pette au trombone, du trombone à l'ophicléide, puis
« de l'ophicléide au tam-tam et au *colpo di canone.* »

Que de gens à l'œil blasé à qui le simple *colpo di
canone* ne suffit plus ! Peu s'en faut qu'ils ne demandent la batterie rayée.

Inépuisable, charmant, sur le vieil art national, qu'il
traite en compatriote, en ami, M. Vitet se montre attentif à la marche et au développement de la moderne
école française. Sur David et les maîtres contemporains, sur Paul Delaroche, Eugène Delacroix, H. Flandrin, il a des appréciations très-nettes, très-moti-
vées. On peut faire ses réserves (chacun à son point
de vue), mais on est forcé de rendre hommage à tant
de sincérité et de solidité. Sur M. Ingres, l'homme
aux convictions inébranlables, M. Vitet ne s'exprime
qu'avec respect.

Ary Scheffer n'a jamais été mieux expliqué. Ici
le cœur déborde : c'est celui d'un ami. Ce portrait est vraiment admirable. Le talent, chez Ary
Scheffer (on voit souvent le contraire), était au service

de l'esprit le plus cultivé. L'homme de lettres l'emportait sur le peintre; l'exécution n'arrivait pas toujours à la hauteur de la pensée. Il s'en affligeait; moi-même j'ai entendu sa plainte. Une modestie réelle, la modestie des hommes supérieurs, lui faisait exagérer ce qu'il appelait son impuissance. Ce regret, chez un artiste dont la renommée était européenne, en dit plus que toutes les phrases. Scheffer était plus qu'un talent, plus qu'un homme de beaucoup d'esprit; c'était un caractère : je ne sais rien d'aussi rare.

Ce poëte, ce penseur armé d'un pinceau, a été merveilleusement compris par M. Vitet. L'effort continuel d'un artiste assez finement organisé pour vouloir faire exprimer à la peinture autant d'idées qu'il est possible, devait aller droit à l'âme d'un critique délicat, essentiellement spiritualiste, « ennemi (c'est lui qui le déclare) de ce grossier système, le culte de l'art pour l'art, qui n'enseigne rien, ne dit rien, n'exprime rien et ne fait penser à rien. »

Un jour (il était jeune alors) M. Vitet rencontra celui qui devait lui montrer les profondeurs morales de l'art : « J'aimais, dit-il, la psychologie, je la croyais une vocation; j'appris qu'on pouvait en faire devant l'œuvre d'un autre d'une façon plus attrayante qu'au dedans de soi-même; j'entrevis les perspectives infinies qu'un peintre peut ouvrir, tout ce qu'il sait dire de l'âme humaine et du monde idéal. » Notez que c'est en Flandre, au fond de l'hôpital de Bruges, qu'il fit la découverte de ce trésor; tant il est vrai qu'à l'heure favorable le sentiment et la poésie peuvent partout germer et fleurir. Hemeling est ce révélateur;

Hemeling, un grand peintre, qui cachait sous la cuirasse et le hoqueton des soldats de Charles le Téméraire une âme comme celle de Le Sueur, « car il est de même famille et de même sang. »

Le nom de ce grand mortel, que l'on nomme Raphaël d'Urbin, paraît plus d'une fois dans ces *Études sur l'histoire de l'Art*. Raphaël a toutes les admirations de M. Vitet; Raphaël, « à qui le ciel avait donné plus généreusement qu'à aucun autre homme le sentiment de la beauté parfaite et surhumaine. » Une question fort débattue : Raphaël est-il l'auteur de la fresque de l'ancien couvent de San Onofrio, à Florence? conduit M. Vitet à nous montrer un des épisosodes les plus intéressants d'une glorieuse vie : les premières tentatives du peintre des Loges pour se faire connaître et accepter dans cette Athènes italienne. Les liens qui l'attachaient à l'école ombrienne, nourrice de son talent; cette école elle-même, qui, semblable à la Vestale antique, veillait pieusement, au milieu de ses montagnes, sur la flamme expirante du spiritualisme chrétien, pendant que le paganisme de la Renaissance conquérait Florence et le reste de l'Italie : tout cela est indiqué par des traits si lumineux et si vifs qu'on ne saurait l'oublier.

J'arrive maintenant à l'un des morceaux les plus importants de ce recueil, à celui dont la date est la plus récente; aussi je demande la permission d'en parler un peu longuement.

L'un des premiers M. Vitet a su reconnaître un art incontestable dans la décoration des catacombes de Rome. L'érudition y avait songé, mais de la façon dont

25

elle songeait alors aux œuvres de l'art au dix-septième et au dix-huitième siècle : des faits, des dates, des symboles à interpréter, voilà tout ce qu'elle voulait y voir. En dépit des incorrections et de la grossièreté d'un travail exécuté en tremblant, ces décorations funéraires et religieuses se distinguent par des qualités exceptionnelles. Si les types qui s'étalaient au soleil au-dessus de ces vastes demeures de la mort de plus en plus s'alourdissaient, se matérialisaient, ceux qu'elles cachaient aux regards profanes se montraient de plus en plus sveltes, dégagés. Ici l'antiquité classique se continuait, mais animée par un souffle nouveau.

Cet art néo-romain, cet art baigné du sang des martyrs cessa-t-il d'exister le jour où le christianisme fut vainqueur? Ne fut-il qu'un phénomène isolé, un météore prompt à s'évanouir? L'étroite association de l'esprit de l'Évangile et des formes antiques obtint-elle au contraire quelque durée? Se manifesta-t-elle encore à l'époque où ce n'était plus dans des souterrains humides, mais à la clarté du jour que la piété décorait les monuments religieux? Cette association, formée sous l'empire de la nécessité, retarda-t-elle la décadence en se manifestant un peu avant l'arrivée des Barbares? Telle est la belle et intéressante question que M. Vitet s'est proposé d'examiner.

Si vous lui demandez où se trouve la solution du problème, il vous dira que les mosaïques chrétiennes de Rome, elles seules, peuvent nous éclairer sur ce point délicat : je parle des mosaïques chrétiennes de la fin du quatrième siècle. Là en effet se retrouve encore

la trace de cette union de l'esprit chrétien et de la forme
païenne marquée au coin des belles traditions, tandis
que les mosaïques des siècles qui suivent nous offrent
un spectacle tout différent. Ici, au sein des ténèbres
épaissies par les malheurs des temps, on entrevoit
quelques clartés inconnues ; ce n'est qu'un crépuscule,
mais il annonce une aurore :

Magnus ab integro sœclorum nascitur ordo.

La pierre angulaire, dans cette question, c'est la
mosaïque qui décore l'hémicycle de Sainte-Puden-
tienne, modeste église située entre le Viminal et l'Es-
quilin, près de Sainte-Marie-Majeure. Fort de son expérience et d'une étude très-attentive, s'étant d'ailleurs
rencontré sur ce point avec M. de Rossi, un maître en
archéologie chrétienne, M. Vitet ne s'est point arrêté
à l'opinion de ceux qui, d'après un fait mal interprété,
voient une production du huitième siècle dans cette
mosaïque. Pour lui, elle est franchement du quatrième
siècle. Attribuer à une époque de barbarie une œuvre
aussi vivante, une œuvre où « le grand style, le style
de l'antiquité, retrempé et rajeuni par la pensée chrétienne, » se montre avec autant d'éclat, lui semble une
grosse erreur. Et c'est ainsi que dans l'hémicycle
d'une église presque inconnue il croit pouvoir reconnaître un superbe échantillon de cet art néo-romain,
précisément à l'époque où, sorti des catacombes, il
s'épanouissait à son tour au soleil, sous la protection
des empereurs chrétiens. Certes, la décadence est
rapide au cinquième siècle ; toutefois les mosaïques

de Sainte-Sabine, de Sainte-Marie-Majeure, de l'ancienne basilique de Saint-Paul, avant l'incendie, attestent un certain respect pour le passé : les formes
consacrées par la tradition existent encore, le galbe
romain n'est point totalement altéré, l'ornementation
est restée classique dans ses caractères principaux ;
mais tout change au sixième siècle, on est en pleine
barbarie !

Que signifie cette chute rapide, effrayante même ?
Comment expliquer la nouveauté de ces types ? Accu-
serons-nous les mosaïstes grecs de cette glorification
de la laideur, car l'usage est de nommer mosaïques
byzantines des œuvres où c'est un élément tout opposé
qui l'emporte ? nullement ! Les coupables, ce sont les
Goths, les Huns, les Hérules, maîtres de Rome ; oui, ce
sont eux qui, à partir du sixième et du septième siècle,
ont imprimé un cachet si étrange à tous les monuments de ce genre. Qu'ils aient dessiné ces figures,
taillé et ajusté eux-mêmes ces cubes, voilà ce qu'on est
loin de prétendre ; seulement tout semble indiquer
que ces mosaïques sont l'œuvre d'une population esclave composée de pauvres artistes romains qui, pour
plaire à d'ignorants Mécènes, se mirent à désappren-
dre le peu qu'ils savaient. Avouons-le, l'Église d'Occident elle-même fut complice des Barbares. Peu
soucieuse des beautés de la forme dont elle craignait
les séductions païennes, elle n'essaya pas d'arrêter
l'impulsion donnée par des conquérants à demi
sauvages. D'ailleurs, tout semblait conspirer pour l'a-
néantissement du beau dans cette période désas-
treuse : chez les uns, l'ascétisme et l'extase, le mé-

pris du corps; chez les autres, la matière à peine
dégrossie.

Comment l'art s'est-il affranchi du joug de l'ignorance? Par quel secours est-il revenu de l'abandon de
la forme, du dédain pour la nature à d'autres errements?
Ici nouvelles difficultés, nouveaux problèmes que
M. Vitet aborde sans hésitation, entraînant après lui le
lecteur dans les circuits d'une critique ingénieuse. Le
retour de l'art vers le beau, vers la liberté, fut loin
d'être rapide; il ne fallut pas moins de deux cent
soixante années pour que la transition pût s'opérer.
Pendant ces deux siècles et demi les mosaïstes semblent dormir du sommeil d'Épiménide; enfin, vers
1130, les belles décorations de l'abside, du grand arc
intérieur et de la façade de *Santa-Maria in Trans-*
tevere, annoncent le réveil. La souplesse, le naturel,
la grâce, commencent ici à reparaître : « Dons modestes et nécessaires, vous voilà revenus! » Mais par
quel chemin? Par celui de Byzance, par le chemin qui
conduit à un nouveau mont Ararat, dont les sommets,
du cinquième au onzième siècle, offrirent un refuge à
la grande tradition hellénique, près de périr dans le
déluge croissant de là barbarie. Rappelez-vous les
peintures des couvents du mont Athos, telles que nous
les montrent les consciencieuses études de Papety.
Songez à ces figures de saints, « du plus beau, du plus
grand caractère, fièrement, simplement posées, vraiment chrétiennes, conservant pourtant un certain air
de famille avec les dieux du Parthénon; » et, forcé
de choisir entre plusieurs hypothèses, vous inclinerez
à croire que les mosaïques de *Santa-Maria in Trans-*

tevere semblent indiquer l'influence néo-grecque pénétrant au onzième siècle en Italie et venant y allumer le flambeau de l'art moderne.

Contraint d'exposer à la hâte l'idée que s'est formée M. Vitet de l'importance des plus anciennes mosaïques chrétiennes de Rome pour l'étude des origines de la peinture, je crains bien de n'avoir signalé que trop imparfaitement ce travail si solide et si nouveau. Du reste, il faut lire ce bel essai pour pouvoir l'apprécier à sa juste valeur, car ici la forme est aussi riche que le fond. J'ai vu contester bien des choses dans le cours de ma vie, je n'ai jamais vu contester le style de M. Vitet. Il a une manière d'écrire si éminemment distinguée, si soutenue, si limpide ; un courant d'idées généreuses et saines y fait circuler une chaleur si douce qu'il plaît à tous, mais particulièrement aux esprits élevés et délicats, qui reconnaissent ici un des leurs.

Je ne puis quitter M. Vitet, l'historien des arts au moyen âge, l'habile scrutateur des origines de la peinture, sans parler de M. Vitet juge et appréciateur de l'art classique. Ce n'est que depuis quelques années qu'il a mis le pied sur ce terrain. M. Vitet a la religion de l'antique, mais il ne va pas jusqu'à la dévotion ; il reste spiritualiste. « Des marbres réputés beaux, mais sans âme et sans cœur, le laissent aride ; d'autres ne le touchent qu'à moitié. » S'il rencontre néanmoins un monument d'un ordre supérieur, tout aussitôt le vent de la poésie enfle ses voiles. Les douze pages qu'il a consacrées au magnifique bas-relief qui représente Triptolème entre Cérès et Proserpine, lingot de

l'or le plus pur ramassé dans les ruines d'Éleusis, sont
des pages de critique aussi fermes que senties. J'aime
surtout ce passage : « Laisse là ton manteau, tu dois
porter le poids du jour. Ce grain que je te donne, il
faudra l'arroser d'abondantes sueurs! » Il est impossible de mieux reproduire par la plume, et en les com-
mentant, les œuvres du ciseau.

Je passe rapidement sur une série d'essais. *Les monuments antiques de la ville d'Orange; Athènes au
quinzième, au seizième et au dix-septième siècle;
l'Achitecture byzantine en France; Projet d'un nouveau musée de sculpture grecque*, etc., offrent l'heureux et rare mélange de l'érudition archéologique et
d'un sentiment délicat de l'art. Mais, avant de terminer, je voudrais pouvoir dire un mot de l'étude inti-
tulée : *Pindare et l'Art grec;* un magnifique sujet,
traité brillamment par une de nos grandes puissances
littéraires (l'*Essai sur le génie de Pindare*, par
M. Villemain), a fait éclore ce morceau intéressant.

M. Vitet reconnaît ici que les beautés sévères et pa-
thétiques des grands poëtes de la Grèce sont mieux
senties, mieux comprises en France à cette heure qu'au
dix-septième siècle, bien que l'enthousiasme des siècles
précédents pour l'antiquité pût y trouver encore de
nombreux échos. La Grèce fut lettre morte pour le
dix-huitième siècle. En ce temps-là régnait Voltaire,
Voltaire qui n'a vu dans Pindare que *le premier violon
du roi de Sicile.* Or, c'est à l'intelligence du véritable
art grec que M. Vitet attribue cet heureux changement,
ce progrès notable des esprits : «Je vais, dit-il, révolter
peut-être certains amis des lettres qui s'offensent à

l'idée qu'en aucun cas des formes, des figures, des
signes matériels, les arts du dessin, en un mot, soient
pour elles des truchements nécessaires, des commentaires vivifiants. Rien n'est plus vrai pourtant. » Et il
fait ressortir les liens qui, dans l'antiquité grecque,
unissaient l'art et la poésie. L'ordre dorique peut servir
d'exemple. Notez bien que je ne parle point du dorique
si mesquin, si maigre préconisé par Vitruve, mais du
vrai dorique grec, du dorique de Pœstum ou d'Agri-
gente, « au chapiteau proéminent, au fût conique
descendant jusqu'au sol, sans base ni talon. » Cet
ensemble si puissant, cet art si plein de franchise,
nous font éprouver par leur majestueuse rudesse une
impression analogue à celle que produisent sur l'organe littéraire les formes abruptes et heurtées, les
grands traits sans détails et presque sans nuances de
la poésie dorienne de Pindare.

Je m'arrête. Je crois en avoir dit assez pour donner
une idée de ces remarquables études signées d'un des
noms les plus honorables de notre temps ; néanmoins
je ne puis m'empêcher, en finissant, d'exprimer un
vœu : l'auteur assure quelque part qu'il ne les a rassemblées que pour provoquer et éveiller le zèle des
jeunes et vaillants esprits. Pourquoi donc, au lieu
d'abandonner ce soin à l'ardeur des générations à venir,
ne traiterait-il pas quelque importante partie de l'histoire de l'art ? N'est-ce pas à celui qui instruit et
charme depuis trente années l'élite du public, au fin
connaisseur, à l'excellent écrivain qui nous montre si
bien, dans une élégante préface, ce qu'il y aurait à
faire pour combler les lacunes de cette histoire et lui

donner le caractère et l'utilité d'un grand enseignement; n'est-ce pas à lui, je le répète, que revient
l'honneur de s'imposer une tâche des plus lourdes,
mais que nul ne saurait mieux remplir? N'a-t-il pas
tout pour lui : l'autorité, l'expérience, un talent plein
de verdeur, quoique en pleine maturité, le culte de
l'art et de nobles loisirs?

LES

TEMPS MODERNES

LES TEMPS MODERNES

LES ARCHIVES DE LA FRANCE PENDANT LA RÉVOLUTION[1]

(Journal des Débats, 23 avril 1867.)

On lit dans la célèbre, mais trop peu impartiale *Histoire de Paris*, par Dulaure, que les archives nationales, depuis archives de l'Empire, et plus tard archives du Royaume, occupèrent successivement les bâtiments des Capucins, les Tuileries, l'hôtel Bourbon, enfin l'hôtel Soubise ; que, quoique décrétées par l'Assemblée constituante, elles ne furent établies définitivement que par la Convention, sous la direction de Camus, homme rigide, qui prit à tâche d'éloigner tous les abus ; que les archives, telles qu'elles existent aujourd'hui à l'hôtel Soubise, se composent de l'ancien *Trésor des chartes*, du *Dépôt topographique*, des *Archives domaniales*, etc. : « C'est dans cet immense

---

1. *Les Archives de la France pendant la Révolution.* — *Introduction à l'inventaire du fonds d'Archives dit les Monuments historiques*, 1866, in-4°, par le directeur général des Archives de l'empire.

dépôt, ajoute en terminant Dulaure, que sont cachés les vérités de l'histoire, les secrets de la monarchie, les excès de la féodalité. »

M. le marquis de Laborde vient reprendre ce thème, mais dans des sentiments bien différents de ceux qui animaient Dulaure.

Personne n'est en droit de parler des archives de l'empire avec autant d'autorité que M. de Laborde. Ce n'est pas seulement avec beaucoup d'habileté, mais avec une sorte d'enthousiasme qu'il dirige ce grand établissement ; l'ardeur qui animait le courageux explorateur de l'Arabie Pétrée n'est point éteinte ; l'artiste vit et palpite derrière l'érudit. Lisez ce qu'il a écrit dans la seconde partie de sa vie, ouvrez ses catalogues, compulsez ses inventaires, et vous verrez que dans ses heureuses mains ils prennent l'intérêt d'un roman. Chose assez rare dans l'érudition pure, M. de Laborde n'est jamais ennuyeux ; s'il voulait cacher sous un air de facilité et d'aisance parfaites une puissance de travail bien remarquable, il n'aurait qu'à supprimer des notes étendues et nombreuses qui indiquent les sources généralement peu connues auxquelles il a l'habitude de puiser largement.

J'ai cru qu'il appartenait au *Journal des Débats* d'annoncer cette histoire de la transformation de nos archives au milieu des événements les plus terribles, histoire où tout est raconté avec esprit et naturel, mais aussi avec une verdeur qui va parfois jusqu'à l'acrimonie, tant son auteur exècre le vandalisme et les passions désordonnées qui le font naître ; tant il a à cœur de combattre ceux qui se sont consti-

tués les apologistes des plus condamnables excès.
M. de Laborde est né conservateur.

La France, vers 1789, possédait un milliard [1] de
documents répartis dans dix mille dépôts. Archives
de l'État, archives ecclésiastiques, archives des parlements, des juridictions, des corporations, des grandes
familles et des riches bourgeois, se versaient, depuis
des siècles, dans ces dix mille réservoirs qui, s'ils
avaient été réunis et centralisés pendant quelques
autres siècles, auraient formé une mer sans rivages.

Le vent de destruction qui soufflait sur notre malheureux pays vint tarir bientôt les deux tiers de cet
océan.

Le 12 mars 1792 (date funeste pour les archives),
on brûla sur la place Vendôme, d'après l'ordre de
l'Assemblée législative, une volumineuse collection
de documents originaux provenant des plus grandes
familles de France. Trois mois après (le 19 juin), un
homme considérable, un savant, une lumière, monte
à la tribune et demande que, pour anéantir dans les
bibliothèques, dans les chambres des comptes, dans
les archives des chapitres à preuves, dans les maisons
des généalogistes, les derniers vestiges de la vanité
de la caste nobiliaire, les départements soient autori-
sés à brûler les titres qui se trouvent dans ces divers
dépôts.

L'Assemblée adopta à l'unanimité cette proposition
du marquis de Condorcet (car c'était lui) et décréta

---

1. J'avertis une fois pour toutes que je laisse à M. de Laborde la
responsabilité de tous ses calculs.

l'urgence. Elle avait oublié que dans ces dépôts « se cachaient (pour parler comme Dulaure) les vérités de l'histoire, les secrets de la monarchie, les excès de la féodalité ». En cela Condorcet se montra moins sage que l'obscur archiviste qui écrivait un jour au ministre Garat que, « quand il serait vrai que les papiers anciens et gothiques ne seraient que des titres de féodalité, on devrait les conserver encore comme des monuments propres à faire aimer la Révolution. »

Ainsi l'esprit éminent et faux qui voulut élever à la hauteur d'un dogme l'idée chimérique de la perfectibilité indéfinie de notre espèce, eut la triste gloire d'allumer à Paris et dans toutes les provinces le feu qui devait consumer tant de témoignages précieux pour l'histoire. Hélas ! il l'a payé bien cher.

Regardez autour de vous : on brûle à Fontainebleau, à Mantes, à Lisieux ; on brûle sur les bords de la Loire et au pied des Pyrénées. Du midi au nord, de l'est à l'ouest, la France devient un vaste bûcher. Quelque solennité niaise rehaussait ces auto-da-fé. (*Voyez* les procès-verbaux.) Ici « les titres usurpateurs du peuple » sont transportés dans un chariot traîné par des ânes. Ailleurs de petits sans-culottes, chargés de titres et parchemins, les déchirent en criant *Vive l'égalité !* Bêtise et barbarie, voilà donc ce que les peuples subissent quelquefois avant de se régénérer !

Quand on ne brûle pas, on met au pilon les titres et documents écrits sur du papier : on en fait du papier blanc. Point de grâce non plus pour les diplômes et chartes en parchemin ; si toutefois ils ont la grandeur voulue, on les envoie aux arsenaux pour qu'on en fasse des gargousses. La Convention l'a décidé.

A en juger d'après les témoignages officiels, la république aurait détruit plus d'un million pesant de papiers et de parchemins. M. de Laborde trouve cette évaluation insuffisante ; il estime, supputant toutes les causes de destruction qui se réunirent alors contre nos malheureuses archives, qu'il faut arriver à ce chiffre vraiment formidable : dix millions !

Ce fut le besoin d'argent qui fit naître l'ordre du désordre. La conservation des quarante millions de documents que renferme aujourd'hui l'hôtel Soubise, — je ne parle pas des archives, quatre fois plus considérables, réparties entre les diverses administrations et les services publics, — cette conservation, on la doit aux assignats. Comme ils étaient garantis par la vente des terres confisquées, il fallait nécessairement retrouver les titres de propriété. Retour étrange des choses d'ici-bas ! Les paperasses d'une vieille monarchie deviennent un point d'appui pour une jeune république aux abois faute d'argent !

C'est ici que commence l'ère de reconstruction des archives, reconstruction bien difficile pour d'ignorants architectes qu'embarrassaient l'abondance et la variété des matériaux. On vit alors un étrange spectacle : on vit une Assemblée révolutionnaire, en lutte avec l'Europe, appelée à se prononcer sur le sort d'une masse effrayante de documents écrits ; car, en dépit de l'incinération patriotique, du pilon et des gargousses, les minutes des procès-verbaux des justices seigneuriales, des archives, des ordres religieux, des parlements, des cours de justice, des comptes et des monnaies, des princes, des émigrés et des académies, formaient encore des montagnes de liasses entassées pêle-mêle dans des greniers et dans des caves, où elles attendaient un classement colossal.

Comment s'est-il opéré? Le décret du 7 messidor an II (25 juin 1794) va nous l'apprendre. Ce décret, base fondamentale de l'organisation des archives nationales, ordonne que l'on formera de cette masse de documents trois sections qualifiées de domaniale, judiciaire, historique : opération qui reçut le nom de triage. Elle se continue encore aujourd'hui ; mais elle est de plus en plus prudemment exercée.

M. de Laborde est l'adversaire déclaré du triage, parce qu'il croit que les actes et titres mis de côté ou dispersés par suite de ces divisions arbitraires ne peuvent plus composer de sections, et notamment une section historique. Il fait ressortir ce qu'il y a de meurtrier dans ces classifications, selon lui, sèches ou violentes, qui viennent détruire le seul ordre acceptable, l'ordre naturel, l'ordre chronologique, qu'il voudrait pouvoir reconstituer, car c'est là son ambition. Quel somptueux banquet aurait pu être offert au vaste appétit de l'érudition moderne, si les auteurs du décret, loin de prescrire la séparation des pièces et documents, et de leur retirer ainsi leur véritable importance en les isolant, avaient eu assez d'esprit pour ne point dénouer les torsades de parchemins sur lesquelles tantôt des pièces relatives aux grands traités diplomatiques ou commerciaux, tantôt des papiers relatifs à certains procès criminels retentissants, ve-

naient s'enrouler successivement et former d'épais et
séculaires dossiers !

Mais ce qui touche profondément M. de Laborde,
ce qui remue ses entrailles d'archiviste , c'est de voir
que de présomptueux législateurs, gonflés de phrases,
mais vides d'idées, osèrent imposer un jour à neuf
personnes l'obligation de trier en quatre mois cinq
cent mille liasses ou cartons, donnant à ces neuf personnes un droit exorbitant, inouï, celui de détruire
tous les papiers qui seraient reconnus inutiles. M. Michelet, de sa main nerveuse, a merveilleusement indiqué comment ce droit fut exercé à l'origine : « Les
parchemins, dit-il, eurent aussi leur tribunal révolutionnaire, sous la dénomination de bureau du triage
des titres ; tribunal expéditif, terrible dans ses jugements. Une infinité de monuments furent frappés
d'une qualification meurtrière : titre féodal ; cela dit,
c'en était fait. » Voilà comment un million de documents précieux pour l'histoire, et qualifiés d'*inutiles*,
ont été anéantis.

Ce décret désastreux aurait pu amener la ruine
totale de nos archives, si elles n'avaient pas été sau-
vées précisément par les hommes convoqués pour les
détruire. Quand la Terreur eut cessé, quand ils purent
respirer et se reconnaître, ils refusèrent, autant qu'il
était en leur pouvoir, de se prêter plus longtemps à
jouer le rôle d'iconoclastes. Les archivistes, les ex-
bénédictins, les greffiers expérimentés, qui composaient le bureau de triage, séduits par le souvenir de
leurs études, par le charme de ces documents, vieux
compagnons de toute leur vie, mirent de l'archarne-

ment à les conserver. Ils le firent, mais non sans péril.

Ici, je renvoie les lecteurs curieux de connaître l'histoire des archives de la France après la Révolution, au livre lui-même. Ils y verront de quelle manière les archives de l'Europe, placées entre nos mains par la victoire, furent sur le point d'être cen-- tralisées à Paris.

« Il ne tient qu'à Sa Majesté, » disait le successeur de Camus (s'adressant à l'Empereur, qui voulait établir les archives dans un palais construit entre le pont d'Iéna et le pont de la Concorde, sur la rive gauche de la Seine), » de réunir non quatre-vingt « mille chartres, mais au moins huit cent mille, en « comptant celles que l'empire possède déjà. »

Or, quel était l'auteur de cette proposition? C'était le savant, l'intègre Daunou. Il ne s'apercevait pas qu'il ne proposait rien moins que de perpétuer et de consacrer le rapt des papiers de famille de tout le continent. Le désir de voir fructifier les études histori- ques l'aveuglait.

J'arrive à toucher un point vraiment délicat : je voudrais parler d'un homme assez maltraité dans le remarquable travail de M. de Laborde pour qu'il soit opportun de prendre sa défense. J'y suis amené natu- rellement par mon sujet, car cet homme fit précisé- ment pour les monuments de l'art national ce que les membres du bureau du triage, devenus un peu plus libres, ont fait pour les titres. Je ne dirai pas même courage, mêmes services ; car, du côté d'Alexandre Lenoir, le courage éclate davantage et les services sont encore plus marqués.

Ordinairement on salue en lui le fondateur du Musée des monuments français ; mais ce qu'on ne prisera jamais assez, c'est le caractère vraiment héroïque de ce modeste artiste. Qui donc osa lutter contre le génie de la destruction sous le ciel livide de la Terreur ? qui sut préserver des flammes, dans Saint-Denis incendiée, les tombeaux de Louis XIII, de François Ier, de Henri II ? qui a joué sa vie pour sauver le monument funèbre de Richelieu de la rage du peuple ? qui mit à l'abri d'une ruine certaine des trésors dont le Louvre s'enorgueillit, si ce n'est Alexandre Lenoir ! Douceur et fermeté, ruse et audace, il mit tout en œuvre pour conserver de précieuses reliques que la Convention semblait lui confier, mais que de brutales mains se hâtaient de lui reprendre. Les documents que j'ai sous les yeux m'apprennent que sur deux mille trois cent trente-trois tableaux emmagasinés dans le cloître des Petits-Augustins, et dont Lenoir avait la garde depuis 1791, six cents (désignés, on ne sait pourquoi, sous le titre de *tableaux féodaux*) lui furent enlevés, à diverses reprises, par suite des arrêtés de la Commune de Paris, et brûlés, soit en place publique, soit dans le jardin de l'Abbaye, en l'honneur de Lepelletier et de Marat.

Si j'avais du temps et de l'espace, j'aurais encore trop de choses à raconter sur ce cloître des Petits-Augustins, où la République entassait et empilait les dépouilles des églises, des maisons royales et des châteaux ; sur ce cloître où des charrettes apportaient chaque matin les débris des monuments mutilés par le marteau et le ciseau révolutionnaires. Je me bornerai à citer un fait, mais il est digne de Plutarque.

Un jour Lenoir apprend que les agents du Comité de salut public se disposent à venir le lendemain, pour voir si par hasard le dépôt des Petits-Augustins ne renfermerait point des statues de bronze; car la République a besoin de canons. Quels beaux canons on peut faire avec le bronze des statues! Sans voir le danger et n'écoutant qu'une heureuse inspiration, Lenoir, la nuit même, couvre d'un ton jaunâtre tous les bronzes en sa possession, et leur donne l'apparence de la pierre. Grâce à cette fraude pieuse, la belle figure du cardinal de Birague, par Germain Pilon; la *Renommée*, de Guillaume Berthelot; les bas-reliefs du tombeau de Thou, par François Anguier, et plusieurs autres chefs-d'œuvre, ornent aujourd'hui le musée de la sculpture française. Que serait-il arrivé si quelque sans-culotte connaisseur se fût avisé de gratter ce barbouillage? C'en était fait du garde des Petits-Augustins: la guillotine couronnait la découverte!

Et c'est un pareil homme que l'on qualifie de destructeur! Et quel est son crime? Il se serait permis (ce qui me paraît très-excusable quand on n'a sous sa main que des débris) certaines combinaisons, certains arrangements arbitraires dans la restauration des monuments de son musée. Ah! je voudrais bien connaître le conservateur en droit de lui jeter la première pierre? Si Lenoir n'a pas eu assez de génie pour s'élever au-dessus des horizons de son temps, du moins il a sauvé, au péril de sa vie, des monuments que ses contemporains qualifiaient de barbares : les artistes les premiers, car, « par fanatisme pour les Grecs et

les Romains[1], ils auraient voulu voir anéantir jusqu'aux derniers vestiges de nos arts nationaux. »

Il faut bien le reconnaître, Lenoir n'a pas seulement
créé, au milieu des tempêtes, un musée plein de poésie, refuge du vieil art français; il nous a donné Augustin Thierry : c'est en visitant les salles gothiques
de ce musée pittoresque, si digne d'être regretté, que
l'éloquent, que le pénétrant et patient interprète des
anciens chroniqueurs conçut l'idée de débrouiller le
chaos des origines de notre histoire. Il y a là, ce me
semble, quelque chose qui peut consoler de la sévérité
de M. de Laborde ceux qui vénèrent le nom d'Alexandre Lenoir.

1. Vitet, *Études sur l'histoire de l'Art*, 2ᵉ série, p. 383.

PEINTURES MURALES DE SAINT-GERMAIN DES PRÈS

(*Revue nationale,* 25 décembre 1861.)

Le plus vieux des monuments chrétiens de ce vieux
Paris, qui disparaît chaque jour, la basilique de Childebert, l'église monacale de l'abbé Morard, Saint-
Germain des Prés, est en fête. Sur les murs de sa nef
débarrassée des échafaudages qui l'encombraient depuis longtemps, se déroule une frise immense composée de dix-huit tableaux peints à la cire ; frise de
six pieds et demi de hauteur environ, et surmontée
par quarante et une figures de proportions colossales.
Aujourd'hui, et sans retard, je voudrais donner une
idée de ce grand et nouveau travail du maître auquel
nous devons déjà tant de belles peintures murales à
Nîmes, à Lyon, à Paris, et, qui plus est, cette admirable frise de Saint-Vincent de Paul, ingénieuse-
ment nommée par un éminent critique les « Panathénées chrétiennes. » Mais je désespère, je l'avoue, de
pouvoir faire connaître aux lecteurs éloignés de
Paris, aussi bien que je l'aurais souhaité, une œuvre
d'art très-considérable, œuvre excellente et d'une
haute signification.

Toutes les fois que ma pensée se reporte sur la
peinture murale, j'éprouve un vif sentiment de reconnaissance pour le conseil municipal de la ville de Paris
et l'administration qui l'a si bien secondé. Voilà vingt-

cinq ans qu'il excite et encourage les artistes à aborder ces travaux d'un ordre supérieur. Si la grande
peinture fleurit encore en France, c'est lui qu'il faut
remercier. Avec une générosité de prince, il s'est hâté
d'ouvrir un vaste champ à ceux dont l'inspiration a
besoin d'air et d'espace. Il est venu en aide à ces
talents dont l'énergie productrice se déploie surtout
dans la sphère élevée des sujets sacrés. Oui, le conseil
municipal a sauvé le grand art si fortement atteint par
la mesquinerie de nos mœurs et de nos fortunes. Il l'a
rendu indépendant du public, qui ne s'éprend d'ordinaire que pour ce qui l'amuse ou flatte ses passions.
Décorer les monuments, tel a été le premier objet de
la peinture, tel est son noble emploi. Non-seulement
la peinture murale enrichit un édifice, le caractérise,
mais elle lui donne la vie, elle le fait parler. Les Grecs
l'avaient bien vu. Pour les faire concourir à un but
commun, ils réunirent les trois arts par le lien le plus
étroit, trinité charmante d'où jaillirent des effets d'une
beauté inouïe. Guidé par quelques traditions classiques échappées au naufrage, le moyen âge prit feu
pour la peinture murale. En Allemagne, en France,
en Italie, églises, chapelles, oratoires et monastères,
tout fut couvert de peintures qui remplacèrent les mosaïques ou vinrent les compléter. Une église nue paraissait à nos pères une œuvre morne, insipide ou
muette. Nous les appelons barbares ! Ah ! ils l'étaient
bien moins que ceux qui, dans des siècles policés et
savants, nous ont dérobé, par un affreux badigeon,
les naïves, les poétiques inventions des siècles d'enthousiasme et de foi.

Malgré sa révolte contre le moyen âge, la Renaissance est entrée dans la voie qu'il avait suivie. Et de même que les fresques d'Assise et du Campo-Santo nous font voir comment la peinture murale régénérée en Italie annonça, dès son éclosion, qu'elle serait la gloire de l'art, de même la *Cène*, par Léonard de Vinci, les *Loges*, les *Stanze*, au Vatican, et la chapelle Sixtine, productions immortelles, nous la montrent à son apogée, et par cela même voisine de son déclin.

Nulle église ne pouvait mieux que Saint-Germain des Prés présenter une belle page à remplir au pinceau chaste et grave de M. Hippolyte Flandrin. Beaucoup de Parisiens n'ont visité et ne visiteront de leur vie cet édifice, dont les constructions accusent deux dates différentes, car il est moitié roman et moitié gothique. Dix piliers, cinq de chaque côté, formés de quatre colonnes engagées sur lesquelles retombent des arcades à plein cintre, séparent la nef romane de ses bas-côtés, tandis qu'au rond-point du chœur gothique les arches en ogive reposent sur des colonnes isolées. Rehaussée par des couleurs, grâce au talent sérieux de M. Victor Baltard, cette architecture, redevenue ce qu'elle était, c'est-à-dire polychrome, ressort merveilleusement. Tout renaît, tout revit dans la décoration de cette église nommée jadis Saint-Germain le Doré. Longtemps inaperçus, les détails de l'ornementation ressortent maintenant avec une netteté admirable. Imaginez un heureux mélange de simplicité et de richesse, de sévérité et de grâce, de noblesse et de force, et vous connaîtrez Saint-Germain des Prés.

Il y a déjà vingt ans que pour la première fois

M. Flandrin a commencé l'œuvre de restauration qu'il termine aujourd'hui. Ce chœur, tout éclatant de dorures comme une église vénitienne, était alors nu et délabré. Ce fut pour ainsi dire à l'insu du public que l'artiste, dans toute la verdeur de la jeunesse, couvrit ce sanctuaire de peintures selon le goût byzantin. *Jésus portant sa croix* (composition pathétique), l'*Entrée du Christ à Jérusalem* ; des évangélistes, des saints d'un style grandiose et du dessin le plus correct, se détachant sur un fond d'or, révélèrent qu'un homme nouveau et convaincu, qu'un vrai peintre catholique, rareté bien grande, promettait d'honorer l'art français. Des travaux de cet ordre ne pouvaient rester inachevés; le conseil municipal le sentait à merveille. Toutefois rien ne se faisait; mais un beau jour la ville décide que la nef de Saint-Germain des Prés sera décorée. De là les nouvelles peintures, dont il est temps de parler.

Ces peintures sont l'expression d'une idée théologique fondamentale, dont l'art ne s'était point encore emparé avec autant d'intensité et de persévérance. Leur auteur a voulu montrer « Jésus-Christ dévoilé pour les chrétiens après avoir été voilé pour les patriarches et pour les Juifs. » En d'autres termes, il a représenté sur les vieilles murailles de l'église de Childebert le mystère de la Rédemption apparaissant déjà sous les voiles du symbole dans l'Ancien Testament. A-t-il interprété dignement des paroles d'esprit et de vie? Comment son talent élevé s'est-il rendu maître d'un sujet si auguste et si mystérieux? Voilà ce que nous allons examiner.

La frise dont nous avons parlé offre des divisions architecturales que M. Flandrin a mises à profit, car elles forment naturellement les sections ou chapitres du livre sacré qu'il déroule sous nos regards. Ainsi, dans l'espace compris entre chacun des piliers sur lesquels retombe chaque arcade, piliers s'élançant jusqu'aux voûtes, cette frise renferme deux compositions qui ne sauraient être séparées sans perdre leur signification et par là de leur importance et de leur beauté. La première représente toujours quelque événement de la vie mortelle du Rédempteur ; la seconde la complète et l'éclaire en nous montrant le fait capital et la prophétie qui longtemps à l'avance l'annoncèrent aux Juifs. Grâce à une combinaison des plus simples, nous pouvons voir d'un coup d'œil comment les patriarches et les prophètes étaient, selon ce qu'on nous enseigne, la *figure* de Jésus-Christ, et comment les promesses de l'antique alliance se sont accomplies dans la nouvelle.

Moïse prosterné devant le buisson ardent est le tableau complémentaire de l'Annonciation ; la désobéissance d'Adam et d'Ève se voit à côté de la naissance de Celui qui répara leur faute. Près de l'Adoration des Mages, Balaam prophétise qu'un astre s'élèvera au milieu d'Israël. Le Baptême du Sauveur se lie au passage de la mer Rouge. L'institution de l'Eucharistie et Melchisédech, *figure* du pontife éternel, sont réunis dans la même travée. Deux grandes trahisons se trouvent représentées sur la muraille qui fait face : l'éminent artiste nous montre Joseph vendu par ses frères, et le crime de Judas. L'oblation de Jésus-Christ sur la croix a pour tableau complémentaire Abraham au moment de sacrifier son fils. La Résurrection de Jonas est près de celle du Sauveur. Enfin, à côté des Apôtres recevant de Jésus-Christ la mission de ramener toutes les nations de la terre à une seule croyance, à une foi unique, nous voyons la Confusion des langues diviser les hommes au pied de la tour de Babel, et les pousser dans toutes les directions.

De nombreux personnages surmontent cette frise, ce sont tous les héros de l'Ancien Testament. Isolés ou groupés, ils s'encadrent dans des arcatures simulées. Législateurs, patriarches, pontifes, rois, prophètes, personne n'est oublié. On y trouve même des femmes : Jahel, Judith et Débora. Adam et Ève sont en tête de cette cohorte sainte, derrière laquelle se tient saint Jean le Précurseur. Le haut de la nef est animé par ces figures d'une beauté sérieuse et sauvage. C'est bien là Israël et son génie austère. Rendues vivantes par la pose et par des gestes pleins de vérité ou d'énergie, les images de ces illustres défenseurs de la loi écrite, de la loi sainte, se détachent sur un fond bleu. L'effet général est saisissant.

On reproche à l'art catholique le choix de ses sujets ; ces tableaux de martyrs, où les tortures les plus effroyables sont reproduites avec un soin hideux, ont soulevé l'indignation de la critique, et la critique a eu raison. Dieu merci, nous ne voyons rien de pareil dans les peintures de Saint-Germain des Prés. Ici règnent sans partage l'Évangile et l'Ancien Testament. Ici le christianisme apparaît dans sa douceur primitive et son admirable simplicité. Le talent, dans cette œuvre

lumineuse et pure, n'y froisse jamais nos âmes et ne
nous fait rien regretter.

Voilà l'impression générale, la sensation première.
Maintenant, quand on interroge tour à tour chacune
de ces compositions si variées, et fécondes en contrastes, l'émotion et le plaisir vont toujours croissant.

A gauche, près de l'entrée, l'*Annonciation* et le
Buisson ardent attirent d'abord les regards. M. Flandrin dans l'*Annonciation* a su rajeunir un sujet épuisé.
Il était difficile de montrer un ange plus aérien et
mieux pénétré de la grandeur de sa mission divine.
Raphaël et sa large poésie dominent dans le tableau
voisin, dans ce Moïse à genoux devant un buisson que
dévorent les flammes : libre et puissante inspiration
née d'une admiration profonde pour les *Loges* du
Vatican.

Par son aimable candeur, la *Nativité* nous rappelle
ce que la vieille et catholique école florentine a jamais
produit de plus naïf et de plus attrayant. Il faut voir
cette Vierge qui prie, couchée et les mains jointes, au-
dessus du petit berceau auquel les destinées du monde
sont attachées. Quelle grâce sainte, quel humble amour
dans ces trois anges, figures ravissantes, dignes de
Fra Angelico ! *Adam et Ève* se distinguent par la
beauté de la forme. Ils sont nus, mais comme elle est
chaste, cette nudité ! La honte, le remords, la peur,
pour la première fois troublent leur âme. Ève se cache
derrière son époux. Grande douleur et vivant contraste,
car ils sont dans un lieu de délices, sous les magnifiques ombrages d'un paradis asiatique que leurs yeux
remplis de larmes ne reverront jamais. La figure de

l'Éternel pourrait avoir plus d'ampleur ; mais quelle difficulté pour l'artiste ! Lorsque les dieux de la peinture, Raphaël et Michel-Ange, ont à peine suffi à cette tâche redoutable, doit-on s'étonner de la rareté des images de l'invisible, de l'Être éternel, dans l'iconographie chrétienne ? Phidias avait beau jeu avec son Jupiter matériel : Homère avait pris l'avance et tracé du souverain de l'Olympe un immortel portrait.

L'*Adoration de Notre-Seigneur par les Mages* nous montre les trois voyageurs, le front dans la poussière, aux pieds de l'enfant divin. Le luxe royal de leur costume qui annonce l'Orient, cette Vierge si modeste, cette cabane si pauvre, la foule qui encombre la porte et qui n'ose entrer, tout cela est vivement exprimé sans emphase, sans manières, et avec une fermeté et une jeunesse d'âme qui remuent le spectateur. Le *Balaam* vous captive par son aspect grandiose. Au sommet du Phagor, d'où la vue plane au loin sur les tentes d'Israël, le devin entêté offre un holocauste à Jéhovah, en présence de Balac, roi des Moabites. Tout à coup, saisi de l'esprit prophétique, Balaam montre brillante à l'horizon (ce mouvement est superbe) l'étoile qui sortira de la postérité de Jacob.

Le *Baptême du Sauveur* et le *Passage de la mer Rouge* occupent la troisième travée. La première de ces compositions est calme comme le désert. La seconde est pleine de feu et de mouvement. Trois anges sur la rive du Jourdain attendent le moment de servir le Seigneur. Debout au milieu du fleuve, la tête couronnée du nimbe d'or, Jésus reçoit le baptême. Un saint Jean-Baptiste, hâve, amaigri, exténué par les austé-

rités, verse l'eau sainte sur la tête du Rédempteur
avec un respect admirable. Personne ne sait comme
M. Flandrin exprimer le respect, ce sentiment qui
s'affaiblit de plus en plus dans nos âmes. Le Moïse du
tableau suivant est d'une beauté terrible : le vent de
la tempête soulève les cheveux et les vêtements du
législateur des Hébreux, dont le geste solennel commande à la mer de se refermer sur les ennemis du
peuple de Dieu. Les vagues obéissent : Pharaon et son
armée disparaissent sous leurs volutes verdâtres.
Derrière Moïse, un peuple ivre de joie célèbre sa déli-
vrance par de bruyantes acclamations.

L'expression des têtes, la variété des attitudes, appellent les regards sur l'*Institution de l'Eucharistie*.
Le Christ est debout et non point attablé, comme dans
de nombreuses peintures. C'est avec une dignité suprême que le Fils de Dieu prend le pain et le rompt.
C'est avec un sentiment profond des choses de la
religion que l'artiste nous montre ce grand mystère :
mérite trop rare dans un siècle peu orthodoxe pour ne
pas le célébrer. La plus noble ordonnance et la solidité du ton recommandent le tableau complémentaire :
Abraham et Melchisédech. Melchisédech présente le
pain et le vin qu'il bénit à un majestueux Abraham,
vainqueur de quatre rois, et derrière lequel la petite
armée qu'il commande se déploie. La belle draperie
blanche dont Melchisédech est enveloppé fixe l'attention. Malheureusement elle concourt, avec le bras, à
cacher la tête. Ceci a donné lieu, de la part des spectateurs, à quelques méprises qu'il sera facile de prévenir.

Nous arrivons à la cinquième arcade de droite, la

plus rapprochée du chœur. Un jour faux, et l'éclat fatigant de deux fenêtres, l'une au-dessus, l'autre au-dessous de la *Trahison de Judas*, rendent cette peinture presque invisible à certaines heures. Il est des moments toutefois où des yeux exercés peuvent apercevoir les hautes qualités qui la caractérisent. Le souffle du Giotto y circule. On distingue très-bien le traître effleurant de ses lèvres empoisonnées celui qui fut le modèle de la perfection. On distingue l'agitation des apôtres, on soupçonne que les soldats sont accourus. On ressent l'immense tristesse qui plane sur cette scène. Pitié! pitié! ayez pitié, semble dire *Joseph* placé dans la même travée. Le fils chéri de Jacob est déjà dans les mains des marchands, ils l'ont garrotté; son innocence, ses pleurs, le regard douloureux qu'il jette sur ses frères, rien n'émeut les barbares. Ce Joseph si désespéré est une des plus charmantes créations de M. Flandrin.

Mais l'heure de la grande expiation a sonné. Il faut que le mystère du salut se consomme. Voici le Calvaire. La Vierge, la Madeleine et saint Jean, l'apôtre fidèle, gémissent au pied de la croix. On s'agenouille instinctivement devant ce Christ si merveilleusement dessiné, devant cette tête vraiment sublime et courbée sous le poids de toutes les douleurs humaines. Parmi ces nobles compositions, le *Sacrifice d'Isaac* est la moins riche. N'accusons pas l'artiste; son sujet l'a dominé. La critique lui tiendra compte de cet Isaac, le type de la résignation, et de cet ange qui se précipite comme la foudre du haut du ciel, les bras étendus, pour arrêter la main d'Abraham.

27

Nous venons d'assister à la mort du juste, voyons son triomphe. Trois jours se sont écoulés. Le Christ sort du sépulcre, dont sa tête puissante a soulevé la pierre immuable. Resplendissant de lumière, il monte vers le ciel une main sur son cœur, l'autre armée de la croix transformée en étendard. Il monte avec une sorte de majesté funèbre. Ce spectre brillant et formidable glace de terreur ceux des soldats que cet éclat surnaturel a réveillés. A côté du Rédempteur, vainqueur de la mort, on voit Jonas, *figure* biblique de la Résurrection. Vomi sur le sable par un monstre dont la masse noirâtre se balance sur la mer, le prophète s'avance vers le rivage, malgré les vagues qui le couvrent encore de leur écume. Il est sauvé, et l'élan de sa reconnaissance envers le Seigneur se traduit par un des plus beaux gestes que l'art ait jamais produit.

La *Mission des apôtres*, et la *Dispersion des peuples* au pied *de la tour de Babel*, complètent pour le moment cette noble épopée religieuse, que deux nouvelles compositions enrichiront plus tard : l'*Ascension* et les *Préliminaires du jugement dernier*. Malheureusement, quelques travaux dans l'orgue n'ont point permis à l'infatigable artiste d'achever cette année son œuvre monumentale.

La *Mission des apôtres* est une page sévère et d'une grande éloquence chrétienne. Ce Christ, plein d'autorité et de douceur, qui remet à un saint Pierre agenouillé les clefs du ciel dont il lui montre l'azur sans tache; ces figures d'apôtres si vivantes, si bien accentuées, et toutes rayonnantes d'un zèle que les persécutions n'ébranleront pas, nous font songer à ces belles paroles de Bossuet : « Le ciel leur est proposé comme devant être emporté de force. » Ma plume ne saurait rendre la confusion pleine d'épouvante que nous montre le tableau suivant. M. Flandrin est parvenu à nous donner une vive image de l'étonnement profond et de la douleur convulsive de ces hommes, de ces femmes, privés tout à coup du plus beau privilége de l'humanité, de la faculté de s'entendre. Au milieu de cette foule agitée s'élève l'orgueilleuse Babel couverte de nuages menaçants.

Depuis qu'il manie le pinceau, M. Flandrin ne s'était point encore montré aussi hardi, aussi abondant et chaleureux que dans cette œuvre colossale dont l'ensemble ne comprend pas moins de cent trente ou cent quarante figures, de grande proportion. Jamais il ne s'était placé à un point de vue si élevé. Nous connaissions les rares qualités du puissant élève de M. Ingres, son beau dessin, son grand style, cette science d'exécution aujourd'hui peu commune ; nous avions applaudi à cette étude scrupuleuse de la nature qui n'exclut ni l'imagination ni le jet ; nous avions admiré les religieuses aspirations d'un talent nourri de ce que le passé en Grèce et en Italie offre au monde de plus élevé, de plus exquis ; mais tout ce que ce talent renfermait de richesse d'invention et d'originalité, nous ne le savions pas encore. Quelle volonté, quelle énergie, que de ressources il faut trouver en soi pour reprendre d'une manière aussi magistrale la Bible et l'Évangile ; pour remuer avec tant d'activité et de vigueur, et cela en moins de trois années, ce sol si profondément fouillé par les plus beaux génies, et pour y faire éclore quelque chose de nouveau et de vraiment durable !

M. Flandrin n'est point de ces artistes philosophes qui placent au même rang Jésus-Christ et Vichnou. Mais, pour être moins vaste, son inspiration n'en est pas moins profonde ; chez lui le cœur et les convictions se mettent de la partie. Le scepticisme, à mon sens, ne vaut rien dans l'art. La terre sous son ombrage reste stérile, et ses fruits ressemblent à ces pommes de Sodome dont la brillante écorce, dit-on, cache de la cendre. Dans l'art il faut croire, il faut aimer. Voyez M. Ingres, ce grand adorateur des anciens, cet apôtre du beau qui nous révèle par des chefs-d'œuvre les actes de foi de son cœur enthousiaste. Ame pieuse et tendre, M. Flandrin semble n'avoir jamais connu le doute et les terribles perplexités qui viennent à sa suite. Guidé par une foi sincère, son candide génie remonte tranquillement les âges jusqu'aux sources sacrées du christianisme.

On dit qu'avide de la perfection, M. Flandrin veut retoucher son œuvre. Quelques tons plus riches, certaines corrections, trois ou quatre figures plus fortement accentuées, n'ajouteront pas beaucoup à l'effet que produit ce vaste ensemble, à l'étroite union de la peinture et de l'architecture, accord remarquable et trop rare. Dès aujourd'hui le but est atteint : un idéal angélique, environné de tous les prestiges de la forme, un art dont l'attrait irrésistible nous entraîne vers les hautes régions, voilà ce que nous offre le peintre de Saint-Germain des Prés. Quand on possède comme lui le secret de nous améliorer en réveillant dans nos âmes le sentiment du beau, du bon et du divin, on ne mérite pas seulement les louanges auxquelles un grand artiste a toujours des droits, on laisse aussi dans tous les cœurs honnêtes un éternel souvenir [1].

1. Nous est-il permis d'espérer que l'administration de la ville de Paris, encouragée par d'aussi beaux résultats, chargera prochainement M. Flandrin de peindre les transepts ou croisillons de Saint-Germain des Prés? C'est le vœu que nous formons, et nous croyons exprimer ici la pensée de tous les amis sincères du grand art.

LE NOUVEL OPÉRA [1]

(*Journal des Débats*, 26 novembre 1871.)

L'architecture des théâtres est depuis plus d'un siècle l'objet de travaux plus ou moins approfondis [2]. Dumont [3], Noverre [4], Patte [5], Louis [6], Milizia [7], Boullet [8], Donnet [9], Ferrara [10], Contant [11], Cavos [12], Semper [13], Lachez [14], Émile Trélat [15], et en dernier lieu César Daly et G. Davioud [16], par leurs écrits et dans des publica-

1. *Le Théâtre*, par M. Charles Garnier, architecte du nouvel Opéra. 1871, in-8, Hachette et Cie.

2. Me pardonnera-t-on d'avoir donné place ici, contre l'usage, à la bibliographie? Mais est-il si inutile de faire connaître les prédécesseurs de M. Garnier? Qui le sait? Ces indications peuvent pousser quelques travailleurs à fouiller une mine peu explorée encore.

3. *Parallèle des plans des plus belles salles de spectacle d'Italie et de France.* Paris, 1774, in-fol., fig.

4. *Observations sur la construction d'une nouvelle salle de l'Opéra.* Paris, 1781, in-8.

5. *Essai sur l'architecture théâtrale.* Paris, 1782, in-fol., fig.

6. *Salle de spectacle de Bordeaux.* Paris, 1782, in-fol., fig.

7. *Trattato completo formale e materiale del teatro.* Venise, 1794, in-4, fig.

8. *Essai sur l'art de construire des théâtres.* Paris, 1801, in-4.

9. *Architectonographie des théâtres de Paris.* Paris, 1821 et 1837.

10. *Storia e descrizione de principali teatri.* Milan, 1830, in-8.

11. *Parallèle des principaux théâtres modernes de l'Europe.* Paris, 1842, 2 vol. in-fol.

12. *Traité de la construction des théâtres.* Paris, 1849, in-8 et atlas in-fol.

13. *Théâtre royal de Dresde.* Brunswick, 1852, in-fol.

14. *Acoustique et optique des salles de théâtre.* Paris, 1848, in-8.

15. *Le théâtre et l'Architecture.* Paris, 1860, in-8.

16. *Les théâtres de la place du Châtelet*, in-fol.

tions illustrées, ont touché à la plupart des questions
que soulève cette branche de l'art. Toutefois, en dépit
de leurs travaux, les convenances locales, les noms,
les habitudes, les goûts, dont la différence est si grande
entre deux pays, ont rendu la méthode et les théories
générales en cette matière si peu consistantes, que
Quatremère de Quincy a pu dire sans trop d'exagération : « Il n'y a d'uniforme ici que la diversité. »

Le livre de M. Garnier est une protestation contre
ce mot. Là même où Quatremère de Quincy ne voit
que confusion et complexité, M. Garnier retrouve
quelques principes simples, quelques théories qu'il
s'attache à formuler. Ce qui l'a encouragé surtout à
entrer dans cette voie, c'est que le nouvel Opéra construit par lui et d'après ces mêmes principes sera le
plus sûr moyen de contrôler les points qui, à la simple lecture, pourraient paraître douteux. « Ces points,
dit-il, seront éclaircis par la vue du nouveau théâtre,
et les parties de l'Opéra qui laisseraient le jugement
indécis seront plus facilement appréciées au moyen
du livre. »

Je suppose pour un instant la démonstration moins
complète, le livre n'en garderait pas moins sa valeur.
Il est intéressant, instructif, se fait lire avec plaisir et
est plus amusant que ceux de ses devanciers, bien
qu'il soit consacré presque tout entier à la technique
d'une branche de l'architecture. Vous y trouverez le
résultat d'une préparation de dix années, et le résumé
de toutes les études réclamées par une entreprise vaste
et périlleuse. Mais, avant d'aller plus loin, je demande
à dire un mot des antécédents de M. Garnier et des

circonstances qui l'ont fait architecte du nouvel Opéra.

Né à Paris le 6 novembre 1825, M. Charles Garnier entra de bonne heure dans l'atelier d'Hippolyte Lebas, suivit les concours de l'École des Beaux-Arts, et remportait à vingt-trois ans, en 1848, le grand prix d'architecture. Rome ne pouvant suffire à son infatigable activité, il parcourut la Grèce, s'arrêta quelque temps à Égine, et recueillit dans cette île les matériaux d'une des œuvres les plus remarquables de notre école d'architecture, je parle de la restauration polychrome du temple de Jupiter panhellénien, que conserve aujourd'hui la bibliothèque de l'École des Beaux-Arts. Quelques années après, il prenait part à un nouveau concours, et, par un plan supérieurement conçu, par un programme bien compris, il captivait ses juges et remportait sur ses rivaux une éclatante victoire.

Ce fut pour lui un succès définitif, le gros lot dans sa vie. En effet, à cette riche organisation, largement développée sous la double influence du travail et des voyages, il fallait beaucoup plus qu'une maigre inspection ou la construction d'une église de banlieue. Il fallait un monument d'une haute importance, un monument difficile à construire. Sa bonne étoile, et surtout son rare talent, lui ont valu l'Opéra.

Que de choses sous ces cinq lettres : *Opéra !* Là-dessous, tout un monde se cache; que dis-je? un monde ! deux mondes opposés : le monde enchanté et le monde réel. Le premier réclame une machinerie formidable, et tout ce que la mécanique a d'engins nouveaux pour rendre l'illusion plus complète , la scène plus splendide. Le second veut deux mille places, tout le bien-être que demande la mollesse moderne, tout le luxe qu'exige une réunion élégante et choisie et la présence habituelle de ceux qui sont à la tête de la société. Il faut l'éclairer, le chauffer, le ventiler bien mieux qu'on n'a pu le faire jusqu'ici. Il faut des dégagements prompts et faciles, il faut des lieux de repos ou foyers, dont la décoration brillante fasse croire à l'homme riche qu'il est encore chez lui. Il faut satisfaire à des services difficiles, multipliés, variés, où se déploie l'activité de plus de cinq cents personnes. Il faut entrer dans des milliers de détails, n'omettre rien, songer à tout.

Loin de moi la pensée de promener mes lecteurs de corridor en corridor, de la salle à la scène, et de la scène aux foyers intérieurs. Je les renvoie à M. Garnier. Son livre est là, et ils ne peuvent prendre un meilleur guide. Mais ce que M. Garnier ne peut pas dire lui-même, et je le dis pour lui, c'est que dans cette reconstruction et rénovation de l'Opéra, s'il est l'homme du progrès, il ne veut point changer ce qui est consacré par le temps et l'expérience. Ainsi il conserve le lustre et maintient la rampe. Défendant le lustre contre les attaques très-vives dont il a été l'objet, il dira :

« Il est toujours possible d'atténuer et même d'évi-
« ter les inconvénients qu'on signale. Il est impossible
« de remplacer ce charmant foyer lumineux. Qui pour-
« rait donner à la salle cette joyeuse animation, si ce
« n'est cette lumière directe, visible, qui se joue dans
« les couleurs et accuse les saillies ? Qui pourrait, si
« ce n'est le lustre, donner cette variété de formes dans

« la disposition des flammes? ces points lumineux,
« groupés, étagés, ces tons fauves de l'or, piquetés
« de points brillants, et ces reflets cristallins? Tout se
« tient, tout s'enchaîne ; c'est une gerbe de feu, de
« diamants et de lueurs dont la forme gracieuse, la
« ceinture miroitante est le complément indispensable
« de toute salle de fête. »

Je conclus de cette jolie page, qui nous annonce si
agréablement que le plafond lumineux ne sera point
admis à l'Opéra — et il faut s'en féliciter — je conclus, dis-je, que M. Garnier manie aussi aisément la
plume que le crayon, et qu'il y a en lui l'étoffe d'un
écrivain.

Dois-je l'avouer? M. Garnier n'a nul respect pour
l'acoustique. Appliquée au théâtre, cette science est,
selon lui, puérile. Deux ans d'études, avec le secours
des livres et de la pratique, l'ont laissé dans l'ignorance et l'indécision ; cela se conçoit : les faits mettent
à chaque instant les théories en déroute. Voici deux
salles identiques de dimension et de disposition ; la
première, toute nerveuse, frémira au moindre coup
d'archet; la seconde, trop lymphatique, ne pourra vi-
brer sous l'influence du plus puissant orchestre. Ce
qu'il y a de désolant, c'est que, comme de coutume,
plus les médecins sont nombreux, moins le remède
est facile à trouver. L'un veut une salle basse, l'autre
la veut élevée; celui-ci veut une salle large, celui-là
veut qu'elle soit longue. Il en est qui proposent les
bois, d'autres songent au coton. Le plus curieux, c'est
que la salle de la rue Le Peletier, « considérée comme
une des meilleures salles connues, est construite en

dehors des données les plus accréditées d'une bonne
acoustique. » Que faire donc? Attendre tout du hasard. C'est le *Deus ex machina*. En ce moment
M. Garnier l'implore.

Passons. De tels détails ne peuvent être étudiés et
bien saisis que dans le livre lui-même. Il est temps de
donner quelque attention aux vues et aux principes
que l'auteur a réservés pour sa conclusion. J'ai hâte
de le dire, M. Garnier s'est rencontré avec M. Viollet-
le-Duc, et je n'en suis point étonné. Ce sont deux esprits également libres, actifs et disposés à marcher en
avant. L'organisation « *très vibrante* » de M. Viollet-
le-Duc est voisine de l'organisation *polymathe* de
M. Garnier.

Si M. Garnier pense que, pour conduire au bien et
au beau, il n'est aucune règle immuable et définitive,
que tout n'est qu'impression, intuition, goût personnel, il salue cependant quelques principes fondamentaux empruntés au raisonnement et aux convenances,
et les ramène à un principe unique qui est la pierre
angulaire, la clef de voûte en architecture : c'est celui
qui veut que dans un édifice les masses extérieures révèlent les dispositions intérieures, et que le corps se
devine sous la draperie. C'est à cette condition seule
qu'un monument public peut avoir un caractère qui
lui soit propre ; c'est par là uniquement que la destination sera clairement et pleinement montrée.

Regardez le nouvel Opéra et vous y trouverez une
large et belle application de ce principe. Le grand
comble accuse franchement une des plus vastes scènes
de l'Europe. La coupole, placée au centre des con-

structions, montre la salle de loin. Pas de méprise possible; c'est un théâtre, ce ne peut être et ce ne sera toujours qu'un théâtre. Le portique pseudo-romain, « ce surtout de pierre » inévitable, est remplacé par une ornementation opulente et variée dont tous les motifs et dont tous les détails nous disent qu'il s'agit du premier de nos théâtres lyriques, auquel des noms et des souvenirs glorieux et chers à notre pays se rattachent étroitement. Ici, point de formule banale et surannée, empruntée à un passé qui n'est pas le nôtre, mais bien l'expression d'une idée, d'un sentiment particulier, qui nous dévoile l'âme de l'artiste et fait éclater son génie. Non! ce n'est point de cette œuvre si parlante, si française, qu'un poëte pourrait dire :

Voyez ce temple grec aux angles déjà gris
Qui semble frissonner sous le ciel de Paris.

Un jour Sainte-Beuve s'écriait :

« Oh! qui donc nous rendra une architecture ori-« ginale, si elle est encore possible, celle de la société « présente et à venir? Grand problème. Comment « échapper enfin au convenu, comment secouer la « formule soit classique, soit gothique, soit néo-ro-« maine et trouver la nôtre? »

Quelques années plus tard, ce vœu s'accomplissait, et je crois voir d'ici le grand critique adressant au vaillant architecte de fins et charmants éloges, comme lui seul savait en donner.

Je voudrais ne pas avoir à m'expliquer au sujet de la vive opposition qui s'est formée contre le nouvel Opéra. Malheureusement elle n'est pas vaincue. Rien

n'est plus triste et moins excusable, à mon avis, que
ces mouvements de l'opinion. A quoi peuvent-ils servir? A montrer la légèreté française. Or, cette légèreté devient de la dureté quand elle ne veut pas tenir
compte à l'architecte des circonstances défavorables
dans lesquelles son œuvre est placée. Si nos Athéniens
du boulevard prenaient la peine d'y réfléchir, si nous
étions un peuple naturellement artiste, nous saurions
reconnaître, par exemple, que la façade du nouvel
Opéra est écrasée par les deux casernes élevées à ses
côtés. Il en est d'un monument comme d'un tableau :
il vaut plus ou moins, selon le jour et l'entourage. La
majesté de nos cathédrales s'accroît quand c'est d'un
amas de baraques que leurs tours sortent et montent
vers le ciel. Descendez le Parthénon de son glorieux
rocher, enfouissez-le dans une vallée, et il ne sera
plus le Parthénon, c'est-à-dire l'œuvre incomparable,
l'œuvre divine.

Nous voilà loin du livre, et cependant je ne veux pas
y revenir. J'ai indiqué dans quel esprit il était conçu,
et cela me suffit. J'ai saisi l'occasion, que je cher-
chais depuis longtemps, de rendre rapidement hommage au mérite supérieur d'un brillant artiste, un de
ceux qui font contre-poids, et qui retarderaient l'heure
de notre décadence si elle était prochaine.

GAZETTE DES BEAUX-ARTS

COURRIER EUROPÉEN DE L'ART ET DE LA CURIOSITÉ (1859-65)

(*Journal des Débats*, 21 octobre 1865.)

Il y a six ans, un artiste doué du talent d'écrire, l'auteur d'une *Vie des Peintres*, tirée à dix mille exemplaires, conçut l'idée de ce recueil. Le culte des arts venant remplir dans certaines âmes découragées le vide créé par la politique, la finance prenant goût à la curiosité, la critique devenue plus grave, tels étaient les signes du temps. M. Charles Blanc crut l'heure favorable, et il se hâta d'en profiter.

La *Gazette des Beaux-Arts* est sortie, pour ainsi dire, des flancs de l'*Artiste*, revue plus littéraire que ne l'indique son titre, revue rédigée par des gens d'esprit très-amoureux des idées nouvelles. La *Gazette* pouvait être la doublure de l'*Artiste;* il n'en fut rien, fort heureusement. Dès le premier jour, celui qui avait présidé à sa naissance se déclarait indépendant : « Nous ne voulons pas jouer le même air que nos amis; nous voulons, dit M. Charles Blanc, jouer un autre air. A nous donc de tenter librement une œuvre inaccomplie. »

Inaccomplie ! Le mot est juste. Il y a six ans, la critique d'art sérieuse, la critique appuyée sur l'érudition n'avait point encore de foyer. L'air et l'espace lui manquaient dans les hautes régions de la presse, où elle ne se montrait qu'en passant. Un recueil d'un intérêt

incontestable ne pouvait pas prétendre à l'honneur
d'avoir comblé cette lacune. En effet, fondées pour
glorifier le moyen âge, pour combattre les idées classiques, les *Annales Archéologiques* représentaient bien
plus une machine de guerre que la divulgation régulière et paisible d'une science vraiment nouvelle, que
d'impartiales recherches sur l'art.

Concilier l'étude de la tradition et celle du mouvement contemporain par toute l'Europe, défendre les
principes, saluer les nobles efforts, savoir être à la fois
journal, revue, livre d'art, sans frivolité ou pédante-
rie, voilà ce qu'il y avait à faire, ce que la *Gazette* a
tenté, et ce qu'elle fait chaque jour avec un succès et
un zèle que je viens constater.

J'aime l'exactitude et la vérité; aussi, à mes yeux,
le premier devoir du critique, c'est de donner autant
que possible la sensation du livre à l'occasion duquel
il écrit. Ce n'est donc pas sans embarras que j'aborde
la tâche que je me suis imposée. Certes il me serait
beaucoup plus facile de dire ce qui n'est pas dans la
Gazette (arrivée déjà au dix-huitième volume) que
d'énumérer ce qu'elle renferme. Curiosités, histoire de
l'art, galeries et cabinets, missions scientifiques, bibliographie d'art, archéologie, que sais-je? elle n'oublie rien. Je viens de lire et de relire, la plume à la
main, cette élégante encyclopédie, et je reste étonné,
confondu d'une telle abondance de faits, d'idées; quelle
source intarissable pour tous les genres d'information !

Certains noms que le public aime à rencontrer se
lisent au bas des pages. Il y a là des articles signés
Vitet, Mérimée, Théophile Gautier, Jules Janin. D'au-

tres sont dus à la plume de MM. Beulé, Viollet-le-
Duc, Henri Delaborde, Darcel, Ferdinand de Lastey-
rie, etc., etc. D'autres... je m'arrête, je ne puis nommer tout le monde, et ce n'est pas sans regret.

Disons un mot cependant de ceux des rédacteurs
qui supportent le poids du journal plus particulièrement. Comment passer sous silence M. Th. Burty, qui
procure tant de consolations aux amateurs sans argent
ou éloignés de Paris? Sa plume agréable et facile ne les
fait-elle pas assister chaque hiver à ces grandes ventes
publiques vers lesquelles toute autre chose que le goût
des beaux-arts pousse tant de gens? Pourrais-je oublier M. Paul Mantz, dont je me plais à reconnaître
l'expérience et le tact, bien que je ne puisse me résoudre à accepter toutes ses opinions sur la peinture?
Je m'en voudrais aussi de ne point avoir donné un
souvenir à M. Léon Lagrange, le Vasari des Vernet.
Rendre hommage au zèle des deux critiques qui depuis
la fondation de la *Gazette* nous parlent des Salons
d'une manière si distinguée, c'est de toute justice, et
je ne saurais la leur refuser.

Maintenant je vais marcher un peu au hasard,
m'arrêtant selon l'occurrence. On le devine, c'est
une sorte de promenade dans un musée que je propose au lecteur. Profitant de la liberté que cette absence de toute méthode autorise, je crois qu'on voudra bien me permettre de commencer par certains
arts familiers, compagnons de notre vie, dont ils en-
noblissent les côtés prosaïques et vulgaires. Remarquez qu'il faut les compter parmi les sujets traités
dans la *Gazette* avec prédilection, et qu'elle aura le

mérite d'avoir contribué puissamment pour sa part à
fonder et à constituer un nouveau genre de critique,
celui des arts unis à l'industrie.

Vous voulez avoir quelques notions sur l'ancienne
faïence française, trop longtemps négligée pour la
majolique italienne. MM. Albert Jacquemart et Edmond Le-Blant, si experts en ces questions, vont vous
parler avec science et agrément des efforts de nos
humbles et courageux céramistes; mais ils ne se dissimulent pas leur responsabilité : « Le goût est récent,
disent-ils, la science est neuve, et beaucoup d'erreurs
attendent une réfutation sérieuse. » Tenez-vous à connaître ce qui caractérise des pièces que les amateurs
désignent sous le titre de *faïences de Henri II*, demandez à M. Clément de Ris. Vous saurez par M. De-
tailleur quelle était jadis l'importance de notre belle
serrurerie française, et l'infatigable M. Darcel vous
guidera dans l'étude de tous les arts secondaires de
ce surprenant moyen âge dont il s'est fait une patrie.
Et vous aussi, monsieur Paul Mantz, nous vous trouverons dans ce domaine. Vous y continuez la tranchée
ouverte par le savant abbé Texier, par les Jules La-
barte, les Didron. Il serait difficile de raconter avec
plus de verve que M. Paul Mantz les vicissitudes nombreuses de notre orfévrerie depuis le quinzième siècle
jusqu'à nos jours, et d'élargir plus habilement un cadre étroit en apparence. C'est, comme il le dit lui-
même, « refaire, à propos de bijoux, toute l'histoire
de France. »

Allons plus loin. J'ai hâte de signaler un des beaux
priviléges de la *Gazette*. Sait-on que, parmi nos ama-

28

teurs, les plus célèbres lui ont confié la clef de leurs galeries ? Tableaux, dessins de maîtres, ivoires, nielles, émaux, etc., tout est à sa disposition. Aussi profite-t-elle de cette faveur spéciale pour révéler à son public, par la plume et par la gravure, nombre de chefs-d'œuvre inconnus. Aujourd'hui elle vous introduit chez M. Thiers, demain chez M. Duchâtel, après-demain ce sera chez M. Pereire.

J'ai parlé du cabinet de M. Thiers. Nous devons à M. Charles Blanc une description charmante de ce cabinet exceptionnel, description enrichie du portrait moral de l'illustre collecteur. Je demande la permission de m'y arrêter :

« La première fois que nous entrâmes, dit M. Charles « Blanc, nous fûmes encore plus frappé de la per- « sonne que des merveilles rassemblées autour de « M. Thiers. L'illustre historien était occupé alors à « son *Histoire de l'Empire*. Assis devant un bureau « à cylindre, il écrivait sur une grande feuille de pa- « pier avec une de ces grosses plumes qui prodiguent « l'encre, et dont les maîtres italiens se sont servis « tant de fois pour dessiner. Sur le tapis étaient ran- « gées en ordre les feuilles écrites dans la matinée. »

On le voit, il s'agit d'un portrait en pied, d'un por- trait avec tous ses accessoires. Attendez un peu, le peintre va serrer son modèle de plus près et le pren- dre par le côté intérieur :

« Esprit de feu, toujours prompt à saisir une idée, « à l'exprimer, M. Thiers n'est jamais plus habile que « lorsqu'il est aux prises avec une question d'art. Il « est bien le personnage que l'*Histoire de dix Ans*

« nous représente comme un homme d'imagination
« vive, aimant passionnément les arts, fougueux dans
« ses fantaisies, pressé de jouir, et capable d'oublier
« les affaires de l'État pour la découverte d'un bas-
« relief de Jean Goujon. »

Cette petite mise en scène, cette manière d'envisager sous un point de vue spécial la vaste intelligence
d'un ancien ministre, éminent orateur, qui se souvient encore, au terme de sa carrière, que c'est comme
critique d'art qu'il a débuté dans les lettres; ces coups
de pinceau donnés par une main exercée relèvent singulièrement la description d'un cabinet de curiosités.

L'impulsion donnée il n'y a pas longtemps par
l'acquisition du musée Campana et par les dernières
missions scientifiques, et, pour tout dire, cette merveilleuse intelligence du passé qui distingue notre
siècle, devaient porter leurs fruits. Une revue qui épie
jusqu'aux moindres tressaillements de l'art ne pouvait
oublier une contrée admirable d'où jaillit un jour
l'étincelle sacrée. Ainsi, à côté de M. Louis de Ron-
chaud, trouvant après les maîtres de la science une
interprétation nouvelle des frontons du Parthénon; à
côté de la découverte du tombeau de Mausole, racontée
par M. Mérimée avec cette sagacité spirituelle et un
peu dédaigneuse qui n'appartient qu'à lui, vous rencontrez l'*Histoire de la sculpture avant Phidias*, par
M. Beulé, heureux et brillant mélange de l'histoire de
la civilisation grecque et de l'histoire de l'art; vous
rencontrez les notices sur les *Vases peints du musée
Campana*, où M. de Witte, avec son expérience con-
sommée, a essayé de donner au public une idée nette

de cette modeste et gracieuse industrie, si féconde en révélations précieuses sur la haute antiquité. J'en passe, et des meilleurs. Toutefois, malgré le désir d'abréger, je ne puis m'empêcher de citer ici une opinion remarquable sur le théâtre antique; je tiens essentiellement à la faire connaître à mes lecteurs :

« Plus les peuples ont d'imagination et de fraîcheur
« d'esprit, moins ils demandent à leur théâtre un sys-
« tème de décors rigoureusement imitatifs. Voyez les
« enfants! ils se figurent ce qu'ils veulent voir; ils
« transforment tout à plaisir : un bâton sur l'épaule et
« les voilà soldats; un bâton qu'ils enfourchent, et les
« voilà cavaliers. Ainsi des peuples jeunes. Ils ont les
« yeux dociles et complaisants. Pour se passer de nos
« décors modernes, il faut ou la jeunesse ou les raffi-
« nements de l'esprit. Dans nos salons, dans nos châ-
« teaux, on joue la comédie, on la joue sans coulisses
« et sans toile de fond; un simple paravent fait l'af-
« faire. C'était un paravent de marbre que la décora-
« tion du *proscenium* antique. »

Cette appréciation si simple, si lumineuse de la mise en scène chez les Grecs et chez les Romains n'éclaircit-elle point des difficultés que l'érudition n'a pu entièrement vaincre, et M. Vitet n'a-t-il pas trouvé la solution du problème?

J'arrive à un point capital, à l'esthétique, aux doctrines de la *Gazette*.

Il y a dans toute revue consacrée aux beaux-arts, comme dans tout recueil littéraire, des phases différentes dont la critique doit tenir compte et qu'il est de son devoir de distinguer. Il y a le début et la première

heure, heure de doute et d'inquiétude où se cache,
sous les phrases sonores du prospectus, sous les décla-
rations de principe, un vif désir de plaire et d'attirer
à soi de nombreux lecteurs. Un peu plus tard le succès
se manifeste, le succès toujours suivi de l'autorité ou
de l'influence. A ce moment les hommes de la tradition,
les fervents adorateurs des œuvres immortelles élèvent
la voix, et du geste marquent la route à suivre. Ceci
n'empêche point qu'à côté d'eux quelques esprits de
race différente ne s'empressent d'applaudir aux talents
sans consistance, aux innovations sans lendemain, re-
flétant comme un miroir les erreurs de la foule ou le
caprice des salons.

Deux frères aimables et distingués, les Winckelmann
de l'art Pompadour, me fournissent un exemple de ce
dernier courant d'idées. Il s'agit de Greuze, tant surfait
de nos jours. Voici, à propos des têtes d'enfant peintes
par cet artiste, comment MM. de Goncourt s'expriment
dans la *Gazette* :

« Rien de plus frais, rien de plus vivement et de
« plus légèrement touché : le ton est tendre et comme
« tout mouillé d'huile, l'empâtement fleurit la chair
« en l'effleurant ; la physionomie naissante, les formes
« à peine dégagées semblent, sous le frottis qui badine
« avec elles, trembler comme les choses à l'aube. Une
« vie grasse anime toutes ces petites figures joufflues
« qu'on croit avoir déjà vues animées d'une vie solide
« dans les portraits de famille de Van Dyck. »

Est-ce trop s'avancer que de dire que ce joli mari-
vaudage cache, sous ses fleurs artificielles, une idée
fausse devenue dangereuse parce qu'elle est très-ré-

pandue? Beaucoup de critiques ne voient maintenant dans l'art de peindre que la main, mais la main armée de la brosse. Le crayon, ce premier et véritable truchement de la pensée, leur semble quelque chose d'inutile. Et cependant que fallait-il aux anciens, que fallait-il aux vieux maîtres pour créer des types d'une naïveté adorable, des *physionomies naissantes ?* Quelques couleurs à l'eau.

J'ai indiqué l'un des courants d'idées; voyons maintenant le courant contraire.

Dès l'abord je trouve M. Gruyer, dont notre collaborateur M. Charles Clément a si bien parlé ici même. M. Gruyer marque à merveille l'opposition d'idées que je veux faire connaître. Plein de zèle et de savoir, M. Gruyer a le culte de Raphaël, et un culte enflammé. Ses études sur ce génie extraordinaire sont très-approfondies. Pourquoi donc nous présenter certaines de ses œuvres sous un jour assez faux ? Ainsi, dans la fresque de la Farnésine, composition presque voluptueuse, imaginée pour charmer les yeux d'un financier, il découvre l'empreinte du sentiment chrétien : « Galathée, c'est l'étoile qui sort du sein des eaux pour monter au ciel, et qui, dans sa trajectoire lumineuse, rencontre les passions vulgaires et les appétits grossiers. » Ne serait-ce pas se montrer plus royaliste que le roi?

Un juge excellent, chez lequel l'artiste a préparé les voies au critique, un religieux admirateur des maîtres, l'honorable M. Henri Delaborde, se garde bien de pousser aussi loin le spiritualisme. Et cependant nul ne défend le sanctuaire avec plus de courage, nul ne

déploie plus de zèle pour ne point y laisser pénétrer
l'air corrompu du dehors :

« Un jour viendra, dit-il, où l'on s'étonnera de nos
« admirations actuelles, de nos complaisances, tout au
« moins, pour tels talents dont nous aurons consenti
« à choyer les caprices, à encourager les écarts, à
« sanctionner même les plus vicieuses entreprises. »

Voilà qui est clair, la *Gazette des Beaux-Arts* ne
marchande pas la vérité à ces talents royaux et adulés,
mais aussi contestés, talents dont la souveraineté parfois est bien regrettable. Elle se range dans l'opposition. Si je ne craignais les longueurs, j'aurais à placer
ici plusieurs observations très-judicieuses de M. Charles
Blanc au sujet du respect que le corps humain réclame
de l'artiste : « Le corps est tout un poëme dont le texte
est sacré. » L'altérer, c'est donc une impiété flagrante.

Un artiste d'un ordre supérieur, M. Ingres, est jugé
avec beaucoup de pénétration et d'équité. Personne
mieux que M. Charles Blanc n'a mesuré la portée de ce
talent admirable; personne n'a plus finement saisi et
analysé les éléments qui le constituent. Voici comment
il caractérise en dernier lieu les tendances du maître,
et comment il constate les grands résultats auxquels ·
il est arrivé :

« Poursuivre l'idéal non pas au dehors, mais au plus
« profond de la réalité; découvrir dans toute figure
« une beauté cachée ou y démêler un caractère ; sim-
« plifier, généraliser les formes, mais en les rattachant
« à la vie par quelques accents décisifs; trouver le
« style partout et le dégager au besoin des plus vul-
« gaires modèles; en un mot, réconcilier à jamais le

« style avec la nature, tels sont les progrès accomplis
« par M. Ingres. »

Dans cette critique large et intelligente, dans ces
observations, vous pressentez déjà le beau travail que
je m'attacherai surtout à signaler, parce qu'il a contribué singulièrement à placer très-haut la *Gazette*
dans l'estime des connaisseurs. A quelle occasion
l'idée de ce livre s'est-elle offerte à M. Charles Blanc ?
Il nous l'a dit lui-même, et d'une façon si simple, si
piquante et si gaie, que je ne puis mieux faire que de
le laisser parler :

« Nous trouvant un jour à dîner avec de hauts ma-
« gistrats dans une des grandes villes de France, la
« conversation tomba sur les arts. Tous les convives
« en parlèrent, et non sans esprit, mais très-diverse-
« ment, chacun pensant avoir le droit de se retrancher
« dans son sentiment personnel en vertu de l'adage :
« On ne peut disputer des goûts. En vain nous nous
« élevâmes contre ce faux principe, en disant que,
« même à table, il n'était pas admissible, et qu'un
« magistrat célèbre, le classique par excellence de la
« gastronomie, Brillat Savarin, se fût révolté contre
« un pareil blasphème. L'autorité d'un si grand nom
« ne fut pas respectée, et l'on se sépara gaîment après
« avoir débité avec grâce des erreurs à faire frémir.
« Cependant, parmi les hommes éminents de la com-
« pagnie, il s'en trouva qui, un peu confus de ne pas
« avoir les notions les plus élémentaires de l'art, de-
« mandèrent s'il existait un livre où ces notions fussent
« présentées sous une forme simple, claire, et assez
« brève pour ménager le temps du lecteur. Nous ré-

« pondîmes que ce livre n'existait point, et qu'au sortir
« du collége nous eussions été heureux nous-mêmes
« de le rencontrer ; que beaucoup d'ouvrages avaient
« été composés sur le beau, qu'on avait écrit des traités
« sans nombre sur l'architecture comme sur la pein-
« ture et sur la statuaire, mais qu'un travail d'en-
« semble, un résumé lucide de toutes les idées que le
« monde a remuées touchant les arts du dessin restait
« encore à faire. »

Remercions M. Charles Blanc de n'avoir pas reculé
devant une tâche des plus difficiles, qu'il achève sans
faiblir et même avec une vigueur de talent vraiment
surprenante. Remercions-le de nous avoir donné un
guide aussi sûr. Désormais il ne sera plus permis aux
gens du monde de s'égarer.

Toutefois, je ne veux tromper personne ; aussi je
regarde comme un devoir d'avertir tous ceux qui croi-
raient ne trouver dans la *Grammaire des arts du
Dessin* que des jugements tout neufs et des nouveautés
hardies, que leur attente sera déçue. M. Charles Blanc
avait beau jeu pour se poser en novateur et en précurseur, le sujet l'y invitait ; mais comme il a senti que
dans l'art, ainsi que dans la morale, il est certains
points fondamentaux, certaines vérités dont on ne saurait s'écarter sous peine de tomber dans un abîme, il ne
s'est point laissé entraîner à la fantaisie de tout détruire
pour rebâtir plus à son aise. Loin de fonder l'esthétique
sur la géographie, de rendre l'art dépendant de toutes
les influences secondaires, d'en faire l'esclave de l'esprit public et des mœurs, il le déclare libre, absolu,
maître souverain. M. Charles Blanc a confiance dans

la spontanéité humaine, dans la puissance individuelle du génie, dans cette force intérieure qui domine tout ce qui l'entoure et qui peut faire éclater à certains moments, dans les goûts, les opinions et les idées, d'étonnantes révolutions. Il met au même rang que la notion du juste le sentiment de l'idéal, et croit que nous apportons l'un et l'autre en naissant.

Ce serait sortir des limites dans lesquelles je suis enfermé que de vouloir analyser une œuvre aussi importante. D'ailleurs une *Grammaire des arts du Dessin* ne s'analyse pas. Je renvoie donc mes lecteurs à la *Gazette.* Je suis certain qu'ils seront charmés, comme je l'ai été moi-même, de ce style tout rayonnant d'enthousiasme et de jeunesse. Ah! quel talent aimable! On ne peut pas exposer avec plus de goût, plus de clarté, la partie technique de l'art, et dissimuler plus habilement les côtés arides de cette étude, tout en restant instructif et exact. Notez que c'est le même esprit qui nous fait gravir au début les cîmes de granit, pour planer de là sur le monde de l'art et pour contempler de plus près l'éternelle beauté.

On le voit, le livre de M. Charles Blanc tient plus qu'il ne promet, et n'est point aussi élémentaire que son titre pourrait le faire croire. C'est plus qu'une grammaire, c'est tout autre chose, c'est une philosophie de l'art, où se reflète, sous une forme attrayante, tout ce qu'on a pensé, et où se trouve tout ce qu'on peut penser de sage et de délicat sur de nobles et d'inépuisables questions.

De l'élégante publication de la *Gazette,* de ces bois, de ces vignettes, de ces innombrables gravures dont plusieurs sont de petits chefs-d'œuvre, par exemple la *Source*, par Léopold Flameng, d'après M. Ingres, qu'ai-je à dire que ne sachent les amateurs ? Sur ce point comme sur bien d'autres, elle a surpassé ceux qui l'avaient précédée dans la carrière, et sa réputation est faite à l'étranger. Il faut dire aussi qu'un de ses rédacteurs les plus actifs et les plus instruits, qu'un fin connaisseur, M. Émile Galichon, dirige aujourd'hui ce recueil avec un zèle qu'on ne saurait trop louer et le plus noble désintéressement. Il semble qu'il ait pris pour devise ces belles paroles du premier éditeur du *Traité de perspective* de Jean Cousin (1560) : « J'ay tousiours estimé que l'humaine félicité consistoit à s'employer pour le public ; considérant plutost le proffit que la republique pouvoit rapporter de nostre labeur, que l'acquisition des grans biens et trésors du monde. »

DE L'ENSEIGNEMENT DU DESSIN POUR LES FEMMES
DE LA CLASSE OUVRIÈRE

(Journal des Débats, 9 juillet 1863.)

On a parlé dernièrement d'un projet d'apparence modeste, mais qui, largement et libéralement exécuté, pourrait avoir à ·la longue une grande influence sur le sort de la portion la plus intéressante et la moins bien traitée de la population. Si nos renseignements sont exacts, la ville de Paris accorderait une subvention aux personnes du sexe, artistes peintres, qui établiraient, sous les auspices du maire, des écoles de dessin industriel dans les arrondissements de Paris, où les jeunes filles de la classe ouvrière sont en majorité.

Je ne veux point entrer dans le détail à propos de cette mesure, parce qu'elle est encore trop récente ; mais je tiens à signaler, dès aujourd'hui, l'excellence du principe dont elle est, hélas! l'application trop tardive ; je tiens à rappeler à quel point il importe d'ouvrir aux femmes des classes laborieuses de nouvelles voies pour le travail, et la nécessité suprême de leur fournir les moyens de lutter contre la misère et ses pernicieuses suggestions.

Quand M. Baudrillart[1], cet excellent esprit que l'on rencontre toujours sur la route du juste et de l'utile,

1. *Journal des Débats* des 25, 27 juillet et 3 août 1862.

me révèle la déplorable condition des femmes dans les classes laborieuses ; lorsqu'il m'apprend que depuis 1789, loin de s'améliorer, la situation s'est empirée, et qu'avant cette époque leur travail était mieux rétribué ; lorsqu'il m'affirme que sur cent vingt mille ouvrières qui vivent à Paris, il n'en est que six cents dont le salaire s'élève au-dessus de 3 fr. par jour, je gémis, et je me demande ce qu'il faut penser de cette civilisation raffinée qui nous place à la tête des nations.

Dans un écrit[1], éloquent témoignage d'une vive sympathie pour les ouvriers, livre intéressant et utile, mais bien fait pour attrister, M. Jules Simon nous montre que le salaire d'une femme qui gagne 2 fr. par jour (salaire exceptionnel) se réduit, à raison des dimanches, fêtes et chômages, à 468 fr.; mettons 500 fr., si vous le voulez. 500 fr. ! voilà donc ce que produit annuellement un travail quotidien de douze heures par jour, sans jamais s'arrêter ! Notez bien que ce beau résultat ne peut être obtenu que par l'ouvrière d'élite, par celle dont l'assiduité est extrême et l'habileté supérieure. Jugez, d'après cela, de la position des autres, et voyez jusqu'où peut aller la misère des femmes qui ne gagnent que 25 à 30 sous par jour! Or, c'est l'immense majorité.

Telle est la condition de l'ouvrière à Paris, de l'ouvrière isolée, de celle qui échappe à la manufacture, à la vie de l'atelier, à ces contacts fâcheux, à cette promiscuité forcée, contraire aux véritables instincts

1. *L'Ouvrière*, page 266. Paris, 1861.

de la femme, dangereuse pour sa pudeur ; et, ce qu'il
y a de déplorable, c'est que cette condition, que les
développements énormes de la richesse et de l'industrie sembleraient devoir améliorer, devient, nous venons de le dire, plus mauvaise encore. A la concurrence des couvents et des prisons, il faut joindre la
concurrence des hommes. Ils ne rougissent plus de
se faire aujourd'hui tailleurs pour dames, piqueurs
de bottines, chemisiers, que sais-je? trouvant fort
commode et fort doux de remplacer les femmes dans
une foule de métiers, de travaux et d'emplois, dont
les convenances, le bon sens et le bon goût devraient
les exclure. Ainsi tout semble se réunir pour disputer
à la fille du peuple son misérable salaire, et lui contester le droit de mourir à peu près de faim en tra-
vaillant.

Mais si cette fille du peuple habite une grande
ville, si elle se trouve placée dans un de ces milieux
perfides, où, comme on l'a dit justement, « elle est
maîtresse d'opter entre l'excès du plaisir ou de la souf-
france », qu'arrivera-t-il? Rien ne la soutient, rien ne
la protége, rien ne la met à l'abri de sa propre faiblesse : ni l'éducation, ni la position, ni les croyances.
Où sont-elles les croyances? où est le frein moral? La
misère est là. Elle lui parle, elle la presse, et le spectacle du vice triomphant achève sa défaite. Voilà en
grande partie la cause de ces atteintes aux mœurs, de
ces désordres dont nous sommes témoins. C'est là ce
qui gangrène en partie les masses, où tant d'unions
illégitimes portent des coups mortels à l'esprit de famille, le bon génie de la société.

Est-ce exagérer de parler ainsi? est-ce déclamer? Lorsque tant de gens, satisfaits du brillant et du poli des surfaces, s'inquiètent peu de ce qu'elles cachent, ceux dont l'attention se porte sur les vices de notre organisation économique sont parfois si douloureusement frappés de ce qu'ils aperçoivent, que, malgré eux, ils enflent la voix.

Parmi les moyens proposés pour améliorer la condition des femmes en grandissant autant que possible le cercle de leur industrie, je noterai, avant tout, l'étude du dessin, étude dont l'importance en pareille matière a déjà été signalée par de généreux esprits : « Pourquoi, dit M. le comte de Laborde, dans son rapport à la commission française du jury international[1], dans ce livre de mille pages où l'auteur touche, avec tant d'imagination et de verve, aux choses de l'art et de l'industrie, et en homme qui a le sentiment de l'avenir, — pourquoi les femmes lutteraient-elles seulement avec l'aiguille et le fuseau? » « Pourquoi, dit à son tour M. Baudrillart, le dessin pour étoffe n'est-il pas une carrière plus fréquentée par les femmes? N'est-ce pas à elles que revient, par droit de nature et par droit de conquête, la tâche délicate et charmante d'idéaliser l'utile par le goût[2]? »

Il est évident que les applications du dessin aux arts industriels, applications si nombreuses et si variées, offrent aux femmes vouées au travail une mine des plus riches à exploiter. L'avenir, qui n'est aujour-

1. Page 522.
2. *Journal des Débats* du 3 août 1862.

d'hui qu'une menace pour l'ouvrière, renfermera des chances favorables lorsqu'elle saura manier le crayon.

Admettez que cette pauvre fille, qui jusqu'à quinze ou seize ans n'avait eu que son aiguille et son courage pour échapper à la misère ou au vice, admettez qu'elle sache dessiner, accordez-lui de l'intelligence, supposez-lui un peu d'ardeur, voilà qui peut la conduire à graver ou à peindre. Voyez-vous d'ici combien le chemin s'aplanit et se consolide? Toutes les industries lui tendent les bras : la peinture sur porcelaine, sur verre, sur émail; la gravure sur bois, sur pierre fine, sur camée, la réclament; fabricants de meubles, fabricants de papiers peints lui demandent des modèles et de nouvelles combinaisons. Ils feront bien. Ce sentiment du fini et de l'élégance dans les petites choses, dans le détail, qui distingue la femme, ce génie de l'agrément et de l'enjolivement qui tient à sa nature fine et déliée, tout cela accru, développé dans la juste mesure par l'éducation artiste, ne peut manquer de se produire avec avantage et même avec éclat.

C'est principalement dans les dessins pour étoffes que les femmes sont appelées à triompher. Je n'ai jamais pu comprendre pourquoi il leur était interdit d'embellir, de mettre en lumière les parties les plus importantes de leur ajustement, de les orner de toutes les fleurs de leur imagination fertile en caprices heureux. D'où vient que ces arabesques qui disparaissent comme les *neiges d'antan* quand arrive la saison nouvelle, sont uniquement le fruit de nos inspirations? Notre virilité est-elle si à son aise dans les domaines de la futilité splendide, de l'agréable et de la coquetterie? Nos mâles esprits ont-ils assez de souplesse pour plier sous la mode, pour obéir gaiement à toutes ses fantaisies? Avouons-le, notre tempérament y résiste; aussi quand nous cherchons à être riches dans ces inventions, nous sommes lourds, mesquins quand nous voulons être légers.

Comment! ce ne sont pas des doigts de femme qui tracent les modèles des broderies, ce fin couronnement d'une toilette? Non, ce sont de larges mains capables de tenir le manche de la charrue; et même on semble croire que si les dessinateurs barbus qui groupent et enchaînent ces badinages étaient remplacés par une phalange de dessinateurs aux cheveux ondoyants et soyeux, l'industrie française serait en danger.

Le préjugé que je combats est, par malheur, enraciné dans la fabrique. Il existe à Lyon et ailleurs. Ce qui m'afflige, c'est de le voir accueilli par un homme aussi éclairé que M. Jules Simon[1] : « On a voulu, dit-il, il y a quelques années, ouvrir aux femmes la carrière de dessinateurs pour étoffes. Ce sont les femmes qui portent les belles étoffes, les broderies; elles en sont, certes, les meilleurs juges : il paraissait bien naturel de les charger d'en diriger l'ornementation. C'était une idée commercialement juste, et qui n'était fausse qu'au point de vue psychologique. Les femmes n'ont pas d'imagination, ou du moins elles n'ont que cette sorte d'imagination qui rappelle et représente vivement les objets que l'on a perçus. Elles ne créent

1. Un investigateur laborieux, M. Léon Lagrange, se pose aussi cette question. (*Gazette des Beaux-Arts*, 1er octobre 1860.)

pas, mais elles reproduisent à merveille; ce sont des copistes de premier ordre. »

Les femmes n'ont pas d'imagination! Le mot est dur. — Elles ne sauraient inventer! La chose est-elle certaine? Ne nous reste-t-il pas quelques expériences à faire? N'est-on pas en droit de rappeler aux honorables fabricants, dont M. Jules Simon s'est rendu l'interprète, que le mauvais succès de je ne sais quelles tentatives provient uniquement d'un manque d'éducation et rien de plus? Pourquoi vouloir conclure sans attendre? Pouvez-vous prévoir ce que feraient les femmes, si elles étaient généralement aussi bien préparées pour ces sortes de travaux que la plupart des dessinateurs de fabrique, dont quelques-uns sont élèves de l'École des Beaux-Arts? M. de Laborde, si expérimenté dans ces matières, est loin d'avoir de pareilles appréhensions; sa confiance est entière : « Si les hommes, dit-il, surpassent aujourd'hui les femmes sur beaucoup de points, cela tient uniquement à l'éducation artiste qui s'étend parmi eux et qui se restreint parmi elles. » Et il ajoute que c'est à l'enseignement des arts plus développé et plus populaire qu'il voudrait demander aide et protection. — Comme lui, je le souhaite cet enseignement, je l'appelle de tous mes vœux.

Mais à quoi bon plaider pour les femmes? Elles se défendent si bien elles-mêmes! Oui, certes, la nature les a plus libéralement dotées que ne le supposent messieurs de l'industrie. Leurs œuvres de plus en plus nombreuses et variées dans nos Expositions, le talent que plusieurs y déploient, parlent avec éloquence. Ah! leur mérite est grand, car tout est contre elle : l'éducation, les convenances, le monde, le préjugé. Vraiment, lorsque les toiles de Mlle Rosa Bonheur nous étonnent, soutenir que les femmes ne sont pas naturellement artistes, c'est manquer d'à-propos. Je sais qu'on leur refuse cette constance, cet esprit de suite sans lequel on n'arrive à rien dans les arts, et je crois même qu'un critique a lancé contre elles, dans la *Revue d'Édimbourg*, de terribles accusations. L'important c'est de savoir de quel côté le critique anglais a dirigé ses observations et ses recherches. Il est clair que si elles portent sur la classe oisive et riche, elles ne peuvent être favorables ; mais descendons un peu, tournons nos regards vers la classe moyenne, nous y trouverons la persévérance, le courage de l'artiste, s'élevant chez la femme jusqu'à une sorte d'héroïsme. Je pourrais, si je ne craignais de pénétrer dans la vie privée, en donner de beaux exemples ; je n'en citerai qu'un seul, parce qu'il a déjà été signalé. Je veux parler de ces Carmélites auxquelles la ville du Mans doit une fabrique de vitraux. Eh bien, de pauvres religieuses qui n'avaient pour modèles et pour maîtres que quelques gravures, sont parvenues à créer un atelier de peinture sur verre, dont les produits, à ce qu'on nous assure, ont été l'objet d'une récompense à l'Exposition universelle de 1855.

D'ailleurs, de quoi s'agit-il ici ? Est-ce de savoir si les femmes peuvent exercer le grand art, atteindre aux sommités ? Nullement. Moi-même, et sans rien retrancher de ce que je viens de dire, je suis convaincu que jamais pinceau féminin ne pourra créer quelques-unes de ces œuvres maîtresses, objet éternel de nos admirations. Le feu, la force, l'amplitude, la gravité, voilà ce qui leur manque ; mais je suis également convaincu de l'aptitude des femmes pour un genre secondaire, et qui exige précisément les qualités (nous ne cesserons de le répéter) dont elles sont le plus abondamment pourvues. La bouquetière, la fleuriste, la confiseuse, dont tant de frêles chefs-d'œuvre montrent l'habileté ; la fillette qui sait placer artistement dans sa chevelure un chiffon de gaze, un bout de ruban, ce sont toutes des ornemanistes. Appelez-les dans vos écoles, mettez-leur le crayon à la main, encouragez-les, et dans quelques années la fabrique reconnaîtra, avec autant de surprise que de joie, que des auxiliaires inespérés arrivent à son secours.

Je dis à son secours. On va voir que je n'ai pas tort. Lorsque les efforts de l'Angleterre pour nous enlever la palme de l'industrie artiste deviennent si menaçants, il serait prudent, il serait habile d'utiliser le génie des Françaises et d'user largement des avantages que leur donne ce goût incomparable qui les rend arbitres de la mode dans l'univers.

Mais, dit-on, lorsque l'ouvrière saura dessiner, et quand un bon enseignement, l'assiduité, le travail l'auront mise en état de composer des modèles, d'inventer, de créer pour une foule d'industries, la concurrence des hommes n'en sera pas moins redoutable, et rien ne vous autorise à croire qu'oubliant les vieilles traditions, la fabrique, malgré bien des avertissements, en arrive à confier à des mains féminines les principaux éléments de ce succès. Telle est l'objection ; voici la réponse.

La fabrique changera, parce que ses véritables intérêts le lui commandent. Elle changera, parce que le
talent des femmes lui sera moins onéreux que celui
des hommes : le fabricant va toujours au bon marché.
Nos mœurs, nos habitudes sont ainsi. Partout, même
à mérite égal, la femme est moins rétribuée ; elle vit à
moins de frais. Son humeur, ses goûts la retiennent
dans les voies de l'économie ; ses passions sont plus
douces. Le cabaret, ce pandémonium du travailleur
dans les dernières couches de la société ; le cabaret,
cette source de crimes, n'est point fréquenté par les
femmes ; le cabaret ne les voit que lorsqu'elles viennent y chercher des maris abrutis par l'orgie. La lecture ardente de quelques mauvais romans, voilà la dé-
bauche des plus civilisées, voilà leur ivresse ; je ne
parle point d'un peu de coquetterie.

Quelques personnes timorées m'ont fait une autre
objection : elles m'ont demandé avec un sentiment
d'inquiétude ce que feraient les hommes si les femmes
les remplaçaient dans beaucoup d'industries. Ce qu'ils
feraient, je vais le dire ici même. Ils exerceraient leur
force et non leur adresse ; ils ne viendraient plus s'en-
tasser dans les villes au détriment de nos campagnes,
à la veille d'être désertes ; ils rendraient à notre agri-
culture appauvrie par leur absence les bras qu'ils lui
ont enlevés. Leur fibre ne s'amollirait plus dans des
métiers ridicules pour la masculinité. Ils resteraient
hommes, et l'énergie nationale, qui s'affaiblit, en pro-
fiterait. Que les personnes dont j'ai parlé se rassurent
donc ; dans son expansion prodigieuse l'industrie moderne est inépuisable en ressources : une voie se ferme-

t,-elle, **dix** autres, plus larges encore, vont s'ouvrir. Il y aura place pour tout le monde, « gardez-vous d'en douter. »

Le plus pressant à cette heure, c'est de rétablir l'équilibre ; c'est d'aviser à ce que le sexe le plus faible ait aussi sa place au soleil. Le moment est venu de hausser d'un cran sur l'échelle sociale la fille du pauvre ; elle était au niveau des machines, placez-la au-dessus. Pourquoi n'en feriez-vous point une artiste modeste, dont l'activité, circonscrite dans un cercle limité et sur le terrain le plus solide, celui des intérêts et du commerce, contribuerait sérieusement au progrès?

La ville de Paris, par les mesures qu'elle vient de prendre, nous fait pressentir que quelques idées, analogues à celles que j'exprime ici, vont descendre de la théorie dans le domaine des faits. Souhaitons que le mouvement se propage, souhaitons ardemment qu'il nous soit accordé de voir des écoles gratuites de dessin non-seulement dans presque tous les arrondissements de Paris, mais encore dans chaque ville de commerce, dans chaque centre manufacturier ; et je pourrais montrer Lyon comme exemple. Le jour où, dans un grand nombre de nos cités, dans nos vieilles provinces, à côté de l'école communale pour les filles, il y aura chance de trouver le cours de dessin gratuit, ce jour-là, je ne crains pas de le dire, sera un beau jour pour nos ouvrières et pour notre industrie.

Quelles sont les conditions de succès pour une école gratuite de dessin, voilà ce que j'aurais pu chercher, et un instant j'ai eu le désir de voir d'un peu plus près ce qui pourrait ressortir de la nouvelle décision prise par l'administration municipale. Mais j'en ai dit assez pour signaler au public l'intérêt qui s'attache à cette mesure et ce qu'elle peut produire, si toutefois on l'applique largement, si on la perfectionne ; car ce n'est point seulement une surveillance banale, mais la plus vive sollicitude que réclame l'instruction élémentaire.

D'ailleurs rien ne démontre que le programme de ces écoles soit définitivement arrêté. On affirme que l'étude du dessin linéaire doit y tenir le premier rang. Est-ce bien certain ? Les anciens, dont l'industrie commerciale nous a légué des modèles d'un goût exquis ou du plus haut style, mettaient-ils les commençants sous le joug de cette méthode sèche et froide ? Il y a plus d'une raison d'en douter. Il est possible que l'administration municipale s'applique à rapprocher ces nouvelles créations de quelques créations plus anciennes dont l'excellence est reconnue : par exemple, le cours de dessin de la rue de l'École-de-Médecine, ouvert le jour aux jeunes gens qui se destinent à l'École des Beaux-Arts, et aux ouvriers le soir, et notamment l'École impériale de la rue Dupuytren.

Je saisis avec plaisir l'occasion de parler ici de cette dernière école, si bien classée, et qui cependant, comme beaucoup d'établissements utiles, n'est point encore assez en vue. Placée précédemment sous l'intelligente direction de Mlle Rosa Bonheur, elle est menée aujourd'hui avec habileté et sagesse par un esprit ouvert, et qui saisit toutes les améliorations, par Mlle Marendon de Montyel. Là, quatre-vingts jeunes filles en-

viron apprennent à dessiner l'ornement et la figure;
mais, bien que cet enseignement, très-large et très-
complet, vise à former des artistes, l'étude du dessin
industriel vient d'y être introduite, et tout annonce
qu'elle est destinée à y prospérer.

Il est à noter que dans ce cours gratuit institué au
profit des classes pauvres, ce qu'on y voit le moins ce
sont les filles d'ouvriers. Les places volontairement dé-
laissées par elles sont occupées par des enfants de la
petite bourgeoisie. La nécessité de gagner le pain quotidien, les soins du ménage, l'ignorance ou l'apathie
des pères et mères expliquent cette absence, sans pleinement la justifier. Puisque j'ai signalé le mal, on
voudra bien me permettre d'insister et de chercher le
remède. Or je demande s'il serait bien difficile de sti-
muler le zèle des parents et des enfants, si de petits
avantages peu ruineux pour l'État, des prix, des médailles de valeur certaine, des jetons de présence, ne
pourraient point diminuer cette tiédeur et les enflammer tous. De beaux et touchants exemples nous montrent qu'il n'est point impossible d'attirer le travailleur
dans la bonne voie, même dans les voies de la science,
et de le conquérir.

Un mot encore avant de terminer. Il me semble qu'il
serait facile de compléter l'enseignement dans les cours
de dessin gratuit en y introduisant l'usage des lectures
à haute voix. Les hommes distingués et zélés qui en
1848 ont entrepris de faire connaître nos bons auteurs
aux ouvriers parisiens, n'ont songé dans le moment
qu'à la population virile des ateliers; les femmes
se sont trouvées exclues de ces largesses littéraires,

et c'est un oubli qu'il faut réparer avec d'autant plus d'empressement, qu'ici rien ne peut porter ombrage.

Comme je dois me borner à de simples indications, et que ce n'est point un programme que je propose, je me garde bien de marquer quel serait le moment le plus propice pour ces lectures. Serait-ce avant, pendant ou après les heures de travail? Je laisse aux esprits pratiques le soin de décider.

Admettons pour un instant que ce soit au beau milieu de la séance et comme intermède : entendez-vous cette voix expressive et sonore? chuchotements, causeries clandestines, rires étouffés cessent subitement. Le silence est partout, et partout l'attention est éveillée, sans que le mouvement des crayons cesse pour cela; attendez un peu, et les princes des lettres humaines, les plus nobles, les plus majestueux comme les plus gais et les plus charmants, passeront devant le novice auditoire : Molière, Shakespeare, Racine, Bossuet, Fénelon, La Bruyère, La Fontaine et même Le Sage, escorté de Bernardin de Saint-Pierre, de Chateaubriand et de nos grands classiques contemporains, viendront tour à tour remuer, charmer ces jeunes âmes et les transporter au delà du cercle de vulgarité qui les entoure. D'autres fois les courages abattus seront ranimés par une de ces biographies consolantes qui montrent par des faits et non par des phrases que, même sur cette terre, la vertu et la persévérance obtiennent encore la couronne. — Comprenez-vous tout ce que peut offrir de délicat, de sain, de fortifiant, cette *agape littéraire?*

Toutefois ces mets d'une saveur exquise, je ne veux
point les offrir sans préparation, ni sans précaution, à
des esprits un peu légers et mal cultivés : je demande au
contraire qu'ils soient servis par des mains prudentes
et expérimentées ; j'entends que la lectrice (car ce
n'est qu'à une femme qu'une pareille fonction peut
être donnée) expliquerait et commenterait les textes,
qu'elle en serait au besoin l'interprète clair et concis,
afin que rien ne vienne atténuer l'impression générale. Je crois que les grandes beautés littéraires seraient vivement saisies. L'expérience est faite. On a
tenu note des divers incidents des lectures du soir
et de l'accueil fait aux auteurs classiques ou autres,
par un auditoire très peu académique, qui s'est
montré délicat et judicieux dans ses applaudissements.

Ce n'est point à la directrice de l'école ou du cours
de dessin que la tâche d'être lectrice serait imposée.
Il y aurait un grand avantage, je me plais à le croire,
à confier ces fonctions à des personnes moins spécia-
les et mieux préparées, par exemple aux institutrices,
à ces femmes dévouées ; car, il faut bien le dire, les
émoluments de quatre mille de ces ilotes du monde
de l'intelligence ne dépassent guère les gages des ser-
vantes [1]. Ce serait justice, ce serait le commencement
de la réparation que la société doit à un zèle si mal
récompensé jusqu'à présent. Quelques heures consacrées chaque jour à cette sorte de cours de littérature
leur donneraient droit à une subvention raisonnable,

1. Voir *l'Ouvrière*, page 374.

et de là un accroissement total de salaire qui les met-
trait un peu au-dessus de la pauvreté la plus dure.
Quand je songe que le budget de l'instruction publique est le moins gros des budgets dans cette France
si riche, je ne perds pas tout espoir, et je me demande
si l'utopie d'aujourd'hui ne peut pas être demain une
bonne et consolante réalité.

Améliorer le sort des masses, sans secousse, sans
violence ; dissiper, à la douce clarté des idées morales,
le nuage d'ignorance qui les enveloppe ; ouvrir prudemment certains jours sur le monde intellectuel, je
veux dire le leur montrer par les côtés qui ne troublent point et qui, ne poussant point à un sot mépris
de tout le passé, ne les précipitent pas vers ces innovations malheureuses, vers ces hasards qui nous font ré-
trograder, tel est le problème. C'est le plus grand de
ce siècle et des temps à venir, le seul peut-être qui soit
digne de l'attention universelle, car notre tranquillité
et notre gloire y sont attachées. Or, comme il n'est
défendu à personne d'en chercher la solution dans
l'obscurité et le silence, j'ai cru que je pourrais sou-
mettre humblement aux économistes, aux publicistes,
aux administrateurs quelques-unes de mes réflexions,
animé de l'espoir que s'ils ne dédaignent point de me
lire, ils essayeront peut-être d'en tirer parti. En attendant, je leur demande pardon d'avoir osé un instant
m'exprimer dans leur langue. L'occasion s'offrait, je
l'ai saisie. Je voudrais bien ne point avoir à m'en re-
pentir [1].

1. La large part qui vient d'être faite au dessin dans l'enseignement professionnel par M. le ministre du commerce (rapport à l'Em-

pereur, 22 juin 1863), en outre la création d'une commission composée d'hommes très-distingués et très-spéciaux appelés à examiner quels seraient les moyens les plus efficaces pour faire fleurir cette étude, tout nous fait espérer que la question de l'enseignement du dessin pour les femmes deviendra aussi l'objet de l'attention la plus sérieuse de la commission et du gouvernement.

BIOGRAPHIES

ET PORTRAITS

BIOGRAPHIES ET PORTRAITS

THORVALDSEN

(*Journal des Débats*, 30 décembre 1867.)

La littérature de l'art présentait naguère une lacune qu'un jeune écrivain plein de goût et de zèle vient de combler pour son début avec un véritable succès. Reprenant l'étude d'une des célébrités de la sculpture moderne, après M. Thiele, bibliothécaire du roi à Copenhague, après Mme Frédérique Brun et quelques autres personnes également bien informées, M. Eugène Plon a publié, il y a quelques mois, sur la vie et l'œuvre de Thorvaldsen [1], un bon et beau livre : un bon livre, parce qu'il est fait avec soin, parce qu'il intéresse, parce qu'il renferme des documents curieux, que je crois complétement ignorés en France, sur un grand artiste dont la popularité dans le nord de l'Europe dépasse tout ce qu'il est possible d'imaginer ; un beau livre, parce que l'exécution matérielle est excel-

---

1. *Thorvaldsen, sa vie et son œuvre.* Paris, H. Plon, 1867.

lente. Nombre de bois, d'après les dessins de M. Gaillard, reproduisent ici fidèlement l'esprit des diverses compositions du maître. M. Gaillard, élève de M. Cogniet, est un peintre devenu graveur : on voit ordinairement le contraire ; mais quel graveur ! Les deux planches qui montrent dans ce volume deux des plus belles statues de Thorvaldsen nous révèlent un nouveau Mercuri.

La haute intelligence de l'art s'éveillant chez Thorvaldsen au contact de Zoega et sous le feu des chefs-d'œuvre dont la Ville éternelle est remplie, le fils du pauvre ouvrier de Copenhague, complétement débarrassé de sa grossière enveloppe, et transformé en un causeur aimable et digne à la fois, qui sut parfaitement tenir son rang dans un cercle composé de l'élite de la société européenne; l'artiste sans jalousie; l'homme bon, l'homme simple, l'homme droit et ferme que les caresses des grands, des triomphes inouïs et l'universelle flatterie ne purent pas gâter; puis quelques orages secrets, ceux qui naissent d'un cœur tendre, d'une âme passionnée : voilà ce que nous montre le nouveau biographe de Thorvaldsen, sans trop chercher à grandir son héros et avec une agréable lenteur.

Peu d'artistes, comme le prouve l'excellent catalogue de l'œuvre de Thorvaldsen placé à la fin du volume, ont été doués plus que lui de la puissance créatrice. Son œuvre est immense, on s'y perd. M. Thiele y trouve plus de cinq cent cinquante morceaux ! Canova, l'abondant Canova, Canova, la facilité, l'habileté même, a produit cinq fois moins. C'est sur cette masse énorme

de travaux que la gloire de Thorvaldsen est assise ;
c'est à cet incroyable labeur, plus encore qu'à des
œuvres dont quelques-unes méritent d'être admirées,
qu'il doit une popularité immense et les honneurs sans
exemple dont il a été l'objet. Qu'il me soit permis de
dire en passant que quand le sculpteur bien-aimé du
Nord revit pour la seconde fois sa patrie, la nation
tout entière fêta ce retour définitif avec une joie qui
tenait du délire. Dans le trajet du port au palais de
Charlottenbourg, où siége l'Académie des Beaux-Arts,
le peuple traîna sa voiture, le saluant par des acclamations. On peut juger, d'après cela, de la pompe des
funérailles : ce fut presque une apothéose ; de toutes
les croisées, les femmes jetaient des fleurs ; quarante
artistes portaient le cercueil couvert de couronnes,
dont l'une avait été tressée par les mains de la reine.
Accompagné du prince royal, le roi vint en personne
à l'entrée de l'église pour recevoir le corps. Discours,
députations, chœurs religieux, rien ne fut oublié dans
cette lugubre et triomphale cérémonie où le Danemark
fit cortége au maître vénéré.

Ce n'est point ici, et surtout au moment où des discussions solennelles nous laissent si peu de place, qu'il
est à propos de parler longuement de sculpture ; et, d'un
autre côté, il est impossible de juger sommairement
et en dernier ressort un homme de la force et du nom
de Thorvaldsen. Il nous suffira de dire toutefois que si
l'on dégage ce talent de la flamboyante auréole dont il
a été entouré par la faveur des princes, l'exaltation
germanique et le fétichisme si respectable des Danois
(plût à Dieu que nous fussions atteints d'une telle folie,

celle de l'enthousiasme!), ce talent est d'assez forte
trempe pour résister aux sévérités de la critique et ne
pas être entamé par l'injustice des détracteurs. Thorvaldsen est un enfant de la Grèce, mais un enfant mis
en nourrice sur les rivages de la mer du Nord. Le
sang généreux, l'éclat royal de l'art hellénique lui
font défaut. On dirait que sous cette neige scandinave,
l'élégance, une fleur printanière, a de la peine à s'é-
panouir. Réservé jusqu'à la froideur, Thorvaldsen se
rattache néanmoins de la façon la plus étroite à l'art
ancien par la vérité, la simplicité, l'ampleur, et surtout par une sérénité bien rare, particulièrement à
l'époque où il vivait. Regardez ces Vénus, ces naïades
dont les minauderies, l'affectation et les poses provo-
cantes nous rappellent tant de choses, et notamment
les contemporaines du Directoire; cette sculpture sensuelle et musquée ne vous fait-elle pas oublier le respect que commande le nom vraiment illustre de Canova? Placez-vous maintenant en face des déesses et
des nymphes de son émule, de son rival, et leur majesté douce, leurs grâces décentes s'insinueront dans
votre cœur.

Thorvaldsen a excellé dans le bas-relief. Là on sent
plus que partout ailleurs le souffle de l'esprit, là surtout brille l'éclair du génie. Débarrassant le bas-relief
des plans entassés par le ciseau, des paysages taillés
dans le marbre et de ce pittoresque étrange qui rédui-
sait la sculpture à copier la peinture avec gaucherie,
il a essayé de le ramener à ce type simple, net, lumineux créé par la Grèce et si admirablement présenté
au monde par Phidias; type où la vérité et la conven-

tion, le mouvement et la symétrie, la règle et la liberté proclament leur alliance. Cette noble tentative de Thorvaldsen, tentative couronnée par le succès, suffira pour faire vivre son nom et marquer dans l'avenir la place de ce génie créateur et méditatif, de ce rude travailleur.

LE DUC DE LUYNES

(*Journal des Débats,* 17 avril 1868.)

Ce fut au château de Dampierre que j'eus l'honneur de voir M. le duc de Luynes pour la première fois. Situé dans un bas-fond, entouré de vieilles futaies, se mirant dans des eaux vives, Dampierre, par sa paisible beauté et sa majestueuse mélancolie, semblait dire à ses rares visiteurs : « Regardez-moi, et vous aurez à l'avance quelque idée du grand seigneur, de l'homme éminent qui vit dans mes murs, et qui s'y plaît. »

Le duc me reçut avec bienveillance, mais avec une bienveillance marquée au coin de cette politesse circonspecte et légèrement aristocratique qui l'isolait un peu, car elle traçait une limite que, même dans l'intimité, personne n'a tenté de franchir. Par moments, un sourire doux et fin venait éclairer ce large visage, naturellement sérieux. Le duc de Luynes était de haute taille et de forte stature, à moitié chauve, bien qu'il n'eût guère alors plus de quarante ans. Il avait les yeux bleus, les sourcils et les cils d'un blond pâle, les cheveux d'un blond ardent. Grande distance entre le menton et le nez. Il serrait les dents quand il parlait. Un instant l'illusion fut complète, je me crus en présence d'un membre de la Chambre des Lords.

Le duc de Luynes est à peine connu en France, en dehors d'un cercle assez restreint. Il n'a jamais été célèbre, et à plus forte raison populaire. On savait va-

guement que, possesseur d'une immense fortune, il
protégeait les arts, mais rien de plus. On ignore généralement que ce Mécène était un profond érudit,
honoré par l'Europe savante. Jusqu'ici il n'a point été
présenté au public comme il le mérite : quelques
phrases retentissantes ne peuvent suffire pour peindre
un homme, pour le faire juger comme érudit ou
comme artiste, et pour caractériser ses travaux. C'est
ce que je vais essayer de faire en parlant aujourd'hui
du duc de Luynes avec le respect dû à sa mémoire,
mais avec un respect égal pour la vérité.

Et pour commencer, disons que c'est au duc de
Luynes lui-même qu'il faut s'en prendre si, dans son
propre pays, il n'est pas mieux connu. Il s'est plongé
trop avant dans des études attrayantes et variées qui
l'ont retenu, au moins autant que les principes, je suis
tenté de le croire, loin des grands courants de la politique et des affaires, loin de la société, loin du monde
où tout l'appelait à jouer un des premiers rôles. C'était,
à vrai dire, une nature effarouchée, prompte à se
rejeter en arrière, afin d'éviter tout contact indiscret.
Je touche là à l'un des traits les plus saillants de ce
caractère, dans lequel ce n'était pas l'élément français,
l'humeur gaie et légère, qui dominait. Du reste, ce
penchant à prendre de l'ombrage, penchant que répri-
mait d'ailleurs une bonté native, paraîtra très-excusable chez un homme énormément riche, et, par cette
raison, le point de mire d'une foule de solliciteurs qui,
lorsqu'ils étaient mécontents, se changeaient en insul-
teurs. Le duc de Luynes avait formé tout une collection d'autographes de ce genre, et il appelait cela *ses*

leçons ; ce sont des leçons, en effet ; mais quelle triste idée du cœur humain devaient-elles lui donner ! combien notre infériorité morale devait-elle frapper cette âme timide et fière !

La crainte de la publicité le tourmentait surtout. La presse l'effrayait presque avec ses trompettes sonores. Il tenait à être utile et se souciait peu d'être influent. Faut-il s'étonner, d'après cela, si cette grande existence est toujours restée dans une demi-obscurité, ne se révélant, afin d'aider à la chose publique, qu'à de rares intervalles, comme un rayon de soleil qui perce la nue pour réchauffer et féconder ?

Le duc de Luynes est né à Paris (15 décembre 1802), rue Saint-Dominique, dans le grand et vieil hôtel qui regarde la façade de Saint-Thomas-d'Aquin. Placé de bonne heure, ainsi que son jeune frère, Paul de Chevreuse, entre les mains d'un précepteur très-instruit, l'abbé Lepage, il apprit l'anglais, l'allemand, l'italien, et possédait assez bien les deux langues classiques pour ne lire les auteurs que dans le texte : il dédaignait les traductions. Plus tard il apprit l'hébreu.

Orné d'une de ces mémoires heureuses qui savent tout garder, quand on citait devant lui un vers d'Homère ou de Virgile, il citait à son tour le vers qui précède ou qui suit. C'était, à dix-huit ans, un *scholar* de grande maison et de grande espérance.

A l'âge où ceux de son rang s'abandonnent trop souvent à toutes les folies, retiré et solitaire, il rassemblait silencieusement des médailles, des pierres gravées, des vases grecs. Il formait ainsi le noyau de cette admirable collection dont notre Cabinet des Médailles

a été enrichi par sa munificence, par sa royale munificence, faut-il le dire, car cette libéralité n'est point
au-dessous de deux millions. En lui se manifestait
déjà la curiosité instinctive et héréditaire des de Luynes.
Dans ses veines coulait le sang du traducteur de Descartes et de ce duc de Chevreuse si fertile en projets,
l'élève de Lancelot et l'ami de Fénelon.

Il serait intéressant de démêler quelles influences
vinrent fortifier et soutenir cette vocation pour les
lettres sérieuses, et comment le duc de Luynes arriva
de prime-saut à cette vigueur intellectuelle qui le mit
hors de pair. Ceux qui l'ont suivi de près nous disent
que sa première enfance ne fut pas gaie ; on l'éleva
assez rudement. L'exil de sa mère, bannie de la cour
impériale et de la France pour des vivacités d'esprit
peu agréables au maître ; la sévérité d'un père, le duc
de Chevreuse, jetèrent un voile sombre sur son premier
âge. La Providence vint à son secours. Une femme
supérieure, la duchesse de Luynes, née Laval, sa
grand'mère, se chargea de surveiller et de compléter
son éducation, devoir pieux et qu'elle remplit à merveille. C'est d'elle qu'il tenait sans doute cette dignité
polie qui répondait si bien à l'idée qu'on se forme d'un
véritable grand seigneur.

Quatre lignes suffiraient pour raconter la vie du duc
de Luynes ; elle est dénuée d'événements. Il a été
garde du corps (compagnie de Grammont), directeur
honoraire du musée Charles X, et tout cela très-passa-
gèrement. Il s'est marié deux fois, et à vingt-quatre
ans de distance. Avertie de son mérite, l'Académie
des Inscriptions (1830) l'admit comme membre libre,

lorsqu'il n'avait encore que vingt-huit ans. Appelé
par l'hérédité (1839) à remplacer le duc de Chevreuse
à la Chambre des Pairs, sa vive reconnaissance pour
une famille à laquelle la maison de Luynes devait son
illustration, sa fortune, tout enfin, lui fit refuser une
position qui devenait à cette date un engagement politique. L'Institut suffisait à son ambition éclairée.

Le coup de tonnerre de 1848 vint l'arracher à ses
paisibles travaux. Comme les autres, il eut sa part de
dangers. Accouru de Dampierre au mois de juin, au
cri d'alarme poussé par la société en péril, il vit le
feu sur la place Maubert, et, dans un moment difficile,
il donna des preuves de courage et de sang-froid. La
suite fut digne du commencement : envoyé par les
électeurs de Seine-et-Oise à la Constituante et plus tard
réélu comme membre de la Législative, son énergie
civique ne se démentit point. Engagé dans une voie
qui n'était pas la sienne, il sut néanmoins marcher
librement, utilement, sans rien abandonner de ses
principes, et sans rien sacrifier de ses sentiments intimes. Ceux qui l'ont vu à l'œuvre comme vice-prési-
dent au comité de l'intérieur, comme président de la
commission chargée de répartir les secours aux gens
de lettres, se souviennent de ses lumières et de son
esprit judicieux. 1848 et les années ardentes et trou-
blées qui suivirent ont mis au jour la fermeté d'âme,
le génie pratique, l'humeur conciliante de ce grand
seigneur que l'on supposait si particulier, si roide, si
exclusif. Le coup d'État du 2 décembre le rendit à ses
livres qu'il aimait tant, et qu'il appelait « ses chers et
discrets amis. »

J'arrive aux titres véritables du duc de Luynes, qui fut un savant dans toute la force du terme ; un protecteur éminent des beaux-arts, notre comte d'Arundel, à nous autres Français ; un chimiste, un naturaliste, un industriel aux heures de loisir, un voyageur ; tout enfin, excepté un homme politique, c'est-à-dire le plus souvent un homme de parti.

Le rôle du duc de Luynes dans la science a été principalement de contribuer à la culture et au développement des diverses branches de l'antiquité figurée, grecque, romaine, orientale. Pour l'apprécier comme il le mérite, et se rendre compte de ce que nous avons perdu, il faut connaître ce qu'il a fait dans ces voies diverses ; et alors seulement nous pourrons avoir une juste idée de son incontestable supériorité. Érudition fine, sens droit, flair et tact d'antiquaire, du goût, beaucoup de goût, rien ne lui a manqué pour continuer la tâche difficile des Winckelmann, des Caylus et de leurs successeurs.

Il y a plus. Très-différent en cela de ces classiques endurcis qui ne voient dans le moyen âge qu'une ère de violence et d'ignorance, il est entré pleinement, lui, l'admirateur des anciens, lui, le citoyen d'Athènes, il est entré, dis-je, dans cette antiquité qui nous touche de si près.

Tantôt, comme en 1840, en tête de la traduction, par M. Huillard-Bréholles, de Matthieu Pâris, ce moine dont la plume maligne n'épargnait ni les abbés, ni les évêques, ni même les rois, il place les aperçus d'un libre et solide esprit ; tantôt il confie de nouveau à l'honorable érudit que je viens de citer la tâche d'abor-

der un domaine inexploré en partie et des plus riches,
je parle de l'histoire de l'établissement des Normands
et de la maison de Souabe en Italie[1] ; tantôt, pour
mieux faire connaître encore ce treizième siècle qui
l'attire par sa vigueur créatrice, il cherche à projeter
une vive lumière sur une figure à la fois grandiose et
bizarre, sur celle du rude adversaire de la papauté, de
ce Frédéric II qui, de même que saint Louis, son contemporain, mais ayant d'autres mœurs, sut travailler
efficacement au progrès de son siècle. C'est dans ce
dessein qu'il fait rechercher et coordonner par M. Huillard-Bréholles toutes les pièces diplomatiques relatives
à Frédéric II, répertoire immense[2], composé de trois
mille documents, dont près d'un tiers était resté
inédit, complétant de la sorte l'œuvre si bien commencée par M. de Cherrier[3], et préparant les voies aux
annalistes futurs ; tantôt enfin il recueille de nombreux
matériaux pour une histoire inédite et restée inachevée
de cette maison royale d'Anjou, à Naples, sur laquelle
on croit voir toujours planer l'ombre gémissante de
Conradin.

Retournons maintenant en arrière, et afin d'étudier

1. Ce livre a paru en 1844 sous le titre suivant : *Recherches sur
les monuments et l'histoire des Normands et de la maison de Souabe
dans l'Italie méridionale, publiées par les soins de M. le duc de Luynes,
texte par M. Huillard-Bréholles, dessins par M. Victor Baltard*. Il a
devancé celui de Schulz (Dresde, 1860), qui ne traite que des monuments.

2. Publié en 1852 sous ce titre : *Historia diplomatica Frederici
secundi, sive constitutiones, privilegia, mandata, instrumenta quæ
supersunt istius imperatoris, etc.* 6 vol. in-4, Paris, 1841.

3. *Histoire de la lutte des Papes et des Empereurs de la maison de
Souabe.*

le duc de Luynes sur son véritable terrain, le terrain classique, remontons aux dernières années de la Restauration. A cette époque (1824), une grande douleur vint le frapper : il perdit la jeune duchesse de Luynes, fille du marquis de Dauvet. Soit pour apaiser la violence de ses regrets, soit, comme on me le suggère, pour se rendre complétement digne du titre de directeur honoraire du musée Charles X, titre qui venait de lui être donné, il partit en 1825 pour l'Italie. Un homme qui ne l'a jamais quitté, et qui, avec un savant modeste, M. Gory, est resté jusqu'à la fin en possession de toute sa confiance, M. Debacq fut du voyage, et devait y rendre des services en sa qualité d'architecte et de très-habile dessinateur. Conduit dans la Pouille, où il possédait un vaste domaine, la curiosité du duc de Luynes s'éveilla singulièrement à la vue des restes de Métaponte, la ville de Pythagore ; néanmoins ce ne fut cette fois qu'une reconnaissance, l'examen du terrain et du pays. Le duc revint en 1828, toujours avec M. Debacq, et là commencent les fouilles. Je ne vous en ferai pas l'histoire. Ce que je tiens à noter, c'est que ces fouilles indiquent d'une façon très-nette le premier pas dans la carrière, le moment où le duc de Luynes songe à faire profiter du fruit de ces études le public sérieux.

Avec ce luxe de bon goût qui distingue tout ce qu'il a publié, le duc de Luynes, en 1833, fit paraître son travail sur Métaponte, dans lequel, avec une clarté, une méthode très-remarquées alors, il présentait le résultat de ses recherches. Mais ce qui frappa surtout, ce furent les planches où se trouvent supé-

rieurement reproduits certains ornements d'architecture en terre cuite coloriée du style grec le plus pur.
Cette archéologie était nouvelle, élégante ; elle fit sensation. Le livre sur Métaponte devint une des pièces
les plus importantes du dossier des défenseurs de la
polychromie antique, opinion combattue à cette date
comme un paradoxe étrange et comme l'indice d'un
goût barbare, par les notabilités de la science et de
l'art. La polychromie aujourd'hui, soit dit en passant,
ne rencontre plus que de rares adversaires ; elle triomphe, mais son triomphe devient excessif, il faut bien
l'avouer.

La fondation de l'Institut de correspondance archéologique (Rome, 1829), fondation dont j'ai parlé ici
même [1], est un fait grave dans la vie scientifique du
duc de Luynes. Collaborateur de ce recueil, il fut contraint de payer de sa personne, je veux dire de tailler
ses matériaux, de leur donner un cadre, et de fixer
sur des points déterminés un esprit un peu enclin à
se disperser et à se répandre. Devenu le collègue et le
confrère de Bunsen, d'Édouard Gerhard, de Panofka
et de vingt autres, tous membres de l'aristocratie du
savoir, il fut au milieu d'eux plus particulièrement le
connaisseur versé dans la pratique de l'art et de l'industrie des anciens.

En 1836, bien plus pour l'avantage de nos antiquaires que pour remédier à la lenteur des publications de l'Institut archéologique, le duc de Luynes
créait à Paris une section distincte, dont les publica-

1. *Journal des Débats* du 12 janvier 1860.

tions se firent à ses frais. Quatremère de Quincy (il ne
parut ici, je crois, que comme vétéran de la science),
Letronne, Raoul-Rochette, Charles Lenormant, Lajard,
le baron de Witte (le seul qui soit resté debout), formèrent, en se groupant autour de lui, la section française de l'Institut de correspondance. Il aurait été
difficile, je crois, de trouver une plus grande variété
d'esprits et d'idées que dans cette réunion de savants
distingués; mais tous étaient animés par une même
pensée, par un même désir : la culture la plus complète du domaine de l'antiquité figurée. Sous ce titre :
Nouvelles Annales, deux volumes parurent... Ce fut
tout. Vingt-quatre ans plus tard, peu rassuré sur les
destinées d'une science où il était devenu maître, et
promenant autour de lui des regards découragés, le
duc de Luynes nous écrivait : « Je n'ai plus de confiance dans l'avenir de l'archéologie ; elle a fait son
temps. »

De 1829 à 1847, rédacteur laborieux, il n'a guère
donné moins de trente articles aux Annales de l'Institut archéologique, section romaine ou française. Critique savante, numismatique locale, topographie de
certaines villes de l'Italie méridionale (la Grande-Grèce
des anciens), interprétation des peintures de vases,
tels sont les sujets qu'il traite de préférence. Je note
un peu au hasard (tout mériterait d'être signalé) l'article où, à propos d'une peinture de vase (*Ulysse chez
Polyphème*), il examine les principes de cette langue
du symbole que nous ne parlons qu'avec effort et que
possédèrent si bien les artistes de l'antiquité, je signale
également un article sur le type de la Gorgone. Après

avoir suivi l'art grec dans sa marche depuis son origine hiératique jusqu'à l'âge d'expansion et de liberté ; après avoir remarqué que cette période est suivie d'une décadence insensible d'abord, mais qui se manifeste de plus en plus par un impérieux besoin de figures et d'images compliquées : « Voilà, ajoute-t-il, ce qui frappe les peuples qui finissent, car le beau qu'ils n'ont point enfanté les importune; quant à la simplicité, il ne leur est pas donné de la comprendre. »

Il importe de le remarquer. Les articles qui concernent surtout la numismatique décèlent une sagacité bien rare. C'est principalement comme numismate que le duc de Luynes a su conquérir les suffrages des antiquaires. Personne n'aimait davantage les médailles, personne n'était plus connaisseur, et, comme le disait un maître en ces matières, personne n'était plus heureux dans l'interprétation des types devant lesquels d'autres numismates avaient reculé. Il était de la race des Eckhels.

L'étude des œuvres de l'art antique conduisit le duc de Luynes vers l'étude des religions qui ont inspiré ces œuvres immortelles. L'étude des religions de l'antiquité est bien faite pour intéresser les intelligences vigoureuses qui aiment à remonter aux origines, car les mythologies appartiennent à cet âge que l'on peut appeler le printemps de l'esprit humain. Attentif, scrupuleux et curieux, le duc de Luynes est entré dans cette voie, guidé par une grande expérience des monuments figurés. Loin de se perdre dans les méandres d'une érudition embrouillée, il marche droit au but. On sait où il va. Sans méconnaître le côté naïf et vulgaire de l'antiquité, il repousse le rationalisme intolérant des Voss et des Lobeck. Partisan des influences orientales, il s'est éloigné de plus en plus de l'école hellénique d'Ottfried Müller. Il pencherait plutôt vers Creuzer, mais sans entraînement. Quand je rassemble mes souvenirs, il m'apparaît comme un *symboliste* modéré et prudent, et qui, du reste, ne se lie précisément à aucun système, dans l'espérance de pouvoir mieux servir la vérité.

Eh, mon Dieu ! je suis le premier à le reconnaître, le duc de Luynes n'avait pas les vues hardies d'un Charles Lenormant ; l'étincelle d'un Letronne lui manquait. Son érudition ne recevait pas d'une humeur agressive cette saveur un peu âcre, ce piquant qui réveille le lecteur, plaît ou donne l'idée de protester : il écrivait mal. Mais aussi, comme cette érudition judicieuse était sûre ! comme elle faisait autorité ! Ces mots : *Le duc de Luynes l'a dit*, tranchaient bien des difficultés. Nos oracles s'en vont.

Si la critique pouvait se permettre d'entrer avec sécurité dans cet ordre de raisons très-secondaires, très-matérielles, qui mènent notre pauvre nature, et qui parfois jettent dans certains courants, lettrés, savants et artistes, on pourrait trouver peut-être quelque rapport entre le goût du duc de Luynes pour l'archéologie orientale, dans la seconde moitié de sa carrière, et son amour croissant pour les pays chauds. Comme Gœthe, il aimait le soleil et la lumière. Frileux de sa nature, il fuyait le Nord quand l'hiver venait. A vrai dire, le Midi ne lui fut pas toujours favorable. Il partit

pour l'Égypte vers 1840. Il en revint bientôt: il avait
failli y mourir.

Contraint de me hâter, je passe rapidement sur ces
études orientales que constatent trois importantes publications : l'*Essai sur la numismatique des satrapies
et de la Phénicie sous les rois Achœménides* (1846); le
livre intitulé : *Numismatique et Inscriptions cypriotes*
(1852), et la traduction de l'inscription phénicienne
gravée sur le sarcophage du roi de Sidon Esmunazar
(1857), sarcophage dont le duc de Luynes a fait présent au Louvre. Je passe rapidement, et néanmoins je
ne puis me taire sur l'*Essai sur la numismatique*.
Rendre aux satrapes et aux rois de Phénicie des médailles rangées depuis longtemps parmi les incertaines
de Cilicie, c'était triompher de mille difficultés, ouvrir
à la science des perspectives nouvelles, et mériter
l'admiration des juges compétents. J'arrive au voyage
en Syrie et sur la mer Morte.

De cette expédition privée dont le public s'est occupé en son temps, nous ne dirons que l'indispensable. Bien des voyageurs ont voulu pénétrer les mystères de la mer Morte. Secondé par trois hommes capables, M. Lartet, naturaliste du Muséum, le docteur
Combe, et M. Vigne, lieutenant de vaisseau, le duc de
Luynes a tenté de soulever le voile à son tour. Navi-
guer sur cette mer, l'étudier au point de vue de
l'hydrographie, de la géologie ; étudier également
l'ethnographie et l'archéologie des pays qui l'entourent, voilà ce que, noble pèlerin de la science,
il a voulu faire et ce qu'il a fait. Le livre est terminé, les planches sont gravées, et M. le comte de

Vogüé, il suffit de le nommer, est chargé de la préface.

Des travaux du duc de Luynes comme chimiste, je ne dirai rien; on en a parlé, d'autres en parleront. Ce qui nous appelle, c'est un côté plus en harmonie avec les vieilles traditions, le rang, les ancêtres, c'est ce que je nomme le côté Médicis. Oui, certes, le duc de Luynes pouvait se targuer d'être un amateur d'une munificence princière, le Médicis de notre temps; mais il était quelque chose de plus qu'un amateur, c'était un artiste. Millionnaire de naissance, il s'est fait Mécène; issu de parents pauvres, il serait devenu célèbre dans les arts. Interrogez les gens du métier qui l'ont connu, il les étonnait. Ils vous diront avec quelle *maestria* il dessinait quand il voulait leur expliquer sa pensée.

Cette haute compétence peut expliquer l'aristocratie de sa critique. Tout se tient dans ces esprits sévères, exclusifs, inexorables, dont les convictions sont appuyées sur le savoir. Ce qui ne portait point un certain signe, il le repoussait. Il nous écrivait un jour :

« Supposez que près du musée de M. Ravaisson[1], « on place deux musées, l'un rempli de sculptures de « Clodion, de Coustou, et de gens de cette école; « l'autre, de figures byzantines surchargées d'orne- « ments grossiers, lourdes, courtes, privées de no- « blesse et de sentiment, où se porteraient les élèves? « De Clodion, ils passeraient aux byzantins, et vous

---

1. Allusion à une collection de moulages d'un grand nombre de marbres peu connus, collection exposée par M. Ravaisson au palais des Champs-Élysées. — *Voir le Journal des Débats* du 28 novembre 1860.

« verriez le musée des chefs-d'œuvre, le musée grec,
« rester désert. Cela s'est fait, cela se fera, à notre
« grand chagrin, car (c'est un duc qui parle), de
« même que l'homme n'aime pas la liberté, mais
« l'égalité, de même il n'aime pas le progrès, mais le
« changement. Quand on a passé sa vie à honorer et
« à chercher le beau, il est affligeant de voir ériger
« des autels au laid. »

Ces idées datent de loin. C'est sous leur influence
qu'en 1839 le duc de Luynes songea sérieusement à
ériger à Dampierre, sa résidence préférée, un sanctuaire du Beau. M. Duban fut appelé; nous connaissons tous son goût exquis. H. Flandrin et son frère,
Duret, Simart, MM. Picot et Gleyre, vinrent le secon-
der. Entre des mains si habiles, le grand salon de Dampierre est devenu l'une des merveilles de la France;
est-il besoin de l'affirmer? Ce n'est pas tout. Le cadre
était digne d'Apelles; il fallait le remplir. Depuis longtemps le duc de Luynes pensait à M. Ingres, selon lui,
le seul homme capable de s'élever jusqu'à ces régions
où la beauté rayonne dans le ciel azuré d'Homère. Il le
sollicita par une lettre dont l'artiste ne parlait que les
larmes aux yeux. Deux vastes compositions devaient
orner ces murs : *l'Age de fer* et *l'Age d'or*. La première n'a pas même été commencée ; la seconde est
restée à l'état d'ébauche, mais quelle magnifique
ébauche ! Composition puissante, cadencée comme un
chœur de la tragédie grecque, elle nous montre cette
jeunesse du monde, cette saison de fête dont Hésiode
a essayé de rendre la paix infinie et les douceurs.

Un fait très-facile à prévoir pour ceux qui connais-

saient personnellement le grand seigneur et le grand
peintre a atteint, aux yeux du public malin et indifférent, des proportions telles, que la mémoire de
l'honnête et scrupuleux artiste aurait à en souffrir.
Oublions ces historiettes, et disons ici, puisque l'occasion s'en présente, qu'il serait juste de tenir compte
de la différence des natures ; elles étaient séparées :
l'une, nerveuse, agitée, pleine de feu tout en dehors ;
l'autre, calme, concentrée, glacée à certaines heures,
par une timidité assez étrange, mais qui n'en était pas
moins réelle. Quand deux électricités contraires se
rencontrent, disent les physiciens, l'équilibre des
nuages est rompu et on voit se former un orage. Au
fond, ces deux hommes s'honoraient. Quelques mouvements d'humeur n'ont pu briser complétement le
lien qui unissait ces deux ennemis des autels du laid.

Je n'écris point la vie du duc de Luynes, je cherche
seulement à mettre en lumière certains côtés. Je laisse
donc cette célèbre Minerve d'or et d'ivoire, la Minerve
de Simart, tentative archéologique du prix de
200,000 francs, tentative très-belle, très-critiquée,
comme tout ce qui dépasse un certain niveau, et qui
suffirait à elle seule pour montrer la passion de l'intelligent Mécène pour la science et le grand art.

Heureux homme ! se disaient tout bas ceux qu'il
recevait à l'hôtel de Luynes, dans ce beau cabinet
tendu d'un velours rouge sur lequel se détachaient de
brillantes panoplies. Heureux homme ! se disaient les
curieux érudits, admis dans ce musée domestique où
scintillaient tous les diamants de l'archéologie, cent
fois heureux homme ! Il est comblé de tous les dons,

orné de tous les avantages; bien plus, il est assez favo-
risé de la fortune pour savoir noblement en jouir, ce
qui est rare. Arrêtons-nous ici pour rappeler quelques
circonstances de la vie de cet homme si heureux.

A vingt-deux ans il perd sa première femme, puis
son frère, puis son fils unique, puis sa seconde
femme, et enfin une petite-fille, Mme de Sabran : tout
est atteint, tout tombe autour de lui!

En perdant la seconde duchesse de Luynes, il perdit l'aménité, le charme, la joie de la maison. Cette
mort l'atteignit en pleine poitrine : « Le coup dont
je suis frappé, nous écrivait-il de Dampierre (le
29 août 1861), est si rude que je ne puis m'en
remettre ; votre compassion ne pouvait avoir un objet
qui la méritât davantage. »

Coup terrible, en effet ! Le rouage intellectuel s'arrêta subitement. Désormais plus de chimie, d'archéologie, plus d'études variées : il s'isole, il s'enferme,
courbé sous le poids d'une douleur immense, la tête
dans les mains, il laisse s'écouler les heures ; s'il sort
de ces méditations dévorantes, c'est pour porter des
fleurs sur un tombeau. Telle est sa vie jusqu'au
moment où il part pour la Judée (1864), ranimé par
l'espoir d'être utile à la science, cette chaste et limpide étoile qui l'avait toujours guidé.

Trois ans plus tard, miné par le chagrin auquel
venait en aide une de ces maladies chroniques dont la
vieillesse hâte le développement, le duc de Luynes
expirait à Rome, le 15 décembre 1867, le jour anniversaire de sa naissance, à l'âge de soixante-cinq ans.
Il est mort où il devait mourir : Rome avait été au

début l'âme de ses études, la source de ses jeunes inspirations.

Ce que je n'ai fait qu'indiquer ici d'un trait rapide, d'autres le reprendront en détail, et je le désire pour l'honneur de la mémoire du duc de Luynes, car il se présente sous bien des aspects. Il est un côté dont nous n'avons point parlé, celui de la bienfaisance, et Dieu sait quel chapitre ! Non, jamais bienfaisance chez un particulier ne fut plus ingénieuse et plus vaste, allant de la blouse à l'habit noir, de la chaumière à l'atelier, et découvrant sous les combles l'homme de lettres nécessiteux. Chez lui la charité devenait héroïque dans certains cas.

Aussi dirons-nous en terminant que le duc de Luynes doit être donné comme exemple. Ame tendre et austère à la fois, il a su mener de front la vie morale et intellectuelle, ne les séparant point pour mieux les fortifier. Peu d'hommes se sont montrés dignes à ce point du respect universel, et plus à l'abri de ces écarts, de ces défaillances de mœurs qui diminuent tout, même le génie, et qui effeuillent ses couronnes. Comme un simple bourgeois d'autrefois, il a pratiqué les vertus tranquilles, et il s'est montré le plus fervent adorateur des religions de la famille et des dieux domestiques. Du reste, un mot peut suffire pour le peindre tout entier. Il répondit un jour à quelqu'un qui lui disait : Mais vous avez fait votre devoir, — « Monsieur, un honnête homme doit faire plus que son devoir. »

HALÉVY

(*Journal des Débats,* 15 mars 1864.)

Les nombreux admirateurs d'Halévy n'ont point oublié cette biographie dans laquelle, avec l'émotion d'un frère, sous le coup d'une perte irréparable, l'éloquent et récent interprète de Sophocle nous montre l'artiste éminent que regrette la France. Je crois leur donner une bonne nouvelle en leur apprenant que ce portrait de famille vient d'être complété par un écrivain qui depuis longtemps s'est fait connaître honorablement dans la presse, par le représentant de l'administration près des théâtres lyriques, M. Edouard Monnais.

Assurément les « *Souvenirs d'un ami pour joindre à ceux d'un frère* » ne seront point accueillis avec moins de faveur que les « *Récits et impressions personnelles* » de M. Léon Halévy. Ce sont là de ces œuvres pieuses, de ces confidences honnêtes qui commandent l'attention, j'allais dire le respect. D'ailleurs, parmi tous ceux qui ont écrit sur l'auteur de *la Juive*, bien peu ont pénétré plus avant dans l'intimité d'Halévy que M. Monnais. Les dilettante qui aiment à voir de près un artiste célèbre ne liront pas sans un vif intérêt ces pages dictées par le cœur. Si elles n'arrivent à la publicité qu'après une des plus charmantes *Causeries du lundi* et un brillant éloge académique, elles sauront bien se le faire pardonner.

On peut parler, et l'on parlera longtemps encore

d'Halévy. Son magnifique talent et surtout ses aptitudes si variées offrent à l'observation des points de vue non moins variés. Les hommes de cette valeur méritent d'être étudiés à plusieurs reprises. Il y a toujours une pierre d'attente dans le monument que la postérité leur élève.

Halévy était avant tout une large intelligence, un esprit fin, pénétrant, et le plus charmant causeur. Le caractère était à l'avenant. Rempli de bonté, doux, enjoué parfois, de petites impatiences, impatiences d'enfant, faisaient encore mieux ressortir ce qu'il y avait en lui de coulant, de bienveillant, de facile. Une indomptable ardeur pour le travail, des œuvres vigoureuses, élevées, voilà par où se révélait cette âme énergique. Partout ailleurs, l'homme prudent, l'homme adroit, le sage dominaient.

Grand musicien, profond comme Cherubini son illustre maître, Halévy était en outre du petit nombre des artistes qui possèdent le talent d'écrire. Le plus souvent, ce grand art ne leur présente que des difficultés inextricables, des piéges dont ils ne se doutent guère. Pour Halévy, ce fut un nouvel élément de supériorité, un bel appoint à sa renommée. A ceux qui le félicitaient sur des succès dont l'éclat aurait pu rendre jaloux des écrivains de profession, et même fort habiles, il répondait en souriant qu'il ne devait cet avantage qu'à la nécessité qui force les compositeurs à manier bien plus souvent la plume que les sculpteurs ou les peintres. En cela, comme sur tant d'autres points, Halévy se distinguait par une modestie assez rare quand on arrive à la célébrité.

« La chose la plus importante de la vie, dit Pascal,
c'est le choix d'un métier. Le hasard en dispose. »
Peut-être un simple hasard a-t-il fait qu'à la place
d'un attrayant écrivain, fêté, choyé par toutes les
puissances ou vivement attaqué (c'est le sacre des auteurs populaires), nous avons eu l'un des plus illustres
représentants de la musique française. Halévy littérateur pourrait être sérieusement étudié, et je ferai remarquer qu'à cet égard un recueil de ses lettres serait
d'un grand secours. Quand l'Opéra, le Conservatoire
ou l'Institut ne le réclament point à la fois, quand il
n'est pas forcé d'écrire trente billets en une heure,
Halévy est le plus aimable correspondant. Son heureux
naturel, tout l'agrément de son esprit se retrouvent
sous sa plume. Je voudrais pouvoir donner ici comme
exemple ce que le 31 janvier 1862 il écrivait de Nice
à M. Monnais, de Nice qu'il appelle la ville bénie,
calme et confite dans les orangers. Il est question dans
cette lettre d'une méprise provenant du patron de la
ville, qui envoie de la neige aux Niçois lorsqu'ils lui
demandent de la pluie. On a là un petit chef-d'œuvre
de douce ironie. Hélas ! cette lettre est une des dernières : quelques semaines après, Halévy n'était plus,
lui qui aimait tant vivre pour bien employer sa vie !

Il est un moment qui marque dans la carrière de
l'illustre compositeur et qui la couronne. C'est celui
où il est élu secrétaire perpétuel de l'Académie des
Beaux-Arts. Cette haute distinction, il l'avait vivement
ambitionnée. Il en était très-fier, surtout après l'avoir
emporté de haute lutte sur un maître dans l'art de bien
dire, sur un homme d'un goût exquis, sur M. Vitet. A

cette date, on trouve chez Halévy, à côté du grand musicien, du bon journaliste, l'orateur ingénieux et spirituel. Il y aurait place aussi pour le savant, si l'auteur de l'*Éclair*, de *Charles VI*, du *Val d'Andorre* pouvait disposer de ses nuits et de ses journées, mais il est débordé. Les devoirs officiels, le monde, le théâtre, dévorent tout son temps. Halévy est de ceux qui désirent, qui acceptent tous les labeurs, dans l'espoir chimérique de suffire à tous. Indépendant, solitaire, vivant comme vivait Rameau (il lui ressemble par certains côtés), éloigné des salons, où il comptait tant d'amis, on eût vu Halévy figurer parmi les pionniers de l'érudition et des sciences positives, sans que la musique eût rien perdu. Les ressources sont grandes chez ces génies encyclopédiques. Doué d'une mémoire extraordinaire, il parlait l'allemand, l'italien, l'anglais; connaissant les trois langues classiques, accoutumé, rompu au travail, il n'avait qu'à se laisser aller sur la pente : « Il savait beaucoup de choses, nous dit M. Monnais, en histoire naturelle et en médecine. Sa curiosité était inépuisable : tout l'intéressait, l'attachait, lui inspirait un désir ou plutôt un regret, celui de n'avoir pas fait de ce dont il était question l'occupation de sa vie. »

Ceci me rappelle que, vers le temps où il venait d'accepter les fonctions de secrétaire perpétuel, fonctions bien difficiles, étant allé lui rendre visite un matin, je le trouvai seul dans ce joli cabinet dont les fenêtres donnaient sur le jardin de l'hôtel Laffitte. Il lisait près d'un meuble qui, symbole de la double vocation de cet homme supérieur, se transformait à volonté en un secrétaire ou en un piano : « Mon Dieu ! que d'esprit dans ce petit livre ! me dit-il comme j'entrais. Ce que j'admire surtout, c'est un art merveilleux de rendre les nuances les plus délicates de la pensée. » Et il me montrait un volume des *Causeries*. « Je commence à croire, ajouta-t-il (un éclair brilla dans ses yeux), qu'à tout âge on peut faire des progrès. » Le musicien célèbre regrettait-il en ce moment de ne point être un critique et l'un des premiers en talent et en autorité ?

Halévy apportait à tout ce qu'il faisait une application merveilleuse. Écrivain ou lecteur imperturbable, peu lui importait de travailler dans son salon au milieu de sa famille ou de ses amis. Les conversations, le bruit, les jeux de ses enfants ne troublaient en rien le grand compositeur, qui semait rapidement sur des monceaux de papier réglé toutes les notes de la gamme et de belles mélodies. Halévy personnifiait l'attention. Sa vie s'est passée à être attentif. Il était attentif surtout à sa grande renommée musicale ; et s'il n'espérait pas beaucoup l'accroître, puisque la gloire était déjà venue, du moins veillait-il soigneusement à ce que rien ne vînt l'amoindrir. A cet égard, son charmant esprit lui venait en aide.

Appelé par Halévy, peu de temps après son élection, à l'honneur de prendre part, en qualité d'auxiliaire, aux travaux de la commission du Dictionnaire de l'Académie des Beaux-Arts, il m'a été donné de l'approcher et de le voir à l'œuvre. Halévy rêvait l'entier accomplissement de ce travail colossal, aujourd'hui en bonnes mains et en bonne voie, et qui n'était, lors-

qu'il entreprit de le diriger, qu'un embryon conservé
depuis cinquante ans dans les cartons de l'Institut.
Combien de fois m'a-t-il parlé avec feu de l'exécution
d'un ouvrage dans lequel un enthousiasme presque
juvénil lui faisait entrevoir le rival, et un rival heureux du Dictionnaire de l'Académie française ! Fati-
gué des émotions du théâtre, par moments du moins,
il comptait consacrer à ce labeur très-lourd, mais
modeste, une part notable de son temps. Dans ces
jours de première ferveur académique, l'artiste se fait
de plus en plus littérateur, érudit ; l'esthétique l'attire,
et même il a des moments d'entraînement vers l'archéologie. Il revoit et termine le mot *opéra*, c'est-à-
dire l'histoire piquante et neuve de toutes les vicissitudes de notre première scène lyrique ; morceau
achevé, qui n'a d'autre défaut que de n'avoir point été
publié dans quelque Revue à la mode et de manquer
de lecteurs.

Mais ce qui m'a le plus frappé durant ces quatre
années de travail en commun, quatre années dont le
souvenir m'est cher ! c'est la droite raison de mon éminent collaborateur ; Halévy était par excellence l'homme
judicieux, l'homme d'un grand sens. L'un des Chénier a dit, je ne sais plus où :

> Esprit, raison qui finement s'exprime.

Cette raison « qui finement s'exprime, » que des
mots heureux, des traits bien aiguisés signalent à
toute heure, nous la trouvons chez Halévy, littérateur,
homme du monde, qui paye son écot en esprit et ar-

gent comptant. Les dons supérieurs, l'invention, l'imagination, il faut les demander au compositeur, à l'artiste passionné, hardi et libre, calculateur néanmoins,
et qui médite profondément ses effets. C'est de ce côté
que s'établit le point d'union entre les deux parties
très-distinctes de cette nature si riche, si complexe et
si largement douée.

Ici, l'amour de la vérité m'oblige à faire une remarque. Halévy, critique d'art (je parle des arts du dessin),
se montre moins connaisseur et moins sûr de lui-
même. Certaines qualités de sentiment et de science,
nécessaires pour aborder ces questions, il ne paraît
pas les posséder dès l'abord. Le vif coloris de ses éloges académiques, les anecdotes piquantes, l'agrément
du style, ne cachent point assez quelque peu d'hésitation et d'incertitude. Moins attrayant, et à coup sûr
peu amusant, le grave Quatremère de Quincy est au
fond plus instructif. Une haute expérience le guide,
car il a pu joindre la pratique à la théorie. Il domine
son sujet et l'épuise. Sa voix est sévère : c'est qu'il a
une religion, des dogmes, et par suite un noble fanatisme. Je passe à côté de son successeur, homme de
mérite et de vaste érudition, mais qui n'embrasse et
ne sent pas véritablement l'art; orateur élégant qu'une
pointe de prétention dépare. Halévy se présente, au
contraire, à son auditoire avec simplicité et grâce, le
sourire sur les lèvres, la bienveillance dans les yeux.
Il parle, et les applaudissements éclatent de toutes
parts.

Est-il besoin de le dire? Halévy trouvera bientôt sa
voie. Les rapports qu'il va rédiger comme secrétaire

perpétuel se distingueront autant par la solidité que
par la clarté et la convenance. L'un d'eux jouit aujour-
d'hui d'une certaine célébrité : et ici je fais allusion
au rapport sur l'intéressant ouvrage de M. le comte
Léon de Laborde, intitulé : *l'Union des arts et de
l'industrie.* Halévy, qui manie si habilement la langue
des musiciens, connaît maintenant l'idiome des sculpteurs, des architectes et des peintres. Dans un excellent style, cet excellent et docile esprit reproduit scrupuleusement les opinions et les décisions de ses
confrères. L'Académie des Beaux-Arts est dans la
joie : elle possède enfin l'interprète aimable et fidèle
qu'elle cherchait depuis cinquante ans ; mais ce qui
lui plaît avant tout, elle a trouvé cet interprète dans
son sein, et au lieu d'un régent elle a un ami.

Je crains de multiplier les traits de détail et de trop
appuyer le crayon lorsque d'excellents artistes en biographie nous ont donné de si bons portraits d'Halévy,
et cependant je regretterais de ne pouvoir pas dire ici
à quel point je l'ai trouvé sociable, conciliant, sensible,
sympathique. Comme il savait s'arranger avec les
hommes ! Cet art si précieux pour se conduire et
réussir, il le relevait extérieurement par une politesse
affectueuse. La familiarité même n'excluait jamais
chez lui une sorte de dignité douce. Vous le quittiez
satisfait de lui et de vous-même et avec le désir de le
revoir.

Très-respectueux pour les splendeurs du passé,
saluant les vieux maîtres, et trop sagé pour ne pas
voir que la tradition est la corde qui empêche le navire
d'aller à la dérive, il acceptait néanmoins le présent

avec zèle et en sincère ami du progrès. Il est impossible d'être mieux de son temps qu'Halévy, me disait un de ses confrères dont le talent a tout le cachet du siècle dernier. Il aimait le succès, mais sans faiblesse ; car il ne lui a jamais rien sacrifié de ce qu'il devait au respect de lui-même et de son art.

On parle beaucoup maintenant de l'influence des races. Les uns admettent cette influence, les autres la nient. Pour moi, si je ne puis méconnaître combien la civilisation moderne est destructive de toute originalité vraie, si je prévois que cette disparition des signes distinctifs des nations, dans un avenir moins éloigné qu'on ne pense, menace le monde de la plus ennuyeuse uniformité, je ne puis m'empêcher d'être frappé singulièrement, et de le dire, quand je retrouve quelques traces de cette influence dans les vastes et lumineux domaines de l'imagination et des arts. Quatre grands compositeurs, depuis quarante ans, ont enrichi notre Opéra français et toutes les scènes lyriques de l'Europe. Le premier, enfant de l'Italie, s'endort, dans la force de l'âge, au soleil de sa gloire ; le second, né à Paris, toujours heureux, toujours caressé par la fortune qui n'a pas cessé de lui sourire, car elle est femme, et jeune encore dans sa verte vieillesse, se renferme dans un aimable et brillant épicuréisme ; les deux autres, ouvriers de la dernière comme de la première heure, ne connaissent point le repos : tout est aiguillon pour eux, le succès aussi bien que la critique. S'ils s'arrêtent, c'est uniquement pour essuyer la sueur qui couvre leur front, et recommencer avec plus d'ardeur encore. Une conviction opiniâtre les

distingue, foi profonde qui se rattache à un type général et tracé fortement : tous deux sont israélites.

Les souvenirs de M. Monnais ont réveillé les miens.
En le lisant, j'ai revu Halévy. Ce calme habituel qui
voilait à peine quelques orages intérieurs et parfois une
grande tristesse, ce fin et bon sourire qui me captivait,
cette attachante figure d'un homme comblé des dons
de l'esprit, j'ai tout revu. J'aurais cependant gardé
pour moi l'idée qui m'était restée d'Halévy, et je n'aurais point cherché à rendre publiquement hommage
au grand artiste, quoique je l'aie franchement admiré
et sincèrement aimé, sans une circonstance particulière. Dans quelques jours on va inaugurer, au cimetière Montmartre, le monument et la statue d'Halévy,
œuvre importante de deux hommes d'un grand talent,
M. Duret, le célèbre sculpteur, et M. Lebas, le savant
architecte. On a choisi pour cette cérémonie pleine de
tristesse et de consolation à la fois le 17 mars, second
anniversaire de la mort de l'illustre compositeur. J'ai
voulu le célébrer.

FIN

TABLE DES MATIÈRES

MOYEN AGE ET RENAISSANCE

LES TEMPS MODERNES

BIOGRAPHIES

Paris. — Impr. Viéville et Capiomont, 6, rue des Poitevins.

LIBRAIRIE ACADÉMIQUE

DIDIER ET Cie

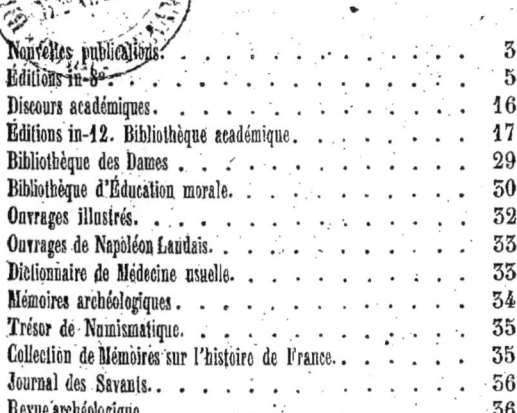

PARIS
35, QUAI DES AUGUSTINS, 35

1874

EN VENTE

LE PORTRAIT DE LA COMTESSE ALBERT DE LA FERRONNAYS

Belle gravure de FLAMENG, d'après le dessin original de Mme la marquise de Caraman
Pour les souscripteurs au *Récit d'une sœur* (édition in-8), 75 centimes
Sur grand papier, 1 fr. 25.—Épreuves d'artiste sur chine, 4 fr., et avant la lettre, 5 fr.

LE PORTRAIT DE MADAME SWETCHINE

Gravé sur acier, 75 centimes. — Sur grand papier, 1 fr. 25.

ROSA FERRUCCI, SA VIE ET SES LETTRES

Publiées par Sa Mère, traduit par l'abbé LEMONNIER.

1 volume in-8 elzévir vergé. 5 fr. — Tiré à 100 exemplaires.

LES SOIRÉES DE LA VILLA DES JASMINS

PAR

Madame la marquise DE BLOCQUEVILLE

4 vol. in-8. . 30 fr.

OUVRAGES SOUS PRESSE

1

ROME SOUTERRAINE

RÉSUMÉ DES DÉCOUVERTES DE M. DE ROSSI
DANS LES CATACOMBES ROMAINES
PAR J. SPENCER NORTHCOTE & W.-R. BROWNLOW
TRADUIT DE L'ANGLAIS, AVEC DES ADDITIONS ET DES NOTES
PAR M. PAUL ALLARD

ET PRÉCÉDÉ D'UNE PRÉFACE PAR M. DE ROSSI
Deuxième édition, revue et augmentée par le traducteur
1 beau vol. grand in-8, raisin, illustré de 70 vignettes, de 20 chromolithographies et plans
Prix : Broché, 30 fr.; en belle demi-reliure, 35 fr.

VOYAGE EN TERRE SAINTE

PAR M. F. DE SAULCY

2 beaux vol. grand in-8, ornés de 15 cartes et plans et de nombreuses
vignettes dans le texte.
Deuxième édition. — 20 fr.; relié, 27 fr.

ROME ET LES BARBARES

ÉTUDES SUR LA GERMANIE DE TACITE

PAR A. GEFFROY
DE L'ACADÉMIE DES SCIENCES MORALES
1 vol. in-8 . . . . 7 fr. 50

HISTOIRE D'ALCIBIADE

ET DE LA RÉPUBLIQUE ATHÉNIENNE

Depuis la mort de Périclès jusqu'à l'avénement des trente Tyrans

PAR

HENRY HOUSSAYE
2ᵉ édition. 2 vol. in-8, ornés d'un beau portrait. 14 fr.

L'ART ET L'ARCHÉOLOGIE

PAR

ERNEST VINET
1 vol. in-8 . . . . 7 fr. 50

HISTOIRE — LITTÉRATURE — PHILOSOPHIE

ÉDITIONS IN-8

AMPÈRE (J.-J.)

Histoire littéraire de la France avant et sous Charlemagne. Nouv. édit. 3 vol. in-8. . . . . 22 fr. 50

Formation de la langue française. Complément de l'*Histoire littéraire.* Nouvelle édition, revue et corrigée. 1 vol. in-8. . . . . 7 fr. 50

La Philosophie des deux Ampère, publiée par M. J. Barthélemy Saint-Hilaire. 1 vol. in-8. . . . . 7 fr. 50

La Grèce, Rome et Dante. 3e édition. 1 vol. in-8. . . . . 7 fr. 50

La Science et les Lettres en Orient. 1 vol. in-8. . . . . 7 fr. 50

D'ASSAILLY

Albert le Grand. L'ancien monde devant le nouveau. 1re partie. 1 vol. in-8 7 fr 50

Les Chevaliers poëtes de l'Allemagne. — *Minnesinger.* 1 vol. in-8. . . 5 fr.

AUBERTIN (CH.)

Sénèque et saint Paul. Étude sur les rapports supposés entre le philosophe et l'apôtre. (*Ouvrage couronné par l'Académie française.*) 1 vol. in-8. 7 fr.

D'AZEGLIO

L'Italie de 1847 à 1865. Correspondance politique publiée par M. Eug. Rendu. 1 vol. in-8 . . . . 7 fr.

BADER (CLARISSE)

La Femme dans l'Inde antique. (*Ouvrage couronné par l'Académie française.*) 1 vol. in-8. . . . . 6 fr.

BARANTE

Vie de Mathieu Molé. — *Le Parlement et la Fronde.* 1 vol. in-8. . . . 6 fr.

Histoire du Directoire de la République française, *complément de l'Histoire de la Convention.* 3 forts volumes grand in-8 cavalier. . . . . 18 fr.

Études historiques et biographiques. 2 vol. in-8. . . . . 14 fr.

Études littéraires et historiques. 2 vol. in-8. . . . . 14 fr.

Pensées et réflexions morales et politiques du comte de Ficquelmont, précédées d'une notice par M. de Barante. 1 vol. in-8. . . . . 6 fr.

Œuvres dramatiques de Schiller, trad. de M. de Barante. Nouvelle édition revue. 3 vol. in-8. . . . . 18 fr.

BARET (E.)

Les Troubadours et leur influence sur les littératures du Midi de l'Europe. 1 vol. in-8. . . . . 6 fr.

BARTHÉLEMY (ED. DE)

Mesdames de France, filles de Louis XV. 1 vol. in-8. . . . . . . 7 fr. 50

La Galerie des Portraits de mademoiselle de Montpensier : Éloges des seigneurs et dames, etc. Nouv. édit. avec notes. 1 vol. in-8. . . . . 6 fr.

BASTARD D'ESTANG

Les Parlements de France. Essai historique sur leurs usages, leur organisation et leur autorité. 2 forts volumes in-8. . . . . 15 fr.

BAUDRILLART

Publicistes modernes. 1 fort vol. in-8. . . . . 7 fr.

Jean Bodin et son temps. Tableau des théories politiques et des idées économiques au XVIe siècle. 1 vol. in-8 . . . . 7 fr.

BERRYER

Œuvres. 1re série. *Discours parlementaires.* 5 vol. in-8 . . . . . 35 fr.

BERSOT (ERN.).

Morale et politique. 1 vol. in-8. . . . . 6 fr.
Essais de philosophie et de morale. 2 vol. in-8. . . . . 12 fr.

BERTAULD

Philosophie politique de l'histoire de France. 1 vol. in-8. . . . . . 6 fr.
La Liberté civile. Nouv. études sur les publicistes contemporains. 1 v. in-8. 7 fr.

BERTRAND (ALEX.) ET GÉNÉRAL CREULY

Guerre des Gaules. Commentaires de J. César. Trad. nouv. avec texte.
2 vol. in-8. Le 1ᵉʳ est en vente. Prix du vol. . . . . 7 fr.

BIMBENET (EUG.)

Fuite de Louis XVI à Varennes, d'après les documents judiciaires et administratifs, etc. 1 vol. in-8 avec des fac-similé. . . . . 7 fr. 50

J. F. BOISSONADE

Critique littéraire sous le Iᵉʳ empire, avec une notice par M. NAUDET, de l'Institut, et une étude de M. F. Colincamp, etc. 2 forts vol. in-8 avec portrait. 15 fr.

BONNEAU AVENANT

Madame de Miramion. Sa vie et ses œuvres charitables. (*Ouvrage couronné par l'Académie française*). 1 vol. in-8 orné d'un joli portrait. . . . 7 fr. 50

BONNECHOSE (ÉMILE DE)

Histoire d'Angleterre, depuis les temps les plus reculés jusqu'à l'époque de la Révolution française, avec un résumé chronologique des événements jusqu'à nos jours. (*Ouvrage couronné par l'Académie française.*) 2ᵉ édit. 4 vol in-8. . 28 fr.

BROGLIE (DUC DE)

Écrits et Discours. Philosophie, littérature, politique. 3 vol in-8. . . . 18 fr.

BROGLIE (A. DE)

Nouvelles études de littérature et de morale. 1 vol. in-8. . . . . . 7 fr.
L'Église et l'Empire romain au IVᵉ siècle. — 3 parties en 6 vol. in-8. 42 fr.

BUNSEN (C.-C. J. DE)

Dieu dans l'histoire, traduction de M. Dietz, avec une étude biographique par M. Henri Martin. 1 fort vol. in-8 . . . . 7 fr. 50

CALDERON DE LA BARCA

Œuvres dramatiques, traduction de M. ANT. DE LATOUR, avec une étude, des notices et des notes. 2 vol. in-8. . . . . 12 fr.

CARNÉ (L. DE)

Souvenirs de ma jeunesse au temps de la Restauration. 1 vol. in-8. 6 fr.
Les États de Bretagne. 2 vol. in-8. . . . . 12 fr.
Les Fondateurs de l'Unité française. Suger, saint Louis, Du Guesclin, Jeanne d'Arc, Louis XI, Henri IV, Richelieu, Mazarin. 2 vol. in-8. . . . . 12 fr.
La Monarchie française au XVIIIᵉ siècle. Études historiques sur les règnes de Louis XIV et de Louis XV. Nouv. édit. 1 vol. in-8. . . . . 6 fr.

CHAIGNET (ED.)

Pythagore et la Philosophie pythagoricienne. (*Ouvrage couronné par l'Académie des Sciences morales*) 2 vol. in-8. . . . . 12 fr.

CHAMPOLLION LE JEUNE

Lettres écrites d'Égypte et de Nubie en 1828 et 1829. Nouv. édit. 1 vol. in-8 avec planches. . . . . 7 fr. 50

CHASLES (PHIL.)

Voyages d'un critique à travers la vie et les livres. *Première série*: Orient.
— *Deuxième série*: Italie et Espagne. 2 vol. in-8. . . . . 12 fr.

CHASLES (ÉMILE)

Michel de Cervantes. Sa vie, son temps, etc. 1 vol. in-8. . . . . . . 7 fr.

CHASSANG

Le Spiritualisme et l'idéal dans l'art et la poésie des Grecs. 1 vol. in-8. 6 fr.

Apollonius de Tyane, sa vie, ses voyages, ses prodiges, par Philostrate, et ses Lettres; ouvr. trad. du grec, avec notes, etc. 1 vol. in-8. . . . . . . 6 fr.

Histoire du Roman dans l'antiquité grecque et latine, et de ses rapports avec l'histoire. (*Ouvrage couronné par l'Académie des inscriptions.*) 1 vol. in-8. 6 fr.

CHERRIER (DE)

Histoire de Charles VIII, roi de France. 2 vol. in-8. . . . . 14 fr.

CLÉMENT (CHARLES)

Prudhon, sa vie, ses œuvres et sa correspondance. 2ᵉ éd. 1 v. in-8. 6 fr.

Géricault. — *Étude biographique et critique*, avec le catalogue raisonné de l'œuvre du maître. 1 vol. in-8. . . . . 6 fr.

CLÉMENT (PIERRE)

L'Abbesse de Fontevrault, *Gabrielle de Rochechouart de Mortemart*. 1 vol. in-8, orné d'un portrait. . . . . 7 fr. 50

Enguerrand de Marigny, *Beaune de Semblançay, le chevalier de Rohan.* Épisodes de l'histoire de France. 2ᵉ édition. 1 vol. in-8. . . . . 6 fr.

COMBES (F.)

La Princesse des Ursins. Essai sur sa vie et son caractère politique. 1 v. in-8. 5 fr.

COURCY (MARQUIS DE)

L'Empire du Milieu. État et description de la Chine. 1 fort vol. in-8. . . . 9 fr.

COURDAVEAUX

Caractères et Talents. Études de littérature ancienne et moderne. 1 vol in-8. 6 fr.

Entretiens d'Épictète, trad. nouvelle et complète. 1 vol. in-8. . . . . . 7 fr.

Eschyle, Xénophon et Virgile. 1 vol. in-8. . . . . 5 fr.

COUSIN (V.)

La Jeunesse de Mazarin. 1 fort vol. in-8. . . . . 7 fr.

La Société française au XVIIᵉ siècle, d'après le *Grand Cyrus*, roman de mademoiselle de Scudéry. 3ᵉ édit. 2 vol. in-8. . . . . 14 fr.

Madame de Chevreuse. 5ᵉ édit. 1 vol. in-8, orné d'un joli portrait. . . 7 fr.

Madame de Hautefort. 2ᵉ édit. 1 vol. in-8, avec un joli portrait. . . . 7 fr.

Jacqueline Pascal. 7ᵉ édition. 1 vol. in-8, *fac-simile*. . . . . 7 fr.

La Jeunesse de madame de Longueville. 7ᵉ édit. 1 v. in-8, 2 port. 7 fr.

Madame de Longueville pendant la Fronde (2ᵉ édit.). 1 vol. in-8 . . 7 fr.

Madame de Sablé. 2ᵉ édition. 1 vol. in-8, avec portrait. . . . . 7 fr.

Études sur Pascal. 1 vol. in-8. (*Sous presse.*)

Fragments et Souvenirs littéraires. 1 vol. in-8. . . . . 7 fr.

Premiers Essais de Philosophie. 4ᵉ édit. 1 vol. in-8 . . . . 6 fr.

Philosophie sensualiste du XVIIIᵉ siècle. Nouvelle édit. 1 vol. in-8. 6 fr.

Introduction à l'Histoire de la Philosophie. Nouv. édition. 1 vol. in-8. 6 fr.

Histoire générale de la Philosophie depuis les temps les plus anciens jusqu'au XIXᵉ siècle. 10ᵉ édit. 1 vol. in-8. . . . . 7 fr. 50

Philosophie de Locke. Nouvelle édition entièrement revue. 1 vol. in-8. 6 fr.

Du Vrai, du Beau et du Bien, 17ᵉ édit. 1 vol. in-8 avec portrait. . . 7 fr.

Fragments pour servir à l'histoire de la philosophie. 5 vol. in-8. . . 30 fr.

Séparément : **Philosophie ancienne et du moyen âge**. 2 vol. in-8. . . 12 fr.

—— **Philosophie moderne**. 2 vol. in-8. . . . . 12 fr.

—— **Philosophie contemporaine**. 1 vol. in-8. . . . . . . 6 fr.

CRAVEN (Mᵐᵉ AUG.), NÉE LA FERRONNAYS

Récit d'une Sœur. Souvenirs de famille. 19ᵉ édition. 2 vol. in-8, avec un beau portrait. . . . . 15 fr.

DANTIER (ALPH.)

Les Monastères bénédictins d'Italie. Souvenirs d'un voyage littéraire au delà des Alpes. (*Ouvrage couronné par l'Académie française.*) 2 vol. in-8. 15 fr.

DAUDVILLE

Physiologie des instincts de l'homme. 1 vol. in-8. . . . . 6 fr.

DELAPERCHE

Essai de philosophie analytique. 1 vol. in-8. . . . . 7 fr.

DELAUNAY (FERD.)
Philon d'Alexandrie. *Écrits historiq.*, trad. et préc. d'une intr. 1 v. in-8. 7 fr.
DELÉCLUZE (E.-J.)
Louis David, son école et son temps. Souvenirs. 1 vol. in-8. . . . . 6 fr
DELOCHE (MAX.)
La Trustis et l'Antrustion royal sous les deux 1ᵉʳ races. 1 vol. gr. in-8. 10 fr.
DESJARDINS (ALBERT)
Les Moralistes français au XVIᵉ siècle. (*Ouvr. cour. par l'Acad. franc.*
1 vol. in-8. . . . . 7 fr. 50
DESJARDINS (ERNEST)
Le grand Corneille historien. 1 vol. in-8. . . . . 5 fr.
Alésia (7ᵉ CAMPAGNE DE JULES CÉSAR). Résumé du débat, etc., suivi de notes inédites
de Napoléon Iᵉʳ sur les COMMENTAIRES DE JULES CÉSAR. In-8, avec *fac-simile*. 3 fr.
DESNOIRESTERRES (GUST.)
Gluck et Piccinni. *La musique française au XVIIIᵉ siècle.* 1 v. in-8. 7 fr. 50
Voltaire et la Société au XVIIIᵉ siècle. 5 séries ou volumes : *La Jeunesse
de Voltaire* (épuisé). *Voltaire à Cirey. Voltaire à la cour. Voltaire et Frédéric.
Voltaire aux Délices.* Le vol, à. . . . . 7 fr. 50
DREYSS (CH.)
Mémoires de Louis XIV POUR L'INSTRUCTION DU DAUPHIN. 1ʳᵉ édit. complète, avec
une étude sur la composition des Mémoires et des notes. 2 vol. in-8. . 12 fr.
DUBOIS (D'AMIENS) (FRÉD.)
Éloges prononcés à l'Académie de médecine. PARISET, BROUSSAIS, ANT.
DUBOIS, RICHERAND, BOYER, ORFILA, CAPURON, DENEUX, RÉCAMIER, ROUX, MAGENDIE,
GUÉNEAU DE MUSSY, G. SAINT-HILAIRE, CHOMEL, THÉNARD, etc., etc. 2 vol. in-8. 10 fr.
DUBOIS-GUCHAN
Tacite et son siècle, ou la société romaine impériale, d'Auguste aux Antonins,
dans ses rapports avec la société moderne. 2 beaux volumes in-8. . . . 14 fr.
De l'Esprit de mon temps au point de vue moral. 1 vol. in-8. . . . . . 4 fr.
A. DUCASSE
Le général Vandamme et sa correspondance. 2 vol. in-8. . . . . . . 12 fr.
DUCLOS (H.)
Madame de La Vallière et Marie Thérèse d'Autriche, femme de Louis XIV,
avec pièces et documents inédits. 2ᵉ édit., 2 vol. in-8. . . . . 10 fr.
DU MÉRIL (ÉDELST.)
Histoire de la Comédie ancienne. 2 vol. in-8. . . . . 14 fr.
DURAND DE LAUR
Érasme, sa vie, son œuvre. 2 forts vol. in-8. . . . . 15 fr.
EGGER
L'Hellénisme en France. Leçons sur l'influence des études grecques sur la
langue et la littérature françaises. 2 vol. in-8. . . . . 15 fr.
FABRE (A.)
La Correspondance de Fléchier avec Madame des Houlières et sa fille.
1 vol. in-8. . . . . 6 fr.
FALLOUX (Cⁱᵉ DE)
Madame Swetchine. Sa vie et ses pensées, publiées par M. DE FALLOUX. 11ᵉ édit.
2 vol. in-8, ornés d'un portrait. . . . . 15 fr.
Lettres de madame Swetchine, publ. par M. DE FALLOUX. 5 vol. in-8. 22 fr. 50
Correspondance du P. Lacordaire avec madame Swetchine, publiée par
M. DE FALLOUX. 1 vol. in-8. . . . . 7 fr. 50
Étude sur madame Swetchine, par Ern. Naville. In-8. . . . . 1 fr. 50
FAVRE (L.)
Le chancelier Estienne Denis Pasquier. Souvenirs de son dernier secrétaire.
1 vol. in-8. avec portrait. . . . . 7 fr. 50
FERRARI (J.)
La Chine et l'Europe, leur hist. et leurs traditions comparées. 1 vol. in-8. 7 f. 50
Histoire des Révolutions d'Italie, ou Guelfes et Gibelins. 4 vol. in-8. 24 fr.
FERRI (LOUIS.)
Histoire de la Philosophie en Italie au XIXᵉ siècle. 2 vol. in-8. . . . 12 fr.

FEUGÈRE (LÉON)

Les Femmes poëtes au XVI° siècle, étude suivie de notices sur Mlle de Gournay, d'Urfé, Montluc, etc. 1 vol. in-8. . . . . 5 fr.

FLAMMARION

Récits de l'infini. Lumen, Histoire d'une comète, etc. 1 vol. in-8. . . 6 fr.

La Pluralité des mondes habités. Étude où l'on expose les conditions d'habitabilité des terres célestes, etc. Nouv. édit. 1 fort vol. in-8 avec figures. . 7 fr.

FRANCK (AD.)

Moralistes et Philosophes. 1 vol. in-8. 1872. . . . . 7 fr. 50

Philosophie et Religion. 1 vol. in-8. . . . . 7 fr. 50

GANDAR

Lettres et souvenirs d'enseignement, publiés par sa famille, avec une Étude par M. Sainte-Beuve. 2 vol. in-8. . . . . 15 fr.

Choix de Sermons de la jeunesse de Bossuet. Édition critique d'après les textes, avec introduction, notes et notices. 1 vol. in-8, 5 fac-simile. . 7 fr. 50

GEFFROY (A.)

Rome et les Barbares. Étude sur la Germanie de Tacite. 1 vol. in-8. 7 fr. 50

Lettres inédites de Mme des Ursins, avec une introd. et des notes. 1 v. in-8. 6 fr.

GERMOND DE LAVIGNE

Le Don Quichotte de Fernandez Avellaneda, traduit de l'espagnol et annoté. 1 beau vol. in-8. . . . . 5 fr.

GERUZEZ

Histoire de la littérature française jusqu'à la Révolution. (Ouvrage couronné par l'Académie française.) Nouvelle édition. 2 vol. in-8. . . . . 14 fr.

GODEFROY-MENILGLAISE (Mis DE)

Les savants Godefroy. Mémoires d'une famille pendant les XVI°, XVII° et XVIII° siècles. 1 vol. in-8. . . . . 7 fr.

GODEFROY (F.)

Lexique comparé de la langue de Corneille et de la langue du xvii° siècle en général. (Ouvrage couronné par l'Académie française.) 2 vol. in-8. . . . . 15 fr.

GRASSET (LE PRÉSIDENT)

Madame de Choiseul et son temps. Étude de la société de la fin du xviii° siècle. 1 vol. in-8. . . . . 6 fr.

GUADET

Les Girondins, leur vie politique et privée, leur proscription, leur mort. 2 vol. in-8. . . . . 12 fr.

GUÉRIN (MAURICE DE)

Journal, lettres et fragments, publiés par M. Trebutien, avec une étude par M. Sainte-Beuve. 1 volume in-8. 7 fr.

GUÉRIN (EUGÉNIE DE)

Journal et lettres, publiés par M. Trebutien. (Ouvrage couronné par l'Académie française.) 2 vol. in-8. . . . . 14 fr.

GUIZOT

Sir Robert Peel, étude d'histoire contemporaine, accompagnée de fragments inédits des Mémoires de Robert Peel. Nouvelle édition. 1 vol. in-8. . . . . 6 fr.

Histoire de la Révolution d'Angleterre, depuis l'avénement de Charles Ier jusqu'à la mort de R. Cromwell. 6 vol. in-8, en 3 parties. . . 42 fr.

— **Histoire de Charles Ier**, depuis son avénement jusqu'à sa mort (1625-1649) précédée d'un Discours sur la Révolution d'Angleterre. 8° édit. 2 vol. in-8. 14 fr.

— **Histoire de la République d'Angleterre et de Cromwell** (1649-1658). 2° édit. 2 vol. in-8. . . . . 14 fr.

— **Histoire du protectorat de Richard Cromwell**, et du Rétablissement des Stuarts (1659-1660). 2° édit. 2 vol. in-8. . . . . 14 fr.

Études sur l'Histoire de la Révolution d'Angleterre. 2 vol. in-8 :

— **Monk.** Chute de la République. 5° édit. 1 vol. in-8, portrait. . . . . 6 fr.

— **Portraits politiques** des hommes des divers partis : Parlementaires, Cavaliers, Républicains, Niveleurs. Études historiques. Nouv. édit. 1 vol. in-8. 6 fr.

Essais sur l'Histoire de France. 10° édit. 1 vol. in-8. . . . . 6 fr.

GUIZOT (suite.)

Histoire des origines du gouvernement représentatif et des institutions politiques de l'Europe, etc. Nouv. édit. 2 vol. in-8 . . . . 10 fr.

Histoire de la civilisation en Europe et en France, depuis la chute de l'empire romain jusqu'à la Révolution française. Nouv. édition. 5 vol. in-8 . 30 fr.

Discours académiques, suivis des discours prononcés pour la distribution des prix au Concours général et devant diverses sociétés, etc. 1 vol. in-8. . . 6 fr.

Corneille et son temps. Étude littéraire, etc. 1 vol. in-8 . . . . . . 6 fr.

Méditations et Études morales et religieuses. Nouv. édit. 1 vol. in-8. 6 fr.

Études sur les beaux-arts en général. 3ᵉ édit. 1 vol. in-8. . . . . . . 6 fr.

De la Démocratie en France. 1 vol. in-8 de 164 pages. . . . . . . 2 fr. 50

Abailard et Héloïse. Essai historique par M. et Mᵐᵉ GUIZOT, suivi des *Lettres d'Abailard et d'Héloïse*, traduites par M. Oddoul. Nouv. édit. 1 vol. in-8. 6 fr.

Grégoire de Tours et Frédégaire. — Hɪꜱᴛᴏɪʀᴇ ᴅᴇꜱ Fʀᴀɴᴄꜱ ᴇᴛ Cʜʀᴏɴɪqᴜᴇ, trad. Nouv. édit. revue et augmentée de la *Géographie de Grégoire de Tours et de Frédégaire*, par M. AʟꜰʀᴇᴅJᴀᴄᴏʙꜱ. 2 vol. in-8, avec une carte spéciale. . 14 fr.
Cet ouvrage est autorisé par décision ministérielle pour les Écoles publiques.

Œuvres complètes de W. Shakspeare, traduction nouvelle de M. GUIZOT, avec notices et notes. 8 vol. in-8. . . . . 48 fr.

Histoire de Washington *et de la fondation de la république des États-Unis*, par M. C. ᴅᴇ Wɪᴛᴛ, avec une Introduction par M. Gᴜɪᴢᴏᴛ. 3ᵉ édition, revue et augmentée. 1 vol. in-8, avec portraits et carte. . . . . 7 fr.

Dictionnaire universel des synonymes de la langue française, contenant les synonymes de Gɪʀᴀʀᴅ, Bᴇᴀᴜᴢᴇ́ᴇ, Rᴏᴜʙᴀᴜᴅ, ᴅ'Aʟᴇᴍʙᴇʀᴛ, etc., augmenté d'un grand nombre de nouveaux synonymes, par M. Gᴜɪᴢᴏᴛ, 8ᵉ édit. 1 vol. gr. in-8.... 12 fr.
L'introduction de cet ouvrage est autorisée dans les Établissements d'instruction publique

GUIZOT (GUILLAUME)

Ménandre. Étude historique et littéraire sur la Comédie et la Société grecques. (*Ouvrage couronné par l'Académie française.*) 1 vol. in-8, avec portrait. . . 6 fr.

HALLEGUEN (Dʳ)

Armorique et Bretagne. Origines armorico-bretonnes. 2 vol. in-8. . . 12 fr.

HOUSSAYE (ARSÈNE)

Histoire de Léonard de Vinci. 1 vol. in 8 avec portrait 7 50

HOUSSAYE (HENRY)

Histoire d'Alcibiade et de la République athénienne, depuis la mort de Périclès jusqu'à l'avénement des trente tyrans. 2 volumes in-8, ornés d'un beau portrait. . . . . 14 fr.

Histoire d'Apelles. Études sur l'art grec. 1 vol. in-8. . . . . 7 fr.

J. JANIN

La Poésie et l'Éloquence à Rome au temps des Césars. 1 vol. in-8. 6 fr.

JOBEZ (AD.)

La France sous Louis XV (1715-1774). 6 vol. in-8. (*Ouv. terminé.*). 36 fr.

JULIEN (ERN.)

La Chasse. Son histoire et sa législation. 1 vol. in-8. . . . . 7 fr.

JUSTE (THÉOD.)

Le Soulèvement des Pays-Bas contre la domination espagnole. 2 vol. in-8. . . . . 14 fr.

Vie de Marnix de Sainte-Aldegonde — 1538-1568 — 1 vol. in-8. . . . 5 fr.

LÉON LAGRANGE

Joseph Vernet et la peinture au xvɪɪɪᵉ siècle, avec grand nombre de documents inédits. 1 volume in-8. . . . . 6 fr.

Pierre Puget, peintre, sculpteur architecte, etc. 1 vol. in-8. . . . . . . 6 fr.

LAMENNAIS

Correspondance inédite, publiée par M. Forgues. 2 vol. in-8. . . . . . 10 fr

LAPATZ

Lettres de Synésius, traduites pour la première fois et suivies d'études, etc. 1 vol. in-8. . . . . 7 fr.

LAPRADE (V. DE)

Poëmes civiques. 1 vol. in-8 . . . . 6 fr.
Questions d'art et de morale. 1 vol. in-8. . . . . 6 fr.
Le Sentiment de la nature avant le Christianisme et chez les modernes.
2 vol. in-8. . . . . 15 fr.

LAVOLLÉE (RENÉ)

Portalis, *sa vie et ses œuvres.* 1 vol. in-8. . . . . 6 fr.

LECOY DE LA MARCHE

L'Académie de France à Rome. Correspondance inédite de ses Directeurs
publiée avec une étude et des notes. 1 vol. in-8. . . . . 6 fr.
La Chaire française au moyen âge, et spécialement au XIIIᵉ siècle. *(Ouvrage*
couronné par l'Académie des inscriptions.) 1 vol. in-8. . . . . 8 fr.

LE DIEU (L'ABBÉ)

Mémoires et Journal de l'abbé Le Dieu, sur la vie et les ouvrages de Bossuet, publiés sur les manuscrits autographes. 4 vol. in-8. . . . . . . 20 fr.

LÉLUT

Physiologie de la pensée. Recherche critique des rapports du corps à l'esprit.
2 vol. in-8. . . . . 12 fr.

LEMOINE (ALB.)

L'Aliéné devant la philosophie, la morale et la société. 1 vol. in-8. . . 6 fr.

LESSING

La Dramaturgie de Hambourg, trad. d'Ed. DE SUCKAU et L. CROUSLÉ, avec
une étude par M. A. MÉZIÈRES. 1 vol. in-8. . . . . 7 fr.
Théâtre choisi de LESSING et KOTZEBUE, avec notices et notes; traduit par MM. de
BARANTE et FRANK. 1 vol. in-8. . . . . 6 fr.

LEZAT (L'ABBÉ)

De la Prédication sous Henri IV. 1 vol. in-8. . . . . 5 fr.

LITTRÉ

Histoire de la langue française. Études sur les origines, l'étymologie, la grammaire, etc. 4ᵉ édit. 2 vol. in-8. . . . . 14 fr.

LIVET (CH.)

La Grammaire française et les Grammairiens du XVIIᵉ siècle. *(Mention*
très-honorable de l'Académie des inscriptions.) 1 fort vol. in-8. . . . . 7 fr.

LOPE DE VEGA

Œuvres dramatiques. Trad. de M. E. BARET, avec une Étude, notices, notes.
2 vol. in-8. . . . . 12 fr.

LORGERIL (Vᵗᵉ DE)

Poëmes. 1 vol. in-8. . . . . 6 fr.

LOVE

Le Spiritualisme rationnel, à propos des divers moyens d'arriver à la connaissance, etc. 1 vol. in-8. . . . . 6 fr.

J. TH. LOYSON (L'ABBÉ)

L'Assemblée du clergé de France de 1682, d'après des documents dont un
grand nombre inconnus jusqu'à ce jour. 1 vol. in-8. . . . . 7 fr.

MAINE DE BIRAN

Vie et Pensées, publiées par Em. Naville. 2ᵉ édit. augm. 1 vol. in-8. 7 fr. 50

MARTHA BECKER

Matérialisme et panthéisme. 1 vol. in-8. . . . . 5 fr.

MARTIN (HENRI)

Études d'Archéologie celtique, 1 vol. in-8. . . . . 7 fr. 50

MARY (D')***

Le Christianisme et le Libre Examen. Discussion des arguments apologéti-
ques. 2 vol. in-8. . . . . 12 fr.

MATTER

Le Mysticisme en France au temps de Fénelon. 1 vol. in-8. . . . . 6 fr.
Swedenborg. Sa vie, ses écrits, sa doctrine. 1 vol. in-8. . . . . . . 6 fr.
Saint-Martin, *le Philosophe inconnu,* sa vie, ses écrits, etc. 1 vol. in-8. 6 fr.

MAURY (ALF.)

Les Académies d'autrefois. 2 parties :
— *L'ancienne Académie des sciences.* 1 volume in-8. . . . . 6 fr.
— *L'ancienne Académie des inscriptions et belles-lettres.* 1 volume in-8. . 6 fr.

2

MEAUX (Vᵗᵉ DE)

La Révolution et l'Empire. Étude d'histoire politique. 1 vol. in-8.. . . . 6 fr

MÉNARD (L. ET R.)

La Sculpture antique et moderne. 1 vol. in-8. . . . . 6 fr.
La Morale avant les philosophes. 1 vol. in-8. . . . . 3 fr. 50

MÉZIÈRES (ALF.)

Pétrarque. Étude d'après des documents nouveaux. (*Ouvrage couronné par l'Académie française.*) 1 vol. in-8. . . . . 7 fr. 50
Gœthe. Les œuvres expliquées par la vie. 2 vol. in-8. . . . . 15 fr.

MICHAUD (ABBÉ)

Guillaume de Champeaux et les écoles de Paris au XIIᵉ siècle. 1 vol. in-8. 7 fr.

MIGNET

Éloges historiques : *Jouffroy, de Gérando, Laromiguière, Lakanal, Schelling, Portalis, Hallam, Macaulay.* 1 vol. in-8. . . . . 6 fr.
Antonio Perez et Philippe II. 4ᵉ édition. 1 vol. in-8. . . . . 6 fr.
Charles-Quint, SON ABDICATION, SON SÉJOUR ET SA MORT AU MONASTÈRE DE YUSTE. 5ᵉ édit., revue et corrigée. 1 beau vol. in-8. . . . . 6 fr.
Histoire de la Révolution française. 11ᵉ édit. 2 vol. in-8. (*Sous presse*).

MOLAND (LOUIS)

Origines littéraires de la France. Roman, Légende, etc. 1 vol. in-8. 6 fr.

MONNIER (F.)

Le Chancelier d'Aguesseau, etc., avec des documents inédits et des ouvrages nouveaux du Chancelier. (*Ouvr. cour. par l'Acad. franç.*) 2ᵉ édit. 1 vol. in-8. 6 fr.

MONTALEMBERT (COMTE DE)

L'Église libre dans l'État libre. 1 vol. in-8. . . . . 2 fr. 50

MORAND (F.)

Les jeunes années de Sainte-Beuve. 1 vol. in-8. . . . ' . . . . 3 fr.

MORET (ERNEST)

Quinze ans du règne de Louis XIV. 1700-1715. (*Ouvrage couronné par l'Académie française, 2ᵉ prix Gobert.*) 3 vol. in-8. . . . . 15 fr.

MOURIN (ERN.)

Les Comtes de Paris. Histoire de l'Avénement de la 3ᵉ race. (*Ouvrage cour. par l'Académie française. 2ᵉ prix Gobert*). 1 vol. in-8 . . . . 7 fr.

NOURRISSON

Tableau des progrès de la pensée humaine. Les philosophes et les philosophies depuis Thalès jusqu'à Hegel. 5ᵉ édit. revue et augm. 1 vol. in-8. 7 fr. 50
Philosophie de saint Augustin. (*Ouvrage couronné par l'Académie des sciences morales.*) 2 vol. in-8. . . . . 14 fr.
La Nature humaine. Essais de psychologie appliquée. (*Ouvrage couronné par l'Académie des sciences morales.*) 1 vol. in-8. . . . . 7 fr.
Essai sur Alexandre d'Aphrodisias, suivi du traité *du Destin et du Libre pouvoir,* traduit en français pour la première fois. 1 vol. in-8. . . . . . 6 fr.

NOUVION (V. DE)

Histoire du règne de Louis-Philippe Iᵉʳ (1830-1840). 4 vol. in-8. . . 24 fr

PELLISSON ET D'OLIVET

Histoire de l'Académie française. Nouv. édit. avec une introduction, des notes et éclaircissements, par M. CH. LIVET. 2 gros vol. in-8.. . . . . . 12 fr.

PENQUÉR (Mᵐᵉ A.)

Velléda. 3ᵉ édit. 1 vol. in-8. . . . . 6 fr.

PERRENS

La Démocratie en France au moyen-âge. (*Ouvrage couronné par l'Institut.*) 2 vol. in-8. . . . . 12 fr.
Les Mariages espagnols sous Henri IV et Marie de Médicis. (*Ouvrage couronné par l'Académie française.*) 1 vol. in-8. . . . . 7 fr.

POTIQUET

L'Institut national de France. Ses diverses organisations. — Ses membres. — Ses associés et correspondants (20 nov. 1`95. — 19 nov. 1869). 1 vol. in-8. 8 fr.

POUGEOIS (L'ABBÉ)

Vansleb, *savant orientaliste et voyageur;* sa vie, sa disgrâce, ses œuvres. 1 vol. in-8.. . . . . 7 fr.

POUJADE (EUG.)

Chrétiens et Turcs, scènes et souvenirs de la vie politique, militaire et religieuse en Orient. 1 fort vol. in-8. . . . . 6 fr.

PRELLER

Les Dieux de l'ancienne Rome. *Mythologie romaine,* trad. par M. Dietz, avec préface de M. Alf. Maury. 1 vol. in-8. . . . . 7 fr. 50

RAYNAUD (MAURICE)

Les Médecins au temps de Molière. Mœurs, Institutions, Doctr. 1 v. in-8. 6 fr.

RÉAUME (EUG.)

Les Prosateurs français au XVIᵉ siècle. 1 vol. in-8. . . . . 6 fr.

REYNALD (H.)

Mirabeau et la constituante. (*Ouv. cour par l'Acad. franç.*) 1 v. in-8. 7 fr. 50

RIBOT

Philosophie de la Société. Etude sur notre organisation sociale. 1 vol. in-8. 6 fr.

ROSELLY DE LORGUES

Christophe Colomb. Sa vie et ses voyages. 3ᵉ édit. 2 vol. in-8, portr. . . 12 fr.

ROUGEMONT

L'Age du Bronze, ou les *Sémites en Occident,* matériaux pour servir à l'histoire de la haute antiquité. 1 vol. in-8. . . . . 7 fr.

ROUSSET (CAMILLE)

Le Comte de Gisors, 1732-1758, étude historique. 1 vol. in-8 . . . 7 fr.
Histoire de Louvois et de son administration politique et militaire. (*Ouvrage couronné par l'Académie française.* 1ᵉʳ prix Gobert.) 3ᵉ édit. 4 vol. in-8. 28 fr.
Correspondance de Louis XV et du maréchal de Noailles. 2 v. in-8. 12 fr.

P. ROUSSELOT

Les Mystiques espagnols. 2ᵉ édit. 1 vol. in-8. . . . . 7 fr. 50

SACY (S. DE)

Variétés littéraires, morales et historiques. 2ᵉ édit. 2 vol. in-8. . . . 14 fr.

J. BARTHÉLEMY SAINT-HILAIRE

Le Bouddha et sa religion. Nouv. édition, revue et augm. 1 vol. in-8. . 7 fr.
Mahomet et le Coran. Précédé d'une introduction sur les devoirs mutuels de la philosophie et de la religion. 1 vol. in-8. . . . . 7 fr.
L'Iliade d'Homère, trad. en vers français. 2 vol in-8. . . . . 16 fr.

SAISSET (E.)

Le Scepticisme. — Ænésidème. — Pascal. — Kant. — Études, etc. 1 vol. in-8. 6 fr.
Précurseurs et Disciples de Descartes. Études d'histoire et de philosophie. 1 vol. in-8. . . . . 6 fr.

SALVANDY (N. DE)

Histoire de Sobieski et de la Pologne. 2 vol. in-8. Nouvelle édition. . . 14 fr
Don Alonso, ou l'Espagne; histoire contemporaine. Nouv. édit. 2 v. in-8. 14 fr.
La Révolution de 1830 et *le Parti révolutionnaire.* Nouv. édit. 1 vol. in-8. 1855. . . . . 5 fr

SAULCY (F. DE)

Voyage en terre sainte. 2 vol. grand in-8. . . . . 20 fr.
Histoire de l'Art judaïque, d'après les textes sacrés et profanes. 1 vol. in-8. 6 fr.
Les Campagnes de Jules César dans les Gaules. Etudes d'archéologie militaire. 1 vol. in-8, fig. . . . . 7 fr.

SAYOUS (A.)

Le Dix-huitième siècle à l'Etranger. — Histoire de la littérature française en Angleterre, en Prusse, en Suisse, en Hollande, etc., depuis Louis XV jusqu'à la Révolution. (*Ouvr. cour. par l'Académie franç.*) 2 vol. in-8. 12 fr.

SCHILLER

Œuvres dramatiques, trad. de M. DE CARANTE. Nouv. édit. entièrement revue, accompagnée d'une étude, de notices et de notes. 3 vol. in-8. . . . . . 18 fr.

SCHNITZLER

Rostoptchine et Kutusof. *La Russie en 1812*. Tableau de mœurs et essai de critique historique. 1 vol. in-8 . . . . 6 fr.

SCLOPIS (F.)

Histoire de la Législation italienne, trad. par M. CH. SCLOPIS. 2 v. in-8. 10 fr.

SHAKSPEARE

Œuvres complètes, traduct. de M. GUIZOT. Nouvelle édition revue, accompagnée d'une Étude sur Shakspeare, de notices, de notes. 8 vol. in-8. . . . . 48 fr.

SOREL

Le Couvent des Carmes et le Séminaire de Saint-Sulpice pendant la Terreur. 1 vol. in-8 avec planches . . . . 7 fr.

DANIEL STERN

Dante et Gœthe. Dialogues. 1 vol. in-8. . . . . 6 fr.

STAAFF

Lectures choisies de littérature française depuis la formation de la langue jusqu'à nos jours. 5ᵉ édition. 5 vol in-8 divisés en six cours. . . . . . 25 fr.

TAILLANDIER (SAINT-RENÉ)

La Serbie. Kara George et Milosch. 1 vol. in-8. . . . . 7 fr. 50

THIERRY (AMEDÉE)

Saint Jean Chrysostome et Eudoxie. 1 vol. in-8 . . . . 8 fr.
Trois Ministres des fils de Théodose. Nouveaux Récits de l'histoire romaine. 1 vol. in-8 . . . . 7 fr.
Récits de l'Histoire romaine au vᵉ siècle. 5ᵉ édit. 1 vol. in-8. . . . . 7 fr.
Tableau de l'Empire romain, depuis la fondation de Rome jusqu'à la fin du gouvernement impérial en Occident. 4ᵉ édit. 1 vol. in-8. . . . . . . 7 fr.
Histoire d'Attila, de ses fils et de ses successeurs en Europe. Nouv. édit. revue. 2 vol. in-8 . . . . 14 fr.
Histoire des Gaulois jusqu'à la domination romaine. 6ᵉ éd. rev. 2 v in-8. 14 fr.
Histoire de la Gaule sous la domination romaine. 3 vol. in-8. Tomes I et II en vente. Le vol. à. . . . . 7 fr.

TISSOT

L'Imagination. Ses bienfaits et ses égarements, surtout dans le domaine du merveilleux. 1 vol. in-8. . . . . 7 fr. 50
Turgot, sa vie, son administration, ses ouvrages. (*Ouvrage couronné par l'Académie des sciences morales.*) 1 vol. in-8. . . . . 5 fr.
Les Possédées de Morzine. Broch. in-8. . . . . 1 fr.

TOPIN (MARIUS)

L'Homme au masque de fer. (*Ouv. cour. par l'Acad. franç.*) 1 vol. in-8. 7 fr.
L'Europe et les Bourbons sous Louis XIV. (*Ouvrage couronné par l'Académie française. Prix Thiers.*) 1 vol. in-8. . . . . 7 fr.

VILLEMAIN

Histoire de Grégoire VII. 2ᵉ édit. 2 vol. in-8. . . . . 15 fr.
Souvenirs contemporains d'Histoire et de Littérature. Première partie : M. DE NARBONNE, etc. 7ᵉ édit. 1 vol. in-8. . . . . 7 fr.
Souvenirs contemporains d'Histoire et de Littérature. Deuxième partie : LES CENT-JOURS. 1 vol. in-8. Nouv. édit. . . . . 7 fr.
La République de Cicéron, traduite avec une introduction et des suppléments historiques. 1 vol. in-8.. . . . . 6 fr.

VILLEMAIN (suite)

Choix d'Études SUR LA LITTÉRATURE CONTEMPORAINE : *Rapports académiques*, Études sur *Chateaubriand, A. de Broglie, Nettement*, etc. 1 vol. in-8. . . . . . . 6 fr.

Cours de Littérature française : le *Tableau de la Littérature au XVIII* siècle et le *Tableau de la Littérature au moyen âge*. Nouv. édit. 6 vol. in-8. 36 fr.

Tableau de l'éloquence chrétienne au IV* siècle, etc. Nouv. édit. 1 fort vol. in-8. . . . . 6 fr.

Discours et Mélanges littéraires : *Éloges de Montaigne et de Montesquieu. — Sur Fénelon et sur Pascal. — Rapports et discours académiques*. Nouv. édit. 1 vol. in-8. . . . . 6 fr.

Études de Littérature ancienne et étrangère : *Hérodote, Lucrèce, Lucain, Cicéron, Tibère et Plutarque. — Les romans grecs. — Shakspeare; Milton; Byron*, etc. Nouv. édit. 1 vol. in-8. . . . . 6 fr.

Études d'Histoire moderne : *Discours sur l'état de l'Europe au XV* siècle. — Lascaris. — Essai historique sur les Grecs. — Vie de l'Hôpital*. 1 vol. in-8. 6 fr.

Essais sur le génie de Pindare et la poésie lyrique, etc. 1 vol. in-8. 6 fr.

VILLEMARQUÉ (H. DE LA)

Barzaz Breiz. *Chants populaires de la Bretagne*, recueillis et annotés avec musique. 1 vol. in-8. . . . . 7 fr. 50

Le grand Mystère de Jésus. Drame breton du moyen â e, avec une Étude sur le théâtre chez les nations celtiques. 1 vol. in-8, pap. de Hollande. . . . 12 fr.

— LE MÊME. pap. ordinaire. . . . . 7 fr.

La Légende celtique et la poésie des cloîtres, etc. 1 vol. in-8. . 6 fr.

Les Bardes bretons. Poëmes du VI* siècle, traduits en français avec fac-simile. Nouv. édit. 1 vol. in-8. . . . . 7 fr.

Les Romans de la Table ronde et les Contes des anciens Bretons. Nouv. édit. 1 vol. in-8. 7 fr.

Myrdhinn ou l'Enchanteur Merlin. Son histoire, ses œuvres, son influence. 1 vol. in-8. . . . . 7 fr.

VINET (E.)

L'Art et l'Archéologie. 1 vol. in-8. . . . . 7 fr. 50

VITU (AUG.)

Histoire civile de l'armée, ou des conditions du service militaire en France avant la formation des armées permanentes. 1 vol. in-8. . . . . 6 fr.

VOLTAIRE

Lettres inédites de Voltaire, publiées par MM. DE CAYROL et FRANÇOIS, avec une Introduction par M. SAINT-MARC GIRARDIN. 2* édit. augmentée. 2 vol. in-8. 12 fr.

Voltaire à Ferney. Correspondance inédite avec la duchesse de Saxe-Gotha, nouvelles Lettres et Notes historiques inédites, publiées par MM. Ev. BAVOUX et A. FRANÇOIS. Nouv édit. augmentée. 1 vol. in-8. . . . . 6 fr.

Voltaire et le président de Brosses. Correspondance inédite, suivie d'un Supplément etc., publiée avec notes, par M. TH. FOISSET. 1 vol. in-8. . . . . 5 fr.

WADDINGTON

Dieu et la Conscience. 1 vol in-8. . . . . 6 fr.

WIDAL

Juvénal et ses satires. Études littéraires et morales. 1 vol. in-8. . . 7 fr.

WITT (CORNÉLIS DE)

Études sur l'histoire des États-Unis d'Amérique. 2 volumes :

— **Thomas Jefferson.** Étude historique sur la démocratie américaine. 2* édit. 1 vol. in-8, orné d'un portrait. . . . . 7 fr.

— **Histoire de Washington** et de la fondation de la République des États-Unis, avec une Étude par M. GUIZOT. 3* édit. 1 vol. in-8, portraits et carte. . 7 fr.

ZELLER

Origines de l'Allemagne et de l'empire germanique. 1 volume in-8 avec cartes. . . . . 7 fr. 50

Fondation de l'Empire germanique. 1 vol. in-8 avec 2 cartes. . . . 7 fr. 50

DISCOURS ACADÉMIQUES

Discours de MM. Saint-René Taillandier et Nisard, à l'Académie française, le 22 janvier 1875. In-8. . . . . 1 fr.

Discours de MM. de Loménie et J. Sandeau, séance du 8 janvier 1874. In-8 . . . . 1 fr.

Discours de MM. de Viel Castel et X. Marmier séance du 27 novembre 1873, in-8 . . . . 1 fr.

Discours de MM. Littré et de Champagny séance du 5 juin 1875. In-8. . . . . 1 fr.

Discours de MM. le duc d'Aumale et Cuvillier Fleury, séance du 3 avril 1875. In-8. . . . . 1 fr.

Discours de MM. Rousset et d'Haussonville, séance du 2 mars 1872. In-8. 1 fr.

Discours de MM. Duvergier de Hauranne et Cuvillier-Fleury, séance du 29 février 1872. In-8. . . . . 1 fr.

Discours de MM. X. Marmier et Cuvillier-Fleury, séance du 7 décembre 1871. In-8 . . . . 1 fr.

Discours de MM. Jules Janin et Camille Doucet, séance du 9 novembre 1871. In-8 . . . . 1 fr.

Discours de MM. Barbier et Silvestre de Sacy, séance du 17 mai 1870. In-8 . . . . 1 fr.

Discours de MM. d'Haussonville et Saint-Marc Girardin, séance du 15 mars 1870. In-8. . . . . 1 fr.

Discours de MM. de Champagny et Silvestre de Sacy. séance du 10 mars 1870. In-8. . . . . 1 fr.

Discours de MM. Autran et Cuvillier-Fleury, séance du 8 avril 1869. In-8. . . . . 1 fr.

Discours de MM. Claude Bernard et Patin, séance du 27 mai 1869. In-8. . . . . 1 fr.

Discours de MM. Jules Favre et Ch. de Rémusat, séance du 23 avril 1868. . . . . 1 fr.

Discours de MM. l'abbé Gratry et Vitet, séance du 26 mars 1868. . . 1 fr.

Discours de MM. Cuvillier-Fleury et Nisard, séance du 11 avril 1867. 1 fr.

Discours de M. Guizot, en réponse à celui de M. Prévost-Paradol, séance du 8 mars 1866. . . . . 50 c.

Discours de MM. Camille Doucet et Sandeau, séance du 22 février 1866. 1 fr.

Discours de MM. Dufaure et Patin, séance du 7 avril 1864. In-8. . . 1 fr.

Discours de MM. le comte de Carné et Viennet, séance du 4 février 1864. In-8. . . . . 1 fr.

Discours de MM. le prince de Broglie et Saint-Marc-Girardin, séance du 26 février 1863. In-8. . . . . 1 fr.

Discours de MM. J. Sandeau et Vitet, séance du 26 mai 1859. In-8. . 1 fr.

Discours de MM. de Laprade et Vitet, séance du 17 mars 1859. In-8. . 1 fr.

Discours de MM. le comte de Falloux et Brifaut, séance du 26 mars 1857. In-8. . . . . 1 fr.

Discours de MM. Biot et Guizot, séance du 5 février 1857. In-8. . . . 1 fr.

Discours de MM. le duc de Broglie et Désiré Nisard, séance du 5 avril 1856. In-8. . . . . 1 fr.

Discours de MM. Silvestre de Sacy et de Salvandy, séance du 22 juin 1855. In-8. . . . . 1 fr.

Discours de MM. Berryer et de Salvandy, séance du 22 février 1855. In-8. . . . . 1 fr.

Discours de MM. Villemain et Guizot, à l'Académie française (séance annuelle du 25 août 1859). In-8. . . . . 1 fr.

Notice historique sur la vie et les travaux de M. Victor Cousin, par M. Mignet, séance du 16 janvier 1869. In-8 . . . . 1 fr.

Éloge de M. Horace Vernet, par M. Beulé, prononcé à l'Académie des beaux-arts, le 5 octobre 1863. In-8. . . . . 1 fr.

Éloge de M. Hippolyte Flandrin, par M. Beulé, prononcé à l'Académie des beaux-arts, le 19 novembre 1864. In-8. . . . . 1 fr.

Éloge de M. Meyerbeer, par M. Beulé, à l'Académie des Beaux-Arts, le 28 octobre 1865. In-8. . . . . 1 fr.

BIBLIOTHÈQUE ACADÉMIQUE
Format in-12.

ALAUX
La Raison.—Essai sur l'avenir de la philosophie. 1 vol. . . . . 3 fr.

AMPÈRE (J.-J.)
Formation de la langue française. Complément de l'Histoire littéraire de la France. 3ᵉ édition revue et annotée. 1 fort vol. . . . . 4 fr.
Histoire littéraire de la France avant et sous Charlemagne. 3ᵉ édition revue. 3 vol. . . . . 10 fr. 50
La Grèce, Rome et Dante, études littéraires. 3ᵉ édit. 1 vol. . . . . . . 3 fr. 50
La Science et les Lettres en Orient. 2ᵉ édit. 1 vol. . . . . 3 fr. 50
Philosophie des deux Ampère, avec Préface de M. B. Saint-Hilaire. 2ᵉ édit. 1 vol. . . . . 3 fr. 50
Heures de poésie. Nouvelle édition. 1 vol. . . . . 3 fr. 50

AUBERTIN (CH.)
L'Esprit public au XVIIIᵉ siècle. (Ouv. couronné par l'Académie française.) 2ᵉ édit. 1 fort vol. . . . . 4 fr.
Sénèque et saint Paul. Etude sur les rapports supposés entre le philosophe et l'apôtre. (Ouv. couronné par l'Acad. française). 2ᵉ édit. 1 vol. . . . 3 fr. 50

AUBRYET (XAV.)
Les Représailles du Sens commun. 1 vol. . . . . 3 fr. 50

AUDIAT
Bernard Palissy. Étude sur sa vie et ses travaux. (Ouv. couronné par l'Académie française.) 1 vol. . . . . 3 fr. 50

AUDIGANNE
La Morale dans les Campagnes. 1 vol. . . . . 3 fr. 50

AUDLEY (Mᵐᵉ)
Franz Schubert. Sa vie, ses œuvres. Avec le Catalogue de ses pièces. 1 vol. 3 fr.
Beethoven, sa vie, ses œuvres. Avec le Catalogue. 1 vol. . . . . 3 fr.

AUGER (ED.)
Récits d'outre-mer. 1 vol. 3 fr.

D'AZEGLIO (MASSIMO)
L'Italie, de 1847 à 1865. Correspondance politique publiée par Eug. Rendu. 3ᵉ édition. 1 vol. in-12. 3 fr. 50

BADER (Mˡˡᵉ)
La Femme biblique, sa vie morale et sociale. 2ᵉ édit. 1 vol. . . . . . 3 fr. 50
La Femme grecque. (Ouvrage couronné par l'Académie française). 2ᵉ édition. 2 vol. . . . . 7 fr.

BABOU
Les Amoureux de Mᵐᵉ de Sévigné, etc. 2ᵉ édition. 1 vol. . . . . 3 fr.

BAGUENAULT DE PUCHESSE
L'Immortalité. — La mort et la vie. 3ᵉ édit. révue. 1 vol. . . . . . . 3 fr. 50

BAGUENAULT DE PUCHESSE (GUSTAVE)
Jean de Morvillier, évêque d'Orléans, garde des sceaux. Etude sur la politique française au XVIᵉ siècle. 2ᵉ édit. 1 vol. . . . . 3 fr. 50

BAILLON (COMTE DE)
Lettres d'Horace Walpole, pendant ses voyages en France. 2ᵉ édit. 1 vol. 3 fr. 50
Lord R. Walpole à la cour de France. 1723-1730. 2ᵉ édit. 1 vol. . 3 fr. 50

BARET
Les Troubadours, et leur influence sur la littérature du midi 3ᵉ édition. 1 vol. . . . . 3 fr. 50

BARANTE
Études historiques et littéraires. Nouv. édit. 4 vol. . . . . 14 fr.
Royer-Collard. — Ses discours et ses écrits. Nouv. éd. 2 vol. (sous presse) 7 fr.
Histoire des ducs de Bourgogne Nouv. édit., illustrée de vign. 8 vol. 28 fr.
Tableau littéraire du XVIIIᵉ siècle. Nouv. édit. 1 vol. . . . . 3 fr. 50
Histoire de Jeanne d'Arc. Édition populaire. 1 vol. . . . . 1 fr. 25

BARTHÉLEMY (ED. DE)

Mesdames. filles de Louis XV. 2ᵉ édit. 1 fort vol . . . . 4 fr.
La princesse de Condé, *Charlotte Catherine de la Trémoille*, 1 vol. 3 fr. 50
Journal d'un Curé ligueur de Paris, etc. 1 vol. . . . . 3 fr

H. BAUDRILLART

Publicistes modernes. *Joseph de Maistre, M. de Biran, Ad. Smith, L. Blanc, Proudhon, Rossi, Stuart-Mill*, etc. 2ᵉ édition. 1 vol . . . . 3 fr. 5

BAUTAIN (L'ABBÉ)

Philosophie des lois au point de vue chrétien. 3ᵉ édit. 1 vol . . . . . 3 fr. 50
La Conscience, ou la Règle des actions humaines. 2ᵉ édit. 1 vol. . . . 3 fr. 50

BECQ DE FOUQUIÈRES

Aspasie de Milet. Étude historique et morale. 1 vol . . . . 3 fr. 50

BENLOEW

Essais sur l'esprit des littératures. La Grèce et son cortège. 1 vol. 3 fr. 50

BENOIT

Chateaubriand, sa vie, ses œuvres. (Ouv. cour. par l'Acad. franç.) 1 vol. 3 fr.

BERSOT (ERN.)

Morale et politique. 2ᵉ édit. 1 vol . . . . 3 fr. 50
Essais de philosophie et de morale. 2ᵉ édit. 2 vol . . . . 7 fr.

BERTAULD

La Liberté civile. Nouvelles études sur les publicistes. 2ᵉ édit. 1 vol. 3 fr. 50

BERTRAND (GUSTAVE)

Les Nationalités musicales au point de vue du drame lyrique. 1 vol. 3 fr. 50

BEULÉ

Fouilles et Découvertes. 2ᵉ édit. 2 vol. . . . . 7 fr.
Histoire de l'Art grec avant Périclès. 2ᵉ édit. 1 vol. . . . . 3 fr. 50
Phidias, drame antique. 2ᵉ édition. 1 vol. . . . . 3 fr. 50
Causeries sur l'art. 2ᵉ édit. 1 vol. . . . . 3 fr. 50

BLANCHECOTTE (Mᵐᵉ)

Tablettes d'une femme pendant la Commune. 1 vol. . . . . 3 fr. 50
Rêves et Réalités, etc. 3ᵉ édit. (Ouv. cour. par l'Acad. franç.) 1 vol. . 3 fr.
Impressions d'une femme. (Ouv. couronné par l'Acad. franç.) 1 vol. . . 3 fr.

BONHOMME (HONORÉ)

Le dernier abbé de cour. 1 vol. . . . . 3 fr. 50
Madame de Maintenon et sa famille, etc. 1 vol. . . . . 3 fr.

BOILLOT

L'Astronomie au XIXᵉ siècle. Tableau des progrès de cette science jusqu'à nos jours. 2ᵉ édit., augm. d'une nouv. étude sur le *Soleil.* 1 vol. . . 3 fr. 50

BOUILLIER (FRANCISQUE)

Le Principe vital et l'âme pensante. 2ᵉ édit. revue et aug. 1 fort vol. 4 fr.

BROGLIE (ALB. DE)

L'Église et l'Empire romain au IVᵉ siècle. 5 parties en 6 vol . . . . 21 fr.
Nouvelles Études de littérature et de morale. 2ᵉ édit. 1 vol. . . . 3 fr. 50

BUNSEN (C.-C. J. DE)

Dieu dans l'histoire, trad. par Pietz, avec notice par HENRI MARTIN. 2ᵉ éd. 1 vol. 4 fr.

CARNÉ (Cᵗᵉ L.)

Souvenirs de ma Jeunesse au temps de la Restauration. 2ᵉ édit. 1 v. 3 fr. 50

CELLER (LUD.)

Les Origines de l'Opéra et le Ballet de la Reine, 1581, etc. 1 vol . . . 3 fr.

CÉNAC MONCAUT

Histoire des peuples et des États pyrénéens (France et Espagne), depuis l'époque celtique jusqu'à nos jours. 3ᵉ édit., augm. de l'étymolog et des noms de lieux, etc. 1 vol. in-12 . . . . 16 fr.

CHAIGNET

La Vie et les écrits de Platon. 1 fort vol . . . . 4 fr.
La Vie de Socrate. 1 vol. . . . . 3 fr.

CHAIGNOLLES (J. DE)

La Mort. *Étude philosophique et chrétienne* à l'usage des gens du monde. 2ᵉ édit. 1 vol. in-12 . . . . 3 fr.

CHAMBRIER (J. DE)

Marie-Antoinette, reine de France. 2ᵉ édit., revue. 2 vol . . . . . . 7 fr.
Un peu partout. *Du Danube au Bosphore.* 2ᵉ édit. 1 vol. . . . . . . 3 fr.

CHANTEPIE (ED.)

Le Personnage humain dans la nature et dans la cité. 1 vol . . . . . 3 fr.

CHASLES (PHILARÈTE)

Voyages d'un critique à travers la vie et les livres. 1re série, Orient. —
2e série, Italie et Espagne. 2e édit.   vol. . . . .   7 fr.

CHASLES (ÉMILE)

Michel de Cervantes. Sa Vie, son temps. 2e édit. 1 vol. . . . . . .   3 fr. 50

CHASSANG

Le Spiritualisme et l'idéal dans l'art et la poésie des Grecs. 2e édit. 1 vol,   3 fr. 50

Apollonius de Tyane. Sa vie, ses voyages, ses prodiges par Philostrate et ses
lettres, trad. du grec, avec notes, etc. 2e édit. 1 vol. . . . .   3 fr. 50

Histoire du Roman dans l'antiquité grecque et latine. (*Ouvrage couronné
par l'Académie des inscriptions.*) Nouv. édit. 1 vol. . . . .   3 fr. 50

CHERRIER (CH. DE)

Histoire de Charles VIII, roi de France, d'après des docum. 2e édit. 2 vol, 7 fr.

CHESNEAU (ERNEST)

Les Nations rivales dans l'art. Peinture et Sculpture. 1 vol. . . . .   3 fr. 50

Les Chefs d'école. — La Peinture au xixe siècle. 1 vol. . . . .   3 fr. 50

L'Art et les Artistes modernes en France et en Angleterre. 1 vol. . . .   3 fr.

CLÉMENT (CHARLES)

Géricault. Étude biographique et critique. 2e édit. 1 vol. . . . . . .   3 fr. 50

CLÉMENT (PIERRE)

L'Abbesse de Fontevrault. G. de Rochechouart. 2e édit. 1 v., portr.   4 fr.

Madame de Montespan. 2e édition. 1 vol. . . . .   3 fr. 50

La Police sous Louis XIV. 2e édition. 1 vol. . . . .   3 fr. 50

L'Italie en 1671. Relation du marquis de Seignelay, etc. 1 vol. . . . .   3 fr.

Enguerrand de Marigny, *Semblançay, le Chevalier de Rohan.* 2e édit. 1 v.   3 fr.

Jacques Cœur et Charles VII. Étude historique, etc. (*Ouv. couronné par
l'Acad. française.*) Nouv. édit. 1 fort vol. . . . .   4 fr.

CLÉMENT (PIERRE) ET LEMOINE (ALFR.)

M. de Silhouette et les derniers fermiers généraux. 1 vol. . . . . .   3 fr.

COCHIN (AUG.)

Conférences et lectures. Lincoln, Ulysse Grant, Longfellow, Mme Craven, etc.
3e édit. 1 vol. . . . .   3 fr. 50

COSSOLLES (H. DE)

Du Doute. Introduction à l'apologie du Christianisme. 2e édit. 1 vol.   3 fr. 50

COUSIN (V.)

La Société française au XVIIe siècle, d'après le *Grand Cyrus* de Mlle Scudéry.
Nouv. édit. 2 vol. . . . .   7 fr.

Jacqueline Pascal. Premières études, etc. 6e édit. 1 vol. . . . . . .   3 fr. 50

Madame de Sablé 3e édit. 1 vol. . . . .   3 fr. 50

La Jeunesse de madame de Longueville. 8e édition. 1 vol. . . . .   3 fr. 50

Madame de Longueville pendant la Fronde. 4e édit. 1 vol. . . . .   3 fr. 50

Madame de Chevreuse. 4e édition. 1 vol. . . . .   3 fr. 50

Madame de Hautefort. 3e édit. 1 vol. . . . .   3 fr. 50

Introduction à l'histoire de la Philosophie. (Cours de 1828.) 1 vol.   3 fr. 50

Premiers essais de philosophie. (Cours de 1815.) Nouv. édit. 1 v. in-12.   3 fr. 50

Du vrai, du beau et du bien. 18e édit. 1 vol. . . . .   3 fr. 50

Philosophie sensualiste du XVIIIe siècle. Nouv. édit. 1 vol. . . . .   3 fr. 50

Histoire générale de la Philosophie, 9e édition, 1 vol . . . .   4 fr.

Philosophie de Locke. (Cours de 1830.) Nouv. édit. 1 vol. . . . . .   3 fr. 50

Des Principes de la Révolution française, etc. Nouv. édit. 1 vol .   3 fr. 50

CRAVEN (Mme AUG.)

Fleurange. (*Ouv. couronné par l'Académie française.*) 15e édit. 2 vol.   6 fr.

Récit d'une Sœur, souvenirs de famille. (*Ouv. couronné par l'Académie française*).
27e édit. 2 vol. . . . .   8 fr.

Anne Séverin. 12e édit. 1 vol. . . . .   4 fr.

Adélaïde Capece Minutolo. 6e édit. 1 vol. . . . .   2 fr.

Le Comte de Montalembert. Étude. 1 vol. . . . .   2 fr.

DANTIER

L'Italie. Études historiques. 2e édition. 2 vol. . . . .   8 fr.

Les Monastères bénédictins d'Italie. Souvenirs, etc. (*Ouv. couronné par l'Académie française.*) 2e édition. 2 vol. . . . .   8 fr.

DAREMBERG

La Médecine. — *Histoire et doctrines.* (*Ouv. couronné par l'Académie française.*)
2e édit. 1 vol. . . . .   3 fr. 50

FLAMMARION

Récits de l'Infini. — *Lumen*, etc. 4ᵉ édit. 1 vol. . . . . 3 fr. 50
Sir Humphry Davy. *Les derniers jours d'un philosophe.* Ouv. traduit de l'anglais et annoté par C. FLAMMARION. 3ᵉ édit. 1 vol. . . . . 3 fr. 50
Dieu dans la nature. 10ᵉ édit. 1 fort vol. avec portrait. . . . . 4 fr.
La Pluralité des mondes habités, au point de vue de l'astronomie, de la physiologie et de la philosophie naturelle. 20ᵉ édit. 1 vol. fig. . . . . . 3 fr. 50
Les Mondes imaginaires et les Mondes réels. Voyage astronom., pittor. et Revue critique des théories sur les habitants des astres. 12ᵉ édit. 1 v. Fig. 3 fr. 50

FOURNEL (VICTOR)

La Littérature indépendante et les Écrivains oubliés. Essais de critique et d'érudition sur le XVIIᵉ siècle. 1 vol. . . . . 3 fr. 50

FRANCK (AD.)

Philosophie et Religion. 2ᵉ édit. 1 vol. . . . . 3 fr. 50

GAILLARD (LÉOPOLD)

Les Étapes de l'Opinion, 1871-1872. 1 vol. . . . . 3 fr. 50

GALITZIN (LE PRINCE AUG.)

La Russie au XVIIIᵉ siècle. Mémoires inédits sur Pierre le Grand, Catherine Iʳᵉ et Pierre III. 2ᵉ édition. 1 vol. . . . . 3 fr. 50

GANDAR

Bossuet orateur. (*Ouv. couronné par l'Acad. franç.*) 2ᵉ édit. 1 vol. . 3 fr. 50
Choix de Sermons de la jeunesse de Bossuet. 2ᵉ édit. 1 vol., fac-s. 3 fr. 50

GARCIN (EUG.)

Les Français du Nord et du Midi. 2ᵉ édit. 1 vol. in-12. . . . . . . 3 fr

GEFFROY

Gustave III et la Cour de France. (*Ouvrage couronné par l'Académie française.* 2ᵉ édit. 2 vol., ornés de portraits et fac-simile.. . . . . 8 fr.

GERMOND DE LAVIGNE

Le Don Quichotte de F. Avellaneda. Trad. avec notes. 1 vol. . . . . . 3 fr

GÉRUZEZ

Histoire de la Littérature française depuis ses origines jusqu'à la Révolution. (*Ouv. cour. par l'Académie française,* 1ᵉʳ prix Gobert.) 10ᵉ édit. 2 vol. . . 7 fr.

GIDEL

Les Français du XVIIᵉ siècle. 1 vol. . . . . 3 fr. 50

SAINT-MARC GIRARDIN

La Syrie en 1861. Condition des Chrétiens en Orient. 1 vol. . . . . 3 fr.
Tableau de la littérature française au XVIᵉ siècle. 3ᵉ édit. 1 vol. . 3 fr. 50

GOBINEAU (Cᵗᵉ DE).

Les Religions et les Philosophies dans l'Asie centrale. 2ᵉ édit. 1 vol. 4 fr.

GONCOURT (E. ET J. DE)

Histoire de la société française pendant la Révolution et pendant le Directoire. Nouvelle édition. 2 vol. in-12. . . . . 7 fr.

GRIMAUD DE CAUX

L'Académie des Sciences pendant le siége de Paris. Septembre 1870, février 1871. 1 vol. . . . . 3 fr.

GRUN

Pensées des divers âges de la vie. Nouv. édit. 1 vol. . . . . 3 fr.

GUADET

Les Girondins. Leur vie privée et publique, leur proscription et leur mort. 2ᵉ édit. 2 vol. . . . . 7 fr.

EUGÉNIE DE GUÉRIN

Journal et Fragments, publiés par TREBUTIEN. (*Ouvrage couronné par l'Académie française.*) 29ᵉ édition. 1 vol. . . . . 3 fr. 50
Lettres d'Eugénie de Guérin. 17ᵉ édit. 1 vol. . . . . 3 fr. 50
Étude sur Eugénie de Guérin par AUG. NICOLAS. Broch. . . . . 50 c.

MAURICE DE GUÉRIN

Journal, Lettres et Fragments, publiés par TREBUTIEN, avec une Étude par M. SAINTE-BEUVE. 13ᵉ édit. 1 vol. . . . . 3 fr. 50

GUIZOT

Histoire de la Révolution d'Angleterre, depuis l'avénement de Charles Ier jus-
qu'au rétablissement des Stuarts (1625-1660). 6 vol. en trois parties. . . '. 21 fr.
Monk. Chute de la République, etc. Étude historique. 1 vol. . . . 3 fr. 50
Portraits politiques des hommes des divers partis : *Parlementaires, Cavaliers,
Républicains, Niveleurs*; études historiques. 1 vol. . . . . 3 fr. 50
Sir Robert Peel. Étude d'hist. contemp. augm. de docum. inéd. 1 vol. 3 fr. 50
Essais sur l'Histoire de France, etc. Nouv. édit. 1 vol. . . . . . 3 fr. 50
Histoire de la civilisation en Europe et en France, depuis la chute de l'Em-
pire romain, etc. 12e édit. 5 vol. . . . . 17 fr. 50
Corneille et son temps. Étude littéraire suivie d'un *Essai sur Chapelain, Rotrou
et Scarron*, etc. Nouv. édit. 1 vol. . . . . 3 fr. 50
Méditations et Études morales. Nouv. édit. 1 vol. . . . . 3 fr. 50
Études sur les Beaux-Arts en général. Nouv. édit. 1 vol. . . . . 3 fr. 50
Discours académiques; *Discours prononcés au Concours général*, etc. 1 v. 3 fr. 50
Abailard et Héloïse. Essai historique par M. et Mme Guizot, suivi des *Lettres
d'Abailard et d'Héloïse*, trad. par M. Oddoul. Nouv. édit. 1 vol. . . . 3 fr. 50
Histoire de Washington, par M. C. DE WITT, avec une Introduction par
M. Guizot. Nouv. édit. 1 vol. avec carte. . . . . 5 fr. 50
Grégoire de Tours et Frédégaire. — HISTOIRE DES FRANCS ET CHRONIQUE, trad.
Nouv. édit. revue et augmentée de la *Géographie de Grégoire de Tours et de Frédé-
gaire*, par M. ALFRED JACOBS. 2 vol. . . . . 7 fr.
Cet ouvrage est autorisé pour les Écoles publiques.
Shakspeare. Œuvres complètes. 8 vol. . . . . 28 fr.

GUIZOT (GUILLAUME)

Ménandre. Étude historique et littéraire sur la Comédie et la Société grecques.
(*Ouvrage couronné par l'Académie française.*) 1 vol. avec portrait. . . . 3 fr. 50

A. HAYEM

Le Mariage. (*Mention honorable de l'Acad. des sciences morales.*) 1 v. 3 fr. 50

HAYEM (JULIEN)

Le Repos hebdomadaire. (*Ouv. cour. par l'Ac. des Sciences mor.*) 1 vol. 3 fr.

HÉRICAULT (CH. D')

Thermidor. *Paris et la Banlieue en 1794*. 2 vol. . . . . 6 fr.

HIPPEAU

L'Instruction publique aux Etats-Unis. 2e édit. 1 fort vol. . . . 4 fr
L'Instruction publique en Angleterre. 1 vol. . . . . 1 fr. 25
L'Instruction publique en Allemagne. 1 vol. . . . . 5 fr. 50

HOEFER F.)

L'Homme devant ses œuvres. 1 vol. . . . . 5 fr. 50

HOMMAIRE DE HELL (Mme)

A travers le monde. — *La vie orientale.* — *La vie créole.* 1 vol. . . . 5 fr. 50
Les Steppes de la mer Caspienne. 2e édition. 1 volume . . . . . . 3 fr. 50

HOUSSAYE (ARSÈNE)

Les Charmettes. *J. J. Rousseau et Madame de Warens*. Nouv. éd. 1 v. port. 3 fr. 50

HOUSSAYE (HENRY)

Histoire d'Apelles. Études sur l'art grec. 3e édit. 1 vol. . . . . . 5 fr. 50

HUREL (ABBÉ

Les Orateurs sacrés à la cour de Louis XIV. 2e édit. 2 vol. . . . . 7 fr.
L'Art religieux contemporain. Étude critique. 2e édition. 1 vol. . . . 3 fr. 50
Pécheurs et Pécheresses de l'Évangile. 1 vol. in-12. . . . . 2 fr.

J. JANIN

La Poésie et l'Éloquence à Rome au temps des Césars. Nouv. éd. 1 vol. . 3 fr. 50

JANOLIN (CH.)

L'Aïeul. Du but et des principales carrières de la vie. 1 vol. . . . . 5 fr.

JOHANET (H.)

Une Descente aux enfers. — Le golfe de Naples. Virgile et le Tasse. Avec
une carte des enfers. 1 vol. . . . . 5 fr.

JOUBERT

Œuvres: *Pensées et correspondance* avec notice par P. DE RAYNAL, et de jugements littéraires par SAINTE-BEUVE, SAINT-MARC GIRARDIN, DE SACY, GÉRUZEZ et POITOU.
Nouv. édit. 2 vol. . . . . 7 fr.

JULIEN (STANISLAS)

Yu-kiao-li. — *Les Deux cousines*. — roman chinois. 2 vol. . . . . 7 fr.
Les Deux jeunes Filles lettrées. Roman traduit du chinois. 2 vol. . . . 7 fr.

LAGRANGE (M™ DE)

Laurette de Malboissière. Correspondance d'une jeune fille du temps de
Louis XV. 1 vol. . . . . 3 fr. 50

LAGRANGE (LÉON)

Pierre Puget, peintre, sculpteur, etc. 2ᵉ édit. 1 vol. . . . . 3 fr. 50
Joseph Vernet et la peinture au xviiiᵉ siècle. 2ᵉ édit. 1 vol. . . . . . . 3 fr. 50

LA MENNAIS

Correspondance de La Mennais. publ. par M. Forgues Nouv. édit. 2 v. 7 fr.

LA MORVONNAIS

La Thébaïde des Grèves. — *Reflets de Bretagne*. Nouv. édit. 1 vol. 3 fr. 50

LANNAU-ROLLAND

Michel-Ange et Vittoria Colonna. Étude suivie de la traduct. complète des
poésies de Michel-Ange. Nouv. édit. 1 vol. . . . . 3 fr.

LA BORDE IE (ARTH. DE)

Les Bretons insulaires et les Anglo-saxons, du vᵉ au viiᵉ siècle. 1 vol. 3 fr.

LA PILORG RIE (J. DE)

Campagne et Bulletins de la grande armée d'Italie commandée par Charles VIII, d'après des documents rares ou inédits. 1 vol. . . . . 3 fr. 50

LAPRADE (VICTOR DE)

Poëmes civiques. 2ᵉ édit. 1 vol. . . . . 3 fr. 50
L'Éducation libérale. — L'Hygiène, la morale, les études. 1 vol. . . . 3 fr. 50
Harmodius. Tragédie. 1 vol. 2 fr.
Pernette, poëme. 5ᵉ édit 1 vol. . . . . 3 fr. 50
Le Sentiment de la nature av. le christian. et chez les mod. 2ᵉ éd. 2 vol. 7 fr.
Questions d'Art et de Morale. Nouv édit. 1 vol. . . . . 3 fr. 50

LA TOUR (ANT. DE)

Espagne. Traditions, Mœurs et littérature. 1 volume . . . . 3 fr. 50

LE BLANT (ED.)

Manuel d'Épigraphie chrétienne, d'après les marbres de la Gaule. 1 vol. 3 fr.

LEBRUN (PIERRE)

Œuvres poétiques et dramatiques. Nouv édit. 4 vol. . . . . 14 fr.

LÉGER (LOUIS)

Le Monde slave. Voyages et littérature. 1 vol. . . . . 3 fr. 50

LEGOUVÉ

Théâtre complet, en vers. 1 vol. . . . . 3 fr. 50
Histoire morale des Femmes. 5ᵉ édition. 1 vol. . . . . 3 fr. 50
Édith de Falsen, etc. 7ᵉ édit. 1 vol. . . . . 3 fr.

LÉLUT

Physiologie de la pensée. Nouv édit 2 vol. in-12. . . . . 7 fr.

LEMOINE (ALBERT)

L'Ame et le Corps. Études de philosophie morale et naturelle. 1 vol. . 3 fr. 50
L'Aliéné devant la philosophie, la morale et la société. 2ᵉ édit. 1 vol. . . 3 fr. 50

LENORMANT (CH.)

Essais sur l'Instruction publique, publiés par son fils. 1 vol. . . . 3 fr. 50

LENORMANT (FR.)

Turcs et Monténégrins. 1 vol. in-12 . . . . 3 fr. 50

LÉPINOIS (H. DE)

Le Gouvernement des papes et les révolutions. 2ᵉ édit. 1 vol. . . . . . 3 fr. 50

LESCŒUR (LE PÈRE)

La Science du Bonheur. 1 vol. . . . . 3 fr. 50

LESSING

Dramaturgie de Hambourg. Trad. de L. Crouslé et Suckau, avec une Étude par
Alf. Mézières. 2ᵉ édit. 1 vol . . . . 4 fr.
Lessing et Kotzebue. Théâtre choisi. Trad. Barante et Frank. 2ᵉ édition.
1 vol. . . . . 4 fr.

J. LEVALLOIS

Sainte-Beuve. 1 vol. . . . . 3 fr.
Études de philosophie littéraire. 1 vol . . . . 3 fr.

LEVY (DANIEL)

L'Autriche-Hongrie. Ses institutions et ses nationalités. 1 vol. . . . . 3 fr.

LITTRÉ
La Science au point de vue philosophique. 3ᵉ édit. 1 fort vol. . . . . 4 fr.
Médecine et médecins. 2ᵉ édit. 1 vol. . . . . 4 fr.
Histoire de la langue française. 6ᵉ édit. 2 vol. . . . . 7 fr.
Études sur les Barbares et le moyen âge. 2ᵉ édit. 1 vol. . . . . . 5 fr. 50

LIVET (CH. L.)
Précieux et Précieuses. Caractères du xviiᵉ siècle. 2ᵉ édit. 1 vol. . . . 3 fr. 50

LOISELEUR (J.)
Ravaillac et ses complices, etc. Questions historiques du XVIᵉ siècle. 1 v. 3 fr. 50

LOPE DE VEGA
Œuvres dramatiques. Trad. d'Eug. Baret. 2 vol. . . . . 7 fr.

LOVE (J.H.)
Le Spiritualisme rationel à propos des moyens d'arriver à la connaissance, etc.
1 vol. . . . . 3 fr. 50

LUBOMIRSKI (PRINCE JOS.)
Un nomade. Safar-Hadgi. 1 vol. . . . . 3 fr.
Scènes de la vie militaire en Russie. 2ᵉ édit. 1 vol. . . . . 3 fr.

LUCAS
Le Procès du matérialisme. Étude philosophique. 1 vol. . . . . 3 fr.

MARGERIE (A. DE)
Théodicée. Études sur Dieu, etc. 5ᵉ édit. 2 vol. . . . . 7 fr.
La Restauration de la France. 3ᵉ édition. 1 vol. . . . . 3 fr. 50
Philosophie contemporaine. — Cousin. — Ravaisson. — Les Matérialistes etc.
1 vol. . . . . 3 fr. 50

MARMIER (XAV.)
Souvenirs d'un voyageur. (Amérique-Allemagne). 1 vol. , ... 3 fr. 50

MARTIN (TH. HENRY)
Les Sciences et la Philosophie. Critique philos. et relig. 1 fort vol. 4 fr. »
Galilée. Les droits de la science, etc. 1 vol. . . . . 3 fr. 50
La Foudre, l'Électricité et le Magnétisme chez les anciens. 1 vol. 3 fr. 50

MARY *** (Dʳ)
Le Christianisme et le Libre Examen. Discussion critique des arguments apo-
logétiques. 2ᵉ édition. 2 vol. 7 fr. »

MATTER
Le Mysticisme au temps de Fénelon. 2ᵉ édit. 1 vol. . . . . 3 fr. 50
Saint-Martin, le Philosophe inconnu, etc. 2ᵉ édition. 1 vol. . . . . 3 fr. 50
Swedenborg, sa vie, sa doctrine, etc. 2ᵉ édition. 1 vol. . . . . 3 fr. 50

MATHIEU
Histoire des Convulsionnaires de St-Médard. 1 vol. . . . . 3 fr.

MAURY (ALFRED)
Les Académies d'autrefois. Académie des sciences, Académie des inscriptions.
2ᵉ édition. 2 vol. in-12. . . . . 7 fr. »
Croyances et légendes de l'antiquité. 2ᵉ édition. 1 vol. . . . . . . 3 fr. 50
La Magie et l'Astrologie dans l'antiquité et au moyen âge. 3ᵉ éd. 1 vol. . 3 fr. 50
Le Sommeil et les Rêves. 3ᵉ édit. revue et augm. 1 vol. . . . . . . 3 fr. 50

MAZADE (CH. DE)
Lamartine, sa vie politique et littéraire. 1 vol. . . . . 3 fr. »
Les Révolutions de l'Espagne contemporaine. 1 vol. . . . . 3 fr. 50

MEAUX (VICOMTE DE)
La Révolution et l'Empire, 1789-1815. 2ᵉ édit. 1 vol. in-12. . . . . 3 fr. 50

MÉNARD
La Sculpture ancienne et moderne. (Ouvr. cour. par l'Acad. des Beaux-Arts.
2ᵉ édition. 1 volume. . . . . 3 fr. 50
Tableau historique des Beaux-Arts, depuis la Renaissance. (Ouvr. cour. par
l'Acad. des Beaux-Arts.) 2ᵉ édition. 1 vol. . . . . 3 fr. 50
Hermès Trismégiste, traduction et étude. 2ᵉ édition. 1 vol. . . . . 3 fr. 50

MENNESSIER-NODIER (Mᵐᵉ)
Charles Nodier. Épisodes et souvenirs de sa vie. 1 vol. . . . . . . 3 fr.

MERCIER DE LACOMBE (CH.)
Henri IV et sa politique (Ouvrage couronné par l'Académie française, 2ᵉ prix Gobert.) Nouv. édit. 1 vol. . . . . 3 fr. 50

MERLET (G.)

Portraits d'hier et d'aujourd'hui. 4 séries. — 1° *Réalistes et Fantaisistes.*
1 vol. — 2° *Attiques et Humoristes.* 1 vol. — 3° *Femmes et livres.* 1 vol. —
4° *Hommes et livres.* 1 vol. — 4 vol. à . . . . 3 fr

MÉZIÈRES

Goethe. Les œuvres expliquées par la vie. 2° édition. 2 vol. . . . . 7 fr.
Récits de l'Invasion. *Alsace et Lorraine.* 1 vol. . . . . 2 fr. 50
La Société française. — Études morales sur le temps présent. . . . 1 fr. 25
Pétrarque. Étude d'après de nouveaux documents. (*Ouvrage couronné par
l'Académie française.*) 2° édit. 1 vol. . . . . 3 fr. 50

MICHAUD (L'ABBÉ)

Guillaume de Champeaux et les écoles de Paris au XII° siècle. 2° éd. 1 vol. 5 fr. 50
L'Esprit et la Lettre dans la piété et la foi. 2 vol. . . . . 6 fr

MIGNET

Éloges historiques, faisant suite aux *Portraits et Notices.* 1 vol. . . 5 fr. 50
Charles-Quint, SON ABDICATION, SON SÉJOUR ET SA MORT AU MONASTÈRE DE YUSTE.
7° édit. 1 vol. 3 fr. 50
Histoire de la Révolution française. 10° édit. 2 vol. . . . . 7 fr. »

MOLAND (LOUIS)

Les Méprises. Comédies de la Renaissance racontées. 1 vol. . . . . . 3 fr. 50
Molière et la Comédie italienne. 2° édit. 1 joli vol. illustré de 20 typs. 4 fr.
Origines littéraires de la France. 2° édit. 1 vol. . . . . 3 fr. 50

MONTALEMBERT

De l'Avenir politique de l'Angleterre. 6° édit. augmentée. 1 vol. . . 3 fr. 50

MOREAU DE JONNÈS

L'Océan des anciens et les Peuples préhistoriques. 1 vol. . . . . 5 fr. 50

MOUY (CH. DE)

Don Carlos et Philippe II (*ouv. cour. par l'Acad. franç.*). 1 vol. . . 3 fr. 50

MAX MULLER

Essais sur la mythologie comparée, etc. 2° édition. 1 vol. . . . . 4 fr.
Essais sur l'Histoire des religions. 2° édition. 1 vol. . . . . . . 4 fr.

NIGHTINGALE (MISS)

Des Soins à donner aux malades, etc. Trad. de l'anglais avec une lettre de
M. GUIZOT et une Introduction par le D° DAREMBERG. 1 vol. . . . . . 5 fr.

NOURRISSON (F.)

L'ancienne France et la Révolution. 1 vol. . . . . 5 fr. 50
Tableau des progrès de la pensée humaine depuis Thalès jusqu'à Hegel.
4° édit. augm. 1 vol. . . . . 4 fr.
Philosophie de saint Augustin (*ouv. cour. par l'Institut*). 2° édit. 2 vol. 7 fr.
La Politique de Bossuet. 1 vol. . . . . 5 fr.
Spinosa et le Naturalisme contemporain. 1 vol. . . . . 5 fr.
Portraits et Études. Histoire et Philosophie. Nouv. édit. 1 vol. . . . 5 fr.

D'ORTIGUE (J.)

La Musique à l'église. Philosophie, littérat., critique musicale. 1 vol. 5 fr. 50

PAPILLON (F.)

La Nature et la Vie. *Faits et doctrines.* 2° édition. 1 vol. . . . . 5 fr. 50

PELLISSIER

Précis d'histoire de la Langue française depuis son origine jusqu'à nos
jours. 2° édit. revue et augmentée de *textes anciens.* 1 vol. . . . . 3 fr

PENQUER (M°°)

Les Chants du foyer. Poésies. 2° édition. 1 vol. . . . . 5 fr. 50
Révélations poétiques. 2° édit. 1 vol. . . . . 3 fr. 50

PEZZANI (A.)

La Pluralité des existences de l'âme conforme à la doctrine de la Pluralité des
Mondes ; opinions des philosophes anciens et modernes. 6° éd. 1 vol. . 3 fr. 50
Philosophie nouvelle. 1 vol. . . . . 2 fr

PIERRON (ALEXIS)

Voltaire et ses Maîtres. Épisode de l'histoire des humanités en France. 1 vol. 3 fr.

SALVANDY

Don Alonso, ou l'Espagne. Histoire contemporaine. Nouv. édit. 2 vol. . . . **7 fr.**

SCHILLER

Œuvres dramatiques complètes. Traduction de M. de Barante, revue par M. de Suckau. 3 vol. in-12.. . . . . **10 fr. 50**

SCHNITZLER

La Russie en 1812. — *Rostovtchine et Kutusof.* Nouv. édit. 1 vol.. . . . . **3 fr.**

SÉGUR

Histoire universelle. Ouv. adopté par l'Université. 8ᵉ édit. 6 vol. in-12. **18 fr.**
— **Histoire ancienne.** Nouv. édit. 2 vol. . . . . **6 fr.**
— **Histoire romaine.** Nouv. édit. 2 vol. . . . . **6 fr.**
— **Histoire du Bas-Empire.** Nouv. édit. 2 vol. . . . . **6 fr.**

SELDEN (CAMILLE)

L'Esprit moderne en Allemagne. 1 vol. . . . . **3 fr.**

SHAKSPEARE

Œuvres complètes. Traduction de M. GUIZOT. 8 vol. in-12 . . . . . . **28 fr.**

SAINT-RENÉ TAILLANDIER

Bohème et Hongrie. Tchèques et Magyars, etc., 2ᵉ édit. 1 vol. . . . . **3 fr. 50**
Drames et romans de la vie littéraire. 1 vol. . . . . **3 fr.**

ALEX. SOREL

Le Couvent des Carmes et le Séminaire Saint-Sulpice pendant la Terreur
2ᵉ édit. 1 vol. avec fig. . . . . **3 fr. 50**

THIERRY (AMÉDÉE)

Saint-Jean Chrysostome et l'impératrice Eudoxie. 2ᵉ édit. 1 vol. . . . **4 fr.**
Histoire des Gaulois depuis les temps les plus reculés jusqu'à l'entière domination romaine. Nouv. édit. 2 vol. . . . . **7 fr.**
Histoire de la Gaule sous la domination romaine, jusqu'à la mort de Théodose. 3ᵉ édit. 2 vol. . . . . **7 fr.**
Histoire d'Attila et de ses successeurs en Europe. 5ᵉ éd. 2 vol. . . . . . **7 fr.**
Tableau de l'Empire romain, etc. Nouv. édit. 1 vol. . . . . **3 fr. 50**
Récits de l'Histoire romaine au Vᵉ siècle. Derniers temps de l'empire d'Occident. Nouv. édit. 1 vol. **3 fr. 50**

THURET (Mᵐᵉ)

Le comte d'Elcairet. 1 vol. **3 fr.**

TONNELLE (ALF.)

Fragments sur l'art et la philosophie, suivis de notes et de pensées diverses, recueillis et publiés par HEINRICH. 3ᵉ édit. 1 vol. . . . . **3 fr. 50**

TOPIN (MARIUS)

L'Europe et les Bourbons sous Louis XIV. (*Ouvrage couronné par l'Académie française : Prix Thiers.*) — 2ᵉ édit. 1 vol. . . . . **3 fr. 50**
L'Homme au masque de fer. (*Ouvrage couronné par l'Académie française.*) 4ᵉ édit. 1 vol. . . . . **3 fr. 50**

VALBEZEN (E. D.)

La Veuve de l'Hetman. 1 vol. . . . . **3 fr**

VALROGER (H. DE)

La Genèse des Espèces. Études phil. et relig. sur les naturalistes. 1 v. **3 fr. 50**

VILLEMAIN

La République de Cicéron, trad. avec une Introd. et des Suppl. hist. 1 v. **3 fr. 50**
Choix d'Études SUR LA LITTÉRATURE CONTEMPORAINE: *Rapports académiques. Études sur Chateaubriand, A. de Broglie, Nettement,* etc. 1 vol. . . . . . . **3 fr. 50**
Cours de Littérature française, comprenant : le *Tableau de la Littérature au XVIIIᵉ siècle* et le *Tableau de la Littérature au moyen âge.* Nouvelle édition. 6 vol. in-12. . . . . **21 fr.**
Tableau de l'éloquence chrétienne au ivᵉ siècle, etc. Nouv. éd. 1 vol. **3 fr. 50**
Discours et Mélanges littéraires : *Éloges de Montaigne et de Montesquieu.* — *Rapports et Discours académiques.* Nouv. édit. 1 vol. . . . . **3 fr. 50**
Études de Littérature ancienne et étrangère : Nouv. édit. 1 vol. . . . **3 fr. 50**
Études d'Histoire moderne. Nouv. édit. 1 vol. . . . . **3 fr. 50**
Souvenirs contemporains d'Histoire et de Littérature. 2 vol. in-12. . **7 fr. »**
— Première partie : **M. de Narbonne,** etc. Nouv. édit. 1 vol.. . . . . **3 fr. 50**
— Deuxième partie : **Les Cent-Jours.** Nouv. édit. 1 vol. . . . . . . **3 fr. 50**

VILLEMARQUÉ (H. DE LA)

Barzaz Breiz. Chants populaires de la Bretagne, recueillis et annotés 7ᵉ édit. *(Ouvr. couronné par l'Académie française.)* 1 vol. avec musique. 4 fr.
Le Grand Mystère de Jésus, drame breton du moyen âge, avec une Étude sur le théâtre celtique. 2ᵉ édit. 1 vol. . . . . 3 fr. 50
La Légende celtique et la Poésie des Cloîtres bretons. Nouv. édit. 1 vol. 3 fr. 50
L'Enchanteur Merlin (Myrdhinn). Son histoire, ses œuvres. 1 vol. 3 fr. 50

WIDAL (A.)

Juvénal et ses Satires. Études littéraire et morale. 2ᵉ édit. 1 vol. . . 3 fr. 50

WADDINGTON (CH.)

Dieu et la Conscience. 2ᵉ édit. 1 vol. in-12. . . . . 3 fr. 50

WITT (C. DE)

Études sur l'histoire des États-Unis d'Amérique. 2 vol. in-12. . . . 7 fr.
— **Histoire de Washington** *et de la fondation de la République des États-Unis*, avec une Etude par M. GUIZOT. Nouv. édit. 1 vol. avec carte. . . . . . 3 fr. 50
— **Th. Jefferson**. *Étude sur la démocratie américaine*. Nouv. édit. 1 vol. 3 fr. 50

WOGAN (B DE)

Du Far West à Bornéo. 1 vol. . . . . 3 fr.

ZELLER

Les Tribuns et les Révolutions en Italie. 1 vol. . . . . 3 fr. 50
Les Empereurs romains. Caractères et portraits. 3ᵉ éit. 1 vol. in-12 3 fr. 50
Entretiens sur l'histoire. — Antiquité et moyen-âge *(Ouvrage couronné par l'Académie française.)* 2 vol. . . . . 7 fr.
Entretiens sur l'histoire. — Italie et Renaissance. fort vol. . . . . 4 fr.

H. BAILLIÈRE

Henri Regnault (1843-1871). 1 vol. in-16 Elzév. avec u dessin à la plume. 2 fr. 50

COLLECTION POUR LES BIBLIOTHÈQUES POPULAIRES
à 1 fr. 25 et 1 fr. 50 le volume

Le chancelier de l'Hôpital, par VILLEMAIN. 1 vol.
Vie de Franklin, par MIGNET. 1 vol.
Histoire de Jeanne d'Arc, par M. DE BARANTE. 1 vol.
Sully, par LEGOUVÉ. 1 vol.
Vie de Copernic, par C. FLAMMARION. 1 vol.
Vercingétorix et l'Indépendance gauloise, par FR. MONNIER. 1 vol.
Les grandes Figures nationales et les héros du peuple, par PRESEAU. 2 vol.
La Centralisation et ses effets, par ODILON BARROT. 1 vol.
L'Organisation judiciaire en France, par ODILON BARROT 1 vol.
La Réforme électorale en France, par ERN. NAVILLE. 1 vol.
Shakspeare et son temps, par GUIZOT. 1 vol. in-12.
Le Cardinal de Retz, par MARIUS TOPIN. 1 vol.
Le Cardinal de Bérulle, par NOURRISSON. 1 vol. in-12.
La Souveraineté nationale, par NOURRISSON. 1 vol.
L'Instruction publique en Angleterre, par HIPPEAU. 1 vol.
Les Théories de l'Internationale, par G. GUÉROULT. 1 vol.
La Société française, par MÉZIÈRES. 1 vol. in-12.
L'Éducation homicide, par V. DE LAPRADE. 1 vol. in-12.
Le Baccalauréat et les études classiques, par V. DE LAPRADE. 1 vol. in-12
Les idées subversives de notre temps, par CH. LOUANDRE. 1 vol.
Tableau du Monde physique. Excursions à travers la science, par N. JACQUINET. Nouvelle édition revue. 1 vol. in-12. . . . . 2 fr.
Au Village. Conquêtes rurales d'un commandant, par Mˡˡᵉ MÉLANIE BOUROTTE. 1 vol. in-12. . . . . 2 fr. 50

BIBLIOTHÈQUE DES DAMES ET DES DEMOISELLES
Format in-12

(Cette collection se trouve également reliée tr. dorée, rouge ou bleue,
Ajouter 2 fr. pour la reliure.)

Mme CRAVEN

Récit d'une sœur, 2 vol. . . . 8 fr.
Anne Séverin. 1 vol. . . . . . 4 fr.
Adélaïde Capece Minutolo. 1 v. 2 fr.
Fleurange. 2 vol. . . . . . . 6 fr.

Mme SWETCHINE

Sa Vie et ses œuvres, publiées par
M. DE FALLOUX. 2 vol. avec port. 8 fr.

MAURICE ET EUGÉNIE DE GUÉRIN

Journal, lettres et poëmes. 3 vol.
à . . . . 3 fr. 50

ROSA FERRUCCI

Sa vie et ses lettres, trad. avec une
étude par M. l'abbé LEMONNIER. 2e éd.
1 vol . . . . 3 fr.

MARY O'NELYA

Lettres d'une jeune irlandaise à
sa sœur. 1 vol. . . . . . . 3 fr.

Mme D'ARMAILLÉ

Marie-Thérèse et Marie-Antoinette.
2e édition. 1 vol. . . . . 3 fr.
Catherine de Bourbon. 1 vol. 3 fr.
La reine Marie Leckzinska. 1 v. 2 f.

Mme MARIE JENNA

Enfants et Mères, poésies. 1 v. 3 fr.

Mlle CL. BADER

La Femme biblique. 2 éd. 1 v. 3 fr. 50
La Femme grecque. 2 vol. . . 7 fr.

P^{esse} CANTACUZÈNE

Tante Agnès. 1 vol. . . . . . 3 fr.

Mme N. GUILLON

L'Entrée dans le monde, simples
récits. 2e édit. 1 vol. . . . . 3 fr.
Cinq années de la vie des jeunes
filles. 1 vol. . . . . 3 fr.
Projets de jeunes filles. Claire Du-
quenois, etc. 1 vol. . . . . 3 fr.

ANT. RONDELET

Le Lendemain du mariage. 2e édit.
1 vol. . . . . 3 fr.
Le Danger de plaire, etc. 1 vol. 3 fr.
L'Éducation de la 20e année. Lettres
de ma cousine Nathalie. 1 vol. 3 fr.

MASSON (MICHEL)

Les Historiettes du père Brous-
sailles. 1 vol. . . . . . . 3 fr.
Les Gardiennes. 1 vol. . . . 3 fr.
Lectures en famille. Scènes du foyer
domestique. 1 vol. . . . . 3 fr.

Mlle ROGRON

Le Choix de Suzanne. 1 vol. 3 fr.

Mlle BENOIT

Françoise, la vocation d'une
chrétienne. 1 vol. . . . . . 3 fr.

Mme FERTIAULT

L'Éducation du cœur. Causeries et
conseils d'une mère. 1 vol. . 3 fr.

F. FERTIAULT

Les féeries du travail. Conférences
sur les travaux de dames. 1 vol. 3 fr.

Mme GAGNE MOREAU

Nancy Vallier. 1 vol. . . . . 3 fr.
Mémoires d'une Sœur de charité.
1 vol. . . . . 3 fr.

Mme GABRIELLE D'ÉTHAMPES

Isabelle aux blanches mains. Chronique bretonne. 1 vol. . . . 3 fr.

Mlle AUG. COUPEY

L'Orpheline du 41e. 1 vol.. . 3 fr.

Mlle GUERRIER DE HAUPT

Marthe. (Ouv. cour. par l'Académie
française). 3e édit. 1 vol. . 3 fr.
Forts par la foi. 1 vol. . . . 3 fr.

Mme LENORMANT

Quatre Femmes au temps de la
révolution. (Ouv. couronné par l'A-
cadémie franç). 2e édit. 1 vol. 3 fr.

EUG. MULLER

Récits champêtres (Couronné par
l'Académie franç.). 1 vol. . . 3 fr.

HIPP. AUDEVAL

Paris et province ; deux histoires de
notre temps. 1 vol. . . . . 3 fr.

MILA (Ctesse DE)

Linda. 1 vol. . . . . 3 fr.

Mme THURET

Belle mère et belle fille. 2e édition.
1 vol. . . . . 3 fr

Mlle THÉRÈSE ALPH. KARR

La fille du Cordier. Histoire Irlandaise, trad. de GRIFFIN. 1 vol. 3 fr.

J. DE CHAMBRIER

Marie-Antoinette, reine de France.
2e édit. 2 vol. . . . . . . 7 fr.

Mme DE WITT

Charlotte de la Trémoille, comtesse
de Derby. 1 vol. . . . . . 3 fr. 50

E. JONVEAUX

Le sacrifice de Paul Wynter, imité
de mistr. DUFFUS HARDY. 1 vol. 3 fr.

Mme MARIE SEBRAN

Rousou. Histoire du village. 1 v. 3 fr.
Journal d'une mère pendant le
siége de Paris. 1 vol. . . . 3 fr.

Mme KRAFFT BUCAILLE

Le secret d'un dévouement. 1 v. 3 fr.

AUG. DE BARTHÉLEMY

Pierre le Peillarot (1789-1795).
1 vol. . . . . 3 fr.

Mme TASTU

Lettres choisies de Madame Sévigné, avec notes et son éloge. 1 v. 3 fr

BIBLIOTHÈQUE D'ÉDUCATION MORALE
Première série à 3 fr. le vol. broché, 4 fr. 50 relié

Mᵐᵉ LA PRINCESSE DE BROGLIE
Les Vertus chrétiennes. — Les Vertus théologales et les Commandements de
Dieu. Ouvrage approuvé par Mgr l'Archevêque de Paris. 2 vol. in-12, illustrés
de lithographies et de vignettes.

Mᵐᵉ DE WITT, NÉE GUIZOT
Le Cercle de famille. 1 vol. in-12. Orné de gravures.
Les Petits Enfants, contes. 1 vol. in-12, orné de gravures.
Contes d'une Mère à ses Enfants. 1 vol. in-12, orné de gravures.
Une Famille à la campagne. 1 vol. in-12, orné de lithographies, etc.
Une Famille à Paris. 1 vol. in-12, orné de lithographies et vignettes.
Promenades d'une Mère, ou les douze Mois. 1 vol. in-12, orné de lithogr., etc.
Hélène et ses Amies, histoire pour les jeunes filles, traduit de l'anglais. 1 vol.
orné de lithographies.
Scènes d'histoire et de famille. (*Ouv. couronné par l'Acad. franç.*) 1 vol. in-12.

DE GERANDO ET Bⁱᵉ DELESSERT
Les Bons exemples, nouvelle morale en action. — *Charité et Dévouement.*
1 vol. in-12, illustré de jolies vignettes de J. DAVID.
—— 2ᵉ série : *Courage et Humanité.* 1 vol. in-12, illustré de jolies vignettes de
J. DAVID.

MICHEL MASSON
Les Enfants célèbres, histoire des enfants qui se sont immortalisés par le
malheur, la piété, le courage, le génie, etc. Nouvelle édition. 1 vol. in-12, orné
de grav. et vignettes.

ARMAND DUBARRY
L'Alsace-Lorraine en Australie. Histoire d'une famille d'émigrants dans le
continent austral. 1 joli vol. orné de gravures.

Deuxième série à 2 fr. le vol. broché, 3 fr. 50 relié

Mᵐᵉ GUIZOT
L'Écolier, ou RAOUL ET VICTOR. (*Ouvrage couronné par l'Académie française.*
12ᵉ édition. 2 vol. in-12, 8 vignettes.
Une Famille, par Mᵐᵉ GUIZOT, ouvrage continué par Mᵐᵉ A. TASTU. 7ᵉ édition.
2 vol. in-12, 8 vignettes.
Les Enfants. Contes pour la jeunesse. 10ᵉ édition. 2 vol. in-12, 8 vignettes.
Nouveaux Contes pour la jeunesse. 9ᵉ édition. 2 vol. in-12, 8 vignettes.
Récréations morales. Contes. 10ᵉ édit. 1 vol. in-12, 4 vign.
Lettres de Famille sur l'éducation. (*Ouvrage couronné par l'Académie française.*
5ᵉ édition. 2 vol. in-12. . . . .　6 fr.

Mᵐᵉ F. RICHOMME
Julien et Alphonse, ou le NOUVEAU MENTOR. (*Ouvrage couronné par l'Académie
française.*) 1 vol. in-12, 6 lithographies.

ERNEST FOUINET
Souvenirs de Voyage en Suisse, en Grèce, en Espagne, etc., ou RÉCITS DU
CAPITAINE KERNOEL, destinés à la jeunesse. 1 vol. in-12 avec 6 lithographies.

Mᵐᵉ L. BERNARD
Les Mythologies racontées à la jeunesse. 5ᵉ édition. 1 vol. in-12, orné de gravures d'après l'antique.

Mᵐᵉ C. DELEYRE
Contes pour les enfants de 5 à 7 ans. Nouv. édit. revue par Mᵐᵉ F. RICHOMME.
1 vol. in-12, avec jolies lithographies.
Contes pour les enfants de 7 à 10 ans. Nouv. édit. revue par Mᵐᵉ F. RI-
CHOMME. 1 vol. in-12, avec jolies lithographies.

BERQUIN
L'Ami des Enfants. Édition complète. 2 vol. in-12. 32 figures.

Mⁱˡˡᵉ ULLIAC-TRÉMADEURE

Les Jeunes Naturalistes. Entretiens familiers sur les *animaux*, les *végétaux* et
les *minéraux*. 5ᵉ édition. 2 vol. in-12. ornés de 32 vignettes.

Claude, où le GAGNE-PETIT. (*Ouv. cour. par l'Acad. fr.*) 2ᵉ édit. 1 v. in-12. 4 vign.

Étienne et Valentin, ou MENSONGE ET PROBITÉ. (*Ouvrage couronné.*) 3ᵉ édition.
1 vol. in-12. 4 vignettes.

Les Jeunes Artistes. Contes sur les beaux-arts. Nouv. édit. 1 vol. in-12. 4 vig.

Contes aux jeunes Naturalistes sur les animaux domestiques. 5ᵉ édition.
1 vol. in-12. 4 vignettes.

Émilie, ou la jeune Fille auteur. 1 vol. in-12. 4 vignettes.

Mᵐᵉ A. TASTU

Les Récits du Maître d'école imités de CÉSAR CANTU. 1 vol. in-12. 4 vignettes.

Les Enfants de la vallée d'Andlau, notions familières sur la religion, les
merveilles de la nature, etc., par Mᵐᵉˢ VOÏART et A. TASTU. 2 vol. in-12. 8 vignettes.

Lectures pour les Jeunes Filles. Modèles de littérature en *prose* et en *vers*,
extraits des Ecrivains modernes. 2 vol. in-12, 8 portraits.

Album poétique des jeunes Personnes, ou CHOIX DE POÉSIES, extrait des
meilleurs auteurs. 1 vol. in-12, 4 portraits.

Mᵐᵉ DELAFAYE-BRÉHIER

Les Petits Béarnais. Leçons de morale. 12ᵉ édition. 2 vol. in-12. 8 vignettes.

Les Enfants de la Providence, ou AVENTURES DE TROIS ORPHELINS. 6ᵉ édition,
revue par Mᵐᵉ F. RICHOMME. 2 vol. in-12. 8 vignettes.

Le Collège incendié, où les ECOLIERS EN VOYAGE. 6ᵉ édit. 1 vol. in-12. 4 vign.

Mᵐᵉ ÉL. MOREAU-GAGNE

Voyages et aventures d'un jeune Missionnaire en Océanie, etc. 1 vol. in-12
4 lithographies.

FERTIAULT

Les Voix amies. Enfance, jeunesse, raison. Poésies. 1 vol. in-12.

BUFFON

Le Petit Buffon illustré. Histoire naturelle des *Quadrupèdes*, des *Oiseaux*, des
Insectes et des *Poissons;* extraite de BUFFON, LACÉPÈDE, OLIVIER, etc., par le
bibliophile JACOB. 4 vol. gr. in-32, ornés de 325 figures gravées sur acier. 6 fr.
— LE MÊME, avec les 325 figures coloriées avec soin. . . . . 10 fr.

BERQUIN

Œuvres complètes de Berquin, renfermant *l'Ami des Enfants et des Adolescents*,
le Livre de famille, Sandford et Merton, etc. 4 vol. in-8, format anglais,
illustrés de 200 vignettes. . . . . 10 fr.

Mᵐᵉ TASTU

Le premier Livre de l'Enfance. LECTURE ET ÉCRITURE. Extrait de *l'Éducation
maternelle.* 1 vol. de 80 pages, grand in-8, illustré de 100 vignettes, cartonné. . . . . 2 fr.

MICHEL MASSON

Les Enfants célèbres. Histoire des enfants qui se sont immortalisés par le
malheur, la piété, le courage, le génie et les talents. Nouvelle édition. 1 beau
vol. grand in-8, illustré de très-jolies lithographies et de vignettes sur bois. 8 fr.

Mᵐᵉ GUIZOT

L'Amie des Enfants. PETIT COURS DE MORALE EN ACTION, comprenant tous les
Contes de Mᵐᵉ GUIZOT. Nouvelle édition, enrichie de *Moralités* en vers, par
Mᵐᵉ ELISE MOREAU. 1 fort vol. grand in-8, illustré de belles gravures. . . 8 fr.

L'Écolier, ou RAOUL ET VICTOR. (*Ouvrage couronné par l'Académie française.*)
Nouvelle édition. 1 joli vol. grand in-8, illustré de belles lithographies.. 8 fr.

ÉDUCATION MATERNELLE

Par M™ TASTU. *Simples leçons d'une mère à ses enfants*, sur la lecture, l'écriture, l'arithmétique, la grammaire, la mémoire, la géographie, l'histoire sainte, etc. Nouvelle édition, imprimée avec luxe, illustrée de 500 jolies vignett. et cart. coloriées. 1 vol. gr. in-8, papier jésus glacé. . . . . 14 fr.

PERNETTE

PAR V. DE LAPRADE, DE L'ACADÉMIE FRANÇAISE

Édition illustrée de 27 beaux dessins de J. Didier, gravés sur bois, et d'un beau portrait en taille-douce. 1 beau vol. grand in-8, papier vélin, glacé. 9 fr.

CONTES ALLEMANDS DU TEMPS PASSÉ

Extraits des recueils des frères Grimm, de Simrock, de Bechstein, de Musæus, de Tieck, Hoffmann, etc., etc., avec la légende de Loreley, traduits par FÉLIX FRANK et E. ALSLEBEN, avec une préface de M. LABOULAYE, de l'Institut. 1 beau vol. gr. in-8, illustré de 25 vignettes de Gostiaux. . . . . 8 fr

PITRE-CHEVALIER

La Bretagne ancienne depuis son origine jusqu'à sa réunion à la France. Nouvelle édition. 1 beau vol. grand in-8, illustré par MM. A. LELEUX, PENGUILLY et T. JOHANNOT, de plus de 200 belles vignettes sur bois, gravures sur acier, types et cartes coloriés. (*Épuisé.*)

La Bretagne moderne depuis sa réunion à la France jusqu'à nos jours. *Histoire des États et des Parlements, de la Révolution dans l'Ouest, des guerres de la Vendée*, etc., illustrée par MM. LELEUX, PENGUILLY et T. JOHANNOT. 1 beau vol. grand in-8, orné de plus de 200 vignettes sur bois, gravures sur acier, types et cartes coloriés. . . . . 15 fr

HERBIER DES DEMOISELLES

Traité de la Botanique présenté sous une forme nouvelle et spéciale, contenant la description des plantes et les classifications, l'exposé des plantes les plus utiles; leur usage dans les arts et l'économie domestique et les souvenirs historiques qui y sont attachés; les règles pour herboriser; la disposition d'un herbier; etc., etc., par ED. AUDOUIT, édit. revue par le Dr HOEFER. 1 v. in-8, *illustré* de 335 jolies vignettes coloriées. . . . . 10 fr.

— LE MÊME OUVRAGE. 1 vol. in-12, avec les grav. noires. . . . . 5 fr·

—   —   —   — grav. coloriées. . . . . . . 7 fr. 50

ATLAS DE L'HERBIER DES DEMOISELLES

Dessiné par BELAIFE, gravé et colorié avec soin. Joli album in-4 . . . . . . 16 fr.

— LE MÊME, avec les gravures noires. . . . . 10 fr

---

La Suisse illustrée. Description et histoire de ses vingt-deux cantons, par MM. DE CHATEAUVIEUX, DUBOCHET, FRANCINI, MONNARD, MEYER DE KNONAU, H. ZSCHOKEE, etc.; *illustrée* de 32 jolies vues gravées sur acier et carte. 1 v. gr. in-8 jésus. Nouvelle édit. . . . . 10 fr.

Les Jeux anciens. Leur description, leur origine, leurs rapports avec la religion, le· arts et les mœurs, par L. BECQ EE FOUQUIÈRES. 2° édit. illustrée de gravures sur bois d'après l'antique. 1 vol. grand in-8 . . . . 8 fr.

Les villes de Thuringe, Weimar, Erfurt, Iéna, Gotha, Cobourg, Eisenach, etc. Excursion pittoresque et historique dans l'Allemagne centrale, par Ed. HUMBERT, professeur. 1 vol. gr. in-8, illustré de nombreuses gravures sur bois. . 10 fr.

Le Jeu de Paume. Son histoire et sa description. Notice par Ed. FOURNIER, suivie d'*un traité de la Courte Paume et de la Longue Paume*, etc., etc. 1 vol. in-4, pap. de Hollande, avec 16 pl. photographiées. Cart. à l'anglaise. . 15 fr.

OUVRAGES DE NAPOLÉON LANDAIS

Grand Dictionnaire général des Dictionnaires français, résumé de tous les dictionnaires, par N. LANDAIS, 14ᵉ édition, revue et augmentée d'un *Complément* de 1,200 pages. 3 vol. réunis en 2 vol. grand in-4 de 3,000 pages. . . . . . 36 fr.
Ce dictionnaire contient la nomenclature exacte des mots *usuels* et *académiques, archaïques et néologiques, artistiques, géographiques, historiques, industriels, scientifiques,* etc., la conjugaison de tous les verbes irréguliers, la prononciation figurée des mots, les étymologies savantes, la solution de toutes les questions grammaticales, etc.

Complément du Grand Dictionnaire de Napoléon Landais, pour les onze premières éditions, par une société de savants sous la direction de MM. D. CHÉSUROLLES et L. BARRÉ. 1 fort vol. in-4 de près de 1,200 pages à 3 colonnes. . 15 fr.

Grammaire générale des Grammaires françaises, présentant la solution de toutes les questions grammaticales, par N. LANDAIS. 6ᵉ édit. 1 vol. in-4. . 9 fr.

Petit Dictionnaire des Dictionnaires français, par N. LANDAIS. Ouvrage *entièrement refondu*, et offrant, sur un nouveau plan, la nomenclature complète, la prononciation nécessaire, la définition claire et précise et l'*étymologie* vraie de tous les mots du vocabulaire usuel et littéraire, et de tous les termes scientifiques, artistiques et industriels de la langue française, par M. CHÉSUROLLES. 1 très-joli vol. in-32 de 600 pages. . . . . 1 fr. 50

Dictionnaire des Rimes françaises, disposé dans un ordre nouveau d'après la distinction des rimes en *suffisantes, riches* et *surabondantes*, etc., précédé d'un *Traité de Versification*, etc., par N. LANDAIS et L. BARRÉ. 1 vol. in-32. . 1 fr. 50

DICTIONNAIRE UNIVERSEL DES SYNONYMES

De la langue française, par M. GUIZOT. 7ᵉ édition. 1 vol. in-8, 12 fr., relié. 15 fr.

DICTIONNAIRE DE TOUS LES VERBES

De la langue française tant *réguliers qu'irréguliers*, entièrement conjugués, sous forme synoptique, précédé d'une théorie des verbes et d'un traité des participes, etc. d'après nos grands écrivains; par MM. VERLAC et LITAIS DE GAUX, etc. 1 beau vol. in-4. Nouv. édit. . . . . 10 fr.

VERGANI. Grammaire italienne en 20 leçons, augm. de nouv. leçons par MORETTI et revue par BRUNETTI. 22ᵉ édit. in-12. . . . . 1 fr.

DICTIONNAIRE DE MÉDECINE USUELLE

A l'usage des gens du monde, des chefs de famille et des grands établissements, des administrateurs, des magistrats, des officiers de police judiciaire, et enfin de tous ceux qui se dévouent au soulagement des malades.

Par une société de Membres de l'Institut, de l'Académie de médecine, de Professeurs, de Médecins, d'Avocats, d'Administrateurs et de Chirurgiens des hôpitaux : ANDRIEUX, ANDRY, BLACHE, BLANDIN, BOUCHARDAT, BOURGERY, CAFFE, CAPITAINE, CARRON DU VILLARDS, CHEVALIER, CLOQUET. (J.), COLOMBAT, COTTEREAU, COUVERCHEL, COLLERIER (A.), DELEAU, DEVERGIE, DONNÉ, FALRET, FIARD, FURNARI, GERDY, GILET DE GRAMMONT, GRAS (ALBIN), LARREY, (H.) LAGASQUIE, LANDOUZY, LÉLUT, LEROY D'ETIOLLES, LESUEUR, MAGENDIE, MARC, MARCHESSEAUX, MARTINS, MIQUEL, OLIVIER (D'ANGERS), ORFILA, PAILLARD DE VILLENEUVE, PARISET, PLISSON, SANSO (A.), ROYER-COLLARD, TRÉBUCHET, TOIRAC, VELPEAU, VÉE, etc. Publié sous la direction du docteur BEAUDE, médecin inspecteur des eaux minérales, membre du Conseil de salubrité. 2 forts vol. in-4. . . . . 24 fr.
Demi-reliure dos de chagrin. . . . . 30 fr.

LE CORPS DE L'HOMME

Traité complet d'anatomie et de physiologie humaine, suivi d'un *Précis des Systèmes de* LAVATER *et de* GALL; à l'usage des gens du monde, des médecins et des élèves, par le docteur GALET. 4 vol. in-4, *illustré* de plus de 400 figures dessinées d'après nature et lithographiées. . . . . 90 fr.

ÉTUDE SUR LA GÉOGRAPHIE HISTORIQUE DE LA GAULE
AU MOYEN AGE

Par M. Max Deloche, de l'Institut. (*Ouvrage couronné par l'Académie des Inscriptions*.) 1 vol. in-4 de 540 pages, accompagné de 2 cartes. . . . . . . 16 fr.

ÉPIGRAPHIE GALLO-ROMAINE DE LA MOSELLE

Étude par Charles Robert, de l'Institut. 1re partie : Monuments élevés aux Dieux 1 vol. in-4 avec 5 planches photograv. . . . . 15 fr.

LE NORD DE L'AFRIQUE DANS L'ANTIQUITÉ
GRECQUE ET ROMAINE

Étude historique et géographique par M. Vivien de Saint-Martin. Ouvrage couronné en 1860 par l'Académie des inscriptions et belles-lettres. 1 vol. grand in-8, accompagné de 4 cartes. . . . . 12 fr.

LES EMPORIA PHÉNICIENS
DANS LE ZEUGIS ET LE BYZACIUM (Afrique septentrionale)

Recherches sur leur origine et leur emplacement faites par ordre de Napoléon III, par A. Daux, ingénieur civil. 1 vol gr. in-8, accomp. de 10 plans et vues. 10 fr.

MÉMOIRES ARCHÉOLOGIQUES

Études de mythologie grecque. *Ulysse et Circé. Les Sirènes*, par J.-F. Cerquand, inspecteur d'Académie. in-8.

Saint-Clément de Rome. Description de la Basilique souterraine, récemment découverte, par Th. Roller. Grand in-8, avec 9 planches . . . . 6 fr.

La cathédrale de Strasbourg, remarques archéologiques, par Alb. Dumont. Grand in-8. . . . . 1 fr. 50

Restitution de la basilique de Saint-Martin de Tours d'après Grégoire de Tours et les autres textes anciens, par J. Quicherat. Gr. in 8 avec pl. . . 5 fr.

La stèle de Dhiban, ou *stèle de Mesa*, lettres à M. de Vogüé, par C. Clermont-Ganneau. In-4 avec planches. . . . . 5 fr.

Fragments d'une description de l'île de Crète, par Thénon. Gr. in-8. 5 fr.

Gargantua. Essai de mythologie celtique par H. Gaidoz. Gr. in 8. . . 1 fr. 50

Recension nouvelle du texte de l'Oraison funèbre d'Hypéride, etc., par H. Caffiaux. Gr. in-8. . . . . 5 fr.

État de la médecine entre Homère et Hippocrate, par Ch. Daremberg. Grand in-8. 5 fr.

La Médecine dans Homère, par Ch. Daremberg. Gr. in-8 avec pl. . . 5 fr.

Cavernes du Périgord. Notes sur des figures gravées ou sculptées d'animaux re montant aux temps primordiaux de la période humaine, par MM. Lartet et Christy. Grand in-8 avec figures. . . . . 2 fr. 50

Mémoires sur les provinces romaines et sur les listes qui nous en sont parvenues, par Théod. Mommsen, avec un appendice par Ch. Müllenhoff, trad. par Em. Picot. Grand in-8 avec carte. . . . . 5 fr.

Carte de la Gaule de Peutinger, avec de nouvelles observations par M. Alfred Maury. Grand in-8 avec carte. . . . . 2 fr. 50

Carte de la Gaule sous le proconsulat de César. Examen des observations critiq. auxquelles cette carte a donné lieu, par Creuly. Gr. in-8 de 100 p. 2 fr. 50

Les Voies romaines en Gaule. Voies des itinéraires. Résumé du travail des commissions de la topographie des Gaules, par Alex. Bertrand. Gr. in-8. 2 fr. 50

La Nouvelle table d'Abydos, par Aug. Mariette. Gr. in-8 avec une pl. 3 fr. 50

Sur les tombes de l'Ancien Empire que l'on trouve à Saqqarah, par Aug. Mariette, Grand in-8, 5 planches. . . . . 3 fr.

Observations sur le texte de Joinville et la lettre de Jean-Pierre Sarazin, par Ch. Collrard. Grand in-8. . . . . 3 fr. 50

Nouvel essai sur les Inscriptions gauloises, par Ad. Pictet. Gr. in-8. 5 fr.

La Chronologie biblique fixée par les éclipses des inscriptions cunéiformes, par J. Oppert. Grand in-8. . . . . 2 fr.

Noms propres, anciens et modernes. Études d'onomatologie comparée, par R. Mowat. Grand in-8. . . . . 3 fr.

Un poème de la fin du IVe siècle retrouvé par M. Léopold Delisle, recherches par M. Ch. Morel. Grand in-8. . . . . 1 fr. 50

Le passage d'Annibal du Rhône aux Alpes, par l'abbé Ducis. In-8 de 110 pages. 2 fr. 50

TRÉSOR
DE NUMISMATIQUE ET DE GLYPTIQUE

RECUEIL GÉNÉRAL DES MÉDAILLES, MONNAIES, PIERRES GRAVÉES,
BAS-RELIEFS, ORNEMENTS, ETC.

Tant anciens que modernes, les plus intéressants sous le rapport de l'art et de l'histoire, gravé par les procédés de M. ACHILLE COLLAS, sous la direction de MM. PAUL DELAROCHE, peintre; HENRIQUEL DUPONT, graveur; CH. LENORMANT, de l'Institut, etc.

20 PARTIES OU VOLUMES IN-FOLIO
comprenant plus de 1,000 planches accompagnées d'un texte historique et descriptif.

Prix : 1,260 fr.

I

Numismatique des Rois grecs. 1 v.
Nouvelle Galerie mythologique 1 v.
Bas-reliefs du Parthénon, etc. 1 v.
Iconographie des Empereurs romains et de leurs familles. . 1 v.

II

Histoire de l'Art monétaire chez les modernes . . . . . 1 v.
Choix historique des Médailles des Papes . . . . 1 v.
Recueil de Médailles italiennes, XVᵉ et XVIᵉ siècle. . . . . 2 v.
Recueil de Médailles allemandes, XVIᵉ et XVIIᵉ siècle. . . . . 1 v.
Sceaux des Rois et Reines d'Angleterre. . . . . 1 v.

III

Sceaux des Rois et des Reines de France. . . . . 1 v.
Sceaux des grands feudataires de la couronne de France . . 1 v.
Sceaux des communes, communautés, évêques, barons et abbés . . . . 1 v.
Histoire de France par les Médailles :
1ᵉ de Charles VII à Henri IV. 1 v.
2ᵉ de Henri IV à Louis XIV 1 v.
3ᵉ de Louis XIV à 1789 . . 1 v.
4ᵉ Révolution française. . . 1 v.
5ᵉ Empire français. . . . 1 v.

IV

Recueil général de Bas-reliefs et d'Ornements. . . . . . 2 v.

ŒUVRE DE DAVID (D'ANGERS)

Collection de 125 portraits contemporains gravés par les procédés de M. ACH. COLLAS, d'après les médaillons du célèbre artiste. Chaque portrait séparément. . . . . 75 c.
Portraits de Washington, de Napoléon Iᵉʳ, de Louis-Philippe, gravés d'après les procédés de M. ACH. COLLAS. In-folio, chacun. . . . . 3 fr.
Bas-reliefs du Parthénon et du temple de Phigalie, disposés suivant l'ordre de la composition originale et gravés d'après les procédés d'ACH. COLLAS. 1 joli album in-4 oblong, contenant 20 planches et un texte de 40 pages, par CH. LENORMANT de l'Institut, cartonné élégamment à l'anglaise. . . . . 15 fr.

NOUVELLE COLLECTION
DE MÉMOIRES RELATIFS A L'HISTOIRE DE FRANCE

DEPUIS LE XIIIᵉ SIÈCLE JUSQU'A LA FIN DU XVIIIᵉ SIÈCLE

Précédés de notices, etc., par MM. MICHAUD et POUJOULAT, avec la collaboration MM. Champollion, Bazin, etc.

34 vol. gr. in-8 jésus à 2 col., illustrés de plus de 100 portraits sur acier.

Prix : 300 fr.

JOURNAL DES SAVANTS

COMPOSITION DU BUREAU :

M. LE MINISTRE DE L'INSTRUCTION PUBLIQUE, *Président.*

Assistants

M. GIRAUD, de l'Académie des sciences morales.
M. NAUDET, de l'Académie des inscriptions et des sciences morales.
M. CLAUDE BERNARD, de l'Académie des sciences.
M. PATIN, de l'Académie française.
M. DE LONGPÉRIER, de l'Acad. des inscrip. et belles lettres.
M. RENAN, de l'Académie des inscriptions et belles lettres.

Auteurs

M. CHEVREUL, de l'Académie des sciences.
M. MIGNET, de l'Acad. fr. et des sc. morales.
M. B. SAINT-HILAIRE, de l'Ac. des sc. mor.
M. LITTRÉ, de l'Acad. franç. et des inscript.
M. FRANCK, de l'Acad. des sciences morales.
M. J. BERTRAND, de l'Acad. des sciences.
M. Alf. MAURY, de l'Académie des inscript.
M. DE QUATREFAGES, de l'Acad. des scien.
M. EGGER, de l'Académie des inscriptions.
M. CARO, de l'Acad. des sciences morales.
M. LÉVÊQUE, de l'Acad. des sciences mor.

CONDITIONS DE L'ABONNEMENT

Le *Journal des Savants* paraît chaque mois par cahiers de 8 feuilles in-4. Le prix de l'abonnement est de 36 fr. par an pour Paris, et de 40 fr. pour les départements.
Chaque année forme 1 volume. Il reste encore quelques exemplaires de la collection en 57 vol. au prix de 855 fr. On peut avoir ensemble ou séparément les années depuis 1830 jusqu'en 1873 au prix de 25 fr.

REVUE ARCHÉOLOGIQUE

OU

RECUEIL DE DOCUMENTS ET DE MÉMOIRES RELATIFS A L'ÉTUDE DES MONUMENTS
A LA NUMISMATIQUE ET A LA PHILOLOGIE

DE L'ANTIQUITÉ ET DU MOYEN AGE

PUBLIÉS PAR

MM. de Longpérier, F. de Saulcy, Alfred Maury, Ravaisson, Renier, Brunet de Presle, Miller, Egger, Beulé.
Ed. Le Blant, Membres de l'Institut; **Viollet-le-Duc,** Architecte du Gouvernement;
le général Creuly, A. Bertrand, Chabouillet, de la Société
des Antiquaires de France.
A. Mariette, Deveria, Conservateurs du Musée du Louvre;
J. Quicherat, Perrot, Heuzey, Wescher, Dumont, de l'École d'Athènes, etc.
ET LES PRINCIPAUX ARCHÉOLOGUES FRANÇAIS ET ÉTRANGERS

MODE ET CONDITIONS DE L'ABONNEMENT

La *Revue archéologique* paraît chaque mois par cahiers de 64 à 80 pages grand in-8, qui forment, à la fin de chaque année, deux volumes ornés de planches gravées sur acier et de gravures sur bois intercalées dans le texte.

PRIX : Paris : Un an, 25 fr. — Départements : Un an, 28 fr.

Les années 1860 à 1873, formant les 26 premiers volumes de la nouvelle série, coûtent chacune 25 fr.

PARIS. — IMP. SIMON RAÇON ET COMP., RUE D'ERFURTH, 1.

PUBLICATIONS DE LA LIBRAIRIE ACADÉMIQUE DIDIER ET Cⁱᵉ

BEULÉ
Fouilles et Découvertes. 2 vol. in-8 . . . . 15 fr. »
Histoire de l'Art grec avant Périclès. 1 vol. in-8 . . . . 7 fr. 50
Causeries sur l'Art. 1 vol. in-8 . . . . 6 fr. »
Phidias, drame antique. 2ᵉ édit. 1 vol. in-12 . . . . 3 fr. 50

LECOY DE LA MARCHE
L'Académie de France à Rome. Correspondance inédite de ses Directeurs, précédée d'une
Étude historique. 1 vol. in-8 . . . . 6 fr. »

L. ET R. MÉNARD.
Tableau historique des beaux-arts, depuis la Renaissance jusqu'au dix-huitième siècle.
(Ouvrage couronné par l'Académie des beaux-arts.) 1 vol. in-8 . . . 6 fr. »
La sculpture antique et moderne. (Ouvrage couronné par l'Académie des beaux-arts.)
1 vol. in-8 . . . . 6 fr. »

GUIZOT.
Études sur les beaux-arts en général. 1 vol. in-8 . . . . 6 fr. »

A. HUREL (ABBÉ).
L'art religieux contemporain. Étude critique. 1 vol. in-8 . . . . 7 fr. »

LAPRADE (V. DE).
Questions d'art et de morale. 1 vol. in-8 . . . . 6 fr. »
Le sentiment de la nature avant le christianisme. 1 vol. in-8 . . 7 fr. 50
Le sentiment de la nature chez les modernes. 1 vol. in-8 . . . . 7 fr. 50

CHASSANG.
Le spiritualisme et l'idéal dans l'art et la poésie des Grecs. 1 vol. in-8 . . 6 fr. »

CH. CLÉMENT.
Géricault. Étude biographique et critique, avec le catalogue raisonné de son œuvre.
1 vol. in-8 . . . . 6 fr. »

LAGRANGE.
Pierre Puget, peintre, sculpteur, architecte. 1 vol. in-8 . . . . 6 fr. »
Joseph Vernet et la Peinture au dix-huitième siècle, avec des documents inédits. 1 vol.
in-8 . . . . 6 fr. »

E. J. DÉLÉCLUZE.
Louis David, son École et son temps. Souvenirs. 1 vol. in-8 . . . 6 fr. »

BOUCHITTÉ.
Le Poussin, sa vie et son œuvre. (Ouvrage couronné par l'Académie française.) 1 vol.
in-12 . . . . 3 fr. 50

L. AUDIAT.
Bernard Palissy. Étude sur sa vie et ses travaux. (Ouvrage couronné par l'Académie
française.) 1 vol. in-12 . . . . 3 fr. 50

CHESNEAU (ERN.).
Les nations rivales dans l'art. Peinture et sculpture. 1 vol. in-12 . . . 3 fr. 50
Les chefs d'école de la peinture au dix-neuvième siècle. 2ᵉ édit. 1 vol. in-12. 3 fr. 50
L'art et les artistes modernes en France et en Angleterre. 1 vol. in-12 . . 3 fr. »

HENRY HOUSSAYE.
Histoire d'Apelles. 1 vol. in-8 . . . . 6 fr. »

F. DE SAULCY.
Histoire de l'art judaïque, d'après les textes sacrés et profanes. 1 vol. in-8 . 6 fr.

LANNAU-ROLLAND.
Michel-Ange et Vittoria Colonna, étude suivie des poésies de Michel-Ange. Texte et
traduction. 1 vol. in-12 . . . . 3 fr. »

DE BROSSES.
Le président de Brosses en Italie. Lettres de 1738 à 1740. 3ᵉ édition, revue sur les
manuscrits par R. Colomb. 2 vol. in-12 . . . . 7 fr. »

PIERRE CLÉMENT.
L'Italie en 1671. Relation d'un voyage du marquis de Seignelay, avec lettres inédites, etc.
1 vol. in-12 . . . . 3 fr. »

ALPH. DANTIER.
Les monastères bénédictins d'Italie. Souvenirs d'une mission littéraire. (Ouvrage couronné par l'Académie française.) 2 vol. in-8 . . . . 15 fr. »